新日檢

絕對合格 學霸攻略！寶藏題庫 6回 題目全翻譯＋通關解題

【讀解、聽力、言語知識〈文字、語彙、文法〉】

N2

吉松由美・田中陽子・西村惠子・林勝田・山田社日檢題庫小組　著

はじめに

選對路、用對工具，剩下的就是坐等勝利！
為了回應各位的熱切期盼，我們激動推出了這本重量級新作——
《絕對合格攻略！新日檢 6 回全真模擬 N2 寶藏題庫＋通關解題》的全翻譯版，
也就是傳說中的
《N2 學霸攻略 絕對合格！新日檢寶藏題庫 6 回——題目全翻譯＋通關解題》！
學習從此變得不僅方便，還超級炫酷！隨時隨地打怪升級，實力狂飆，隨手就能累積爆表的實力！

這可不是什麼普通的模擬試題，而是由我們頂尖題庫專家精心雕琢的超威版！最新的出題趨勢盡在掌握，讓您每次考前都能充滿底氣、戰無不勝！別再為日檢考試焦頭爛額了，636 道經典考題已為您準備妥當，短期衝刺，證照拿到手，成功就是那麼簡單！

★ 百萬考生強力背書，這可是絕對權威！就是這麼威風凜凜！

★ 出題老師全程駐守日本，緊盯考試風向，重新洗牌題庫，助您精準鎖定考試重點，一擊必中！

想要百「試」百勝，不是靠運氣，得靠準確瞄準出題套路！本書就是您日檢「高分」的試金石，幫您摸透出題「方向」與「慣性」，再搭配絕妙的通關戰略，讓您關鍵時刻，火力全開，成為考場上的黑馬傳奇！

模擬試題可不只是練手，它能幫您找到考試的節奏感，像彈琴一樣，節奏對了，分數自然輕鬆到手！再加上日籍金牌教師的通關解析，您的盲點馬上現形，實力迅速提升。當您站上考場，您會覺得，這根本就是一場提前安排好的勝利秀！輕鬆爆發，高分唾手可得！本書的精彩之處在於：

1. 新日檢變得再快，高分始終如一：

雖然日檢的出題變化如同四季交替，永遠捉摸不定，但高分的真理永遠不變！我們的日本老師可是長年駐守，目光如炬，徹底剖析新舊考題，為您量身打造 100% 還原的模擬試題。只要抓住重點，您就能在關鍵時刻如同火箭般沖刺，輕鬆拿下高分！

記住，考試如人生，變的是題目，不變的是得分的法則！

2. 智者知「法則」，高分自然來：

合格高手不是靠臨場發揮，而是靠準確的戰略和技巧！他們清楚掌握出題的慣例，從漢字發音、詞義區別到句間邏輯，無一遺漏。徹底解析考官心理，戰略指引讓您在面對複雜的題型時如魚得水。考場就是戰場，熟悉規律的您，就是高分的常勝將軍！

新日檢越來越難，但我們的模擬試題就像是解題的武器庫，鋒利無比！日本老師精心追蹤考試動態，打造超擬真的模擬試題，讓您提前適應考場節奏，準確掌握必考重點，從容進退，高分有如探囊取物！

3. 金牌教師親筆通關秘笈，絕殺技巧全揭露！

失誤升級，不再踩雷：犯錯是學習的好朋友，但一錯再錯就成了大敵！這本書由日檢題型的老師父——多年追蹤出題的日籍金牌教師，獻上了考試解析秘笈，直接命中您可能的盲點，讓您在考試路上少走彎路、少挖坑，直奔高分大道！考試這條路嘛，少走些冤枉路，才能走得更遠更穩！

解題全勝保證，錯題不怕：答錯？別擔心！我們的解題思路就像手術刀般銳利，每一題都附有專業解析，讓您從刁鑽角度了解考官的思維。無論是漢字題還是語法題，信心滿滿才是王道，做題如破迷宮，一路通關無往不利！

精準解析，直擊要害：我們不僅告訴您答案，還會深入分析每道題的核心關鍵。考試的每一道題，都有它背後的「命題哲學」。理解了這些，就像掌握了考官的祕密日記，您將洞悉整場考試的邏輯脈絡，解題如神！

大師級技巧，輕鬆說明：將那些冗長複雜的知識點化繁為簡，這可是高分的祕訣！就連前主考官也會點頭稱讚——簡單明瞭的技巧讓您如虎添翼，這些就是您高分路上的神器！

4.「聽力」決戰日檢，全科王牌攻略：

兄弟姐妹們，考試這條路，沒人能逃過聽力這關！我們可不是隨便蒙混過關的，這裡可是全科備戰，一刀切，每一科都得給您補得牢牢的！尤其是那個總愛「落井下石」的聽解測驗，常常成了考生的「絆腳石」，但不用怕，這回我們給您全方位支援。

這本書可不馬虎！提供了 6 回合超豐富的模擬聽解試題，還有專業錄製的 N2 標準東京腔音檔，既專業又貼心，幫您練就「日語敏銳耳」。考試問題一出，您的耳朵就能像雷達一樣捕捉到正確答案！聽力再也不會成為您的弱點，而是您的王牌武器！

懂得出題的套路，合格證書自然是囊中之物！全科備戰，考試的冠軍早已預定，等著您站上舞台接受眾人的掌聲，一切盡在掌握之中！

5.100% 優勢，信達雅翻譯，得分更穩！

本書強調「信達雅」的翻譯標準，這可是日檢考試中的秘密武器！考試不僅是做題，還得靠翻譯的功力——信（忠於原文），達（表達順暢），雅（文辭優美）。這三大要素能幫助您避免語意偏差，避免因理解錯誤而丟分。

透過這樣的翻譯標準，不僅能讓您迅速抓住每道題的核心意思，還能大幅提升答題的準確性。此外，這種翻譯訓練還能培養您對日語的語感和表達能力，讓您的聽、説、讀、寫都能更上一層樓！考場上，您不只是應試者，您將成為日語語感和翻譯的大師級選手！

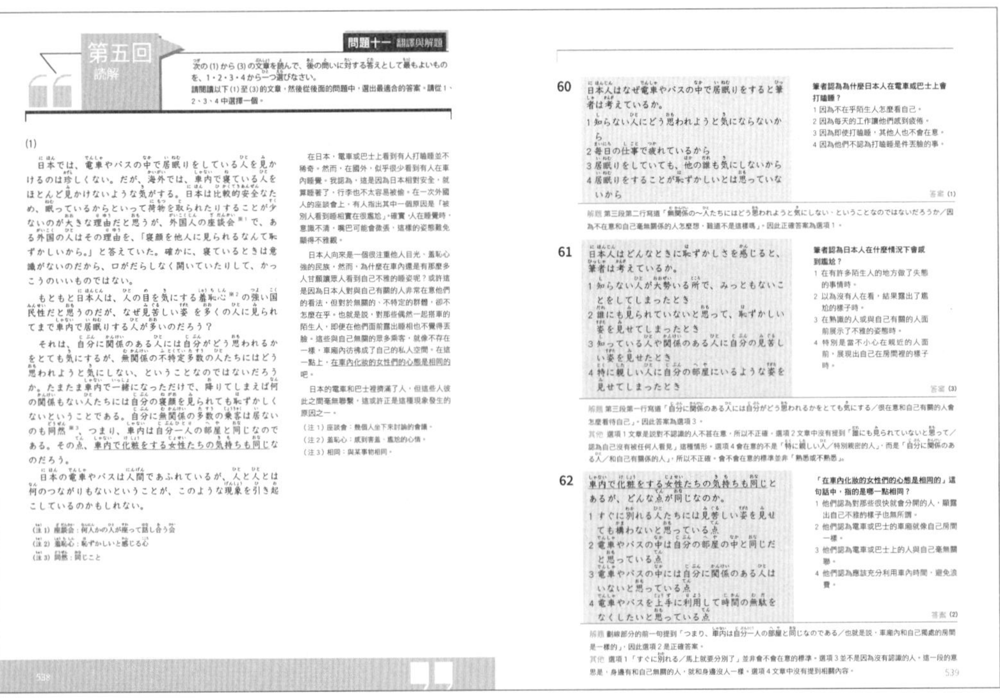

第五回 讀解

問題十一 翻譯與解題

次の (1) から (3) の文章を読んで、後の問いに対する答えとして最もよいものを、1・2・3・4から一つ選びなさい。

請閱讀以下 (1) 至 (3) 的文章，然後從後面的問題中，選出最適合的答案。請從 1、2、3、4 中選擇一個。

(1)

日本では、電車やバスの中で居眠りをしている人を見かけるのは珍しくない。だが、海外では、車内で寝ている人をほとんど見かけないような気がする。日本は比較的安全なため、眠っているからといって荷物を取られたりすることが少ないのが大きな理由だと思うが、外国人の座談会[注1]で、ある外国の人はその理由を、「寝顔を他人に見られるなんて恥ずかしいから。」と答えていた。確かに、寝ているときは意識がないのだから、口がだらしなく開いていたりして、かっこうのいいものではない。

もともと日本人は、人の目を気にする羞恥心[注2]の強い国民性だと思うのだが、なぜ見苦しい姿 を多くの人に見られてまで車内で居眠りする人が多いのだろう？

それは、自分に関係のある人には自分がどう思われるかをとても気にするが、無関係の不特定多数の人たちにはどう思われようと気にしない、ということなのではないだろうか。たまたま車内で一緒になっただけで、降りてしまえば何の関係もない人たちには自分の寝顔を見られても恥ずかしくないということである。自分に無関係の多数の乗客は居ないのも同然[注3]、つまり、車内は自分一人の部屋と同じなのである。その点、車内で化粧をする女性たちの気持ちも同じなのだろう。

日本の電車やバスは人間であふれているが、人と人とは何のつながりもないということが、このような現象を引き起こしているのかもしれない。

（注 1）座談会：何人かの人が座って話し合う会
（注 2）羞恥心：恥ずかしいと感じる心
（注 3）同然：同じこと

在日本，電車或巴士上看到有人打瞌睡並不稀奇。然而，在國外，似乎很少看到有人在車內睡覺。我認為，這是因為日本相對安全，就算睡著了，行李也不太容易被偷。在一次外國人的座談會上，有人指出其中一個原因是「被別人看到睡相實在很尷尬」。確實，人在睡覺時，意識不清，嘴巴可能會微張，這樣的姿態難免顯得不雅觀。

日本人向來是一個很注重他人目光、羞恥心強的民族。然而，為什麼在車內還是有那麼多人甘願讓眾人看到自己不雅的睡姿呢？或許這是因為日本人對與自己有關的人非常在意他們的看法，但對於無關的、不特定的群體，卻不怎麼在乎。也就是説，對那些偶然一起搭車的陌生人，即使在他們面前露出睡相也不覺得丟臉。這些與自己無關的眾多乘客，就像不存在一樣，車廂內彷彿成了自己的私人空間。在這一點上，在車內化妝的女性們的心態是相同的吧。

日本的電車和巴士裡擠滿了人，但這些人彼此之間毫無聯繫，這或許正是這種現象發生的原因之一。

（注 1）座談會：幾個人坐下來討論的會議。
（注 2）羞恥心：感到害羞、尷尬的心情。
（注 3）相同：與某事物相同。

538

60 日本人はなぜ電車やバスの中で居眠りをすると筆者は考えているか。

1 知らない人にどう思われようと気にならないから
2 毎日の仕事で疲れているから
3 居眠りをしていても、他の誰も気にしないから
4 居眠りをすることが恥ずかしいとは思っていないから

筆者認為為什麼日本人在電車或巴士上會打瞌睡？

1 因為不在乎陌生人怎麼看自己。
2 因為每天的工作讓他們感到疲倦。
3 因為即使打瞌睡，其他人也不會在意。
4 因為他們不認為打瞌睡是件丟臉的事。

答案 (1)

解題 第三段第二行寫道「無関係の～人たちにはどう思われようと気にしない、ということなのではないだろうか／因為不在意和自己毫無關係的人怎麼想，難道不是這樣嗎」，因此正確答案為選項 1。

61 日本人はどんなときに恥ずかしさを感じると、筆者は考えているか。

1 知らない人が大勢いる所で、みっともないことをしてしまったとき
2 誰にも見られていないと思って、恥ずかしい姿を見せてしまったとき
3 知っている人や関係のある人に自分の見苦しい姿を見せたとき
4 特に親しい人に自分の部屋にいるような姿を見せてしまったとき

筆者認為日本人在什麼情況下會感到尷尬？

1 在有許多陌生人的地方做了失態的事情時。
2 以為沒有人在看，結果露出了尷尬的樣子時。
3 在熟識的人或與自己有關的人面前展示了不雅的姿態時。
4 特別是當不小心在親近的人面前，展現出自己在房間裡的樣子時。

答案 (3)

解題 第三段第一行寫道「自分に関係のある人には自分がどう思われるかをとても気にする／很在意和自己有關的人會怎麼看待自己」，因此答案為選項 3。

其他 選項 1 文章是說對不認識的人不甚在意，所以不正確。選項 2 文章中沒有提到「誰にも見られていないと思って／認為自己沒有被任何人看見」這種情形。選項 4 會在意的不是「特に親しい人／特別親密的人」，而是「自分に関係のある人／和自己有關係的人」，所以不正確。會不會在意的標準並非「熟悉或不熟悉」。

62 車内で化粧をする女性たちの気持ちも同じとあるが、どんな点が同じなのか。

1 すぐに別れる人たちには見苦しい姿を見せても構わないと思っている点
2 電車やバスの中は自分の部屋の中と同じだと思っている点
3 電車やバスの中には自分に関係のある人はいないと思っている点
4 電車やバスを上手に利用して時間の無駄をなくしたいと思っている点

「在車內化妝的女性們的心態是相同的」這句話中，指的是哪一點相同？

1 他們認為對那些很快就會分開的人，顯露出自己不雅的樣子也無所謂。
2 他們認為電車或巴士的車廂就像自己房間一樣。
3 他們認為電車或巴士上的人與自己毫無關聯。
4 他們認為應該充分利用車內時間，避免浪費。

答案 (2)

解題 劃線部分的前一句提到「つまり、車内は自分一人の部屋と同じなのである／也就是説，車廂內和自己獨處的房間是一樣的」，因此選項 2 是正確答案。

其他 選項 1「すぐに別れる／馬上就要分別了」並非會不會在意的標準。選項 3 並不是因為沒有認識的人。這一段的意思是，身邊有和自己無關的人，就和身邊沒人一樣。選項 4 文章中沒有提到相關內容。

539

6. 考試就是場舞會！掌握節奏感，加薪證照輕鬆拿！

考試嘛，就像參加一場盛大的舞會，節奏感就是王道！這本書為您準備了「6 大回合超擬真模擬試題」，就像為您量身打造的舞步訓練，難度和題型完全依照日檢的標準來設計。做這些模擬試題，就像提前進入考場，計時器開啟，感受真實的節奏與速度。

要注意的可是穩中求快！審題要仔細，難題不要怕，繞過去就行。這樣快速且穩定的步伐，不僅讓您提前熟悉考試節奏，還能練就一雙火眼金睛，抓住重點不慌亂！考前只要進行這樣的密集練習，您不僅能調整好狀態，心理和生理都備戰充分。答題時，節奏對了，分數自然手到擒來，加薪證照輕鬆拿下！

7. 最後，信心要爆棚！

記住，信心就是您最大的武器！信心來自於充分的準備，考試前，記得自我暗示：「這點難度對我來說不過是小菜一碟！」相信自己，運氣也會跟著來！心中默念：「絕對合格！」要相信，這不是幻想，而是實力和運氣的雙重加持！

最後，帶著這種信心走進考場，您已經為自己的成功鋪好了路。堅信必成，加薪的證書已經在向您招手了！考試這件事，有時候，信心就是半個勝利！加油！

目錄

もくじ

題型分析 もんだいけいしきぶんせき

測驗科目（測驗時間）		試題內容				
		題型			小題題數＊	分析
語言知識、讀解（105分）	文字、語彙	1	漢字讀音	◇	5	測驗漢字語彙的讀音。
		2	假名漢字寫法	◇	5	測驗平假名語彙的漢字寫法。
		3	複合語彙	◇	5	測驗關於衍生語彙及複合語彙的知識。
		4	選擇文脈語彙	○	7	測驗根據文脈選擇適切語彙。
		5	替換類義詞	○	5	測驗根據試題的語彙或說法，選擇類義詞或類義說法。
		6	語彙用法	○	5	測驗試題的語彙在文句裡的用法。
	文法	7	文句的文法1（文法形式判斷）	○	12	測驗辨別哪種文法形式符合文句內容。
		8	文句的文法2（文句組構）	◆	5	測驗是否能夠組織文法正確且文義通順的句子。
		9	文章段落的文法	◆	5	測驗辨別該文句有無符合文脈。
	讀解＊	10	理解內容（短文）	○	5	於讀完包含生活與工作之各種題材的說明文或指示文等，約200字左右的文章段落之後，測驗是否能夠理解其內容。
		11	理解內容（中文）	○	9	於讀完包含內容較為平易的評論、解說、散文等，約500字左右的文章段落之後，測驗是否能夠理解其因果關係或理由、概要或作者的想法等等。
		12	綜合理解	◆	2	於讀完幾段文章（合計600字左右）之後，測驗是否能夠將之綜合比較並且理解其內容。

聽力變得好重要喔！

沒錯，以前比重只佔整體的1/4，現在新制高達1/3喔。

<table>
<tr><td rowspan="2">語言知識、讀解（105分）</td><td rowspan="2">讀解*</td><td>13</td><td>理解想法（長文）</td><td>◇</td><td>3</td><td>於讀完論理展開較為明快的評論等，約900字左右的文章段落之後，測驗是否能夠掌握全文欲表達的想法或意見。</td></tr>
<tr><td>14</td><td>釐整資訊</td><td>◆</td><td>2</td><td>測驗是否能夠從廣告、傳單、提供訊息的各類雜誌、商業文書等資訊題材（700字左右）中，找出所需的訊息。</td></tr>
<tr><td colspan="2" rowspan="5">聽解（50分）</td><td>1</td><td>課題理解</td><td>◇</td><td>5</td><td>於聽取完整的會話段落之後，測驗是否能夠理解其內容（於聽完解決問題所需的具體訊息之後，測驗是否能夠理解應當採取的下一個適切步驟）。</td></tr>
<tr><td>2</td><td>要點理解</td><td>◇</td><td>6</td><td>於聽取完整的會話段落之後，測驗是否能夠理解其內容（依據剛才已聽過的提示，測驗是否能夠抓住應當聽取的重點）。</td></tr>
<tr><td>3</td><td>概要理解</td><td>◇</td><td>5</td><td>於聽取完整的會話段落之後，測驗是否能夠理解其內容（測驗是否能夠從整段會話中理解說話者的用意與想法）。</td></tr>
<tr><td>4</td><td>即時應答</td><td>◆</td><td>12</td><td>於聽完簡短的詢問之後，測驗是否能夠選擇適切的應答。</td></tr>
<tr><td>5</td><td>綜合理解</td><td>◇</td><td>4</td><td>於聽完較長的會話段落之後，測驗是否能夠將之綜合比較並且理解其內容。</td></tr>
</table>

*「小題題數」為每次測驗的約略題數，與實際測驗時的題數可能未盡相同。此外，亦有可能會變更小題題數。

*有時在「讀解」科目中，同一段文章可能會有數道小題。

*新制測驗與舊制測驗題型比較的符號標示：

◆	舊制測驗沒有出現過的嶄新題型。
◇	沿襲舊制測驗的題型，但是更動部分形式。
○	與舊制測驗一樣的題型。

JLPT N2

試験問題

STS

測驗日期：＿＿月＿＿日

第一回

言語知識（文字、語彙）

問題１　＿＿の言葉の読み方として最もよいものを、1・2・3・4から一つ選びなさい。

1　大勢の人が、集会に参加した。

1　おおせい　　2　おおぜい　　3　だいせい　　4　たいぜい

2　ここから眺める景色は最高です。

1　けいしょく　　2　けいしき　　3　けしき　　4　けしょく

3　アイスクリームが溶けてしまった。

1　とけて　　2　つけて　　3　かけて　　4　よけて

4　時計の針は、何時を指していますか。

1　かね　　2　くぎ　　3　じゅう　　4　はり

5　10年後の自分を想像してみよう。

1　そうじょう　　2　そうぞう　　3　しょうじょう　　4　しょうぞう

問題2 ＿＿の言葉を漢字で書くとき、最もよいものを、1・2・3・4から一つ選びなさい。

6 午前中にがっか試験、午後は実技試験を行います。

1 学科　2 学課　3 学可　4 学化

7 あと10分です。いそいでください。

1 走いで　2 忙いで　3 速いで　4 急いで

8 5番のバスに乗って、しゅうてんで降ります。

1 集天　2 終天　3 終点　4 集点

9 あなたが一番しあわせを感じるのは、どんなときですか。

1 幸せ　2 羊せ　3 辛せ　4 肯せ

10 ふくざつな計算に時間がかかってしまった。

1 副雑　2 複雑　3 復雑　4 福雑

問題3 （　　）に入れるのに最もよいものを、1・2・3・4から一つ選びなさい。

11 労働（　　）の権利を守る法律がある。

1 人　　2 者　　3 員　　4 士

12 遊園地の入場（　　）が値上げされるそうだよ。

1 代　　2 金　　3 費　　4 料

13 趣味はスポーツということですが、具体（　　）にはどんなスポーツをされるんですか。

1 式　　2 的　　3 化　　4 用

14 若者が（　　）文化に触れる機会をもっと増やすべきだ。

1 異　　2 別　　3 外　　4 他

15 （　　）期間のアルバイトを探している。

1 小　　2 低　　3 短　　4 少

問題４（　　）に入れるのに最もよいものを、１・２・３・４から一つ選びなさい。

16 私があなたをだましたなんて！それは（　　）ですよ！

1　混乱　　2　皮肉　　3　誤解　　4　意外

17 夫は朝から（　　）が悪く、話しかけても返事もしない。

1　元気　　2　機嫌　　3　心理　　4　礼儀

18 昔は、地図を作るのに、人が歩いて（　　）を測ったそうだ。

1　角度　　2　規模　　3　幅　　4　距離

19 次に、なべに沸かしたお湯で、ほうれん草を（　　）。

1　刻みます　　2　焼きます　　3　炒めます　　4　ゆでます

20 この地方は、気候が大変（　　）で、一年中春のようです。

1　穏やか　　2　安易　　3　なだらか　　4　上品

21 就職相談を希望する学生は、（　　）希望日時を就職課で予約すること。

1　そのうち　　2　あらかじめ　　3　たびたび　　4　いつの間にか

22 パソコンの操作を間違えて、入力した（　　）を全て消してしまった。

1　ソフト　　2　データ　　3　コピー　　4　プリント

問題５　＿＿の言葉に意味が最も近いものを、1・2・3・4から一つ選びなさい。

23 履歴書に書く<u>長所</u>を考える。

1　好きなこと　　2　良い点　　3　得意なこと　　4　背の高さ

24 <u>公平な</u>判断をする。

1　平凡な　　2　平等な　　3　分かりやすい　　4　安全な

25 机の上の荷物を<u>どける</u>。

1　しまう　　2　汚す　　3　届ける　　4　動かす

26 <u>いきなり</u>肩をたたかれて、びっくりした。

1　突然　　2　ちょうど　　3　思いきり　　4　一回

27 小さな<u>ミス</u>が、勝敗を分けた。

1　選択　　2　中止　　3　失敗　　4　損害

回數

1
2
3
4
5
6

問題6　次の言葉の使い方として最もよいものを、1・2・3・4から一つ選びなさい。

28 手間

1 アルバイトが忙しくて、勉強する手間がない。
2 彼女はいつも、手間がかかった料理を作る。
3 手間があいていたら、ちょっと手伝ってもらえませんか。
4 子どもの服を縫うのは、とても手間がある仕事です。

29 就任

1 大学卒業後は、食品会社に就任したい。
2 一日の就任時間は、8時間です。
3 この会社で10年間、研究者として就任してきました。
4 この度、社長に就任しました木村です。

30 見事

1 彼女の初舞台は見事だった。
2 隣のご主人は、見事な会社の社長らしい。
3 20歳なら、もう見事な大人ですよ。
4 サッカーは世界中で見事なスポーツだ。

31 組み立てる

1 夏休みの予定を組み立てよう。
2 自分で組み立てる家具が人気です。
3 30歳までに、自分の会社を組み立てたい。
4 長い上着に短いスカートを組み立てるのが、今年の流行だそうだ。

32 ずっしり

1 リーダーとしての責任をずっしりと感じる。
2 帰るころには、辺りはずっしり暗くなっていた。
3 緊張して、ずっしり汗をかいた。
4 このスープは、ずっしり煮込むことが大切です。

Check □1 □2 □3

文
法

言語知識（文法）

問題7　（　　）に入れるのに最もよいものを、1・2・3・4から一つ選びなさい。

33　（　　）にあたって、お世話になった先生にあいさつに行った。

1　就職した　　2　就職する　　3　出勤した　　4　出勤する

34　森林の開発をめぐって、村の議会では（　　）。

1　村長がスピーチした　　2　反対派が多い

3　話し合いが続けられた　　4　自分の意見を述べよう

35　飛行機がこわい（　　）が、事故が起きたらと思うと、できれば乗りたくない。

1　わけだ　　2　わけがない

3　わけではない　　4　どころではない

36　激しい雨にもかかわらず、試合は（　　）。

1　続けられた　　2　中止になった

3　見たいものだ　　4　最後までやろう

37　A：「この本、おもしろいから読んでごらんよ。」

B：「いやだよ。だって、漢字ばかり（　　）。」

1　ことなんだ　　2　なんだこと　　3　ものなんだ　　4　なんだもの

38　彼女は若いころは売れない歌手だったが、その後女優（　　）大成功した。

1　にとって　　2　として　　3　にかけては　　4　といえば

39　（　　）以上、あなたが責任を取るべきだ。

1　社長である　　2　社長だ　　3　社長の　　4　社長

40 同僚の歓迎会でカラオケに行くことになった。歌は苦手だが、1 曲歌わ（　　）だろう。

1　ないに違いない　　2　ないではいられない
3　ないわけにはいかない　　4　ないに越したことはない

41 何歳から子どもにケータイを（　　）か、夫婦で話し合っている。

1　持てる　　2　持たれる　　3　持たせる　　4　持たされる

42 中学生が、世界の平和について真剣に討論するのを聞いて、私もいろいろ（　　）。

1　考えられた　　2　考えさせた　　3　考えされた　　4　考えさせられた

43 この薬はよく効くのだが、飲むと（　　）眠くなるので困る。

1　ついに　　2　すぐに　　3　もうすぐ　　4　やっと

44 失礼ですが、森（もり）先生の奥様で（　　）か。

1　あります　　2　いらっしゃいます
3　おります　　4　ございます

文法

問題8　次の文の__★__に入る最もよいものを、1・2・3・4から一つ選びなさい。

（問題例(れい)）

あそこで ____ ____ __★__ ____ は山田さんです。

1　テレビ　　2　見ている　　3　を　　4　人

（回答のしかた）

1. 正しい文はこうです。

あそこで ____ ____ __★__ ____ は山田さんです。
1　テレビ　　3　を　　2　見ている　　4　人

2. __★__に入る番号を解答用紙にマークします。

（解答用紙(かいとう)）　（例(れい)）　①●③④

---

45 ____ ____ __★__ ____ が売れているそうだ。

1　高齢者　　2　衣服
3　向けに　　4　デザインされた

46 ここからは、部長に ____ ____ __★__ ____ させていただきます。

1　私が　　2　説明　　3　設計担当の　　4　かわりまして

47 収入も不安定なようだし、____ ____ __★__ ____ 、うちの娘を結婚させるわけにはいかないよ。

1　からして　　2　君と　　3　学生のような　　4　服装

48 週末は旅行に行く予定だったが、＿＿＿ ＿＿＿ ＿★＿ ＿＿＿ ではなくなってしまった。

1 突然　2 どころ　3 母が倒れて　4 それ

49 ＿＿＿ ＿＿＿ ＿★＿ ＿＿＿ 負けません。

1 だれにも　2 かけては　3 ことに　4 あきらめない

文法

問題9　次の文章を読んで、文章全体の内容を考えて、 50 から 54 の中に入る最もよいものを、1・2・3・4の中から一つ選びなさい。

マナーの違い

日本では、人に物を差し上げる場合、「粗末(注)なものですが」と言って差し上げる習慣がある。ところが、欧米人などは、そうではない。「すごくおいしいので」とか、「とっても素晴らしい物です」といって差し上げる。

そして、日本人のこの習慣について、 50 言う。

「つまらないと思っている物を人に差し上げるなんて、失礼だ。」と。

51 。私は、そうは思わない。日本人は相手のすばらしさを尊重し強調する 52 、自分の物を低めて言うのだ。「とても素晴らしいあなた。あなたに差し上げるにしては、これはとても粗末なものです。」と言っているのではないだろうか。

そして、日本人は逆に欧米の習慣に対して、「自分の物を褒めるなんて」と非難する。

私は、これもおかしいと思う。自分の物を素晴らしいから、おいしいからと言って人に差し上げるのも、相手を素晴らしいと思っているからなのだ。「すばらしいあなた。これは、そんな素晴らしいあなたにふさわしいものですから、 53 。」と言っているのだと思う。

54 、どちらも心の底にある気持ちは同じで、相手のすばらしさを表現するための表現なのだ。その同じ気持ちが、全く反対の言葉で表現されるというのは非常に興味深いことに思われる。

(注) 粗末：品質が悪いこと

50

1　そう　　2　こう　　3　そうして　　4　こうして

51

1　そう思うか　　2　そうだろうか
3　そうだったのか　　4　そうではないか

52

1　かぎり　　2　あまり　　3　あげく　　4　ものの

53

1　受け取らせます　　2　受け取らせてください
3　受け取ってください　　4　受け取ってあげます

54

1　つまり　　2　ところが　　3　なぜなら　　4　とはいえ

読解

問題10　次の(1)から(5)の文章を読んで、後の問いに対する答えとして最もよいものを、1・2・3・4から一つ選びなさい。

(1)

ある新聞に、東京のサクラは、田舎(いなか)と比べて長いあいだ咲いているとあった。なぜかというと、都会は、ミツバチやチョウなどの昆虫が少ないからだという。昆虫が少ないと、なかなか受粉(注1)できないので、サクラは花が咲く期間を長くして受粉の機会を増やしているのだそうである。特に散る直前には特別甘い蜜(注2)を出して、ミツバチなどの昆虫を誘うということだ。植物も子孫繁栄(はんえい)(注3)のためにいろいろと工夫をしているのだ。

(注1) 受粉(じゅふん)：花粉がつくこと。花は受粉することで実がなり、種もできる。
(注2) 蜜(みつ)：甘い液
(注3) 子孫繁栄(はんえい)：子孫が長く続き、勢いが盛んになること

55 東京のサクラが、田舎と比べて長いあいだ咲いているのはなぜか。

1　昆虫が少ないため、なかなか受粉できないから
2　散る間際に特別甘い蜜を出して昆虫を誘うから
3　ミツバチなどの昆虫がどこかに飛んでいってしまうから
4　長いあいだ子孫繁栄の機会がなかったから

(2)

日本人は、否定疑問文が苦手だと言われる。例えば、「あなたは料理をしないのですか？」と聞かれた場合、イギリス人なら「いいえ、しません。」と答えるが、日本語ではそうではない。「はい、しません。」と答える。なぜ、英語と日本語では否定疑問文に対して反対の答え方をするのだろうか。その辺を、100年以上も前、熊本(注1)で英語の教師をしていた小泉八雲(注2)（ラフカディオ・ハーン）は、うまく説明している。「イギリス人は、質問の言葉とは関係なく、事実に対して返答するが、日本人は、質問に含まれる否定や肯定の言葉に対して「はい」とか「いいえ」とか返答するのだ。」と。なかなかわかりやすい説明だ。

（注1）熊本（くまもと）：地名。九州地方にある県の名前
（注2）小泉八雲（こいずみやくも）：イギリス人文学者。後に日本人となる。日本文化をヨーロッパに伝えた

56 「あなたは料理をしないのですか。」という質問に対する日本人の答え方の説明として、正しいものはどれか。

1 「料理をする」という事実に対して、「いいえ、しません。」と答える
2 「料理をしない」という事実に対して、「いいえ、しません。」と答える
3 「しない」という言葉に対して、「いいえ、しません。」と答える
4 「しない」という言葉に対して、「はい、しません。」と答える

(3)

日本のほとんどは温帯(注1)に属している。つまり、季節風の影響で四季の変化に富み、気温の変化、特に夏と冬の寒暖(注2)の差が大きい。夏は35度を超す日も多く湿度も高い。冬は0度近くになることもあり、都心でさえ雪が積もることがある。また、夏から秋にかけては、台風や洪水(注3)などの被害に襲われる。

寒い冬は、常夏(注4)の国を羨ましく思ったりするが、その冬が去り、桜の花が咲く春になると、冬の寒さが厳しかっただけに、嬉しさは、格別である。

(注1) 温帯：気候区分の一つ

(注2) 寒暖の差：寒さと暖かさの差

(注3) 洪水：川などの水があふれる被害

(注4) 常夏(とこなつ)の国：一年中夏のように暖かい国

57 日本の気候について、正しくないものはどれか。

1 特に夏と冬では気温の変化が激しい。

2 東京でも雪が積もる。

3 季節風のため、台風や洪水に見舞われることがある。

4 日本は、全ての地域が温帯にふくまれている。

(4)

ちょっと笑える興味深い学術研究に与えられるイグ・ノーベル賞というのがある。2015 年の文学賞はオランダの言語学者らによる「huu ?」（はあ?）の研究が選ばれた。相手の言っていることが理解できないときや、混乱した会話を聞き返すとき、私たち日本人は「ハア?」と言うが、この「ハア?」が、なんと、世界中の多くの言語で、ほとんど同じ意味で使われているというのだ。興味深い研究である。

しかし、この言葉、日本では、発音によっては異なる意味を表す。つまり、「ア」を強く発音し、その語尾(注)を伸ばして「ハアー?」と言うと、聞き返しではなく、「あんたは、なに言っているんだ！」と、相手の言葉を批判し否定する意味に使われるので、注意が必要である。

(注) 語尾（ごび）：話す言葉の終りの部分

58 「huu ?」という言葉は、日本では、なぜ注意が必要なのか。

1 世界中の多くの言語で使われているが、日本語の意味は異なるから
2 相手が理解できなかったり、混乱したりするから
3 否定の意味を込めて発音するのが難しいから
4 言い方によっては、違った意味を表すから

(5)

以下は、ある化粧品会社が田中よしえさんに送ったメールの内容である。

8月お誕生日を迎えられる　田中よしえ様

田中様　お誕生日おめでとうございます。

いつも、ジルジルの化粧品をご愛用(注1)いただきまして、まことにありがとうございます。

田中様のお誕生日をお祝いして、ささやか(注2)ながらプレゼントをご用意させていただきました。

どうぞ、この機会をお見逃しなく、プレゼントをお受け取りくださいますよう、お願いいたします。

◆プレゼント　1,000円のお買い物券

◆お誕生日月の１日～末日までご利用いただけます。

◆現金に替えることはできません。

◆インターネットでの6,000円以上のお買い物でのみご利用できます。

http://www.jiljil.com

7月15日　株式会社ジルジル化粧品

(注1) 愛用：好んで使うこと

(注2) ささやか：ほんの少し

59 この誕生日のサービスについて、正しいものはどれか。

1 このサービスは今月から来月末まで、インターネットでの6,000円以上の買い物に使うことができる。

2 このサービスは8月いっぱい、インターネットでの6,000円以上の買い物で使うことができる。

3 このサービスは、8月中に6,000円以上の買い物をすると、お買い物券が郵便で送られてくる。

4 このサービスは、インターネットの買い物でもお店での買物でも使うことができるが、6,000円以上買わないと使えない。

読解

問題 11 次の (1) から (3) の文章を読んで、後の問いに対する答えとして最もよいものを、1・2・3・4 から一つ選びなさい。

(1)

ある日の新聞の投書欄に、中学２年生の男の子が投書をしていた。自分は今、塾に行ったり、家庭教師に来てもらったりして、高校入試を目指して勉強している。しかし、友達のＡ君は、自分と同じ力があるのに、家が貧しくて塾にも行けない。自分は恵まれていると思う半面、それでいいのかという疑問を感じている、というのである。

私は、この投書が、貧困(注1)家庭の子どもではなく、恵まれた家庭の子どもによるものだということに、まず、驚いた。そして、大人として非常に反省させられた。

今、日本では、子どもの貧困が問題になっている。2012 年の調査によると、平均的な所得の半分以下の世帯で暮らす 18 歳未満の子どもの割合は、16.3%だそうである。なんと、6 人に 1 人の子どもが貧困と言われるのだ。中でも一人親世帯(注2)の貧困率は半数を上回る。このような家庭の子どもたちは、受験のための塾に行くこともできない。

日本は比較的平等な国で、子どもの実力さえあればどんな高レベルの学校にも行けるとはいうものの、その入り口である入学試験を受けるにあたって、こんな格差(注3)があるのは決して許されていいことではない。経済的に恵まれた家庭の子どもたちはお金をかけて試験勉強をすることができ、貧困家庭の子どもたちはそれができないというのでは、平等とはいえない。大人の責任としてこのような不平等はなくさなければならない。

(注 1) 貧困：貧しくて生活が苦しいこと
(注 2) 一人親世帯：父親か母親のどちらかしかいない家庭
(注 3) 格差：差。ここでは、試験を受けるにあたっての条件の差

60 新聞に投書したのはどのような子どもだったか。

1 家が貧しいため塾に行けない高校生の男の子

2 高校受験のための塾に通っている恵まれた家庭の中学生

3 家が貧しいため高校に行くことができない中学生

4 力がないので、塾に通うことができない貧しい家の中学生

61 18歳未満の子どもの貧困の割合はどれくらいか。

1 5人に一人

2 約半数

3 6人に1人

4 約30%

62 こんな格差とは、どのような差のことを指しているか。

1 貧しい家庭と恵まれた家庭があるという差

2 ひとり親世帯の子どもと両親が揃った世帯の子どもがいるという差

3 お金をかけて勉強できる家庭の子どもとそれができない子どもがいるという差

4 レベルが高い高校と、そうでもない高校とがあるという差

(2)

日本語の「えもじ」つまり、「絵文字(注1)」が、「emoji」として国際的に知られ、欧米でも使われているそうである。

その反響、つまり、絵文字が読者にどのように受け取られるかを見るために、アメリカの全国紙で、このほど試験的に絵文字を見出しに採用してみたという。例えば、悲しい記事の見出しの後には涙を流している悲しそうな顔の絵文字を、不正を伝える記事の見出しの後には怒った顔の絵文字を、という具合だ。

その結果はというと、ニュースの内容が分かりやすいのでいいという人々と、反対に印刷物には向いていないという反対派がいたそうだ。新聞などの報道関係者には、反対の人が多かったらしい。その理由は「絵文字の使用は、人間の思考力を減らす」というものであった。

もともと絵文字が欧米社会に知られるようになったのは、4年ほど前（2011年）だということだが、その2年後には、なんと、「emoji」がオックスフォード辞書に登録されたそうだ。

これも、IT時代、グローバル化(注2)時代の当然の成り行き(注3)かもしれないが、私などは、やはり、絵文字の使用に関しては、全面的に賛成する気にはならない。特に新聞の見出しなどには使って欲しくないと思う。記事を書いた人の判断や感情を読者に先入観(注4)として与えることになると思うからだ。

(注1) 絵文字：メールなどに使われている、(>_<) や (^O^) などの顔文字

(注2) グローバル化：世界全体をひとつとみる。地球規模の

(注3) 成り行き：変わっていった結果

(注4) 先入観：無理に相手に与える考え

63 「絵文字」について、アメリカの全国紙でどのような試験をしてみたか。

1 「emoji」という語を記事に使って、その反響を見てみた。

2 絵文字を使ったことがあるかどうか調べてみた。

3 「emoji」が各国の辞書に登録されているかどうか調べてみた。

4 絵文字を新聞の見出しに使ってその反響を見てみた。

64 <u>その結果</u>はどうだったか。

1 報道関係者には反対の人が多かった。

2 ニュースがわかりやすくていいという人が多数だった。

3 印刷物に使うのは反対だという人がほとんどだった。

4 絵文字そのものを知らない人が多かった。

65 筆者は絵文字の使用についてどのように考えているか。

1 わかりやすくていい。

2 ある面では賛成できない。

3 反対である。

4 個人的なメールにだけ使ったほうがよい。

(3)

かつて、休暇もあまり取らず、毎日長時間働いて日本の経済を支えてきた労働者も、その頃に比べると、かなり意識が変わってきた。仕事だけでなく、家庭や自分の趣味に時間を使うようになり、余裕を持って働くようになった。国の政策として休日も増えた。

しかし、まだまだ欧米諸国に比べると、実際に労働者が取る休暇は少ないらしい。

仕事と生活のバランスについて2015年1、2月に、労働者に聞いたある調査によると、理想としては、「生活に重点を置きたい」が17%、「仕事に重点を置きたい」は14%であった。また、「両方のバランスを取るのが理想」とした人たちは38%であったそうだ。

しかし、現実には、「仕事に重点を置いている」というのが48%もいるというのだ。理想とは大きな差がある。

また、有給休暇(注1)を取っている日数は、年に平均7.7日。これは、労働基準法(注2)で認められている有給よりかなり少ない。有給休暇をあまり取らない理由として、「仕事量が多くて休む余裕がない」や「他の人に迷惑がかかる」などがあげられていて、1年間有給を全く取らなかった人はなんと、11%もいるそうである。この結果を見ると、本当に日本の労働者の意識が変わってきたのかどうか、疑問に思われる。

また、同じ調査によると、大企業で、出世(注3)している人ほど休んでいないという傾向が表れているそうである。

仕事と生活のバランスをとるのを理想としながらも、さまざまな事情でなかなか仕事を休めないという現実や、休む人より休まない人の方が出世をするという現実の前には、労働者はどのように考えればいいのだろうか。

(注1) 有給休暇：給料が支給される休暇

(注2) 労働基準法：労働者を守るための法律

(注3) 出世：会社で立派な地位を得ること

66 かなり意識が変わってきたとあるが、どのように変わってきたのか。

1 仕事がいちばん大切だと思うようになった。
2 仕事だけでなく、家庭や自分の趣味にも時間を使うようになった。
3 自分のために長い休暇を取るようになった。
4 自分の生活に重点を置くようになった。

67 「理想」と反対の意味で使われている言葉は何か。

1 実現
2 余裕
3 意識
4 現実

68 日本の大企業ではどんな人が出世しているか。

1 会社をあまり休まない人
2 自分の趣味や家族を大切にする人
3 法律で認められているだけ有給休暇を取る人
4 仕事と生活のバランスをうまく取っている人

読解

問題12　次のAとBはそれぞれ、女性の再就職について書かれた文章である。二つの文章を読んで、後の問いに対する答えとして最もよいものを、1・2・3・4から一つ選びなさい。

A

　このところ、日本では、女性の活躍を経済成長戦略(注1)の柱とし、主婦の再就職を支えるための機関、例えば子供のための保育園などが、各地に開設(注2)され始めている。出産後、子育てのために会社を辞め、何年間か主婦として家庭にいた女性たちの再就職を、どのように支援するかが問題になっているのである。

　しかし、多くの母親たちは、子供が少し大きくなってやっと就職できるようになっても、家族の病気や学校の行事、あるいは家事のために、フルタイム(注3)や残業の多い仕事に就くのは難しいというのが実情である。女性が自分の希望する働き方を自分で選ぶことができ、短時間でも働けるようになれば、女性の活躍の場ももっと広がるのではないだろうか。そのためには国の政策としての社会の整備が重要である。

B

日本では、長い間、男性は外で働き、女性は家庭で家族を守るのが当たり前とされてきたが、近年、多くの女性が家庭の外で働くようになってきた。国も経済政策上、女性の起業(注4)や再就職を支援している。

しかし、それに疑問を持つ女性もいるのだ。東京に住むＢさんは、大学卒業後企業に就職したが、14年前、長男出産の際に退職した。再就職も考えたが、保育料が高いことなどであきらめた。その後、二人の子供に恵まれた。そして、今では、「子育てこそ人材育成であり、家庭こそ社会の第一線(注5)。私は、立派な『お母さん仕事』をしているのだと誇りを持っている。」と語る。

主婦も家庭や地域という社会で活躍している。なにも企業で働くだけが活躍ではないのだ。女性にももっと多様な生き方が認められるべきであろう。

(注1) 戦略：作戦計画
(注2) 開設：設備を新しく作って仕事を始めること
(注3) フルタイム：全時間労働
(注4) 起業：事業を起こすこと
(注5) 第一線：最も重要な位置

69 ＡとＢはともに、どんな女性について述べているか。

1 出産のために退職した女性

2 短時間だけ働きたい女性

3 子供が二人以上いる女性

4 社会の第一線で働きたい女性

70 ＡとＢの筆者は、女性の再就職について、どのように考えているか。

1 ＡもＢも、子育てや家事は大切な仕事だから、国はそのための制度を充実させるべきだと考えている。

2 ＡもＢも、子育てや家事をする女性は、もっと自分の生き方を自由に選べる方がいいと考えている。

3 Ａは、女性は子供が大きくなったら社会に出て働くべきだと考え、Ｂは、女性は家庭で育児をすべきだと考えている。

4 Ａは女性の社会進出のために社会の整備が必要だと考え、Ｂは国の経済のために女性は再就職すべきだと考えている。

問題13　次の文章を読んで、後の問いに対する答えとして最もよいものを、1・2・3・4から一つ選びなさい。

あなたも「あの人は教養のある人だ」、「教養を身につけるのは本当に難しい」などという言葉をたびたび耳にしたことがあるだろう。

この「教養」という言葉、あらためて考えてみると、人によって様々な見方、捉え方があり、一言でこうだと言うことはできない。誰もが、言わなくても相手も「教養」の意味を自分と同じように捉えていると思って話を進めていると、大きな誤解があって、あわてることも多い。

じつは「教養」という言葉は、意外に難しい意味や内容を含んでいる言葉であるからである。ある人は、教養とは社会を生きていく上で必要な一般常識であると捉え、またある人は、自分を高めるための最低限の知識と常識であると捉えている。つまり人によって教養についての考え方はそれぞれ違うということだ。ただ考え方に違いはあっても、誰もが教養を大切なものと捉え、教養を身に付けたいと思っているのは間違いないようである。

それでは、このように捉え方の異なる「教養」を私達は一体どのように考え、どのようにして身に付けることができるのだろうか。これには万人(注1)に通用する学び方や身に付け方があるわけではない。ただ言えることは、一人ひとりが特定の決まった考え方に捉われず自分を見つめ直し、歴史や自然や人間社会についての正しい見方と価値観を養うことである。周囲の意見に左右されずに自分で物事を考え、自分を高め、自分だけの利益を追わず周りとバランスがとれた生き方をする必要があるということだ。このような見方、考え方を育てることで結果として得られる力が教養ということができるであろう。

戦後の教育もこの線に沿って行われてきたのだが、このところ社会ではすぐに役に立つ学問でなければ意味がない、専門科目を重視しなければならないということが盛んに叫ばれ、大学でも教養科目を軽視する傾向が強くなっている。

確かに一般社会では役立つ学問、専門科目が必要なことは言うまでもない。だが、それだけでいいのだろうか。現代社会を担い[(注2)]、豊かな未来を創造するのは人である。それには実学[(注3)]や専門科目に詳しいだけではいけないのだ。その役を担う人なら、経済面だけでなく、他人を思いやる心が必要である。そういう人こそ社会ですぐには役に立たないと言われる宗教や思想、哲学や文学など、人の心を豊かにする全てのものを学ぶ謙虚な心を持たなければならない。

社会はすぐ役に立つものだけで構成されてはいない。それだけに心の豊かさ、教養が備わっている人であれば、経済性だけに捉われずに社会と人を思いやることができるのだから。社会が大きな曲がり角にある今こそ私達は教養について考えてみる必要があるだろう。

池永陽一「『教養』について」

(注1) 万人（ばんにん）：全ての人

(注2) 担う：責任を持って引き受ける

(注3) 実学：生活にそのまますぐに役立つ学問

71 「教養」の捉え方として、筆者の考えと異なるものを選べ。

1 「教養」が大切だという考えは、誰にも共通している。
2 「教養」の捉え方は、人によって異なる。
3 「教養」の意味や捉え方は、誰にも共通している。
4 「教養」の捉え方が相手と異なることから誤解が生じることがある。

72 教養を身に付けるとは、どういうことだと筆者は考えているか。

1 周囲の多くの人の意見を取り入れて一般的な常識を養うこと。
2 周囲の人と生きていくためのバランス感覚を養うこと。
3 自分自身の見方や考え方を重視し、他の意見を取り入れないこと。
4 自分自身を高めて社会についての正しい見方と価値観を養うこと。

73 この文章における筆者の考えと合っているものはどれか。

1 専門的な知識だけでなく、真の意味で教養のある人が人の役に立つことができる。
2 それぞれの専門的な知識を重視し深めることが、結果的には社会の役に立つのだ。
3 すぐに役に立つ学問こそ、大きな曲がり角にある現代社会の役に立つのだ。
4 自分の専門の知識だけでなく、他の専門の知識も学ぶことで教養ある人になる。

問題 14　右のページは、A 市のスポーツセンターの利用案内である。下の問いに対する答えとして最もよいものを 1・2・3・4 から一つ選びなさい。

74　エリカさんは、日曜日に小学生の子どもといっしょにスポーツセンターに行きたいと思っている。二人とも、このスポーツセンターに行くのは初めてである。子どもは泳ぎが好きなのでプール、自分はトレーニングルームを利用したいが、どのようにすればいいか。

1　子どもがプールに入っている間に、自分はトレーニングルームに行く。

2　子どもはプールに入れないので、二人でトレーニングルームを利用する。

3　子どもは一人ではプールに入ってはいけないので、自分も一緒にプールに入る。

4　子どもといっしょにテストを受けて、自分が合格したら二人でプールに入ることができる。

75　山口さんは、仕事が終わってからトレーニングルームを利用したいと思っているが、服装や持ち物は何が必要か。

1　室内用のシューズとタオルを持って行けば、どんな服装でもいい。

2　室内用のシューズと、水着、帽子を持っていく。

3　室内用のシューズと、タオル、石けん、シャンプーを持っていく。

4　運動ができる服装で、室内用の靴と、タオルを持っていく。

A市スポーツセンター　利用案内

開館時間	月曜日～土曜日　午前 8:30 ～午後 10:00 ■ 最終入館時間・・・午後 9:30 まで ■ 利用時間・・・　午後 9:45 まで。ただし日曜日は午前 8:30 ～午後 9:00 ■ 最終入館時間・・・　午後 8:30 まで ■ トレーニングルーム／プール利用時間・・・　午後 8:45 まで
休館日	毎月第2月曜日（祝日に当たるときは別）、年末年始、特別休館日（その他、施設設備清掃等による特別休館日）
持ち物	1. プール利用の場合 水着（競泳用が好ましい）・水泳帽・タオル等 ※ご利用の際は、化粧・アクセサリー等を取ってご利用ください。 2. トレーニングルーム利用の場合（満 16 歳以上の方がご利用いただけます） 室内用シューズ・運動ができる服装（デニム生地等不可）・タオル等
ご利用の際には	■ 自転車でおいでの方は駐輪場(注1)をご利用ください。 ■ 一般の方の駐車場はございませんので、車でのご来場はご遠慮ください。 ■ シャワールームでの石けん・シャンプー等はご利用いただけません。 ■ 伝染性の病気・飲酒等、他の利用者に迷惑をかける恐れのある方の入場はお断りしております。 ■ 貴重品は貴重品ロッカーをご利用下さい。当施設で発生した紛失(注2)・盗難・事故について一切責任は負いません。 ●当センターは、公共の施設です。みなさまが気持ち良くご利用いただけるようご協力お願い致します。
お子様のご利用について	■ お子様は満 3 歳からご利用いただけます。（プールのみ） ■ 水着以外でのプールへの入場はお断りしております。 ■ プールを利用の際は、必ず水泳帽の着用をお願い致します。 ■ 小学生の単独利用は、泳力テスト合格者に限ります。 ※泳力テストについては、お問い合わせください。 ■ 幼児や、泳力テストに合格していない小学生は、必ず大人のつきそい(注3)が必要です。

(注1) 駐輪場：自転車を置くところ (注2) 紛失・盗難：なくなったり盗まれたりすること
(注3) つきそい：そばで世話をする人

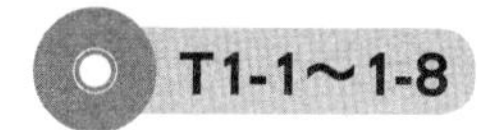

問題 1

問題１では、まず質問を聞いてください。それから話を聞いて、問題用紙の１から４の中から、最もよいものを一つ選んでください。

例

1　コート

2　傘

3　ドライヤー

4　タオル

1番
1 <ruby>絵<rt>え</rt></ruby>を<ruby>描<rt>か</rt></ruby>く

2 <ruby>作文<rt>さくぶん</rt></ruby>を<ruby>書<rt>か</rt></ruby>く

3 <ruby>絵<rt>え</rt></ruby>をコンクールに<ruby>出<rt>だ</rt></ruby>す

4 <ruby>作文<rt>さくぶん</rt></ruby>の<ruby>用紙<rt>ようし</rt></ruby>を<ruby>買<rt>か</rt></ruby>いに<ruby>行<rt>い</rt></ruby>く

2番
1 9<ruby>時<rt>じ</rt></ruby>

2 10<ruby>時<rt>じ</rt></ruby>

3 9<ruby>時<rt>じ</rt></ruby>40<ruby>分<rt>ぶん</rt></ruby>

4 9<ruby>時<rt>じ</rt></ruby>50<ruby>分<rt>ぶん</rt></ruby>

3番

1　372円

2　1,116円

3　1,266円

4　422円

4番

1　弁当

2　肉や野菜

3　ビール

4　お酒以外の飲み物

5番

1　みんなに電話番号をきく

2　申込書をコピーする

3　先生に電話番号をきく

4　申込書を直す

<ruby>問題<rt>もんだい</rt></ruby> **問題 2**

T1-9～1-17

<ruby>問題<rt>もんだい</rt></ruby> 2 では、まず<ruby>質問<rt>しつもん</rt></ruby>を<ruby>聞<rt>き</rt></ruby>いてください。そのあと、<ruby>問題用紙<rt>もんだいようし</rt></ruby>のせんたくしを<ruby>読<rt>よ</rt></ruby>んでください。<ruby>読<rt>よ</rt></ruby>む<ruby>時間<rt>じかん</rt></ruby>があります。それから<ruby>話<rt>はなし</rt></ruby>を<ruby>聞<rt>き</rt></ruby>いて、<ruby>問題用紙<rt>もんだいようし</rt></ruby>の 1 から 4 の<ruby>中<rt>なか</rt></ruby>から<ruby>最<rt>もっと</rt></ruby>もよいものを<ruby>一<rt>ひと</rt></ruby>つ<ruby>選<rt>えら</rt></ruby>んでください。

<ruby>例<rt>れい</rt></ruby>

1　<ruby>残業<rt>ざんぎょう</rt></ruby>があるから

2　<ruby>中国語<rt>ちゅうごくご</rt></ruby>の<ruby>勉強<rt>べんきょう</rt></ruby>をしなくてはいけないから

3　<ruby>会議<rt>かいぎ</rt></ruby>で<ruby>失敗<rt>しっぱい</rt></ruby>したから

4　<ruby>社長<rt>しゃちょう</rt></ruby>に<ruby>叱<rt>しか</rt></ruby>られたから

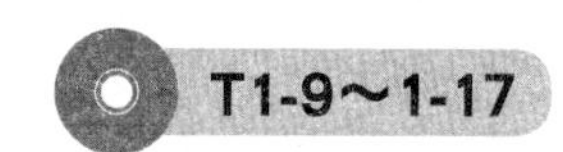

1番

1　6時間目まで授業があるから

2　熱があるから

3　食欲がないから

4　咳と鼻水が出るから

2番

1　黒いスーツケース

2　堅いスーツケース

3　柔らかい手提げバッグ

4　堅い手提げバッグ

3番(ばん)

1　大雨(おおあめ)が降(ふ)っているから

2　電車(でんしゃ)が遅(おく)れているから

3　道路(どうろ)が渋滞(じゅうたい)しているから

4　道(みち)に迷(まよ)ってしまったから

4番(ばん)

1　大(おお)きい物(もの)が詰(つ)まったから

2　分解(ぶんかい)したから

3　階段(かいだん)から落(お)としたから

4　吹(ふ)き出(だ)し口(ぐち)に埃(ほこり)がついていたから

回數

1

2

3

4

5

6

5番

1　曇っているから

2　泳げないから

3　プールが嫌いだから

4　みたいテレビ番組があるから

6番

1　体力をつけたいから

2　犬の散歩のため

3　マラソン大会に出るため

4　朝の公園は涼しいから

問題 3

問題3では、問題用紙に何もいんさつされていません。この問題は、全体としてどんな内容かを聞く問題です。話の前に質問はありません。まず話を聞いてください。それから、質問とせんたくしを聞いて、1から4の中から、最もよいものを一つ選んでください。

ーメモー

問題 4

問題4では、問題用紙に何もいんさつされていません。まず文を聞いてください。それから、それに対する返事を聞いて、1から3の中から、最もよいものを一つ選んでください。

ーメモー

問題5

問題5では、長めの話を聞きます。この問題には練習がありません。

メモをとってもかまいません。

1番、2番

問題用紙に何もいんさつされていません。まず話を聞いてください。それから、質問とせんたくしを聞いて、1から4の中から、最もよいものを一つ選んでください。

－メモ－

3番

まず話を聞いてください。それから、二つの質問を聞いて、それぞれ問題用紙の1から4の中から、最もよいものを一つ選んでください。

質問1

1　サッカー選手
2　医者
3　歌手
4　教師

質問2

1　医者
2　歌手
3　建築の仕事
4　教師

測驗日期：___月___日

第二回

言語知識（文字、語彙）

問題1 ＿＿の言葉の読み方として最もよいものを、1・2・3・4から一つ選びなさい。

1 平日は、夜9時まで営業しています。

1 へいにち　2 へいひ　3 へいび　4 へいじつ

2 上着をお預かりします。

1 うえぎ　2 うわぎ　3 じょうき　4 じょうぎ

3 ベランダの花が枯れてしまった。

1 かれて　2 これて　3 ぬれて　4 ゆれて

4 あとで事務所に来てください。

1 じむしょう　2 じむしょ　3 じむじょう　4 じむじょ

5 月に1回、クラシック音楽の雑誌を発行している。

1 はつこう　2 はっこう　3 はつぎょう　4 はっぎょう

問題２　＿＿の言葉を漢字で書くとき、最もよいものを、１・２・３・４から一つ選びなさい。

6　きけんです。中に入ってはいけません。

1　危検　　2　危験　　3　危険　　4　危研

7　階段でころんで、けがをした。

1　回んで　　2　向んで　　3　転んで　　4　空んで

8　では、建築家の吉田（よしだ）先生をごしょうかいします。

1　紹介　　2　招会　　3　招介　　4　紹会

9　このタオル、まだしめっているよ。

1　閉って　　2　温って　　3　参って　　4　湿って

10　これで、人生５度目のしつれんです。

1　矢変　　2　失変　　3　矢恋　　4　失恋

問題3 （　　）に入れるのに最もよいものを、1・2・3・4から一つ選びなさい。

11 外交（　　）になるための試験に合格した。

1 家　2 士　3 官　4 業

12 誕生日に父から、スイス（　　）の時計をもらった。

1 型　2 用　3 製　4 産

13 景気が回復して、失業（　　）が3%台まで下がった。

1 率　2 度　3 割　4 性

14 うちの父と母は、（　　）反対の性格です。

1 超　2 両　3 完　4 正

15 この事件に（　　）関心だった私たちにも責任がある。

1 不　2 無　3 未　4 低

問題４　（　　）に入れるのに最もよいものを、1・2・3・4から一つ選びなさい。

16　一人暮らしで、病気になっても（　　）してくれる家族もいない。

1　診察　2　看病　3　管理　4　予防

17　得意な（　　）は、数学と音楽です。

1　科目　2　成績　3　専攻　4　単位

18　今年のマラソン大会の参加者は過去最高で、その数は４万人に（　　）。

1　足した　2　加わった　3　達した　4　集まった

19　オレンジを（　　）、ジュースを作る。

1　しぼって　2　こぼして　3　溶かして　4　蒸して

20　みんな疲れているのに、自分だけ楽な仕事をして、彼は（　　）。

1　ゆるい　2　つらい　3　しつこい　4　ずるい

21　彼は（　　）になった古い写真を、大切そうに取り出した。

1　ぽかぽか　2　ぼろぼろ　3　こつこつ　4　のびのび

22　消費者の（　　）に合わせた商品開発が、ヒット商品を生む。

1　サービス　2　プライバシー　3　ニーズ　4　ペース

問題5 ＿＿の言葉に意味が最も近いものを、1・2・3・4から一つ選びなさい。

23 出かける支度をする。

1 準備　2 予約　3 支払い　4 様子

24 小さかった弟は、たくましい青年に成長した。

1 心の優しい　2 優秀な　3 力強い　4 正直な

25 国際社会に貢献する仕事がしたい。

1 参加する　2 輸出する　3 役に立つ　4 注目する

26 ウソをついても、いずれ分かることだよ。

1 いつかきっと　2 今すぐに

3 だんだん　4 初めから終わりまで

27 急いでキャンセルしたが、料金の30%も取られた。

1 変更した　2 予約した　3 書き直した　4 取り消した

問題6　次の言葉の使い方として最もよいものを、1・2・3・4から一つ選びなさい。

28 発明

1 太平洋沖で、新種の魚が発明されたそうだ。

2 レオナルド・ダ・ヴィンチは、画家としてだけでなく、発明家としても有名だ。

3 彼が発明する歌は、これまですべてヒットしている。

4 新しい薬の発明には、莫大な時間と費用が必要だ。

29 往復

1 手術から2カ月、ようやく体力が往復してきた。

2 習ったことは、もう一度往復すると、よく覚えられる。

3 家と会社を往復するだけの毎日です。

4 古い写真を見て、子どものころを往復した。

30 険しい

1 彼はいま金持ちだが、子どものころの生活はとても険しかったそうだ。

2 最近は、親が子を殺すような、険しい事件が多い。

3 そんな険しい顔をしないで。笑った方がかわいいよ。

4 今日は夕方から険しい雨が降るでしょう。

31 掴む

1 やっと掴んだこのチャンスを無駄にするまいと誓った。

2 彼はその小さな虫を、指先で掴んで、窓から捨てた。

3 このビデオカメラは、実に多くの機能を掴んでいる。

4 予定より2時間も早く着いたので、喫茶店で時間を掴んだ。

32 わざわざ

1 小さいころ、優しい兄は、ゲームでわざわざ負けてくれたものだ。

2 彼の仕事は、わざわざ取材をして、記事を書くことだ。

3 わざわざお茶を入れました。どうぞお飲みください。

4 道を聞いたら、わざわざそこまで案内してくれて、親切な人が多いですね。

言語知識（文法）

問題7（　　）に入れるのに最もよいものを、1・2・3・4から一つ選びなさい。

33 秋は天気が変わりやすい。黒い雲で空がいっぱいになった（　　）、今は真っ青な空に雲ひとつない。

1 うちに　　2 際に　　3 かと思ったら　　4 のみならず

34 佐々木さんに対して、（　　）。

1 失礼な態度をとってしまいました
2 悪いうわさを聞きました
3 あまり好きではありません
4 知っていることがあったら教えてください

35 今は、（　　）にかかわらず、いつでも食べたい果物が食べられる。

1 夏　　2 季節　　3 1年中　　4 春から秋まで

36 いい選手だからといって、いい監督になれる（　　）。

1 かねない　　2 わけではない　　3 に違いない　　4 というものだ

37 私がミスしたばかりに、（　　）。

1 私の責任だ　　2 もっと注意しよう
3 とうとう成功した　　4 みんなに迷惑をかけた

38 弟とは、私が国を出るときに会った（　　）、その後10年会ってないんです。

1 末　　2 きり　　3 ところ　　4 あげく

39 来週の就職面接のことを考えると、（　　）でしかたがない。

1 心配　　2 緊張　　3 無理　　4 真剣

40 子供のころは、兄とよく虫をつかまえて遊んだ（　　）。

1 ことだ　　2 ことがある　　3 ものだ　　4 ものがある

41 空港で、誰かに荷物を（　　）、私のかばんは、そのまま戻ってこなかった。

1　間違えて　　2　間違えられて
3　間違えさせて　　4　間違えさせられて

42 日本酒は、米（　　）造られているのを知っていますか。

1　から　　2　で　　3　によって　　4　をもとに

43 熱があって今日学校を休むから、先生にそう伝えて（　　）？

1　もらう　　2　あげる　　3　もらえる　　4　あげられる

44 来週のパーティーで、奥様に（　　）のを楽しみにしております。

1　拝見する　　2　会われる　　3　お会いになる　　4　お目にかかる

問題８　次の文の＿★＿に入る最もよいものを、１・２・３・４から一つ選びなさい。

（問題例）

あそこで ＿＿ ＿＿ ＿★＿ ＿＿ は山田さんです。

１　テレビ　　２　見ている　　３　を　　４　人

（回答のしかた）

1. 正しい文はこうです。

あそこで ＿＿ ＿＿ ＿★＿ ＿＿ は山田さんです。
１　テレビ　３　を　２　見ている　４　人

2. ＿★＿に入る番号を解答用紙にマークします。

（解答用紙）（例）①●③④

45 退職は、＿＿ ＿＿ ＿★＿ ＿＿ ことです。

１　上で　　２　考えた　　３　よく　　４　決めた

46 大きい病院は、＿＿ ＿＿ ＿★＿ ＿＿ ということも少なくない。

１　何時間も　　２　５分

３　診察は　　４　待たされたあげく

47 生活が ＿＿ ＿＿ ＿★＿ ＿＿ 失っていくように思えてならない。

１　なるにつれ　　２　私たちの心は

３　豊かに　　４　大切なものを

48 この薬は、1回に1錠(じょう)から3錠(じょう)まで、その時の＿＿＿ ＿＿＿ ＿★＿ ＿＿＿ ください。

1 応じて　　2 痛みに　　3 使う　　4 ようにして

49 同じ場所でも、写真にすると ＿＿＿ ＿＿＿ ＿★＿ ＿＿＿ に見えるものだ。

1 すばらしい景色　　2 次第で

3 カメラマン　　4 の腕

問題9　次の文章を読んで、文章全体の内容を考えて、[50]から[54]の中に入る最もよいものを、1・2・3・4の中から一つ選びなさい。

自転車の事故

最近、自転車の事故が増えている。つい先日も、登校中の中学生の自転車がお年寄りに衝突し、そのお年寄りははね飛ばされて強く頭を打ち、翌日死亡するという事故があった。

自転車は、明治30年代に急速に普及すると同時に事故も増えたということだが、現代では自転車の事故が年間10万件余りも起きているそうである。

自転車の運転者が最も気をつけなければならないこと。それは、自転車は車の一種である[50]をしっかり頭に入れて運転することだ。車の一種なのだから、原則として車道を走る。「自転車通行可」の標識がある歩道のみ、歩道を走ることができる。

[51]、その場合も、車道側を歩行者に十分気をつけて走らなければならない。また、車道を走る場合は、車道のいちばん左側を走ることと[52]。

最近、「歩車分離式信号」という信号ができた。交差点で、同方向に進む車両と歩行者の信号機を別にする方法である。この信号機で車と歩行者の事故はかなり減ったそうであるが、自転車に乗ったまま渡る人は車の信号に従うということを自転車の運転者と車の運転手の両者が知らないと、今度は、自転車が車の被害にあうといった事故に[53]。

また、最近自転車を見ていてハラハラするのは、イヤホンを付けての運転や、ケイタイ電話を[54]の運転である。これらも交通規則違反なのだが、規則自体が、まだ十分には知られていないのが現状だ。

いずれにしても、自転車の事故が急増している今、行政側が何らかの対策を急ぎ講じる必要があると思われる。

50

1　というもの　2　とのこと　3　ということ　4　といったもの

51

1　ただ　2　そのうえ　3　ところが　4　したがって

52

1　決める　2　決まる　3 決めている　4　決まっている

53

1　なりかねる　2　なりかねない
3　なりかねている　4　なりかねなかったのだ

54

1　使い次第　2　使ったきり　3　使わずじまい　4　使いながら

読解

問題 10　次の (1) から (5) の文章を読んで、後の問いに対する答えとして最もよいものを、1・2・3・4 から一つ選びなさい。

(1)

ライチョウという鳥は、日本の天然記念物(注1)に指定され、「神の鳥」として大切にされてきたが、近年絶滅が心配されている。ライチョウは標高 2400m 以上のハイマツ(注2)地帯にすむ鳥だ。地球温暖化によってハイマツの減少が進めば、それだけライチョウの生息地(注3)も失われることになる。年平均気温が今より 3 度上がればライチョウは姿を消すだろうと言われている。ところが、今世紀末には、気温は 4 度も上昇すると予測されているのだ。つまり、100 年後、ライチョウは絶滅しているということである。その時、日本は、世界は、どうなっているだろうか。専門家によると、大雨による河川の氾濫(注4)は最大で 4 倍以上にもなり、海面は最大 80 センチも上昇して、海面より低い土地が広がり、水害(注5)の危険が増すという。

(注 1) 天然記念物（てんねんきねんぶつ）：動物、植物などの自然物で、保護が必要であるとして国が指定した物
(注 2) ハイマツ：松（まつ）という樹木の一種で、高山に生える
(注 3) 生息地（せいそくち）：動物などが生きる場所
(注 4) 氾濫（はんらん）：川などがあふれること
(注 5) 水害：洪水などによる災害

55　この文章で、今後起こると予想されていないことは何か。

1　ライチョウが絶滅すること
2　年平均気温が上昇すること
3　海面が今より低くなること
4　洪水が今よりしばしば起こること

(2)

世の中は嫉妬で動いている、という人がいた。嫉妬とは、他人の幸福や長所をうらやましいとかねたましい(注1)と思う気持ちであり、どちらかというと、マイナスのイメージが強い。だが、嫉妬には、良い面、必要な面も多くあるのである。うらやましいと思うことで、自分も同じようになりたいと努力したり、他の人の優れた部分を認めることで、自分のことを正しく理解できたりすることもある。嫉妬のあまり、人を引きずりおろそう(注2)と考えるようになってはよくないが、自分の向上心(注3)を刺激してくれるなら、それはとてもいい感情だ。嫉妬と上手に付き合うことが必要なのではないだろうか。

(注1) ねたましい：くやしがり憎く思う
(注2) 引きずりおろす：ひっぱって、下におろす
(注3) 向上心：よい方向へ進もうとする気持ち

56 嫉妬と上手に付き合うとはどういうことか。

1　他人の幸福や長所を利用して、自分も幸福になること
2　自分は誰よりも優れていると自信をもつこと
3　自分を理解し向上するために嫉妬を利用すること
4　他人の幸福や長所を、自分には関係ないとあきらめること

(3)

子供に、天気がいい日の景色を絵に描いてもらったら、おもしろいことがわかった。太陽を描く場合の色である。日本の子供は、ほとんどが赤色で太陽を描く。しかし、外国の子供は、黄色が多いそうだ。同じ太陽なのになぜこのような違いが生じるのだろうか。強い日差しを地上に降り注ぐ日中の太陽は、私たちの目には黄色に見える。一方、朝方や夕方の太陽は赤く見えることが多く、その光は弱い。日本ではギラギラとした昼間の太陽よりも、朝や夕方のやさしい太陽が好まれるということの表れかもしれない。

57 日本の子どもは、ほとんどが赤で太陽を描くのはなぜだと筆者は考えているか。

1 日本では、日中の日差しが強過ぎるから

2 日本では、光の強くない太陽が好まれるから

3 日本では、光の強い太陽が好まれるから

4 日本では、太陽は赤と決まっているから

(4)

トイレの話である。

駅や劇場、デパートなど、公共の場所のトイレに行くと、女性用トイレの前にはいつも長い行列ができている。反面、男性用のトイレはすいている。女性は、トイレに入ってから出るまでに、多分男性の3倍以上の時間がかかっていると思われるので、女性トイレが混むのは当然である。最近、政府機関主催の「日本トイレ大賞」に選ばれたのは、東京八王子(はちおうじ)市の高尾山(たかおさん)にあるトイレで、トイレの数の男女比は、女性7に対して男性3だそうだ。この割合になってから、女性トイレに長時間列ができることがなくなったということである。

58 女性トイレが混むのは当然であるとあるが、筆者はなぜそう考えるのか。

1 女性トイレの前にはいつも長い行列ができているから

2 女性は男性に比べて、トイレに時間がかかるから

3 女性は男性に比べて、トイレによく行くから

4 女性用トイレの数が、男性用より少ないから

(5)

以下は、今月の休日当番医についてのお知らせである。

9月の休日当番医・当番薬局のお知らせ

◆休日当番医(注1)の診療(注2)時間
(事前に電話で確認を)
午前9時～午後5時
保険証をお持ちください。

◆休日当番薬局の開設時間
(事前に電話で確認)
午前9時午～後5時半
休日当番医で渡された
処方箋(注3)をお持ちください。

◆夜間および日曜日、祝日の
医療機関案内
東京都保健医療センター
TEL.03 (3908) 0000

休日の当番医・当番薬局
(表は略)

(注1) 休日当番医:休みの日、順番に開けるように決められている病院
(注2) 診療:診察
(注3) 処方箋:医師が患者に与える薬を示す書類。薬局で薬を買う際に提出する

59 休日当番医・当番薬局について、正しいものはどれか。

1 休日当番医で診療を受ける人は、午前９時から午後５時まで保険証を持って直接当番医のところに行く。

2 休日当番薬局で薬をもらう人は、まず、電話をして、休日当番医で渡された処方箋を持っていく。

3 夜の８時過ぎに診療を受けたい人は、まず、休日当番医に電話をして確認し、保健医療センターに行く。

4 休日当番薬局は５時までなので、その前に休日当番医で診てもらってから、すぐに行かなければ間に合わない。

問題11　次の(1)から(3)の文章を読んで、後の問いに対する答えとして最もよいものを、1・2・3・4から一つ選びなさい。

(1)

10月31日、渋谷や六本木の街は、仮装した若者たちでいっぱいだった。数年前から急に日本でも騒ぎ出した「ハロウィン」である。
（注1）（注2）

もともと「ハロウィン」とは、古代ケルト人が始めたもので、収穫を祝い悪霊を追い払う宗教的なお祭りだったということである。現代では、アメリカがそれを取り入れて行事にしている。日本では、特にここ2、3年前からテレビのニュースでも取り上げるほど、有名になったものだが、アメリカの真似をしただけの意味のない<u>バカ騒ぎ</u>である。
（注3）（注4）

日本人は、とにかくなんでも真似をしたがる。特に欧米のものなら意味も分からず取り入れる。それを日本の商売人が利用して、ますます盛り上げる。その結果がクリスマスであり、バレンタインデイなどである。しかし、クリスマスやバレンタインデイはまだいい。少なくともその意味を理解したうえで取り入れているからだ。
（注5）

しかし、渋谷や六本木で行列をして騒いでいる人達の中に、ハロウィンの歴史やその意味をわかっている人は何人いるだろう。日本は農業が盛んな国だ。収穫祭なら日本の収穫祭として祝えばいいのだ。たまには仮装して大騒ぎすることも悪いことではないかもしれない。しかし、どうして「ハロウィン」の真似でなければならないのか。ただ形だけ外国の真似をして意味もわからず大騒ぎをするのは、他の国に対しても恥ずかしいことである。

（注1）渋谷（しぶや）・六本木（ろっぽんぎ）：若者に人気がある日本の街の名
（注2）仮装：服や化粧で、ほかの人や物に似せること
（注3）古代ケルト人：大昔、ヨーロッパにいた人々の集団
（注4）悪霊：死んだ後にあらわれて、人間に悪いことをすると信じられている
（注5）盛り上げる：騒ぎを高める

60 「ハロウィン」について述べたものとして、間違っているものはどれか。

1 もともとアメリカ人が始めた宗教的な祭りである。

2 収穫を祝い、悪霊を追い出す宗教的な祭りだった。

3 日本でハロウィンが急に広まったのは、数年前からである。

4 日本のハロウィンは、単にアメリカの真似をした騒ぎである。

61 バカ騒ぎとあるが、筆者はどんなところを指して「バカ騒ぎ」と言っているのか。

1 仮装して騒ぐところ。

2 形だけ外国の真似をして騒ぐところ。

3 意味もなく大声を出して騒ぐところ。

4 悪霊を恐れて騒ぐところ。

62 筆者は日本のハロウィンについて、どのように考えているか。

1 たまには大騒ぎをするのもいいだろう。

2 アメリカの真似をするのだけはやめてほしい。

3 珍しい行事なので、ますます盛んになるといい。

4 日本人として恥ずかしいことなのでやめたほうがいい。

(2)

生活に困っている世帯（生活保護世帯）には、国が毎月いくらかの保護費を支払っている。保護費の額は、その世帯の収入によって決められる。働いて得たお金や年金などは、「収入」と考えられ、保護費がその収入によって決められる仕組みである。

奨学金(注1)も収入と考えられ、その使い方も私立高校の授業料や高校生活に必要な費用に限られている。大学進学に向けた塾などにかかる費用は認められず、逆に保護費の減額の対象になっていた。

この制度を変えるきっかけになったのは、福島県の高校２年生の声だった。この生徒は、奨学金を大学進学に向けた塾などの費用にするつもりだった。しかし、福島市は、この使い道を確認しないまま、奨学金を収入として扱い、生活保護費を減らした。生徒はこのことに納得できず、福島県と厚生労働省(注2)に対して再び調査し、確認してほしいと要求した。その結果、市は奨学金を収入とする扱いを取り消し、保護費のルールも変更された。また、厚生労働省は、塾代も高校生活に必要な費用と判断して、奨学金をそのために使っても保護費の減額対象にしないことを決めた。

この高校生の行動は、大いに評価されるべきであろう。我々日本人は、特に、政府が決めたことには納得できなくても黙って従う傾向がある。しかし、民主主義に本当に必要なのは、この高校生のように意見や主張を率直にはっきりと述べる勇気ではないだろうか。

（注１）奨学金：学生にお金を貸す制度、また、そのお金
（注２）厚生労働省：国民の生活や労働などに関する国の機関

63 国が生活保護世帯に支払う保護費は、何によって決められているか。

1　その世帯の食費や住宅費

2　その世帯の大人の収入

3　その世帯の収入

4　子供の人数と学費

64 この制度の説明として、正しいものはどれか。

1　奨学金は大学進学のための塾の費用に使ってもいいという制度。

2　奨学金は高校生活に必要な費用に限って認められるという制度。

3　奨学金をもらっていれば保護費はもらえないという制度。

4　年金も収入と考えられるという制度。

65 筆者はこの投書をした高校生の行動をどう捉えているか。

1　高校生としては、少し出過ぎた行動だ。

2　自分の利益だけを考えた勝手な行動だ。

3　政府が決めたことに反抗する無意味な行動だ。

4　勇気があり、民主主義に必要とされる行動だ。

(3)

最近、会社内で電話を使うことがめっきり少なくなった。その代わり増えたのが、パソコンのメールである。電話よりメールがいいと思うのは、記録に残るということである。

電話の声はその場限りで消えてしまうので、後で、問題になったりすることもある。「先日、そうおっしゃいましたよね？」「いいえ、そんなことは言っていません。」となって、いつまでも問題が解決しない。

メールは少なくともこのようなことはない。何月何日何時にメールで何と書いたかが送受信の記録に残っているからである。

とはいえ、メールにも欠点はある。文字には表情がないので、細かい感情が伝わらなかったり、誤解されてしまったりすることである。伝える方は冗談でのつもりで書いても、真剣に受け取られたり、逆に真面目な話もいい加減な話と受け取られたりする。

それを解決するために、メールの言葉の後に（笑）や（泣）などを入れたり、(>_<)や (^O^) などの顔文字を入れたりする。言葉だけではきつく感じられるときなど、これらの方法は便利である。

66 筆者は、電話とメールを比較してどのように述べているか。

1 言いたいことがすぐに伝わるので、電話の方がよい。
2 感情が伝わりやすいので、メールの方がよい。
3 それぞれに長所、短所がある。
4 記録を残すには、電話の方がよい。

67 このようなこととは、どのようなことか。

1 記録に残っていないために、後で問題になったりすること。
2 感情が伝わらないためにけんかになったりすること。
3 電話で話した内容を、もう一度繰り返さなければならないこと。
4 ほかの人に話を聞かれてしまうこと。

68 筆者は、メールに付ける顔文字などについて、どのように考えているか。

1 冗談のつもりで書いたことが真剣に受け取られるので、使いたくない。
2 文章だけでは伝わりにくい気持ちを伝えるのにいいと思う。
3 メールの文章だけよりおもしろくなるので大いに使いたい。
4 真剣な話をするのには向いていない。

読解

問題12　次のAとBはそれぞれ、優先席について書かれた文章である。二つの文章を読んで、後の問いに対する答えとして最もよいものを、1・2・3・4から一つ選びなさい。

A

優先席（シルバーシート）は、ない方がいいと思う。
（注1）

優先席がない時代は、お年寄りが乗ってくると、自然に若者たちは立って席を譲っていた。それではお年寄りが遠慮をするだろうということで優先席が設けられたのだが、その結果、どうなったか。確かに優先席のおかげでお年寄りや体の不自由な人たちが安心して堂々と座ることができるようになった。しかし、優先席がいっぱいの場合、他の席ではどうだろうか、と見てみると、若者たちは、乗り込むとすぐに座席に座り早速おしゃべりやゲームを始めている。自分の前にお年寄りが立っていようと関係ない。優先席ではお年寄りや体の不自由な人に席を譲る義務があるが、そのほかの席では、自分たちが座る権利があるのだ、という考えになるらしい。優先席ができたことで、思いやりの心が奪われ、義務や権利に置き換えられてしまったのは残念なことだ。

B

私は、心臓に病気を持っている60代の男性だが、見た目には普通の人とあまり変わらない。しかし、特に体調の悪いときがあるので、そのときには、優先席に座っている若者に事情を話して席を譲ってもらうように頼む。若者もすぐに席を立ってくれる。優先席では、お年寄りや体の不自由な人に席を譲るようにと決まっているので、私も頼みやすいのだし、若者も当然のように席を譲ってくれるのだ。それが思いやりの心から出た行為ではなく、単に決まりに従っているだけだとしても、優先席があることは、今の私にとってとてもありがたいことだ

ただ、優先席がお年寄りなどでいっぱいのときには、私も困ってしまう。優先席以外では、どんな人が前に立っていようと席を譲ろうとする人は少ないからだ。これからますます高齢社会(注2)になることを考えると、決まりだけあっても問題は解決しないのではないかと、心配になる。

(注1) 優先席：電車やバスで、お年寄りや体の不自由な人を優先して座らせる座席
(注2) 高齢社会：年寄りが多い社会

69 AとBの文章の、どちらにも触れられている点は何か。

1 優先席が作られた理由

2 優先席があることによるよい点と問題点

3 優先席で携帯電話を使う人がいる問題

4 優先席と他の席の違い

70 AとBの文章は、優先席に関して、どのように述べているか。

1 Aは、優先席ができたことで助かる点が多いと述べ、Bは、助かる点も多いが、問題点も多いと述べている。

2 Aは優先席のマイナス点について、Bはプラス面について述べているが、どちらも、優先席では決められた規則を守るべきだと述べている。

3 Aは優先席ができたことによるマイナス点について、Bは優先席があるだけでは解決できない問題点について述べている。

4 Aは優先席に座って人に席を譲ろうとしない若者の問題について、Bは優先席の決まりについての問題点について述べている。

問題 13　次の文章を読んで、後の問いに対する答えとして最もよいものを、1・2・3・4 から一つ選びなさい。

スマートフォンを持っている高校生の割合は年々増加している。国の行政機関の調べによると、2015 年には 90%、2017 年には 92%、そして、19 年には、なんと 97%がスマートフォンを持っているということだ。

ところで、イギリスの大学の研究チームが、このほど、スマートフォンを含む携帯電話と学力の関係を調べて発表した。その研究チームはイギリスの 16 歳の生徒、約 13 万人を対象に、まず、生徒を学力別に 5 つのグループに分け、学校内へ携帯電話を持って入るのを禁止した。そして、禁止する前と後で、学力がどのように変化するかを比較してみたのだ。

その結果、最も学力の低い生徒のグループの成績が、スマートフォン持ち込み禁止後、向上したそうだ。そして、この効果は、授業を毎週 1 時間多く受けたと同じだったという。しかし、学力が高いグループでは、禁止の前後で成績に大きな変化はなかったそうである。

この結果からどのようなことが言えるだろうか。実験でスマートフォンを学校内に持って入ることを禁止されたのは、5 つのどのグループでも同じなのだから、スマートフォンを学校に持ち込むこと自体が成績に関係あるとは考えられない。では、学力が最も低いグループだけが実験の前と比べて成績がよくなったのは、なぜだろうか。

結局、スマートフォンの使い方によるのではないかと思われる。学校でもゲームやメールなどにばかりスマートフォンを使っていた生徒たちは、その分勉強をする時間が少なくなるので成績がよくない。それを禁止されればその分本来の学校での勉強ができるので、成績が向上[(注1)]する。一方、学力が高いグループでは、スマートフォンを学校に持っていってもゲームやメールにばかり使っていなかったので、禁止されても成績には変化がないのだと考えられる。

もともと、スマートフォンとは、非常に便利な役に立つ機械なのである。いつでもどんな所にいても世界中のニュースを見ることができるし、さまざまなことを一応知ることができる。まさに知識の宝庫(注2)なのである。

にも関わらず、子供たちの成績が悪くなる、睡眠時間が少なくなるなどと、時に悪者のように言われるのは、ただ、その人の使い方が悪いせいなのである。

(注1) 向上：よくなること

(注2) 宝庫：宝がたくさん入っているところ

71 イギリスの大学の研究チームは、どのようなことを調べてみたか。

1 携帯電話を学校に持ち込むことを禁止すると、成績は変わるか。

2 高校生で携帯電話を持っているのはどれくらいいるか。

3 携帯電話を学校に持っていく人と持っていかない人の成績に差があるか。

4 高校生は、どんなことに携帯電話を使っているか。

72 携帯電話を学校に持ち込むことを禁止したら、学力が最も低いグループの成績はどうなったか。

1 禁止する前と比べても、成績は変わらなかった。

2 禁止する前より、成績はかえって悪くなった。

3 禁止する前と比べて、成績がよくなった。

4 禁止する前より成績がよくなったが、また、すぐ悪くなった。

73 筆者はスマートフォンについて、どう思っているか。

1 スマートフォンは、子供の成績を悪くするものだ。

2 スマートフォンと子供の成績は、全く関係ない。

3 スマートフォンは、頭の働きをよくするものだ。

4 使い方が問題なのであって、スマートフォンそのものは優れた機械だ。

問題 14　次のページは、長距離バスのパンフレットである。下の問いに対する答えとして最もよいものを1・2・3・4から一つ選びなさい。

74 東京に住むホンさん（男）は、バスで大阪に行きたいと思っている。同じ日本語学校の友達（女）も京都に行くので、一緒にチケットをとることになった。二人はどのバスのチケットを買うのがいいか。なお、ホンさんはなるべく体を伸ばして眠って行くことができればトイレがなくてもいいが、友達はトイレがなくては困ると言っている。

1　①のバス
2　②のバス
3　③のバス
4　二人がいっしょに行ける適当なバスはない。

75 東京に住むスミスさんは、大学生の奥さんと小学生の子どもを連れて家族で大阪に行く。①のバスを使った場合、三人分の料金はいくらか。

1　15,360 円
2　19,200 円
3　16,200 円
4　17,920 円

関東関西長距離バスの旅

① 東京特急スーパースター号≪東京 121 便≫ 3 号車

東京⇒京都・大阪・天王寺（てんのうじ）　スタンダード　価格 6,400 円　残席○

学生割引 10%　小学生以下半額　4 列シート　ひざ掛　女性安心

支払い方法　○クレジットカード○コンビニ○銀行・ゆうちょ○

東京 22:30 ➡京都 04:55 ➡大阪 05:55 ➡天王寺 06:20 ➡上本町 06:35 ➡布施 06:55

★ 子供は半額運賃
★ 中・高・大学・専門学校生 10% 割引

② ジャンピングスニーカー

東京⇒大阪・京都　価格 6,200 円　残席 ○

子供割引　4 列シート　トイレ付　ひざ掛け　女性安心

支払い方法○クレジットカード○コンビニ○銀行・ゆうちょ○

東京 23:20 ➡京都駅 05:55 ➡大阪 06:51 ➡なんば 07:11 ➡あべの橋駅 07:32

★ ゆっくり眠れる一斉リクライニング(注)
★ リーズナブルな 4 列スタンダードバス
★ 大判ブランケットなど充実のアメニティ

③ VIP ライナー J ロード 4 列スタンダード

東京⇒天王寺　価格 6,200 円　残席 1

学生割引　4 列シート　トイレ付　女性専用

支払い方法　○クレジットカード○コンビニ○銀行・ゆうちょ○

東京 21:55 ➡横浜桜木町（さくらぎちょう） 24:10 ➡大阪 07:35 ➡なんば 07:55 →天王寺 08:15

★ 早売は席数限定、特定日は設定無
★ 子供は半額運賃
★ 乗車券は 1 ヶ月前から発売

（注）リクライニング：椅子を後ろに深く倒して寝やすいようにすること

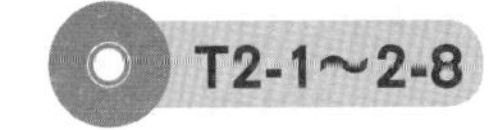

問題 1

問題 1 では、まず質問を聞いてください。それから話を聞いて、問題用紙の 1 から 4 の中から、最もよいものを一つ選んでください。

例

1　コート

2　傘

3　ドライヤー

4　タオル

1番

1　お寺の中を見学すること

2　靴を脱いで寺の中に入ること

3　靴を履いたまま寺の中に入ること

4　写真の撮影

2番

1　6時から

2　6時半から

3　6時50分から

4　7時から

3番

1 銀行で振り込む

2 クレジットカードで払う

3 コンビニで払う

4 直接払いに行く

4番

1 通訳に連絡する

2 英語の資料を準備する

3 田中さんに連絡する

4 新しいマイクを準備する

聴解

5番

1　シャワーを浴びる

2　買い物に行く

3　掃除をする

4　料理をする

問題 2

問題 2 では、まず質問を聞いてください。そのあと、問題用紙のせんたくしを読んでください。読む時間があります。それから話を聞いて、問題用紙の 1 から 4 の中から最もよいものを一つ選んでください。

例

1　残業があるから

2　中国語の勉強をしなくてはいけないから

3　会議で失敗したから

4　社長に叱られたから

1番(ばん)

1　別(べつ)の店員(てんいん)が、品物(しなもの)の値段(ねだん)を間違(まちが)えたから

2　別(べつ)の店員(てんいん)が、帰(かえ)ってしまったから

3　別(べつ)の店員(てんいん)が、品物(しなもの)を間違(まちが)えて渡(わた)したから

4　品物(しなもの)が、壊(こわ)れていたから

2番(ばん)

1　先生(せんせい)が黒板(こくばん)に書(か)いたことをきちんと書(か)く

2　先生(せんせい)の話(はなし)の大事(だいじ)な点(てん)をメモする

3　自分(じぶん)で疑問(ぎもん)に思(おも)ったことを書(か)く

4　先生(せんせい)の話(はな)した内容(ないよう)に赤(あか)いペンで印(しるし)をつける

3番

1　テストがあるから

2　もうすぐ引っ越しだから

3　引っ越したばかりだから

4　食事を作らなければならないから

4番

1　ホテルの食事がおいしいから

2　珍しい場所に泊るから

3　現場で働く人の話を聞いたから

4　これからテキストで国際交流について学ぶから

5番

1　息子の家に行くのをやめる

2　カギを閉めるのを忘れないようにする

3　出かける時は、近所に声をかける

4　犬の散歩の時間を増やす

6番

1　9時半頃

2　11時前

3　12時過ぎ

4　2時頃

問題 3

問題 3 では、問題用紙に何もいんさつされていません。この問題は、全体としてどんな内容かを聞く問題です。話の前に質問はありません。まず話を聞いてください。それから、質問とせんたくしを聞いて、1 から 4 の中から、最もよいものを一つ選んでください。

ーメモー

もんだい
問題 4

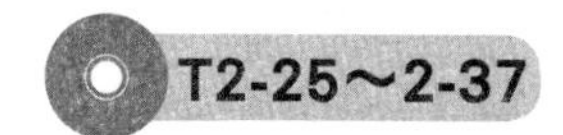

問題4では、問題用紙に何もいんさつされていません。まず文を聞いてください。それから、それに対する返事を聞いて、1から3の中から、最もよいものを一つ選んでください。

ーメモー

問題5

問題5では、長めの話を聞きます。この問題には練習がありません。

メモをとってもかまいません。

1番、2番

問題用紙に何もいんさつされていません。まず話を聞いてください。それから、質問とせんたくしを聞いて、1から4の中から、最もよいものを一つ選んでください。

ーメモー

3番

まず話を聞いてください。それから、二つの質問を聞いて、それぞれ問題用紙の1から4の中から、最もよいものを一つ選んでください。

質問1

1　お酒とたばこ
2　競馬
3　インターネット
4　わからない

質問2

1　お酒とたばこ
2　競馬
3　インターネット
4　わからない

第三回

言語知識（文字、語彙）

問題1　＿＿の言葉の読み方として最もよいものを、1・2・3・4から一つ選びなさい。

1　駅前の広場で、ドラマの撮影をしていた。

1　こうば　　2　こうじょう　　3　ひろば　　4　ひろじょう

2　君のお姉さんは本当に美人だなあ！

1　おあねさん　　2　おあにさん　　3　おねいさん　　4　おねえさん

3　このスープ、ちょっと薄いんじゃない？

1　まずい　　2　ぬるい　　3　こい　　4　うすい

4　私の先生は、毎日宿題を出します。

1　しゅくたい　　2　しゅくだい　　3　しゅうくたい　　4　しゅうくだい

5　子供のころは、虫取り(むしと)に熱中したものだ。

1　ねっじゅう　　2　ねつじゅう　　3　ねっちゅう　　4　ねつじゅう

問題 2 ＿＿の言葉を漢字で書くとき、最もよいものを、1・2・3・4 から一つ選びなさい。

6 しんぶん配達のアルバイトをしています。

1 親聞　2 新聞　3 新関　4 親関

7 さいふを落としました。1000 円かしていただけませんか。

1 貨して　2 借して　3 背して　4 貸して

8 しょうぼう車がサイレンを鳴らして、走っている。

1 消防　2 消法　3 消忙　4 消病

9 漢字は苦手ですが、やさしいものなら読めます。

1 安しい　2 優しい　3 易しい　4 甘しい

10 都心から車で 40 分のこうがいに住んでいます。

1 公外　2 郊外　3 候外　4 降外

問題３　（　　）に入れるのに最もよいものを、1・2・3・4から一つ選びなさい。

11　宇宙に半年間滞在していた宇宙飛行（　　）のインタビュー番組を見た。

1　士　　2　者　　3　官　　4　家

12　裁判（　　）の前で、テレビ局の記者が事件を報道していた。

1　場　　2　館　　3　地　　4　所

13　彼は（　　）オリンピック選手で、今はスポーツ解説者をしている。

1　元　　2　前　　3　後　　4　先

14　ニュース番組は（　　）放送だから、失敗は許されない。

1　名　　2　超　　3　生　　4　現

15　あなたのような有名人は影響（　　）があるのだから、発言には注意したほうがいい。

1　状　　2　感　　3　力　　4　風

問題4 (　　) に入れるのに最もよいものを、1・2・3・4から一つ選びなさい。

16 自分で (　　) できるまで、何十回でも実験を繰り返した。

1 納得　　2 自慢　　3 得意　　4 承認

17 人類の (　　) が誕生したのは10万年前だと言われている。

1 伯父　　2 子孫　　3 先輩　　4 祖先

18 将来は絵本 (　　) になりたい。

1 作者　　2 著者　　3 作家　　4 筆者

19 不規則な生活で、体調を (　　) しまった。

1 降ろして　　2 過ごして　　3 もたれて　　4 崩して

20 おかげさまで、仕事は (　　) です。

1 理想　　2 順調　　3 有能　　4 完全

21 天気に恵まれて、青空の中に富士山が (　　) 見えた。

1 くっきり　　2 さっぱり　　3 せいぜい　　4 せめて

22 できるだけ安い原料を使って、生産 (　　) を下げている。

1 ローン　　2 マーケット　　3 ショップ　　4 コスト

問題5　＿＿＿の言葉に意味が最も近いものを、1・2・3・4から一つ選びなさい。

23 この島の人口は、10年連続で増加している。

1 少なくなる　2 多くなる　3 年をとる　4 若くなる

24 引っ越し前のあわただしい時に、おじゃましてすみません。

1 わずかな　2 不自由な　3 落ち着かない　4 にぎやかな

25 わたしたちは毎日、大量の電気を消費している。

1 買う　2 売る　3 消す　4 使う

26 この地域では、まれに、5月に雪が降ることがあります。

1 たまに　2 しょっちゅう　3 不思議なことに　4 急に

27 客のクレームに、丁寧に対応する。

1 注文　2 苦情　3 サービス　4 意見

文字・語彙

問題6　次の言葉の使い方として最もよいものを、1・2・3・4から一つ選びなさい。

28 汚染

1　工場から出る水で、川が汚染された。

2　冷蔵庫に入れなかったので、牛乳が汚染してしまった。

3　汚染したくつ下を、石けんで洗う。

4　インフルエンザはせきやくしゃみで汚染します。

29 姿勢

1　帽子をかぶった強盗の姿勢が、防犯カメラに映っていた。

2　授業中にガムをかむことは、日本では姿勢が悪いと考えられています。

3　きものは、きちんとした姿勢で着てこそ美しい。

4　若いころはやせていたが、40歳をすぎたらおなかが出てきて、すっかり姿勢が変わってしまった。

30 生意気

1　年下のくせに、生意気なことをいうな。

2　明日テストなのに、テレビを見ているなんて、ずいぶん生意気だね。

3　頭にきて、先輩に生意気をしてしまった。

4　あの先生は、授業はうまいが、ちょっと生意気だ。

31 刻む

1　冷えたビールをコップに刻む。

2　時間を間違えて、30分も刻んでしまった。

3　鉛筆をナイフで刻む。

4　みそしるに、細かく刻んだネギを入れる。

32 めったに

1　計算問題は時間が足りなくて、めったにできなかった。

2　これは、日本ではめったに見られない珍しいチョウです。

3　いつもは時間に正確な彼が、昨日はめったに遅れてきた。

4　昨日、駅で、古い友人にめったに会った。

言語知識（文法）

問題７　（　　）に入れるのに最もよいものを、１・２・３・４から一つ選びなさい。

33　大切なことは、（　　）うちにメモしておいたほうがいいよ。

1　忘れる　　2　忘れている　　3　忘れない　　4　忘れなかった

34　本日の説明会は、こちらのスケジュール（　　）行います。

1　に沿って　　2　に向けて　　3　に応じて　　4　につれて

35　この山はいろいろなコースがありますから、子供からお年寄りまで、年齢（　　）楽しめますよ。

1　もかまわず　　2　はともかく　　3　に限らず　　4　を問わず

36　ふるさとの母のことが気になりながら、（　　）。

1　たまに電話をしている　　2　心配でしかたがない

3　もう３年帰っていない　　4　来月帰る予定だ

37　もう一度やり直せるものなら、（　　）。

1　本当に良かった　　2　もう失敗はしない

3　絶対に無理だ　　4　大丈夫だろうか

38　カメラは、性能も大切だが、旅行で持ち歩くことを考えれば、（　　）に越したことはない。

1　軽い　　2　重い　　3　画質がいい　　4　機能が多い

39　悩んだ（　　）、帰国を決めた。

1　せいで　　2　ところで　　3　わりに　　4　末に

40 この男にはいくつもの裏の顔がある。今回の強盗犯も、その中のひとつ(　　)。

1　というものだ　　2　どころではない

3　に越したことはない　　4　にすぎない

41 先輩に無理にお酒を（　　）、その後のことは何も覚えていないんです。

1　飲んで　　2　飲まれて　　3　飲ませて　　4　飲まされて

42 こちらの商品をご希望の方は、本日中にお電話（　　）お申し込みください。

1　で　　2　に　　3　から　　4　によって

43 先生はいつも、私たち生徒の立場に立って（　　）ました。

1　いただき　　2　ください　　3　さしあげ　　4　やり

44 では、明日10時に、御社(おんしゃ)に（　　）。

1　いらっしゃいます　　2　うかがいます

3　おります　　4　お見えになります

問題8　次の文の＿★＿に入る最もよいものを、1・2・3・4から一つ選びなさい。

(問題例)

あそこで ＿＿ ＿＿ ＿★＿ ＿＿ は山田さんです。

1　テレビ　　2　見ている　　3　を　　4　人

(回答のしかた)

1. 正しい文はこうです。

あそこで ＿＿ ＿＿ ＿★＿ ＿＿ は山田さんです。
1　テレビ　　3　を　　2　見ている　　4　人

2. ＿★＿に入る番号を解答用紙にマークします。

(解答用紙)　(例)　① ● ③ ④

45　母が亡くなった。優しかった ＿＿ ＿＿ ＿★＿ ＿＿ 戻りたい。

1　母と　　2　子どものころに

3　戻れるものなら　　4　暮らした

46　結婚して ＿＿ ＿＿ ＿★＿ ＿＿ に気づいた。

1　はじめて　　2　家族が　　3　幸せ　　4　いる

47　宿題が終わらない。 ＿＿ ＿＿ ＿★＿ ＿＿ 始めればいいのだが、それがなかなかできないのだ。

1　早く　　2　あわてるくらい　　3　なら　　4　あとになって

48 ＿＿＿ ＿＿＿ ＿★＿ ＿＿＿ みんなに勇気を与える存在だ。

1 体に障害を　2 いつも笑顔の　3 彼女は　4 抱えながら

49 これは、二十歳になったとき ＿＿＿ ＿＿＿ ＿★＿ ＿＿＿ 時計なんです。

1 記念の　2 プレゼント　3 両親から　4 された

問題9　次の文章を読んで、文章全体の内容を考えて、[50] から [54] の中に入る最もよいものを、1・2・3・4の中から一つ選びなさい。

「結構です」

「結構です」という日本語は、使い方がなかなか難しい。

例えば、よそのお宅にお邪魔しているとき、その家のかたに、「甘いお菓子がありますが、[50] ?」と言われたとする。そのとき、次のような二種類の答えが考えられる。

A「ああ、結構ですね。いただきます。」

B「いえ、結構です。」

Aの「結構」は、相手の言葉に賛成して、「いいですね」という意味を表す。

[51] 、Bの「結構」は、これ以上いらないと丁寧に断る言葉である。同じ「結構」でも、まるで反対の意味を表すのだ。したがって、「いかがですか」と菓子を勧めた人は、「結構」の意味を、前後の言葉、例えばAの「いただきます」や、Bの「いえ」などによって、または、その言い方や調子によって判断する [52] 。日本人には簡単なようでも、外国の人 [53] 使い分けが難しいのではないだろうか。

また、「結構」には、もう一つ、ちょっとあいまいに思えるような意味がある。

[54] 、「これ、結構おいしいね。」「結構似合うじゃない。」などである。この「結構」は、「かなりの程度に。なかなか。」というような意味を表す。「非常に。とても。」などと比べると、少しその程度が低いのだ。

いずれにしても、「結構」という言葉は結構あいまいな言葉ではある。

文法

50

1　いただきますか　　2　くださいますか
3　いかがですか　　4　いらっしゃいますか

51

1　これに対して　2　そればかりか　3　それとも　4　ところで

52

1　わけになる　2　はずになる　3　ものになる　4　ことになる

53

1　に対しては　2　にとっては　3　によっては　4　にしては

54

1　なぜなら　2　たとえば　3　そのため　4　ということは

問題 10　次の (1) から (5) の文章を読んで、後の問いに対する答えとして最もよいものを、1・2・3・4 から一つ選びなさい。

(1)

便利なものが次々に発明される度に人間の手や言葉がいらなくなり、道具だけで用がすむようになった。しかし、それで失われるものもある。

例えば、最近、「自撮り棒（じどりぼう）」というものが発明され流行している。自分の写真を撮る際に、カメラやスマートフォンを少しだけ手から遠くに離して撮ることができる便利なものだ。

しかし、その結果、観光地などでの人と人とのコミュニケーションがなくなったのではないだろうか。知らない人に「すみませんが」と頼んで写真を撮ってもらうことも、「どうぞよいご旅行を。」とお互いに声をかけ合って別れることもなくなった。そこに見知らぬ人どうしのコミュニケーションがあったのだが…。

55　筆者は、便利なものが次々に発明されることを、どう感じているか。

1　よい面ばかりではなく、失われるものもある。
2　人間の仕事がなくなって、失業者が増えるので困る。
3　道具が、人と人とのコミュニケーションの役割をしてくれるので助かる。
4　便利な道具に頼らず、もっと人間の力を使うべきだ。

読解

(2)

　ある新聞に中学生の投書が載っていた。その中学生は、学校のクラブ活動でバドミントンをやっていたのだが、引退を間近(注)にした大会を振り返って、次のような感想を書いていた。「試合に勝ち進んだ人ほど、試合のことをよく反省し、それを練習や次の試合に生かしている。」と。しかし、自分は「ミスをしても、また次に頑張ればいい。」としか考えなかった。　そして、「それが自分と上位に勝ち進んだ人との違いだった。」と反省し、自分のミスを次に生かすことが試合でも生活の上でも大切だと述べていた。

　極めて当たり前のことだが、中学生が自分の経験から学んだことだという点で、大いに評価されるべきだと思う。

(注) 間近(まぢか)：すぐ近く

56 中学生が、試合に勝ち進むために大切だと述べていたのは、どんなことか。

1 失敗したことを素直に認めて、謙虚になること

2 失敗したことを丁寧に分析して、それを次に反映させること

3 失敗したことは早く忘れて、新しい気持ちで頑張ること

4 失敗したことをきちんと整理して、記録すること

(3)

絵の展覧会に行くと、会場の入口で、絵の説明のためのヘッドフォン(注1)を貸し出している。500円程度なので、私はいつもそれを借りて、説明を聞きながら絵を見る。そうすると、画家やその時代、絵のテーマなどについてもよく分かり、非常に物知り(注2)になったような気がする。

しかし、ある人によると、それは絵画の鑑賞法として間違っているそうだ。絵は、そのような知識なしに、心で見るもの、感じるものだということだ。

なるほど、そうかもしれない。絵は知識を得るために見るものではなく、心の栄養のために見るものだから。

(注1) ヘッドフォン：耳に当てて録音された説明などを聞く道具
(注2) 物知り(ものしり)：いろいろなことをよく知っている人

57 筆者は、絵は何のために見ると言っているか。

1 知識を増やすため
2 絵の勉強のため
3 心を豊かにするため
4 絵のテーマを理解するため

(4)

子供がいる専業主婦のうち、80％が就職したいと思っていることが、ある人材派遣会社(注1)の調査で分かった。さらにその90％が仕事への不安を抱えているそうだ。仕事から長い間離れていることや、育児との両立に不安を感じているようである。このような主婦の不安や細かい要求にこたえるために、企業側も採用条件を見直すなど、対応を変えることが必要だろう。ただし、主婦の不安や要求につけ込んで(注2)、不当な賃金(注3)や条件で雇うことのないよう、企業側はくれぐれも気をつけて欲しいものである。

(注1) 人材派遣会社（じんざいはけん）：働きたい人を雇って、人を探している会社に紹介する会社
(注2) つけ込む：相手の弱点などを利用して、自分が有利になるようにすること
(注3) 賃金：労働に対して払う給料

58 筆者は、企業がしなければならないことはどんなことだと言っているか。

1 主婦の望みに合う採用条件を考え、正当な賃金で雇うこと
2 不安を抱えている主婦を優先的に採用し、賃金も高くすること
3 採用条件に合わない主婦は、低賃金で雇用すること
4 それぞれの主婦に合った仕事を与え、高い賃金を払うこと

(5)

以下は、新聞に入っていたチラシである。

お宅の布団、大丈夫ですか？

布団丸洗い(注1)で清潔に！

11 月 30 日（日）まで限定セール

・布団の中はとても汚れていて、湿気も含んでいます。

・ふとん丸洗いのカムカムでは、一枚一枚水で洗って乾燥させ、干すだけでは退治(注2)できないダニ(注3)や、布団にしみこんだ汚れをきれいに洗います。

・11 月 30 日（日）まで、期間限定サービス中です。
この機会にぜひ、お試しください。

・なお、防ダニ(注4)、防カビ加工も受付中です。

2 点セット	6,500 円
3 点セット	9,500 円
4 点セット	11,500 円

＊防ダニ・防カビ加工は、1 点 400 円。

布団丸洗いの専門店　**カムカム**　☎ 03（3813）0000

(注 1) 丸洗い：（一部でなく）全部洗うこと

(注 2) 退治：悪いものをやっつけて、なくすこと

(注 3) ダニ：虫の名。人の血を吸うものもあり、アレルギーの原因ともなる

(注 4) 防ダニ、防カビ：ダニ、カビを防ぐこと

59 この店のサービスについて正しいものはどれか。

1 防ダニ・防カビ加工は、丸洗いをする前に申し込まなければならない。

2 丸洗いの料金は、セットの点数が多いほど、1 点当たりの料金は安い。

3 2 点セットを丸洗いして、どちらも防ダニ・防カビ加工をすると、6,900 円になる。

4 布団を水で洗って乾燥させるのは、11 月末日までの期間限定サービスである。

読解

問題11　次の(1)から(3)の文章を読んで、後の問いに対する答えとして最もよいものを、1・2・3・4から一つ選びなさい。

(1)

2015年の日本の夏は、特に暑かった。東京都心で気温が35度以上の日が続き、9月3日までに熱中症(注1)で死亡した人は101人に上るということだ。このうち、室内で死亡した人は93人。この中の35人は室内にエアコンがなかった。また、49人はエアコンはあってもつけていなかったそうである。熱中症死亡者を年齢別に見ると、60代以上の人が101人中90人であった。高齢者の中には独り(ひと)暮らしの人が多く、生活保護(注2)を受けている人も何人かいたそうだ。（以上、東京23区調査による）

独り暮らしの高齢者が熱中症で死亡する原因には、エアコンを買えないほど生活が貧しいということが、まず、考えられるだろう。しかし、それだけではないと思われる。日本人は昔から、物を大切に、と教えられてきた。電気もそうで、無駄な電力は使わないようにと教えられてきた。高齢者には、その教えが習慣として身に付いているのではないかと思われる。その結果、エアコンをつけるのをためらうのではないだろうか。

それと、暑さや寒さなどには負けないことを立派なことだ、とされてきたこともあるだろう。暑さや寒さに負けないように体をきたえましょう、と言われ、厚さ寒さなどの身体的苦痛を我慢することを教えられてきた結果、厳しい暑さもエアコンなしで、できるだけ我慢をしようとしてしまうのだろう。

（注1）熱中症：暑さのために具合が悪くなる病気。死亡することもある
（注2）生活保護：貧しくて生活できない人を助けるために国が支払う費用

回數

1
2
3
4
5
6

60 熱中症で死亡した人についての説明で間違っているものはどれか。

1 全て60代以上の高齢者であった。

2 エアコンがあってもつけていない人が半数以上いた。

3 室内で死亡した人より、家の外で死亡した人の方が少なかった。

4 中には、生活保護を受けている人もいた。

61 室内で死亡した93人のうち、部屋にエアコンがある人は何人だったか。

1 35人

2 49人

3 58人

4 90人

62 独り暮らしの高齢者が熱中症で死亡する一番の原因は何だと述べているか。

1 生活が貧しいこと

2 物を大切に使う習慣があること

3 エアコンを使うことに慣れていないこと

4 我慢強いこと

(2)

日本には、料理に使うためのスープ、つまり「だし」を取るための食べ物がいくつかある。昆布、しいたけ、鰹節が代表的である。昆布は海草(注1)、しいたけはきのこの一種である。どちらも乾燥させたものを使っておいしいだしを取り、料理を作る。

鰹節は、「鰹（かつお）」という魚から驚くほど多くの過程を経て作られる。

鰹を煮た後、冷まして骨や皮などを取って木の箱に入れていぶす(注2)。すると、表面にびっしりとカビ(注3)が付く。そのカビを落としては日光に干して乾燥させるということを何回も繰り返し、やっと硬く乾燥した鰹節ができあがる。

こうしてできた鰹節は、長さ20センチ、直径5センチほどの硬い棒のようなものだが、今では、この鰹節そのものを日本の普通の家庭で見ることも少なくなった。鰹節でだしを取るには、硬い鰹節を薄くけずらなければならないからだ。

このように面倒な過程を経て作られる鰹節や、昆布、しいたけなどは、どれもうま味(注4)成分をたっぷり含んでいる。その上、優れた特長がある。それは、鳥や牛や豚などを煮て取る西欧や中国のだしと違って、脂が出ないということである。

ところが、近年、これらの日本の伝統的なだしより、化学調味料を使う家庭が増えている。化学調味料は、昆布やしいたけ、鰹節に比べて手間がいらず、便利だからだ。

2013年、「和食」がユネスコ(注5)無形文化遺産(注6)に登録された。自然を尊ぶ日本の健康的な食文化が評価されたということである。「和食」といえば、お皿にのった美しい日本料理を思い浮かべるだろうが、それだけでなく、鰹節などの、うま味を上手に使った伝統的な食生活を、日本人自身がもう一度見直すべきではないだろうか。

(注1) 海草：海の中に生える植物
(注2) いぶす：下から火をたいて箱の中を煙でいっぱいにすること
(注3) カビ：このカビは、人間にとってよい働きをする
(注4) うま味：おいしさを感じる味のこと
(注5) ユネスコ：UNESCO。国連教育科学文化機関の略
(注6) 無形文化遺産：演劇・音楽・工芸技術などで価値が高いとされたもの

63 鰹節は、何から作るか。

1 海草

2 きのこ

3 鳥

4 魚

64 こうしてできた鰹節を日本の家庭であまり見られなくなったのはなぜか。

1 鰹節をけずるのが面倒で、使わなくなったから。

2 西欧のだしに比べて、うま味成分が少ないから。

3 昆布やしいたけでだしを取る方が簡単だから。

4 鰹節で取っただしには脂が含まれるから。

65 この文章での筆者の主張を選べ。

1 和食を上手に作るべきだ。

2 日本の伝統的なだしを見直して使うべきだ。

3 日本の伝統的な食べ物を世界中に広めるべきだ。

4 日本のだしだけでなく西欧や中国のだしを見直すべきだ。

(3)

主に欧米では、ホテルなどの従業員(注1)にチップを渡すという習慣がある。荷物を運んでくれたお礼などとして細かいお金を手渡すのだ。

しかし、日本にはこのチップという習慣はない。ただ、旅館などでお世話になる従業員に個人的にお礼のお金を渡すことはある。そのようなとき、そのお金は紙に包んだり小さな袋に入れたりして渡す。現在では、日本のホテルや旅館も、「サービス料」として宿泊料などと一緒に客に請求するようになり、個人的にお礼のお金を渡したりすることは少なくなったが、伝統のある昔からの旅館ではそうであった。

そんな場合だけでなく、お礼やお祝い、またはお見舞いなどのお金を、紙に包んだり袋に入れたりしないで渡すことは日本ではほとんどない。なぜだろうか…。

日本人はお金を人にあげることに対して羞恥心(注2)のようなものがあるのではないだろうか。特に、お礼やお祝い、またはお見舞いのような、金額であらわせないようなものをお金で渡すことに対して。それは、日本人が、心を何よりも大切だと思っているからではないだろうか。「私のあなたに対するお礼やお祝い、お見舞いの気持ちは、お金などに代えることはできません。」という気持ちが、お金を包んだりせずに渡すことをためらわせるのだろう。

(注1) 従業員：そこで働いている人
(注2) 羞恥心：恥ずかしいと思う心

66 そうは、どのようなことを指しているか。

1 従業員にチップとして細かいお金を手渡すこと。

2 サービス料を、宿泊料と一緒に客に請求すること。

3 世話になった従業員に、個人的にお礼のお金を渡すこと。

4 客が従業員にお礼のお金を渡すことはなかったということ。

67 日本人は、お礼やお見舞いのお金をどのようにして渡すか。

1 紙や袋に入れて渡す。

2 手紙を添えて渡す。

3 何にも入れずにそのまま渡す。

4 恥ずかしそうに渡す。

68 なぜだろうかとあるが、筆者は理由をどのように考えているか。

1 自分の心を恥ずかしく思うから。

2 紙に包んだり袋に入れたりするのは面倒だから。

3 いちばん大切なものは、お金だと思うから。

4 心をお金であらわすことを恥ずかしく思うから。

問題12　次のAとBはそれぞれ、家の片付けについて書かれた文章である。二つの文章を読んで、後の問いに対する答えとして最もよいものを、1・2・3・4から一つ選びなさい。

A

最近、「断捨離（だんしゃり）」という言葉をしばしば耳にする。簡単に言うと、家にある要（い）らないものは思い切って捨てましょうという、片付けの勧（すす）めである。確かに家の中を見回すと、不要なものがあふれている。それらの物を思い切って捨てたらどんなにか家の中も広々ときれいに片付き気持ちもさっぱりするだろう。それは分かる。しかし、物を捨てるには、かなりの決断力を要する。ストレスもかかる。ゴミ屋敷(注1)になって近所の人に迷惑がかかるようではいけないが、単に家をきれいに広くするためなら何も無理をして捨てることはないのだ。「断捨離、断捨離」と言われて脅迫(注2)されるような気になるのなら、断捨離などしないほうがよほどいいと思う。

B

先日、ふと今流行（はや）りの「断捨離」を始めた。1時間ほどやっただけで、とにかく疲れた。思い切って捨てるか取っておくか、非常に迷って神経を使うからだ。この先絶対に使わないと分かっていても、特に人から頂いた物だったり思い出深い物だったりすると、捨てる決心がなかなかつかない。そんなとき、私はいいことに気づいた。捨てる代わりに誰かに利用してもらうということだ。そう気がついて、私は使わない文房具や着られなくなった服をまとめて箱に入れた。アフリカのある国に送ることにしたのだ。その国では小学校を建設中で、多くの子供たちに文房具や衣類が不足しているということを、前に、何かで読んだことを思い出したからだ。そのとたん、片付けが苦しいものから楽しいものに変わった。

（注1）ゴミ屋敷：ゴミばかりの汚い家
（注2）脅迫：脅かして無理にさせること

69 AとB、どちらにも共通する内容はどれか。

1 断捨離の難しさ
2 上手な片付けの方法
3 人に迷惑をかけない片付け方
4 人の役に立つことの大切さ

70 AとBの筆者は、「断捨離」についてどのように考えているか。

1 Aは、断捨離はするべきではない、Bはするべきだと考えている
2 Aは、断捨離は誰にもできない、Bは誰にでもできると考えている。
3 Aは、断捨離はしないでいいと考え、Bは断捨離に代わる方法を思いついている。
4 AもBも、「断捨離」はしても全く意味がないと考えている。

問題13　次の文章を読んで、後の問いに対する答えとして最もよいものを、1・2・3・4から一つ選びなさい。

最近、国際化が叫ばれ、グローバリズム(注1)とか、ボーダレス(注2)社会とかいう言葉を聞かない日はない。それにつれて英語の重要性が高まり、すでに一部の会社では、昇進(注3)や海外出張の条件として一定以上の英語力が必要とされているところや、社内では日本語の代わりに英語を使用するように決められているところもあるほどだ。社会のこうした傾向は子供の世界にまで及んでおり、これからの国際社会を生きていくためには、英語ができる子供を育てるということが必要な条件になっており、小学校から英語を教えるべきだという声も次第に大きくなっている。

若い親たちの中には、子供が2、3才になるのを待たずに英語の塾に通わせたり、外国人の家庭教師を付けたり、アメリカンスクールに通わせたり、海外留学をさせたりと、日本語よりも英語を学ばせることに必死である。

確かに英語ができれば社会で生きていくのに有利である。大学入試や就職はもちろんのこと、会社での昇進や外国人との交際、さらには仕事や研究のため世界からの情報収集と発信(注4)に当たっても英語力は絶対的に必要な条件となっている。

ただ英語ができるということは、英語の単語や文法をたくさん知っていることではない。英語は極めて論理的な言語である。したがって短くても論理的な説明が求められる。日本人同士であれば人と話をするとき、全てを言わなくてもお互いに分かり合えることが多いけれども、英語では言わなければ相手は絶対理解してくれない。

さらに本当の国際人として外国人とうまく付き合っていくには、日常の挨拶程度の英語では不十分である。必要なのは自分の考えや意見を論理的に英語で表現するということである。そのために私たちは英語を学ぶ前に、物事を論理的に考える力、説明できる力を育てる必要がある。そしてまた大切なのが、日本人として我が国の文化や歴史、言葉等についての知識や教養である。そのようなしっかりした基本があって、物事を英語で論理的に説明できてこそ初めて外国人と対等の立場で話ができるのである。これからの日本人は、国際的に通用する論理力と教養を養っていかなければならない。

では、どうすればそんな力を養うことができるのか。それには国語の大切さを改めて見直し、国語の力をつけることである。子供のときから、人の話を聞き、本を読み、文章を書き、人と話す力を養うことが知識や能力を高め、論理的思考を育てるために、今いちばん必要なことである。この国語の力があってこそ英語を学ぶ資格があり、英語で国際人と対等にやっていくことができるのだ。

英語を学ぶことは、国語を学ぶことである。国語の大切さをいま一度考えてみたい。

池永陽一「国際社会を生きる」

(注1) グローバリズム：世界は一つ、という考え方
(注2) ボーダレス社会：境界や国境がない国際社会
(注3) 昇進：会社などで地位があがること
(注4) 発信：情報などを送ること

71 こうした傾向は子供の世界にまで及んでおりとあるが、その具体的な現象として、この文章にはどのようなことが書かれているか。合わないものを一つ選べ。

1 英語を専攻している優秀な大学生の家庭教師を付ける。
2 2、3歳になる前に英語の塾に通わせる。
3 日本にあるアメリカンスクールに通わせる。
4 日本語も身についていないうちに、海外留学をさせる。

72 「英語ができる」とは、どういうことだと筆者は述べているか。

1 英語の単語を欧米人並みにたくさん知っていること。
2 全てを言わなくても相手に通じるような英語力があること。
3 日常の会話などは、英語で不自由なくできること。
4 自分の考えを英語できちんと順序よく表現することができること。

73 国際的に通用する力を身につけるには、どうすればよいと筆者は述べているか。

1 外国人と会話をすることで、その国の伝統を学ぶように努力する。

2 自国の言葉の大切さを見直してその力を付けるように努力する。

3 英語の本を読んだり、英語で文章を書いたりして論理的思考を育てる。

4 国際人として通用するように、多くの国の歴史や文化を学ぶ。

問題 14　次のページは、日本の伝統文化体験ツアーの広告である。下の問いに対する答えとして最もよいものを 1・2・3・4 から一つ選びなさい。

74 クリスさんは、日本に行くのは初めてなので、日本でしかできない体験をして、何か一つのことができるようになって帰りたいと思っている。追加プログラムに参加すると、どんなことができるようになるか。

1　着物が作れるようになる
2　自分で着物が着られるようになる
3　浴衣が作れるようになる
4　自分で浴衣が着られるようになる

75 ジュンさんと友達は、このツアーに申し込みをしたが、友達の都合が悪くなったので二人ともキャンセルをしなければならない。追加プログラムには申し込みをしていない。今日は、申し込みをした日の 10 日前である。キャンセル料はいくらかかるか。

1　1,000 円と送金手数料
2　2,000 円と送金手数料
3　2,800 円と送金手数料
4　4,000 円と送金手数料

日本伝統文化体験ツアー

所要時間：45 ～ 60 分　集合場所：浅草町駅

〈料金表〉

1 名	2 名	3 名	4 名	追加 1 名毎
10,000 円	14,000 円	18,000 円	22,000 円	＋ 4,000 円

（4 才以上 12 才未満：2,400 円）

※消費税込み　**料金に含まれる内容**…ガイド料、抹茶(注1)、和菓子

追加プログラム

★　**着物着付(注2)体験 (6,400 円 / 1 人あたり)**
着物は、「染め」「織り」などの伝統技術から生まれ、体型の変化にもわずかな手直しで、いつまでも着られます。講師の手で本格的な着物を着付けた後は、庭や室内で写真撮影をお楽しみください。

★　**浴衣（ゆかた）着付体験（浴衣持ち帰り）(6,400 円 / 1 人あたり)**
お好きな浴衣と帯をお選びいただけます。講師の指導のもと、自分で着付けられるように学びます。庭や室内で写真撮影をお楽しみください。使用した浴衣と帯はご自宅にお持ち帰りいただけます。

★　**浴衣着付体験（浴衣はレンタル）(2,400 円 / 1 人あたり)**
お好きな浴衣と帯をお選びいただいて、講師の指導により自分でも着付けられるように学びます。庭や室内で写真撮影をお楽しみください。

申込みの際の諸注意

◆　プログラム実施中は、必ずガイドの指示に従って行動してください。ガイドの指示に従わないことによって発生した事故等について、弊社は一切の責任を負いません。

◆　所要時間は目安の時間です。人数や実施状況により変化する場合がありますのでご了承ください。

◆　宗教上の理由、身体その他のコンディション（疾病・アレルギー等）、又は、年齢等の理由により特別な配慮を必要とする場合は、必ず事前に dentoujapan@XXX.com までお問合せください。

◆　対応言語は原則的に英語です。中国語、フランス語、スペイン語、ドイツ語、イタリア語、ロシア語等での対応をご希望の方は、事前になるべく早く dentoujapan@XXX.com までお申込みください。実施可否等についてお答えします。

◆　**営業時間は、平日 9:00 ～ 18:00 です。**
なお、予約を取り消す場合、以下のキャンセル料が発生します。
（1）14 日前から 3 日前まで：プログラム料金の 20%
（2）2 日前：プログラム料金の 50%
（3）前日以降または無連絡不参加：プログラム料金の 100%
※別途、送金手数料がかかります

（注 1）抹茶：特別な方法で作られた緑茶を粉にしたもの
（注 2）着付（きつけ）：着物を自分で着たり、人に着せたりすること

問題 1

問題 1 では、まず質問を聞いてください。それから話を聞いて、問題用紙の 1 から 4 の中から、最もよいものを一つ選んでください。

例

1　コート

2　傘

3　ドライヤー

4　タオル

聴解

1番

1　歓迎会の人数が増えたことを居酒屋に連絡する。

2　先生に歓迎会に出欠するかどうか確認をする。

3　ゼミで発表をする。

4　先生の出欠について女の人にメールを送る。

2番

1　免許証

2　クレジットカード

3　電気やガス代の請求書

4　健康保険証

3番

1　会議に出席する

2　薬を買いに行く

3　ズボンを買いに行く

4　ベルトを買いに行く

4番

1　台所レンジを分解する

2　台所レンジの掃除

3　エアコンの分解

4　押入れの掃除

5番(ばん)

1　卒業証明書(そつぎょうしょうめいしょ)と成績証明書(せいせきしょうめいしょ)

2　卒業証明書(そつぎょうしょうめいしょ)と成績証明書(せいせきしょうめいしょ)の翻訳(ほんやく)

3　振(ふ)り込(こ)み用紙(ようし)

4　振(ふ)り込(こ)みの領収書(りょうしゅうしょ)

問題2

問題2では、まず質問を聞いてください。そのあと、問題用紙のせんたくしを読んでください。読む時間があります。それから話を聞いて、問題用紙の1から4の中から最もよいものを一つ選んでください。

例

1　残業があるから
2　中国語の勉強をしなくてはいけないから
3　会議で失敗したから
4　社長に叱られたから

1番

1　MKビルの場所がわからないから

2　MKビルが壊されてしまったから

3　マンションが工事中だから

4　写真屋が休みだから

2番

1　今日はもうたくさん飲んだから

2　胃の調子が悪いから

3　最近、よく眠れないから

4　会社のコーヒーはまずいから

3番

1　明日は新製品の発表だから

2　もう十分準備ができたから

3　病気が悪くなったから

4　病院で検査をしなければならないから

4番

1　安売りだったから

2　きれいに並んでいたから

3　テレビの人気番組で卵の料理を紹介したから

4　健康にいいから

5番

1　前回のテストを受けていない学生と、不合格だった学生

2　9月から日本語３の授業を受ける学生

3　作文を提出していない学生

4　研修旅行に行く学生

6番

1　子どもの頃得意だったから

2　体力がつくから

3　仕事以外の楽しみを作りたいから

4　ルールを良く知っていて簡単にできるから

もんだい
問題 3

問題3では、問題用紙に何もいんさつされていません。この問題は、全体としてどんな内容かを聞く問題です。話の前に質問はありません。まず話を聞いてください。それから、質問とせんたくしを聞いて、1から4の中から、最もよいものを一つ選んでください。

－メモ－

もんだい 問題 4

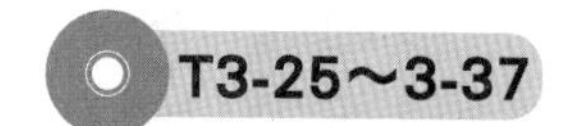

問題4では、問題用紙に何もいんさつされていません。まず文を聞いてください。それから、それに対する返事を聞いて、1から3の中から、最もよいものを一つ選んでください。

―メモ―

問題5

T3-38～3-42

問題5では、長めの話を聞きます。この問題には練習がありません。

メモをとってもかまいません。

1番、2番

問題用紙に何もいんさつされていません。まず話を聞いてください。それから、質問とせんたくしを聞いて、1から4の中から、最もよいものを一つ選んでください。

ーメモー

3番

まず話を聞いてください。それから、二つの質問を聞いて、それぞれ問題用紙の1から4の中から、最もよいものを一つ選んでください。

質問1

1　仕事の進め方について

2　節約について

3　健康について

4　よい人間関係の作り方について

質問2

1　1番目の話題

2　2番目の話題

3　3番目の話題

4　4番目の話題

第四回

言語知識（文字、語彙）

問題1　____の言葉の読み方として最もよいものを、1･2･3･4から一つ選びなさい。

1　天気予報では台風が今夜半に伊豆半島に上陸するそうだ。

1　ようぼう　　2　よほう　　3　よぼう　　4　ようほう

2　資料が揃っていないので、会議を延期します。

1　えんご　　2　ていき　　3　えんき　　4　ていご

3　将来、病気を抱えている子どもたちの世話をする仕事がしたいと思っています。

1　かかえて　　2　おさえて　　3　とらえて　　4　かまえて

4　昨夜、サウナに入って汗をいっぱいかいた。

1　ち　　2　のう　　3　なみだ　　4　あせ

5　この地域には工場は少なく、住宅が密集している。

1　しゅうきょ　　2　じゅうたく　　3　じゅうきょ　　4　じゅうだく

問題2 ＿＿の言葉を漢字で書くとき、最もよいものを、1・2・3・4から一つ選びなさい。

6 ちかてつの改札で、友達と待ち合わせをした。

1 地下硬　　2 地下鉄　　3 地下鋭　　4 地下決

7 自分で作った服をインターネットでうっています。

1 売って　　2 取って　　3 打って　　4 買って

8 自動車メーカーにしゅうしょくが決まった。

1 習職　　2 就職　　3 就織　　4 習織

9 おまつりで、初めて浴衣（ゆかた）を着た。

1 お祭り　　2 お際り　　3 お然り　　4 お燃り

10 自転車でアメリカ大陸をおうだんする。

1 欧段　　2 欧断　　3 横段　　4 横断

問題3 （　　）に入れるのに最もよいものを、1・2・3・4から一つ選びなさい。

11 奨学（　　）をもらうために、勉強をがんばる。

1 費　　2 代　　3 料　　4 金

12 ブラジル（　　）のコーヒー豆を使用しています。

1 式　　2 入　　3 産　　4 製

13 明日までにこれを全部覚えるなんて、（　　）可能だよ。

1 非　　2 不　　3 無　　4 絶

14 勉強が嫌いな子は、授業がわからなくなって、ますます勉強嫌いになる、このように（　　）循環が続くわけです。

1 不　　2 逆　　3 悪　　4 元

15 小さくても、将来（　　）のある会社で働きたい。

1 性　　2 化　　3 力　　4 感

問題4（　　）に入れるのに最もよいものを、1・2・3・4から一つ選びなさい。

16 電波が弱くて、インターネットに（　　）できない。

1 通信　2 接続　3 連続　4 挿入

17 注文した料理がなかなか出て来なくて、（　　）した。

1 はきはき　2 めちゃくちゃ　3 ぶつぶつ　4 いらいら

18 あのラーメン屋は‘（　　）より量’で、1杯500円で食べ切れないほどだ。

1 質　2 材　3 好　4 食

19 あなたの言う条件にぴったり（　　）ような仕事はありませんよ。

1 当てはまる　2 打ち合わせる　3 取り入れる　4 取り替える

20 世界の（　　）7カ国による国際会議が開催された。

1 中心　2 重要　3 主要　4 重大

21 何でも持っている彼女が（　　）。

1 もったいない　2 はなはだしい　3 うらやましい　4 やかましい

22 水力や風力、太陽の光を利用して自然（　　）を作る。

1 カロリー　2 テクノロジー　3 エネルギー　4 バランス

問題5　＿＿の言葉に意味が最も近いものを、1・2・3・4から一つ選びなさい。

23 彼の提出した報告書はでたらめだった。

1 字が汚い　2 コピーした　3 古い　4 本当ではない

24 彼女の言うことはいつも鋭い。

1 厳しい　2 冷静だ　3 的確だ　4 ずるい

25 専門知識を身につける。

1 覚える　2 使う　3 整理する　4 伝える

26 薬のおかげで、いくらか楽になった。

1 ますます　2 ちっとも

3 少しは　4 あっという間に

27 ダイエットは、プラスの面だけではない。

1 よい　2 悪い　3 別の　4 もうひとつの

問題6　次の言葉の使い方として最もよいものを、1・2・3・4から一つ選びなさい。

28 不平

1 男性に比べて女性の賃金が低いのは、明らかに不平だ。

2 不平な道で、つまずいて転んでしまった。

3 彼は不平を言うだけで、状況を改善しようとしない。

4 試験中に不平をした学生は、その場で退室となります。

29 きっかけ

1 この映画を見たきっかけは、アクション映画が好きだからです。

2 私が女優になったのは、この映画を見たきっかけでした。

3 この映画を見たことがきっかけで、私は女優になりました。

4 この映画を見たきっかけは、涙がとまりませんでした。

30 高度

1 東京スカイツリーの高度は何メートルか、知っていますか。

2 六本木には、高度なレストランがたくさんあります。

3 ちょっと寒いので、エアコンの高度を上げてもらえませんか。

4 高度な技術は、わが国の財産です。

31 結ぶ

1 朝、鏡の前で、ひげを結ぶ。

2 くつひもを、ほどけないようにきつく結ぶ。

3 シャワーの後、ドライヤーで髪を結ぶ。

4 腰にベルトを結ぶ。

32 せっせと

1 80センチもある魚が釣れたので、せっせと家へ持って帰った。

2 親鳥は、捕まえた虫をせっせと、子どもの元に運びます。

3 こんな会社、せっせと辞めたいよ。

4 彼は、仕事中に、せっせとたばこを吸いに出て行く。

言語知識（文法）

問題7（　　）に入れるのに最もよいものを、1・2・3・4から一つ選びなさい。

33 この施設は、会員登録をしてからでないと、利用（　　）。

1　できません　　　2　してください
3　となります　　　4　しないでください

34 今の妻とお見合いした時は､恥ずかしい（　　）緊張する（　　）大変でした。

1　や・など　　　2　とか・とか
3　やら・やら　　　4　にしろ・にしろ

35 気温の変化（　　）、電気の消費量も大きく変わる。

1　に基づいて　　2　にしたがって　　3　にかかわらず　　4　に応じて

36 どんな事件でも、現場へ行って自分の目で見ないことには、読者の心に響く（　　）。

1　いい記事が書けるのだ　　　2　いい記事を書くことだ
3　いい記事は書けない　　　4　いい記事を書け

37 もう夜中の一時だが、明日の準備がまだ終わらないので、（　　）。

1　寝ずにはいられない　　　2　眠くてたまらない
3　眠いわけがない　　　4　寝るわけにはいかない

38 あの姉妹は双子(ふたご)なんです。ちょっと見た（　　）では、どっちがどっちか分かりませんよ。

1　くらい　　2　なんか　　3　とたん　　4　ばかり

39 外国へ行く時は、（　　）べきだ。

1　パスポートを持っていく　　　2　その国の法律を守る
3　その国の文化を尊重する　　　4　自分の習慣が当然だと思わない

40 生活習慣を（　　）限り、いくら薬を飲んでも、病気はよくなりませんよ。

1　変える　　2　変えた　　3　変えない　　4　変えなかった

41 田舎にいたころは、毎朝ニワトリの声に（　　）ていたものだ。

1　起こし　　2　起こされ　　3　起きさせ　　4　起きさせられ

42 私には、こんな難しい数学は理解（　　）。

1　できない　　2　しがたい

3　しかねる　　4　するわけにはいかない

43 事件の犯人には、心から反省して（　　）。

1　あげたい　　2　くれたい　　3　やりたい　　4　もらいたい

44 最上階のレストランからは、すばらしい夜景が（　　）よ。

1　拝見できます　　2　ごらんになれます

3　お見になれます　　4　お目にかかれます

問題８　次の文の＿★＿に入る最もよいものを、1・2・3・4から一つ選びなさい。

（問題例）

あそこで ＿＿ ＿＿ ＿★＿ ＿＿ は山田さんです。

1　テレビ　　2　見ている　　3　を　　4　人

（回答のしかた）

1.　正しい文はこうです。

あそこで ＿＿ ＿＿ ＿★＿ ＿＿ は山田さんです。
1　テレビ　3　を　2　見ている　4　人

2.　＿★＿に入る番号を解答用紙にマークします。

（解答用紙）　（例）　①　●　③　④

45　野菜が苦手な ＿＿ ＿＿ ＿★＿ ＿＿ 工夫しました。

1　ように　　2　食べて頂ける　　3　ソースの味を　　4　お子様にも

46　あの男は私と ＿＿ ＿＿ ＿★＿ ＿＿ したんです。

1　とたん　　2　別れた　　3　結婚　　4　他の女と

47　社長の話は、＿＿ ＿＿ ＿★＿ ＿＿ よくわからない。

1　上に　　2　何が　　3　長い　　4　言いたいのか

48　彼女はきれいな ＿＿ ＿＿ ＿★＿ ＿＿ 抱き上げた。

1　おぼれた　　2　のもかまわず　　3　服が汚れる　　4　子犬を

49 浴衣(ゆかた)を着て歩いていたら、＿＿＿　＿＿＿　＿★＿　＿＿＿、びっくりしました。

1　外国人の観光客に　　　　2　ほしいと言われて

3　撮らせて　　　　4　写真を

問題9　次の文章を読んで、文章全体の内容を考えて、 50 から 54 の中に入る最もよいものを、1・2・3・4の中から一つ選びなさい。

「読書の楽しみ」

最近の若者は、本を読まなくなったとよく言われる。2009年のOECD(注1)の調査では、日本の15歳の子どもで、「趣味としての読書をしない」という人が、44%もいるということである。

私は、若者の読書離れを非常に残念に思っている。若者に、もっと本を読んで欲しいと思っている。なぜそう思うのか。

まず、本を読むのは楽しい 50 。本を読むと、いろいろな経験ができる。行ったことがない場所にも行けるし、過去にも未来にも行くことができる。自分以外の人間になることもできる。自分の知識も 51 。その楽しみを、まず知ってほしいと思うからだ。

また、本を読むと、友達ができる。私は、好きな作家の本を次々に読むが、そうすることで、その作家を知って友達になれる 52 、その作家を好きな人とも意気投合(注2)して友達になれるのだ。

しかし、特に若者に本を読んで欲しいと思ういちばんの理由は、本を読むことで、判断力を深めて欲しいと思うからである。生きていると、どうしても困難や不幸な出来事にあう。どうしていいか分からず、誰にも相談できないようなことも 53 。そんなとき、それを自分だけに特殊なことだと捉えず、ほかの人にも起こり得ることだということを教えてくれるのは、読書の効果だと思うからだ。そして、ほかの人たちが 54 その悩みや窮地(注3)を克服したのかを参考にしてほしいと思うからである。

(注1) OECD：経済協力開発機構

(注2) 意気投合：たがいの気持ちがぴったり合うこと

(注3) 窮地：苦しい立場

讀解

50

1　そうだ　　2　ようだ　　3　からだ　　4　くらいだ

51

1　増える　　2　増やす　　3　増えている　　4　増やしている

52

1　ばかりに　　2　からには　　3　に際して　　4　だけでなく

53

1　起こった　　2　起こってしまった

3　起こっている　　4　起こるかもしれない

54

1　いったい　　2　どうやら　　3　どのようにして　　4　どうにかして

問題 10　次の (1) から (4) の文章を読んで、後の問いに対する答えとして最もよいものを、1・2・3・4から一つ選びなさい。

(1)

「着物」は日本の伝統的な文化であり、今や「kimono」という言葉は世界共通語だそうである。マラウイという国の大使は、日本の着物について「身に着けるだけで気持ちが和む(注)し、周囲を華やかにする。それが日本伝統の着物の魅力である。」と述べている。

確かにそのとおりだが、それは、着物が日本の風土に合っているからである。そういう意味では、どこの国の伝統的な民族衣装も素晴らしいと言える。その国の言葉もそうだが、衣装もその国々の伝統として大切に守っていきたいものである。

(注) 和む(なごむ)：穏やかになる

55　この文章の筆者の考えに合うものはどれか

1　「着物」という文化は、世界共通のものだ
2　日本の伝統的な「着物」は、世界一素晴らしいものだ
3　それぞれの国の伝統的な衣装や言語を大切に守っていきたい
4　服装は、その国の伝統を最もよくあらわすものだ

読解

(2)

最近、若者の会話を聞いていると、「やばい」や「やば」、または「やべぇ」という言葉がいやに耳につく[(注1)]。もともとは「やば」という語で、広辞苑[(注2)]によると「不都合である。危険である。」という意味である。「こんな点数ではやばいな。」などと言う。しかし、若者たちはそんな場合だけでなく、例えば美しいものを見て感激したときも、この言葉を連発する。最初の頃はなんとも不思議な気がしたものだが、だんだんその意味というか気持ちが分かるような気がしてきた。つまり、あまりにも美しいものなどを見たときの「やばい」や「やば」は、「感激のあまり、自分の身が危ないほどである。」というような気持ちが込められた言葉なのだろう。そう考えると、なかなかおもしろい。

(注1) 耳につく：物音や声が聞こえて気になる。何度も聞いて飽きた
(注2) 広辞苑（こうじえん）：日本語国語辞典の名前

56 筆者は、若者の言葉の使い方をどう感じているか。

1　その言葉の本来の意味を間違えて使っているので、不愉快だ。
2　辞書の意味とは違う新しい意味を作り出していることに感心する。
3　その言葉の語源や意味を踏まえて若者なりに使っている点が興味深い。
4　辞書の意味と、正反対の意味で使っている点が若者らしくておもしろい。

(3)

日本の電車が時刻に正確なことは世界的に有名だが、もう一つ有名なのは、満員電車である。私たち日本人にとっては日常的な満員電車でも、これが海外の人には非常に珍しいことらしい。

こんな話を聞いた。スイスでは毎年、時計の大きな展示会があり、そこには世界中から多くの人が押し寄せる(注1)。その結果、会場に向かう電車が普通ではありえないほどの混雑状態になる。まさに、日本の朝の満員電車のようにすし詰め(注2)の状態になるのだ。すると、なぜか、関係のない人がその電車に乗りにくるというのだ。すすんで満員電車に乗りにくる気持ちは我々日本人には理解しがたいが、非常に珍しいことだからこその「ちょっとした新鮮な体験」なのだろう。

(注1) 押し寄せる：多くのものが勢いよく近づく
(注2) すし詰め：狭い所にたくさんの人が、すき間(ま)なく入っていること。

57 関係のない人がその電車に乗りにくるとあるが、なぜだと考えられるか。

1 満員電車というものに乗ってみたいから
2 電車が混んでいることを知らないから
3 時計とは関係ない展示が同じ会場で開かれるから
4 スイスの人は特に珍しいことが好きだから

(4)

アフリカの森の中で歌声が聞こえた。うなるような調子の声ではなく、音の高低がはっきりした鼻歌(注1)だったので、てっきり人に違いないと思って付近を探したのだが、誰もいなかった。実は、歌っていたのは、若い雄(注2)のゴリラだったという。

ゴリラ研究者山極寿一(やまぎわじゅいち)さんによると、ゴリラも歌を歌うそうである。どんなときに歌うのか。群れから離れて一人ぼっちになったゴリラは、他のゴリラから相手にされない。その寂しさを紛(注3)らわせ、自分を勇気づけるために歌うのだそうだ。<u>人間と同じだ</u>！

(注1) 鼻歌：口を閉じて軽く歌う歌

(注2) 雄：オス。男

(注3) 紛(まぎ)らわす（紛らす）：心を軽くしたり、変えたりする

58 筆者が<u>人間と同じだ</u>！と感じたのは、ゴリラのどんなところか。

1 音の高低のはっきりした鼻歌を歌うところ

2 若い雄が集団から離れて仲間はずれになるところ

3 一人ぼっちになると寂しさを感じるところ

4 寂しいときに自分を励ますために歌を歌うところ

(5)

以下は、田中さんが、ある企業の「アイディア商品募集」に応募した企画について、企業から来たはがきである。

> 田中夕子様
>
> この度は、アイディア商品の企画をお送りくださいまして、まことにありがとうございました。田中様のアイディアによる洗濯バサミ(注1)、生活に密着(注2)したとても便利な物だと思いました。
>
> ただ、商品化するには、実際にそれを作ってみて、実用性や耐久性(注3)、その他色々な面で試験をしなければなりません。その結果が出るまでしばらくの間お待ちくださいますよう、お願いいたします。1か月ほどでご連絡できるかと思います。
>
> それでは、今後ともよいアイディアをお寄せくださいますよう、お願いいたします。
>
> アイディア商会

(注1) 洗濯バサミ：洗濯物をハンガーなどに留めるために使うハサミのような道具

(注2) 密着：ぴったりと付くこと

(注3) 耐久性：長期間、壊れないで使用できること

59 このはがきの内容について、正しいものはどれか。

1 田中さんが作った洗濯バサミは、便利だが壊れやすい。

2 田中さんが作った洗濯バサミについて、これから試験をする。

3 洗濯バサミの商品化について、改めて連絡する。

4 洗濯バサミの商品化について、いいアイディアがあったら連絡してほしい。

読解

問題11　次の(1)から(3)の文章を読んで、後の問いに対する答えとして最もよいものを、1・2・3・4から一つ選びなさい。

(1)

「オノマトペ」とは、日本語で「擬声語（ぎせいご）」あるいは「擬態語（ぎたいご）」と呼ばれる言葉である。

「擬声語」とは、「戸をトントンたたく」「子犬がキャンキャン鳴く」などの「トントン」や「キャンキャン」で、物の音や動物の鳴き声を表す言葉である。これに対して「擬態語」とは、「子どもがすくすく伸びる」「風がそよそよと吹く」などの「すくすく」「そよそよ」で、物の様子を言葉で表したものである。

ほかの国にはどんなオノマトペがあるのか調べたことはないが、日本語のオノマトペ、特に擬態語を理解するのは、外国人には難しいのではないだろうか。擬態語そのものには意味はなく、あくまでも日本人の語感(注1)に基づいたものだからである。

ところで、このほど日本の酒類業界が、テレビのコマーシャルの中で「日本酒をぐびぐび飲む」や「ビールをごくごく飲む」の「ぐびぐび」や「ごくごく」(注2)という擬態語を使うことをやめたそうである。その擬態語を聞くと、未成年者や妊娠している人、アルコール依存症(注3)の人たちをお酒を飲みたい気分に誘うからという理由だそうである。

確かに、日本人にとっては「ぐびぐび」や「ごくごく」は、いかにもおいしそうに感じられる。お酒が好きな人は、この言葉を聞いただけで飲みたくなるにちがいない。しかし、外国人にとってはどうなのだろうか。<u>一度外国の人に聞いてみたい</u>ものである。

(注1) 語感：言葉に対する感覚
(注2) 「ぐびぐび」や「ごくごく」：液体を勢いよく、たくさん飲む様子を表す言葉
(注3) アルコール依存症：お酒を飲む欲求を押さえられない病気

60 次の傍線部のうち、「擬態語」は、どれか。

1 ドアを<u>ドンドン</u>とたたく。

2 <u>すべすべ</u>した肌。

3 小鳥が<u>ピッピッ</u>と鳴く。

4 ガラスが<u>ガチャン</u>と割れる。

61 外国人が日本の擬態語を理解するのはなぜ難しいか。

1 擬態語は漢字やカタカナで書かれているから。

2 外国には擬態語はないから。

3 擬態語は、日本人の感覚に基づいたものだから。

4 日本人の聞こえ方と外国人の聞こえ方は違うから。

62 <u>一度外国の人に聞いてみたい</u>とあるが、どんなことを聞いてみたいのか。

1 「ぐびぐび」と「ごくごく」、どちらがおいしそうに感じられるかということ。

2 外国のテレビでも、コマーシャルに擬態語を使っているかということ。

3 「ぐびぐび」や「ごくごく」のような擬態語が外国にもあるかということ。

4 「ぐびぐび」や「ごくごく」が、おいしそうに感じられるかということ。

(2)

テレビなどの天気予報のマーク(注1)は、晴れなら太陽、曇りなら雲、雨なら傘マークであり、それは私たち日本人にはごく普通のことだ。だがこの傘マーク、日本独特のマークなのだそうである。どうやら、雨から傘をすぐにイメージするのは日本人の特徴らしい。私たちは、雨が降ったら当たり前のように傘をさすし、雨が降りそうだな、と思えば、まだ降っていなくても傘を準備する。しかし、欧米の人にとっては、傘はかなりのことがなければ使わないもののようだ。

あるテレビ番組で、その理由を何人かの欧米人にインタビューしていたが、それによると、「片手がふさがるのが不便」という答えが多かった。小雨(こさめ)程度ならまだいいが、大雨だったらどうするのだろう、と思っていたら、ある人の答えによると、「雨宿り(注2)をする」とのことだった。カフェに入るとか、雨がやむまで外出しないとか、雨が降っているなら出かけなければいいと、何でもないことのように言うのである。でも、日常生活ではそうはいかないのが普通だ。そんなことをしていては会社に遅刻したり、約束を破ったりすることになってしまうからだ。さらにそう尋ねたインタビュアーに対して、驚いたことに、その人は、「そんなこと、他の人もみんなわかっているから誰も怒ったりしない」と言うではないか。雨宿りのために大切な会議に遅刻しても、たいした問題にはならない、というのだ。

「ある人」がどこの国の人だったかは忘れてしまったが、あまりのおおらかさ(注3)に驚き、文化の違いを強く感じさせられたことだった。

(注1) マーク：絵であらわす印
(注2) 雨宿り：雨がやむまで、濡れないところでしばらく待つこと
(注3) おおらかさ：ゆったりとして、細かいことにとらわれない様子

63 （傘マークは）日本独特のマークなのだそうであるとあるが、なぜ日本独特なのか。

1 日本人は雨といえば傘だが、欧米人はそうではないから
2 日本人は天気のいい日でも、いつも傘を持っているから
3 欧米では傘は大変貴重なもので、めったに見かけないから
4 欧米では雨が降ることはめったにないから

64 その理由とは、何の理由か。

1 日本人が、傘を雨のマークに使う理由
2 欧米人が雨といえば傘を連想する理由
3 欧米人がめったに傘を使わない理由
4 日本人が、雨が降ると必ず傘をさす理由

65 筆者は、日本と欧米との違いをどのように感じているか。

1 日本人は雨にぬれても気にしないが、欧米人は雨を嫌っている。
2 日本人は約束を優先するが、欧米人は雨に濡れないことを優先する。
3 日本には傘の文化があるが、欧米には傘の文化はない。
4 日本には雨宿りの文化があるが、欧米には雨宿りの文化はない。

(3)

日本の人口は、2011年以来、年々減り続けている。2014年10月現在の総人口は約1億2700万で、前年より約21万5000人減少しているということである。中でも、15～64歳の生産年齢人口は116万人減少。一方、65歳以上は110万2000人の増加で、0～14歳の年少人口の2倍を超え、少子高齢化がまた進んだ。(以上、総務省(注1)発表による)

なんとか、この少子化を防ごうと、日本には少子化対策担当大臣までいて対策を講じているが、なかなか子供の数は増えない。

その原因として、いろいろなことが考えられるだろうが、その一つとして、現代の若者たちの、自分の「個」をあまりにも重視する傾向があげられないだろうか。

ある生命保険会社の調査によると、独身者の24%が「結婚したくない」あるいは「あまり結婚したくない」と答えたということだ。その理由として、「束縛(注2)されるのがいや」「ひとりでいることが自由で楽しい」「結婚や家族など、面倒だ」などということがあげられている。つまり、「個」の意識ばかりを優先する結果、結婚をしないのだ。したがって、子供の出生率も低くなる、という結果になっていると思われる。

しかし、この若者たちによく考えてみて欲しい。それほどまでに意識し重視しているあなたの「個」に、いったいどれほどの価値があるのかを。私に言わせれば、空虚な存在に過ぎない。他の存在があってこその「個」であり、他の存在にとって意味があるからこその「個」であると思うからだ。

(注1) 総務省：国の行政機関

(注2) 束縛：人の行動を制限して、自由にさせないこと

66 日本の人口について、正しくないのはどれか。

1　2013 年から 2014 年にかけて、最も減少したのは 65 歳以上の人口である。

2　近年、減り続けている。

3　65 歳以上の人口は、0 ～ 14 歳の人口の 2 倍以上である。

4　15 ～ 64 歳の人口は 2013 年からの 1 年間で 116 万人減っている。

67 その一つとは、何の一つか。

1　少子化の対策の一つ

2　少子化の原因の一つ

3　人口減少の原因の一つ

4　現代の若者の傾向の一つ

68 筆者は、現代の若者についてどのように述べているか。

1　結婚したがらないのは無理もないことだ。

2　人はすべて結婚すべきだ。

3　人と交わることが上手でない。

4　自分自身だけを重視しすぎている。

問題12　次のAとBはそれぞれ、決断ということについて書かれた文章である。二つの文章を読んで、後の問いに対する答えとして最もよいものを、1・2・3・4から一つ選びなさい。

A

人生には、決断しなければならない場面が必ずある。職を選んだり、結婚を決めたりすることもその一つだ。そんなとき、私たちは必ずと言っていいほど迷う。そして、考え、決断する。一生懸命考えた末決断したことだから自分で納得できる。結果がどうであれ後悔することもないはずだ。

だが、本当に自分で考えて決断したことについては後悔しないだろうか。そんなことはないと思う。しかし、人間はこうして迷い考えることによって成長するのだ。自分で考え決断するということには、自分を見つめることが含まれる。それが人を成長させるのだ。決断した結果がどうであろうとそれは問題ではない。

B

自分の進路などを決断することは難しい。結果がはっきりとは見えないからだ。ある程度、結果を予測することはできる。しかし、それは、あくまでも予測に過ぎない。未来のことだから何が起こるかわからないからだ。

そんな場合、私は「考える」より「流される」ことにしている。その時の自分がしたいと思うこと、好きなことを重視する。つまり、川が流れるように自然に任せるのだ。

深く考えることもせずに決断すれば、後で後悔するのではないかと言う人がいる。しかし、それは逆である。その時の自分に正しい選択ができる力があれば、流されても後悔することはない。大切なのは、信頼できる自分を常に作っておくように心がけることだ。

69 AとBの筆者は、決断する時に大切なことは何だと述べているか。

1 AもBも、じっくり考えること

2 AもBも、あまり考えすぎないこと

3 Aはよく考えること、Bはその時の気持ちに従うこと

4 Aは成長すること、Bは自分を信頼すること

70 AとBの筆者は、決断することについてどのように考えているか。

1 Aはよく考えて決断しても後悔することがある、Bはよく考えて決断すれば後悔しないと考えている。

2 Aはよく考えて決断すれば後悔しない、Bは深く考えずに好きなことを重視して決断すれば後悔すると考えている。

3 Aは迷ったり考えたりすることで成長する、Bは決断することで信頼できる自分を作ることができると考えている。

4 Aは考えたり迷ったりすることに意味がある、Bは自分の思い通りにすればいいと考えている。

問題13　次の文章を読んで、後の問いに対する答えとして最もよいものを、1・2・3・4から一つ選びなさい。

先日たまたまラジオをつけたら、子供の貧困(注1)についての番組をやっていた。そこでは、毎日の食事さえも満足にできない子供も多く、温かい食事は学校給食のみという子供もいるということが報じられていた。

そう言えば、最近テレビや新聞などで、「子供の貧困」という言葉を見聞きすることが多い。2014年、政府が発表した貧困調査の統計によれば、日本の子供の貧困率は16パーセントで、これはまさに子供の6人に1人が貧困家庭で暮らしていることになる。街中に物があふれ、なんの不自由もなく明るい笑顔で街を歩いている人々を見ると、今の日本の社会に家庭が貧しくて食事もとれない子供たちがいるなどと想像も出来ないことのように思える。しかし、現実は、華やかに見える社会の裏側に、いつのまにか想像を超える子供の貧困化が進んでいることを私たちが知らなかっただけなのである。

今あらためて子供の貧困について考えてみると、ここ数年、経済の不況(注2)の中で失業や給与の伸び悩み(注3)、さらにまたパート社員の増加、両親の離婚により片親家庭が増加し、社会の経済格差が大きくなり、予想以上に家庭の貧困化が進んだことが最大の原因であろう。かつて日本の家庭は1億総中流(注4)と言われ、ご飯も満足に食べられない子供がいるなんて、誰が想像しただろう。

実際、貧困家庭の子供はご飯も満足に食べられないだけでなく、給食費や修学旅行の費用が払えないとか、スポーツに必要な器具を揃えられないとかで、学校でみじめな思いをして、登校しない子供が増えている。さらに本人にいくら能力や意欲があっても本を買うとか、塾に通うことなどとてもできないという子供も多くなっている。そのため入学の費用や学費を考えると、高校や大学への進学もあきらめなくてはならない子供も多く、なかには家庭が崩壊(注5)し、悪い仲間に入ってしまう子供も出てきている。

　このように厳しい経済状況に置かれた貧困家庭の子供は、成人しても収入の低い仕事しか選べないのが現実である。その結果、貧困が次の世代にも繰り返されることになり、社会不安さえ引き起こしかねない。

　子供がどの家に生まれたかで、将来が左右されるということは、あってはならないことである。どの子供にとってもスタートの時点では、平等な機会と選択の自由が約束されなければならないのは言うまでもない。誰もがこの「子供の貧困」が日本の社会にとって重大な問題であることを真剣に捉え、今すぐ国を挙げて積極的な対策を取らなくては、将来取り戻すことができない状況になってしまうだろう。

(注1) 貧困：貧しいために生活に困ること
(注2) 不況：景気が悪いこと
(注3) 伸び悩み：順調に伸びないこと
(注4) 1億総中流：1970年代高度経済成長期の日本の人口約1億人にかけて、多人の日本人が「自分が中流だ」と考える「意識」を指す
(注5) 崩壊：こわれること

読解

71 誰が想像しただろうとあるが、筆者はどのように考えているか。

1 みんな想像したはずだ。

2 みんな想像したかもしれない。

3 誰も想像できなかったに違いない。

4 想像しないことはなかった。

72 貧困が次の世代にも繰り返されるとは、どういうことか。

1 貧困家庭の子供は常に平等な機会に恵まれるということ。

2 親から財産をもらえないことが繰り返されるということ。

3 次の世代でも誰も貧困から救ってくれないということ。

4 貧困家庭の子供の子供もまた貧困となるということ。

73 筆者は、子供の貧困についてどのように考えているか。

1 子供の貧困はその両親が責任を負うべきだ。

2 すぐに国が対策を立てなくては、取り返しのつかないことになる。

3 いつの時代にもあることなので、しかたがないと考える。

4 子供自身が自覚を持って生きることよりほかに対策はない。

問題14　次のページは、貸し自転車利用のためのホームページである。下の問いに対する答えとして最もよいものを1・2・3・4から一つ選びなさい。

74　外国人のセンさんは、丸山区に出張に行く3月1日の朝から3日の正午まで、自転車を借りたいと考えている。同じ自転車を続けて借りるためにはどうすればいいか。なお、泊まるのはビジネスホテルだが、近くの駐輪場を借りることができる。

1　予約をして、外国人登録証明書かパスポートを持ってレンタサイクル事務所の管理室に借りに行き、返す時に料金600円を払う。

2　予約をして、外国人登録証明書かパスポートを持ってレンタサイクル事務所の管理室に借りに行き、返す時に料金900円を払う。

3　直前に、レンタサイクル事務所に電話をして、もし自転車があれば外国人登録証明書かパスポートを持って借りに行く。返す時に600円を払う。

4　直前に、レンタサイクル事務所に電話をして、もし自転車があれば外国人登録証明書かパスポートを持って借りに行く。返す時に900円を払う。

75　山崎さんは、3月5日の午前8時から3月6日の午後10時まで自転車を借りたいが、どのように借りるのが一番安くて便利か。なお、山崎さんのマンションには駐輪場がある。

1　当日貸しを借りる。

2　当日貸しを一回と、4時間貸しを一回借りる。

3　当日貸しで二回借りる。

4　3日貸しで一回借りる。

回數 1 2 3 4 5 6

読解

丸山区　貸し自転車利用案内

はじめに
丸山区レンタサイクルは26インチを中心とする自転車を使用しています。予約はできませんので直前にレンタサイクル事務所へ連絡し、残数をご確認ください。 貸し出し対象は 中学生以上で安全運転ができる方に限ります。

【利用できる方】
1. 中学生以上の方
2. 安全が守れる方

【利用時に必要なもの】
1. 利用料金
2. 身分証明書

※ 健康保険証または運転免許証等の公的機関が発行した、写真付で住所を確認できる証明書。外国人の方は、パスポートか外国人登録証明書を必ず持参すること。

【利用料金】
① 4時間貸し (1回4時間以内に返却)200円
②当日貸し (1回 当日午後8時30分までに返却) 300円
③ 3日貸し (1回72時間以内に返却)600円
④ 7日貸し (1回168時間以内に返却)1200円
※ ③④の複数日貸出を希望される方は 夜間等の駐輪場が確保できる方に限ります。

貸し出しについて

場所：レンタサイクル事務所の管理室で受け付けています。
時間：午前6時から午後8時まで。
手続き：本人確認書類を提示し、レンタサイクル利用申請書に氏名住所電話番号など必要事項を記入します。(本人確認書類は住所確認できるものに限ります)

ガイド付きのサイクリングツアー「のりのりツアー」も提案しています。
￥10,000- (9：00 ～ 15：00) ガイド料、レンタル料、弁当＆保険料も含む。
● 「のりのりツアー」のお問い合わせは⇒ norinori@tripper.ne.jp へ !!
● 電動自転車レンタル「eバイク」のＨＰ⇒こちら

T4-1～4-8

問題 1

問題１では、まず質問を聞いてください。それから話を聞いて、問題用紙の１から４の中から、最もよいものを一つ選んでください。

例

1　コート

2　傘

3　ドライヤー

4　タオル

1番

1　用紙に記入する

2　着替える

3　体重や身長を計る

4　レントゲン検査を受ける

2番

1　明日、会社の車が使えるか調べる

2　部長に明日の予定をきく

3　タクシーを予約する

4　部長に店の名前と場所を伝える

3番

1　電話帳を見る

2　ペットショップに行く

3　もう一人の警官に相談する

4　女の人といっしょに高橋さんの家を探しに行く

4番

1　夕飯の準備をする

2　料理の道具を準備する

3　郵便局とガソリンスタンドに行く

4　子どもを迎えに行く

5番(ばん)

1　2,260 円(えん)

2　3,390 円(えん)

3　4,050 円(えん)

4　5,370 円(えん)

問題 2

T4-9～4-17

問題 2 では、まず質問を聞いてください。そのあと、問題用紙のせんたくしを読んでください。読む時間があります。それから話を聞いて、問題用紙の 1 から 4 の中から最もよいものを一つ選んでください。

例

1　残業があるから
2　中国語の勉強をしなくてはいけないから
3　会議で失敗したから
4　社長に叱られたから

1番

1　先生に推薦状を頼むのが遅かったから

2　先生が忙しい時に推薦状を頼んだから

3　何をしてほしいか話さなかったから

4　難しいことを頼んだから

2番

1　和菓子屋が閉店したことを教えてくれたから

2　和菓子屋の引っ越し先を見つけてくれたから

3　今、何時か教えてくれたから

4　西町までタクシーに乗せてくれたから

回數

1

2

3

4

5

6

3番

1　午前中の授業が休みになったから

2　復習をするから

3　今日の授業が難しかったから

4　ドイツ語が苦手だから

4番

1　デジタルカメラ

2　ジュース

3　ペットボトルの水

4　おかし

5番

1　凍った道路

2　電車やバス、飛行機の運転

3　大雪

4　寒さが厳しくなること

6番

1　映画に行くから

2　フランス料理のレストランに行くから

3　大学に行くから

4　友達とデパートに行くから

問題 3

問題 3 では、問題用紙に何もいんさつされていません。この問題は、全体としてどんな内容かを聞く問題です。話の前に質問はありません。まず話を聞いてください。それから、質問とせんたくしを聞いて、1 から 4 の中から、最もよいものを一つ選んでください。

ーメモー

もんだい 問題 4

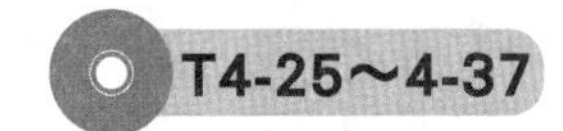

問題4では、問題用紙に何もいんさつされていません。まず文を聞いてください。それから、それに対する返事を聞いて、1から3の中から、最もよいものを一つ選んでください。

ーメモー

問題 5

問題 5 では、長めの話を聞きます。この問題には練習がありません。

メモをとってもかまいません。

1 番、2 番

問題用紙に何もいんさつされていません。まず話を聞いてください。それから、質問とせんたくしを聞いて、1から4の中から、最も よいものを一つ選んでください。

3番

まず話を聞いてください。それから、二つの質問を聞いて、それぞれ問題用紙の1から4の中から、最もよいものを一つ選んでください。

質問1

1　結婚相手との出会い方
2　夫婦が仲良く生活する方法
3　離婚率を下げる方法
4　日本の若者たちについて

質問2

1　男の人は、自分がもしその方法で結婚したら周りは驚くだろうと言っている。
2　女の人は、たくさんの人が行っている方法がいいのか、よくわからないと言っている。
3　女の人も男の人もネットで知り合えて良かったと言っている。
4　日本にも同じ調査をした方がいいと言っている。

第五回

言語知識（文字、語彙）

問題1 ＿＿の言葉の読み方として最もよいものを、1・2・3・4から一つ選びなさい。

1 友達に習ったメキシコ料理を、早速作ってみた。

1 そうそく　2 さっそく　3 そっそく　4 さそく

2 行方不明になっていたナイフが、犯人の部屋から見つかった。

1 いくえ　2 いきえ　3 ゆくえ　4 ゆきえ

3 有名人の故郷を訪ねる番組が人気だ。

1 かさねる　2 かねる　3 たずねる　4 おとずねる

4 彼女は莫大な財産を相続した。

1 ざいさん　2 さいさん　3 さいざん　4 ざいざん

5 このコップは、子供が持ちやすいように、デザインを工夫しています。

1 こうふ　2 こふう　3 くうふ　4 くふう

文字・語彙

問題2 ＿＿の言葉を漢字で書くとき、最もよいものを、1・2・3・4から一つ選びなさい。

6 このおもちゃはでんちで動きます。

1 電値　2 電地　3 電池　4 電置

7 彼女はまっくらな部屋の中で、一人で泣いていた。

1 真っ赤　2 真っ暗　3 真っ黒　4 真っ空

8 彼の無責任な発言は、ひはんされて当然だ。

1 否判　2 批判　3 批反　4 否反

9 薬を飲んだが、頭痛がなおらない。

1 治らない　2 改らない　3 直らない　4 替らない

10 クラスの委員長にりっこうほするつもりだ。

1 立構捕　2 立候捕　3 立候補　4 立構補

問題3 （　　）に入れるのに最もよいものを、1・2・3・4から一つ選びなさい。

11 交通（　　）は全額支給します。

1 費　　2 代　　3 料　　4 金

12 その写真館は、静かな住宅（　　）の中にあった。

1 場　　2 街　　3 所　　4 区

13 彼女は責任（　　）の強い、信頼できる人です。

1 感　　2 心　　3 系　　4 値

14 健康のために、（　　）カロリーの食品は控えるようにしている。

1 大　　2 長　　3 重　　4 高

15 株で失敗して、（　　）財産を失った。

1 総　　2 多　　3 完　　4 全

問題4（　　）に入れるのに最もよいものを、1・2・3・4から一つ選びなさい。

16 男女（　　）のない平等な社会を目指す。

1 分解　　2 差別　　3 区別　　4 特別

17 引っ越したいが、交通の（　　）がいいところは、家賃も高い。

1 便　　2 網　　3 関　　4 道

18 才能はあるのだから、あとは経験を（　　）だけだ。

1 招く　　2 積む　　3 寄せる　　4 盛る

19 彼がチームの皆を（　　）、とうとう決勝戦まで勝ち進んだ。

1 引き受けて　　2 引き出して　　3 引っ張って　　4 引っかけて

20 明日からの工事について、まず（　　）流れを説明します。

1 単純な　　2 微妙な　　3 勝手な　　4 大まかな

21 栄養のあるものを与えたところ、子どもの病気は（　　）回復した。

1 しばらく　　2 たちまち　　3 当分　　4 いずれ

22（　　）は、ノーベル賞受賞のニュースを大きく報道した。

1 メディア　　2 コミュニケーション

3 プログラム　　4 アクセント

問題5 ＿＿の言葉に意味が最も近いものを、1・2・3・4から一つ選びなさい。

23 社長のお坊ちゃんが入院されたそうだよ。

1 息子　2 赤ちゃん　3 弟　4 祖父

24 近年の遺伝子研究の進歩はめざましい。

1 とても速い　2 意外だ　3 おもしろい　4 すばらしい

25 息子からの電話だと思い込んでしまいました。

1 懐かしく思い出して　2 すっかりそう思って

3 とても嬉しく思って　4 多分そうだろうと思って

26 君もなかなかやるね。

1 どうも　2 ずいぶん　3 きわめて　4 あまり

27 被害者には行政のサポートが必要だ。

1 制限　2 調査　3 支援　4 許可

問題6　次の言葉の使い方として最もよいものを、1・2・3・4から一つ選びなさい。

28　予算

1　この国立美術館は、国民の予算で建てられた。

2　私は、予算の速さにかけては、だれにも負けません。

3　旅行は、スケジュールだけでなく、予算もきちんと立てたほうがいい。

4　今度のボーナスは、全額銀行に予算するつもりだ。

29　要旨

1　昔見た映画の要旨が、どうしても思い出せない。

2　論文は、要旨をまとめたものを添付して提出してください。

3　新聞の一面には、大きな字で、ニュースの要旨が載っている。

4　彼女は、このプロジェクトの最も要旨なメンバーだ。

30　だらしない

1　彼はいつも赤やピンクの派手な服を着ていて、だらしない。

2　まだ食べられる食べ物を捨てるなんて、だらしないことをしてはいけない。

3　彼は服装はだらしないが、借りた物を返さないような男じゃないよ。

4　最近やせたので、このズボンは少しだらしないんです。

31　知り合う

1　インターネットがあれば、世界中の最新情報を知り合うことができる。

2　彼とは、留学中に、アルバイトをしていたお店で知り合った。

3　洋子さん、今、知り合っている人はいますか。

4　たとえことばが通じなくても、相手を思う気持ちは知り合うものだ。

32　口が滑る

1　つい口が滑って、話さなくていいことまで話してしまった。

2　今日はよく口が滑って、スピーチコンテストで優勝できた。

3　口が滑って、スープをテーブルにこぼしてしまった。

4　彼女は口が滑るので、信用できる。

言語知識（文法）

問題７（　　）に入れるのに最もよいものを、１・２・３・４から一つ選びなさい。

33 その客は、文句を言いたい（　　）言って、帰って行った。
1　わけ　　2　こそ　　3　きり　　4　だけ

34 きちんと計算してあるのだから、設計図のとおりに作れば、完成（　　）わけがない。
1　できる　　2　できない　　3　できた　　4　できている

35 A：「このドラマ、おもしろいよ。」
B：「ドラマ（　　）、この間、原宿（はらじゅく）で女優の北川（きたがわ）さとみを見たよ。」
1　といえば　　2　といったら　　3　とは　　4　となると

36 先生のおかげで、第一希望の大学に合格（　　）。
1　したいです　　2　します　　3　しました　　4　しましょう

37 電話番号もメールアドレスも分からなくなってしまい、彼には連絡（　　）んです。
1　しかねる　　2　しようがない
3　するわけにはいかない　　4　するどころではない

38 自信を持って！実力（　　）出せれば、絶対にいい結果が出るよ。
1　こそ　　2　まで　　3　だけ　　4　さえ

39 彼がいい人なものか。（　　）。
1　君はだまされているよ　　2　ぼくも彼にはお世話になった
3　それに責任感も強い　　4　それはわからないな

40 大学を卒業して以来、（　　）。
1　友人と海外旅行に行った　　2　大学時代の彼女と結婚した
3　先生には会っていない　　4　英語はすっかり忘れてしまった

41 安い物を、無理に高く（　　）店があるので、気をつけてください。

1 買われる　　2 買わせる　　3 売られる　　4 売らせる

42 バスがなかなか来なくて、ちょっと遅れる（　　）から、先にお店に行っていてください。

1 とみえる　　2 しかない　　3 おそれがある　　4 かもしれない

43 ちょうど出発というときに、（　　）、本当に助かった。

1 雨に止んでもらって　　2 雨が止んでくれて
3 雨に止んでくれて　　4 雨が止んでもらって

44 では、ご契約に必要な書類は、ご自宅へ（　　）。

1 郵送なさいます　　2 ご郵送になります
3 郵送させていただきます　　4 郵送でございます

問題8　次の文の＿★＿に入る最もよいものを、1・2・3・4から一つ選びなさい。

（問題例）

あそこで ＿＿＿ ＿＿＿ ＿★＿ ＿＿＿ は山田さんです。

1　テレビ　　2　見ている　　3　を　　4　人

（回答のしかた）

1. 正しい文はこうです。

あそこで ＿＿＿ ＿＿＿ ＿★＿ ＿＿＿ は山田さんです。
1　テレビ　　3　を　　2　見ている　　4　人

2. ＿★＿に入る番号を解答用紙にマークします。

（解答用紙）（例）①●③④

45　久しぶりに息子が帰ってくるのだから、デザートは ＿＿＿ ＿＿＿ ＿★＿ ＿＿＿ 食べさせたい。

1　にしても　　2　買ってくる
3　料理は　　4　手作りのものを

46　何度も報告書を ＿＿＿ ＿＿＿ ＿★＿ ＿＿＿ んです。

1　おかしな点に　　2　見直す　　3　うちに　　4　気がついた

47　＿＿＿ ＿＿＿ ＿★＿ ＿＿＿、連絡先は教えないことにしているんです。

1　親しい　　2　人でない　　3　限り　　4　よほど

文法

48 さすが、＿＿＿ ＿＿＿ ＿★＿ ＿＿＿ ね。

1 速い　　2 若い　　3 理解が　　4 だけあって

49 ずっと体調のよくない ＿＿＿ ＿＿＿ ＿★＿ ＿＿＿ どうしても行こうとしない。

1 父は　　2 父を

3 病院に　　4 行かせたいのだが、

問題９　次の文章を読んで、文章全体の内容を考えて、50 から 54 の中に入る最もよいものを、１・２・３・４の中から一つ選びなさい。

「ペットを飼う」

毎年９月 20 日〜 26 日は、動物愛護週間である。この機会に動物を愛護(注1)するということについて考えてみたい。

まず、人間生活に身近なペットについてだが、犬や猫 50 ペットを飼うことにはよい点がいろいろある。精神を安定させ、孤独な心をなぐさめてくれる。また、命を大切にすることを教えてくれる。ペットはまさに家族の一員である。

しかし、このところ、無責任にペットを飼う人を見かける。ペットが小さくてかわいい子供のうちは愛情を持って面倒をみるが、大きくなり、さらに老いたり 51 、ほったらかし(注2)という人たちだ。

ペットを飼ったら、ペットの一生に責任を持たなければならない。周りの人達の迷惑にならないように鳴き声やトイレに注意し、 52 ための訓練をすること、老いたペットを最後まで責任を持って介護をすることなどである。

53 、野鳥や野生動物に対してはどうであろうか。野生動物に対して注意することは、やたらに餌を与えないことである。人間が餌を与えると、自力で生きられなくなる 54 からだ。また、餌をくれるため、人間を恐れなくなり、そのうち人間に被害を与えてしまうことも考えられる。人間の親切がかえって逆効果になってしまうのだ。餌を与えることなく、野生動物の自然な姿を見守りたいものである。

(注１) 愛護：かわいがり大切にすること
(注２) ほったらかし：かまったりかわいがったりせず、放っておくこと

50

1 といえば　2 を問わず　3 ばかりか　4 をはじめ

51

1 するが　2 しても　3 すると　4 しては

52

1 ペットが社会に受け入れる　2 社会がペットに受け入れる
3 ペットが社会に受け入れられる　4 社会がペットに受け入れられる

53

1 一方　2 そればかりか　3 それとも　4 にも関わらず

54

1 かねない　2 おそれがある　3 ところだった　4 ことはない

問題10　次の(1)から(5)の文章を読んで、後の問いに対する答えとして最もよいものを、1・2・3・4から一つ選びなさい。

(1)

漢字が片仮名（かたかな）や平仮名と違うところは、それが表意文字（注1）であるということだ。したがって、漢字や熟語を見ただけでその意味が大体わかる場合が多い。たとえば、「登」は「のぼる」という意味なので、「登山」とは、「山に登ること」だとわかる。

では、「親切」とは、どのような意味が合わさった熟語なのだろうか。「親」は、父や母のこと、「切」は、切ることなので、……と考えると、とても物騒（注2）な意味になってしまいそうだ。しかし、そこが漢字の奥深いところ（注3）で、「親」には、「したしむ」「愛する」という意味、「切」には、「心をこめて」という意味もあるのだ。つまり、「親切」とは、それらの意味が合わさった言葉で、「相手のために心を込める」といった意味なのである。

(注1) 表意文字：ことばを意味の面からとらえて、一字一字を一定の意味にそれぞれ対応させた文字

(注2) 物騒（ぶっそう）：危険な感じがする様子

(注3) 奥深い（おくふか）い：意味が深いこと

55 漢字の奥深いところとは、漢字のどんな点か。

1　読みと意味を持っている点

2　熟語の意味がだいたいわかる点

3　複数の異なる意味を持っている点

4　熟語になると意味が想像できない点

(2)

ストレス社会といわれる現代、眠れないという悩みを持つ人は少なくない。実は、インターネットの普及も睡眠の質に悪影響を及ぼしているという。パソコンやスマートフォン、ゲーム機などの画面の光に含まれるブルーライトが、睡眠ホルモン(注1)の分泌(注2)をじゃまするというのである。寝る前にメールをチェックしたり送信したりすることは、濃いコーヒーと同じ覚醒(注3)作用があるらしい。よい睡眠のためには、気になるメールや調べ物があったとしても、寝る１時間前には電源を切りたいものだ。電源を切り、部屋を暗くして、質のいい睡眠の入口へ向かうことを心がけてみよう。

(注1)　睡眠ホルモン：体を眠りに誘う物質、体内で作られる

(注2)　分泌：作り出し押し出す働き

(注3)　覚醒作用：目を覚ますはたらき

56 筆者は、よい睡眠のためには、どうするといいと言っているか。

1　寝る前に気になるメールをチェックする

2　寝る前に熱いコーヒーを飲む

3　寝る１時間前にパソコンなどを消す

4　寝る１時間前に部屋の電気を消す

(3)

これまで、電車などの優先席(注1)の後ろの窓には「優先席付近では携帯電話の電源をお切りください。」というステッカー(注2)が貼られていた。ところが、2015年10月1日から、JR東日本などで、それが「優先席付近では、混雑時には携帯電話の電源をお切りください。」という呼び掛けに変わった。これまで、携帯電話の電波が心臓病の人のペースメーカー(注3)などの医療機器に影響があるとして貼られていたステッカーだが、携帯電話の性能が向上して電波が弱くなったことなどから、このように変更されることに決まったのだそうである。

(注1) 優先席：老人や体の不自由な人を優先的に腰かけさせる座席
(注2) ステッカー：貼り紙。ポスター
(注3) ペースメーカー：心臓病の治療に用いる医療機器

57 2015年10月1日から、混んでいる電車の優先席付近でしてはいけないことは何か。

1 携帯電話の電源を、入れたり切ったりすること
2 携帯電話の電源を切ったままにしておくこと
3 携帯電話の電源を入れておくこと
4 ペースメーカーを使用している人に近づくこと

(4)

新聞を読む人が減っているそうだ。ニュースなどもネットで読めば済むからわざわざ紙の新聞を読む必要がない、という人が増えた結果らしい。

しかし、私は、ネットより紙の新聞の方が好きである。紙の新聞の良さは、なんといってもその一覧性(注1)にあると思う。大きな紙面だからこその迫力(注2)ある写真を楽しんだり、見出しや記事の扱われ方の大小でその重要度を知ることができたりする。それに、なんといっても魅力的なのは、思いがけない記事をふと、発見できることだ。これも大紙面を一度に見るからこその新聞がもつ楽しさだと思うのだ。

(注1) 一覧性：ざっと見ればひと目で全体がわかること

(注2) 迫力：心に強く迫ってくる力

58 筆者は、新聞のどんなところがよいと考えているか。

1 思いがけない記事との出会いがあること

2 見出しが大きいので見やすいこと

3 新聞が好きな人どうしの会話ができること

4 全ての記事がおもしろいこと

(5)

楽しければ自然と笑顔になる、というのは当然のことだが、その逆もまた真実である。つまり、笑顔でいれば楽しくなる、ということだ。これは、脳はだまされやすい、という性質によるらしい。特に楽しいとか面白いといった気分ではないときでも、ひとまず笑顔をつくると、「笑っているのだから楽しいはずだ」と脳は錯覚(注1)し、実際に気分をよくする脳内ホルモン(注2)を出すという。これは、脳が現実と想像の世界とを区別することができないために起こる現象だそうだが、ならばそれを利用しない手はない。毎朝起きたら、鏡に向かってまず笑顔を作るようにしてみよう。その日1日を楽しく気持ちよく過ごすための最初のステップになるかもしれない。

(注1) 錯覚：勘違い

(注2) 脳内ホルモン：脳の神経伝達物質

59 笑顔でいれば楽しくなるのはなぜだと考えられるか。

1 鏡に映る自分の笑顔を見て満足した気分になるから

2 脳が笑顔にだまされて楽しくなるホルモンを出すから

3 脳がだまされたふりをして楽しくなるホルモンを出すから

4 脳には、どんな時でも人を活気付ける性質があるから

問題11　次の(1)から(3)の文章を読んで、後の問いに対する答えとして最もよいものを、1・2・3・4から一つ選びなさい。

(1)

日本では、電車やバスの中で居眠りをしている人を見かけるのは珍しくない。だが、海外では、車内で寝ている人をほとんど見かけないような気がする。日本は比較的安全なため、眠っているからといって荷物を取られたりすることが少ないのが大きな理由だと思うが、外国人の座談会(注1)で、ある外国の人はその理由を、「寝顔を他人に見られるなんて恥ずかしいから。」と答えていた。確かに、寝ているときは意識がないのだから、口がだらしなく開いていたりして、かっこうのいいものではない。

もともと日本人は、人の目を気にする羞恥心(注2)の強い国民性だと思うのだが、なぜ見苦しい姿を多くの人に見られてまで車内で居眠りする人が多いのだろう？

それは、自分に関係のある人には自分がどう思われるかをとても気にするが、無関係の不特定多数の人たちにはどう思われようと気にしない、ということなのではないだろうか。たまたま車内で一緒になっただけで、降りてしまえば何の関係もない人たちには自分の寝顔を見られても恥ずかしくないということである。自分に無関係の多数の乗客は居ないのも同然(注3)、つまり、車内は自分一人の部屋と同じなのである。その点、<u>車内で化粧をする女性たちの気持ちも同じ</u>なのだろう。

日本の電車やバスは人間であふれているが、人と人とは何のつながりもないということが、このような現象を引き起こしているのかもしれない。

(注1) 座談会：何人かの人が座って話し合う会
(注2) 羞恥心：恥ずかしいと感じる心
(注3) 同然：同じこと

60 日本人はなぜ電車やバスの中で居眠りをすると筆者は考えているか。

1 知らない人にどう思われようと気にならないから

2 毎日の仕事で疲れているから

3 居眠りをしていても、他の誰も気にしないから

4 居眠りをすることが恥ずかしいとは思っていないから

61 日本人はどんなときに恥ずかしさを感じると、筆者は考えているか。

1 知らない人が大勢いる所で、みっともないことをしてしまったとき

2 誰にも見られていないと思って、恥ずかしい姿を見せてしまったとき

3 知っている人や関係のある人に自分の見苦しい姿を見せたとき

4 特に親しい人に自分の部屋にいるような姿を見せてしまったとき

62 車内で化粧をする女性たちの気持ちも同じとあるが、どんな点が同じなのか。

1 すぐに別れる人たちには見苦しい姿を見せても構わないと思っている点

2 電車やバスの中は自分の部屋の中と同じだと思っている点

3 電車やバスの中には自分に関係のある人はいないと思っている点

4 電車やバスを上手に利用して時間の無駄をなくしたいと思っている点

(2)

私の父は、小さな商店を経営している。ある日、電話をかけている父を見ていたら、「ありがとうございます。」と言っては深く頭を下げ、「すみません」と言っては、また、頭を下げてお辞儀(じぎ)をしている。さらに、「いえ、いえ」と言うときには、手まで振っている。

私は、つい笑い出してしまって、父に言った。

「お父さん、電話ではこっちの姿が見えないんだから、そんなにぺこぺこ頭を下げたり手を振ったりしてもしょうがないんだよ。」と。

すると、父は、

「そんなもんじゃないんだ。電話だからこそ、しっかり頭を下げたりしないとこっちの心が伝わらないんだよ。それに、心からありがたいと思ったり、申し訳ないと思ったりすると、自然に頭が下がるものなんだよ。」と言う。

考えてみれば確かにそうかもしれない。電話では、相手の顔も体の動きも見えず、伝わるのは声だけである。しかし、まっすぐ立ったままお礼を言うのと、頭を下げながら言うのとでは、同じ言葉でも伝わり方が違うのだ。聞いている人には、それがはっきり伝わる。

見えなくても、いや、「見えないからこそ、しっかり心を込めて話す」ことが、電話の会話では大切だと思われる。

回數

1
2
3
4
5
6

63 筆者は、電話をかけている父を見て、どう思ったか。

1 相手に見えないのに頭を下げたりするのは、みっともない。

2 もっと心を込めて話したほうがいい。

3 頭を下げたりしても相手には見えないので、なんにもならない。

4 相手に気持ちを伝えるためには、じっと立ったまま話すほうがいい。

64 それとは、何か。

1 お礼を言っているのか、謝っているのか。

2 本当の心か、うその心か。

3 お礼の心が込もっているかどうか。

4 立ったまま話しているのか、頭を下げているのか。

65 筆者は、電話の会話で大切なのはどんなことだと言っているか。

1 お礼を言うとき以外は、頭を下げないこと。

2 相手が見える場合よりかえって心を込めて話すこと。

3 誤解のないように、電話では、言葉をはっきり話すこと。

4 相手が見える場合と同じように話すこと。

読解

(3)

心理学[注1]の分析方法のひとつに、人の特徴を五つのグループに分け、すべての人はこの五タイプのどこかに必ず入る、というものがある。五つのタイプに優劣はなく、それは個性や性格と言い換えてもいいそうだ。

面白いのは、自分はこのグループに当てはまると判断した自らの評価と、人から評価されたタイプは一致しないことが多い、という事実である。「あなたって、こういう人よね。」と言われたとき、自分では思ってもみない内容に驚くことがあるが、つまりはそういうケース[注2]である。

どうも、自分の真実の姿は自分で思うほどわかっていない、と考えたほうがよさそうだ。

しかし、自分が思っているようには他人に見えていなくても、それは別に悪いことではない。逆に、「そう見られているのはなぜか？」と考えて、＿＿＿を知る手助けとなるからである。

学校や会社の組織を作る場合、この五つのグループの全員が含まれるようにすると、その組織は安定するとのこと。異なるタイプが存在する組織のほうが、問題が起こりにくく、組織自体が壊れるということも少ないそうだ。

やはり、いろいろな人がいてこその世の中、ということだろうか。それにしても、自分がどのグループに入ると人に思われているのか、気になるところだ。また周りの人がどのグループのタイプなのか、つい分析してしまう自分に気づくことが多いこの頃である。

(注1) 心理学：人の意識と行動を研究する科学

(注2) ケース：例。場合

66 そういうケースとは、例えば次のどのようなケースのことか。

1　自分では気が弱いと思っていたが、友人に、君は積極的だね、と言われた。

2　自分では計算が苦手だと思っていたが、テストでクラス１番になった。

3　自分では大雑把な性格だと思っていたが、友人にまさにそうだね、と言われた。

4　自分は真面目だと思っていたが、友人から、君は真面目すぎるよ、と言われた。

67 ＿＿＿に入る言葉は何か。

1　心理学

2　五つのグループ

3　自分自身

4　人の心

68 いろいろな人がいてこその世の中とはどういうことか。

1　個性の強い人を育てることが、世の中にとって大切だ。

2　優秀な人より、ごく普通の人びとが、世の中を動かしている。

3　世の中は、お互いに補い合うことで成り立っている。

4　世の中には、五つだけではなくもっと多くのタイプの人がいる。

問題12　次のAとBはそれぞれ、職業の選択について書かれた文章である。二つの文章を読んで、後の問いに対する答えとして最もよいものを、1・2・3・4から一つ選びなさい。

A

　職業選択の自由がなかった時代には、武士の子は武士になり、農家の子は農業に従事した。好き嫌いに関わらず、それが当たり前だったのである。

　では、現代ではどうか。全く自由に職業を選べる。医者の息子が大工になろうが、その逆だろうが、その人それぞれの個性によって、自由になりたいものになることができる。

　しかし、世の中を見てみると、意外に親と同じ職業を選んでいる人たちがいることに気づく。特に芸術家と呼ばれる職業にそれが多いように思われる。例えば歌手や俳優や伝統職人といわれる人たちである。それらの人たちは、やはり、音楽や芸能の先天的(注1)な才能を親から受け継いでいるからに違いない。

B

職業の選択が全く自由であるにもかかわらず、親と同じ職業についている人が意外に多いのが政治家である。例えば二世議員とよばれる人たちで、現在の日本でいえば、国会議員や大臣たちに、親の後を継いでいる人が多い。これにはいつも疑問を感じる。

政治家に先天的な能力などあるとは思えないし、二世議員たちを見ても、それほど政治家に向いている(注2)性格とも思えないからだ。

考えてみると、日本の国会議員や大臣は、国のための政治家とは言え、出身地など、ある地域と強く結びついているからではないだろうか。お父さんの議員はこの県のために力を尽くして(注3)くれた。だから息子や娘のあなたも我が県のために働いてくれるだろう、という期待が地域の人たちにあって、二世議員を作っているのではないだろうか。それは、国会議員の選び方として、ちょっと違うような気がする。

(注1) 先天的：生まれたときから持っている
(注2) ～に向いている：～に合っている
(注3) 力を尽くす：精一杯努力する

69 AとBの文章は、どのような職業選択について述べているか。

1 AもBも、ともに自分の興味のあることを優先させた選択

2 AもBも、ともに周囲の期待に応えようとした選択

3 Aは親とは違う道を目指した選択、Bは地域に支えられた選択

4 Aは自分の力を活かした選択、Bは他に影響された選択

70 親と同じ職業についている人について、AとBの筆者はどのように考えているか。

1 AもBも、ともに肯定的である。

2 AもBも、ともに否定的である。

3 Aは肯定的であるが、Bは否定的である。

4 Aは否定的であるが、Bは肯定的である。

回數

1

2

3

4

5

6

問題 13　次の文章を読んで、後の問いに対する答えとして最もよいものを、1・2・3・4から一つ選びなさい。

　このところ日本の若者が内向きになってきている、つまり、自分の家庭や国の外に出たがらない、という話を見聞きすることが多い。事実、海外旅行などへの関心も薄れ、また、家の外に出てスポーツなどをするよりも家でゲームをして過ごす若者が多くなっていると聞く。

　大学進学にしても安全第一、親の家から通える大学を選ぶ者が多くなっているし、就職に際しても自分の住んでいる地方の公務員や企業に就職する者が多いということだ。

　これは海外留学を目指す若者についても例外ではない。例えば 2008、9 年を見ると、アメリカへ留学する学生の数は中国の 3 分の 1、韓国の半分の 3 万人に過ぎず、その差は近年ますます大きくなっている。世界に出て活躍しようという夢があれば、たとえ家庭に経済的余裕がなくても何とかして自分の力で留学できるはずだが、そんな意欲的な若者が少なくなってきている。こんなことでは日本の将来が心配だ。日本の将来は、若者の肩にかかっているのだから。

　いったい、若者はなぜ内向きになったのか。

　日本の社会は、今、確かに少子化や不況など数多くの問題に直面しているが、私はこれらの原因のほかに、パソコンやスマートフォンなどの電子機器の普及も原因の一つではないかと思っている。

　これらの機器があれば、外に出かけて自分の体を動かして遊ぶより、家でゲームをやるほうが手軽だし、楽である。学校で研究課題を与えられても、自分で調べることをせず、インターネットからコピーして効率(注1)よく作成してしまう。つまり、電子機器の普及によって、自分の体、特に頭を使うことが少なくなったのだ。何か問題があっても、自分の頭で考え、解決しようとせず、パソコンやスマホで答えを出すことに慣らされてしまっている。それで何の不自由もないし、第一、楽なのだ。

　このことは、物事を自分で追及したり判断したりせず、最後は誰かに頼ればいいという安易な考えにつながる、つまり物事に対し ＿＿＿ な受け身の姿勢になってしまうことを意味する。中にいれば誰かが面倒を見てくれるし、まるで、暖かい日なた(注2)にいるように心地よい。なにもわざわざ外に出て困難に立ち向かう必要はない、若者たちはそう思うようになるのではないだろうか。こんな傾向が、若者を内向きにしている原因の一つではないかと思う。

では、この状況を切り開く方法、つまり、若者をもっと前向きに元気にするにはどうすればいいのか。

若者の一人一人が安易に機器などに頼らず、自分で考え、自分の力で問題を解決するように努力することだ。そのためには、社会や大人たちが若者の現状をもっと真剣に受け止めることから始めるべきではないだろうか。

(注1) 効率：使った労力に対する、得られた成果の割合

(注2) 日なた：日光の当たっている場所

71 日本の若者が内向きになってきているとあるが、この例ではないものを次から選べ。

1 家の外で運動などをしたがらない。

2 安全な企業に就職する若者が多くなった。

3 大学や就職先も自分の住む地方で選ぶことが多い。

4 外国に旅行したり留学したりする若者が少なくなった。

72 ＿＿＿＿に入る言葉として最も適したものを選べ。

1 経済的

2 意欲的

3 消極的

4 積極的

73 この文章で筆者が問題にしている若者の現状とはどのようなことか。

1 家の中に閉じこもりがちで、外でスポーツなどをしなくなったこと。

2 経済的な不況の影響を受けて、海外に出ていけなくなったこと。

3 日本の将来を託すのが心配な若者が増えたこと。

4 電子機器に頼りがちで、その悪影響が出てきていること。

問題14　次のページは、図書館のホームページである。下の問いに対する答えとして最もよいものを1・2・3・4から一つ選びなさい。

74　山本さんは、初めてインターネットで図書館の本を予約する。まず初めにしなければならないことは何か。なお、図書館の利用者カードは持っているし、仮パスワードも登録してある。

1　図書館でインターネット予約のための図書館カードを申し込み、その時に受付でパスワードを登録する。

2　図書館のパソコンで、図書館カードを申し込んだときの仮パスワードを、自分の好きなパスワードに変更する。

3　図書館のカウンターで、図書館カードを申し込んだ時の仮パスワードを、自分の好きなパスワードに変更してもらう。

4　パソコンか携帯電話で、図書館カードを申し込んだときの仮パスワードを、自分の好きなパスワードに変更する。

75　予約した本を受け取るには、どうすればいいか。

1　ホームページにある「利用照会」で、受け取れる場所を確認し、本を受け取りに行く。

2　図書館からの連絡を待つ。

3　予約をした日に、図書館のカウンターに行く。

4　予約をした翌日以降に、図書館カウンターに電話をする。

読解

星川町図書館 HOME PAGE

インターネット予約の事前準備　仮パスワードから本パスワードへの変更　予約の手順、予約の取消しと変更の手順　貸出・予約状況の照会　パスワードを忘れたら

address: www2.hoshikawa.jp

星川町図書館 HOME PAGE

星川町図書館へようこそ

インターネット予約の事前準備

インターネットで予約を行うには、利用者カードの番号とパスワード登録が必要です。

1. 利用者カードをお持ちの人

利用者カードをお持ちの人は、受付時に仮登録している仮パスワードをお好みのパスワードに変更してください。

2. 利用者カードをお持ちでない人

利用者カードをお持ちでない人は、図書館で利用者カードの申込書に記入して申し込んでください。
その受付時に仮パスワードを仮登録して、利用者カードを発行します。

仮パスワードから本パスワードへの変更

仮パスワードから本パスワードへの変更は、利用者のパソコン・携帯電話で行っていただきます。

パソコン・携帯電話からのパスワードの変更及びパスワードを必要とするサービスをご利用いただけるのは、図書館で仮パスワードを発行した日の翌日からです。

パソコンで行う場合 →こちらをクリック
携帯電話で行う場合　http://www2.hoshikawa.jp/xxxv.html#yoyakub
携帯電話ウェブサイトにアクセス後、利用者登録情報変更ボタンをクリックして案内に従ってください。

★使用できる文字は、半角で、数字・アルファベット大文字・小文字の４～８桁です。記号は使用することはできません。

インターネット予約の手順

① 蔵書検索から予約したい資料を検索します。
② 検索結果一覧から書名をクリックし ″予約カートへ入れる″ をクリックします。
③ 利用者カードの番号と本パスワードを入力し、利用者認証ボタンをクリックします。
④ 受取場所・ご連絡方法を指定し、″予約を申し込みます″ のボタンをクリックの上、″予約申し込みをお受けしました″ の表示が出たら、予約完了です。
⑤ なお、インターネット予約には、若干時間がかかりますので、あらかじめご了承ください。
⑥ 予約された資料の貸出準備が整いましたら、図書館から連絡します。

インターネット予約の取消しと変更の手順

貸出・予約状況の照会の方法

パスワードを忘れたら

★利用者カードと本人確認ができるものを受付カウンターに提示してください。新たにパスワートをお知らせしますので、改めて本パスワードに変更してください。パスワードの管理は自分で行ってください。

問題 1

問題1では、まず質問を聞いてください。それから話を聞いて、問題用紙の1から4の中から、最もよいものを一つ選んでください。

例

1　コート

2　傘

3　ドライヤー

4　タオル

1番

1　本社にFAXを送る。

2　本社にFAXを送ってもらう。

3　山口さんにFAXが届いていないことを説明する。

4　福田さんに今日の宴会の場所と時間を聞く。

2番

1　店の外の掃除

2　店の床の掃除

3　棚の整理

4　トイレの掃除

3番

1　電車が動くのを待っている

2　タクシーで行く

3　バスで行く

4　近くの別の電車の駅まで歩く

4番

1　夕飯を食べる

2　勉強をする

3　お風呂に入る

4　野球の練習をする

5番

1　新しいパソコンを買う

2　自分でパソコンを直す

3　パソコンを分解して調べてもらう

4　パソコンの修理を頼む

問題 2

問題 2 では、まず質問を聞いてください。そのあと、問題用紙のせんたくしを読んでください。読む時間があります。それから話を聞いて、問題用紙の 1 から 4 の中から最もよいものを一つ選んでください。

例

1　残業があるから
2　中国語の勉強をしなくてはいけないから
3　会議で失敗したから
4　社長に叱られたから

1番

1 会議の準備をしていなかったから

2 お客さんに失礼なことを言ったから

3 女性社員に相談しないで仕事を引き受けたから

4 仕事を手伝わなかったから

2番

1 買った品物の値段が間違っていたから

2 買った品物をもらわなかったから

3 買い忘れたものがあったから

4 他の人のレシートをもらっていたから

3番

1　疲れたから

2　誰かに噂をされたから

3　仕事をし過ぎて睡眠不足だから

4　サッカーの試合を観ていて睡眠不足になったから

4番

1　自宅に泥棒が入ったから

2　泥棒とまちがえられたから

3　コンビニでパンを盗んだから

4　夜遅い時間に一人で歩いていたから

5番

1　クリスマス

2　父の日

3　母の日

4　子どもの日

6番

1　会社の仕事が終わっていないから

2　会社に書類を取りに行くから

3　会社に誰も来ていないから

4　会社に警備員が来たから

もんだい 問題 3

問題 3 では、問題用紙に何もいんさつされていません。この問題は、全体としてどんな内容かを聞く問題です。話の前に質問はありません。まず話を聞いてください。それから、質問とせんたくしを聞いて、1 から 4 の中から、最もよいものを一つ選んでください。

ーメモー

問題 4

問題4では、問題用紙に何もいんさつされていません。まず文を聞いてください。それから、それに対する返事を聞いて、1から3の中から、最もよいものを一つ選んでください。

ーメモー

問題 5

問題5では、長めの話を聞きます。この問題には練習がありません。

メモをとってもかまいません。

1番、2番

問題用紙に何もいんさつされていません。まず話を聞いてください。それから、質問とせんたくしを聞いて、1から4の中から、最もよいものを一つ選んでください。

ーメモー

3番

まず話を聞いてください。それから、二つの質問を聞いて、それぞれ問題用紙の1から4の中から、最もよいものを一つ選んでください。

質問1

1　泣いている人の映画を見せて、ストレス解消をさせるビジネス。
2　感動的な話や映画をみせて病気を治すビジネス。
3　イベントや出張サービスで涙を流させるビジネス。
4　悲しいことがあった人の会社に行って、涙をふくビジネス。

質問2

1　男の人も女の人も、必要がないと思っている。
2　男の人はこのサービスに興味がないが、女の人は興味がある。
3　男の人も女の人もこのサービスに興味がある。
4　男の人はこのサービスに興味があるが、女の人は興味がない。

MEMO

第六回

言語知識（文字、語彙）

問題1　____の言葉の読み方として最もよいものを、1・2・3・4から一つ選びなさい。

1　円と直線を使って、図形を書く。

1　とがた　　2　ずがた　　3　とけい　　4　ずけい

2　遊園地で、迷子になった。

1　まいご　　2　まいこ　　3　めいご　　4　めいこ

3　下りのエスカレーターはどこにありますか。

1　おり　　2　したり　　3　さがり　　4　くだり

4　封筒に切手をはって出す。

1　ふうと　　2　ふうとう　　3　ふとう　　4　ふと

5　この道は一方通行です。

1　いちほう　　2　いっぼう　　3　いっぽう　　4　いちぼう

問題２　＿＿の言葉を漢字で書くとき、最もよいものを、１・２・３・４から一つ選びなさい。

6　北海道を一周した。いどう距離は、2000 km にもなった。

1　移動　　2　移働　　3　違動　　4　違働

7　いのるような気持ちで、夫の帰りを待ちました。

1　税る　　2　祈る　　3　怒る　　4　祝る

8　踏切（ふみきり）のじこで、電車が止まっている。

1　事庫　　2　事誤　　3　事枯　　4　事故

9　いつもおごってもらうから、今日はわたしにはらわせて。

1　払わせて　　2　抜わせて　　3　抱わせて　　4　仏わせて

10　商品の販売方法について、部長にていあんしてみた。

1　程案　　2　丁案　　3　提案　　4　停案

問題3 （　　）に入れるのに最もよいものを、1・2・3・4から一つ選びなさい。

11 運転免許（　　）を拝見します。

1 状　　2 証　　3 書　　4 紙

12 バイト（　　）をためて、旅行に行きたい。

1 代　　2 金　　3 費　　4 賃

13 面接を始めます。あいうえお（　　）にお呼びします。では、赤井さんからどうぞ。

1 式　　2 法　　3 的　　4 順

14 （　　）大型の台風が、日本列島に接近しています。

1 高　　2 別　　3 超　　4 真

15 しっかりやれ！と励ましたつもりだったが、彼には（　　）効果だったようだ。

1 悪　　2 逆　　3 不　　4 反

回數

1

2

3

4

5

6

問題4（　　）に入れるのに最もよいものを、1・2・3・4から一つ選びなさい。

16 あなたのストレス（　　）の方法を教えてください。

1 修正　2 削除　3 消去　4 解消

17 京都の祇園（ぎおん）祭りは、1000年以上の歴史を持つ（　　）的な祭りです。

1 観光　2 永遠　3 伝統　4 行事

18 どんな一流の選手も、数えきれないほどの困難を（　　）来たのだ。

1 打ち消して　2 乗り越えて　3 飛び出して　4 突っ込んで

19 その場に（　　）服装をすることは、大切なマナーだ。

1 豪華な　2 ふさわしい　3 みっともない　4 上品な

20 まだ席があるかどうか、電話で（　　）をした。

1 問い合わせ　2 問いかけ　3 聞き出し　4 打ち合わせ

21 会社の経営方針については、改めて（　　）話し合いましょう。

1 きっぱり　2 すっかり　3 どっさり　4 じっくり

22 この本には、命を大切にしてほしいという子どもたちへの（　　）が詰まっている。

1 インタビュー　2 モニター　3 ミーティング　4 メッセージ

文字・語彙

問題5 ＿＿の言葉に意味が最も近いものを、1・2・3・4から一つ選びなさい。

23 君の考え方は、世間では通用しないよ。

1 会社　2 社会　3 政府　4 海外

24 彼の強気な態度が、周囲に敵を作っているようだ。

1 派手な　2 乱暴な　3 ユーモアがある　4 自信がある

25 農薬を使わずに栽培したものを販売しています。

1 育てた　2 生まれた　3 取った　4 成長した

26 今月は残業が多くて、もうくたくただ。

1 くよくよ　2 のろのろ　3 ひやひや　4 へとへと

27 このような事件に対する人々の反応には、大きく分けて3つのパターンがある。

1 場　2 型　3 点　4 題

問題６　次の言葉の使い方として最もよいものを、1・2・3・4から一つ選びなさい。

28　リサイクル

1　環境のために、資源のリサイクルを徹底すべきだ。

2　ペットボトルのふたも、大切なリサイクルです。

3　天気のいい日は、妻と郊外までリサイクルするのが楽しみだ。

4　人間は、少しリサイクルした状態のほうが、いい考えが浮かぶそうだ。

29　検索

1　工場の機械が故障して、検索作業に半日かかった。

2　このテキストは、後ろに、あいうえお順の検索がついていて便利だ。

3　行方不明の子どもの検索は、明け方まで続けられた。

4　わからないことばは、インターネットで検索して調べている。

30　あいまいな

1　事件の夜、黒い服のあいまいな男が駅の方に走って逃げるのを見ました。

2　首相のあいまいな発言に、国民は失望した。

3　今日は、一日中、あいまいな天気が続くでしょう。

4　Ａ社は、海外のあいまいな会社と取引をしていたそうだ。

31　震える

1　台風が近づいているのか、木の枝が左右に震えている。

2　公園で、子猫が雨に濡れて、震えていた。

3　昨夜の地震で、震えたビルの窓ガラスが割れて、通行人がけがをした。

4　コンサート会場には、美しいバイオリンの音が震えていた。

32　気が小さい

1　兄は気が小さい。道が渋滞すると、すぐに怒り出す。

2　つき合い始めて、まだ一カ月なのに、もう結婚の話をするなんて、気が小さいのね。

3　迷惑をかけた上司に謝りに行くのは、本当に気が小さいことだ。

4　私は気が小さいので、社長に反対意見を言うなんて、とても無理だ。

言語知識（文法）

問題７（　　）に入れるのに最もよいものを、１・２・３・４から一つ選びなさい。

33 彼は（　　）ばかりか、自分の失敗を人のせいにする。

1　失敗したことがない　　2　めったに失敗しない
3　失敗してもいい　　4　失敗しても謝らない

34 このアパートは、建物が古いの（　　）、明け方から踏切の音がうるさくて、がまんできない。

1　を問わず　　2　にわたって　　3　はともかく　　4　といっても

35 姉はアニメのこととなると、（　　）。

1　食事も忘れてしまう　　2　何でも知っている
3　絵もうまい　　4　同じ趣味の友達がたくさんいる

36 先進国では、少子化（　　）労働人口が減少している。

1　について　　2　によって　　3　にとって　　4　において

37 このワイン、（　　）にしてはおいしいね。

1　値段　　2　高級　　3　材料　　4　半額

38 渋滞しているね。これじゃ、午後の会議に（　　）かねないな。

1　遅れ　　2　早く着き　　3　間に合い　　4　間に合わない

39 あなたが謝る（　　）ですよ。ちゃんと前を見ていなかった彼が悪いんですから。

1　ものがない　　2　ことがない　　3　ものはない　　4　ことはない

40 彼女は、家にある材料だけで、びっくりするほどおいしい料理を（　　）んです。

1　作ることができる　　2　作り得る
3　作るにすぎない　　4　作りかねない

41 あなたはたしか、調理師の免許を（　　）。

1　持っていたよ　　2　持っていたね
3　持っているんだ　　4　持っていますか

42 男は、最愛の妻（　　）、生きる希望を失った。

1　が死なれて　　2　が死なせて　　3　に死なれて　　4　に死なせて

43 あなたにはきっと幸せになって（　　）と思っております。

1　あげたい　　2　いただきたい　　3　くださりたい　　4　さしあげたい

44 先輩の結婚式に（　　）ので、来週、休ませていただけませんか。

1　出席したい　　2　ご出席したい
3　出席されたい　　4　ご出席になりたい

問題8　次の文の ＿★＿ に入る最もよいものを、1・2・3・4から一つ選びなさい。

(問題例)

あそこで ＿＿＿ ＿＿＿ ＿★＿ ＿＿＿ は山田さんです。

1　テレビ　　2　見ている　　3　を　　4　人

(回答のしかた)

1. 正しい文はこうです。

あそこで ＿＿＿ ＿＿＿ ＿★＿ ＿＿＿ は山田さんです。
1　テレビ　　3　を　　2　見ている　　4　人

2. ＿★＿ に入る番号を解答用紙にマークします。

(解答用紙)

(例)	①●③④

---

45 人生は長い。＿＿＿ ＿＿＿ ＿★＿ ＿＿＿ よ。

1　からといって　　2　わけではない
3　君の人生が終わった　　4　女の子にふられた

46 ＿＿＿ ＿＿＿ ＿★＿ ＿＿＿、とうとう競技場が完成した。

1　3年　　2　建設工事　　3　にわたる　　4　の末

47 ここから先は、車で行けない以上、＿＿＿ ＿＿＿ ＿★＿ ＿＿＿。

1　より　　2　ほかない　　3　歩く　　4　荷物を持って

48 ＿＿＿ ＿＿＿ ＿★＿ ＿＿＿ が守れないとはどういうことだ。

1　大人　　2　ルールを守っているのに
3　小さな子供　　4　でさえ

49 「君が入社したの ＿＿＿ ＿＿＿ ＿★＿ ＿＿＿。」

「去年の９月です。」

1 だった　　2 いつ　　3 っけ　　4 って

問題９　次の文章を読んで、文章全体の内容を考えて、［50］から［54］の中に入る最もよいものを、1・2・3・4の中から一つ選びなさい。

「自販機大国日本」

お金を入れるとタバコや飲み物が出てくる機械を自動販売機、略して自販機（じはんき）というが、日本はその普及率が世界一と言われる［50］、自販機大国だそうである。外国人はその数の多さに驚くとともに、自販機の機械そのものが珍しいらしく、写真に撮っている人もいるらしい。

それを見た渋谷（注1）のある商店の店主が面白い自販機を考えついた。［51］、日本土産（みやげ）が購入できる自販機である。その店主は、タバコや飲み物の自動販売機に、自分で手を加えて作ったそうである。

その自販機では、手ぬぐい（注2）やアクセサリーなど、日本の伝統的な品物や日本らしい絵が描かれた小物を販売している。値段は1,000円前後で、店が閉まった深夜でも利用できるそうである。利用者はほとんど外国人で、「治安の良い日本ならでは」、「これぞジャパンテクノロジー（注3）だ」などと、評判も上々のようである。

商店が閉まった夜中でも買えるという点では、たしかに便利だ。［52］、買い忘れた人へのお土産を簡単に買うことができる点でもありがたいにちがいない。しかし、一言の言葉［53］物が売られたり買われたりすることにはどうも抵抗がある。特に日本の伝統的な物を外国の人に売る場合はなおのことである。例えば手ぬぐいなら、それは顔や体を拭くものであることを言葉で説明し、［54］、「ありがとう」と心を込めてお礼を言う。それが買ってくれた人への礼儀ではないかと思うからだ。

（注1）渋谷（しぶや）：東京の地名

（注2）手ぬぐい：日本式のタオル

（注3）テクノロジー：技術

50

1 ほどの　2 だけの　3 からには　4 ものなら

51

1 さらに　2 やはり　3 なんと　4 というと

52

1 つまり　2 それに　3 それに対して　4 なぜなら

53

1 もなしに　2 だけに　3 もかまわず　4 を抜きにしては

54

1 買えたら　2 買ってあげたら

3 買ってもらえたら　4 買ってあげられたら

問題 10　次の (1) から (5) の文章を読んで、後の問いに対する答えとして最もよいものを、1・2・3・4 から一つ選びなさい。

(1)

日本には、「大和言葉（やまとことば）」という、昔から日本にあった言葉がある。例えば、「たそがれ」などという言葉もその一つである。辺りが薄暗くなって、人の見分けがつかない夕方のころを指す。もともと、「たそ（＝誰だろう）、かれ（＝彼は）」からできた言葉である。「たそがれどき、川のほとり(注1)を散歩した。」というように使う。「夕方薄暗くなって人の姿もよくわからないころに…」と言うより、日本語としての美しさもあり、ぐっと趣(注2)がある。周りの景色まで浮かんでくる感じがする。新しい言葉を取り入れることも大事だが、一方、<u>昔からある言葉を守り、子孫に伝えていく</u>ことも大切である。

（注1）ほとり：近いところ、そば

（注2）趣（おもむき）：味（あじ）わい。おもしろみ

55　筆者はなぜ、<u>昔からある言葉を守り、子孫に伝えていく</u>べきだと考えているか。

1　昔からある言葉には、多くの意味があるから。

2　昔からある言葉のほうが、日本語として味わいがあるから。

3　昔からある言葉は、新しい言葉より簡単で使いやすいから。

4　新しい言葉を使うと、相手に失礼な印象を与えてしまうことがあるから。

(2)

アメリカの海洋大気局(注)の調べによると、2015年、地球の1～7月の平均気温が14.65度と、1880年以降で最も高かったということである。この夏、日本でも厳しい暑さが続いたが、地球全体でも気温が高くなる地球温暖化が進んでいるのである。

南アメリカのペルー沖で、海面の温度が高くなるエルニーニョ現象が続いているので、大気の流れや気圧に変化が出て、世界的に高温になったのが原因だとみられる。このため、エジプトでは8月中に100人の人が暑さのために死亡したほか、インドやパキスタンでも3,000人以上の人が亡くなった。また、アルプスの山では、氷河が異常な速さで溶けていると言われている。

(注) 海洋大気局(かいようたいききょく)：世界各地の気候のデータを集めている組織

56 2015年、1～7月の地球の平均気温について、正しくないものを選べ。

1 アメリカの海洋大気局が調べた記録である。
2 7月の平均気温が14.65度で、最も高かった。
3 1～7月の平均気温が1880年以来最も高かった。
4 世界的に高温になった原因は、南米ペルー沖でのエルニーニョ現象だと考えられる。

(3)

ある新聞に、英国人は屋外が好きだという記事があった。そして、その理由として、タバコが挙げられていた。日本には建物の中にも喫煙室というものがあるが、英国では、室内は完全禁煙だそうである。したがって、愛煙家は戸外に出るほかはないのだ。道路でタバコを吸いながら歩く人をよく見かけるそうで、見ていると、吸い殻（すいがら）はそのまま道路にポイ（注1）と投げ捨てているということだ。この行為はもちろん英国でも違法（注2）なのだが、なんと、吸い殻集めを仕事にしている人がいて、吸い殻だらけのきたない道路は、いつの間にかきれいになるそうである。

（注1）ポイと：吸殻を投げ捨てる様子

（注2）違法：法律に違反すること

57 英国では、道路でタバコを吸いながら歩く人をよく見かけるとあるが、なぜか。

1 英国人は屋外が好きだから

2 英国には屋内にタバコを吸う場所がないから

3 英国では、道路にタバコを投げ捨ててもいいから

4 吸い殻（すいがら）集めを仕事にしている人がいるから

(4)

電子書籍が登場してから、紙に印刷された出版物との共存が模索されている。(注1)紙派・電子派とも、それぞれ主張はあるようだ。

紙の本にはその本独特の個性がある。使われている紙の質や文字の種類・大きさ、ページをめくる(注2)時の手触りなど、紙でなければ味わえない魅力は多い。しかし、電子書籍の便利さも見逃せない。旅先で読書をしたり調べ物をしたりしたい時など、紙の本を何冊も持っていくことはできないが、電子書籍なら機器を一つ持っていけばよい。それに、画面が明るいので、暗いところでも読みやすいし、文字の拡大が簡単にできるのは、目が悪い人や高齢者には助かる機能だ。このように、それぞれの長所を理解して臨機応変(注3)に使うことこそ、今、必要とされているのであろう。

(注1) 共存を模索する：共に存在する方法を探す

(注2) めくる：次のページにする

(注3) 臨機応変（りんきおうへん）：変化に応じてその時々に合うように

58 電子書籍と紙の本について、筆者はどう考えているか。

1 紙の本にも長所はあるが、便利さの点で、これからは電子書籍の時代になるだろう

2 電子書籍には多くの長所もあるが、短所もあるので、やはり紙の本の方が使いやすい

3 特徴をよく知ったうえで、それぞれを使い分けることが求められている

4 どちらにも長所、短所があり、今後の進歩が期待される

(5)

舞台の演出家(注1)が言っていた。演技上、俳優の意外な一面を期待する場合でも、その人の普段まったくもっていない部分は、たとえそれが演技の上でもうまく出てこないそうだ。普段が面白くない人は舞台でも面白くなれないし、いい意味で裏が(注2)ある人は、そういう役もうまく演じられるのだ。どんなに立派な俳優でも、その人の中にその部分がほんの少しもなければ、やはり演じることは難しい。同時に、いろいろな役を見事にこなす演技派(注3)と呼ばれる俳優は、それだけ人間のいろいろな面を自身の中に持っているということになるのだろう。

(注1) 演出家：演技や装置など、全体を考えてまとめる役割の人

(注2) 裏がある：表面には出ない性格や特徴がある

(注3) 演技派：演技がうまいと言われている人たち

59 演技派と呼ばれる俳優とはどんな人のことだと筆者は考えているか。

1 演出家の期待以上の演技ができる人

2 面白い役を、面白く演じることができる人

3 自分の中にいろいろな部分を持っている人

4 いろいろな人とうまく付き合える人

回數

1

2

3

4

5

6

問題11　次の(1)から(3)の文章を読んで、後の問いに対する答えとして最もよいものを、1・2・3・4から一つ選びなさい。

(1)

あるイギリスの電気製品メーカーの社長が言っていた。「日本の消費者は世界一厳しいので、日本人の意見を取り入れて開発しておけば、どの国でも通用する」と。しかしこれは、日本の消費者を褒めているだけではなく、そこには ＿＿ もこめられているように思う。

例えば、掃除機について考えてみる。日本人の多くは、使うときにコード(注1)を引っ張り出し、使い終わったらコードは本体内にしまうタイプに慣れているだろう。しかし海外製品では、コードを収納する機能がないものが多い。使う時にはまた出すのだから、出しっぱなし(注2)でいい、という考えなのだ。メーカー側にとっても、コードを収納する機能をつけるとなると、それだけスペースや部品が必要となり、本体が大きくなったり重くなったりするため、そこまで重要とは考えていない。しかし、コード収納がない製品は日本ではとても不人気だったとのこと。掃除機を収納する時には、コードが出ていないすっきりした状態でしまいたいのが日本人なのだ。

また掃除機とは、ゴミを吸い取って本体の中の一か所にまとめて入れる機械だが、そのゴミスペースへのこだわり(注3)に、国民性ともいえる違いがあって興味深い。日本人は、そこさえも、洗えたり掃除できたりすることを重要視する人が多いそうだ。ゴミをためる場所であるから、よごれるのが当たり前で、洗ってもまたすぐによごれるのだから、それほどきれいにしておく必要はない。きれいにするのは掃除をする場所であって、掃除機そのものではない。性能に違いがないのなら、そのままでいいではないか、というのが海外メーカーの発想である。

この違いはどこから来るのだろうか？日本人が必要以上に完璧主義(注4)なのか、細かいことにうるさいだけなのか、気になるところである。

(注1) コード：電気器具をコンセントにつなぐ線

(注2) 出しっぱなし：出したまま

(注3) こだわり：小さいことを気にすること　強く思って譲らないこと

(注4) 完璧（かんぺき）主義：完全でないと許せない主義

60 文章中の［　　］に入る言葉を次から選べ。

1 冗談

2 感想

3 親切

4 皮肉

61 コード収納がない製品は日本ではとても不人気だったのはなぜか。

1 日本人は、コード収納部分がよごれるのをいやがるから。

2 日本人は、コードを掃除機の中に入れてすっきりとしまいたがるから。

3 日本人は、コードを掃除機本体の中にしまうのを面倒だと思うから。

4 日本人は、コード収納がない掃除機を使い慣れているから。

62 この違いとは、何か。

1 日本人のこだわりと海外メーカーの発想の違い。

2 日本人のこだわりと外国人のこだわりの違い。

3 日本人の好みと海外メーカーの経済事情。

4 掃除機に対する日本人の潔癖性と、海外メーカーの言い訳。

(2)

電車に乗って外出した時のことである。たまたま一つ空いていた優先席に座っていた私の前に、駅で乗り込んできた高齢の女性が立った。日本に留学して２年目で、優先席のことを知っていたので、立ってその女性に席を譲ろうとした。すると、その人は、小さな声で「次の駅で降りるので大丈夫」と言ったのだ。それで、それ以上はすすめず、私はそのまま座席に座っていた。しかし、その後、次の駅でその人が降りるまで、とても困ってしまった。優先席に座っている自分の前に高齢の女性が立っている。席を譲ろうとしたけれど断られたのだから、私は責められる立場ではない。しかし、周りの乗客の手前、なんとも居心地(注1)が悪い。みんなに非難(注2)されているような感じがするのだ。「あの女の子、お年寄りに席も譲らないで、…外国人は何にも知らないのねぇ」という声が聞こえるような気がするのだ。どうしようもなく、私は読んでいる本に視線を落として、周りの人達も彼女の方も見ないようにしていた。

さて、次の駅にそろそろ着く頃、このまま下を向いていようかどうしようか、私は、また悩んでしまった。すると、降りる時にその女性がポンと軽く私の肩に触れて言ったのだ。周りの人達にも聞こえるような声で、「ありがとね」と。

このひとことで、私はすっきりと救われた気がした。「いいえ、どういたしまして」と答えて、私たちは気持ちよく電車の外と内の人となった。

実際には席に座らなくても、席を譲ろうとしたことに対してお礼が言える人。簡単なひとことを言えるかどうかで、相手も自分もほっとする。周りの空気も変わる。たったこれだけのことなのに、その日は一日なんだか気分がよかった。

（注１）居心地：その場所にいて感じる気持ち

（注２）非難：責めること

読解

63 居心地が悪いのは、なぜか。

1 席を譲ろうとしたのに、高齢の女性に断られたから。

2 高齢の女性に席を譲ったほうがいいかどうか、迷っていたから。

3 高齢の女性と目を合わせるのがためらわれたから。

4 優先席で席を譲らないことを、乗客に責められているように感じたから。

64 高齢の女性は、どんなことに対してお礼を言ったのか。

1 筆者が席を譲ってくれたこと。

2 筆者が席を譲ろうとしたこと。

3 筆者が知らない自分としゃべってくれたこと。

4 筆者が次の駅まで本を読んでいてくれたこと。

65 簡単なひとこととは、ここではどの言葉か。

1 「どうぞ。」

2 「次の駅で降りるので大丈夫。」

3 「ありがとね。」

4 「いいえ、どういたしまして。」

(3)

日本では、旅行に行くと、近所の人や友人、会社の同僚などにおみやげを買ってくることが多い。

「みやげ」は「土産」と書くことからわかるように、もともと「その土地の産物」という意味である。昔は、交通機関も少なく、遠い所に行くこと自体が珍しく、また、困難なことも多かったので、遠くへ行った人は、その土地の珍しい産物を「みやげ」として持ち帰っていた。しかし、今は、誰でも気軽に旅行をするし、どこの土地にどんな産物があるかという情報もみんな知っている。したがって、どこに行っても珍しいものはない。

にも関わらず、おみやげの習慣はなくならない。それどころか、今では、当たり前の決まりのようになっている。おみやげをもらった人は、自分が旅行に行った時もおみやげを買わなければと思い込む。そして、義務としてのおみやげ選びのために思いのほか時間をとられることになる。せっかく行った旅先で、おみやげ選びに貴重な時間を使うのは、もったいないし、ひどく面倒だ。そのうえ、海外だと帰りの荷物が多くなるのも心配だ。

この面倒をなくすために、日本の旅行会社では、<u>うまいこと</u>を考え出した。それは、旅行者が海外に行く前に、日本にいながらにしてパンフレットで外国のお土産を選んでもらい、帰国する頃、それをその人の自宅に送り届けるのである。

確かに、これを利用すればおみやげに関する悩みは解決する。しかし、こんなことまでして、おみやげって必要なのだろうか。その辺を考え直してみるべきではないだろうか。

旅行に行ったら、何よりもいろいろな経験をして見聞(注)を広めることに時間を使いたい。自分のために好きなものや記念の品を買うのはいいが、義務や習慣として人のためにおみやげを買う習慣そのものを、そろそろやめてもいいのではないかと思う。

(注) 見聞：見たり聞いたりして得る知識

66 「おみやげ」とは、もともとどんな物だったか。

1 お世話になった近所の人に配る物
2 その土地でしか買えない高価な物
3 どこの土地に行っても買える物
4 旅行をした土地の珍しい産物

67 うまいことについて、筆者はどのように考えているか。

1 貴重なこと
2 意味のある上手なこと
3 意味のない馬鹿げたこと
4 面倒なこと

68 筆者は、旅行で大切なのは何だと述べているか。

1 自分のために見聞を広めること
2 記念になるおみやげを買うこと
3 自分のために好きなものを買うこと
4 その土地にしかない食べ物を食べること

問題 12　次の A と B はそれぞれ、子育てについて書かれた文章である。二つの文章を読んで、後の問いに対する答えとして最もよいものを、1・2・3・4 から一つ選びなさい。

A

　ファミリーレストランの中で、それぞれ 5、6 歳の幼児を連れた若いお母さんたちが食事をしていた。お母さんたちはおしゃべりに夢中。子供たちはというと、レストランの中を走り回ったり、大声を上げたり、我が物顔(注1)で暴れまわっていた。

　そのとき、一人で食事をしていた中年の女性がさっと立ち上がり、子供たちに向かって言った。「静かにしなさい。ここはみんながお食事をするところですよ。」それを聞いていた 4 人のお母さんたちは「すみません」の一言もなく、「さあ、帰りましょう。騒ぐとまたおばちゃんに怒られるわよ。」と言うと、子供たちの手を引き、中年の女性の顔をにらむようにして、レストランを出ていった。

　少子化が問題になっている現代、子育て中の母親を、周囲は温かい目で見守らなければならないが、母親たちも社会人としてのマナーを守って子供を育てることが大切である。

B

若い母親が赤ちゃんを乗せたベビーカーを抱えてバスに乗ってきた。その日、バスは少し混んでいたので、乗客たちは、明らかに迷惑そうな顔をしながらも何も言わず、少しずつ詰め合ってベビーカーが入る場所を空けた。赤ちゃんのお母さんは、申しわけなさそうに小さくなって、ときどき、周囲の人たちに小声で「すみません」と謝っている。

その時、そばにいた女性が赤ちゃんを見て、「まあ、かわいい」と声を上げた。周りにいた人達も思わず赤ちゃんを見た。赤ちゃんは、周りの人達を見上げてにこにこ笑っている。とたんに、険悪(注2)だったバスの中の空気が穏やかなものに変わったような気がした。赤ちゃんのお母さんも、ホッとしたような顔をしている。

少子化が問題になっている現代において最も大切なことは、子供を育てているお母さんたちを、周囲が温かい目で見守ることではないだろうか。

(注1) 我が物顔：自分のものだというような遠慮のない様子

(注2) 険悪：人の気持ちなどが険しく悪いこと

69 ＡとＢのどちらの文章でも問題にしているのは、どんなことか。

1 子供を育てる上で大切なのはどんなことか。

2 少子化問題を解決するにあたり、大切なことは何か。

3 小さい子供をどのように叱ったらよいか。

4 社会の中で子供を育てることの難しさ。

70 ＡとＢの筆者は、若い母親や周囲の人に対して、どう感じているか。

1 ＡもＢも、若い母親に問題があると感じている。

2 ＡもＢも、周囲の人に問題があると感じている。

3 Ａは若い母親と周囲の人の両方に問題があると感じており、Ｂはどちらにも問題はないと感じている。

4 Ａは若い母親に問題があると感じており、Ｂは母親と子供を温かい目で見ることの大切さを感じている。

問題 13　次の文章を読んで、後の問いに対する答えとして最もよいものを、1・2・3・4から一つ選びなさい。

最近、電車やバスの中で携帯電話やスマートフォンに夢中な人が多い。それも眼の前の2、3人ではない。ひどい時は一車両内の半分以上の人が、周りのことなど関係ないかのように画面をじっと見ている。

先日の夕方のことである。その日、私は都心まで出かけ、駅のホームで帰りの電車を待っていた。私の右隣りの列には、学校帰りの鞄(かばん)を抱えた3、4人の高校生が大声で話しながら並んでいた。しばらくして電車が来た。私はこんなうるさい学生達と一緒に乗るのはいやだなと思ったが、次の電車までは時間があるので待つのも面倒だと思い電車に乗り込んだ。

車内は結構混んでいた。席はないかと探したが空いておらず、私はしょうがなく立つことになった。改めて車内を見渡すと、先ほどの学生達はいつの間にか皆しっかりと座席を確保しているではないか。

彼等は席に座るとすぐに一斉にスマートフォンをポケットから取り出し、操作を始めた。お互いにしゃべるでもなく指を動かし、画面を見ている。真剣そのものだ。

周りを見ると若者だけではない。車内の多くの人がスマートフォンを動かしている。どの人も他人のことなど気にもせず、ただ自分だけの世界に入ってしまっているようだ。聞こえてくるのは、ただガタン，ゴトンという電車の音だけ。以前は、車内は色々な人の話し声で賑やかだったのに、全く様子が変わってしまった。どうしたというのだ。これが今の若者なのか。これは駄目だ、日本の将来が心配になった。

ガタンと音がして電車が止まった。停車駅だ。ドアが開くと何人かの乗客が勢いよく乗り込んできた。そしてその人達の最後に、重そうな荷物を抱えた白髪(しらが)頭の老人がいた。老人は少しふらふらしながらなんとかつり革(注)につかまろうとしたが、うまくいかない。すると少し離れた席にいたあの学生達が一斉に立ちあがったのだ。そしてその老人に「こちらの席にどうぞ」と言うではないか。私は驚いた。先ほどまで他人のことなど全く関心がないように見えた学生達がそんな行動を取るなんて。

老人は何度も「ありがとう。」と礼を言いながら、ほっとした様子で席に座った。席を譲った学生達は互いに顔を見合わせにこりとしたが、立ったまま、またすぐに自分のスマートフォンに眼を向けた。

私はこれを見て、少しほっとした。これなら日本の若者達にも、まだまだ期待が持てそうだと思うと、うれしくなった。そして相変わらずスマートフォンに夢中の学生達が、なんだか素敵に見えて来たのだった。

(注) つり革：電車で立つときに、転ばないためにつかまる道具

71 筆者が日本の将来が心配になったのは、どんな様子を見たからか。

1 半数以上の乗客が携帯やスマートフォンを使っている様子。

2 高校生が大声でおしゃべりをしている様子。

3 全ての乗客が無言で自分の世界に入り込んでいる様子。

4 いち早く座席を確保し、スマートフォンに夢中になっている若者の様子。

72 「日本の将来が心配になった」気持ちは、後にどのように変わったか。

1 日本は将来おおいに発展するに違いない。

2 日本を背負う若者たちに望みをかけてもよさそうだ。

3 将来、スマートフォンなど不要になりそうだ。

4 日本の将来は若者たちに任せる必要はなさそうだ。

73 スマートフォンに夢中の学生達が、なんだか素敵に見えて来たのはなぜか。

1 スマートフォンに夢中でも、きちんと挨拶することができるから。

2 スマートフォンに代わる便利な機器を発明することができそうだから。

3 やるべき時にはきちんとやれることがわかったから。

4 何事にも夢中になれることがわかったから。

問題14　右のページは、宅配便会社のホームページである。下の問いに対する答えとして最もよいものを1・2・3・4から一つ選びなさい。

74　ジェンさんは、友達に荷物を送りたいが、車も自転車もないし、重いので一人で持つこともできない。どんな方法で送ればいいか。

1　運送業者に頼んで近くのコンビニに運ぶ。
2　取扱店に持って行く。
3　集荷サービスを利用する。
4　近くのコンビニエンスストアの店員に来てもらう。

75　横山さんは、なるべく安く荷物を送りたいと思っている。送料1,200円の物を送る場合、一番安くなる方法はどれか。

1　近くの営業所に自分で荷物を持って行って現金で払う。
2　近くのコンビニエンスストアに持って行ってクレジットカードで払う。
3　ペンギンメンバーズ電子マネーカードにチャージし、荷物を家に取りに来てもらって電子マネーで払う。
4　ペンギンメンバーズ電子マネーカードにチャージして、近くのコンビニか営業所に持って行き、電子マネーで払う。

address: http://www.pengin.co.jp

ペンギン運輸

宅配便の出し方

◉ 営業所へのお持ち込み

お客様のご利用しやすい、最寄りの宅配便営業所よりお荷物を送ることができます。一部商品を除くペンギン運輸の全ての商品がご利用いただけます。お持ち込みいただきますと、お荷物 1 個につき 100 円を割引きさせていただきます。

➡ お近くの営業所は、**ドライバー・営業所検索へ**

◉ 取扱店・コンビニエンスストアへのお持ち込み

お近くの取扱店とコンビニエンスストアよりお荷物を送ることができます。看板・旗のあるお店でご利用ください。お持ち込みいただきますと、お荷物 1 個につき 100 円を割引きさせていただきます。

※ 一部店舗では、このサービスのお取り扱いはしておりません。

※ コンビニエンスストアではクール宅配便(注1)はご利用いただけません。
ご利用いただけるサービスは、宅配便発払い・着払い、ゴルフ・スキー宅配便、空港宅配便、往復宅配便、複数口宅配便、ペンギン便発払い・着払いです。（一部サービスのお取り扱いができない店がございます。）

➡ 宅配便をお取り扱いしている主なコンビニエンスストア様は、**こちら**

◉ 集荷(注2)サービス

インターネットで、またはお電話でお申し込みいただければ、ご自宅まで担当セールスドライバーが、お荷物を受け取りにうかがいます。お気軽にご利用ください。

➡ インターネットでの集荷お申し込みは、**こちら**
➡ お電話での集荷お申し込みは、**こちら**

☞ 料金の精算方法

運賃や料金のお支払いには、現金のほかにペンギンメンバー割引・電子マネー・回数券もご利用いただけます。

※クレジットカードでお支払いいただくことはできません

ペンギンメンバーズ会員（登録無料）のお客様は、ペンギンメンバーズ電子マネーカードにチャージしてご利用いただけるペンギン運輸の電子マネー「ペンギンメンバー割」が便利でオトクです。「ペンギンメンバー割」で宅配便運賃をお支払いいただくと、運賃が 10%割引となります。

電子マネー　ペンギンメンバーズ電子マネーカード以外にご利用可能な電子マネーは、**こちら**

（注 1）クール宅配便：生ものを送るための宅配便

（注 2）集荷：荷物を集めること

問題 1

問題１では、まず質問を聞いてください。それから話を聞いて、問題用紙の１から４の中から、最もよいものを一つ選んでください。

例

1　コート

2　傘

3　ドライヤー

4　タオル

回數

1
2
3
4
5
6

1番

1 熱いコーヒー

2 熱いお茶

3 ジュース

4 冷たいコーヒー

2番

1 工場で新製品を作っている

2 会議の資料を印刷している

3 写真をとっている

4 新製品発表の準備をしている

3番

1　ラーメン屋の列に並んで待つ
2　寿司屋を探す
3　寿司屋を見に行く
4　寿司屋に電話する

4番

1　報告書を日本語に翻訳する
2　中国語で報告書を書く
3　本社に連絡して正しい資料をもらう
4　計算をやり直す

5番（ばん）

1　今（いま）

2　明日（あした）の午前中（ごぜんちゅう）

3　今夜（こんや）

4　明日（あした）の午後（ごご）

問題 2

問題 2 では、まず質問を聞いてください。そのあと、問題用紙のせんたくしを読んでください。読む時間があります。それから話を聞いて、問題用紙の 1 から 4 の中から最もよいものを一つ選んでください。

例

1　残業があるから

2　中国語の勉強をしなくてはいけないから

3　会議で失敗したから

4　社長に叱られたから

1番

1　バスで田舎に行く

2　電車で田舎に行く

3　女の人の妹の車で帰る

4　ホテルに泊まる

2番

1　土曜日に買い物に連れて行って欲しいと頼んだ。

2　土曜日に乃木山に連れて行って欲しいと頼んだ。

3　土曜日、一緒にキャンプをして欲しいと頼んだ。

4　土曜日に温泉に連れて行って欲しいと頼んだ。

3番

1　ゼミの発表の準備をしていたから

2　隣の家でパーティをしていたから

3　隣の子の泣き声で朝早く起きたから

4　アルバイトに行っていたから

4番

1　花売り場

2　本売り場

3　文房具売り場

4　時計売り場

5番（ばん）

1　中学生（ちゅうがくせい）

2　中学（ちゅうがく）の先生（せんせい）

3　会社員（かいしゃいん）

4　中学生（ちゅうがくせい）の親（おや）

6番（ばん）

1　晴（は）れ

2　曇（くも）りときどき晴（は）れ

3　曇（くも）りときどき雨（あめ）

4　雨（あめ）

問題 3

問題 3 では、問題用紙に何もいんさつされていません。この問題は、全体としてどんな内容かを聞く問題です。話の前に質問はありません。まず話を聞いてください。それから、質問とせんたくしを聞いて、1 から 4 の中から、最もよいものを一つ選んでください。

ーメモー

問題 4

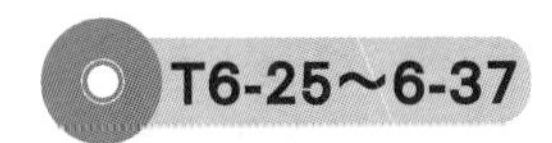

問題4では、問題用紙に何もいんさつされていません。まず文を聞いてください。それから、それに対する返事を聞いて、1から3の中から、最もよいものを一つ選んでください。

ーメモー

問題5

問題５では、長めの話を聞きます。この問題には練習がありません。

メモをとってもかまいません。

1番、2番

問題用紙に何もいんさつされていません。まず話を聞いてください。それから、質問とせんたくしを聞いて、1から4の中から、最もよいものを一つ選んでください。

ーメモー

3 番

まず話を聞いてください。それから、二つの質問を聞いて、それぞれ問題用紙の1から4の中から、最もよいものを一つ選んでください。

質問 1

1　怒ることについて
2　管理について
3　忘れることについて
4　ストレスについて

質問 2

1　怒った後はすっきりするので、必要はない
2　いつも冷静なので、あまり必要ではない
3　アンガーマネージメントをするとストレスが増える
4　アンガーマネージメントができればストレスが減る

JLPT N2

翻譯＋通關解題

STS

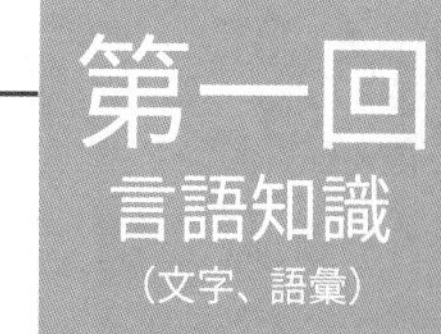

____の言葉の読み方として最もよいものを、1・2・3・4から一つ選びなさい。
____中的詞語讀音應為何？請從選項1．2．3．4中選出一個最適合的答案。

1

大勢の人が、集会に参加した。

1 おおせい　　2 おおぜい
3 だいせい　　4 たいぜい

許多人參加了集會。
1 無此字　2 大勢（眾多的人）
3 無此字　4 大勢（人數眾多）

答案 (2)

解題 ●「大」音讀唸「ダイ・タイ」，訓讀唸「おお／大；多」、「おお-きい／巨大」。例如：「大学／大學」、「大会／大會」、「大雨／大雨」。
●「勢」音讀唸「セイ」，訓讀唸「いきお-い／氣勢」。
●「大勢」是很多人的意思。

2

ここから眺める景色は最高です。

1 けいしょく　　2 けいしき
3 けしき　　4 けしょく

從這裡眺望的風景是最棒的了。
1 軽食（小吃）　2 形式（形式）
3 景色（風景）　4 無此字

答案 (3)

解題 ●「景」音讀唸「ケイ」。例如：「景気／景氣」。
●「色」音讀唸「シキ・ショク」，訓讀唸「いろ／顏色」。例如：「特色／特色」、「黄色／黃色」。
●「景色／景色」唸作「けしき」，是特殊念法。指自然景觀、風景。

3

アイスクリームが溶けてしまった。

1 とけて　　2 つけて
3 かけて　　4 よけて

冰淇淋融化了。
1 溶けて（融化／溶化／熔化）
2 付けて（沾）
3 掛けて（加）
4 除けて（除掉）

答案 (1)

解題 ●「溶」音讀唸「ヨウ」，訓讀唸「と-ける／融化」、「と-かす／溶解」、「と-く／化開」。例如：「氷が溶ける／冰融化」、「砂糖を溶かす／把砂糖溶解」、「卵を溶く／把雞蛋打散」。
●「溶ける／融化、溶化、熔化」是指從固態變成液態的過程。

其他 選項2可寫成「付ける／安裝」、「点ける／點燃」、「着ける／穿上」等等。選項3可寫成「掛ける／掛起」、「架ける／架上」等等。選項4可寫成「避ける／避開」、「除ける／除去」。

4

時計の針は、何時を指していますか。

1 かね　　2 くぎ
3 じゅう　　4 はり

時鐘的指針指向幾點呢？
1 鐘（鐘）　2 釘（釘子）
3 銃（槍）　4 針（針）

答案 (4)

解題「針」音讀唸「シン」，訓讀唸「はり／針」。例如：「時計の長針／時鐘的分針」、「針に糸を通す／把線穿過針」、「注射の針／注射用的針」、「釣り針／釣鉤」。「針／針」泛指細長且尖端銳利的器具。

其他 選項1可寫成「金／金子」、「鐘／鐘」。選項2寫成漢字是「釘／釘子」。選項3寫成漢字是「銃／槍」。

5

10年後の自分を想像してみよう。

1 そうじょう　　2 そうぞう

3 しょうじょう　　4 しょうぞう

試著想像十年後的自己。

1 相乗（相乘）　2 想像（想像）

3 症状（病狀）　4 肖像（肖像）

答案 **(2)**

解題 ●「想」音讀唸「ソウ」。例如：「感想／感想」、「理想／理想」。

●「像」音讀唸「ゾウ」。例如：「偉人の銅像／偉人的銅像」。

●「想像／想像」是指在腦中浮現、描繪。

問題二　翻譯與解題

____の言葉を漢字で書くとき、最もよいものを、1・2・3・4から一つ選びなさい。

____中的詞語漢字應為何？請從選項１・２・３・４中選出一個最適合的答案。

6

午前中にがっか試験、午後は実技試験を行います。

1 学科　　2 学課

3 学可　　4 学化

上午進行學科測驗，下午進行技術考試。

1 學科　2 課程

3 無此字　4 無此字

答案 **(1)**

解題 ●「学」音讀唸「ガク」，訓讀唸「まな-ぶ／學；模仿」。

●「科」音讀唸「カ」。例如：「科学／科學」。

●「学科」是學問中的專門領域、科目的意思，也指大學學院裡的單位。例如：「工学部建築学科／工學院建築系」。

其他 選項2「学課／課程」是指學業的課程、內容。

7

あと10分です。いそいでください。

1 走いで　　2 忙いで

3 速いで　　4 急いで

還剩十分鐘。請你動作快點！

1 無此字　2 無此字

3 無此字　4 快點

答案 **(4)**

解題 ●「急」音讀唸「キュウ」，訓讀唸「いそ-ぐ／趕緊；著急」。例如：「急行／快速列車」。

●「急ぐ／趕緊」是指加快速度去做某事的意思。

其他 選項1「走る／奔跑」是表示快速移動的動作。て形寫作「走って」。選項2「忙しい／忙碌」是表示事情很多、時間不夠的形容詞。選項3「速い／快」是表示速度很快的形容詞。

8

5番のバスに乗って、しゅうてんで降ります。

1 集天　　2 終天

3 終点　　4 集点

搭乘五號公車，在終點站下車。

1 無此字　2 無此字

3 終點　4 無此字

答案 **(3)**

解題 ●「終」音讀唸「シュウ」，訓讀唸「お-わる／終了」、「お-える／完成」。

●「点」音讀唸「テン」。

●「終点／終點」是指最終的地點，也指電車、巴士等的最後一站。

其他 選項1、4「集」音讀唸「シュウ」，訓讀唸「あつ-まる／聚集」、「あつ-める／集合」。例如：「集合／集合」。選項1、2「天」音讀唸「テン」，訓讀唸「あま／天；神聖」、「あめ／天空」。例如：「天気／天氣」。

9

あなたが一番<u>しあわせ</u>を感じるのは、どんなときですか。

1 幸せ　　2 羊せ

3 辛せ　　4 肯せ

你覺得最幸福的時刻是什麼時候？

1 幸福　　2 無此字

3 無此字　　4 無此字

答案 (1)

解題 ●「幸」音讀唸「コウ」，訓讀唸「さいわ - い／幸運」、「さち／美食」、「しあわ - せ／幸福」。

●「幸せ／幸福」是幸福和幸運的意思。

其他 選項 2「羊」音讀唸「ヨウ」，訓讀唸「ひつじ／羊」。選項 3「辛」音讀唸「シン」，訓讀唸「から - い／辣」、「つら - い／痛苦；難過」。選項 4「肯」音讀唸「コウ」。例如：「肯定する／肯定」。

10

<u>ふくざつ</u>な計算に時間がかかってしまった。

1 副雑　　2 複雑

3 復雑　　4 福雑

花了很多時間在複雜的運算上。

1 無此字　　2 複雜

3 無此字　　4 無此字

答案 (2)

解題 ●「複」音讀唸「フク」。例如：「複数／複數」。

●「雑」音讀唸「ザツ・ゾウ」。例如：「雑誌／雜誌」。

●「複雑／複雜」表示不簡單、不單純的樣子。

其他 選項 1「副／副」是「正／正」的對義詞。例如：「副社長／副社長」。選項 3「復／恢復」指反覆、再次、恢復原狀、重覆。例如：「往復／往返」、「復習／複習」。選項 4「福／福」是幸福的意思。例如：「幸福／幸福」。

※ 對義詞：「複／複數」⇔「単／單數」。

問題三　翻譯與解題

（　　）に入れるのに最もよいものを、1・2・3・4から一つ選びなさい。

（　　）中的詞語應為何？請從選項 1・2・3・4 中選出一個最適合的答案。

11

労働（　　）の権利を守る法律がある。

1 人　　2 者

3 員　　4 士

訂有保護勞工權益的法律。

1 労働人（無此詞）　　2 労働者（勞動者）

3 労働員（無此詞）　　4 労働士（無此詞）

答案 (2)

解題「労働者／勞工」是指提供勞動作為報償，取得工資來維持生活的人。

「～者／…的人」。例如：「研究者／研究者」、「科学者／科學家」。

其他 選項 1「～人／…的人士」。例如：「社会人／社會人士」。選項 3「～員／…的成員」。例如：「会社員／公司職員」。選項 4「～士／…的專業人員」。例如：「弁護士／律師」。

12

遊園地の入場（　　）が値上げされるそうだよ。

1 代　　2 金

3 費　　4 料

聽說遊樂園的入園門票要漲價了。

1 入場代（無此詞）　　2 入場金（無此詞）

3 入場費（入場費用）　　4 入場料（入場費）

答案 (4)

解題 ●「入場料／入場費」是指進入場內所需的花費。

●「～料／…的費用」。表示透過某服務或行為而發生的預設費用。例如：「授業料／學費」、「手数料／手續費」等等。

其他 選項 1「～代／…的費用」常用於日常生活中一次性或短期性支付的費用，如飲食、水電費等等。例如：「電話代／電話費」。選項 2「～金／…的費用」常用於買房、重大婚喪喜慶及教育相關根據制度等設定的費用。例如：「入学金／註冊費」。選項 3「～費／…的費用」，多用於時間較長的費用上，如交通工具。例如：「交通費／交通費」。

13 趣味はスポーツということですが、具体（　　）にはどんなスポーツをされるんですか。

1 式　　2 的
3 化　　4 用

你說你的興趣是運動，具體而言是什麼運動呢？

1 具体式（無此詞）　2 具体的（具體地）
3 具体化（具體化）　4 具体用（無此詞）

答案 (2)

解題 ●「具体的／具體的」是指眾人皆知的形狀或數字等，單獨且清楚的樣子。對義詞是「抽象的／抽象的」。
●「～的／…的、…方面」。例如：「経済的／經濟方面」、「国際的／國際的」。

其他 選項１「～式／類型、樣式」。例如：「日本式／日式」。選項３「～化／變化」。例如：「温暖化／暖化」。選項４「～用／專用」。例如：「子ども用／兒童專用」。

14 若者が（　　）文化に触れる機会をもっと増やすべきだ。

1 異　　2 別
3 外　　4 他

我們應該增加年輕人體驗不同文化的機會。

1 異文化（不同文化）　2 別文化（無此詞）
3 外文化（無此詞）　4 他文化（無此詞）

答案 (1)

解題 ●「異文化／不同的文化」是指在生活或宗教等方面有差異的文化。
●「異～／不同的…」。例如：「異民族／不同的民族」、「異業種／不同的事業」。

其他 選項２「別／另外」。例如：「別世界／另一個世界」。選項３「外／外部」。例如：「外国／外國」。選項４「他／別的」。例如：「他人／他人」。

15 （　　）期間のアルバイトを探している。

1 小　　2 低
3 短　　4 少

我正在找短期打工。

1 小期間（無此詞）　2 低期間（無此詞）
3 短期間（短期）　4 少期間（無此詞）

答案 (3)

解題「短期間／短期」是指很短的期間。對義詞是「長期間／長期」。「短～／短的」。例如：「短距離／短距離」、「短時間／短時間」。

其他 選項１「小／小的」。例如：「小皿／小盤子」。選項２「低／低的」。例如：「低価格／價格低廉」。選項４「少／少的」。例如：「少人数／少數人」。

問題四 翻譯與解題

（　　）に入れるのに最もよいものを、1・2・3・4から一つ選びなさい。
（　　）中的詞語應為何？請從選項１・２・３・４中選出一個最適合的答案。

16 私があなたをだましたなんて！それは（　　）ですよ！

1 混乱　　2 皮肉
3 誤解　　4 意外

竟然說我欺騙你！那是誤會呀！

1 混亂　2 諷刺
3 誤解　4 意外

答案 (3)

解題 從題目的「私があなたをだましたなんて／說什麼我騙你」表示並沒有欺騙對方，是對方曲解成別的意思了，所以正確答案是選項３「誤解／誤會」指的是理解錯誤之意。例句：彼はあまりしゃべらないので誤解され易い／他不太開口說話，所以很容易被人誤解。

其他 選項１「混乱／混亂」是指雜亂、不易區分的樣子。例句：複雑な計算で頭が混乱した／複雜的計算讓頭腦變得一團混亂了。選項２「皮肉／諷刺」是指壞心的挖苦對方。例句：部長が君のことを頭がいいと言ったのは、褒めたのじゃない、皮肉だよ／經理說你頭腦聰明可不是讚美，是諷刺啊！選項４「意外／意外」是指和想像的不同。例句：実力者の彼が負けるとは意外だった／實力堅強的他居然輸了，真讓人意外。

17 夫は朝から（　　）が悪く、話しかけても返事もしない。

1 元気　　2 機嫌
3 心理　　4 礼儀

我先生從一早心情就不好，即使向他搭話也沒反應。

1 精神　　2 心情
3 心理　　4 禮儀

答案 **(2)**

解題 從題目的「話しかけても返事もしない／跟他說話也都不搭理」這件事知道，老公是「機嫌が悪い／心情不好」，選項 2「機嫌／心情」是指人的心情、情緒的狀態。例句：泣いていた赤ちゃんは、ミルクをもらって機嫌を直した／啼哭的嬰兒喝到牛奶後就破涕為笑了。

其他 選項 1「元気／有精神」指健康狀況良好的樣子。例句：お元気ですか／您好嗎？はい、おかげ様で／我很好，托您的福。選項 3「心理／心理」是指心理的活動。例句：大学の専攻は犯罪心理学です／我大學主修犯罪心理學。選項 4「礼儀／禮儀」是指身為人應該遵守的行為舉止，和向對方表示敬意的禮數。例句：面接は礼儀正しい態度が大切です／面試時，端正的禮儀態度非常重要。

18 昔は、地図を作るのに、人が歩いて（　　）を測ったそうだ。

1 角度　　2 規模
3 幅　　4 距離

據說以前製作地圖的時候，是靠人步行來量測距離的。

1 角度　　2 規模
3 寬度　　4 距離

答案 **(4)**

解題 與「地図を作る／製作地圖」、「人が歩いて／以人步行」相互呼應的是「距離を測る／測量距離」。選項 4「距離／距離」是指長度或物品和物品之間的距離。例句：空港から会場までの距離は何キロですか／從機場到會場的距離有幾公里？

其他 選項 1「角度／角度」是指「角／角」的大小。「角」則是指兩條直線交會的部分。例句：お辞儀の角度は 30 度です／鞠躬時的角度為三十度。選項 2「規模／規模」是指事物的結構大小。例句：予算の係で、祭りの規模が縮小された／受限於預算，因此祭典的規模縮小了。選項 3「幅／寬度」是指事物的橫向寬度、距離。例句：この川の幅は 20 メートルです／這條河川的寬度是二十公尺。

19 次に、なべに沸かしたお湯で、ほうれん草を（　　）。

1 刻みます　　2 焼きます
3 炒めます　　4 ゆでます

接下來，用鍋裡已經煮沸的熱水來汆燙菠菜。

1 剁碎　　2 烤
3 炒　　4 汆燙

答案 **(4)**

解題 從題目的「なべに沸かしたお湯で／以鍋中燒開的熱水」，知道把水燒開了，要進行的動作是用熱水煮的選項 4「ゆでる／煮」。漢字寫作「茹でる」。例如：「卵をゆでる／煮雞蛋」。

其他 選項 1「刻む／切碎」是指切碎。例如：「ニンジンを刻む／切碎紅蘿蔔」。選項 2「焼く／烤」是指點火後燃燒，或是在火上燒烤。例如：「紙くずを焼く／燃燒紙屑」、「網で魚を焼く／用網子烤魚」。選項 3「炒める／炒」是指用少許的油烹調。例如：「ほうれん草を炒める／炒菠菜」。

※ 補充：「煮る／燉」主要是指用高湯或是有味道的湯汁把食品加熱，用火熬煮。花費時間及心力的程度是「煮る」>「ゆでる」。

20 この地方は、気候が大変（　　）で、一年中春のようです。

1 穏やか　　2 安易
3 なだらか　　4 上品

這個地方氣候十分溫和宜人，四季如春。

1 溫和　　2 容易
3 平穩　　4 高尚

答案 **(1)**

解題 看到題目後面的「一年中春のよう／整年皆如春天一般」知道要選的是表示氣候非常宜人，暖和如春的選項 1「穏やか／溫和」，「穏やか」指沒什麼變化、平靜的樣子。例句：父はめったに怒らない穏やかな人です／家父很少生氣，是個溫和的人。

其他 選項 2「安易」指容易的事，或指馬馬虎虎，帶有負面的意思。例句：お金がないからといって、安易に借金してはいけない／即使缺錢，也不能輕易向人借錢。選項 3「なだらか／平穩」主要指坡道的坡度小、不陡的樣子。例句：公園から丘の上までなだらかな道が続く／公園有一條平穩的道路可以通往丘陵。選項 4「上品／典雅」指品格高尚。對義詞是「下品／下流」。例句：彼女は育ちがよく、ことば使いも上品だ／她的家教良好，說話用字也很得體。

21 就職相談を希望する学生は、（　　）希望日時を就職課で予約すること。

1 そのうち　　2 あらかじめ
3 たびたび　　4 いつの間にか

想諮詢有關就業問題的同學，請在預定諮詢的日期之前向就業組預約。

1 不久　　2 預先
3 常常　　4 不知不覺

答案 **(2)**

解題 注意題目後面的「予約する／預約」是「前もって約束すること／預先約定」之意，由此可知答案是選項2的「あらかじめ／預先」，表示事先、在某事之前的意思。漢字寫作「予め」。例句：会議の前に予め資料を準備しておく／在開會前預先準備資料。

其他 選項1「そのうち／不久後」是最近、不久的意思。例句：そのうちまた遊びに来ますよ／我很快會再來玩的！選項3「たびたび／屢次」是經常、重複好幾次的意思。漢字寫作「度々」。例句：彼はたびたび遅刻をして、注意を受けていた／他經常遲到，所以被警告了。選項4「いつの間にか／不知不覺間」是指沒注意到的期間。例句：子どもはいつの間にか大きくなるものだ／孩子不知不覺間就長大了。

22 パソコンの操作を間違えて、入力した（　　）を全て消してしまった。

1 ソフト　　2 データ
3 コピー　　4 プリント

我用了錯誤的方法操作電腦，把打好的資料全部刪除了。

1 軟體（software 的簡稱）　2 資料（data）
3 複印（copy）　4 印刷品（print）

答案 **(2)**

解題 從題目中的幾個關鍵字「パソコン／電腦」跟「入力した／輸入」，知道要輸入到電腦裡的是數據，所以答案是選項2「データ／數據」，「データ」是指基於實驗和觀察的事實，和參考的資料、資訊等。例句：世界の気温について10年分のデータを集める／收集十年來全世界的氣溫數據。

其他 選項1「ソフト／軟體」是電腦用語，是「ソフトウェア／電腦軟體」的略稱，指電腦程式等沒有實際形體的東西。對義詞為「ハード／硬體」。例句：このPCには会計のソフトが入っています／這部電腦灌了會計軟體。選項3「コピー／複」是指抄寫、複印。例句：この資料を10部コピーしてください／請把這分資料複印十份。選項4「プリント／列印、講義」是指印刷或印刷品。例句：今からプリントを3枚配ります／現在要分發三張講義。

問題五　翻譯與解題

＿＿の言葉に意味が最も近いものを、1・2・3・4から一つ選びなさい。

選項中有和＿＿意思相近的詞語。請從選項１・２・３・４中選出一個最適合的答案。

23 履歴書に書く長所を考える。

1 好きなこと　　2 良い点
3 得意なこと　　4 背の高さ

思考要寫在履歷表上的長處。

1 喜歡的事　　2 好處、優點
3 擅長的事　　4 身高

答案 **(2)**

解題「長所／優點」是指過人之處，也就是人或物的性質中優秀的部分。因此選項2「良い点／優點」是正確答案。

其他 選項3「得意／擅長」是指做得出色且有信心的事物。例句：彼はアメリカ育ちだから英語が得意だ／他在美國長大，所以擅長英語。

24 公平な判断をする。

1 平凡な　　2 平等な
3 分かりやすい　　4 安全な

做出公正的判斷。

1 平凡的　　2 平等的
3 容易的　　4 安全的

答案 **(2)**

解題「公平な／公平的」是指沒有偏頗或特殊對待部分人士。而選項2「平等な／平等的」是指沒有偏差和歧視，一切都是相等的，為正確答案。例句：男女平等の社会を目指す／目標是建立男女平等的社會。

其他 選項1「平凡な／平凡」是指沒有特別優秀的地方，很常見、普通的意思。例句：私は平凡なサラリーマンです／我是個平凡的上班族。選項3「分かり易い／易懂的」是很容易就能明白的意思。選項4「安全な／安全的」是指不危險的意思。

25 机の上の荷物をどける。

1 しまう　　2 汚す
3 届ける　　4 動かす

把桌子上的行李移開。

1 收起來　　2 弄髒
3 送交　　4 挪動

答案 (4)

解題「どける（退ける）／移開」是指從某個地點移動到其他地點。帶有「放在這裡很礙事」的意思。而選項４「動かす／移動」是「動く／移動」的他動詞，意思是把東西移動到別處去，與「どける」相近，因此為正確答案。例句：テレビが見えないから、そのかばんをちょっと退けてくれない？／可以把那個皮包拿走嗎？擋到我看電視了。例句：ベッドを窓際に動かす／把床搬到窗戶旁邊。

其他 選項１「しまう／收拾」是指整理收拾。例句：はさみは使ったら元の所にしまっておいてください／用完剪刀後請放回原位。選項２「汚す／汙染」是指弄髒。例句：お茶をこぼして、新しいスーツを汚してしまった／茶灑出來了，把新西裝弄髒了。選項３「届ける／提交」是指把東西拿去、送去給對方。例句：近くに住む母に夕飯のおかずを届けます／把晚餐的配菜送去給住在附近的媽媽。

26 いきなり肩をたたかれて、びっくりした。

1 突然　　2 ちょうど
3 思いきり　　4 一回

肩膀突然被拍了一下，嚇了一跳。

1 突然　　2 剛好
3 盡情　　4 一次

答案 (1)

解題「いきなり／突然」是表示忽然、突然間的副詞，也有直接的意思。意思相近的選項１「突然／突然」是正確答案，意思是突然發生了沒有預料到的事物的樣子。例句：突然、大きな音がして、部屋が真っ暗になった／突然間傳出很大的聲音，然後房間就暗了下來。

其他 選項２「ちょうど／正好」是指時間或份量沒有過多或不夠的樣子。例句：今ちょうど５時です／現在剛好是五點整。例句：今日は寒くも暑くもなくて、ちょうどいいね／今天不冷也不熱，氣溫正舒適呢。選項３「思い切り／盡情」是充分的、想要多少就拿多少的意思。例句：食べ放題の店で思い切り食べた／在吃到飽的餐廳裡痛快地吃了一頓。

27 小さなミスが、勝敗を分けた。

1 選択　　2 中止
3 失敗　　4 損害

雖然只是小小的錯誤，但還是因此而分出了勝負。

1 選擇　　2 停止
3 失敗　　4 損害

答案 (3)

解題「ミス／失誤」是指失敗、過失。英文為 miss。與之意思相近的是選項３「失敗／失敗」。選項１「選択／選擇」是指抉擇。例句：質問を読んで、正解の番号を選択してください／請閱讀問題，然後選出正確的答案。

其他 選項２「中止／中止」是指中途放棄。例句：試合は雨のため、中止になった／因為下雨，所以比賽中止了。選項４「損害／損害」是指蒙受虧損、損失。例句：持っている株が下がって、100万円の損害が出た／我持有的股票價格下跌，虧損了一百萬圓。

次の言葉の使い方として最もよいものを、1・2・3・4から一つ選びなさい。
關於以下詞語的用法，請從選項1・2・3・4中選出一個最適合的答案。

28 手間

1 アルバイトが忙しくて、勉強する手間がない。
2 彼女はいつも、手間がかかった料理を作る。
3 手間があいていたら、ちょっと手伝ってもらえませんか。
4 子どもの服を縫うのは、とても手間がある仕事です。

工夫
1 因為打工太忙了，沒工夫學習。
2 她總是做很費工夫的料理。
3 如果有工夫的話，能幫我一下嗎？
4 縫製孩子的衣服是很有工夫的工作。

答案 **(2)**

解題「手間／工夫」是指為了完成某事必需花費的時間和勞力。例句：小さい子どもの面倒を見るのは、手間のかかる仕事だ／照顧年幼的孩子是很耗費心力的工作。

其他 選項1「アルバイトが忙しくて、勉強する暇がない／因為打工太忙了，沒空學習」。選項3「手があいていたら、ちょっと手伝ってもらえませんか／如果有空的話，能幫我一下嗎」。選項4「子どもの服を縫うのは、とても手間がかかる仕事です／縫製孩子的衣服是件很費心力的工作」。

29 就任

1 大学卒業後は、食品会社に就任したい。
2 一日の就任時間は、8時間です。
3 この会社で10年間、研究者として就任してきました。
4 この度、社長に就任しました木村です。

就任
1 大學畢業後，我想去食品公司就任。
2 一天的就任時間是八小時。
3 在這家公司待的十年期間，我作為研究員就任了。
4 這一回，就任總經理一職的是木村。

答案 **(4)**

解題「就任／就職」是指從事某項工作。例句：大統領に就任する／總統就職。

其他 選項1「大学卒業後は、食品会社に就職したい／大學畢業後，我想去食品公司上班」。選項2「一日の就業時間は、8時間です／一天的工作時間是八小時」。選項3「この会社で10年間、研究者として勤務してきました／在這家公司待的十年期間，我擔任研究員的工作」。

30 見事

1 彼女の初舞台は見事だった。
2 隣のご主人は、見事な会社の社長らしい。
3 二十歳なら、もう見事な大人ですよ。
4 サッカーは世界中で見事なスポーツだ。

精彩
1 她的首次登台表演非常精彩。
2 隔壁家的先生似乎是個精彩的公司總經理。
3 二十歲了，就已經是精彩的大人了哦。
4 足球是全世界上精彩的運動。

答案 **(1)**

解題「見事／卓越」是指非常優秀、美極了的樣子，或指鮮豔華麗的意思。例句：この公園の桜並木は実に見事だ／這座公園夾道的櫻樹真是太漂亮了。

其他 選項2「隣のご主人は、大きな会社の社長らしい／隔壁家的先生似乎是家大公司的社長」。選項3「二十歳なら、もう立派な大人ですよ／到了二十歲，就已經是出色的大人了哦」。選項4「サッカーは世界中で人気のスポーツだ／足球是在全世界都受歡迎的運動」。

31

組み立てる。

1 夏休みの予定を組み立てよう。

2 自分で組み立てる家具が人気です。

3 30歳までに、自分の会社を組み立てたい。

4 長い上着に短いスカートを組み立てるのが、今年の流行だそうだ。

組裝

1 我們來組裝暑假的計畫吧！

2 自己動手組裝（DIY）的傢俱很受歡迎。

3 三十歲前想組裝自己的公司。

4 據說今年很流行長版上衣組裝短裙。

答案 **(2)**

解題「組み立てる／組裝」是指組合製成一樣物品。例句：部品を買ってきて、自分でラジオを組み立てた／我買回零件，自己組裝了一台收音機。

其他 選項1「夏休みの予定を立てよう／我們來訂下暑假的計畫吧」。選項3「30歳までに、自分の会社を作りたい／三十歲前想創立自己的公司」。選項4「長い上着に短いスカートを組み合わせるのが、今年の流行だそうだ／據說今年很流行長版上衣搭配短裙」。

32

ずっしり。

1 リーダーとしての責任をずっしりと感じる。

2 帰るころには、辺りはずっしり暗くなっていた。

3 緊張して、ずっしり汗をかいた。

4 このスープは、ずっしり煮込むことが大切です。

沉重的

1 沉重地感受到了身為隊長責任。

2 回去的時候，周圍變得沉重的黑暗。

3 因為很緊張，沉重的出了汗。

4 這個湯沉重的煮十分重要。

答案 **(1)**

解題「ずっしり／沉重」是物品很重的樣子，另外也指很多的樣子。例句：男のポケットには金貨がずっしり詰まっていた／那名男子的口袋裡塞滿了沉甸甸的金幣。

其他 選項2「帰るころには、辺りはすっかり暗くなっていた／回去的時候，周圍已完全暗下來了」。選項3「緊張して、びっしょり汗をかいた／因為很緊張，出了大量的汗」。選項4「このスープは、じっくり煮込むことが大切です／這道湯慢慢燉煮的步驟十分重要」。

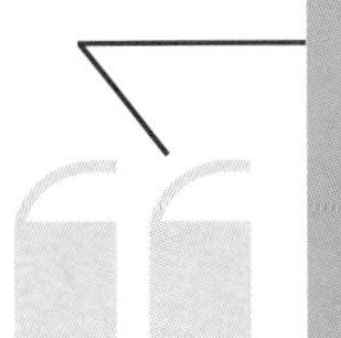

（　　）に入れるのに最もよいものを、1・2・3・4から一つ選びなさい。
請從1・2・3・4之中選出一個最適合填入（　　）的答案。

33

（　　）にあたって、お世話になった先生にあいさつに行った。

1 就職した　　2 就職する
3 出勤した　　4 出勤する

（　　）的時候，去向承蒙照顧的老師道謝了。

1 找到工作了　　2 找到工作
3 上班了　　4 去上班

答案 **(2)**

解題「（名詞・動詞辭書形）にあたって／在…的時候」表示「～するとき／做…的時候」之意。含有這是僅此一次之特別場合的情緒。是生硬的表現方式。例句：会社の設立にあたり、多くの方々からご支援を頂きました／此次成立公司，承蒙諸位的鼎力相助。

其他 選項4由於「出勤／去上班」是每天進行的日常事務，並非僅此一次特別之場合，因此，沒有「出勤に当たって」這種敘述方式。

34

森林の開発をめぐって、村の議会では（　　）。

1 村長がスピーチした　2 反対派が多い
3 話し合いが続けられた　4 自分の意見を述べよう

關於開發森林的議題，在村會議中（　　）。

1 由村長舉行了演說　　2 反對派占多數
3 持續了討論　　4 陳述自己的意見吧

答案 **(3)**

解題「（名詞）をめぐって／圍繞著…」用在針對前項的內容進行議論、爭執、爭論的時候。因此正確答案為選項3。例句：親の残した遺産を巡って兄弟は醜い争いを続けた／兄弟姊妹為了爭奪父母留下來的遺產而不斷骨肉相殘。

35

飛行機がこわい（　　）が、事故が起きたらと思うと、できれば乗りたくない。

1 わけだ　　2 わけがない
3 わけではない　　4 どころではない

（　　）害怕搭飛機，但一想到萬一發生意外，可以的話還是盡量避免搭乘。

1 難怪　　2 不可能
3 雖不至於　　4 沒那個心情

答案 **(3)**

解題「できれば（飛行機に）乗りたくない／盡量避免搭乘（飛機）」的理由，是因為前面的「事故が起きたらと思うと／一想到萬一發生意外」。由此得知答案要選擇表示否定前面「飛行機がこわい／害怕搭飛機」的理由的語詞。選項3的「（[形容詞・動詞]普通形）わけではない／並不是…」用在想說明並不是特別…的時候，所以是正確答案。

其他 選項1「わけだ／難怪…」用於表達必然導致這樣的結果時。例句：寒いわけだ。窓が開いてるよ／窗戶開著，難怪會冷。選項2「わけがない／不可能…」用於表達絕對不可能的時候。例句：こんな難しい問題、できるわけがない／這麼難的問題，怎麼可能答得出來！選項4「どころではない／何止…」表示哪裡還有閒暇、財力做某事之意，也指程度的不同。例句：仕事が忙しくて、ゆっくり食事をするどころじゃないんです／工作太忙，哪裡還能悠閒吃飯。

※ 文法補充：

◇「（普通形）わけではない」是用於表示並不是特別…時的說法。例句：私は映画はほとんど見ないが、映画が嫌いなわけじゃない。時間がないだけなんです／我幾乎不看電影，並不是因為討厭，只是沒有時間。

◇「わけではない」也用於表達在其他方面並不是全都是前項。例句：大学には行きたいけど、どこでもいいわけではな／雖然想上大學，但並不是哪所大學都好。

36

激しい雨にもかかわらず、試合は（　）。

1 続けられた　2 中止になった

3 見たいものだ　4 最後までやろう

儘管雨勢猛烈，比賽（　）。

1 仍然持續進行了　2 決定中止了

3 真想見啊　4 持續比到最後吧

答案 **(1)**

解題「（動詞辭書形）にもかかわらず／雖然…，但是…」表示儘管前項，還是做後項、不受前項影響，做後項的意思，之後應該是接表示預料之外的行動或狀態的詞語。例句：彼はバイト中にもかかわらず、いつもゲームばかりしている／就算是打工時間，他也總是在打遊戲。而從本題的題意來看「激しい雨なのに／儘管雨勢猛烈」之後應該是接「試合は続けられた／仍然持續進行了比賽」。本題不能接選項3的「見たいものだ／真想見啊」（表希望）或選項4的「～やろう／…吧」（表意向）這樣的用法。

37

A：「この本、おもしろいから読んでごらんよ。」

B：「いやだよ。だって、漢字ばかり（　）。」

1 ことなんだ　2 なんだこと

3 ものなんだ　4 なんだもの

A：「這本書很有意思，你不妨讀一讀。」

B：「我才不要咧！因為裡面有一大堆漢字（　）。」

1 的事情嘛　2 無此字

3 的東西嘛　4 就是這樣嘛

答案 **(4)**

解題「（形容詞普通形、動詞普通形）もの／因為…嘛」口語形是「（形容詞普通形、動詞普通形）もん」，表示對理由進行辯解。所以本題是「漢字ばかり＋なのです＋もの／一大堆漢字＋是＋嘛」的形式。例句：このパン、もういらない。硬いんだもん／這塊麵包我不吃了。實在太硬了嘛！

38

彼女は若いころは売れない歌手だったが、その後女優（　）大成功した。

1 にとって　2 として

3 にかけては　4 といえば

她年輕時雖是個默默無聞的歌手，但是後來（　）了名氣響叮噹的女明星。

1 對…而言　2 成（成為）

3 以…來説　4 提到

答案 **(2)**

解題 從（）前的「女優／女演員」和後面的「大成功／巨大的成就」可知句子要表達以女演員的身份得出某結果。「（名詞）として～／以…身份」表示以…的立場、資格、身份之意。「～」後面要接表示行動或狀態的敘述。例句：私は交換留学生として日本に来ました／我是以交換學生的身份來到日本留學的。例句：彼は絵本作家として世界で高く評価されています／他以繪本作家的身份在全世界獲得極高的評價。

其他 選項1「にとって／對於…來説」大多以人為主語，表示以該人的立場來進行判斷之意。例句：彼女にとって、歌はこの世で一番大切なものでした／對她而言，歌曲是世界上最重要的東西。選項3「（名詞）にかけては／在…這一點上」表示前接的「名詞」在技術或能力上比任何人都優秀之意。例句：私は声の大きさにかけては誰にも負けません／在嗓門大這一點，我是不會輸給任何人的。選項4「（取り上げることば）といえば／説到（某提起的話題）」用於因提到某話題而延伸出另一個新話題時。例句：A：このレストラン、おいしいと評判ですよ／這間餐廳聽説很好吃。B：おいしいといえば、この間もらった京都土産のお菓子、とってもおいしかったです／説到這個，前陣子你給我的京都和菓子土產真的很好吃。

39

（　）以上、あなたが責任を取るべきだ。

1 社長である　2 社長だ

3 社長の　4 社長

既然（　），你就該扛起責任！

1 身為總經理　2 是總經理啊

3 總經理的　4 總經理

答案 **(1)**

解題「（普通形）以上、～／既然…」表示既然是前項，當然就要做後項的意思。前面要接普通形，形容動詞跟名詞就要先接「である」。例句：学生である以上、アルバイトより勉学を優先しなさい／既然是學生，比起打工，首先要用功讀書！

※ 相近用法補充：「以上は／既然…，就…」、「からには／既然…」和「～上は／既然…就…」。

40

同僚の歓迎会でカラオケに行くことになった。歌は苦手だが、1曲歌わ（　）だろう。

1 ないに違いない

2 ないではいられない

3 ないわけにはいかない

4 ないに越したことはない

同事的迎新會決定去唱卡拉 OK 了。我雖然歌唱得不好，（　）連一首都不唱吧。

1 肯定不

2 實在忍不住不

3 總不能

4 若能不…就再好不過了

答案 **(3)**

解題 從「歌は苦手だが／雖然不會唱歌，但…」和後面的「歌わない／不唱」可推知句意是不唱歌不行。選項3的「〔動詞ない形〕ないわけにはいかない／不能不…」表示由於心理上或社會性的緣故不能不做某事之意。例句：責任者なので、私が先に帰るわけにはいかないんです／由於是負責人，我總不能自己先回去。

其他 選項1「に違いない／一定是…」用於有所根據，並覺得肯定是某內容的時候。例句：努力家の彼ならきっと合格するに違いない／總是很努力的他，一定會合格的。選項2「ないではいられない／不由自主地…」表示意志力無法控制地做某事，不由自主地做某事的心情。例句：被災地のことを思うと、一日も早い復興を願わないではいられません／一想到受災區的情形，就不由得希望能早日恢復。選項4「に越したことはない／最好是…」表示理所當然如果那樣就再好不過了的意思。例句：何でも安いに越したことはないよ／不管什麼都是便宜的最好。

41

何歳から子供にケータイを（　）か、夫婦で話し合っている。

1 持てる　　2 持たれる

3 持たせる　　4 持たされる

關於孩子幾歲時可以（　　）手機，夫妻正在討論。

1 擁有　　2 倚著

3 讓他擁有　　4 無此字

答案 **(3)**

解題 題目的「子どもにケータイを／讓小孩有手機」省略了主語「私たち夫婦は／我們夫婦」這一部分。而選項3的「持たせる／讓擁有」是「持つ／擁有」的使役形。例句：教師は生徒に教科書の詩を読ませた／老師要學生讀了課本上的詩作。

42

中学生が、世界の平和について真剣に討論するのを聞いて、私もいろいろ（　）。

1 考えられた　　2 考えさせた

3 考えされた　　4 考えさせられた

聽到中學生認真地討論世界和平的議題，我也（　）了許多。

1 被認為　　2 無此字

3 無此字　　4 隨之思考

答案 **(4)**

解題 主語是「私／我」，表示「私も考えた／我也思考」的意思是使役被動形的「考えさせられた／隨之思考」。意思就是「学生たちが私に考えさせた／學生們的啟發讓我思考了（使役形）→私は学生たちに考えさせられた／學生們的啟發讓我思考了（使役被動形）」。例句：小さい頃、私は父によくタバコを買いに行かされました／小時候，爸爸常派我去跑腿買菸。

43

この薬はよく効くのだが、飲むと（　）眠くなるので困る。

1 ついに　　2 すぐに

3 もうすぐ　　4 やっと

這種藥雖然有效，但是服用之後（　）感到睡意，因此有些困擾。

1 終於　　2 就會馬上

3 再過不久　　4 總算

答案 **(2)**

解題 選項2的「すぐに／立即」表示時間極為短暫的樣子。「すぐ／馬上」跟「すぐに」意思雖然一樣，但「すぐ」有兩個意思，可以表示時間很短跟距離很近的樣子。例句：駅はすぐそこです／車站就在不遠的那邊。

其他 選項1「ついに／終於」表示最後終於實現了之意。例句：10年かかった彼の研究がついに完成した／花了十年他的實驗終於完成了。選項3「もうすぐ／再過不久」用於表達從現在開始到發生該事之間的時間是很短的。例句：もうすぐクリスマスですね／再過不久就是聖誕節了。選項4「やっと／總算」跟「ついに」意思雖然相似，但語含所期待的事情實現了的喜悅心情。例句：就職活動は大変だったが、昨日やっと内定をもらった／雖然求職的過程非常辛苦，不過昨天總算是被內定錄取了。

44 失礼ですが、森先生の奥様で（　　）か。

1 あります　　2 いらっしゃいます
3 おります　　4 ございます

不好意思，請問（　）森老師的夫人嗎？

1 有　　2 是
3 有　　4 是

答案 (2)

解題 由於是「先生の奥様／老師的尊夫人」，所以要使用「（～さん）ですか／是（…先生／小姐）嗎」的尊敬用法「（～さん）でいらっしゃいますか／您是（…先生／小姐）嗎」。例句：こちらがこの度文学賞を受賞されました高田義夫先生でいらっしゃいます／這位是此次榮獲本屆文學獎的作家高田義夫老師。

問題八 翻譯與解題

次の文の ★ に入る最もよいものを、1・2・3・4から一つ選びなさい。
下文的 ★ 中該填入哪個選項，請從1・2・3・4之中選出一個最適合的答案。

45 ＿ ＿ ★ ＿ が売れているそうだ。

1 高齢者　　2 衣服
3 向けに　　4 デザインされた

※ 正確語順

高齢者　向けに　デザインされた　衣服　が売れているそうだ。
聽說專為銀髮族設計的衣服十分暢銷。

答案 (4)

解題 由於「～向け／專為…」的前面應連接名詞，因此從語意考量選項1「高齢者／銀髮族」要連接選項3「向けに／專為…」。由此可知述語「が売れている／十分暢銷」的前面要填入最後剩下的名詞選項2「衣服／衣服」。如此一來順序就是「1→3→4→2」，＿★＿的部分應填入選項4「デザインされた／設計的」。
※ 文法補充：「（名詞）向けだ／專為…」表示被認為適合於前項的意思。例句：こちらは幼児向けの英会話教室です／這裡是專教幼兒的英語會話教室。

46 ここからは、部長に ＿ ＿ ★ ＿ させていただきます。

1 私が　　2 説明
3 設計担当の　　4 かわりまして

※ 正確語順

ここからは、部長に　かわりまして　設計担当の　私が　説明　させていただきます。
接著請允許由負責設計的我來代替部長向各位報告。

答案 (1)

解題 述語「させていただきます／允許由我來」前面應填入選項2「説明／報告」。「～にかわって、私が／由我代替…」這一用法的選項1「私が／我」的前面，應填入選項3「設計担当の／負責設計的」來進行修飾。如此一來順序就是「4→3→1→2」，＿★＿的部分應填入選項1「私が」。
※ 文法補充：「（名詞）にかわって／代替…」用於表達並非一如往常的人，並非是一直以來的人之時。例句：今日は佐々木先生にかわって、私が授業をします／今天由我代替佐佐木老師上課。

47

収入も不安定なようだし、＿＿＿★＿＿、うちの娘を結婚させるわけにはいかないよ。

1 からして　　2 君と
3 学生のような　　4 服装

※ **正確語順**

収入も不安定なようだし、服装　からして　学生のような　君と、うちの娘を結婚させるわけにはいかないよ。

你的收入似乎不太穩定，而且從穿著打扮看起來也還像個學生，所以我實在不能同意你和我女兒結婚。

答案 **(3)**

解題 由於選項１「からして／從…來看…」前面應接名詞，所以選項１要連接選項４「服装／穿著」。從句意知道要連接「君と娘を結婚～／你和我女兒結婚…」，因此選項４、１、３是用來修飾選項２「君と／跟你」。如此一來順序就是「４→１→３→２」，＿★＿的部分應填入選項３「学生のような／像個學生」。

※ 文法補充：

◇「からして／從…來看…」用在舉出不重要的例子，表示重要部分當然也是如此之意。例句：

大田さんとは性格が合わないんです。彼女の甘えたようなしゃべり方からして好きじゃありません／我跟大田小姐合不來，從她那像在撒嬌似的說話方式就不太喜歡。

◇「わけにはいかない／沒有辦法…」表示有原因而無法做某事之意。例句：

これは大切な写真だから、あなたにあげるわけにはいかないんですよ／這是我寶貴的照片，所以無法送給你。

48

週末は旅行に行く予定だったが、＿＿＿＿★＿＿ではなくなってしまった。

1 突然　　2 どころ
3 母が倒れて　　4 それ

※ **正確語順**

週末は旅行に行く予定だったが、突然　母が倒れて　それ　どころ　ではなくなってしまった。

原本已經計畫好這個週末出門旅行，沒想到家母突然病倒了，根本沒那個心情去玩了。

答案 **(4)**

解題 留意選項２的「どころ／心情、閒暇」部分，可知這是句型「どころではない／哪裡還能…」的應用。「どころではない」前面要填入是名詞的選項４「それ／那個」。而之前應填入選項１與３，變成「突然母が倒れて／家母突然病倒了」。如此一來順序就是「１→３→４→２」，＿★＿的部分應填入選項４「それ」。

※ 文法補充：「（名詞、動詞辭書形）どころではない／哪裡還能」用於表達沒有餘裕做某事的時候。例句：

明日は大雨だよ。登山どころじゃないよ／明天會下大雨啦，怎麼可以爬山呢！

49

＿＿＿★＿＿負けません。

1 だれにも　　2 かけては
3 ことに　　4 あきらめない

※ **正確語順**

あきらめない　ことに　かけては　だれにも　負けません。

在絕不放棄這一點上我絕不輸給任何人。

答案 **(2)**

解題 本題應從「だれにも負けません／絕不輸給任何人」這句話開始解題。「～にかけては／在…這一點上」句型中「～」處應填入選項４與３，變成「あきらめないことに／在絕不放棄這一點上」。如此一來順序就是「４→３→２→１」，＿★＿的部分應填入選項２「かけては」。

※ 文法補充：「にかけては／在…這一點上」表示比任何人能力都強之意。例句：しゃべることにかけては、ホンさんがクラスで一番です／班上最愛說話代表，非洪同學莫屬

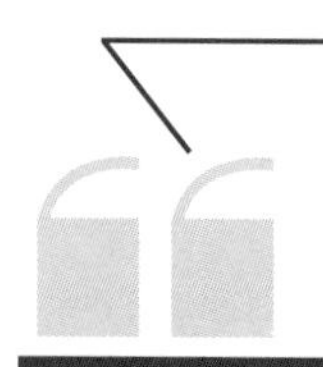

次の文章を読んで、文章全体の内容を考えて、50 から 54 の中に入る最もよいものを、1・2・3・4の中から一つ選びなさい。

於閱讀下述文章之後，就整體文章的內容作答第 50 至 54 題，並從1・2・3・4選項中選出一個最適合的答案。

マナーの違い

日本では、人に物を差し上げる場合、「粗末なものですが」と言って差し上げる習慣がある。ところが、欧米人などは、そうではない。「すごくおいしいので」とか、「とっても素晴らしい物です」といって差し上げる。

そして、日本人のこの習慣について、 50 言う。

「つまらないと思っている物を人に差し上げるなんて、失礼だ。」と。

51 。私は、そうは思わない。日本人は相手のすばらしさを尊重し強調する 52 、自分の物を低めて言うのだ。「とても素晴らしいあなた。あなたに差し上げるにしては、これはとても粗末※なものです。」と言っているのではないだろうか。

そして、日本人は逆に欧米の習慣に対して、「自分の物を褒めるなんて」と非難する。

私は、これもおかしいと思う。自分の物を素晴らしいから、おいしいからと言って人に差し上げるのも、相手を素晴らしいと思っているからなのだ。「すばらしいあなた。これは、そんな素晴らしいあなたにふさわしいものですから、 53 。」と言っているのだと思う。

54 、どちらも心の底にある気持ちは同じで、相手のすばらしさを表現するための表現なのだ。その同じ気持ちが、全く反対の言葉で表現されるというのは非常に興味深いことに思われる。

（注1）粗末：品質が悪いこと

不同的禮儀

在日本，致贈物品時習慣向對方説一句「區區小東西，不成敬意」。但是歐美人士的做法就不同了，他們會告訴對方「這是很好的東西」或是「這是非常高檔的東西」。

並且，歐美人士對於日本人的這種習慣 50 認為：

「拿自己覺得沒價值的東西送給別人，實在很失禮。」

51 我並不這麼認為。日本人是為了強調尊崇對方，因而用這樣的説法 52 貶低自己的東西。我覺得日本人的言下之意，其實應該是：「您實在了不起！與您的崇高相較，送給您的這件東西只能算是粗製濫造※的小東西。」

相反地，日本人也譴責歐美贈禮時的習慣，認為那是「居然自己吹捧自己的東西！」

我認為這種想法也很奇怪。歐美人士之所以把自己口中形容是很高檔、很美味的東西送給人家，就是因為覺得對方是位了不起的人物，所以告訴對方：「您真了不起！這件好東西配得上您的崇高， 53 。」

54 ，不論是日本人或是歐美人士，二者心底的想法其實都相同，同樣是為了表示對方的崇高。同樣的思惟，卻使用完全相反的話語來表達，我認為這相當值得深究。

（注1）粗末：品質不佳。

50

1 そう　　2 こう
3 そうして　　4 こうして

1 那樣　　2 如此
3 於是　　4 就這樣

答案 (2)

解題 空格所指的是下一行的「つまらないと～失礼だ／沒價值的…實在很失禮」這一部分。由於是緊接在後面，知道正確答案應該是指近處的「こう／如此」。「こう」跟「このように／如前所述」意思相同。

其他 選項4「こうして／就這樣」是「このようにして／像這樣做」的簡略説法，由於是表示動作的語詞，所以不正確。

51

1 そう思うか　　2 そうだろうか
3 そうだったのか　　4 そうではないか

1 這樣想嗎　　2 是這樣嗎
3 原來是這樣　　4 難道不是嗎

答案 (2)

解題 接下來的句子是「私はそうは思わない／我並不這麼認為」。這是用在敘述相反意見時，先詢問聽話者「そうだろうか／是這樣嗎」，然後得出「いや、そうではない／不，並非如此」這一結論的用法。此為其例。

52

1 かぎり　　2 あまり
3 あげく　　4 ものの

1 只要　　2 刻意
3 到最後　　4 儘管是

答案 (2)

解題 從前後文的關係來看，得知答案要的是順接，像「だから／因此」、「それで／所以」等詞。選項2的「～あまり／由於過度…」是順接，表示因為程度過於…之意。後面應接導致跟一般結果不同的內容。

其他 選項1「かぎり／只要…」表示限定。例句：ここにいる限り、あなたは安全です／只要在這裡，你就會很安全。選項3「あげく／…到最後」表示負面的結果。例句：体を壊したあげく、会社を辞めた／弄壞了身子，最後還是辭職了。選項4「ものの／儘管…卻…」表示逆接。例句：大学を卒業したものの、仕事がない／雖然大學畢業了，卻沒工作。

53

1 受け取らせます
2 受け取らせてください
3 受け取ってください
4 受け取ってあげます

1 無此字
2 請容我收下
3 請您收下
4 （看你可憐）那我就收了吧

答案 (3)

解題 這裡要回答的是敬獻給對方物品之時所説的詞語。「受け取る／收下」的主語是「あなた／您」，而表示請您收下的是選項3。

其他 選項1「～せる／讓…」是使役形。例句：子どもを塾に行かせます／我讓孩子上補習班。選項2「～せてください／請讓…做…」以使役形來請對方允許自己做某事的説法。例句：私も勉強会に参加させてください／請讓我參加讀書會。選項4「～てあげます／（為他人）做…」強調自己為對方做某事的説法。例句：はい、どうぞ。忙しそうだから、コピーしておいてあげましたよ／來，請收下。因為你看起來很忙，所以我幫你影印好放著了。

54

1 つまり　　2 ところが
3 なぜなら　　4 とはいえ

1 亦即　　2 然而
3 因為　　4 話説回來

答案 (1)

解題 看到以「どちらも／不論」開始的句子，得知應填入總結上文的內容。「つまり／亦即」是以換句話説的方式，來總結前面所述事情的副詞。

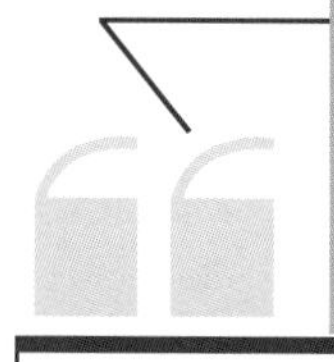

第一回 読解

次の(1)から(5)の文章を読んで、後の問いに対する答えとして最もよいものを、1・2・3・4から一つ選びなさい。

請閱讀以下(1)至(5)的文章，然後從後面的問題中，選出最適當的答案，從1、2、3、4中選擇一個最合適的選項。

(1)

ある新聞に、東京のサクラは、田舎と比べて長いあいだ咲いているとあった。なぜかというと、都会は、ミツバチやチョウなどの昆虫が少ないからだという。昆虫が少ないと、なかなか受粉[※1]できないので、サクラは花が咲く期間を長くして受粉の機会を増やしているのだそうである。特に散る直前には特別甘い蜜[※2]を出して、ミツバチなどの昆虫を誘うということだ。植物も子孫繁栄[※3]のためにいろいろと工夫をしているのだ。

(注1) 受粉：花粉がつくこと。花は受粉することで実がなり、種もできる。
(注2) 蜜：甘い液
(注3) 子孫繁栄：子孫が長く続き、勢いが盛んになること

有一篇報導指出，東京的櫻花相較於鄉間的櫻花，花期更加長久。這是因為都市中蜜蜂和蝴蝶等昆蟲較為稀少，導致櫻花難以順利完成授粉[※1]。為了增加授粉機會，櫻花便延長了花期。尤其在花瓣將凋落之際，櫻花會釋放出特別香甜[※2]的花蜜，以吸引蜜蜂等昆蟲前來。植物為了延續後代[※3]，真是費盡心思。

（注1）受粉：花朵接受花粉的過程。受粉後才能結成果實，並產生種子。
（注2）花蜜：甜美的液體。
（注3）子孫繁榮：後代能夠綿延不斷，並且興旺發達。

55 東京のサクラが、田舎と比べて長いあいだ咲いているのはなぜか。

1 昆虫が少ないため、なかなか受粉できないから
2 散る間際に特別甘い蜜を出して昆虫を誘うから
3 ミツバチなどの昆虫がどこかに飛んでいってしまうから
4 長いあいだ子孫繁栄の機会がなかったから

為什麼東京的櫻花比鄉村的櫻花開得久？

1 因為昆蟲較少，所以不容易受粉。
2 在花瓣飄落之前會釋放特別甜的蜜來吸引昆蟲。
3 蜜蜂等昆蟲飛到別處去了。
4 長時間缺乏繁衍後代的機會。

答案 **(1)**

解題 本題問的是東京的櫻花開花期較長的原因。其原因就在文章第二行「なぜかというと、／那是因為」的後面，也就是「昆虫が少ないから／因為昆蟲並不多」、「少ないと、なかなか受粉できないので／（而昆蟲）不多，也就降低了授粉的機率」。因此選項1為正確答案。

其他 選項2並不是開花期較長的原因。選項3和選項4未於文章中提及。

(2)

日本人は、否定疑問文が苦手だと言われる。例えば、「あなたは料理をしないのですか？」と聞かれた場合、イギリス人なら「いいえ、しません。」と答えるが、日本語ではそうではない。「はい、しません。」と答える。なぜ、英語と日本語では否定疑問文に対して反対の答え方をするのだろうか。その辺を、100年以上も前、熊本※1で英語の教師をしていた小泉八雲※2（ラフカディオ・ハーン）は、うまく説明している。「イギリス人は、質問の言葉とは関係なく、事実に対して返答するが、日本人は、質問に含まれる否定や肯定の言葉に対して「はい」とか「いいえ」とか返答するのだ。」と。なかなかわかりやすい説明だ。

（注1）熊本：地名。九州地方にある県の名前

（注2）小泉八雲：イギリス人文学者。後に日本人となる。日本文化をヨーロッパに伝えた

據說，日本人不擅長回答否定疑問句。例如，當被問到「你不做飯嗎？」時，英國人會回答：「不，我不做。」但在日語中，回答卻是「是的，我不做。」為何英語和日語對否定疑問句的回答方式正好相反呢？對此，曾在100多年前於熊本※1擔任英語教師的小泉八雲※2（Lafcadio Hearn）給出了一個巧妙的解釋。他說：「英國人不考慮問題的用詞，而是根據事實作答；而日本人則依據問題中的肯定或否定詞來回答『是』或『不是』。」這確實是一個既清晰又易懂的解釋。

（注1）熊本：地名，位於九州地區的一個縣。

（注2）小泉八雲：英國文學家，後來成為日本人，將日本文化傳播至歐洲。

56 「あなたは料理をしないのですか。」という質問に対する日本人の答え方の説明として、正しいものはどれか。

1 「料理をする」という事実に対して、「いいえ、しません。」と答える

2 「料理をしない」という事実に対して、「いいえ、しません。」と答える

3 「しない」という言葉に対して、「いいえ、しません。」と答える

4 「しない」という言葉に対して、「はい、しません。」と答える

「你不做飯嗎？」這一問題中，日本人的回答方式的正確描述是哪一個？

1 根據「做飯」這一事實回答「不，不做」。

2 根據「不做飯」這一事實回答「不，不做」。

3 根據「不做」這一詞語，回答「不，不做」。

4 根據「不做」這一詞語，回答「是的，不做」。

答案 **(4)**

解題 在文章第六行以後的「」裡面提供了解釋。請看第七行「日本人は、／日本人」之後的文字：「質問に含まれる否定や肯定の言葉～／對於提問句中包含否定詞或肯定詞時…」，可知對於題目的問題，日本人會針對「『しない』という言葉／『不做』這個動詞」給予答覆，這時可能的答案範圍就縮小到選項3或選項4了。

其他 接著請再看到文章的第三行，這裡說明了在日文中對於這樣的提問句會回答「はい、しません／是的，不做」，由此可知正確答案不是選項3，而是選項4。

(3)

日本のほとんどは温帯[※1]に属している。つまり、季節風の影響で四季の変化に富み、気温の変化、特に夏と冬の寒暖の差[※2]が大きい。夏は35度を超す日も多く湿度も高い。冬は0度近くになることもあり、都心でさえ雪が積もることがある。また、夏から秋にかけては、台風や洪水[※3]などの被害に襲われる。

寒い冬は、常夏の国[※4]を羨ましく思ったりするが、その冬が去り、桜の花が咲く春になると、冬の寒さが厳しかっただけに、嬉しさは、格別である。

（注1）温帯：気候区分の一つ
（注2）寒暖の差：寒さと暖かさの差
（注3）洪水：川などの水があふれる被害
（注4）常夏の国：一年中夏のように暖かい国

日本大部分地區屬於溫帶[※1]氣候，也就是說，受季風影響，日本四季分明，特別是夏季與冬季的氣溫差異[※2]顯著。夏季經常高達35度以上，濕度也相當高；冬季則可能接近0度，甚至在市中心也偶見積雪。此外，從夏季到秋季，颱風和洪水[※3]等自然災害也時有發生。

在寒冷的冬日裡，人們不免羨慕那些四季如夏的國家[※4]。然而，當嚴冬結束、櫻花綻放、春天悄然而至時，正因為經歷過冬日的寒冷，迎接春天的喜悅也顯得格外深刻。

（注1）溫帶：氣候分類之一
（注2）寒暖差：冷暖之間的溫度差異
（注3）洪水：河流水溢出的災害
（注4）四季如夏的國家：一年四季如夏的溫暖國家

57 日本の気候について、正しくないものはどれか。

1 特に夏と冬では気温の変化が激しい。
2 東京でも雪が積もる。
3 季節風のため、台風や洪水に見舞われることがある。
4 日本は、全ての地域が温帯にふくまれている。

關於日本的氣候，以下哪一項描述不正確？

1 夏季和冬季的氣溫變化特別劇烈。
2 東京也會有積雪的情況。
3 受季風影響，日本有時會遭遇颱風和洪水。
4 日本所有地區都屬於溫帶氣候。

答案 **(4)**

解題 文章開頭提到「日本のほとんどは／日本的大多數地區皆屬於」，這與選項4的「全ての地域／所有地區」意思不同。「ほとんど」的意思是「大部分、大多數」。題目問的是不正確的選項，因此要選選項4。

其他 選項1請參見文章第二行的「特に夏と冬の寒暖の差が大きい／尤其夏季和冬季的冷熱溫差極大」。選項2請參見文章第三行的「都心でさえ雪が積もることがある／東京都心甚至會有積雪」。選項3請參見文章第四行的「台風や洪水などの被害に襲われる／會遇到颱風來襲或是洪水氾濫」，其原因是第一行的「つまり、季節風の影響で／亦即，在季風的影響之下」。

(4)

ちょっと笑える興味深い学術研究に与えられるイグ・ノーベル賞というのがある。2015年の文学賞はオランダの言語学者らによる「huh？」（はあ？）の研究が選ばれた。相手の言っていることが理解できないときや、混乱した会話を聞き返すとき、私たち日本人は「ハア？」と言うが、この「ハア？」が、なんと、世界中の多くの言語で、ほとんど同じ意味で使われているというのだ。興味深い研究である。

しかし、この言葉、日本では、発音によっては異なる意味を表す。つまり、「ア」を強く発音し、その語尾※を伸ばして「ハアー？」と言うと、聞き返しではなく、「あんたは、なに言っているんだ！」と、相手の言葉を批判し否定する意味に使われるので、注意が必要である。

(注) 語尾：話す言葉の終りの部分

有一個名叫「搞笑諾貝爾獎」的獎項，專門頒給那些既有趣又令人發笑的學術研究。2015年的文學獎頒給了幾位荷蘭語言學家，他們的研究主題是「huh？」（即“蛤？”這個詞）。當我們無法理解對方所説的話，或聽到混亂的對話時，日本人通常會説“蛤？”。而這個“蛤？”竟然在世界上許多語言中都具有相似的意思！無疑是一項相當有趣的研究。

然而，在日本，這個詞根據發音不同會有不同的意思。也就是説，如果強調「ア」的發音，並將語尾※拉長成「蛤——？」這樣的説法可不是在問問題，而是帶有批評意味，等於在説“你到底在説什麼！”所以使用時要特別小心。

（注）語尾：話語的結尾部分。

58 「huh？」という言葉は、日本では、なぜ注意が必要なのか。

1 世界中の多くの言語で使われているが、日本語の意味は異なるから
2 相手が理解できなかったり、混乱したりするから
3 否定の意味を込めて発音するのが難しいから
4 言い方によっては、違った意味を表すから

「huh？」這個詞，在日本為什麼需要特別注意？

1 雖然在世界很多語言中都有使用，但在日語中意味不同。
2 可能會讓對方無法理解或感到困惑。
3 帶有否定意味的發音較難掌握。
4 説法不同，意思就會變得不同。

答案 **(4)**

解題 文章第七行提到「日本では、発音によっては異なる意味を表す／在日本，不同的發音表示不同的語意」，並在「つまり／換言之」之後舉出實際例子來説明不同語意的應用情形，最後以「注意が必要である／請務必當心」做總結。因此正確答案是選項4。

其他 選項1，文章第五行提到「ほとんど同じ意味で使われている／幾乎都有表示相同語意的用法」。選項2和選項3未於文章中提及。

(5)

以下は、ある化粧品会社が田中よしえさんに送ったメールの内容である。

8月 お誕生日を迎えられる 田中よしえ様

田中様 お誕生日おめでとうございます。

いつも、ジルジルの化粧品をご愛用※1 いただきまして、まことにありがとうございます。

田中様のお誕生日をお祝いして、ささやか※2 ながらプレゼントをご用意させていただきました。

どうぞ、この機会をお見逃しなく、プレゼントをお受け取りくださいますよう、お願いいたします。

◆プレゼント 1,000 円のお買い物券
◆お誕生日月の 1 日～末日までご利用いただけます。
◆現金に替えることはできません。
◆インターネットでの 6,000 円以上のお買い物でのみご利用できます。

http://www.jiljil.com

7月 15 日 株式会社ジルジル化粧品

（注 1）愛用：好んで使うこと
（注 2）ささやか：ほんの少し

以下是某化妝品公司寄給田中良枝女士的電子郵件內容。

即將於 8 月生日的田中良枝女士

田中女士，祝您生日快樂！

誠摯感謝您一直以來愛用※1 我們的吉爾吉爾化妝品。特別為您準備了一份生日小※2 禮物，敬請您收下。

誠邀您不要錯過此機會，歡迎領取您的禮物。

◆ 禮物內容：1,000 日圓的購物券
◆ 使用期限：生日當月的 1 日至月底有效
◆ 使用規則：無法兌換現金
◆ 使用條件：僅限於網路購物滿 6,000 日圓時使用

網址：http://www.jiljil.com

7 月 15 日 株式　社吉爾吉爾化妝品

（註 1）愛用：指經常使用，喜愛使用。
（註 2）微薄：意思是略表心意，並不多。

59 この誕生日のサービスについて、正しいものはどれか。

1 このサービスは今月から来月末まで、インターネットでの6,000円以上の買い物に使うことができる。

2 このサービスは8月いっぱい、インターネットでの6,000円以上の買い物で使うことができる。

3 このサービスは、8月中に6,000円以上の買い物をすると、お買い物券が郵便で送られてくる。

4 このサービスは、インターネットの買い物でもお店での買物でも使うことができるが、6,000円以上買わないと使えない。

關於這個生日服務，正確的選項是哪一個？

1 這項服務可以從本月到下月末，用於網路購物滿 6,000 日圓以上的訂單。

2 這項服務可在整個 8 月份，網上購物滿 6,000 日圓以上時使用。

3 在 8 月份購物滿 6,000 日圓，購物券將以郵件方式寄出。

4 這項服務既可用於網路購物也可在實體店使用，但需購物滿6,000日圓才能使用。

答案 **(2)**

解題 這封電子郵件的開頭處提到「8月お誕生日を迎えられる／8月壽星優惠」，並在下方◆的第 2 項標注了「1日～末日まで／從 1 號到月底」，這和選項 2 的「8月いっぱい／到 8 月底截止」意思相同。而「インターネットで～／於網路商店…」則和下方◆的第 4 項標注相同。

其他 選項 1「来月末まで／到下個月月底截止」這句話並不正確。選項 3「お買い物券／折價券」的使用方式是「インターネットでの 6,000 円以上のお買い物でのみご利用できます／僅限於網路商店消費滿 6000 日圓以上使用」，可以想成是在網路商店消費時可享有 1000 日圓的折抵優惠。文章沒有寫到折價券將郵寄到府。

→ 文中的「のみ／僅限」和「だけ／只有」二者意思相同。選項 4 「お店での買物でも使うことができる／在實體商店購物亦可使用」這句話並不正確。

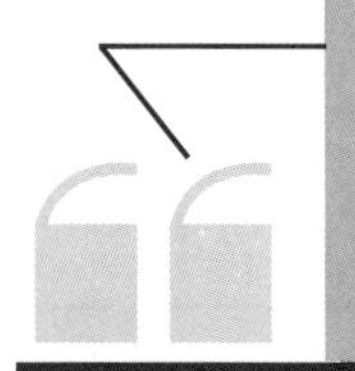

第一回 読解

次の(1)から(3)の文章を読んで、後の問いに対する答えとして最もよいものを、1・2・3・4から一つ選びなさい。

請閱讀以下(1)至(3)的文章，然後從後面的問題中，選出最適合的答案。請從1、2、3、4中選擇一個。

(1)

ある日の新聞の投書欄に、中学２年生の男の子が投書をしていた。自分は今、塾に行ったり、家庭教師に来てもらったりして、高校入試を目指して勉強している。しかし、友達のＡ君は、自分と同じ力があるのに、家が貧しくて塾にも行けない。自分は恵まれていると思う半面、それでいいのかという疑問を感じている、というのである。

私は、この投書が、貧困[※1]家庭の子どもではなく、恵まれた家庭の子どもによるものだということに、まず、驚いた。そして、大人として非常に反省させられた。

今、日本では、子どもの貧困が問題になっている。2012年の調査によると、平均的な所得の半分以下の世帯で暮らす18歳未満の子どもの割合は、16.3％だそうである。なんと、６人に一人の子どもが貧困と言われるのだ。中でも一人親世帯[※2]の貧困率は半数を上回る。このような家庭の子どもたちは、受験のための塾に行くこともできない。

日本は比較的平等な国で、子どもの実力さえあればどんな高レベルの学校にも行けるとはいうものの、その入り口である入学試験を受けるにあたって、こんな格差[※3]があるのは決して許されていいことではない。経済的に恵まれた家庭の子どもたちはお金をかけて試験勉強をすることができ、貧困家庭の子どもたちはそれができないというのでは、平等とはいえない。大人の責任としてこのような不平等はなくさなければならない。

（注1）貧困：貧しくて生活が苦しいこと
（注2）一人親世帯：父親か母親のどちらかしかいない家庭
（注3）格差：差。ここでは、試験を受けるにあたっての条件の差

有一天，在報紙的讀者投書欄中，一位國中二年級的男孩發表了他的想法。他提到，自己目前正在上補習班、請家教，為了高中入學考試努力學習。然而，他的朋友Ａ君明明也有相同的實力，卻因為家庭貧困，無法參加補習班。他既覺得自己幸運，又對此感到疑惑，思考這樣的情況是否合理。

我首先對這位投書者的身份感到驚訝，這並非來自貧困[※1]家庭的孩子，而是一個來自相對富裕家庭的孩子。作為成年人，讀到這段文字，我深感自省與愧疚。

目前在日本，兒童貧困已經成為一個嚴重問題。根據2012年的調查，生活在平均收入一半以下家庭的18歲以下兒童比例已達16.3%。也就是說，每六個孩子中就有一個生活在貧困之中。尤其是單親家庭[※2]的貧困率甚至超過一半。這些家庭的孩子往往無法參加為應試設置的補習班。

雖然日本是一個相對平等的國家，孩子只要有實力便能進入高水準的學校，但在入學考試的門檻上卻存在如此明顯的差距[※3]，這絕對是不可接受的。富裕家庭的孩子有條件投入大量資源進行考試準備，而貧困家庭的孩子卻無法做到，這根本無法稱之為平等。作為成年人，這種不平等是我們應該負起責任去消除的。

（注1）貧困：貧苦，生活艱難。
（注2）單親家庭：只有父親或母親的家庭。
（注3）差距：差別。這裡指在應考條件上的差別。

60 新聞に投書したのはどのような子どもだったか。

1 家が貧しいため塾に行けない高校生の男の子
2 高校受験のための塾に通っている恵まれた家庭の中学生
3 家が貧しいため高校に行くことができない中学生
4 力がないので、塾に通うことができない貧しい家の中学生

投稿到報紙上的孩子是什麼樣的孩子？

1 因為家境貧困而無法上補習班的高中男孩
2 為了準備高中考試而上補習班的富裕家庭的初中生
3 因家境貧困而無法繼續上高中的初中生
4 因學習能力不足而無法上補習班的貧困家庭初中

答案 **(2)**

解題 從文章第一行的「中学２年生の男の子が投書をしていた／有一名中學二年級男學生的投書」、「自分は今塾に行ったり、家庭教師に来てもらったりして／我現在不但上補習班，還請家教老師」，以及第六行的「私は、この投書が、貧困家庭の子どもではなく、恵まれた家庭の子どもによるものだということに、～／我對於這封投書並非來自一個家境貧困的孩子，而是出自一個家庭富裕的孩子這件事（感到震驚）」即可推測出答案為選項２。

61 18 歳未満の子どもの貧困の割合はどれくらいか。

1 5 人に一人
2 約半数
3 6 人に一人
4 約 30％

18 歲以下兒童的貧困比例是多少？

1 每五人中有一人
2 約半數
3 每六人中有一人
4 約 30%

答案 **(3)**

解題 請參見文章第十行「なんと、６人に１人の子どもが貧困と言われるのだ／根據統計，每六名兒童當中竟然就有一名兒童生活於貧窮的環境」。可知正確答案為選項３。

62 こんな格差とは、どのような差のことを指しているか。

1 貧しい家庭と恵まれた家庭があるという差
2 ひとり親世帯の子どもと両親が揃った世帯の子どもがいるという差
3 お金をかけて勉強できる家庭の子どもとそれができない子どもがいるという差
4 レベルが高い高校と、そうでもない高校とがあるという差

所謂的這種「這樣的差距」，指的是什麼樣的差別？

1 貧困家庭與富裕家庭之間的差距
2 單親家庭的孩子與雙親家庭的孩子之間的差距
3 能夠投入資金進行學習的家庭的孩子與無法做到的孩子之間的差距
4 高水平高中與普通高中的差距

答案 **(3)**

解題 本題底線部分之後的文字已有說明，亦即「経済的に恵まれた家庭の子どもたちは、お金をかけて試験勉強をすることができ、貧困家庭の子どもたちはそれができないというのでは、平等とはいえない／家庭經濟富裕的那些孩子能夠為升學考試投注金錢，但是貧窮家庭的孩子則無法負擔，這種情況無法稱之為平等」。這個句子的述語「平等とは言えない／無法稱之為平等」也就是「格差／社經地位差距」。因此選項３是正確答案。

(2)

日本語の「えもじ」つまり、「絵文字※1」が、「emoji」として国際的に知られ、欧米でも使われているそうである。

その反響、つまり、絵文字が読者にどのように受け取られるかを見るために、アメリカの全国紙で、このほど試験的に絵文字を見出しに採用してみたという。例えば、悲しい記事の見出しの後には涙を流している悲しそうな顔の絵文字を、不正を伝える記事の見出しの後には怒った顔の絵文字を、という具合だ。

<u>その結果</u>はというと、ニュースの内容が分かりやすいのでいいという人々と、反対に印刷物には向いていないという反対派がいたそうだ。新聞などの報道関係者には、反対の人が多かったらしい。その理由は「絵文字の使用は、人間の思考力を減らす」というものであった。

もともと絵文字が欧米社会に知られるようになったのは、4年ほど前（2011年）だということだが、その2年後には、なんと、「emoji」がオックスフォード辞書に登録されたそうだ。

これも、IT時代、グローバル化※2時代の当然の成り行き※3かもしれないが、私などは、やはり、絵文字の使用に関しては、全面的に賛成する気にはならない。特に新聞の見出しなどには使って欲しくないと思う。記事を書いた人の判断や感情を読者に先入観※4として与えることになると思うからだ。

(注1) 絵文字：メールなどに使われている、(>_<) や (ˆ0ˆ) などの顔文字
(注2) グローバル化：世界全体をひとつとみる。地球規模の
(注3) 成り行き：変わっていった結果
(注4) 先入観：無理に相手に与える考え

日語中的「えもじ」，也就是「繪文字※1」，如今已作為「emoji」廣為人知，甚至在歐美地區也被使用。

為了了解繪文字的回響，也就是說，這項實驗旨在了解讀者對繪文字的接受程度，美國某全國性報紙最近在標題中試驗性地使用了繪文字。例如，在描述悲傷事件的標題後加上流淚表情，或者在報導不法行為的標題後加上憤怒表情。

<u>結果顯示</u>，有人認為這讓新聞內容更容易理解；但也有反對者認為繪文字不適合印刷品。尤其在報紙等媒體從業者中，反對聲浪更為強烈，理由是「繪文字的使用會減弱人類的思考能力」。

據說，繪文字在歐美首次受到關注約在四年前（2011年），而兩年後，「emoji」一詞更被收錄進牛津詞典。

這或許是IT時代和全球化※2的必然趨勢※3，但就我個人而言，對於繪文字的廣泛使用，仍抱有一定保留。尤其是在報紙標題上，我認為不應使用繪文字。這會將作者的情感或判斷強加給讀者，造成先入為主※4的影響。

（注1）繪文字：在郵件等中使用的，例如 (>_<) 或 (^O^) 等表情符號。
（注2）全球化：將世界視為一個整體，具有全球性視野的概念。
（注3）成行：隨著變化所形成的結果。
（注4）先入為主：強行向對方灌輸的觀點或想法。

63 「絵文字」について、アメリカの全国紙でどのような試験をしてみたか。

1 「emoji」という語を記事に使って、その反響を見てみた。
2 絵文字を使ったことがあるかどうか調べてみた。
3 「emoji」が各国の辞書に登録されているかどうか調べてみた。
4 絵文字を新聞の見出しに使ってその反響を見てみた。

關於「繪文字」，美國的全國性報紙進行了什麼樣的試驗？

1 使用「emoji」這個詞在文章中，並觀察其反響。
2 調查人們是否曾使用過繪文字。
3 調查「emoji」是否被收錄進各國的字典。
4 將繪文字用於報紙標題，並觀察其反響。

答案 **(4)**

解題 請參見文章第四行的「試験的に絵文字を見出しに採用してみた／嘗試在新聞標題上加入了繪文字」。因此正確答案為選項 4 。

64 その結果はどうだったか。

1 報道関係者には反対の人が多かった。
2 ニュースがわかりやすくていいという人が多数だった。
3 印刷物に使うのは反対だという人がほとんどだった。
4 絵文字そのものを知らない人が多かった。

結果顯示如何？

1 大多數報道人員表示反對。
2 許多人認為這使新聞更容易理解。
3 幾乎所有人都反對將其用於印刷品中。
4 很多人不知道繪文字是什麼。

答案 **(1)**

解題 請參見文章第八行的「新聞などの報道関係者には、反対の人が多かったらしい。その理由は『絵文字の使用は、人間の思考力を減らす』というものであった」／新聞媒體從業人員則多數持反對意見，其理由為『繪文字的使用會削弱人類的思考能力』」而與之相符的答案是選項 1 。

其他 選項 2，文章第七行確實提到「分かりやすいのでいいという人々と、反対に印刷物には向いていないという反対派がいたそうだ／贊成派認為如此有助於了解報導內容，而反對派認為這種符號不適宜用於印刷品」，但並沒有寫到「多数だった／佔多數」。選項 3 和選項 4 未於文章中提及。

65 筆者は絵文字の使用についてどのように考えているか。

1 わかりやすくていい。
2 ある面では賛成できない。
3 反対である。
4 個人的なメールにだけ使ったほうがよい。

作者對於繪文字的使用有什麼看法？

1 覺得使用繪文字能使內容更加易懂。
2 某些方面無法完全同意。
3 完全反對。
4 認為應該僅用於個人郵件中。

答案 **(2)**

解題 文章第五段第一行最後的「私などは、やはり、絵文字の使用に関しては、全面的に賛成する気にはならない／依我之見，實在無法完全贊成繪文字的使用」為作者陳述本人的觀點。作者認為「全面的に賛成する気にはならない／實在無法完全贊成」，這句話是以「全面的に賛成する／完全贊成」＋「～気にはならない／實在無法…」來表示部分否定。而表示部分否定的答案是選項 2

(3)

かつて、休暇もあまり取らず、毎日長時間働いて日本の経済を支えてきた労働者も、その頃に比べると、かなり意識が変わってきた。仕事だけでなく、家庭や自分の趣味に時間を使うようになり、余裕を持って働くようになった。国の政策として休日も増えた。

しかし、まだまだ欧米諸国に比べると、実際に労働者が取る休暇は少ないらしい。

仕事と生活のバランスについて 2015 年 1、2 月に、労働者に聞いたある調査によると、理想としては、「生活に重点を置きたい」が 17%、「仕事に重点を置きたい」は 14% であった。また、「両方のバランスを取るのが理想」とした人たちは 38% であったそうだ。

しかし、現実には、「仕事に重点を置いている」というのが 48% もいるというのだ。理想とは大きな差がある。

また、有給休暇※1 を取っている日数は、年に平均 7.7 日。これは、労働基準法※2 で認められている有給よりかなり少ない。有給休暇をあまり取らない理由として、「仕事量が多くて休む余裕がない」や「他の人に迷惑がかかる」などがあげられていて、1 年間有給を全く取らなかった人はなんと、11% もいるそうである。この結果を見ると、本当に日本の労働者の意識が変わってきたのかどうか、疑問に思われる。

また、同じ調査によると、大企業で、出世※3 している人ほど休んでいないという傾向が表れているそうである。

仕事と生活のバランスをとるのを理想としながらも、さまざまな事情でなかなか仕事を休めないという現実や、休む人より休まない人の方が出世をするという現実の前には、労働者はどのように考えればいいのだろうか。

(注 1) 有給休暇：給料が支給される休暇
(注 2) 労働基準法：労働者を守るための法律
(注 3) 出世：会社で立派な地位を得ること

過去，勞工幾乎不休假，長時間工作支撐著日本經濟。然而，與那時相比，如今勞工的觀念已有顯著改變。他們不僅投入工作，也開始將時間分配給家庭和興趣，更以從容的心態投入工作。作為政策的一部分，國家也增加了休假天數。

然而，與歐美各國相比，日本勞工的實際休假天數依然偏少。

根據 2015 年 1、2 月的一項調查，針對工作與生活的平衡進行統計，17% 的人表示「希望以生活為重心」，14% 的人則「希望以工作為重心」。此外，38% 的人認為「理想狀況是兼顧工作與生活的平衡」。

然而，現實中有 48% 的人表示自己「以工作為重心」，這與理想狀況有很大差距。

此外，勞工每年平均僅使用 7.7 天有薪休假※1，遠低於《勞動基準法※2》規定的天數。勞工不太請有薪休假的原因包括「工作量過多，無法休息」以及「休假會影響他人工作」等。甚至有 11% 的人一年內完全未使用過有薪休假。看到這樣的數據，不禁讓人懷疑，日本勞工的意識是否真的有所改變。

此外，調查還顯示，在大企業中，晉升※3 者反而更少休假。

儘管勞工理想中追求工作與生活的平衡，但在現實中，由於種種原因難以輕易請假，而且不休假者反而更有晉升機會。面對這樣的現實，勞工該如何應對？

（注 1）有薪休假：帶薪的假期。
（注 2）勞動基準法：保障勞動者權益的法律。
（注 3）晉升：在公司中獲得更高地位。

66

<u>かなり意識が変わってきた</u>とあるが、どのように変わってきたのか。

1 仕事がいちばん大切だと思うようになった。
2 仕事だけでなく、家庭や自分の趣味にも時間を使うようになった。
3 自分のために長い休暇を取るようになった。
4 自分の生活に重点を置くようになった。

所謂的「<u>意識已有相當大的變化</u>」，具體指的是哪種變化？

1 開始認為工作是最重要的。
2 不僅專注於工作，還將時間分配給家庭和自己的興趣。
3 開始為自己安排長期的假期。
4 更加重視自己的生活。

答案 **(2)**

解題 本題底線部分之後的文字已有說明，亦即「仕事だけでなく、家庭や自分の趣味に時間を使うようになり／不僅投身工作，也要分配一些時間給家人以及用在自己的興趣上」。可知選項 2 為正確答案。

其他 選項 3 文章並沒有寫到「長い休暇を取る／休長假」。選項 4 文章雖然提到「余裕をもって働くようになった／均衡分配公私時間」，但並沒有寫到選項 4 的內容。

67

「理想」と反対の意味で使われている言葉は何か。

1 実現
2 余裕
3 意識
4 現実

「理想」的反義詞是什麼？

1 實現
2 從容
3 意識
4 現實

答案 **(4)**

解題 請參見文章第七行的「理想としては／理想狀況是」與第十行的「しかし、現実には、／然而，現實狀況卻是…」，二者互成對比。故選項 4 為正確答案。

68

日本の大企業ではどんな人が出世しているか。

1 会社をあまり休まない人
2 自分の趣味や家族を大切にする人
3 法律で認められているだけ有給休暇を取る人
4 仕事と生活のバランスをうまく取っている人

在日本的大企業中，哪些人更容易晉升？

1 很少休假的人
2 重視家庭與個人興趣的人
3 完全享受法律規定有薪假天數的人
4 能夠有效平衡工作與生活的人

答案 **(1)**

解題 請參見文章第五段的「大企業で、出世している人ほど休んでいないという傾向が表れているそうである／一般而言，在大型企業中，職級愈高者通常有愈少休假的傾向」，可知選項 1 是正確答案。

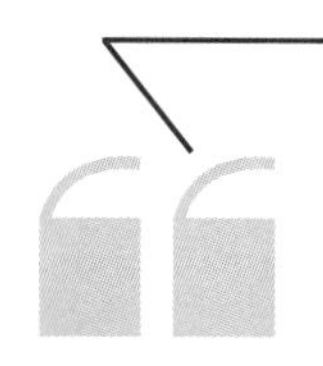

次のＡとＢはそれぞれ、女性の再就職について書かれた文章である。二つの文章を読んで、後の問いに対する答えとして最もよいものを、1・2・3・4から一つ選びなさい。

以下的Ａ和Ｂ分別是關於女性重返職場的文章。請閱讀這兩篇文章，然後從後面的問題中，選出最適合的答案。請從 1、2、3、4 中選擇一個。

A

このところ、日本では、女性の活躍を経済成長戦略※1の柱とし、主婦の再就職を支えるための機関、例えば子供のための保育園などが、各地に開設※2され始めている。出産後、子育てのために会社を辞め、何年間か主婦として家庭にいた女性たちの再就職を、どのように支援するかが問題になっているのである。

しかし、多くの母親たちは、子供が少し大きくなってやっと就職できるようになっても、家族の病気や学校の行事、あるいは家事のために、フルタイム※3や残業の多い仕事に就くのは難しいというのが実情である。女性が自分の希望する働き方を自分で選ぶことができ、短時間でも働けるようになれば、女性の活躍の場ももっと広がるのではないだろうか。そのためには国の政策としての社会の整備が重要である。

最近，日本將女性的活躍視為經濟成長戰略※1的重要支柱，並在各地設立支援主婦再就業的機構，例如為孩子開設※2托兒所等設施。如何支援那些因生育辭去工作、長期擔任家庭主婦的女性重返職場，成為當前的重要課題。

然而，許多母親即使孩子稍大後終於有機會重返職場，卻因家人的健康問題、學校活動或家務等原因，難以從事全職※3或需要加班的工作。如果女性能夠自由選擇理想的工作方式，即便是短時間的工作也能參與，那麼女性的發展空間將會更廣闊。因此，完善社會體制作為國家政策的一部分顯得尤為重要。

B

日本では、長い間、男性は外で働き、女性は家庭で家族を守るのが当たり前とされてきたが、近年、多くの女性が家庭の外で働くようになってきた。国も経済政策上、女性の起業※4や再就職を支援している。

しかし、それに疑問を持つ女性もいるのだ。東京に住むＢさんは、大学卒業後企業に就職したが、14年前、長男出産の際に退職した。再就職も考えたが、保育料が高いことなどであきらめた。その後、二人の子供に恵まれた。そして、今では、「子育てこそ人材育成であり、家庭こそ社会の第一線※5。私は、立派な『お母さん仕事』をしているのだと誇りを持っている。」と語る。

主婦も家庭や地域という社会で活躍している。なにも企業で働くだけが活躍ではないのだ。女性にももっと多様な生き方が認められるべきであろう。

（注1）戦略：作戦計画

（注2）開設：設備を新しく作って仕事を始めること

（注3）フルタイム：全時間労働

（注4）起業：事業を起こすこと

（注5）第一線：最も重要な位置

在日本，長期以來，男性外出工作、女性守護家庭一直被視為理所當然。然而，近年來，越來越多的女性開始走出家庭，進入職場。政府也從經濟政策上支持女性創業※4與再就業。

然而，也有女性對此表示疑惑。住在東京的Ｂ小姐在大學畢業後進入企業工作，但在 14 年前因長子出生而辭職。雖然她曾考慮再就業，但由於保育費用過高而放棄了。隨後，她又迎來了兩個孩子。如今，她說：「育兒就是人材培養，家庭才是社會的第一線※5。我為自己出色地完成『母親的工作』而自豪。」

主婦同樣在家庭和社區中發揮著重要作用，並非只有在企業工作才算是成功。女性應該擁有更多元的生活選擇。

（注 1）戰略：作戰計劃

（注 2）開設：設施新建及開始工作

（注 3）全職：全時間工作

（注 4）創業：開展事業

（注 5）第一線：最重要的位置

69

AとBはともに、どんな女性について述べているか。

1 出産のために退職した女性
2 短時間だけ働きたい女性
3 子供が二人以上いる女性
4 社会の第一線で働きたい女性

A和B都在描述什麼樣的女性？

1 因生育而辭職的女性
2 只想短時間工作的女性
3 有兩個以上孩子的女性
4 想在社會第一線工作的女性

答案 **(1)**

解題 請參見A文章第三行的「出産後、子育てのために会社を辞め、何年間か主婦として家庭にいた女性たちの／那些在生下孩子後辭去工作專心育兒、當了幾年家庭主婦的女性」。以及B文章第四、五行的「Bさんは、大学卒業後企業に就職したが、14年前、長男出産の際に退職した／B女士大學畢業後曾於企業任職，但在十四年前長子出生時離職了」。可知兩篇文章皆在討論因生子而離職的女性。

其他 選項2 A文章提及，但B文章未提及。選項3只有B文章提及。選項4 A文章未提及。此外，B文章只敘述操持家庭的主婦是「社会の第一線／支撐社會的首要戰力」，但並未將婦女視為支撐國家經濟的關鍵力量。

70

AとBの筆者は、女性の再就職について、どのように考えているか。

1 AもBも、子育てや家事は大切な仕事だから、国はそのための制度を充実させるべきだと考えている。
2 AもBも、子育てや家事をする女性は、もっと自分の生き方を自由に選べる方がいいと考えている。
3 Aは、女性は子供が大きくなったら社会に出て働くべきだと考え、Bは、女性は家庭で育児をすべきだと考えている。
4 Aは女性の社会進出のために社会の整備が必要だと考え、Bは国の経済のために女性は再就職すべきだと考えている。

A和B的作者對於女性再就業有何看法？

1 A和B都認為，育兒和家務是重要的工作，國家應該完善相關制度來支持。
2 A和B都認為，從事育兒和家務的女性應該能夠更加自由地選擇自己的生活方式。
3 A認為女性應在孩子長大後回歸社會工作，B則認為女性應該在家從事育兒。
4 A認為為了女性社會參與，需要完善社會配套設施；B認為女性應為國家經濟而再就業。

答案 **(2)**

解題 關於女性二度就業，請參見A文章於第八、九行提到以下問題：「女性が自分の希望する働き方を自分で選ぶことができ、短時間でも働けるようになれば、／假如女性可以自由選擇自己喜歡的工作方式，也能夠從事短時數工作」。而B文章則於最後一行的「女性にももっと多様な生き方が認められるべきであろう／大眾應當認同女性也能擁有更多種不同的生活樣貌」做總結。這兩篇文章都包含選項2的內容。

其他 選項1提到應當完善國家制度的只有A文章（第十一行）。選項3 A文章中雖然建議日本政府應當支援女性二度就業，但是作者本身並未明確表示女性一定要進入社會工作。此外，B文章也一樣，儘管提到了「企業で働くだけが活躍ではない／在企業工作並不是貢獻力量的唯一方式」，但是並沒有寫到「家庭で育児をすべきだ／應當留在家庭中專心育兒」。選項4 A文章的部分是正確的，但是B文章並沒有提到「再就職すべきだ／應該二度就業」。

第一回 読解

問題十三 翻譯與解題

次の文章を読んで、後の問いに対する答えとして最もよいものを、1・2・3・4から一つ選びなさい。

請閱讀以下文章，然後從後面的問題中，選出最適合的答案。請從 1、2、3、4 中選擇一個。

あなたも「あの人は教養のある人だ」、「教養を身につけるのは本当に難しい」などという言葉をたびたび耳にしたことがあるだろう。

この「教養」という言葉、あらためて考えてみると、人によって様々な見方、捉え方があり、一言でこうだと言うことはできない。誰もが、言わなくても相手も「教養」の意味を自分と同じように捉えていると思って話を進めていると、大きな誤解があって、あわてることも多い。

じつは「教養」という言葉は、意外に難しい意味や内容を含んでいる言葉であるからである。ある人は、教養とは社会を生きていく上で必要な一般常識であると捉え、またある人は、自分を高めるための最低限の知識と常識であると捉えている。つまり人によって教養についての考え方はそれぞれ違うということだ。ただ考え方に違いはあっても、誰もが教養を大切なものと捉え、教養を身に付けたいと思っているのは間違いないようである。

それでは、このように捉え方の異なる「教養」を私達は一体どのように考え、どのようにして身に付けることができるのだろうか。これには万人[※1]に通用する学び方や身に付け方があるわけではない。ただ言えることは、一人ひとりが特定の決まった考え方に捉われず自分を見つめ直し、歴史や自然や人間社会についての正しい見方と価値観を養うことである。周囲の意見に左右されずに自分で物事を考え、自分を高め、自分だけの利益を追わず周りとバランスがとれた生き方をする必要があるということだ。このような見方、考え方を育てることで結果として得られる力が教養ということができるであろう。

戦後の教育もこの線に沿って行われてきたのだが、このところ社会ではすぐに役に立つ学問でなければ意味がない、専門科目を重視しなければならないということが盛んに叫ばれ、大学でも教養科目を軽視する傾向が強くなっている。

確かに一般社会では役立つ学問、専門科目が必要なことは言うまでもない。だが、それだけでいいのだろうか。現代社会を担い[※2]、豊かな未来を創造するのは人である。それには実学[※3]や専門科目に詳しいだけではいけないのだ。その役を担う人なら、経済面だけでなく、他人を思いやる心が必要である。そういう人こそ社会ですぐには役に立たないと言われる宗教や思想、哲学や文学など、人の心を豊かにする全てのものを学ぶ謙虚な心を持たなければならない。

社会はすぐ役に立つものだけで構成されてはいない。それだけに心の豊かさ、教養が備わっている人であれば、経済性だけに捉われずに社会と人を思いやることができるのだから。社会が大きな曲がり角にある今こそ私達は教養について考えてみる必要があるだろう。

池永陽一「『教養』について」

(注1) 万人：全ての人
(注2) 担う：責任を持って引き受ける
(注3) 実学：生活にそのまますぐに役立つ学問

你可能經常聽到「那個人很有教養」或「培養教養並不容易」這類話語。

仔細思考「教養」這個詞，便會發現每個人對它的理解和看法各有不同，很難用一句話來概括。人們在討論「教養」時，往往假設對方對它的理解與自己相同，然而這種假設常常導致嚴重的誤解，甚至讓人措手不及。

事實上，「教養」包含了意料之外的複雜含義。有人認為教養是社會生活中不可或缺的基本常識；另一些人則視其為自我提升的必要知識與修養。換句話説，對於教養的理解因人而異。但無論見解如何不同，人們普遍認為教養至關重要，並希望能夠提升自己的教養，這一點毋庸置疑。

那麼，面對這種多樣化理解的「教養」，我們究竟應該如何看待並加以培養呢？其實，並不存在適用於所有人[※1]的學習方式或培養方法。唯一可以確定的是，我們每個人都應該避免被固有觀念束縛，重新審視自己，養成對歷史、自然和人類社會的正確觀點和價值觀。我們需要具備獨立思考的能力，不被周圍的意見左右，追求的不僅是個人利益，也要保持與他人的平衡。當我們養成這樣的見解與思維方式時，所獲得的力量才是真正的教養。

戰後的教育體系也是遵循這樣的理念進行的，但近年來社會上頻繁強調「只有能立即派上用場的知識才有意義」，重視專業科目的風氣也在大學中日益顯著。

誠然，社會中的實用知識和專業科目必不可少，這是無庸置疑的。然而，僅此而已就夠了嗎？支撐[※2]現代社會、創造豐富未來的依然是人。而這樣的人，僅憑實務[※3]或專業知識是不足的。擔負這份責任的人，不僅需要經濟學識，還必須具備體恤他人的心。這樣的人，應當以謙遜的態度去學習那些「無法立即派上用場」的宗教、思想、哲學、文學等豐富心靈的學問。

社會並非僅由實用的事物構成。正因如此，唯有心靈豐富且具備教養的人，才能超越經濟利益的限制，真正關懷社會與他人。在社會處於重大轉折的今天，我們更需重新思考教養的價值與意義。

池永陽一「關於『教養』」

（注 1）所有人：指所有人
（注 2）承擔：負責承擔
（注 3）實用學問：直接對生活有幫助的學問

71 「教養」の捉え方として、筆者の考えと異なるものを選べ。

1 「教養」が大切だという考えは、誰にも共通している。
2 「教養」の捉え方は、人によって異なる。
3 「教養」の意味や捉え方は、誰にも共通している。
4 「教養」の捉え方が相手と異なることから誤解が生じることがある。

選出與筆者「教養」觀點不一致的選項。

1 「教養」重要這一點是大家共通的看法。
2 對「教養」的理解因人而異。
3 「教養」的意義和理解方式是普遍共通的。
4 因對「教養」的理解與對方不同，可能會產生誤解。

答案 **(3)**

解題 選項３的敘述是「だれにも共通している／所有人都完全相同」，與作者的想法相異，因此為本題的答案。

其他 選項１文章第十一行提到「誰もが教養を大切なものと捉え／所有人都認同素養的重要性」，因此正確。選項２文章第三行提到「人によって様々な見方、捉え方があり／但是每個人的見解與看法各有不同」，因此正確。選項４文章第四至六行提到「相手も『教養』の意味を自分と同じように捉えていると思って話を進めていると、大きな誤解があって／談話時以為對方對於『素養』的定義和自己的認知相同，結果產生了極大的誤會」，因此正確。

72 教養を身に付けるとは、どういうことだと筆者は考えているか。

1 周囲の多くの人の意見を取り入れて一般的な常識を養うこと。
2 周囲の人と生きていくためのバランス感覚を養うこと。
3 自分自身の見方や考え方を重視し、他の意見を取り入れないこと。
4 自分自身を高めて社会についての正しい見方と価値観を養うこと。

筆者認為，培養教養意味著什麼？

1 採納周圍多數人的意見，培養一般常識。
2 培養與周圍人相處的平衡感。
3 強調自身的見解，不吸收他人意見。
4 提升自我，培養對社會的正確看法與價值觀。

答案 **(4)**

解題 關於素養的培育方式寫在以下幾處：文章四段第四行的「歴史や自然や人間社会についての正しい見方と価値観を養うこと／培養對於歷史、自然與人類社會的正確見解與價值觀」，以及同段第六行的「自分を高め／自我提升」。由此可知正確答案是選項４。

其他 選項１文章第四段第四行提到的是「周囲の意見に左右されずに自分で物事を考え／具備獨立思考的能力，不要受到周遭意見的影響」，因此不正確。選項２文章第四段第六行提到的是「周りとバランスがとれた生き方をする必要がある／生活方式必須能夠維持人際關係的平衡」，而這裡說的「バランス／平衡」是指自己和他人的關係，與身邊的人們互助合作的意思。相較之下，選項２的「バランス感覚を養う／培養平衡感」是指自身的特質或能力，與本文無關。選項３文章第四段第五行雖然提到應該「自分で物事を考え／具備獨立思考的能力」，但並沒有說「他の意見を取り入れない／不要接納別人的意見」。

73 この文章における筆者の考えと合っているものはどれか。

1 専門的な知識だけでなく、真の意味で教養のある人が人の役に立つことができる。
2 それぞれの専門的な知識を重視し深めることが、結果的には社会の役に立つのだ。
3 すぐに役に立つ学問こそ、大きな曲がり角にある現代社会の役に立つのだ。
4 自分の専門の知識だけでなく、他の専門の知識も学ぶことで教養ある人になる。

以下哪一項符合文章中筆者的觀點？

1 不僅擁有專業知識，具備真正教養的人才能對他人有所助益。
2 重視並深化各自的專業知識，最終對社會有益。
3 只有那些立竿見影的學問，才能在現代社會的大變革中發揮作用。
4 除了掌握自身專業的知識，還需學習其他專業知識，才能成為有教養的人。

答案 **(1)**

解題 從文章倒數第二段第三行起的段落是作者陳述自己的想法。作者認為，「実学や専門科目に詳しいだけではいけないのだ／不能只懂應用科學和專業科目」。與之相符的答案是選項１。

其他 選項２的意思是重視專業知識，與本文意旨不符。選項３的「すぐに役に立つ学問／能夠立刻派上用場的學問」是指「専門科目／專業科目」。

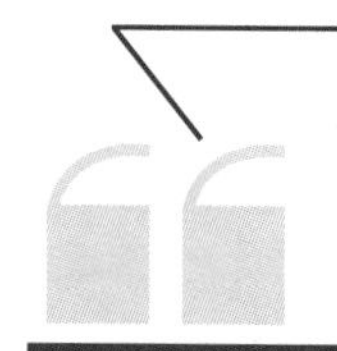

右のページは、A市スポーツセンター利用案内である。下の問いに対する答えとして最もよいものを1・2・3・4から一つ選びなさい。

下面的頁面是一則 A 市體育中心的使用指南。請根據下方的問題，選出最適合的答案。請從 1、2、3、4 中選擇一個。

A市スポーツセンター　利用案内

開館時間：
月曜日～土曜日 午前 8:30 ～午後 10:00
■ 最終入館時間・・・午後 9:30 まで
■ 利用時間・・・ 午後 9:45 まで。ただし日曜日は午前 8:30 ～午後 9:00
■ 最終入館時間・・・ 午後 8:30 まで
■ トレーニングルーム／プール利用時間・・・ 午後 8:45 まで

休館日：
毎月第２月曜日（祝日に当たるときは別）、年末年始、特別休館日（その他、施設設備清掃等による特別休館日）

持ち物：
1. プール利用の場合
水着（競泳用が好ましい）・水泳帽・タオル等
※ご利用の際は、化粧・アクセサリー等を取ってご利用ください。
2. トレーニングルーム利用の場合（満 16 歳以上の方がご利用いただけます）
室内用シューズ・運動ができる服装（デニム生地等不可）・タオル等

ご利用の際には：
■ 自転車でおいでの方は駐輪場[※1]をご利用ください。
■ 一般の方の駐車場はございませんので、車でのご来場はご遠慮ください。
■ シャワールームでの石けん・シャンプー等はご利用いただけません。
■ 伝染性の病気・飲酒等、他の利用者に迷惑をかける恐れのある方の入場はお断りしております。
■ 貴重品は貴重品ロッカーをご利用下さい。当施設で発生した紛失・盗難[※2]・事故について一切責任は負いません。
● 当センターは、公共の施設です。みなさまが気持ち良くご利用いただけるようご協力お願い致します。

お子様のご利用について：
■ お子様は満 3 歳からご利用いただけます。（プールのみ）
■ 水着以外でのプールへの入場はお断りしております。
■ プールを利用の際は、必ず水泳帽の着用をお願い致します。
■ 小学生の単独利用は、泳力テスト合格者に限ります。
※ 泳力テストについては、お問い合わせください。
■ 幼児や、泳力テストに合格していない小学生は、必ず大人のつきそい[※3]が必要です。

（注 1）駐輪場：自転車を置くところ
（注 2）紛失・盗難：なくなったり盗まれたりすること
（注 3）つきそい：そばで世話をする人

A 市運動中心 使用指南

開館時間：

週一至週六 8:30 AM - 10:00 PM

最後入館時間： 9:30 PM 前

設施使用時間： 9:45 PM 前（週日為 8:30 AM - 9:00 PM）

最後入館時間（週日）： 8:30 PM 前

健身房／游泳池使用時間（週日）： 8:45 PM 前

休館日：

每月第二個週一（如遇國定假日則另行通知）、年末年初，以及特別休館日（其他設施清潔等特別休館日）

攜帶物品：

1 游泳池使用者

泳衣（建議競賽用）、泳帽、毛巾等

使用前請卸妝並取下飾品。

2 健身房使用者（僅限 16 歲以上）

室內運動鞋、適合運動的服裝（禁止牛仔布材質）、毛巾等

使用注意事項：

■騎自行車前來者，請將車停於自行車停車場[※1]。

■本設施無一般民眾停車位，請避免開車前來。

■淋浴間內禁止使用肥皂、洗髮精等清潔用品。

■患有傳染病或飲酒者，恕不接待。

■請將貴重物品存放於貴重物品置物櫃，對於任何遺失、竊盜[※2]或意外本中心概不負責。

●本中心為公共設施，為提升使用體驗，敬請配合相關規範。

兒童使用規定：

■游泳池 3 歲以上方可使用。

■未穿著泳衣者禁止進入游泳池。

■使用游泳池時必須佩戴泳帽。

■小學生需通過游泳能力測驗方可單獨使用游泳池。

※ 關於測驗詳情，請洽本中心。

■幼兒或未通過測驗的小學生需有成人陪同[※3]。

（注 1）自行車停車場：放置自行車的專用停車區

（注 2）遺失・竊盜：物品遺失或遭竊的情況

（注 3）陪同：陪伴在側以照顧

74

エリカさんは、日曜日に小学生の子どもといっしょにスポーツセンターに行きたいと思っている。二人とも、このスポーツセンターに行くのは初めてである。子どもは泳ぎが好きなのでプール、自分はトレーニングルームを利用したいが、どのようにすればいいか。

1 子どもがプールに入っている間に、自分はトレーニングルームに行く。
2 子どもはプールに入れないので、二人でトレーニングルームを利用する。
3 子どもは一人ではプールに入ってはいけないので、自分も一緒にプールに入る。
4 子どもといっしょにテストを受けて、自分が合格したら二人でプールに入ることができる。

艾莉卡想在週日和小學生的孩子一起去體育中心。兩人都是第一次前往這個體育中心。孩子喜歡游泳，想用游泳池，而艾莉卡自己則想使用健身房，應該如何安排？

1 孩子在游泳池時，自己去健身房。
2 因為孩子不能使用游泳池，所以兩人一起使用健身房。
3 因孩子無法單獨進入游泳池，因此自己也陪同進入游泳池。
4 與孩子一起參加測試，自己通過後，兩人可以一起使用游泳池。

答案 **(3)**

解題 請參見「利用案内／使用須知」的「お子様のご利用について／兒童使用注意事項」欄目的第五項■處。他們是第一次去運動中心，小孩尚未通過游泳能力測驗，因此必須在大人陪同之下才能進入泳池。因此選項 3 正確。

其他 選項 1 兒童不得單獨進入泳池，因此不正確。選項 2 兒童有人陪同即可進入泳池，因此不正確。選項 4 必須通過游泳能力測驗的僅限小學生，惠梨香太太無須通過測驗，因此不正確。

75

山口さんは、仕事が終わってからトレーニングルームを利用したいと思っているが、服装や持ち物は何が必要か。

1 室内用のシューズとタオルを持って行けば、どんな服装でもいい。
2 室内用のシューズと、水着、帽子を持っていく。
3 室内用のシューズと、タオル、石けん、シャンプーを持っていく。
4 運動ができる服装で、室内用の靴と、タオルを持っていく。

山口先生希望在下班後使用健身房，需要穿什麼服裝及攜帶哪些物品？

1 帶上室內運動鞋和毛巾，穿任何服裝均可。
2 帶上室內運動鞋、泳衣和泳帽。
3 帶上室內運動鞋、毛巾、肥皂和洗髮精。
4 穿適合運動的服裝，帶上室內運動鞋和毛巾。

答案 **(4)**

解題 請參見「持ち物／可攜入物品」欄目的第二項，可知選項 4 正確。另外，其中的「シューズ」是指鞋子。

其他 選項 1 的「どんな服装でもいい／穿著任何服裝皆可進入」並不正確。選項 2，除了選項中提到的室內用運動鞋，還要攜帶運動服和毛巾。至於「水着／泳衣」和「帽子／帽子」則不需要。選項 3，除了選項中提到的室內用運動鞋，還要攜帶運動服。至於「石けん／肥皂」和「シャンプー／洗髮乳」則不需要。

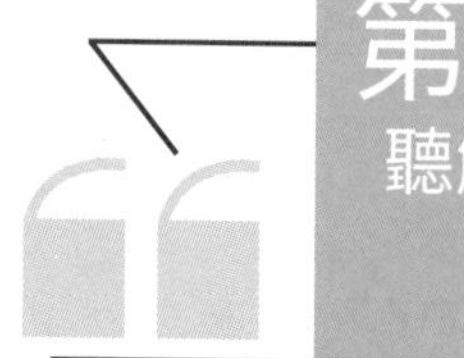

第一回 聽解

問題一 翻譯與解題

問題1では、まず質問を聞いてください。それから話を聞いて、問題用紙の1から4の中から、最もよいものを一つ選んでください。

問題 1 中，請先聆聽問題。然後聽取對話內容，從選項 1 到 4 中選擇最適合的答案。

例

レストランで店員と客が話しています。客は店員に何を借りますか。

M：コートは、こちらでお預かりします。こちらの番号札をお持ちになってください。

F：じゃあこのカバンもお願いします。ええと、傘は、ここに置いといてもいいですか。

M：はい、こちらでお預かりします。

F：だいぶ濡れてるんですけど、いいですか。

M：はい、そのままお預かりします。お客様、よろしければ、ドライヤーをお使いになりますか。

F：ハンカチじゃだめなので、何かふくものをお借りできれば…。ドライヤーはいいです。ふくだけでだいじょうぶです。

客は店員に何を借りますか。

1 コート
2 傘
3 ドライヤー
4 タオル

在餐廳裡，店員和顧客正在對話。顧客向店員借了什麼？

M(店員)：外套我們這邊幫您保管。這是您的號碼牌，請拿好。

F(顧客)：那這個包也幫我收一下吧。嗯……傘可以放這裡嗎？

M(店員)：好的，我們這邊保管。

F(顧客)：傘有點濕，沒關係吧？

M(店員)：沒問題，我們就這樣收下。如果您需要的話，還有吹風機可以用。

F(顧客)：手帕不夠用，能借我點什麼擦擦嗎？吹風機就算了，擦一擦就行了。

顧客向店員借了什麼？

1 大衣
2 傘
3 吹風機
4 毛巾

答案 **(4)**

解題 女士想跟店員借的東西，從對話中的「だいぶ濡れてるんですけど／（包包）濕透了」。再加上女士最後一段話首先說「何かふくものをお借りできれば…／如果能借我可以擦拭之類的東西…」，後面又說「ふくだけでだいじょうぶです／可以擦拭就好了」。「ふく／擦」這個單字是指為了弄乾或弄乾淨，用布或紙等擦拭，以去掉水分或污垢等的意思，只要能聽出這一點就知道答案是選項 4 的「タオル／毛巾」了。

其他 選項 1「コート／外套」是女士身上穿的。選項 2「傘／雨傘」是女士帶過去的。選項 3「ドライヤー／吹風機」被女士的「ドライヤーはいいです／吹風機就不用了」給拒絕了。「いいです／不用了」在這裡是一種委婉的謝絕或辭退的說法，通常要說成下降語調。

1

教室で男の先生と学生が話しています。学生はこのあと何をしなければなりませんか。

M：田中さん、夏休みの宿題で海の絵を提出したでしょう。
F：ああ…はい。
M：あれ、上手く描けていたので、コンクールに出しました。
F：ええっ。
M：で、あの絵について、短い作文を書いてくれませんか。
F：作文ですか。あの、どれぐらいの長さですか。
M：百字程度でいいです。用紙は後で渡しますから、今週中に出してください。
F：はい、わかりました。

学生はこのあと何をしなければなりませんか。

1 絵を描く
2 作文を書く
3 絵をコンクールに出す
4 作文の用紙を買いに行く

在教室裡，男老師和學生正在交談。學生接下來需要做什麼？

M(老師)：田中同學，妳暑假作業交了一幅海的畫作，對吧？
F(學生)：啊……是的。
M(老師)：那幅畫畫得不錯，我已經幫妳送去參加比賽了。
F(學生)：欸？
M(老師)：那麼，關於那幅畫，妳能不能寫一篇短作文？
F(學生)：作文嗎？請問大概要寫多長呢？
M(老師)：大約一百字就可以了。我待會兒會給妳紙張，請這週內交過來。
F(學生)：好的，我明白了。

學生接下來需要做什麼？

1 畫畫
2 寫作文
3 把畫作投稿比賽
4 去買作文用紙

答案 **(2)**

解題 老師提到「あの絵について、短い作文を書いてくれませんか／可以請妳為那幅畫寫一篇短文嗎」希望學生為那幅畫寫一篇短文。這是學生接下來要做的事，因此選項 2 是正確答案。

其他 選項 1 大海的圖已經作為暑假作業交出去了。選項 3 對話中提到這幅畫已經送去參賽了。選項 4 老師提到等一下會拿稿紙給學生。

2

会社で男の人と女の人が話しています。男の人は何時に会社を出ますか。

F：田中さん、出かけるの早いですね。まだ9時前なのに。会議は何時からですか。

M：10時からです。でも、あちらには電車とバスで40分くらいかかりますので、もう出ます。

F：そうですか。で、新製品の見本は。

M：山口さんが9時までに持って来てくれることになっているので、受け取ったら出ようかと。

F：山口さんならさっきエレベーターで会ったから、もうすぐ来ますよ。ああ…荷物、結構大きいから、車で行ったらどう。車なら10分で行けるし。

M：ああ、そうですね。じゃ、メールをチェックしてから行けるな。

F：でも会議の10分前に着けるようにね。

M：はい。そうします。

男の人は何時に会社を出ますか。

1 9時
2 10時
3 9時40分
4 9時50分

在公司裡，男士和女士正在交談。男士幾點離開公司？

F(女同事)：田中先生，你這麼早就要出門啊，還不到9點呢。會議是幾點開始啊？

M(男同事)：10點開始。不過，坐電車和公車過去大概要40分鐘，所以我得早點出發。

F(女同事)：這樣啊。對了，新產品的樣品呢？

M(男同事)：山口先生說會在9點前送過來，等我拿到樣品就走。

F(女同事)：我剛才在電梯遇到山口先生了，應該快到了。對了，樣品挺大的，坐車去怎麼樣？開車的話，10分鐘就到了。

M(男同事)：嗯，你說得對。那我可以先查查郵件再出發。

F(女同事)：不過記得要在會議前10分鐘到哦。

M(男同事)：好，我會注意的。

男士幾點離開公司？

1 9點
2 10點
3 9點40分
4 9點50分

答案 **(3)**

解題 對話中提到會議十點開始，女士提到「車なら10分で行ける／開車的話只需要十分鐘就到了」，但又提醒必須在會議開始的十分鐘前到，所以9點40分要出門。

其他 選項2十點是會議開始的時間。選項4會議必須提早十分鐘到，所以要再提早十分鐘出門。

※補充：

◇「受け取ったら出ようかと／（我）想說拿到之後就出發」之後省略了「思っています／想」。

◇「車で行ったらどう／開車去怎麼樣」的「どう／怎麼樣」是「どうですか／怎麼樣呢」的口語形。

3

郵便局の窓口で女の人が料金について聞いています。女の人は、全部でいくら払いますか。

F：速達で送りたいんですけど。

M：はい、時間を指定しない場合は…1通当たり372円ですね。

F：時間、指定できるんですか。それなら、そっちの方がいいです。

M：では、この紙にご記入ください。…ありがとうございます。そうしますと1通422円になります。

F：では3通で。全部、同じ料金ですね。

M：重さは…ええと…はい。全部同じです。

女の人は、全部でいくら払いますか。

1 372円

2 1,116円

3 1,266円

4 422円

在郵局窗口，女士正在詢問費用問題。女士總共要付多少錢？

F(顧客)：我想用快遞寄件。

M(郵局人員)：好的。如果不指定送達時間的話，每封信是372日圓。

F(顧客)：可以指定送達時間嗎？那樣比較好。

M(郵局人員)：那請您填一下這張表。……謝謝。那麼，每封信的費用是422日圓。

F(顧客)：那就寄三封吧。全都是這個價錢對吧？

M(郵局人員)：我來量一下重量……嗯，沒錯，全都一樣的費用。

女士總共要付多少錢？

1 372日圓

2 1,116日圓

3 1,266日圓

4 422日圓

答案 **(3)**

解題 男士説若要指定送達時間，一件是422日圓。女士總共有三件，並確認過都是同樣價錢，因此422日圓的三倍一共是1266日圓。正確答案為選項3。

4

女の学生が男の学生に話しています。男の学生は明日、何を持って来なければなりませんか。

F：ジュンさん、明日のこと、ワンさんに聞いた？

M：いや、まだ聞いてない。校外学習だよね。何か持って行くものとか、ある？

F：ええっと、明日は9時に学校に集合。バスで海に行ってバーベキューだから、お昼ご飯は持ってこなくていいんだって。肉とか野菜も、全部準備されてるから。

M：お金は？

F：もう払ってあるから大丈夫。行きも帰りも観光バスだし。あとは…そうそう、自分の飲み物は持って来てって。

M：ビールとか？

F：お酒はだめだって。…まあ、私は行けないけど、私の分まで楽しんできてね。

M：えっ、行けないの？残念だね。

男の学生は明日、何を持って来なければなりませんか。

1 弁当
2 肉や野菜
3 ビール
4 お酒以外の飲み物

女學生正在和男學生說話。男學生明天需要帶什麼？

F(女學生)：阿俊，明天的事，你問過阿王了嗎？

M(男學生)：還沒問呢。是校外教學吧？需要帶什麼東西嗎？

F(女學生)：嗯，明天早上9點在學校集合，坐巴士去海邊燒烤，所以午飯不用帶。肉和蔬菜什麼的都準備好了。

M(男學生)：那錢呢？

F(女學生)：錢已經付過了，沒問題。而且來回都是旅遊巴士。對了，記得帶自己的飲料。

M(男學生)：啤酒可以嗎？

F(女學生)：酒不行啦……嗯，我是去不了了，你幫我玩得開心點啊。

M(男學生)：什麼？你不能去啊？真可惜。

男學生明天需要帶什麼？

1 便當
2 肉和蔬菜
3 啤酒
4 除酒類以外的飲料

答案 **(4)**

解題 對話中提到要帶自己的飲料過去。但因為不能喝酒，所以要帶不含酒精成分的飲料。因此正確答案為選項４。

其他 選項１、選項２對話中提到「お昼ご飯は持ってこなくていいんだって。肉とか野菜も、全部準備されてるから／說是不必帶午餐。肉和蔬菜全都準備好了」。

→ 這裡的「～だって／聽說是…」是含有「～だそうです／聽說是那樣的…」意思的口語說法。選項３女學生說不能帶酒。

5

先生と学生が話しています。学生は次に何をしなければなりませんか。

M：先生、今度の見学会の申込書、作りました。それと、これがみんなの連絡先です。

F：ああ、ありがとう。全員のアドレスですね。住所はまあいいけど、電話番号はいりますよ。今日の授業の後にでも聞いといてください。やっぱり緊急時にはないと困ることがあるので。

M：わかりました。あ、先生のも、うかがっていいですか。

F：そうね。じゃあ…メモしますね。携帯です。よろしく。あと、申込書は人数分コピーしておいてね。あっ、でもほら、ここ、まちがってる。「お願いいたします」、が、「お願いたします」になってる。

M：あっ、すみません、帰ってから直します。

学生は次に何をしなければなりませんか。

1 みんなに電話番号をきく

2 申込書をコピーする

3 先生に電話番号をきく

4 申込書を直す

老師和學生正在談話。學生接下來需要做什麼？

M(學生)：老師，這是這次參觀會的申請書，我已經做好了。另外，這是所有人的聯絡方式。

F(老師)：哦，謝謝你。這是所有人的郵箱地址吧。地址不用了，但電話號碼還是要的。下課後幫我去問一下吧。畢竟緊急情況下沒有電話號碼會不方便。

M(學生)：明白了。啊，老師的電話號碼我也可以問一下嗎？

F(老師)：好啊，那我記下來。這是我的手機號碼，麻煩你了。另外，申請書記得要按人數影印出來。對了，這裡有個錯別字，這裡的「お願いいたします」寫成了「お願いたします」了。

M(學生)：啊，對不起，回去後我會改正。

學生接下來需要做什麼？

1 問大家的電話號碼

2 複印申請表

3 向老師詢問電話號碼

4 修改申請表

答案 **(1)**

解題 男學生接下來必須要做的事是在今天下課後詢問大家的電話號碼，因此正確答案為選項 1。

其他 選項 2 複印申請表並不是今天必須做的事。選項 3 老師的電話號碼已經在對話中問到了。選項 4 男學生說他一回去就修正，可知是在問完電話之後才要做的事。

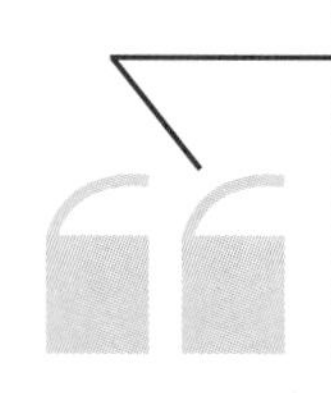

第一回 聽解

問題二 翻譯與解題

問題2では、まず質問を聞いてください。そのあと、問題用紙のせんたくしを読んでください。読む時間があります。それから話を聞いて、問題用紙の1から4の中から最もよいものを一つ選んでください。

在問題 2 中，請首先聆聽問題。然後閱讀問題紙上的選項，這段時間可以用來仔細閱讀。接下來聆聽對話，從選項 1 到 4 中選擇最合適的答案。

例

男の人と女の人が話しています。男の人はどうして寝られないと言っていますか。

M：あーあ。今日も寝られないよ。

F：どうしたの。残業？

M：いや、中国語の勉強をしなくちゃいけないんだよ。おとstandard、部長に呼ばれたんだ。それで、この前の会議の話をされてさ。

F：何か失敗しちゃったの？

M：いや、あの時、中国語の資料を使っただろう、って言われてさ。それなら、中国語は得意だろうから、来月の社長の出張について行って、中国語の通訳をしてくれって頼まれちゃって。仕方がないからすぐに本屋で買って来たんだ。このテキスト。

F：ああ、これで毎晩練習しているのね。でも、社長の通訳なんてすごいじゃない。がんばって。

男の人はどうして寝られないと言っていますか。

1 残業があるから
2 中国語の勉強をしなくてはいけないから
3 会議で失敗したから
4 社長に叱られたから

男士和女士正在對話。男士說自己為什麼睡不著？

M(男士)：唉，又要睡不著了。

F(女士)：怎麼了？加班嗎？

M(男士)：不是，是得學中文。前天被部長叫去，他提到了前幾天開會的事。

F(女士)：你是出了什麼差錯嗎？

M(男士)：不是啦，他説我那次用了中文資料，就覺得我中文很好，所以就讓我下個月陪社長出差，還要當中文翻譯。沒辦法，我馬上就跑去書店買了這本教材。

F(女士)：啊，原來你每天晚上都在練習這個啊。不過，能當社長的翻譯挺厲害的嘛，加油哦！

男士說自己為什麼睡不著？

1 因為有加班
2 因為必須學習中文
3 因為在會議上失敗了
4 因為被社長訓斥了

答案 **(2)**

解題 從男士説因為之前會議中引用了中文的資料，被部長認為應該很擅長中文，而派任務跟社長一起出差，同時擔任中文口譯。因此男士不能睡覺的原因是「中国語の勉強をしなくちゃいけないんだよ／必須得學中文」，由此得知答案是選項 2 的「中国語の勉強をしなくてはいけないから／因為必須得學中文」。

其他 選項 1 女士問「どうしたの。残業？／怎麼啦？加班？」，男士否定説「いや／不是」，知道選項 1「残業があるから／因為要加班」不正確。選項 3 男士提到之前的會議，女士又問「何か失敗しちゃったの／是否搞砸了什麼事？」，男士又回答「いや／不是」，知道選項 3「会議で失敗したから／因為會議中失敗了」也不正確。選項 4 對話中完全沒有提到「社長に叱られたから／因為被社長罵了」這件事。

1

大学で男の学生と女の学生が話しています。女の学生はどうして元気がないのですか。

F：ああ、今日は6時間目まで授業があるなあ。

M：そうだね。あれ、なんか元気ないね。熱でもあるんじゃない。

F：今はそういうわけじゃないんだけど、先週、風邪ひいて熱が出たせいか、治ったのに食欲がわかなくて。好きなもの食べられないから力が出ないのよね。おかゆばっかりなんだもん。

M：珍しいね。いつも食欲だけはだれにも負けないのに。

F：うん。咳とか鼻水とか他の症状が何もないのに食べられないって、いちばんくやしいよ。

女の学生はどうして元気がないのですか。

1 6時間目まで授業があるから
2 熱があるから
3 食欲がないから
4 咳と鼻水が出るから

在大學裡，男學生和女學生正在交談。女學生為什麼沒有精神呢？

F(女學生)：唉，今天有六節課要上啊。

M(男學生)：是啊。咦，妳看起來沒什麼精神啊。發燒了嗎？

F(女學生)：現在倒沒有，不過上星期感冒發燒了，雖然病好了，但感覺胃口還沒恢復，吃不下喜歡的東西，整個人沒力氣。這幾天都只能吃粥。

M(男學生)：真是少見啊，妳不是一向胃口特別好嗎？

F(女學生)：對啊，明明沒有咳嗽、流鼻水這些症狀，偏偏就是吃不下，真讓人鬱悶。

女學生為什麼沒有精神呢？

1 因為有六節課
2 因為發燒
3 因為沒有食慾
4 因為咳嗽和流鼻水

答案 **(3)**

解題 女學生提到上星期的感冒雖然好了，但還是沒有食慾。「好きな物食べられない／吃不下喜歡的東西」正是無精打采的原因。因此選項 3 正確。

其他 選項 2 上星期發燒，但現在已經好了。選項 4 女學生提到咳嗽和流鼻水之類的症狀都沒有了。

※ 詞彙及文法補充：

◇「～せい」表原因，指壞事情的起因。

◇「～せいか」是想表達「～のせいかどうかわからないが／不知道是不是因為…」或「～のせいかもしれないが／也許是因為…」時的用法。

2

女の店員と男の人がカバンについて話しています。男の人はどんなカバンがほしいと言っていますか。

F：どんなカバンをお探しでしょうか。
M：来週出張に行くので、そのときに使うカバンがほしいんですが。
F：1 泊用ですとこちら、2,3 泊用ですと、こちらになりますが…。
M：出張先で持って歩くカバンがほしいんです。
F：ああ、それなら、スーツケースに収まるタイプがよろしいですね。こちらは柔らかくて、このようにすればかなり小さくなります。
M：うーん、もっとしっかり堅い方がいいな。色は黒でいいんですけど。それと、肩に下げる時の紐がついていないのはありますか。

男の人はどんなカバンがほしいと言っていますか。

1 黒いスーツケース
2 堅いスーツケース
3 柔らかい手提げバッグ
4 堅い手提げバッグ

女店員和男顧客正在討論關於包包的事。男顧客想要什麼樣的包呢？

F(女店員)：請問您在找什麼樣的包包呢？
M(男顧客)：我下週要出差，想買個出差時用的包。
F(女店員)：如果是住一晚的話，這款適合，兩三晚的話，這邊的款式比較合適……
M(男顧客)：我想要的是出差時隨身攜帶的包。
F(女店員)：哦，那這款可以放進行李箱的包很不錯，它材質比較柔軟，這樣折疊起來會變得很小。
M(男顧客)：嗯，我比較喜歡材質堅固一點的。顏色黑色就可以。另外，有沒有不帶肩帶的款式？

男顧客想要什麼樣的包呢？

1 黑色的旅行箱
2 堅硬的旅行箱
3 柔軟的手提包
4 堅硬的手提包

答案 **(4)**

解題 從「出張先で持って歩くカバンがほしいんです／我想要能在出差地點提著走的包包」和「スーツケースに収まるタイプがよろしいですね／想要能收進旅行箱對吧」可知，答案是可以放進行李箱的東西。又因為男士提到「もっとしっかり堅い方がいいな／更硬挺一點的提包比較好」，所以正確答案是選項 4。

※ 詞彙補充：用手提的背包類型稱為「手提げバッグ」，肩背的類型則稱為「ショルダーバッグ」。一起記下來吧！

3

電話で男の人と女の人が話しています。男の人が遅くなる理由は何ですか。

M：お世話になっております。田中です。

F：ああ、田中さん。山口です。こちらこそお世話になっております。

M：本当に申し訳ないんですが、今、横浜駅の近くにいて、そちらにうかがうのが予定よりもうちょっと遅くなりそうなんです。

F：ああ、それはいいですよ。今日はまだしばらく会社にいますから。ひどい雨だし、電車、遅れているみたいですね。

M：ああ、そうみたいですね。私は車なんですが、どうもさっき、踏切で事故があったようで、それでかなり道が渋滞しちゃってて。

F：それは大変ですね。うちは大丈夫ですよ。道がわからなかったら、またお電話くださいね。気をつけていらっしゃってください。

男の人が遅くなる理由は何ですか。

1 大雨が降っているから
2 電車が遅れているから
3 道路が渋滞しているから
4 道に迷ってしまったから

電話中，男士和女士在交談。男士遲到的原因是什麼？

M(男方)：您好，我是田中，打擾您了。

F(女方)：哦，田中先生，我是山口，您好，麻煩您了。

M(男方)：非常抱歉，我現在在橫濱站附近，恐怕會比預定時間稍微晚一點到您那邊。

F(女方)：啊，沒關係的。我今天還會在公司待一會兒。而且今天雨下得挺大，聽說電車也有延誤。

M(男方)：嗯，好像是這樣。我是開車過來的，不過剛才在平交道發生了事故，所以現在路上挺堵的。

F(女方)：那真是辛苦您了。我們這邊沒問題的，如果路上有問題，隨時打電話聯繫。路上小心，請您注意安全過來就行。

男士遲到的原因是什麼？

1 因為下大雨
2 因為電車延誤
3 因為道路堵塞
4 因為迷路了

答案 **(3)**

解題 男士提到「かなり道が渋滞しちゃってて／塞車非常嚴重」可知選項 3 是男士遲到的理由。

→ 這裡的「しちゃってて／…了」是「してしまっていて／…了」的意思。是非常不正式的說法。

其他 選項 1 和選項 2 雖然下大雨電車會誤點，但因為男士是開車來的所以沒關係。選項 4 女士只是提醒男士「もし、分からなくなったら／如果不知道路」。實際上男士並沒有迷路。

4

女の店員と男の人が掃除機について話しています。女の人は掃除機が壊れた理由は何だと言っていますか。

F：ああ、こちらですね。

M：はい。ふつうに使っていたんですけどね。動かなくなったので、何か大きいものでも詰まったのかと思ったんですけど、何もつまってなくて。

F：そうですか…。ああ、ここ、へこんでますね。

M：ええ、半年ぐらい前に、階段から落としちゃって。でもその後もちゃんと使えてたんです。きのうは、吸い込む力が弱くなったから、中を見てみようと思って、このふたを開けたら、ここのスイッチのとこが割れちゃって。

F：ああ、そうでしたか。たぶん、ふたを開けて、中を触った時に壊れたんだと思いますよ。吸い込む力が弱くなったのは、故障じゃなくて、後ろの吹き出し口に埃がついていたからですね。この部分は取り外せるので、たまに洗っていただければ大丈夫です。ただ、スイッチの部分って壊れやすいので…。お預かりして調べてみないと修理代はわからないんですけど。

女の人は掃除機が壊れた理由は何だと言っていますか。

1 大きい物が詰まったから
2 分解したから
3 階段から落としたから
4 吹き出し口に埃がついていたから

女店員和男士在討論吸塵器的問題。女士認為吸塵器壞掉的原因是什麼？

F(女店員)：哦，是這台吸塵機嗎？

M(男顧客)：對，我只是正常使用而已，結果它突然不動了。我還以為是什麼大東西卡住了，但看了看，裡面什麼都沒有。

F(女店員)：這樣啊……哦，這裡有點凹進去了呢。

M(男顧客)：嗯，半年前我不小心把它從樓梯上摔下去了。不過摔完之後還能正常用。昨天它吸力變弱了，我想檢查一下，就打開了這個蓋子，結果這裡的開關部分就壞掉了。

F(女店員)：哦，原來如此。可能是在你打開蓋子，碰到裡面的時候壞掉的。吸力變弱應該不是機器壞了，而是因為後面的排氣口被灰塵堵住了。這個部分是可以拆下來清洗的，只要定期清洗就可以解決。不過，開關這部分比較容易壞……我們需要收下來檢查，才能估算修理費。

女士認為吸塵器壞掉的原因是什麼？

1 因為塞進了大物件
2 因為拆解了
3 因為從樓梯上摔下來了
4 因為排氣口上積了灰塵

答案 **(2)**

解題 由於吸力變弱，所以打開蓋子檢查，然而卻碰壞了開關，這就是故障的原因，因此正確答案為選項2。當中的「分解する／拆開」是指將一件物品的每個部份分開來。例句：時計を分解して修理する／將手錶拆開修理。

其他 選項1女士說了並沒有卡什麼東西。選項3女士說從樓梯上掉下去之後還是能正常使用。選項4對話中提到如果積了灰塵，只要偶爾拿去沖洗一下就沒問題了。

5

父親と女の子が話しています。女の子はどうしてプールに行きたくないのですか。

M：さあ、でかけるよ。忘れ物はないかたしかめて。

F：うん。でもさ、今日ちょっと曇っているんじゃない。

M：いや、雲なんか全然ないよ。あれ、はるなはプールに行きたくないのか。それじゃ、いつになっても泳げるようにならないよ。

F：もうお父さん、私、この前の 25 メートル、クラスで一番だったよ。

M：ええっ、そうなのか。すごいな。じゃあなんで行きたくないんだ。

F：だって今日、6 時から…。

M：ああ、あの歌手の出るドラマだな。わかったよ。6 時前には帰るから。ほら、行こう。

女の子はどうしてプールに行きたくないのですか。

1 曇っているから
2 泳げないから
3 プールが嫌いだから
4 みたいテレビ番組があるから

父親和女兒在交談。女孩為什麼不想去游泳池呢？

M(父親)：好了，出發吧。檢查一下有沒有忘記帶的東西。

F(女兒)：嗯。不過，今天天好像有點陰呢。

M(父親)：不會啊，天上一片雲都沒有。春菜，你是不是不想去游泳啊？這樣的話，你永遠學不會游泳的。

F(女兒)：唉，爸爸，我上次 25 公尺游了全班第一呢。

M(父親)：哦，真的嗎？太厲害了！那為什麼今天不想去啊？

F(女兒)：因為今天六點……

M(父親)：哦，是那個有你喜歡的歌手演的電視劇吧？我知道了，咱們六點前回來。好了，出發吧。

女孩為什麼不想去游泳池呢？

1 因為天陰
2 因為不會游泳
3 因為不喜歡游泳池
4 因為有想看的電視節目

答案 **(4)**

解題 聽到女兒說「だって今日、6時から～／因為，今天六點開始有…」之後，父親回答「あの～ドラマだな／那個…影集吧」。「ドラマ／影集」是指電視節目。因此選項 4 是正確答案。

※ 補充：「だって／因為」是說明理由或藉口時會使用的口語用法。

6

男の人と女の人が公園で話しています。女の人がよくこの公園に来る理由はなんですか。

M：おはようございます。
F：ああ、おはようございます。早いですね。
M：ええ、犬がね、早く連れて行けってうるさくて。散歩は、朝早い方が涼しいですからね。
F：かわいいですね。私、犬、大好きなんです。触ってもいいですか。
M：ええ、どうぞ。最近毎日お会いしますね。マラソン大会の練習ですか。
F：ああ、実は先週まで入院をしていて、もうすぐ仕事にもどるので、体力をつけたくてちょっとずつ走っているんです。休んだり、歩いたりしながらですけど。
M：ああ、そうでしたか。

女の人がよくこの公園に来る理由はなんですか。

1 体力をつけたいから
2 犬の散歩のため
3 マラソン大会に出るため
4 朝の公園は涼しいから

一名男性和一名女性在公園裡交談。女性經常來這個公園的原因是什麼？

M(男士)：早上好！
F(女士)：啊，早上好。來得真早啊。
M(男士)：嗯，我家狗吵著要出門散步呢。而且早上出來散步天氣比較涼快。
F(女士)：好可愛哦。我很喜歡狗，能摸摸牠嗎？
M(男士)：當然可以。最近我們幾乎每天都碰見，妳是在為馬拉松比賽做練習嗎？
F(女士)：啊，其實我上週剛出院，快要回去工作了，想恢復一下體力，所以慢慢地跑步，間歇地走走停停。
M(男士)：哦，原來是這樣啊。

女性經常來這個公園的原因是什麼？

1 因為想增強體力
2 因為帶狗散步
3 因為參加馬拉松大會
4 因為早上的公園很涼爽

答案 **(1)**

解題 女士提到「体力をつけたくて／想要鍛鍊體力」。因此正確答案是選項 1 。
其他 選項 2 帶狗狗散步的是男士。選項 3 是否在為馬拉松比賽練習只是男士的疑問。選項 4 提到涼爽的是男士。
※ 補充：「実は／其實」就是「本当は／老實說」的意思，用於向他人道出特別的事情時。

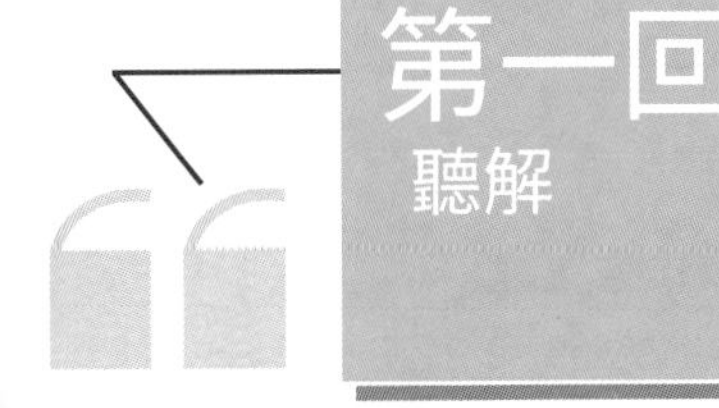

問題三 翻譯與解題

3番問題用紙に何もいんさつされていません。この問題は、全体としてどんな内容かを聞く問題です。話の前に質問はありません。まず話を聞いてください。それから、質問とせんたくしを聞いて、1から4の中から、最もよいものを一つ選んでください。

問題 3 問題紙上沒有任何印刷的內容。這是一個需要了解整體內容的問題。在對話之前，沒有提問。請先聆聽對話，然後聆聽問題和選項，從 1 到 4 中選擇最合適的答案。

例

テレビで俳優が、子どもたちに見せたい映画について話しています。

M：この映画では、僕はアメリカ人の兵士の役です。英語は学校時代、本当に苦手だったので、覚えるのも大変でしたし、発音は泣きたくなるぐらい何度も直されました。僕がやる兵士は、明治時代に日本からアメリカに行った人の孫で、アメリカ人として軍隊に入るっていう、その話が中心の映画なんですが、銃を持って、祖父の母国である日本の兵士を撃つ場面では、本当に複雑な辛い気持ちになりました。アメリカの女性と結婚して、年をとってから妻を連れて、日本に旅行に行くんですが、自分の祖父のふるさとをたずねた時、妻が一生懸命覚えた日本語を話すんです。流れる音楽もいいですし…とにかくとてもいい映画なので、ぜひ観てほしいと思います。

どんな内容の映画ですか。

1 昔の小説家についての映画
2 戦争についての映画
3 英語教育のための映画
4 日本の音楽についての映画

電視上有位演員在談及他想讓孩子們看電影。

M(演員)：在這部電影裡，我扮演的是一名美國士兵。因為我學生時代的英文真的很差，所以記台詞很困難，發音也被糾正了無數次，甚至讓我想哭。我飾演的這個士兵是明治時代從日本到美國的人後代，作為美國人入伍。這部電影主要講的就是這樣一個故事。有一場戲，我拿著槍，對著祖父的祖國——日本的士兵開槍，那時候我的心情非常複雜和難受。後來，他與一位美國女性結婚，年老後帶著妻子去日本旅行，當他拜訪祖父的故鄉時，他的妻子努力地說著她學會的日語。這部電影的音樂也非常棒……總之，這是一部非常感人的好電影，希望大家能夠去看看。

這是一部什麼內容的電影？

1 關於過去的小說家的電影
2 關於戰爭的電影
3 為英語教育製作的電影
4 關於日本音樂的電影

答案 (2)

解題 對話中列舉了戰爭相關的內容。從演員扮演的日裔美國人入伍開始，中間手持槍打日本軍，也就是日本人打日本人的畫面，到攜美籍妻子赴日探訪祖父的家鄉，妻子努力用所學的日語說話等內容。知道正確答案是選項 2。

其他 選項 1 內容沒有提到以前的小說家。選項 3 內容只提到演員扮演日裔美國人時，說英語的萬般辛苦，並沒有提到英語教育一事。選項 4 內容只提到電影中播放的配樂，並沒有提到日本相關音樂。

1

男の人と女の人が会社の廊下で話しています。

F：ねえ、この貼り紙、見て。明日から一週間、食堂が休みだって。
M：うん。知ってるよ。あれ？知らなかった？
F：工事の事は聞いてたけど、食堂もなんて、知らなかった。どうしよう…。
M：まあ、たまにはコンビニもいいよ。屋上でのんびり食べても楽しいんじゃない？
F：うちの社員がみんなで行けば、お弁当、すぐ売り切れちゃうよ。しょうがない。朝、ごはん炊くのは面倒だけど、お弁当作って来るしかないかな。食べに行ったりする時間なんてないから。
M：そうだな。僕はがんばっておにぎりでも作ってみようかな。
F：今までやったことないんでしょ。できる？

食堂が休みになることについて女の人はどう思っていますか。

1 怒っている
2 困っている
3 楽しいと思っている
4 よかったと思っている

男士與女士在公司走廊上交談。

F(女同事)：你看這張告示，從明天開始食堂要休息一個星期。
M(男同事)：嗯，我知道啊。怎麼，你不知道嗎？
F(女同事)：我知道在施工，但沒想到食堂也會關閉啊。這下怎麼辦……
M(男同事)：偶爾吃個便利商店的便當也不錯啊，去屋頂上吃還能放鬆一下。
F(女同事)：我們公司的人要是都去便利商店，便當很快就會賣光的。沒辦法，雖然早上做飯很麻煩，但我看只能自己帶便當來了。畢竟我沒時間出去吃。
M(男同事)：嗯，我也試著自己做幾個飯糰好了。
F(女同事)：你之前從來沒做過吧？你行嗎？

女方對於食堂休息有什麼看法？

1 感到生氣
2 感到困擾
3 覺得有趣
4 覺得不錯

答案 **(2)**

解題 女士看到休館的公告後說「どうしよう～／怎麼辦呢…」，這是表示困擾時用的句子，意思是不知如何是好。因此正確答案為選項2「困っている／感到困擾」。

2

医者がコーヒーについて話しています。

M：朝、起きてすぐ一杯のコーヒーを飲むことが習慣になっている人は多いと思います。一日のうちに、3杯までのコーヒーなら問題はないといいますが、例えばお子さんなどには積極的に飲ませるべきではありません。大人でもたくさん飲めば、夜、眠れなくなったり、コーヒーを飲まない時に頭痛が起きたりします。また、コーヒーを飲むことによって、どんどんトイレに行く回数が増えるわけですから、飲まない時よりも多くの水分をとらなければならないわけです。夏の暑いときは、私はコーヒーを飲んでいるからだいじょうぶ、なんて思わないで、コーヒーを一杯飲んだら、必ずそれと同じ量の水を飲む、と決めておいた方がいいですね。

医者はコーヒーについてどう考えていますか。

1 コーヒーは健康にいい
2 こどもにもコーヒーを飲ませた方がいい
3 冬はコーヒーを飲まない方がいい
4 コーヒーを飲むには注意が必要だ

醫生在談論咖啡。

M(醫生)：我想，早上起床後馬上喝一杯咖啡已經成了很多人的習慣。一天喝三杯以內的咖啡問題不大，但比如說，對孩子來說，還是不應該鼓勵他們喝咖啡。即使是成年人，如果喝太多，晚上可能會睡不著，或者不喝咖啡時會感到頭痛。此外，喝咖啡還會增加上廁所的次數，因此，你需要比不喝咖啡時攝取更多的水分。在夏天的時候，不要覺得「我喝了咖啡就沒問題」，而應該規定好每喝一杯咖啡，就要補充同等量的水，這樣會比較好。

醫生對於咖啡有何看法？

1 咖啡對健康有益
2 讓孩子也喝咖啡比較好
3 冬天最好不要喝咖啡
4 喝咖啡需要注意

答案 **(4)**

解題 對話中列舉了數個因為喝咖啡而產生的問題。包含不應主動給小孩喝咖啡、成年人大量飲用咖啡的情況和最好也要攝取水份。所以總體來說，醫生說的是喝咖啡必須要留意的事項。正確答案是選項 4。

其他 選項 1 醫生沒有提到有益健康選項 2 醫生提到不應該主動提供給小孩喝。選項 3 醫生沒有提到關於冬天（季節）的情況。

※ 文法補充：「～問題はないといいますが、／雖說（這樣）並沒有問題」的「が」為逆接用法，可推測後面會接有問題的例子。

3 交番で警官と女の人が話しています。

M：失くしたのはこの近くですか。
F：はい、たぶん、そうだと思います。家を出る時はつけていたのですが、電車に乗って気づいた時にはなかったので。
M：形とか、色とか、特徴を教えてください。
F：金色で、数字は12、3、6、9だけです。ベルトは茶色い革です。電池で動くタイプで、とても薄いです。ベルトが古くなって緩んでいたので、気づかないうちに落としたのかもしれません。あ、最後に見た時間は8時半でした。
M：そうですか。今のところ届いていませんが、こちらにご住所とお名前をお書きください。あと、電話番号もお願いします。

女の人は、何をなくしましたか。

1 ネックレス
2 腕時計
3 カバン
4 スマートフォン

在派出所裡，警察和女士在對話。

M(警官)：您是在這附近丟的嗎？
F(女方)：是的，我想應該是在這附近。我出門時還戴著它，但坐上電車後就發現不見了。
M(警官)：能告訴我它的形狀、顏色和特徵嗎？
F(女方)：是金色的，只有12、3、6、9這幾個數字。表帶是棕色皮革的，這是一隻用電池驅動的，非常薄。表帶有些舊了，可能是因為鬆了，不小心掉了下來。啊，我最後看時間的時候是8點半。
M(警官)：明白了。目前還沒有人送來，請您在這裡寫下您的地址和姓名，還有聯絡電話。

女士遺失的是什麼？

1 項鍊
2 手錶
3 包包
4 智慧手機

答案 **(2)**

解題 從「数字／數字」(12,3,6,9)、「ベルト／錶帶」、「電池／電池」可以推測女士弄丟的是手錶。

4

テレビで、レポーターがこれからの天気について話しています。

F：今現在降っているのは小雨ですが、夕方から夜にかけての帰宅時間には、台風15号の影響で、大雨になることが予想されます。明日の水曜日も、朝夕の、ちょうど通勤、通学の時間には激しい雨や雷雨となり、交通に影響が出る可能性があります。十分な雨対策をして、時間に余裕を持って出勤をしてください。日中は時々日が差すところもありますが、折り畳み傘が活躍します。あさって以降、天気は徐々に回復して青空が戻りますが、小型の台風16号も勢力を増しながら接近しており、海上では引き続き十分な警戒が必要です。

明日の天気はどうなると言っていますか。

1 朝は晴れるが、夕方から夜には雨が降る
2 朝は雨が降るが、夕方は晴れる
3 ときどき晴れるが、朝と夕方から夜にかけては雨が降る
4 晴れるが、台風が近づいて風が強くなる

在電視上，記者正在談論即將到來的天氣情況。

F(預報員)：目前只是一場小雨，但從傍晚到夜間的下班時間，受第 15 號台風的影響，預計會有大雨。明天星期三，早晚通勤和上學的時間段，會有強烈的暴雨或雷雨，可能會影響交通。請大家做好充分的防雨準備，並提早出門。日間局部地區偶爾會有陽光露出，但折疊傘仍會派上用場。後天開始，天氣將逐漸回暖，藍天會重新回到我們身邊。不過，第 16 號小型台風正在逐漸增強，並接近海域，海上活動需要持續警戒。

明天的天氣如何？

1 早上天晴，但從傍晚到夜間會下雨
2 早上會下雨，但傍晚天氣轉晴
3 偶爾有晴天，但早晨和傍晚到夜間會下雨
4 天氣晴朗，但台風接近風勢增強

答案 **(3)**

解題 播報員說明天的早晨和傍晚估計將下起豪大雨以及雷雨。白天偶爾會放晴與出現大太陽，但還是需要帶傘。因此選項 3 是正確答案。

其他 選項 1 和選項 2，播報員提到早晨和傍晚的上班上學時段將會下大雨，所以不正確。選項 4 是後天以後的預報。

5

大学で、女の学生と男の学生が話しています。

M：発表、お疲れ様。
F：ありがと。
M：あれ、せっかく終わったのに、嬉しくないの。
F：うーん、初めての発表だったから、仕方がないとは思うんだけど。ほら、途中で資料について質問されたでしょう。
M：ああ、そうだったね。なぜ同じ調査を3回もしたのかって。
F：もちろん、たくさんのデータをとるためだったけど、それだけじゃないんだよね。
M：それはそうだけど、あまりいろいろ答えたら混乱しちゃうから、あれでよかったんじゃない。
F：ううん。ああいう質問が出ることは予想できたはずだから、始めから整理をしておけばもっといい説明ができたんじゃないかなって思って。

女の学生は今、どんな気持ちですか。

1 反省している
2 怒っている
3 迷っている
4 満足している

在大學裡，女學生和男學生正在交談。

M(男學生)：發表辛苦了。
F(女學生)：謝謝。
M(男學生)：咦，好不容易結束了，你好像沒那麼高興啊。
F(女學生)：嗯，畢竟是第一次發表，這樣也算正常吧。你看，中途有人問資料的問題了吧。
M(男學生)：啊，對啊，他問為什麼做了三次一樣的調查。
F(女學生)：當然是為了收集更多的數據，但其實不僅僅是這樣。
M(男學生)：是啊，但如果回答太多細節，可能會讓人困惑，我覺得你當時的回答已經可以了。
F(女學生)：不，我覺得那種問題是可以預料到的。如果我一開始就整理好，應該能做出更好的解釋。

女學生現在的心情如何？

1 在反思
2 生氣
3 困惑
4 滿意

答案 **(1)**

解題 女學生提到「～整理をしておけばもっといい説明ができたんじゃないか／如果我從一開始就先準備好題庫和答案，報告時就能夠回答得更完整了」。「もっと～しておけばよかった（のに、私はしなかった）／如果事先做…就好了（明明可以做，我卻沒有做）」是用於表達後悔、反省的說法。因此正確答案為選項 1「反省している／在反省著」。

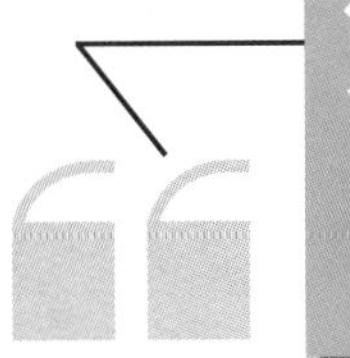

第一回 聽解

問題四 翻譯與解題

問題4では、問題用紙に何もいんさつされていません。まず文を聞いてください。それから、それに対する返事を聞いて、1から3の中から、最もよいものを一つ選んでください。

在問題4中，問題紙上也沒有任何印刷的內容。請首先聆聽句子，然後聆聽對應的回答，從1到3中選擇最合適的答案。

例

M：あのう、この席、よろしいですか。
F：1 ええ、まあまあです。
　　2 ええ、いいです。
　　3 ええ、どうぞ。

M(男士)：嗯，請問這個座位可以坐嗎？
F(女士)：
1 嗯，還好吧。
2 嗯，可以的。
3 嗯，請隨意。

答案 **(3)**

解題 被對方問説「あのう、この席、よろしいですか／請問這位子我可以坐嗎？」要表示「席は空いていますよ、座ってもいいですよ／位子是空的喔、可以坐喔」，可用選項3的「ええ、どうぞ／可以，請坐」表示允許的説法。

其他 選項1「ええ、まあまあです／嗯，還算可以」表示狀況、程度等，可以用在被詢問「お元気ですか／你好嗎？」等的回答，這時的「ええ、まあまあです」表示沒有特別異常的情況。這樣的回答在這題不合邏輯。選項2「ええ、いいです／嗯，好啊！」表示答應邀約等，可以用在被詢問「今晩飲みに行きませんか／今晚要不要一起去喝一杯呀？」等的回答。這樣的回答在這題也不合邏輯。

1

M：もっと練習すればよかったのに。
F：1 はい、ありがとうございます。
　　2 いいえ、まだまだです。
　　3 すみません。次は、がんばります。

M(男士)：你應該多練習一些啊。
F(女士)：
1 是的，謝謝您的建議。
2 不，還差得遠呢。
3 對不起，下次我會努力的。

答案 **(3)**

解題 這是因為自己做得不好，所以被對方責備「あなたはもっと練習するべきだった／你應該更勤奮的練習才對」的狀況。面對對方的責備，要選擇道歉的選項。因此正確答案為選項3。

其他 選項1是當對方説「おめでとう／恭喜」時的回答。選項2是當對方説「上手ですね／很厲害耶」時的回答。

2

M：田中君、あと30分もすれば来るはずだよ。
F：1 じゃあ、どこかでコーヒーでも飲んでこようか。
　　2 それなら、呼んでみよう。
　　3 きっと、もう来たよ。

M(男士)：田中君應該再過30分鐘左右就會來了。
F(女士)：
1 那我去找個地方喝杯咖啡吧。
2 那我叫他一下吧。
3 他應該已經到了吧。

答案 **(1)**

解題 兩人正在等田中，但因為田中還要大約三十分鐘後才會到，所以兩人提議這段時間先去喝咖啡。

其他 選項2因為田中還要三十分鐘後才會來，所以現在叫他過來不合邏輯。選項3因為田中還要三十分鐘後才會來，所以説「もう来たよ／已經到了」不合邏輯。

3

M：営業部の山本さん、たしか、あと1週間で退職するんだったよね。

F：1 ええ。久しぶりです。

2 ええ。懐かしいですね。

3 ええ。寂しくなりますね。

M(男士)：營業部的山本先生，應該還有一週就要退休了吧？

F(女士)：

1 是的，好久不見。

2 是啊，真讓人懷念。

3 是啊，真讓人覺得捨不得呢。

答案 **(3)**

解題 這題的情況是兩人正在討論關於山本先生退休的事情。因為山本先生再也不會來公司了，而當某人不會再出現時，經常使用的表達方式是選項3「寂しくなる／真捨不得他離開」。

其他 選項1是當對方說「山本さんと会うのは3年ぶりだね／我已經三年沒見過山本先生了。」時的回答。選項2是當對方說「山本さんとは昔よく一緒に蕎麦屋にいったね／以前常經常和山本先生一起去吃蕎麥麵呢」時的回答。

4

M：できるだけのことはしたんですから、だめでもしかたないですよ。

F：1 そうですね。もっと調べておけばよかった。

2 そうかな。もっと他にできることは本当になかったのかな。

3 そんなに準備しなかったのに、運がいいですね。

M(男士)：你已經盡力了，即使結果不好，也沒辦法了。

F(女士)：

1 是啊，我應該再多做些調查的。

2 真的嗎？我在想是不是還有其他辦法。

3 我其實沒做多少準備，還真是運氣好呢。

答案 **(2)**

解題 男士認為結果雖然不盡理想，但因為已經盡了最大的努力了，所以也沒辦法。對於這個狀況，選項2的回答最恰當。女士表示不這麼認為，也就是抱持反對的意見。當中的「そうかな／是嗎」用在向對方提出質疑時，表示「自分はそうは思わない／我不這麼認為」。

其他 選項1，因為「もっと～ばよかった／早知道更…就好了」表示後悔，所以前面不會是「そうですね／說得也是」，而應該接表示「そうは思わない／我不這麼認為」意思的回答。選項3提到「運がいい／運氣可真好」，這是在得到好結果時的說法。

5

F：私がそちらへ参りましょうか

M：1 はい、お願いします。ここでお待ちしています。

2 はい、行きましょう。すぐに出ます。

3 はい、私も参ります。そちらから。

F(女同事)：我去您那邊可以嗎？

M(男同事)：

1 是的，麻煩您了。我會在這裡等您。

2 是的，我們一起去。我馬上出發。

3 是的，我也會過來。從您那裡開始。

答案 **(1)**

解題 女士問「私がそこへ行きましょうか／要不要由我過去那邊呢」。此時回答選項1最適當。

其他 選項2是當對方說「もう行きませんか／要出門了嗎」時的回答。選項3「参ります／去」是「(そちらへ)行きます／去(你那邊)」的謙讓語。

6

M：さっさと帰れば間に合うのに。
F：1 本当によかった。
2 すぐには無理。
3 やっと間に合ったね。

M(男士)：如果早點走的話就趕得上了。
F(女士)：
1 真是太好了。
2 我馬上走是不行的。
3 終於趕上了。

答案 **(2)**

解題 這題的狀況是對之後還有事，卻不趕緊離開的人強力建議「馬上離開比較好」(不馬上離開的話就來不及了)。男士話中的「さっさと／趕快」是指迅速行動的樣子。例句：いつまでも遊んでいないで、さっさと寝なさい／不要一直玩，趕快去睡覺！而聽到男士的話，最適合女士的回答是選項2「すぐに帰るのは無理だ／問題是沒辦法馬上就走」。

其他 選項1是當對方說「間に合ったね／趕上了呢」時的回答。選項3，若是不馬上走也來得及的情況，應該回答「間に合うよ／來得及啦」。

7

F：田中さんは、どちらにいらっしゃいますか。
M：1 田中は、あちらの会議室におります。
2 田中は、あちらの会議室にいらっしゃいます。
3 田中は、あちらの会議室にいってらっしゃいます。

F(女士)：田中先生在哪裡呢？
M(男士)：
1 田中在那邊的會議室。
2 田中先生在那邊的會議室。
3 田中先生去那邊的會議室了。

答案 **(1)**

解題 因為男士說的是「田中は／田中」，所以可知在這個場合，男士和田中先生是不需要使用敬語的關係。另外，也可以因此推測女士是前來這家公司拜訪的客人，而男士和田中是這家公司的員工。對外人提到自己的家人或公司裡的同事時不使用尊敬語。而和前來拜訪的客人說話要用選項1，「おります／在」是「います／在」的謙讓語。

其他 選項2是「～にいます／在」的意思，如果前面改成「田中さんは／田中先生他」則為正確答案。選項3是「～に行っています／正在前往…」的意思。

8

M：こんな絵が描けるなんて、留学しただけのことはあるね。
F：1 うん。あまり上手くないね。
2 うん。ひどいね。
3 うん。上手だね。

M(男士)：能畫出這樣的畫，真不愧是有留學經歷啊。
F(女士)：
1 嗯，畫得不是很好呢。
2 嗯，真糟糕啊。
3 嗯，畫得很好呢。

答案 **(3)**

解題 兩人正在談論眼前的畫。男士話中的「～だけのことはある／不愧是…」是名符其實、和期待的一樣之意。例句：さすが決勝戦だけあって、いい試合だった／不愧是決賽，真是一場精采的比賽！

其他 由此可知男士認為「留学したからやはり上手だ／留學過果然很厲害」。而女士以「うん／嗯」表示同意，因此後面要接「上手だ／畫得很好哦」評價的句子。因此選項3是正確答案。

9

F：私は説明したんですが、部長は怒る一方でした。

M：1 許してもらえたんですか。よかったですね。

2 許してもらえないんですか。困りましたね。

3 許してあげたんですか。よかったですね。

F(女方)：我已經解釋過了，但部長還是很生氣。

M(男方)：

1 部長原諒你了嗎？那就好了。

2 部長還沒原諒你嗎？這可麻煩了。

3 你原諒部長了嗎？那就好了。

答案 **(2)**

解題「～一方だ／越來越…」是「越趨…」的意思。因此最適合的回答為選項２。

其他 選項１是當對方說「説明したら分かってもらえました／解釋之後經理就諒解了」的回答。選項３「許してあげる／原諒他」是女士原諒經理的意思。

10

M：この実験、こんどこそ成功させたいんだ。

F：1 うん。何回も成功したから、きっとだいじょうぶだよ。

2 うん。もう一回できるといいね。

3 うん。もう三回目だから、きっとできるよ。

M(男方)：這次實驗，我真的很想讓它成功。

F(女方)：

1 嗯，我們已經成功了好幾次了，這次一定沒問題的。

2 嗯，希望這次能再成功一次。

3 嗯，這已經是第三次了，這次一定可以成功。

答案 **(3)**

解題「こんど(今度)こそ／這次一定要」的「こそ」表示強調。是強烈表示「目前為止沒做到的，這次一定要做到」的意思。因此選項３的回應最適當。

其他 選項１「何回も成功したから／因為成功了好幾次」不正確。選項２「もう一回／再一次」不正確。

11

F：昨日のテスト、あまりの難しさに泣きたくなっちゃった。

M：1 うん。簡単でよかったね。

2 うん。あまり難しくなくてよかったね。

3 うん。僕もぜんぜんできなかった。

F(女方)：昨天的考試太難了，讓我都快哭了。

M(男方)：

1 嗯，挺簡單的，真是太好了。

2 嗯，沒那麼難，真是不錯。

3 嗯，我也完全沒做出來。

答案 **(3)**

解題「あまりの難しさに／好難」是「非常困難」的意思。因為男士的回答是「うん／嗯」，所以後面要接表示困難的句子，而符合的答案是選項３。

MEMO N2

□

□

□

□

1番、2番問題用紙に何もいんさつされていません。まず話を聞いてください。それから、質問とせんたくしを聞いて、1から4の中から、最もよいものを一つ選んでください。
請閱讀以下(1)至(3)的文章，然後從後面的問題中，選出最適合的答案。請從1、2、3、4中選擇一個。

1

電話で女の人と店員が話しています。

F：プリンターが急に印刷できなくなってしまったんです。いろいろやってみたんですけど。
M：そうですか。一回見てみないとなんとも言えないので、こちらに持ってきて頂くことはできますか。
F：持っていくのは難しいですね。大きいし重いので。修理に来ていただくか、取りに来てもらうことはできませんか。
M：はい、両方とも可能ですが、修理に伺う場合は、出張代が別に五千円かかります。ご依頼のあったお宅から順番に伺っていますので、数日お待ちいただきますが。
F：時間がかかるんですね。
M：宅配便で送られてはどうですか。宅配便も業者が家まで取りに来てくれますし、箱の用意もありますし。
F：うーん、でも、まあ、なんとか運びます。すぐに見てほしいので。

女の人は、どうすることにしましたか。
1 修理を頼まないことにした
2 店にプリンターを持っていく
3 家まで修理に来てもらう
4 宅急便で店にプリンターを送る

電話中，女顧客和店員在交談。

F(女顧客)：我的印表機突然無法列印了。我試了很多方法，還是不行。
M(店員)：是這樣啊。我們需要看過之後才能判斷問題，您能把它帶到我們店裡來嗎？
F(女顧客)：帶過去有點困難，印表機又大又重。你們能來修，或者來取走嗎？
M(店員)：可以，我們可以上門修理或者上門取件。不過，上門修理需要另加5000日圓的出差費，並且需要幾天時間，因為我們會按照順序訪問客戶。
F(女顧客)：那時間會比較久。
M(店員)：您也可以用宅急便寄過來，宅急便公司會上門取件，我們還有箱子可以提供。
F(女顧客)：嗯……但還是我自己帶過去吧，我希望能馬上修理。

女顧客最終決定怎麼做？
1 決定不請求修理
2 把印表機帶到店裡
3 請人到家裡來修理
4 用宅急便把印表機寄到店裡

答案 **(2)**

解題 雖然要把印表機帶去店裡有點困難，但如果要到府維修則需要等待幾天。女士最後説「なんとか運びます。すぐに見てほしいので／我想辦法搬過去好了。我希望可以馬上維修」。「運ぶ／搬運」是自己帶去店裡的意思。可知因為希望可以馬上維修，所以決定想辦法搬過去。正確答案是選項2。

2

学生３人が、夏休みの旅行について話しています。

M：せっかく車を借りられるんだったら、山でキャンプも楽しいと思うよ。朝早く行って、場所とって。

F1：いいね。山なら食事は川で魚を釣って焼くのはどう？

F2：楽しいと思うけど、いろいろ持っていくのは大変だよ。私は海の方がいいなあ。海岸でのんびりしたいから。

M：まあ、キャンプだとのんびりって感じじゃないね。じゃあ牧場なんてどうかな。

F2：私は、のんびりできればどこでもいいよ。でも、牧場で何をするの？

M：ちょっとまって。…ほら、これ、その牧場のホームページなんだけど、プールもあるんだ。馬に乗ったり、アイスクリームを作って食べたりもできるよ。羊やうさぎも。ほら。かわいいよ。

F1：うーん、私は動物がちょっと…。魚釣りは好きなんだけどね。

M：そうか。じゃみんな楽しめる所に行こう。僕も泳ぎたいし。

３人はどこへ行くことにしましたか。

1 山
2 川
3 海
4 牧場

三名學生在討論暑假的旅行計劃。

M(男學生)：既然能租到車，我覺得去山上露營也挺有趣的。我們可以一大早就出發，去搶個好地方。

F1(女學生 1)：不錯啊。如果去山上，我們可以在河裡釣魚，然後自己烤來吃，怎麼樣？

F2(女學生 2)：感覺不錯，但要帶很多東西，好麻煩哦。我比較喜歡去海邊，想在海灘上悠閒地度過。

M(男學生)：嗯，露營的確不太適合悠閒放鬆。那麼，去牧場怎麼樣？

F2(女學生 2)：對我來說，只要能放鬆，去哪都可以。不過，在牧場我們能做什麼呢？

M(男學生)：等一下……你看，這是那個牧場的網站，上面有游泳池，我們還可以騎馬、自己做冰淇淋吃，還有羊和兔子。看，牠們很可愛吧。

F1(女學生 1)：嗯，我對動物有點……不過我喜歡釣魚。

M(男學生)：原來如此。那我們去一個大家都能開心的地方吧。我也想游泳呢。

三個人決定去哪裡？

1 山
2 河
3 海
4 牧場

答案 **(3)**

解題 男學生提議去山上露營，女學生(F2)回答去海邊比較好。接著男學生又提議「去牧場好嗎」。另一位女學生(F1)提到她不喜歡動物，但喜歡釣魚。「私は動物がちょっと～／我對動物有點…」是「動物があまり好きではない／我不太喜歡動物」、「動物が苦手／我害怕動物」的意思。然後男學生接著說「我也想游泳」。綜上所述，大家都想去的地方是選項 3 海邊。

3番まず話を聞いてください。それから、二つ質問を聞いて、それぞれ問題用紙の1から4の中から、最もよいものを一つ選んでください。

第 3 題 請先聽講話內容。接著，聽兩個問題，並從問題紙上的 1 到 4 選項中，各選出最合適的答案。

3

テレビで、ある調査の結果について話しています。

M：子どもたちの夢が変わってきています。「両親と同じ仕事をしたいと思うか」という質問に、多くの子どもが「どちらの親の仕事もしたくない」と答えました。「したい」という回答は３割でした。「親と異なる仕事に就きたい」と答えた子どもの理由で最も多かったのは「やりたい仕事がきまっているから」でしたが、他に、「忙しそうだから」や「お金が稼げなさそうだから」などという答えもありました。人気のある仕事は、男の子の１位がサッカー選手、女の子の１位はケーキ屋さんでした。

M1：僕も同じだ！おねえちゃんは歌手になりたいんだって。ねえ、お父さんはどうだった。

M2：子どもの頃はよくおじいちゃんの病院に行っていて、医者になりたいって思ったよ。忙しそうで、あんまり給料も高くなかったけどね。

M1：ふうん。お母さんはどうだった。

F：お母さんも歌手がいいと思ってたな。私はおばあちゃんと同じ仕事をしたいとは思わなかった。だっておばあちゃん、忙しそうだったから。

M1：ええっ！それなのに、なんで？

F：何でかなあ。まあ、かっこいいとは思ってたけどね。子どもも、教えることも好きだったから。

M2：僕は、建築の仕事は好きだけど夢をかなえられなかったことはやっぱりくやしいな。おまえは、絶対に夢をかなえろよ。

M1：うん！

在電視節目中，關於某項調查的結果進行了討論。

M(主持人)：孩子們的夢想正在改變。在「是否想做與父母相同的工作？」這個問題上，很多孩子回答「不想做父母任何一方的工作」。只有三成的孩子表示「想做」。回答「想從事與父母不同工作」的孩子，最常見的理由是「因為已經決定了自己想做的工作」，其他還有「看起來很忙」和「賺不到錢」等。受歡迎的職業中，男孩的第一名是足球運動員，女孩的第一名是蛋糕店老闆。

M1(兒子)：我也是這麼想的！我姐姐想當歌手。爸，你小時候怎麼想的？

M2(父親)：我小時候經常去爺爺的醫院，所以想當醫生。雖然看起來很忙，薪水也不高。

M1(兒子)：嗯，那媽媽呢？

F(母親)：媽媽小時候也想當歌手，但我不想做外婆的工作，因為外婆看起來太忙了。

M1(兒子)：哇！那為什麼最後選擇了呢？

F(母親)：為什麼呢？可能是因為覺得很酷吧，而且我喜歡教孩子們。

M2(父親)：我喜歡建築的工作，沒能實現夢想還是有些遺憾的。你一定要實現你的夢想啊。

M1(兒子)：嗯！

質問1.

息子は、どんな仕事がしたいと言っていますか。

1 サッカー選手
2 医者
3 歌手
4 教師

兒子想做什麼工作？

1 足球選手
2 醫生
3 歌手
4 教師

答案 **(1)**

解題 對於電視節目提到「男の子の１位がサッカー選手／男孩最喜歡的工作是足球選手」，兒子説「僕も同じだ／我也一樣」。可知正確答案是選項１。

質問2.

母親はどんな仕事をしていますか。

1 医者
2 歌手
3 建築の仕事
4 教師

母親現在做什麼工作？

1 醫生
2 歌手
3 建築工作
4 教師

答案 **(4)**

解題 從「子どもも、教えることも～／我喜歡小朋友，也喜歡教書」這句話可知正確答案是選項４「教師／老師」。

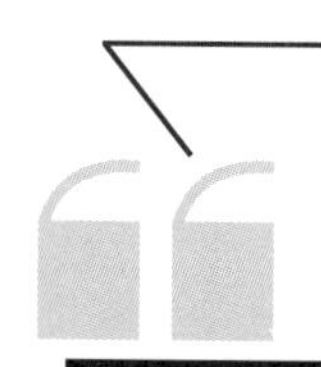

第二回 言語知識

（文字、語彙）

問題一 翻譯與解題

＿＿の言葉の読み方として最もよいものを、1・2・3・4から一つ選びなさい。

＿＿中的詞語讀音應為何？請從選項１・２・３・４中選出一個最適合的答案。

1

平日は、夜９時まで営業しています。

1 へいにち　　2 へいひ

3 へいび　　4 へいじつ

我們平時營業到晚上九點。

1 無此字　　2 無此字

3 無此字　　4 平日

答案 **(4)**

解題 ●「平」音讀唸「ビョ・ウヘイ」，訓讀唸「たい - ら／平坦的」、「ひら／平面」。例如：平等／平等、平和／和平、平らな道／平坦的道路、平仮名／平假名

●「日」音讀唸「ニチ・ジツ」，訓讀唸「ひ／太陽」、「か／計算日子的量詞」。例如：日時／日期與時間、先日／前幾天、日にち／日子、三月十日／三月十日

●「平日／平日」是指星期一到星期五。也就是星期六日、國定假日以外的日子。

2

上着をお預かりします。

1 うえぎ　　2 うわぎ

3 じょうき　　4 じょうぎ

容我為您保管外套。

1 無此字　　2 上着（外套）

3 蒸気（蒸氣）　　4 定規（尺）

答案 **(2)**

解題 ●「上」音讀唸「ジョウ」，訓讀唸「うえ／上面」、「うわ／表面；上面」、「あ - げる／抬起」、「あ - がる／登上」、「のぼ - る／攀登」。

●「着」音讀唸「チャク」，訓讀唸「き - る／穿」、「き - せる／給…穿上」、「つ - く／抵達」、「つ - ける／安裝上」。例如：到着／到達、シャツを着る／穿襯衫、子どもに服を着せる／幫小孩穿衣服、駅に着く／抵達車站、「上着／外衣、上衣」是指穿著多件衣服時，最外面的那件。也指分成上下身衣服的上面那件。例如：上下／上下、目上／長輩、上履き／拖鞋、持ち上げる／抬起、立ち上がる／起立、階段を上る／上樓梯

※補充：「十／十」、「住／住」、「重／重」皆唸作「ジュウ」，兩拍。

3

ベランダの花が枯れてしまった。

1 かれて　　2 これて

3 ぬれて　　4 ゆれて

陽台的花已經枯萎了。

1 枯れて（枯萎）　2 無此字

3 濡れて（淋溼）　4 揺れて（搖動）

答案 **(1)**

解題 ●「枯」音讀唸「コ」，訓讀唸「か - れる／枯萎」。例句：井戸の水が枯れる／井裡的水乾涸了。

●「枯れる／枯死、枯衰」是指植物死亡。另外也指失去水分而變得乾燥。

其他 選項３寫成漢字是「濡れる／弄濕」指水分滲入。選項４寫成漢字是「揺れる／搖晃」指搖擺、擺動。

4

あとで事務所に来てください。

1 じむしょう　　2 じむしょ

3 じむじょう　　4 じむじょ

稍後請你到辦公室來。

1 無此字　　2 辦公室

3 無此字　　4 無此字

答案 **(2)**

解題 ●「事」音讀唸「ジ」，訓讀唸「こと／事情」。例如：「大事／重要」、「物事／事物」。

●「務」音讀唸「ム」，訓讀唸「つと - める／擔任…職務」。例如：「公務／公務」、「クラス委員を務める／擔任班長」。

●「所」音讀唸「ショ」，訓讀唸「ところ／地方」。例如：「長所／優點」、「友達の所へ行く／去朋友家」。

●「事務所／事務所」是指處理事務的地方，也稱作辦公室。「事務／行政工作」是指在公司之類的機構裡主要是坐辦公桌的工作。

5 月に1回、クラシック音楽の雑誌を<u>発行</u>している。

1 はつこう　　2 はっこう
3 はつぎょう　　4 はっぎょう

每個月發行一次古典音樂雜誌。
1 無此字　　2 發行
3 無此字　　4 無此字

答案 **(2)**

解題 ●「発」音讀唸「ハツ」。例如：「発音／發音」、「発見／發現」、「出発／出發」。
●「行」音讀唸「コウ・ギョウ」，訓讀唸「い - く／去、走」、「ゆ - く／往…去」、「おこな - う／進行；舉行」。例如：行動／行動、行事／活動学校へ行く／去學校、新宿行きのバス／開往新宿的巴士、試験を行う／舉行考試
●「発行／發行」是指將書或雜誌、報紙等等印刷出版。

問題二　翻譯與解題

＿＿の言葉を漢字で書くとき、最もよいものを、1・2・3・4から一つ選びなさい。
＿＿中的詞語漢字應為何？請從選項1・2・3・4中選出一個最適合的答案。

6 <u>きけん</u>です。中に入ってはいけません。

1 危検　　2 危験
3 危険　　4 危研

裡面太危險了，不可以進去。
1 無此字　　2 無此字
3 危險　　4 無此字

答案 **(3)**

解題 ●「危」音讀唸「キ」，訓讀唸「あぶ - ない／危險」、「あや - うい／危險」、「あや - ぶむ／擔心」。
●「険」音讀唸「ケン」。
●「危険／危險」是指危險。常用於指危險的工作、危險人物等。
其他 選項1「検」音讀唸「ケン」。例如：「検査／檢查」。選項2「験」音讀唸「ケン・ゲン」。例如：「経験／經驗」。選項4「研」音讀唸「ケン」，訓讀唸「と - ぐ／磨亮」。例如：「研究／研究」。

7 階段で<u>ころんで</u>、けがをした。

1 回んで　　2 向んで
3 転んで　　4 空んで

從樓梯上摔下來，受傷了。
1 無此字　　2 無此字
3 摔落　　4 無此字

答案 **(3)**

解題 ●「転」音讀唸「テン」，訓讀唸「ころ - がる／滾、轉」、「ころ - がす／滾動」、「ころ - ぶ／跌倒」。例如：「自転車／自行車」。
●「転ぶ／跌倒」是指倒下、跌倒。
其他 選項1「回」音讀唸「カイ・エ」，訓讀唸「まわ - る／旋轉」、「まわ - す／轉動」。例如：「回転／旋轉」、「地球が回る／地球自轉」。選項2「向」音讀唸「コウ」，訓讀唸「む - かう／面對著」、「む - く／朝向」、「む - ける／面向」、「む - こう／無效」。例如：「方向／方向」、「駅に向かう／前往車站」。選項4「空」音讀唸「クウ」，訓讀唸「あ - く／有空缺」、「あ - ける／空出」、「から／空洞」、「そら／天空」。例如：「空港／機場」、「席が空く／座位空出來了」。

8 では、建築家の吉田先生を<u>ごしょうかい</u>します。

1 紹介　　2 招会
3 招介　　4 紹会

接下來，我來介紹一下建築師吉田先生。
1 介紹　　2 無此字
3 無此字　　4 無此字

答案 **(1)**

解題 ●「紹」音讀唸「ショウ」。
●「介」音讀唸「カイ」。
●「紹介／介紹」是指在兩人間牽線，也指給予情報。例如：「商品を紹介する／介紹商品」。選項2、3「招」音讀唸「ショウ」，訓讀唸「まね - く／招呼」。例如：「招待する／招待」。

9

このタオル、まだしめっているよ。

1 閉って　　2 温って
3 参って　　4 湿って

這條毛巾還很濕哦。

1 關閉　　2 無此字
3 參拜、去、來　　4 濕

答案 **(4)**

解題 ●「湿」音讀唸「シツ」，訓讀唸「しめ-る／潮濕」、「しめ-す／弄濕」。例如：「湿度／濕度」。
●「湿る／潮濕」是指水分很多，濕潤的意思。

其他 選項1「閉」音讀唸「ヘイ」，訓讀唸「し-める／關上」、「し-まる／被關閉」。對義詞為「開」，音讀唸「カイ」，訓讀唸「ひら-く／打開」。選項2「温」音讀唸「オン」，訓讀唸「あたた-かい／溫暖的」。選項3「参」音讀唸「サン」，訓讀唸「まい-る／去、來」。

10

これで、人生5度目のしつれんです。

1 矢変　　2 失変
3 矢恋　　4 失恋

這是我人生中第五次失戀了。

1 無此字　　2 無此字
3 無此字　　4 失戀

答案 **(4)**

解題 ●「失」音讀唸「シツ」，訓讀唸「うしな-う／失去」。
●「恋」音讀唸「レン」，訓讀唸「こい／戀愛」。例如：「恋人／戀人」。
●「失恋／失戀」是指愛情不被對方接受。

其他 選項1、3「矢」音讀唸「シ」，訓讀唸「や／箭」。例如：「弓と矢／弓與箭」。選項1、2「変」音讀唸「ヘン」，訓讀唸「か-わる／變化」、「か-える／變更」。例如：「変化／變化」。

問題三 翻譯與解題

（　　）に入れるのに最もよいものを、1・2・3・4から一つ選びなさい。
（　　）中的詞語應為何？請從選項1・2・3・4中選出一個最適合的答案。

11

外交（　）になるための試験に合格した。

1 家　　2 士
3 官　　4 業

我通過了外交官的錄取考試。

1 外交家（無此詞）　　2 外交士（無此詞）
3 外交官（外交官）　　4 外交業（無此詞）

答案 **(3)**

解題「外交官／外交官」是指派駐在國外並從事外交工作的人。選項3「～官／國家機關的官職」。例如：「警察官／警察」、「裁判官／法官」。

其他 選項1「～家／從事…的人」。例如：「政治家／政治家」選項2「～士／…的專業人士」。例如：「消防士／消防員」選項4「～業／…行業」。例如：「製造業／製造業」

12 誕生日に父から、スイス（　　）の時計をもらった。

1 型　　2 用
3 製　　4 産

生日當天，我收到了父親送的瑞士製手錶。
1 スイス型（無此詞）
2 スイス用（無此詞）
3 スイス製（瑞士製）
4 スイス産（瑞士生產，多用於食物或原材料）

答案 (3)

解題「（国名・会社名）製／（國家名、公司名）製造」的意思是某物品是由某個國家、公司所製造的。另外，「（材料）製／（材料）製」的意思是某物品是由某種材料製造而成的。選項 3「～製／…製造」。例如：「アメリカ製／美國製」、「金属製／金屬製」。

其他 選項 1「～型／…類型」。例如：「新型／新型」。選項 2「～用／…用途」。例如：「家庭用／家庭用」。選項 4「～産／…生產」。例如：「アメリカ産／美國生產。

→ 請注意「～製／…製」用於指車子或服裝等製品，「～産／…生產」則用於蔬菜或肉類等產物。

13 景気が回復して、失業（　　）が3%台まで下がった。

1 率　　2 度
3 割　　4 性

景氣復甦後，失業率降到了百分之三左右。
1 失業率（失業率）
2 失業度（無此詞）
3 失業割（無此詞）
4 失業性（無此詞）

答案 (1)

解題 選項 1「～率／…率」表示比率。例如：「合格率／合格率」、「成功率／成功率」。選項 2「～度／…程度」。例如：「完成度／完成度」。選項 3「～割／…比例」。例如：「二割／兩成」，也就是 20% 的意思。選項 4「～性／…能力」。例如：「生産性／生產力」。

14 うちの父と母は、（　　）反対の性格です。

1 超　　2 両
3 完　　4 正

我父親和母親的個性完全相反。
1 超反対（無此詞）
2 両反対（無此詞）
3 完反対（無此詞）
4 正反対（完全相反）

答案 (4)

解題 選項 4「正～／正…」是「ちょうど～／剛好…」的意思。例如：「正比例／正比」、「正三角形／正三角形」。選項 1「超／非常」。例如：「超満員／人或物爆滿」。選項 2「両／雙」。例如：「両側／兩側」。選項 3「完／結束」。例如：「完成／完成」。

15 この事件に（　　）関心だった私たちにも責任がある。

1 不　　2 無
3 未　　4 低

對這件事漠不關心的我們也有責任。
1 不関心（無此詞）
2 無関心（漠不關心）
3 未関心（無此詞）
4 低関心（無此詞）

答案 (2)

解題 選項 2「無～／無…」表示沒有「～」的部分。例如：「無意識／無意識」、「無責任／不負責任」。選項 1「不／非」。例如：「不自然／不自然」。選項 3「未／還沒…」。例如：「未確認／還沒確認」。選項 4「低／低的」。例如：「低価格／低價」。

（　　）に入れるのに最もよいものを、1・2・3・4から一つ選びなさい。
（　　）中的詞語應為何？請從選項１・２・３・４中選出一個最適合的答案。

16

一人暮らしで、病気になっても（　　）してくれる家族もいない。

1 診察　　2 看病
3 管理　　4 予防

我一個人生活，即使生病也沒有家人能照顧我。

1 診察　　2 看護
3 管理　　4 預防

答案 (2)

解題 生病了需要他人從旁照料的是選項２「看病」，意思是指照顧生病的人，也就是看護。例句：高熱を出した時、友達が一晩中看病してくれました／我發高燒的時候，朋友照顧我一整夜。

其他 選項１「診察／診察」是指醫生幫病患看診。例句：手術の前に、もう一度診察をします／手術之前要再檢查一次。選項３「管理／管理」是指使之保持良好的狀態。例句：健康管理のため、食事に気をつけている／為了做好健康管理而十分注重飲食。選項４「予防／預防」是指為了避免發生不好的事情而預先防範。例句：インフルエンザの予防注射をしました／施打了流感疫苗。

17

得意な（　　）は、数学と音楽です。

1 科目　　2 成績
3 専攻　　4 単位

拿手的科目是數學和音樂。

1 科目　　2 成績
3 主修　　4 學分

答案 (1)

解題「数学と音楽／數學跟音樂」是學校用來計算學分，或學習時數的「科目／科目」學習單位，因此答案是選項１的「科目／科目」表示大學和高中的學科單位。例句：選択科目を４つ選びます／我要選四門選修科目。選項２「成績／成績」是結束時的成果，特別指學業或考試的成果。例句：今学期はよく勉強したので、成績が上がった／因為這學期很努力學習，所以成績進步了。選項３「専攻／主修」是專門學習某一種學術領域。例句：大学では遺伝子工学を専攻しました／當時在大學裡主修基因工程學。選項４「単位／學分」在這裡表示在大學等處學習量的計算單位。一般而言，「単位／単位」的意思是長度的單位「メートル／公尺」或重量的單位「グラム／公克」等等。例句：卒業には44単位の取得が必要です／需要修完四十四個學分才能畢業。

18

今年のマラソン大会の参加者は過去最高で、その数は４万人に（　　）。

1 足した　　2 加わった
3 達した　　4 集まった

今年參加馬拉松大賽的跑者是歷年來最多的一次，總共高達四萬人。

1 補了　　2 加入了
3 達到了　　4 集合了

答案 (3)

解題 符合「過去最高／有史以來最高」的是選項３「達する／到達」，表示事物的進展到達某個數字、地點或程度的意思。例句：津波は川をさかのぼって商店街に達した／海嘯導致河水倒灌，淹沒了商店街。

其他 選項１「足す／添加」是加上的意思。例句：スープに塩を足す／把鹽加進湯裡。
→ 3＋2＝5念作「さんたすにはご」。選項２「加わる／增加」是增加、參加的意思，是自動詞。他動詞為「加える／加上」。例句：このチームに今日から新しいメンバーが加わります／這支隊伍從今天起有新成員加入。選項４「集まる／聚集」是指很多事物集合到一處。例句：みなさん、２時に正門に集まってください／各位同學，請在兩點於正門集合。

19

オレンジを（　　）、ジュースを作る。

1 しぼって　　2 こぼして
3 溶かして　　4 蒸して

榨柳丁製成果汁。

1 榨　　2 洒
3 溶化　　4 蒸

答案 (1)

解題 想把「オレンジ／柳丁」製作成「ジュース／果汁」就要用選項１的「しぼる／擰」，指的是施加力量將其中的水分擠出之意。漢字寫作「絞る」。例句：洗濯物をしぼる／擰乾洗好的衣服。

其他 選項２「こぼす／溢出」是指漏出了液體或粉末。例句：プリントにコーヒーをこぼしてしまった／咖啡灑到了影印紙上。選項３「溶かす／使之融化、使之溶化、使之熔化」是指從固體變成液體的過程，也指將某物加入其他的物質中，使其變成液體，是自動詞，他動詞為「溶ける／融化、溶化、熔化」。例句：氷を溶かす／把冰融化。紅茶に砂糖を溶かす／把糖加進紅茶裡攪溶。選項４「むす／蒸」是指透過熱氣加熱。熱氣是由熱水之類的液體散發出來的水蒸氣。漢字寫作「蒸す」。例句：饅頭を蒸す／蒸包子。

20 みんな疲れているのに、自分だけ楽な仕事をして、彼は（　　）。

1 ゆるい　　2 つらい

3 しつこい　　4 ずるい

大家都很辛苦，卻只有他一個人做輕鬆的工作，還真是狡猾。

1 鬆弛　　2 辛苦

3 執拗　　4 狡猾

答案 **(4)**

解題 看完題目後思考應該找「別人辛苦，自己卻找輕鬆工作做」的，這種只想自己得利的人格特質。而選項4「ずるい／狡猾」，指的是形容「使出巧計好讓怠惰的自己獲得利益的人格特質」之意。例句：みんな並んでいるんですよ。途中から入るのはずるいです／大家都在排隊哦！插隊是狡猾的行為。

其他 選項1「ゆるい／寬鬆的、緩和的」是指不憋、不緊的樣子。也指不急速的樣子。漢字寫作「緩い／寬鬆的、緩和的」。例句：このくつはゆるくて、すぐ脱げる／這雙鞋很鬆，就快要掉了。選項2「つらい／艱苦的」指痛苦、無法忍耐的難受感覺。例句：彼は両親を失い、辛い子ども時代を送った／他失去了父母，度過了艱苦的童年。選項3「しつこい／執拗、濃豔」是指死纏著不走，造成別人困擾、煩人的樣子，也指味道或色彩過度濃烈。例句：別れた彼がしつこくメールをしてくるので困っています／已經分手了的男友還一直傳訊息給我，不知道該怎麼辦。

21 彼は（　　）になった古い写真を、大切そうに取り出した。

1 ぽかぽか　　2 ぼろぼろ

3 こつこつ　　4 のびのび

他小心翼翼地取出破破爛爛的舊照片。

1 暖和　　2 破破爛爛

3 埋頭苦幹　　4 悠然自得

答案 **(2)**

解題 這題要選的是形容破舊不堪的樣子的形容動詞。而選項2「ぼろぼろ／破破爛爛」是指物品變舊而殘破或脆弱的樣子。因此，可以形容「古い写真／老舊的照片」的是選項2。例句：この靴はもう何年も履いているのでぼろぼろです／這雙鞋穿了好幾年，已經變得破破爛爛的。

其他 選項1「ぽかぽか／暖和」指溫暖、舒適宜人的樣子。例句：温泉に入って、体がぽかぽかしています／浸入溫泉，身體暖烘烘的。選項3「こつこつ／踏實」是指努力工作時，不著急、一步一步踏實前進的樣子。例句：これは私が10年かけてこつこつ貯めたお金です／這是我整整花了十年存下來的錢。選項4「のびのび／自由自在」是指自由、悠然自得的樣子。漢字是「伸び伸び／自由自在」。例句：子どもは田舎でのびのび育てたい／想讓孩子在鄉下無拘無束地長大。

22 消費者の（　　）に合わせた商品開発が、ヒット商品を生む。

1 サービス　　2 プライバシー

3 ニーズ　　4 ペース

為貼合消費者需求而研發新商品，於是這項大受好評的商品誕生了。

1 服務（service）　2 隱私（privacy）

3 需求（needs）　4 步調（pace）

答案 **(3)**

解題 選項 3「ニーズ／需求」是必要、需要的意思。例句：この制度は一人暮らしの高齢者のニーズに応えたものです／這個制度是為滿足獨居老人的需求。

其他 選項1「サービス／服務」是指商店裡的打折優惠，或指滿足客人的需求。例句：三つ買ってくれたら、もう一つサービスしますよ／如果您購買三個，就再免費贈送一個！。選項2「プライバシー／隱私」是指個人私生活方面的自由。例句：芸能人はプライバシーがないも同然だ／藝人簡直沒有隱私可言。選項4「ペース／步調」是指步伐、走路或做事的速度。例句：締め切りが近いので、もう少し仕事のペースを上げてください／由於截止日期將近，請將工作效率再提高一點。

問題五 翻譯與解題

＿＿の言葉に意味が最も近いものを、1・2・3・4から一つ選びなさい。

選項中有和＿＿意思相近的詞語。請從選項1・2・3・4中選出一個最適合的答案。

23 出かける<u>支度</u>をする。

1 準備　　2 予約

3 支払い　　4 様子

準備出門。

1 準備　　2 訂位

3 付款　　4 樣子

答案 **(1)**

解題「支度／準備」是指做某事之前的準備、計畫等等。而選項1「準備／準備」也是指要做某事之前的整頓，為正確答案。例句：パーティーの準備をする／準備派對。選項2「予約／預約」是指做某事之前先約定好。例句：ホテルを予約する／預訂飯店。選項3「支払い／支付」是指付款。例句：月末に家賃の支払いをする／月底要付房租。選項4「様子／樣子」表示狀況或理由。例句：農村の生活の様子を報告する／報告農村生活的情況。

24

小さかった弟は、たくましい青年に成長した。

1 心の優しい　　2 優秀な
3 力強い　　4 正直な

當時年幼的弟弟已經成長為一個健壯的青年了。

1 溫柔　　2 優秀
3 強勁矯健　　4 誠實

答案 **(3)**

解題「逞しい／強壯、堅強」是指力量大、結實。也指氣勢或意志力強大。與選項3「力強い／強勁矯健」的意思相近。例句：彼は、私に任せてくださいと力強く言った／他堅定地說：「請交給我」。

其他 選項4「正直な／正直的」是指心術端正坦率、不欺瞞。例句：教室の時計を壊した人は正直に言いなさい／打破教室時鐘的同學，請誠實自首。

25

国際社会に貢献する仕事がしたい。

1 参加する　　2 輸出する
3 役に立つ　　4 注目する

想從事能為國際社會貢獻的工作。

1 參加　　2 出口
3 助益　　4 注目

答案 **(3)**

解題「貢献する／貢獻」是指為某事盡心盡力。而選項3「役に立つ／有幫助」是指為某件事貢獻的力量相當充分。意思相近，因此為正確答案。例句：災害の時は、情報を得るためにラジオが役に立った／災害發生時，收音機在獲得資訊方面派上了用場。

其他 選項1「参加する／參加」是指成為夥伴、參加活動和集會。例句：週末のカラオケ大会に参加しませんか／你來參週末的卡拉OK大賽嗎？選項2「輸出する／出口」是指商品從國內運送到國外販賣。對義詞為「輸入／進口」。例句：日本のおいしい果物は世界中に輸出されています／日本的美味水果外銷全世界。選項4「注目する／注目」是指注意地仔細看，關心地注視著，或是提醒留意。例句：はい、みなさん、こちらの画面に注目してください／來，請大家仔細看這個畫面。

26

ウソをついても、いずれ分かることだよ。

1 いつかきっと　　2 今すぐに
3 だんだん　　4 初めから終わりまで

就算現在說謊，遲早會被拆穿的。

1 總有一天會　　2 現在馬上
3 漸漸的　　4 從頭到尾

答案 **(1)**

解題「いずれ／早晚、反正」是副詞，表示無論如何、遲早的意思。也含有「避不開這種事態」的意思。因此選項1「いつかきっと／總有一天一定會…」是正確答案。

其他 選項3「だんだん／逐漸」是副詞，表示漸漸的、一點一點慢慢的。例句：夕方になって、だんだん暗くなってきたね／到了傍晚，天色漸漸暗下來了呢。

27

急いでキャンセルしたが、料金の30％も取られた。

1 変更した　　2 予約した
3 書き直した　　4 取り消した

雖然急忙取消了，但還是被收了百分之三十的費用。

1 更改了　　2 訂位了
3 重寫了　　4 取消了

答案 **(4)**

解題「キャンセルする／取消」是放棄契約或預約，也就是解約的意思。意思相近的是選項4「取り消す／撤銷」是指把說過的話或記下的事當作沒發生過。例句：大臣は問題になった発言を取り消した／部長撤回了引發風波的言論。

其他 選項1「変更する／變更」指改變預定或決定的事。例句：雨のため、午後の予定を変更します／因為下雨了，所以更變了下午的行程。選項2「予約する／預約」是指做某事之前的約定。例句：レストランを予約する／預訂餐廳。選項3「書き直す／改寫」是指修改曾經寫過的東西。例句：君の作文は間違いだらけ。明日までに書き直しなさい／你的作文錯誤百出。請在明天之前重寫一遍。

次の言葉の使い方として最もよいものを、1・2・3・4から一つ選びなさい。
關於以下詞語的用法，請從選項１．２．３．４中選出一個最適合的答案。

28

発明

1 太平洋沖で、新種の魚が発明されたそうだ。
2 レオナルド・ダ・ヴィンチは、画家としてだけでなく、発明家としても有名だ。
3 彼が発明する歌は、これまですべてヒットしている。
4 新しい薬の発明には、莫大な時間と費用が必要だ。

發明

1 據説在太平洋海域發明了新品種的魚。
2 李奧納多・達文西不只是畫家，也是一位家喻戶曉的發明家。
3 他發明的歌曲至今仍大受歡迎。
4 發明新藥需要耗費大量的時間和金錢。

答案 **(2)**

解題「発明／發明」是指構思出新的機械、道具，或是方法、技術等。例句：電話がベルによって発明された／電話的發明人是貝爾。

其他 選項１「太平洋沖で、新種の魚が発見されたそうだ／據説在太平洋海域發現了新品種的魚」。選項３「彼が発表する歌は、これまですべてヒットしている／他發表的歌曲至今為止皆大受歡迎」。
→ 也可填入「発売／發售」。選項４ 「新しい薬の開発には、莫大な時間と費用が必要だ／開發新藥需要耗費大量的時間和金錢」。

29

往復

1 手術から２カ月、ようやく体力が往復してきた。
2 習ったことは、もう一度往復すると、よく覚えられる。
3 家と会社を往復するだけの毎日です。
4 古い写真を見て、子どものころを往復した。

往返

1 開刀兩個月後，體力終於往返了
2 學過的東西只要往返一次，就能好好記住了。
3 每一天都只在住家和公司之間往返。
4 看了舊時的照片，往返了孩提時代。

答案 **(3)**

解題「往復／往返」是指去程和回程，來回往返的意思。例句：東京から横浜まで往復で1000円くらいかかります／從東京到橫濱往返需要一千圓左右。

其他 選項１「手術から２カ月、ようやく体力が回復してきた／開刀兩個月後，體力終於恢復了」。選項２「習ったことは、もう一度復習すると、よく覚えられる／學過的東西只要再複習一次，就能好好記住了」。選項４「古い写真を見て、子どものころを思い出した／看了舊時的照片，想起了孩提時光」。

30

険しい

1 彼はいま金持ちだが、子どものころの生活はとても険しかったそうだ。

2 最近は、親が子を殺すような、険しい事件が多い。

3 そんな険しい顔をしないで。笑った方がかわいいよ。

4 今日は夕方から険しい雨が降るでしょう。

凶狠

1 雖然他現在是個富翁，但聽説他小時候的生活非常凶狠。

2 最近頻頻傳出父母弒子這類凶狠的案件。

3 不要露出那麼凶狠的表情。你還是露出笑容比較可愛哦！

4 今天從傍晚開始會下起凶狠的雨吧。

答案 **(3)**

解題「険しい／險峻」是指山勢等地形陡峭，很難攀登的樣子，也指表情嚴肅或説話用詞刻薄的樣子。例句：険しい山道を２時間歩くと山小屋があります／在險峻的山路上走兩個小時就會抵達山間小屋。

其他 選項１「彼はいま金持ちだが、子どものころの生活はとても厳しかったそうだ／雖然他現在是個富翁，但聽説他小時候的生活非常艱苦」。選項２「最近は親が子を殺すような恐ろしい事件が多い／最近發生許多父母殺子的恐怖事件」。選項４「今日は夕方から激しい雨が降るでしょう／今天從傍晚開始會下豪大雨吧」。

31

掴む

1 やっと掴んだこのチャンスを無駄にするまいと誓った。

2 彼はその小さな虫を、指先で掴んで、窓から捨てた。

3 このビデオカメラは、実に多くの機能を掴んでいる。

4 予定より２時間も早く着いたので、喫茶店で時間を掴んだ。

掌握

1 我發誓絕不會浪費這個好不容易才掌握的機會。

2 他用指尖掌握那隻小蟲，扔出了窗外。

3 這架攝影機實在掌握很多功能。

4 因為比預定還早兩個小時抵達，所以我在咖啡廳裡掌握時間。

答案 **(1)**

解題「掴む／掌握」是指用手緊緊握住機會、物品等。也有將某物據為己有、理解某事的意思。例句：女の子はお母さんのスカートを掴んで離さなかった／當時小女孩抓著媽媽的裙擺不肯放開。選項２「彼はその小さな虫を、指先でつまんで、窓から捨てた／他用指尖捏住那隻小蟲，扔出了窗外」。選項３「このビデオカメラは、実に多くの機能を備えている／這架攝影機著實具備了許多的功能」。選項４「予定より２時間も早く着いたので、喫茶店で時間を潰した／因為比預定還早兩個小時抵達，所以我在咖啡廳裡打發時間」。

32

わざわざ

1 小さいころ、優しい兄は、ゲームでわざわざ負けてくれたものだ。

2 彼の仕事は、わざわざ取材をして、記事を書くことだ。

3 わざわざお茶を入れました。どうぞお飲みください。

4 道を聞いたら、わざわざそこまで案内してくれて、親切な人が多いですね。

特地

1 小時候，我那貼心的哥哥會在玩遊戲時特地輸給我。

2 他的工作是特地採訪、撰寫文章。

3 我還特地泡了茶，您請用茶。

4 向人問路的時候，有不少親切的人甚至特地帶我去那裡。

答案 **(4)**

解題「わざわざ／特地」是副詞，意思是為了某事而特別這麼做。例句：普段の服でよかったのに、今日のためにわざわざスーツを買ったの／穿平常的衣服就好了啊，你為了今天還特地買了西裝嗎？

其他 選項１「小さいころ、優しい兄は、ゲームでわざと負けてくれたものだ／小時候，我那貼心的哥哥會在玩遊戲時故意輸給我」。選項２、３由於「わざわざ／特意」是強調「為完成某事所花費的時間、勞力、金錢」的説法，因此填入「わざわざ／特意」皆不適當。這是很沒禮貌的説法，請特別小心。

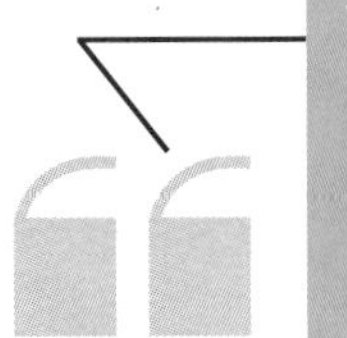

（　　）に入れるのに最もよいものを、1・2・3・4から一つ選びなさい。
請從1・2・3・4之中選出一個最適合填入（　　）的答案。

33 秋は天気が変わりやすい。黒い雲で空がいっぱいになった（　　）、今は真っ青な空に雲ひとつない。

1 うちに　　2 際に
3 かと思ったら　　4 のみならず

秋季天氣多變。（　）還烏雲密布，現在又是萬里無雲的晴空了。

1 趁…的時候　　2 之際
3 前一刻　　4 不僅如此

答案 **(3)**

解題「(動詞た形) かと思ったら／剛…馬上就…」表示剛發生前項之後，接下來發生的事情有令人意外的巨大變化的樣子。例句：息子は学校から帰ったかと思ったら、かばんを置いて公園へ走って行きます／兒子剛從學校回來，書包放著又跑到公園去了。

其他 選項1「うちに／趁…的時候；在…過程中」有：①趁著某狀態消失前；②在某持續狀態的期間發生變化之意。例句：もう夕方ですね。明るいうちに帰りましょう／已經傍晚了，趁天還亮著的時候回家吧。本を読んでいるうちに、眠っていた／書讀著讀著就睡著了。選項2「際に／…時」意思是在某特殊狀態，或到了那樣的時候。說法比較生硬。チケットはご入場の際に確認させて頂きます／入場時請出示門票。選項4「のみならず／不僅…，也…」用於表達不僅限於某範圍，還有更進一層的情況時。最近では中高生のみならず、小学生もスマートホンを持っているようだ／最近不只是國高中生，就連小學生也都有手機了。

34 佐々木さんに対して、（　　）。

1 失礼な態度をとってしまいました
2 悪いうわさを聞きました
3 あまり好きではありません
4 知っていることがあったら教えてください

（　　　）佐佐木小姐。

1 在言行舉止上冒犯了
2 聽到了不好的傳聞
3 不太喜歡
4 如果有知道的訊息請告訴我

答案 **(1)**

解題「(名詞) に対して／對(於)…；相較於…」有下面兩個意思：①以前項為對象進行某動作、以前項為對象，施予感情；②前後敘述的是相反的兩個方面。本題是①的意思。例句：木村さんの発言に対して、反対の声が多く上がった／木村的發言，引起了大批反對聲浪。優しい父に対して、母は大変厳しい人でした／相較於慈祥的家父，家母是個極為嚴厲的人。選項2、4如果題目改為「佐々木さんについて／關於佐佐木小姐」就正確。「聞きました／聽到了」或「知っている／知道」並不符合①的「進行某動作」這一說法，因此，不能用「に対して」。選項3如果改成「佐々木さんが」就正確。

35 今は、（　　）にかかわらず、いつでも食べたい果物が食べられる。

1 夏　　2 季節
3 1年中　　4 春から秋まで

現在不分（　），隨時都能吃到想吃的水果。

1 夏天　　2 季節
3 一年到頭　　4 從春天到秋天

答案 **(2)**

解題「(名詞) にかかわらず／不管…都…」表示跟前項都無關之意。是名詞又符合題意的是選項2「季節／季節」。例句：荷物の送料は、大きさにかかわらず、一つ300円です／貨物的運費，不計尺寸，一律每件三百圓。

36 いい選手だからといって、いい監督になれる（　　）。

1 かねない　　2 わけではない
3 に違いない　　4 というものだ

即使是優秀的運動員，也（　　）就能成為優秀的教練。
1 說不定　　2 未必
3 肯定是　　4 就是這樣

答案 **(2)**

解題「（普通形）からといって／即使…，也不能…」後面伴隨著部分否定的表達方式，表示「即使根據前項這一理由，也會跟料想的有所不同」之意。例句：アメリカで生まれたからといって、英語ができるとは限らない／即使是在美國出生，也不一定就會講英文。本題要說的是不能以優秀的運動員為理由，就說所有的人都能成為優秀的教練。選項 2「わけではない／並不是…」表示不能說全部都根據前項這一理由，是部分否定的表達方式，因此為正確答案。例句：着物を自分で着るのは難しい。日本人なら誰でも着物が着られるというわけではない／自己穿和服十分困難。即使是日本人也不是所有人都會穿。

其他 選項 1「（動詞ます形）かねない／說不定將會…」表示有發生前項這種不良結果的可能性。例句：そんな乱暴な運転では、事故を起こしかねない／那麼胡亂的開車，很可能會引發車禍。

37 私がミスしたばかりに、（　　）。

1 私の責任だ
2 もっと注意しよう
3 とうとう成功した
4 みんなに迷惑をかけた

只因為我的失誤，（　　）。
1 是我的責任
2 以後要更加留意
3 終於成功了
4 造成了大家的困擾

答案 **(4)**

解題「（動詞た形）ばかりに／都是因為…，結果…」用於表達因為前項的緣故，造成不良結果時。「～たばかりに、～」為後面要接不良結果的表達方式。而表示不良結果的是選項 4「みんなに迷惑をかけた／給大家添麻煩了」例句：私が契約内容を確認しなかったばかりに、会社に損害を与えてしまった／只因為我沒有確認合約內容，結果造成了公司的虧損。

38 弟とは、私が国を出るときに会った（　　）、その後10年会ってないんです。

1 末　　2 きり
3 ところ　　4 あげく

我和弟弟，（　　）我出國時見過一面，之後已經十年沒見了。
1 經過～最後　　2 自從
3 的時候　　4 到頭來

答案 **(2)**

解題 本題從語意考量，要表示「我出國時見的是最後一面」之意的是選項 2「きり／自從…就一直…」。「（動詞た形）きり」表示某動作之後，該狀態便一直持續著，接下來該發生的事態並沒有發生的樣子。例句：大学へは、卒業したきり、一度も行っていない／自從畢業之後，就沒有再去過大學了。

其他 選項 1「～末（に）～／經過…最後」經過各種前項，最後得到後項的結果之意。例句：悩んだ末に、転職することにしました／煩惱到最後，決定換一份新工作。選項 3「～ところ、～／…的結果」後續表示事情成立和發現的契機。例句：先生に質問したところ、丁寧に教えてくださった／跟老師請教後，他仔細的教導了我。選項 4「～あげく、～／結果…」用於表達經過各種努力之後，最後導致不良的結果之意。例句：その客はドレスを何着も試着したあげく、何も買わずに帰った／那位客人試穿了好幾件裙子，結果卻什麼也沒買就走了。

39 来週の就職面接のことを考えると、（　　）でしかたがない。

1 心配　　2 緊張
3 無理　　4 真剣

一想到下星期要去公司面試，就（　　）得不得了。
1 擔心　　2 緊張
3 勉強　　4 認真

答案 **(1)**

解題「（動詞て形、形容詞て形、形容動詞詞幹で）しかたがない／…得不得了」表示某種感情或身體感覺十分強烈之意。是說話人表達自己的心情及身體狀態的說法。例句：外国で一人で暮らすのは、寂しくてしかたがない／一個人在國外生活是非常寂寞難耐的。選項 2 如果改為「緊張してしかたがない／緊張得不得了」就正確。選項 3「無理／勉強」及選項 4「真剣／認真」因為都不是表示說話人的感情或身體狀況的語詞，因此無法使用。

40 子供のころは、兄とよく虫をつかまえて遊んだ（　）。

1 ことだ　　2 ことがある
3 ものだ　　4 ものがある

小時候，我常和哥哥抓蟲子來玩（　）！

1 的事　　2 有那種事
3 呢　　4 有那種東西

答案 **(3)**

解題 從題意得知本題講的是過去的回憶。選項3「ものだ」有：①緬懷過往的習慣；②強烈的感慨某事物；③…為真理；④就常識而言，最好這麼做等意思。因此用於緬懷過往習慣的選項3「(動詞た形) ものだ／以前…呢」是正確答案。例句：若い頃はよくギターを弾いて歌ったものだ／年輕時經常彈著吉他歌唱啊。時間が経つのは早いものだ／時光飛逝。人は一人では生きられないものだ／人是無法一個人存活的。お年寄りは大切にするものだ／應該好好珍惜長輩。

其他 選項1「～ことだ／應當…」忠告對方，做某事的話將更加理想。例句：熱があるなら、温かくすることだよ／如果發燒了，應該要穿暖和一點喔！選項2「～ことがある／有過…」表示經驗。例句：この本を読んだことがありますか／你有看過這本書嗎？選項3「～ものがある／有…的感受」用於表示因某事實而有某種感觸的時候。3年も家族とあえないとは、なかなか辛いものがある／三年都無法與家人見面，真是相當難受。

41 空港で、誰かに荷物を（　）、私のかばんは、そのまま戻ってこなかった。

1 間違えて　　2 間違えられて
3 間違えさせて　　4 間違えさせられて

我的旅行箱在機場不知道被誰（　　）,就這樣再也沒回來了。

1 弄錯　　2 誤拿
3 無此字錯　　4 無此字

答案 **(2)**

解題 這是因受害而感到困惑的被動形句子，主語的「私は／我」被省略了，因此答案為被動形的選項2。例句：満員電車で足を踏まれた／在擠滿乘客的電車裡被人踩到腳了。

42 日本酒は、米（　）造られているのを知っていますか。

1 から　　2 で
3 によって　　4 をもとに

你知道日本酒（　）米釀製而成的嗎？

1 是由錯　　2 是以
3 由錯　　4 以～為本

答案 **(1)**

解題 這是表示原料的被動形，要用選項1「から／用…（製成）」。例句：日本の醤油は大豆から造られています／日本的醬油是用黃豆釀製而成的。表示材料的被動形用選項2。例句：この寺は木で造られています／這間寺院是以木材建造的。

43 熱があって今日学校を休むから、先生にそう伝えて（　）？

1 もらう　　2 あげる
3 もらえる　　4 あげられる

可以（　）轉告老師，我今天發燒要請假嗎？

1 請求錯　　2 給予
3 幫忙錯　　4 讓

答案 **(3)**

解題 本題要選出符合「先生にそう伝えてください／請幫我那樣轉告老師」這一題意的選項。從最後的「？」，知道這是疑問句。因此正確答案是「伝えてもらえませんか／能否幫忙轉告呢？」的普通形（口語形）「伝えてもらえる？／能幫忙轉告一下嗎？」

44

来週のパーティーで、奥様に（　　）のを楽しみにしております。

1 拝見する　　2 会われる

3 お会いになる　　4 お目にかかる

很期待在下星期的酒會（　　）尊夫人。

1 拜見錯　　2 見面

3 會面錯　　4 見到

答案 **(4)**

解題 由於本題中期待的人是「私／我」，以「私」為主語，得知需選出謙讓的表現方式。因此正確答案是「会う／碰面」的謙讓語「お目にかかる／見到」。

其他 選項 1 是「見る／見面」的謙讓語。選項 2 、 3 是「会う／碰面」的尊敬語。

問題八　翻譯與解題

次の文の＿★＿に入る最もよいものを、1・2・3・4から一つ選びなさい。

下文的＿★＿中該填入哪個選項，請從 1・2・3・4 之中選出一個最適合。

45

退職は、＿＿ ＿＿ ＿★＿ ＿＿ ことです。

1 上で　　2 考えた

3 よく　　4 決めた

※ 正確語順

退職は、よく　考えた　上で　決めた　ことです。

關於離職這件事，我是經過仔細的思考之後才做出的決定。

答案 **(1)**

解題 選項 1「上で／在…之後」表示先進行前項，再做後項的意思。從選項 2「考えた／思考」與選項 4「決めた／決定」的意思得知順序是「 2 → 1 → 4 」。而選項 3「よく／仔細」應該接在選項 2 的前面。如此一來順序就是「 3 → 2 → 1 → 4 」，＿★＿的部分應填入選項 1「上で」。

※ 文法補充：「（動詞た形、名詞の）うえで～／之後（再）…」用於表達先進行前面的某事，後面再採取下一個動作。

46

大きい病院は、＿＿ ＿＿ ＿★＿ ＿＿ ということも少なくない。

1 何時間も　　2 5分

3 診察は　　4 待たされたあげく

※ 正確語順

大きい病院は、何時間も　待たされたあげく　診察は　5分　ということも少なくない。

到大醫院就診，在苦等了好幾個鐘頭之後，醫師卻只花五分鐘診療的情況並不罕見。

答案 **(3)**

解題 從意思上來考量，得知表示「時間」的選項 1「何時間も／好幾個鐘頭」與選項 2「 5 分／五分鐘」、跟表示「行為」的選項 3「診察は／診療」與選項 4「待たされたあげく／苦等了…卻…」是成對的。「～あげく／…到最後」用於表達經過一番波折之後，最後導致不良的結果時。可知要將選項 1 與 4 連接，選項 3 與 2 連接。如此一來順序就是「 1 → 4 → 3 → 2 」，＿★＿的部分應填入選項 3「診察は」。

※ 文法補充：「あげく／…到最後」。例句：さんざん道に迷ったあげく、元の場所に戻ってしまった／迷路了老半天，最後還是繞回到了原本的地方。

47

生活が ＿＿ ★ ＿ 失(うしな)っていくよう
に思(おも)えてならない。

1 なるにつれ
2 私(わたし)たちの心(こころ)は
3 豊(ゆた)かに
4 大切(たいせつ)なものを

※ **正確語順**

生活が <u>豊かに</u> <u>なるにつれ</u> <u>私たちの心は</u> <u>大切</u>
<u>なものを</u> 失っていくように思えてならない。

不禁讓人感到，<u>隨著生活愈趨富裕</u>，<u>我們的心卻逐</u>
<u>漸遺忘了真正重要的東西</u>。

答案 (2)

解題「生活が／生活」之後要連接選項3、1，變成「豊(ゆた)かになるにつれ／隨著（生活）愈趨富裕」。「失っている／逐漸遺忘了」前面要填入選項4「大切(たいせつ)なものを／（真正）重要的東西」。如此一來順序就是「3→1→2→4」，　★　的部分應填入選項2「私(わたし)たちの心は／我們的心」。
※ 文法補充：「につれて／隨著…」用於表達隨著一方的變化，另一方也隨之發生相應的變化時。例句：町(まち)に近(ちか)づくにつれて、渋滞(じゅうたい)がひどくなってきた／愈接近城鎮，塞車情況愈嚴重了。

48

この薬(くすり)は、1回(かい)に1錠(じょう)から3錠(じょう)まで、その
時(とき)の＿＿ ★ ＿ ください。

1 応(おう)じて   2 痛(いた)みに
3 使(つか)う   4 ようにして

※ **正確語順**

この薬は、1回に1錠から3錠まで、その時の <u>痛</u>
<u>みに</u> <u>応じて</u> <u>使う</u> <u>ようにして</u> ください。

這種藥的<u>服用方式</u>，請<u>依照當下疼痛的程度</u>，每次
吃一粒至最多三粒。

答案 (3)

解題 選項2的「痛(いた)み／疼痛」是形容詞「痛(いた)い／痛」的名詞化用法。選項1「（名詞）に応(おう)じて／依照…」表示依據前項的情況，而發生變化的意思，由此得知選項2與選項1連接。選項4「（動詞辭書形）ようにします／為了…」表示為了使該狀態成立，而留意、小心翼翼的做某事之意。得知選項3「使(つか)う／服用」與4連接，並放在「ください／請…」之前。從句尾的「～てください／請…」得知這是醫生在説明藥物的使用方法。如此一來順序就是「2→1→3→4」，　★　的部分應填入選項3「使(つか)う」。
※ 文法補充：「（名詞）に応(おう)じて／依照…」。例句：有給休暇(ゆうきゅうきゅうか)の日数(にっすう)は勤続年数(きんぞくねんすう)に応(おう)じて決(き)まります／有薪假是依照上班的年數決定天數的。

49

同(おな)じ場所(ばしょ)でも、写真(しゃしん)にすると ＿＿ ★
＿ に見(み)えるものだ。

1 すばらしい景色(けしき)
2 次第(しだい)で
3 カメラマン
4 の腕(うで)

※ **正確語順**

同じ場所でも、写真にすると <u>カメラマン</u> <u>の腕</u> <u>次第</u>
<u>で</u> <u>すばらしい景色</u> に見えるものだ。

即使是在同樣的地方，<u>視攝影師的技術</u>，有時候可以
<u>拍出壯觀的風景</u>。

答案 (2)

解題「に見(み)える／展現出」前面應填入選項1「すばらしい景色(けしき)／壯觀的風景」。接下來雖然想讓選項3「カメラマン／攝影師」、選項2「次第(しだい)で／視…」相連，但由於選項4「腕(うで)／技術」是表示技術的意思，所以選項3的後面應該連接選項4，之後再接選項2。如此一來順序就是「3→4→2→1」，　★　的部分應填入選項2「次第(しだい)で」。
※ 補充：「次第(しだい)だ／要看…而定」用於表達全憑前項的情況而決定的意思。例句：試験(しけん)の結果次第(けっかしだい)では、奨学金(しょうがくきん)をもらえるので、がんばりたい／獎學金能否申領，端視考試結果而定，所以我想努力準備。

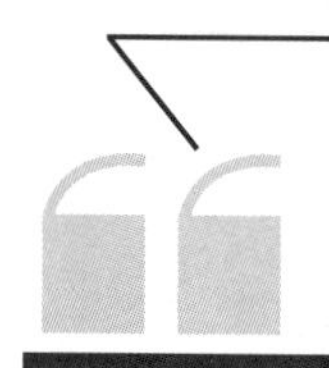

次の文章を読んで、文章全体の内容を考えて、 50 から 54 の中に入る最もよいものを、1・2・3・4の中から一つ選びなさい。

於閱讀下述文章之後，就整體文章的內容作答第 50 至 54 題，並從1・2・3・4選項中選出一個最適合的答案。

自転車の事故

最近、自転車の事故が増えている。つい先日も、登校中の中学生の自転車がお年寄りに衝突し、そのお年寄りはがね飛ばされて強く頭を打ち、翌日死亡するという事故があった。

自転車は、明治30年代に急速に普及すると同時に事故も増えたということだが、現代では自転車の事故が年間10万件余りも起きているそうである。

自転車の運転者が最も気をつけなければならないこと。それは、自転車は車の一種である 50 をしっかり頭に入れて運転することだ。車の一種なのだから、原則として車道を走る。「自転車通行可」の標識がある歩道のみ、歩道を走ることができる。

51 、その場合も、車道側を歩行者に十分気をつけて走らなければならない。また、車道を走る場合は、車道のいちばん左側を走ることと 52 。

最近、「歩車分離式信号」という信号ができた。交差点で、同方向に進む車両と歩行者の信号機を別にする方法である。この信号機で車と歩行者の事故はかなり減ったそうであるが、自転車に乗ったまま渡る人は車の信号に従うということを自転車の運転者と車の運転手の両者が知らないと、今度は、自転車が車の被害にあうといった事故に 53 。

また、最近自転車を見ていてハラハラするのは、イヤホンを付けての運転や、ケータイ電話を 54 の運転である。これらも交通規則違反なのだが、規則自体が、まだ十分には知られていないのが現状だ。

いずれにしても、自転車の事故が急増している今、行政側が何らかの対策を急ぎ講じる必要があると思われる。

〈自行車釀成的交通事故〉

近來，自行車釀成的交通事故日漸增加。就在幾天前才發生了一起這樣的車禍——某個中學生騎乘自行車上學的途中撞到了一位老人家，老人家應聲彈飛出去，落地時頭部受到嚴重的撞擊，於隔天離開了人世。

自行車是從明治三十年代開始大量普及的，於此同時，也逐漸發生了相關的交通事故。根據統計，近年來自行車所導致的車禍，竟然每年超過了十萬件。自行車騎士最需要注意的是，在騎乘自行車的時候，必須將「自行車也屬於某種車輛」 50 牢牢記在腦海裡。既然屬於車輛，原則上就應該行駛於車道，除非是標示著「自行車得以通行」的人行道才可以騎在上面。

51 ，即使是在人行道上，騎乘的時候也必須非常留意走在靠近車道的行人。此外，當騎在車道上的時候， 52 騎在車道的最左側。

最近，路上裝設了「人車分離式交通號誌」，也就是在十字路口，朝相同方向前進的車輛和行人的交通號誌各不相同。據說自從裝設這種交通號誌之後，大幅減少了車輛與行人的交通事故。但是，假如自行車騎士和車輛駕駛人都不知道騎著自行車過馬路的人必須遵守車輛的號誌，這時候 53 自行車反倒會遭到車輛的追撞而發生事故。

除此之外，我最近在路上還目睹了令人心驚膽戰的自行車騎法，例如戴著耳機騎車，或者 54 行動電話一邊騎車。這些舉動同樣都違反了交通規則，但是目前大眾不太了解有這樣的規則。

總而言之，值此自行車造成的車禍急遽增加的現況，我認為行政單位必須盡快做出因應的對策。

50

1 というもの
2 とのこと
3 ということ
4 といったもの

1 像這樣的事
2 之事
3 這件事
4 據説是那樣的東西

答案 (3)

解題「～ということ／這件事」用於具體説明內容之時。本文是針對在騎乘自行車時，必須將「自転車は車の一種である／自行車是屬於車子的一種」牢記在腦海裡一事做具體的説明。例句：この文書には歴史的価値があるということは、あまり知られていない／知道這份文件具有歷史價值的人並不多。

51

1 ただ　　2 そのうえ
3 ところが　　4 したがって

1 然而　　2 不僅如此
3 可是　　4 因此

答案 (1)

解題 本題的前文提到有「歩道を走ることができる／得以通行在人行道上」的情況，而後文則敘述在該情況下的條件。選項 1「ただ／然而，但是」用在先進行全面性敘述，再追加條件及例外的情況，因此為正確答案。例句：森田先生は生徒に厳しい。ただ、努力は認めてくれる／森田老師對學生很嚴格，但也會把學生的努力看在眼裡。選項 2「そのうえ／而且」在原有的事情上，再加上相似事情的説法。先輩にご飯をおごってもらった。そのうえタクシーで送ってもらった／前輩請我吃飯之外，還讓計程車送我回家。選項 3「ところが／然而」後面接與預想不同的事項。昨日は暖かかった。ところが今日は酷く寒い／昨天很溫暖，今天卻相當冷。選項 4「したがって／因此」是以前項為理由，接著敘述時的説法。大雪警報が出ています。したがって本日の講義は休講とします／由於發布了大雪警報，因此今天停課。

52

1 決める　　2 決まる
3 決めている　　4 決まっている

1 認定　　2 決定
3 認定　　4 一定要

答案 (4)

解題 表示規定要用自動詞「決まる／決定」的「ている形」變成「（～と）決まっている／一定要…」，來表示持續著的狀態。與「（～することに）なっている／按規定…」用法相同。

53

1 なりかねる　　2 なりかねない
3 なりかねている　　4 なりかねなかったのだ

1 肯定　　2 或許
3 無此字　　4 無此字

答案 (2)

解題「（動詞ます形）かねない／也許會…」表示有發生不良結果的可能性之意。選項 2「事故になりかねない／或許會發生事故」是「事故になってしまうかもしれない／可能會發生事故」的意思。
其他 選項 4 文章説的是最近所裝設之交通號誌的可能性，並非敘述過去的事情。

54

1 使い次第　　2 使ったきり
3 使わずじまい　　4 使いながら

1 視使用狀況而定　　2 使用完之後就～
3 不得不使用　　4 一邊使用

答案 (4)

解題「イヤホンを付けての運転／戴著耳機騎車」與「ケイタイ電話を 54 の運転／行動電話一邊騎車」兩件事並列。「付けて／戴著」表示配戴著的狀態。而表示正在使用中這一狀態的是選項 4「（動詞ます形）ながら／邊…邊…」表示同時進行兩個動作。例句：寝ながら勉強する方法があるらしい／好像有一邊睡覺一邊讀書的學習法。
其他 選項 1「次第／…後立即…」表示一發生前項後，就馬上行動。例句：帰り次第、電話します／我回到家馬上打給你。選項 2「きり／自從…就一直…」表示自發生前項以後，便未發生某事態。例句：息子は朝出かけたきり、まだ帰りません／兒子從早上出門後就一直沒回來。選項 3「ずじまいだ／（結果）沒能…」表示沒能做成某事，就這樣結束了。例句：幸子さんとはとうとう会えずじまいだった／最後還是沒能與幸子小姐見上一面。

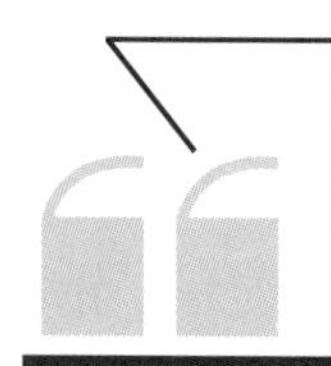

次の (1) から (5) の文章を読んで、後の問いに対する答えとして最もよいものを、1・2・3・4 から一つ選びなさい。

請閱讀以下 (1) 至 (5) 的文章，然後從後面的問題中，選出最適當的答案，從 1、2、3、4 中選擇一個最合適的選項。

(1)

ライチョウという鳥は、日本の天然記念物※1に指定され、「神の鳥」として大切にされてきたが、近年絶滅が心配されている。ライチョウは標高 2400m 以上のハイマツ※2地帯にすむ鳥だ。地球温暖化によってハイマツの減少が進めば、それだけライチョウの生息地※3も失われることになる。年平均気温が今より 3 度上がればライチョウは姿を消すだろうと言われている。ところが、今世紀末には、気温は 4 度も上昇すると予測されているのだ。つまり、100 年後、ライチョウは絶滅しているということである。その時、日本は、世界は、どうなっているだろうか。

専門家によると、大雨による河川の氾濫※4は最大で 4 倍以上にもなり、海面は最大 80 センチも上昇して、海面より低い土地が広がり、水害※5の危険が増すという。

(注 1) 天然記念物：動物、植物などの自然物で、保護が必要であるとして国が指定した物

(注 2) ハイマツ：松という樹木の一種で、高山に生える

(注 3) 生息地：動物などが生きる場所

(注 4) 氾濫：川などがあふれること

(注 5) 水害：洪水などによる災害

雷鳥被日本列為天然紀念物※1，並被尊為「神之鳥」，備受珍視。然而，近年來，人們開始擔憂它將面臨滅絕的危機。雷鳥主要棲息在海拔 2400 公尺以上的高山松林※2地區。若全球暖化導致高山松數量減少，雷鳥的棲息地※3也將隨之縮減。有研究指出，如果年均氣溫上升 3 度，雷鳥或將從地球上消失。然而，預測顯示至本世紀末，全球氣溫將上升 4 度。這意味著百年之後，雷鳥或已絕跡。屆時，日本乃至全世界又將會是什麼模樣？

專家指出，由於強降雨引發的河川氾濫※4可能增至目前的四倍以上，海平面也可能上升多達 80 公分，低於海平面的地區將會擴大，水災※5風險亦隨之升高。

（注 1）天然紀念物：指動植物等自然物，因保護需求而被國家指定。

（注 2）高山松：一種生長於高山的松樹。

（注 3）棲息地：動物等生活的場所。

（注 4）氾濫：河流等溢出。

（注 5）水災：由洪水等引起的災害。

55 この文章で、今後起こると予想されていないことは何か。

1 ライチョウが絶滅すること
2 年平均気温が上昇すること
3 海面が今より低くなること
4 洪水が今よりしばしば起こること

這篇文章中，預期未來不會發生的事情是什麼？

1 雷鳥滅絕
2 年平均氣溫上升
3 海平面下降
4 洪水發生頻率增加

答案 **(3)**

解題 本題要找出「不在預期之內的狀況」。文章第八行提到「海面は最大 80 センチも上昇して／海平面將上升多達 80 公分」。並沒有提到海平面下降，因此選項 3 為正確答案。

其他 選項 1 文章第二行提到「近年絶滅が心配されている／近年恐有滅絕之虞」。選項 2 文章第五行提到「今世紀末には、気温は 4 度も上昇する／本世紀末，氣溫將上升多達 4 度」。選項 4 文章第八行提到「河川の氾濫は最大で 4 倍以上にもなり／河川氾濫程度將超過目前的 4 倍」。

(2)

世の中は嫉妬で動いている、という人がいた。嫉妬とは、他人の幸福や長所をうらやましいとかねたましい[※1]と思う気持ちであり、どちらかというと、マイナスのイメージが強い。だが、嫉妬には、良い面、必要な面も多くあるのである。うらやましいと思うことで、自分も同じようになりたいと努力したり、他の人の優れた部分を認めることで、自分のことを正しく理解できたりすることもある。嫉妬のあまり、人を引きずりおろそう[※2]と考えるようになってはよくないが、自分の向上心[※3]を刺激してくれるなら、それはとてもいい感情だ。嫉妬と上手に付き合うことが必要なのではないだろうか。

(注1) ねたましい：くやしがり憎く思う

(注2) 引きずりおろす：ひっぱって、下におろす

(注3) 向上心：よい方向へ進もうとする気持ち

有人說，這個世界由嫉妒所驅動。嫉妒意指對他人的幸福或長處感到羨慕或不滿[※1]，通常帶有強烈的負面色彩。然而，嫉妒其實也包含許多積極且必要的面向。當我們羨慕他人時，往往能激勵自己向他們看齊；而欣賞他人的優點，則有助於更加正確地認識自己。雖然因嫉妒而試圖將他人拉下[※2]是不好的，但若嫉妒能激發我們的上進心[※3]，那麼這種情感便相當有益。我們應學會如何妥善面對並與嫉妒共存。

（注 1）嫉妒：感到不甘心，甚至憎惡的情感。

（注 2）扯下來：拉下來，將某人從高處拉到低處。

（注 3）上進心：渴望向好的方向進步的心情。

56 嫉妬と上手に付き合うとはどういうことか。

1 他人の幸福や長所を利用して、自分も幸福になること
2 自分は誰よりも優れていると自信をもつこと
3 自分を理解し向上させるために嫉妬を利用すること
4 他人の幸福や長所を、自分には関係ないとあきらめること

善加處理嫉妒，與其和諧相處是什麼意思呢？

1 利用他人的幸福和長處來讓自己也變得幸福。
2 堅信自己優於他人。
3 利用嫉妒來理解自己並促進自我提升。
4 認為他人的幸福和長處與自己無關，選擇放棄。

答案 **(3)**

解題 從文章中尋找關於嫉妒的優點，包括第五行提到的「自分のことを正しく理解できたりすることも／有助於正確認識自己」以及第六行提到的「自分の向上心を刺激してくれるなら／如果能藉此激發自己的上進心」。因此選項 3 正確。

其他 文章中並未提到選項 1 的「～を利用して／利用（別人的幸福或長處使自己也得到幸福）」、選項 2 的「自信をもつこと／有信心（自己比任何人更優秀）」，以及選項 4 的「あきらめること／（覺得別人的幸福或長處與自己無關而）懷憂喪志」。

(3)

　子供に、天気がいい日の景色を絵に描いてもらったら、おもしろいことがわかった。太陽を描く場合の色である。<u>日本の子供は、ほとんどが赤色で太陽を描く</u>。しかし、外国の子供は、黄色が多いそうだ。同じ太陽なのになぜこのような違いが生じるのだろうか。強い日差しを地上に降り注ぐ日中の太陽は、私たちの目には黄色に見える。一方、朝方や夕方の太陽は赤く見えることが多く、その光は弱い。日本ではギラギラとした昼間の太陽よりも、朝や夕方のやさしい太陽が好まれるということの表れかもしれない。

　讓孩子們畫一幅描繪晴天景色的畫，結果發現了一件有趣的事——那就是讓孩子們畫出晴朗天氣的景色時，發現了一件有趣的事：他們畫太陽時使用的顏色。<u>日本的孩子幾乎都用紅色來畫太陽</u>，而外國的孩子則多以黃色呈現。為什麼同樣的太陽會有這樣的差異呢？對我們而言，正午的太陽光線強烈，投射到地面呈現出黃色；而清晨或傍晚的太陽則多半帶著紅色，光線也較為柔和。這或許反映出日本人對清晨與傍晚溫柔日光的偏愛，而非正午刺眼的烈陽。

57 <u>日本の子どもは、ほとんどが赤で太陽を描く</u>のはなぜだと筆者は考えているか。

1 日本では、日中の日差しが強過ぎるから
2 日本では、光の強くない太陽が好まれるから
3 日本では、光の強い太陽が好まれるから
4 日本では、太陽は赤と決まっているから

<u>作者認為為什麼大部分日本小朋友會用紅色來畫太陽？</u>

1 因為日本的日間陽光過於強烈
2 因為在日本，更受歡迎的是光線柔和的太陽
3 因為在日本，人們更喜歡光線強烈的太陽
4 因為在日本，太陽被認定是紅色的

答案 **(2)**

解題 請參見文章第五行的「朝方や夕方の太陽は赤く見えることが多く、その光は弱い／清晨和傍晚的陽光比較弱，這時看到的太陽多半是紅色的」，所以作者於第六行提到「日本ではギラギラとした昼間の太陽よりも、朝や夕方のやさしい太陽が好まれるということの表れかもしれない／因此，比起白天時段炫目的太陽，日本人更喜歡清晨和傍晚時分柔和的太陽」。「やさしい太陽／柔和的太陽」與「光の弱い太陽／光線較弱的太陽」意思相同，也就是選項２的「光の強くない太陽／光線不強的太陽」。

(4)

トイレの話である。

駅や劇場、デパートなど、公共の場所のトイレに行くと、女性用トイレの前にはいつも長い行列ができている。反面、男性用のトイレはすいている。女性は、トイレに入ってから出るまでに、多分男性の３倍以上の時間がかかっていると思われるので、女性トイレが混むのは当然である。最近、政府機関主催の「日本トイレ大賞」に選ばれたのは、東京八王子市の高尾山にあるトイレで、トイレの数の男女比は、女性７に対して男性３だそうだ。この割合になってから、女性トイレに長時間列ができることがなくなったということである。

這是一個關於廁所的話題。

在車站、劇場、百貨公司等公共場所，當你尋找廁所時，女性廁所前總是大排長龍，而男性廁所卻顯得空蕩蕩。由於女性從進入到出來所花的時間約為男性的三倍，因此女性廁所擁擠也就成了常態。最近，在政府機構主辦的「日本廁所大獎」中，東京八王子市的高尾山廁所被評為優勝者。據說，該處的女性與男性廁所比例調整為７：３，自此，女性廁所長時間排隊的現象便不再出現了。

58 女性トイレが混むのは当然であるとあるが、筆者はなぜそう考えるのか。

1 女性トイレの前にはいつも長い行列ができているから

2 女性は男性に比べて、トイレに時間がかかるから

3 女性は男性に比べて、トイレによく行くから

4 女性用トイレの数が、男性用より少ないから

作者為何認為女性廁所排隊的現象可說是理所當然？

1 因為女性廁所前總是有長隊。

2 因為女性比男性上廁所花的時間長。

3 因為女性比男性更頻繁地去廁所。

4 因為女性廁所的數量比男性廁所少。

答案 **(2)**

解題 本題底線部分前面的文字已說明相關理由。「～ので／由於」是用來解釋原因的接續助詞。由此可知作者認為是因為女性上廁所需要的時間較長，因此答案為選項 2

(5)

<ruby>以<rt>い</rt></ruby><ruby>下<rt>か</rt></ruby>は、<ruby>今<rt>こん</rt></ruby><ruby>月<rt>げつ</rt></ruby>の<ruby>休<rt>きゅう</rt></ruby><ruby>日<rt>じつ</rt></ruby><ruby>当<rt>とう</rt></ruby><ruby>番<rt>ばん</rt></ruby><ruby>医<rt>い</rt></ruby>についてのお<ruby>知<rt>し</rt></ruby>らせである。

９月の休日当番医・当番薬局のお知らせ

◆ 休日当番医※1 の診療※2 時間
（事前に電話で確認を）
午前９時〜午後５時
保険証をお持ちください。

◆ 休日当番薬局の開設時間
（事前に電話で確認）
午前９時〜午後５時半
休日当番医で渡された
処方箋※3 をお持ちください。

◆ 夜間および日曜日、祝日の
医療機関案内
東京都保健医療センター

TEL.03（3908）0000

（注1）休日当番医：休みの日、順番に開けるように決められている病院
（注2）診療：診察
（注3）処方箋：医師が患者に与える薬を示す書類。薬局で薬を買う際に提出する

以下是本月假日輪值醫師的通知。

9月假日值班醫師及值班藥局公告

◆ 假日值班醫師※1 診療※2 時間
（請事先致電確認）
上午9時至下午5時
請攜帶保險卡。

◆ 假日值班藥局服務時間
（請事先致電確認）
上午9時至下午5時30分
請攜帶值班醫師開立的處方箋※3。

◆ 夜間及週日、國定假日的醫療機構資訊
東京都保健醫療中心
電話：03（3908）0000

（注1）假日輪值醫師：指在休息日按順序開診的醫院。
（注2）診療：醫生對患者的診察。
（注3）處方箋：由醫生開具的藥品單，用於藥局購藥時提交。

59 休日当番医・当番薬局について、正しいものはどれか。

1 休日当番医で診療を受ける人は、午前9時から午後5時まで保険証を持って直接当番医のところに行く。

2 休日当番薬局で薬をもらう人は、まず、電話をして、休日当番医で渡された処方箋を持っていく。

3 夜の8時過ぎに診療を受けたい人は、まず、休日当番医に電話をして確認し、保健医療センターに行く。

4 休日当番薬局は5時までなので、その前に休日当番医で診てもらってから、すぐに行かなければ間に合わない。

關於假日輪值醫師及輪值藥局，下列選項中正確的是哪一項？

1 在假日輪值醫師處接受診療的人，應於上午9點至下午5點之間，攜帶保險證直接前往輪值醫院。

2 在假日輪值藥局取藥的人，應先致電確認，並攜帶假日輪值醫師所開的處方箋前往。

3 想在晚上8點以後接受診療的人，應先致電確認假日輪值醫師，然後前往保健醫療中心。

4 假日輪值藥局營業至下午5點，因此需在此之前於假日輪值醫師處就診，並迅速前往藥局才能趕得上。

答案 **(2)**

解題 關於假日營業藥局，請參見◆的第二項。而選項2是先致電詢問是否營業，確認無誤後再帶處方箋前往領藥，因此正確。

其他 選項1「直接当番医のところに行く／直接去看診醫院」並不正確，應該如同附註提醒的：「事前に電話で連絡を／（看診前）請先來電確認」。選項3「休日当番医に電話をして／致電詢問假日看診醫院」並不正確。假日看診醫院的門診時間為上午9點到下午5點，所以晚上8點以後想看診的人應該致電詢問保健醫療中心。選項4「休日当番薬局は5時までなので／由於假日營業藥局只開到5點」並不正確，而是開到5點半。

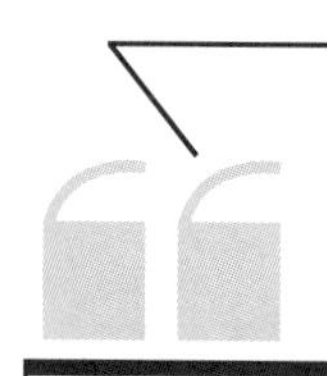

第二回 読解

次の（1）から（3）の文章を読んで、後の問いに対する答えとして最もよいものを、1・2・3・4から一つ選びなさい。

請閱讀以下（1）至（3）的文章，然後從後面的問題中，選出最適合的答案。請從 1、2、3、4 中選擇一個。

(1)

10月31日、渋谷[※1]や六本木の街は、仮装[※2]した若者たちでいっぱいだった。数年前から急に日本でも騒ぎ出した「ハロウィン」である。

もともと「ハロウィン」とは、古代ケルト人[※3]が始めたもので、収穫を祝い悪霊[※4]を追い払う宗教的なお祭りだったということである。現代では、アメリカがそれを取り入れて行事にしている。日本では、特にここ2、3年前からテレビのニュースでも取り上げるほど、有名になったものだが、アメリカの真似をしただけの意味のない<u>バカ騒ぎ</u>である。

日本人は、とにかくなんでも真似をしたがる。特に欧米のものなら意味も分からず取り入れる。それを日本の商売人が利用して、ますます盛り上げる[※5]。その結果がクリスマスであり、バレンタインデイなどである。しかし、クリスマスやバレンタインデイはまだいい。少なくともその意味を理解したうえで取り入れているからだ。

しかし、渋谷や六本木で行列をして騒いでいる人達の中に、ハロウィンの歴史やその意味をわかっている人は何人いるだろう。日本は農業が盛んな国だ。収穫祭なら日本の収穫祭として祝えばいいのだ。たまには仮装して大騒ぎすることも悪いことではないかもしれない。しかし、どうして「ハロウィン」の真似でなければならないのか。ただ形だけ外国の真似をして意味もわからず大騒ぎをするのは、他の国に対しても恥ずかしいことである。

(注1) 渋谷・六本木：若者に人気がある日本の街の名
(注2) 仮装：服や化粧で、ほかの人や物に似せること
(注3) 古代ケルト人：大昔、ヨーロッパにいた人々の集団
(注4) 悪霊：死んだ後にあらわれて、人間に悪いことをすると信じられている
(注5) 盛り上げる：騒ぎを高める

10月31日，澀谷[※1]與六本木的街頭擠滿了各式變裝[※2]的年輕人，這是近年在日本突然熱鬧起來的「萬聖節」。

萬聖節原本是古代凱爾特人[※3]為慶祝豐收並驅除惡靈[※4]而創立的宗教節日，後來在美國演變為一種慶典活動。而在日本，特別是近兩三年來，萬聖節甚至出現在電視新聞上，成為一種熱鬧的活動。然而，這只不過是一場毫無意義的模仿<u>鬧劇</u>罷了。

日本人一向喜愛模仿，尤其是對歐美事物，往往不求理解內涵便照搬，而商人們更是善於利用這一點，不斷炒熱[※5]這類活動，於是就有了像聖誕節和情人節這樣的節日。聖誕節和情人節尚且能被接受，至少人們在引入前理解了其意涵。

然而，那些在澀谷和六本木排隊狂歡的人群中，究竟有多少人真正了解萬聖節的歷史和意義？日本本是一個農業發達的國家，如果要慶祝豐收，完全可以用自己的方式舉行豐收祭。偶爾裝扮熱鬧一番無妨，但為何非得模仿「萬聖節」呢？盲目模仿外國形式而不知其內涵的熱鬧喧嘩，對其他國家而言，也是一種無可避免的尷尬。

（注1）澀谷・六本木：日本深受年輕人喜愛的街區名稱
（注2）裝扮、變裝：透過服裝或化妝模仿他人或物品
（注3）古代凱爾特人：古代歐洲的一個民族集團
（注4）惡靈：據信在人死後出現並帶來不幸的靈體
（注5）炒熱氣氛：加強熱鬧氣氛

60

「ハロウィン」について述べたものとして、間違っているものはどれか。

1 もともとアメリカ人が始めた宗教的な祭りである。
2 収穫を祝い、悪霊を追い出す宗教的な祭りだった。
3 日本でハロウィンが急に広まったのは、数年前からである。
4 日本のハロウィンは、単にアメリカの真似をした騒ぎである。

關於「萬聖節」，下列選項中哪一項是錯誤的？

1 萬聖節最初是美國人發起的宗教節日。
2 萬聖節是一個慶祝豐收並驅逐惡靈的宗教節日。
3 萬聖節在日本迅速普及是近幾年的事。
4 日本的萬聖節只是模仿美國的鬧劇而已。

答案 **(1)**

解題 這題要選出錯誤的選項，而選項 1，由於文章第三行提到「もともと古代ケルト人が始めたもので／這項活動源自於古代凱爾特人」，因此不正確。選項 2 是在第三行、選項 3 是在第五行、選項 4 是在第六行。

61

バカ騒ぎとあるが、筆者はどんなところを指して「バカ騒ぎ」と言っているのか。

1 仮装して騒ぐところ。
2 形だけ外国の真似をして騒ぐところ。
3 意味もなく大声を出して騒ぐところ。
4 悪霊を恐れて騒ぐところ。

「鬧劇」一詞，作者指的是什麼？

1 變裝狂歡的行為。
2 僅模仿外國形式的狂歡。
3 沒有意義地大聲喧嘩。
4 因恐懼惡靈而喧鬧。

答案 **(2)**

解題 作者在文章第八行開始的「日本人は、とにかくなんでも真似をしたがる／一般而言，日本人具有從眾心理」這個段落中表示，如果是在明瞭意涵的前提下進行相關活動倒是無可厚非，並於最後一段「ただ形だけ外国の真似をして意味もわからず大騒ぎをするのは、他の国に対しても恥ずかしいことである／倘若不明就理，一味仿效外國的節慶儀式並且大肆慶祝，這對他國而言亦相當失禮」做出批判。因此答案為選項 2。

其他 選項 1 請參見文章第四段第三行提到「たまには仮装して大騒ぎすることも悪いことではないかもしれない／偶爾變換裝扮熱鬧一下或許並不是什麼壞事」。選項 3 文章中並未寫到「大声を出す／大喊大叫」。選項 4 文章中並未寫到「悪霊を恐れて騒ぐ／由於害怕惡靈靠近而大聲吵鬧」。「悪霊を追い払う／驅趕惡靈」是古代凱爾特人的祭典儀式。

62

筆者は日本のハロウィンについて、どのように考えているか。

1 たまには大騒ぎをするのもいいだろう。
2 アメリカの真似をするのだけはやめてほしい。
3 珍しい行事なので、ますます盛んになるといい。
4 日本人として恥ずかしいことなのでやめたほうがいい。

作者對日本的萬聖節有何看法？

1 偶爾大肆狂歡一下也不錯。
2 希望停止模仿美國的行為。
3 希望這個罕見的活動變得更加盛大。
4 作為日本人感到羞愧，最好停止這種行為。

答案 **(4)**

解題 作者在文章尾聲的結論部分表示，日本一味仿效外國節慶儀式的「ハロウィン／萬聖節活動」對外國相當失禮，意思就是希望以後能夠停辦這類活動。因此選項 4 是正確答案。

其他 選項 1 作者雖然表示偶爾熱鬧一下也不錯，但是反對舉辦萬聖節活動。選項 2 作者並沒有認為「模仿美國的活動」這件事值得商榷。

(2)

生活に困っている世帯（生活保護世帯）には、国が毎月いくらかの保護費を支払っている。保護費の額は、その世帯の収入によって決められる。働いて得たお金や年金などは、「収入」と考えられ、保護費がその収入によって決められる仕組みである。

奨学金[※1]も収入と考えられ、その使い方も私立高校の授業料や高校生活に必要な費用に限られている。大学進学に向けた塾などにかかる費用は認められず、逆に保護費の減額の対象になっていた。

この制度を変えるきっかけになったのは、福島県の高校2年生の声だった。この生徒は、奨学金を大学進学に向けた塾などの費用にするつもりだった。しかし、福島市は、この使い道を確認しないまま、奨学金を収入として扱い、生活保護費を減らした。生徒はこのことに納得できず、福島県と厚生労働省[※2]に対して再び調査し、確認してほしいと要求した。その結果、市は奨学金を収入とする扱いを取り消し、保護費のルールも変更された。また、厚生労働省は、塾代も高校生活に必要な費用と判断して、奨学金をそのために使っても保護費の減額対象にしないことを決めた。

この高校生の行動は、大いに評価されるべきであろう。我々日本人は、特に、政府が決めたことには納得できなくても黙って従う傾向がある。しかし、民主主義に本当に必要なのは、この高校生のように意見や主張を率直にはっきりと述べる勇気ではないだろうか。

（注1）奨学金：学生にお金を貸す制度、また、そのお金

（注2）厚生労働省：国民の生活や労働などに関する国の機関

對於生活困難的家庭（即領取生活補助金的家庭），國家每月會發放一定數額的補助金，金額依據該家庭的收入情況決定。工作所得、年金等收入均被納入計算範圍，因此補助金的金額會隨這些收入的變動而調整。

獎學金[※1]也被視作收入，使用範圍限定於支付私立高中學費及高中生活必需的開支。至於升學補習班等費用，則不被認定為必要支出，甚至可能導致補助金的減少。

推動此項制度改變的契機，源於福島縣一名高中二年級學生的訴求。該學生原本計劃將獎學金用於補習班費用，但福島市在未確認其具體用途的情況下，直接將獎學金視為收入，並相應減少了其家庭的生活補助金。學生因而不滿，要求福島縣與厚生勞動省[※2]重新調查並確認。最終，市政府取消了將獎學金視為收入的處理，並修訂了補助金發放規則。此外，厚生勞動省也認定補習班費用屬於高中生活的必要開銷，若使用獎學金支付該項費用，將不再影響補助金數額。

這位高中生的行動值得高度讚揚。我們日本人，尤其面對政府的決策，即使有不滿情緒往往也選擇默默接受。然而，在民主社會中，真正需要的或許正是像這位高中生一樣，勇敢坦率地表達自我意見與立場的勇氣。

（注 1）獎學金：貸款或資助學生的制度，或指該資金

（注 2）厚生勞動省：負責國民生活和勞動等事務的國家機關

63 国が生活保護世帯に支払う保護費は、何によって決められているか。

1 その世帯の食費や住宅費
2 その世帯の大人の収入
3 その世帯の収入
4 子供の人数と学費

國家支付給生活保護家庭的保護費是根據什麼決定的？

1 該家庭的飲食費和住房費用
2 該家庭成人的收入
3 該家庭的總收入
4 孩子的數量和學費

答案 **(3)**

解題 答案在文章第二行的「保護費の額は、その世帯の収入によって決められる／生活津貼的核發金額乃是根據該家戶的總收入」，因此正確答案是選項 3 。

64 この制度の説明として、正しいものはどれか。

1 奨学金は大学進学のための塾の費用に使ってもいいという制度。
2 奨学金は高校生活に必要な費用に限って認められるという制度。
3 奨学金をもらっていれば保護費はもらえないという制度。
4 年金も収入と考えられるという制度。

關於這一制度，下列獎項描述是正確的？

1 獎學金可以用於大學升學的補習費用。
2 獎學金僅限於用於高中生活所需的費用。
3 獲得獎學金的人無法再獲得保護費。
4 年金也被視作收入。

答案 **(2)**

解題「この制度／這項制度」的「この／這項」是指該段落前面的說明內容，亦即「私立高校の授業料や高校生活に必要な費用に限られている／僅限於私立高中的學費以及就讀高中所需的相關費用」。

65 筆者はこの投書をした高校生の行動をどう捉えているか。

1 高校生としては、少し出過ぎた行動だ。
2 自分の利益だけを考えた勝手な行動だ。
3 政府が決めたことに反抗する無意味な行動だ。
4 勇気があり、民主主義に必要とされる行動だ。

筆者如何看待這名投稿的高中生的行動？

1 作為高中生，這樣的行動有些過度。
2 這是一種只考慮自身利益的自私行為。
3 這是對政府決定的無意義反抗。
4 這是一種有勇氣且符合民主社會所需的行動。

答案 **(4)**

解題 作者在最後一段論述了民主主義必須「この高校生のように意見や主張を率直にはっきりと述べる勇気／具備如同這位高中生敢於明確陳述意見與觀點的勇氣」。因此正確答案是選項 4 。

(3)

最近、会社内で電話を使うことがめっきり少なくなった。その代わり増えたのが、パソコンのメールである。電話よりメールがいいと思うのは、記録に残るということである。

電話の声はその場限りで消えてしまうので、後で、問題になったりすることもある。「先日、そうおっしゃいましたよね？」「いいえ、そんなことは言っていません。」となって、いつまでも問題が解決しない。

メールは少なくともこのようなことはない。何月何日何時にメールで何と書いたかが送受信の記録に残っているからである。

とはいえ、メールにも欠点はある。文字には表情がないので、細かい感情が伝わらなかったり、誤解されてしまったりすることである。伝える方は冗談でのつもりで書いても、真剣に受け取られたり、逆に真面目な話もいい加減な話と受け取られたりする。
それを解決するために、メールの言葉の後に（笑）や（泣）などを入れたり、(>_<) や (^O^) などの顔文字を入れたりする。言葉だけではきつく感じられるときなど、これらの方法は便利である。

近來，公司內使用電話的頻率明顯減少，電子郵件逐漸成為主流。我認為，相比於電話，電子郵件的優勢在於能夠留下記錄。

電話交談的聲音僅在當下存在，隨即消失，未來可能產生爭議。例如，「您之前是這麼說的吧？」「不，我並未這樣說。」這類對話往往難以得到清楚的答案。

電子郵件至少能避免這種情況，因為發送和接收的記錄詳細地保留了日期、時間以及內容。

然而，電子郵件也有其不足之處。由於文字缺少情緒表達，細膩的情感往往難以傳遞，甚至可能引發誤解。寄件者的玩笑話，收件者可能當真；而嚴肅的內容，也可能被視作隨意之言。

為了解決這些問題，有時會在郵件文字後加上「（笑）」或「（泣）」等標示，或使用如「(>_<)」或「(^O^)」等表情符號。當純文字表達顯得過於生硬時，這些方法確實非常實用。

66

筆者は、電話とメールを比較してどのように述べているか。

1 言いたいことがすぐに伝わるので、電話の方がよい。

2 感情が伝わりやすいので、メールの方がよい。

3 それぞれに長所、短所がある。

4 記録を残すには、電話の方がよい。

筆者如何比較電話與郵件？

1 因為想說的話可以立即傳達，所以電話更好。

2 因為感情容易傳達，所以郵件更好。

3 二者各有優缺點。

4 記錄保存方面電話更好。

答案 **(3)**

解題 文章於前半段敘述電子郵件的優點是能夠留下紀錄，接著在後半段描述電子郵件的缺點是無法表達情感。可知是有優點也有缺點，因此正確答案是選項３。

67

このようなこととは、どのようなことか。

1 記録に残っていないために、後で問題になったりすること。

2 感情が伝わらないためにけんかになったりすること。

3 電話で話した内容を、もう一度繰り返さなければならないこと。

4 ほかの人に話を聞かれてしまうこと。

「這種情況」是指什麼？

1 因為沒有留下記錄，導致後續出現問題。

2 因為情感未能傳達，而發生爭吵。

3 必須重複電話中說過的內容。

4 其他人偷聽到通話內容。

答案 **(1)**

解題「このようなこと／這種情況」是指在前一段提到的透過電話溝通時無法留下紀錄而引發後續的麻煩。此外，在提到「メールは少なくともこのようなことはない／電子郵件至少不會發生這種情況」之後，又接著說明了「（メールは）記録に残っているから／因為（電子郵件）會留下紀錄」。可知正確答案為選項１。

68

筆者は、メールに付ける顔文字などについて、どのように考えているか。

1 冗談のつもりで書いたことが真剣に受け取られるので、使いたくない。

2 文章だけでは伝わりにくい気持ちを伝えるのにいいと思う。

3 メールの文章だけよりおもしろくなるので大いに使いたい。

4 真剣な話をするのには向いていない。

筆者對於郵件中使用表情符號的看法是什麼？

1 因為開玩笑的話可能被嚴肅對待，所以不想使用。

2 認為這是傳達單憑文字難以表達的情感的好方法。

3 認為比僅用文字更有趣，因此想多加使用。

4 認為不適合用於嚴肅的對話中。

答案 **(2)**

解題 文章提到「言葉だけではきつく感じられるときなど、これらの方法は便利である／當感覺只用文字不足以完整表達的時候，運用上述方法可以有效幫助溝通便」。作者認為這樣做可以更完整地傳達某些無法以文字表達的細膩情感。因此正確答案為選項２。

其他 選項１屬於電子郵件的缺點。選項３，作者並未提到顏文字「おもしろい／很有趣」。選項４，文章沒有這樣寫，只提到電子郵件的缺點之一是「冗談のつもりで書いても、真剣に受け取られ／自己只是抱著好玩的心態寫上去的，結果對方卻當真了」。

次のAとBはそれぞれ、優先席について書かれた文章である。二つの文章を読んで、後の問いに対する答えとして最もよいものを、1・2・3・4から一つ選びなさい。
以下的A和B分別是關於博愛座的文章。請閱讀這兩篇文章，然後從後面的問題中，選出最適合的答案。請從1、2、3、4中選擇一個。

A

優先席[※1]（シルバーシート）は、ない方がいいと思う。

優先席がない時代は、お年寄りが乗ってくると、自然に若者たちは立って席を譲っていた。それではお年寄りが遠慮をするだろうということで優先席が設けられたのだが、その結果、どうなったか。確かに優先席のおかげでお年寄りや体の不自由な人たちが安心して堂々と座ることができるようになった。しかし、優先席がいっぱいの場合、他の席ではどうだろうか、と見てみると、若者たちは、乗り込むとすぐに座席に座り早速おしゃべりやゲームを始めている。自分の前にお年寄りが立っていようと関係ない。優先席ではお年寄りや体の不自由な人に席を譲る義務があるが、そのほかの席では、自分たちが座る権利があるのだ、という考えになるらしい。優先席ができたことで、思いやりの心が奪われ、義務や権利に置き換えられてしまったのは残念なことだ。

我認為其實不應該設置博愛座[※1]（銀髮族座位）。在沒有博愛座的時代，當老年人上車時，年輕人會自然而然地起身讓座。後來，出於擔心老年人會感到不好意思，才設立了博愛座。然而，結果又如何呢？的確，博愛座的設置讓老年人和行動不便者能夠安心而自在地坐下，但當博愛座坐滿後，其他座位的情況又是怎樣的呢？我們可以看到，許多年輕人一上車便迅速坐下，隨即開始聊天或玩手機，絲毫不在意眼前是否有站著的老年人。他們似乎認為，只有在博愛座上才有讓座的義務，而在其他座位則享有坐著的「權利」。博愛座的設置，讓人們的「關懷心」逐漸淡化，取而代之的是「義務」與「權利」的觀念，實在令人遺憾。

B

私は、心臓に病気を持っている60代の男性だが、見た目には普通の人とあまり変わらない。しかし、特に体調の悪いときがあるので、そのときには、優先席に座っている若者に事情を話して席を譲ってもらうように頼む。若者もすぐに席を立ってくれる。優先席では、お年寄りや体の不自由な人に席を譲るようにと決まっているので、私も頼みやすいのだし、若者も当然のように席を譲ってくれるのだ。それが思いやりの心から出た行為ではなく、単に決まりに従っているだけだとしても、優先席があることは、今の私にとってとてもありがたいことだ 。

ただ、優先席がお年寄りなどでいっぱいのときには、私も困ってしまう。優先席以外では、どんな人が前に立っていようと席を譲ろうとする人は少ないからだ。これからますます高齢社会[※2]になることを考えると、決まりだけあっても問題は解決しないのではないかと、心配になる。

（注1）優先席：電車やバスで、お年寄りや体の不自由な人を優先して座らせる座席
（注2）高齢社会：年寄りが多い社会

我是一位六十多歲、患有心臟疾病的男性，外表與常人無異。然而，有時身體狀況特別不佳時，我會向坐在博愛座上的年輕人說明情況，請求讓座。年輕人通常會立即起身讓座。由於博愛座有規定優先讓給老年人或行動不便者，因此我比較能開口請求，而年輕人也多半會毫不猶豫地讓出座位。即使這樣的讓座行為或許並非出於真心關懷，而僅僅是遵守規則，對現在的我而言，博愛座的存在仍然讓我十分感激。

然而，當博愛座已坐滿了老年人等需要幫助的人時，便不免讓我感到困擾，因為在其他座位上，不論前面站著的是誰，願意讓座的人並不多。想到未來將日益高齡化的社會[※2]，我不禁感到憂心，僅靠規定恐怕難以真正解決這個問題。

（注1）博愛座：電車或巴士上優先讓給老年人或身體不便人士的座位
（注2）高齡社會：老年人口較多的社會

69

AとBの文章の、どちらにも触れられている点は何か。

1 優先席が作られた理由
2 優先席があることによるよい点と問題点
3 優先席で携帯電話を使う人がいる問題
4 優先席と他の席の違い

A 和 B 兩篇文章中，兩者都提及的內容是什麼？

1 博愛座設立的原因
2 博愛座存在的好處和問題
3 在博愛座上使用手機的問題
4 博愛座和其他座位的區別

答案 **(2)**

解題 A文章和B文章同樣都提到，博愛座的好處是能讓長者和身體障礙者安心乘坐，而爭議點則是博愛座以外的座位使用者不再願意讓座了。因此選項 2 是正確答案。

其他 選項 1 只有A文章提到理由。選項 3 沒有提到關於行動電話的事。選項 4 沒有分析博愛座與其他座位之間的差異。

70

AとBの文章は、優先席に関して、どのように述べているか。

1 Aは、優先席ができたことで助かる点が多いと述べ、Bは、助かる点も多いが、問題点も多いと述べている。
2 Aは優先席のマイナス点について、Bはプラス面について述べているが、どちらも、優先席では決められた規則を守るべきだと述べている。
3 Aは優先席ができたことによるマイナス点について、Bは優先席があるだけでは解決できない問題点について述べている。
4 Aは優先席に座って人に席を譲ろうとしない若者の問題について、Bは優先席の決まりについての問題点について述べている。

A 和 B 對於博愛座是如何描述的？

1 A 提到博愛座的幫助較多，B 則提到雖有幫助，但也存在許多問題。
2 A 提及博愛座的負面方面，B 則提及正面方面，並且兩者都認為應遵守博愛座的規定。
3 A 說博愛座帶來了負面影響，B 則指出僅僅依靠博愛座的規定不足以解決問題。
4 A 討論了年輕人在博愛座上不願讓座的問題，B 討論了有關博愛座規定的問題。

答案 **(3)**

解題 A文章認為博愛座的存在將使得年輕人不再善解人意。B文章的前半段讚揚博愛座的好處，但在第九行的「ただ、／然而」之後談到當博愛座坐滿時的困擾，最後的結論是「決まりだけあっても問題は解決しない／就算有相關規定，仍然無法解決這個問題」。因此正確答案是選項 3。

其他 選項 1 A文章是全面批判博愛座，因此不正確。選項 2 A文章和B文章均未提到「決められた規則を守るべきだ／應當遵守既有規定」的觀點。選項 4 A文章陳述的問題是關於坐在非博愛座座位的年輕人。B文章則指出單單遵守既有規定並無法解決問題，但沒有認為「決まり／規定」本身有問題。

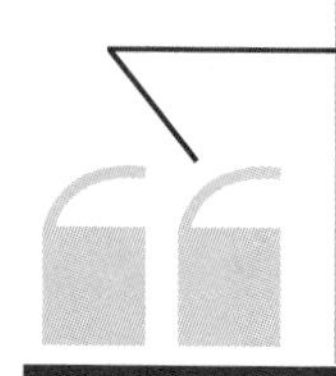

第二回 讀解

次の文章を読んで、後の問いに対する答えとして最もよいものを、1・2・3・4から一つ選びなさい。

請閱讀以下文章，然後從後面的問題中，選出最適合的答案。請從1、2、3、4中選擇一個。

スマートフォンを持っている高校生の割合は年々増加している。国の行政機関の調べによると、2015年には90%、2017年には92%、そして、19年には、なんと97%がスマートフォンを持っているということだ。

ところで、イギリスの大学の研究チームが、このほど、スマートフォンを含む携帯電話と学力の関係を調べて発表した。その研究チームはイギリスの16歳の生徒、約13万人を対象に、まず、生徒を学力別に5つのグループに分け、学校内へ携帯電話を持って入るのを禁止した。そして、禁止する前と後で、学力がどのように変化するかを比較してみたのだ。

その結果、最も学力の低い生徒のグループの成績が、スマートフォン持ち込み禁止後、向上したそうだ。そして、この効果は、授業を毎週1時間多く受けた場合と同じだったという。しかし、学力が高いグループでは、禁止の前後で成績に大きな変化はなかったそうである。

この結果からどのようなことが言えるだろうか。実験でスマートフォンを学校内に持って入ることを禁止されたのは、5つのどのグループでも同じなのだから、スマートフォンを学校に持ち込むこと自体が成績に関係あるとは考えられない。では、学力が最も低いグループだけが実験の前と比べて成績がよくなったのは、なぜだろうか。

結局、スマートフォンの使い方によるのではないかと思われる。学校でもゲームやメールなどにばかりスマートフォンを使っていた生徒たちは、その分勉強をする時間が少なくなるので成績がよくない。それを禁止されればその分本来の学校での勉強ができるので、成績が向上※1する。一方、学力が高いグループでは、スマートフォンを学校に持っていってもゲームやメールにばかり使っていなかったので、禁止されても成績には変化がないのだと考えられる。

もともと、スマートフォンとは、非常に便利な役に立つ機械なのである。いつでもどんな所にいても世界中のニュースを見ることができるし、さまざまなことを一応知ることができる。まさに知識の宝庫※2なのである。

にも関わらず、子供たちの成績が悪くなる、睡眠時間が少なくなるなどと、時に悪者のように言われるのは、ただ、その人の使い方が悪いせいなのである。

（注1）向上：よくなること

（注2）宝庫：宝がたくさん入っているところ

持有智慧手機的高中生比例逐年增加。根據國家行政機關的調查，2015年高中生持有智慧型手機的比例逐年攀升。根據國家行政機關的調查，2015年時，高中生智慧型手機的持有率為90%，2017年增至92%，到了2019年，這個比例已達97%。

據説，英國一所大學的研究團隊最近針對智慧型手機等行動電話與學業成績之間的關聯進行了研究，並發表了結果。研究團隊選取了約13萬名16歲的英國學生，先依照學業成績將學生分為五個組別，並禁止他們將手機帶入校園。接著，研究人員比較了禁令實施前後學生學業表現的變化。

研究結果顯示，學業成績最低的學生群體在禁令實施後，成績有所提升，效果相當於每週多上一小時的課。然而，對於成績較高的群體而言，禁令前後的成績變化並不顯著。

這項實驗的結果能帶來什麼啟示呢？由於實驗中五個組別的學生都被禁止攜帶手機進校園，因此無法直接推論智慧型手機的攜帶與學業成績之間存在直接關聯。那么，為何唯有成績最低的學生群體在禁令後出現明顯進步？

最終結果似乎指向智慧型手機的使用方式。那些在校園裡主要利用手機來玩遊戲或傳訊的學生，因為這些活動佔用了學習時間，成績因此較差。而在禁令實施後，他們能將更多時間投入學習，成績隨之提升※1。相對而言，成績較高的學生在校園中並不僅僅用手機玩樂或傳訊，因此禁令對其成績影響不大。

智慧型手機本是一種極為便利且實用的工具。無論身處何地，隨時能查看全球新聞，接收各種資訊，堪稱知識的寶庫※2。

然而，儘管如此，智慧型手機有時卻被視為成績下滑或睡眠不足的主因。這實際上只是由於使用方式不當罷了。

（注1）向上：變好

（注2）寶庫：裝有大量珍寶的地方

71 イギリスの大学の研究チームは、どのようなことを調べてみたか。

1 携帯電話を学校に持ち込むことを禁止すると、成績は変わるか。
2 高校生で携帯電話を持っているのはどれくらいいるか。
3 携帯電話を学校に持っていく人と持っていかない人の成績に差があるか。
4 高校生は、どんなことに携帯電話を使っているか。

英國的研究團隊調查了什麼？
1 禁止將手機帶入學校是否會改變成績。
2 擁有手機的高中生比例是多少。
3 帶手機和不帶手機的學生成績有無差異。
4 高中生使用手機做什麼。

答案 **(1)**

解題 請參見文章第五行的「携帯電話と学力の関係を調べて発表した／公布了行動電話與學習能力之相關性的研究調查結果」，以及從第七行起的「学校内へ携帯電話を持って入るのを禁止した。そして、禁止する前と後で、学力がどのように変化するかを比較／禁止學生將行動電話攜入校園，然後比較學生的學習能力於該項禁令實施前後有何差異」。可知正確答案是選項 1，也就是禁止將行動電話帶入校園後成績的變化。

其他 選項 3，雖然該實驗將所有學生分成五組，但是所有學生都被禁止將行動電話攜入校園，因此本選項不正確。

72 携帯電話を学校に持ち込むことを禁止したら、学力が最も低いグループの成績はどうなったか。

1 禁止する前と比べても、成績は変わらなかった。
2 禁止する前より、はかえって悪くなった。
3 禁止する前と比べて、成績がよくなった。
4 禁止する前より成績がよくなったが、また、すぐ悪くなった。

禁止將手機帶入學校後，學業成績最低的學生成績如何變化？
1 與禁止前相比，成績沒有變化。
2 成績反而比禁止前更差。
3 與禁止前相比，成績有所提高。
4 成績雖然一度提高，但很快又變差。

答案 **(3)**

解題 請參見本文章第九行提到的「最も学力の低い生徒のグループの成績がスマートフォン持ち込み禁止後、向上した／學習能力最低的那組學生在被禁止將智慧型手機攜入校園之後，成績進步了」。因此選項 3 正確。

其他 選項 4 文章並未寫到學生的成績進步之後又變差了。

73 筆者はスマートフォンについて、どう思っているか。

1 スマートフォンは、子供の成績を悪くするものだ。
2 スマートフォンと子供の成績は、全く関係ない。
3 スマートフォンは、頭の働きをよくするものだ。
4 使い方が問題なのであって、スマートフォンそのものは優れた機械だ。

筆者對智慧手機的看法是什麼？
1 智慧手機會使孩子的成績變差。
2 智慧手機和孩子的成績完全無關。
3 智慧手機能提高頭腦的運作效率。
4 問題在於使用方式，智慧手機本身是一項出色的科技。

答案 **(4)**

解題 最後一段提到「スマートフォンの使い方によるのではないか／或許關鍵在於智慧型手機的使用方式」。那些天天拿著智慧型手機打電玩或傳訊息的學生由於在校園內無法使用手機而成績進步了。另外幾組沒有沉迷於手機的學生即使被禁止將手機攜入校園，成績也沒有產生變化。

其他 換句話說，關鍵不在於學生是否持有智慧型手機（亦即與智慧型手機本身無關），而是學生使用智慧型手機的方式。因此正確答案為選項 4。

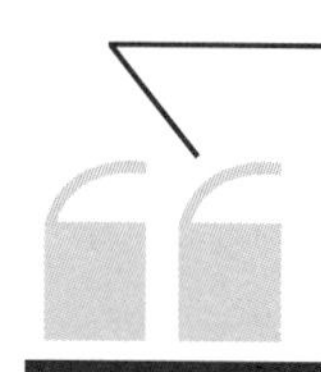

第二回 讀解

次のページは、長距離バスのパフレットである。下の問いに対する答えとして最もよいものを1・2・3・4から一つ選びなさい。

下面的頁面是一則長途巴士宣傳手冊。請根據下方的問題，選出最適合的答案。請從 1、2、3、4 中選擇一個。

関東関西長距離バスの旅

① 東京特急スーパースター号≪東京 121 便≫ 3 号車
東京⇒京都・大阪・天王寺　スタンダード価格 6,400 円　残席 ○

学生割引 10%　小学生以下半額　4 列シート　ひざ掛け　女性安心

支払い方法 ○クレジットカード ○コンビニ ○銀行・ゆうちょ○

東京 22:30 ➡京都 04:55 ➡大阪 05:55 ➡天王寺 06:20 ➡上本町 06:35 ➡布施 06:55

★ 子供は半額運賃
★ 中・高・大学・専門学校生 10% 割引

② ジャンピングスニーカー
東京⇒大阪・京都　価格 6,200 円　残席 ○

子供割引　4 列シート　トイレ付　ひざ掛け　女性安心

支払い方法○クレジットカード○コンビニ○銀行・ゆうちょ○

東京 23:20 ➡京都駅 05:55 ➡大阪 06:51 ➡なんば 07:11 ➡あべの橋駅 07:32

★ ゆっくり眠れる一斉リクライニング※
★ リーズナブルな 4 列スタンダードバス
★ 大判ブランケットなど充実のアメニティ

③ VIP ライナーＪロード 4 列スタンダード
東京⇒天王寺　価格 6,200 円　残席 1

学生割引　4 列シート　トイレ付　女性専用

支払い方法○クレジットカード○コンビニ○銀行・ゆうちょ○

東京 21:55 ➡横浜桜木町 24:10 ➡大阪 07:35 ➡なんば 07:55 →天王寺 08:15

★ 早売は席数限定、特定日は設定無
★ 子供は半額運賃
★ 乗車券は 1 ヶ月前から発売

（注）リクライニング：椅子を後ろに深く倒して寝やすいようにすること

關東關西長途巴士之旅

① 東京特急超級明星號≪東京 121 班次≫ 3 號車

路線：東京⇒京都・大阪・天王寺
票價：6,400 日圓
座位剩餘：o
學生優惠：九折
小學生以下票價：半價
座椅：4 排座位
配備：提供膝毯掛、設有女性安心專用座位
付款方式：信用卡、便利商店、銀行、郵局皆可
發車時間：東京 22:30 ➡京都 04:55 ➡大阪 05:55 ➡天王寺 06:20 ➡上本町 06:35 ➡布施 06:55
★小孩票價半價
★中學、高中、大學及專門學校學生享九折優惠

② 跳躍運動鞋號
路線：東京⇒大阪・京都
票價：6,200 日圓
座位剩餘：o
小孩優惠
座椅：4 排座位
配備：附廁所、提供膝毯，設有女性安心專用座位
付款方式：信用卡、便利商店、銀行、郵局皆可
發車時間：東京 23:20 ➡京都車站 05:55 ➡大阪 06:51 ➡難波 07:11 ➡阿倍野橋車站 07:32
★座椅配有可傾斜椅背※，讓您輕鬆入睡
★經濟實惠的 4 排標準座位巴士
★配有大尺寸毛毯等豐富配備

③ VIP Liner J 路線 4 排標準
路線：東京⇒天王寺
票價：6,200 日圓
座位剩餘：1
學生優惠
座椅：4 排座位
配備：附廁所，設有女性安心專用座位
付款方式：信用卡、便利商店、銀行、郵局皆可
發車時間：東京 21:55 ➡橫濱櫻木町 24:10 ➡大阪 07:35 ➡難波 07:55 ➡天王寺 08:15
★提前購票席位有限，特定日期不設限制
★小孩票價半價
★ 車票可提前 1 個月購買

（注）可傾倒椅背：椅子可向後深度傾倒，以便更好地休息。

74

東京に住むホンさん（男）は、バスで大阪に行きたいと思っている。同じ日本語学校の友達（女）も京都に行くので、一緒にチケットをとることになった。二人はどのバスのチケットを買うのがいいか。なお、ホンさんはなるべく体を伸ばして眠って行くことができればトイレがなくてもいいが、友達はトイレがなくては困ると言っている。

1 ①のバス

2 ②のバス

3 ③のバス

4 二人がいっしょに行ける適当なバスはない。

住在東京的洪先生（男）想坐巴士去大阪。同樣來自日本語學校的朋友（女）也要去京都，因此兩人決定一起訂票。洪先生希望能夠盡量伸展身體舒適地睡覺，沒有廁所也無妨，但朋友說沒有廁所就不方便。兩人應選哪輛巴士的票？

1 ①號巴士

2 ②號巴士

3 ③號巴士

4 沒有適合兩人一起搭乘的巴士

答案 **(2)**

解題 必備條件有三項：巴士必須在大阪和京都兩地停靠、座位要能讓身體舒展以便睡個好覺、車上附設廁所。②符合上述三項條件，所以選項 2 是正確答案。

其他 選項 1 ①沒有附設廁所。選項 3 ③沒有停靠京都。

75

東京に住むスミスさんは、大学生の奥さんと小学生の子どもを連れて家族で大阪に行く。①のバスを使った場合、三人分の料金はいくらか。

1 15,360 円

2 19,200 円

3 16,200 円

4 17,920 円

住在東京的史密斯先生準備和他的在讀大學生的妻子以及小學生的孩子一起坐巴士去大阪。如果選擇①號巴士，三人的票價是多少？

1. 15,360 日圓

2. 19,200 日圓

3. 16,200 日圓

4. 17,920 日圓

答案 **(1)**

解題 史密斯先生的票價是 6,400 日圓；就讀大學的妻子可以享有 10%優惠，票價為 5,760 日圓；小學生以下是半價，所以小孩的票價是 3,200 日圓。三人合計總共是 15,360 日圓。

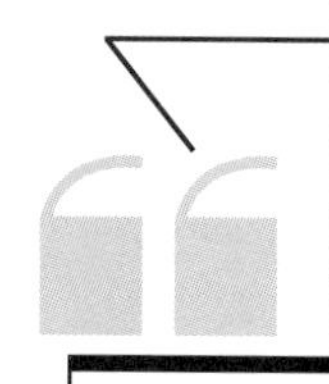

第二回 聽解

問題一 翻譯與解題

問題1では、まず質問を聞いてください。それから話を聞いて、問題用紙の1から4の中から、最もよいものを一つ選んでください。

問題1中，請先聆聽問題。然後聽取對話內容，從選項1到4中選擇最適合的答案。

例

レストランで店員と客が話しています。客は店員に何を借りますか。

M：コートは、こちらでお預かりします。こちらの番号札をお持ちになってください。

F：じゃあこのカバンもお願いします。ええと、傘は、ここに置いておいといてもいいですか。

M：はい、こちらでお預かりします。

F：だいぶ濡れてるんですけど、いいですか。

M：はい、そのままお預かりします。お客様、よろしければ、ドライヤーをお使いになりますか。

F：ハンカチじゃだめなので、何かふくものをお借りできれば…。ドライヤーはいいです。ふくだけでだいじょうぶです。

客は店員に何を借りますか。

1 コート
2 傘
3 ドライヤー
4 タオル

在餐廳裡，店員和顧客正在交談。客人向店員借了什麼？

M(店員)：我們可以幫您保管外套。請拿好這張號碼牌。

F(客人)：那這個包包也麻煩您了。嗯……傘可以放在這裡嗎？

M(店員)：好的，我們可以幫您保管。

F(客人)：傘有點濕，這樣可以嗎？

M(店員)：沒問題，我們就這樣收下。如果您需要，我們有吹風機可以使用。

F(客人)：手帕不太夠用，能借我一塊布來擦嗎？吹風機就不用了，只需要擦一擦就好。

客人向店員借了什麼？

1 外套
2 雨傘
3 吹風機
4 毛巾

答案 **(4)**

解題 女士想跟店員借的東西，從對話中的「だいぶ濡れてるんですけど／(包包)濕透了」。再加上女士最後一段話首先説「何かふくものをお借りできれば…／如果能借我可以擦拭之類的東西…」，後面又説「ふくだけでだいじょうぶです／可以擦拭就好了」。「ふく／擦」這個單字是指為了弄乾或弄乾淨，用布或紙等擦拭，以去掉水分或污垢等的意思，只要能聽出這一點就知道答案是選項4的「タオル／毛巾」了。

其他 選項1「コート／外套」是女士身上穿的。選項2「傘／雨傘」是女士帶過去的。選項3「ドライヤー／吹風機」被女士的「ドライヤーはいいです／吹風機就不用了」給拒絕了。「いいです／不用了」在這裡是一種委婉的謝絕或辭退的説法，通常要説成下降語調。

1

旅行ガイドが話をしています。この寺でしてはいけないことはなんですか。

M：このお寺は、今から400年前に建てられました。一般に見学ができるようになったのは、今世紀になってからで、それまでは年に数日しか見学できませんでした。中はもちろん禁煙で、飲食もできません。もし中に入る場合は、入口で靴を脱いで、ビニール袋に入れて入ってください。あと、写真ですが、中でも庭でも、混んだ場所で長い間止まって撮影するのはご遠慮ください。それでは、時間までどうぞごゆっくり見学なさってください。

この寺でしてはいけないことはなんですか。

1 お寺の中を見学すること
2 靴を脱いで寺の中に入ること
3 靴を履いたまま寺の中に入ること
4 写真の撮影

M(導遊)：這座寺廟是在約400年前建成的。直到本世紀，寺廟才對公眾開放參觀，在此之前每年只有幾天可以參觀。寺廟內當然是禁止吸煙的，並且不能飲食。如果進入寺廟內，請在入口脱鞋，並將鞋子放入塑膠袋中帶入。另外，關於拍照，無論是在寺內還是庭園裡，請避免在擁擠的場所長時間停下來拍攝。那麼，請各位隨意參觀，享受這段時間吧。

在這座寺廟裡不能做什麼？

1 參觀寺廟內部
2 脱鞋進入寺廟
3 穿著鞋進入寺廟
4 拍攝照片

答案 **(3)**

解題 説明中提到「中に入る場合は、入口で靴を脱いで、ビニール袋に入れて入ってください／要進去寺廟，請在入口處脱鞋，並且放入塑膠袋內」，所以選項3是正確答案。

其他 選項4並沒有禁止拍照，只是説「混んだ場所で長い間止まって撮影するのはご遠慮ください／請勿在人多的區域裡逗留攝影」。

→ 這裡的「～はご遠慮ください／請勿…」是請不要做某動作的意思。

2

男の人と女の人が話しています。二人は、何時からの映画の席を予約しますか。

F：会社を出るのが6時だから、6時半からだとちょっと間に合わないな。

M：そうか。僕は明日はけっこう早く帰れそうだから、6時半でもいいんだけどね。

F：へえ。珍しい。じゃ、私もがんばって早めに仕事を終わらせて、なんとか間に合うようにするよ。

M：でもこれ、少しでも遅くなったら話がわからなくなるよ。7時でいいよ。やっぱり映画は、絶対に最初から見ないとダメだ。

F：だいじょうぶよ。でも、あ、50分に始まるのもある。

M：そうなんだけどさ、こっちは全部売り切れだよ。席がない。

F：ああ、残念。じゃ、やっぱりがんばるから、先に行って座ってて。

M：そう？じゃ予約するよ。

二人は、何時からの映画の席を予約しますか。

1 6時から
2 6時半から
3 6時50分 から
4 7時から

一男一女正在交談。兩人最終訂的是幾點的電影？

F(女方)：我6點才下班，所以6點半開始的電影我可能來不及。

M(男方)：這樣啊。我明天應該能比較早回家，6點半的電影我可以趕上。

F(女方)：哦，真少見。那我也會盡量提前把工作做完，看看能不能趕上。

M(男方)：但這部電影只要稍微遲到一點，就會看不懂了。還是訂7點的吧。電影一定要從頭看才行。

F(女方)：沒關係啦。不過，還有6點50分開始的場次。

M(男方)：是有這場，但票已經賣光了，沒有座位了。

F(女方)：啊，真可惜。那我還是努力趕過去，你先去訂好座位吧。

M(男方)：好啊，那我現在訂票。

兩人最終訂的是幾點的電影？

1 從6點開始
2 從6點半開始
3 從6點50分開始
4 從7點開始

答案 **(2)**

解題 男士提到可以買六點半的場次。女士說她要盡快趕完工作，趕上電影。雖然也提到要買六點五十分的場次，但票已經賣完了。最後女士說「じゃ、やっぱりがんばるから、先に行って座ってて／那我還是努力趕完工作，你先進場坐著等我吧」意思也就是要努力趕上六點半的電影。選項3六點五十分開始的電影票已經賣完了。

3

男の人が旅行会社に電話をして、バスのチケットを予約しています。男の人は料金をどうやって支払いますか。

F：京都まで、大人お一人様、11時ご出発のロイヤルシートですね。7,800円になります。お支払い方法はどうなさいますか。

M：ええと、銀行振り込みで。

F：申し訳ありません、こちら、あさってのご出発なので、直接こちらの窓口に来ていただくか、インターネットを使ってクレジットカードでお支払いいただく方法になってしまうんです。コンビニも、ちょっと間に合わないので。

M：チケットはどうなりますか。

F：はい、お支払いの確認後に、速達でお送りします。

M：受け取りに行くことはできるんですか。

F：はい。本日ですと8時まで開いております。お支払いが済めばその場でチケットもお渡しします。

M：じゃ、そうします。

男の人は料金をどうやって支払いますか。

1 銀行で振り込む

2 クレジットカードで払う

3 コンビニで払う

4 直接払いに行く

男士打電話給旅行公司預訂巴士車票。男士將如何支付票款呢？

F(旅行公司職員)：到京都的車票，皇家座位，一位大人，出發時間是上午11點，費用為7,800日圓。請問您打算如何支付？

M(男士)：嗯，我想用銀行轉帳支付。

F(旅行公司職員)：非常抱歉，因為您是後天出發，我們只能接受現場付款或通過網路使用信用卡付款，銀行轉帳來不及了，便利商店支付也不適用。

M(男士)：那車票會怎麼處理？

F(旅行公司職員)：我們會在確認付款後，通過快遞寄送給您。

M(男士)：我可以親自去取票嗎？

F(旅行公司職員)：可以的，我們今天營業到晚上8點，您可以付款後當場取票。

M(男士)：好，那我親自去支付。

男士將如何支付票款呢？

1 在銀行匯款

2 用信用卡支付

3 在便利商店支付

4 親自去支付

答案 **(4)**

解題 支付方式只能選擇直接臨櫃支付，或是透過網路刷信用卡。聽到付款完成後，就可以當場取票，男士回答「そうします／那就這麼辦吧」是指他要臨櫃支付、並且當場取票。

其他 選項1對於男士說要「銀行振り込みで／銀行轉帳」，女士以「申し訳ありません／非常抱歉」來拒絕男士。選項2從男士選擇了臨櫃付款可以判斷選項2不正確。選項3女士提到「コンビニもちょっと間に合わないので／超商繳款的方式可能也趕不及了」。

4

会社で、上司が部下に話をしています。部下はこれから何をしなければなりませんか。

M：今までかなり準備をしていたみたいだから、だいじょうぶだと思うけど、明日の資料の準備はできている？
F：はい。中国語の資料を準備しました。あと、通訳も9時に来ます。今回、英語の資料は準備していませんが…。
M：ああ、それはいいよ。会議室で使うマイクは？
F：はい、今朝、置いておきました。
M：あ、あれね、ちょっと調子が悪かったから、田中君に直してもらっているんだ。
F：田中さん、さっきでかけてしまって、今日は会社に戻らないと言っていましたが。
M：えっ、まずいな、彼は明日使うことは知らないはずだから。連絡とれるかどうか…。確かあれしかないと思うけど。
F：わかりました。すぐに新しいのを準備します。

部下はこれから何をしなければなりませんか。

1 通訳に連絡する
2 英語の資料を準備する
3 田中さんに連絡する
4 新しいマイクを準備する

在公司裡，上司與部下正在交談。部下接下來需要做什麼？

M(上司)：你之前做了不少準備，我想應該沒問題。不過，明天的資料準備好了嗎？
F(部下)：是的，我準備了中文資料，口譯員也會在9點到。不過，這次我沒準備英文資料。
M(上司)：沒關係。會議室的麥克風呢？
F(部下)：我早上已經放好了。
M(上司)：哦，那個麥克風有點問題，田中先生正在修理。
F(部下)：田中先生剛剛出門了，說今天不會回公司。
M(上司)：哦，這就麻煩了。他應該不知道我們明天要用這個麥克風吧。我得看看能不能聯繫到他……不過我想沒其他選擇了。
F(部下)：明白了，我馬上準備一個新的麥克風。

部下接下來需要做什麼？

1 聯繫口譯員
2 準備英語資料
3 聯繫田中先生
4 準備新的麥克風

答案 **(4)**

解題 最後女士說「すぐに新しいのを準備します／馬上就去準備一支新的麥克風」。「新しいの／新的」的「の／的」是指麥克風。因此正確答案為選項4。

其他 選項1口譯人員會在九點抵達。選項2男士說「ああ、それはいいよ／哦，那不需要」。選項3男士說「連絡とれるかどうか／不知道能不能聯絡到他」，沒有明確說要聯絡田中先生。

5

男の人と女の人が話しています。二人はまず何をしなければなりませんか。

M：ああ疲れた。

F：ほんと。でも、久しぶりに楽しかったね。やっぱり山はいいよ。さあ、シャワー浴びようっと。

（電話の着信音）

F：もしもし…あ、お母さん、こんにちは。…はい。えっ！？　はい…だいじょうぶです。じゃ、お待ちしています。…大変。今からお母さんが来るって。

M：えっ、今から？断ればよかったのに。

F：そんなの無理よ。掃除しないと。あっ、買い物。買い物が先。冷蔵庫の中、何にもないよ。これじゃ料理も何にもできないから。

M：でも、この洗濯物、どうするの。

F：そんなのあとでいいよ。

二人はまず何をしなければなりませんか。

1 シャワーを浴びる
2 買い物に行く
3 掃除をする
4 料理をする

男士和女士止在交談。兩人首先需要做什麼？

M(男士)：哎，真累啊。

F(女士)：真的。不過，今天玩得很開心，好久沒這麼放鬆了。果然山上真不錯。來，我先去洗個澡。(電話響起)

F(女士)：喂？……啊，媽媽，您好。……什麼？……嗯，沒問題，我們等您。……糟了，媽媽現在要過來了。

M(男士)：什麼，現在？你應該拒絕啊。

F(女士)：那怎麼可能嘛。我們得趕快打掃。哦，對了，得先去買東西。冰箱裡什麼都沒有，這樣根本做不了飯。

M(男士)：那這些衣服怎麼辦？

F(女士)：衣服之後再說吧。

兩人首先需要做什麼？

1 洗澡
2 去購物
3 打掃
4 烹飪

答案 **(2)**

解題 因為媽媽要來，所以要打掃跟買菜，「買い物が先／要先去買菜」的意思是買菜比打掃更緊急，而髒衣服則等媽媽回去之後再洗衣服。所以正確答案是選項２。

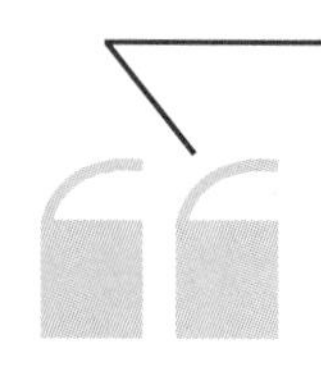

第二回 聽解

問題二 翻譯與解題

問題2では、まず質問を聞いてください。そのあと、問題用紙のせんたくしを読んでください。読む時間があります。それから話を聞いて、問題用紙の1から4の中から最もよいものを一つ選んでください。

在問題 2 中，請首先聆聽問題。然後閱讀問題紙上的選項，這段時間可以用來仔細閱讀。接下來聆聽對話，從選項 1 到 4 中選擇最合適的答案。

例

男の人と女の人が話しています。男の人はどうして寝られないと言っていますか。

M：あーあ。今日も寝られないよ。

F：どうしたの。残業？

M：いや、中国語の勉強をしなくちゃいけないんだよ。おとˊとい、部長に呼ばれたんだ。それで、この前の会議の話をされてさ。

F：何か失敗しちゃったの？

M：いや、あの時、中国語の資料を使っただろう、って言われてさ。それなら、中国語は得意だろうから、来月の社長の出張について行って、中国語の通訳をしてくれって頼まれちゃって。仕方がないからすぐに本屋で買って来たんだ。このテキスト。

F：ああ、これで毎晩練習しているのね。でも、社長の通訳なんてすごいじゃない。がんばって。

男の人はどうして寝られないと言っていますか。

1 残業があるから
2 中国語の勉強をしなくてはいけないから
3 会議で失敗したから
4 社長に叱られたから

男士和女士正在交談。男士為什麼睡不著？

M(男士)：唉，今天又睡不著了。

F(女士)：怎麼了？是因為加班嗎？

M(男士)：不是，我得學中文。前天，部長叫我去談話，提到了之前會議上的事情。

F(女士)：你是不是搞砸了什麼？

M(男士)：不是，他說我那時用的是中文資料，覺得我應該很擅長中文，所以叫我下個月陪社長出差，當他的中文翻譯。沒辦法，我就趕緊去書店買了這本教材。

F(女士)：哦，怪不得你每天晚上都在練習。不過能當社長的翻譯真厲害啊，加油！

男士為什麼睡不著？

1 因為有加班
2 因為必須學習中文
3 因為在會議中失敗了
4 因為被社長訓斥了

答案 **(2)**

解題 從男士說因為之前會議中引用了中文的資料，被部長認為應該很擅長中文，而派任務跟社長一起出差，同時擔任中文口譯。因此男士不能睡覺的原因是「中国語の勉強をしなくちゃいけないんだよ／必須得學中文」，由此得知答案是選項 2 的「中国語の勉強をしなくてはいけないから／因為必須得學中文」。

其他 選項 1 女士問「どうしたの。残業？／怎麼啦？加班？」，男士否定說「いや／不是」，知道選項 1「残業があるから／因為要加班」不正確。選項 3 男士提到之前的會議，女士又問「何か失敗しちゃったの／是否搞砸了什麼事？」，男士又回答「いや／不是」，知道選項 3「会議で失敗したから／因為會議中失敗了」也不正確。選項 4 對話中完全沒有提到「社長に叱られたから／因為被社長罵了」這件事。

1 女の人と店員が話しています。店員はどうしてあやまっているのですか。

M：いらっしゃいませ。
F：あのう、さっきここで買ったんですけど、袋にちがう物が入っていて。
M：あ、これは…。大変失礼いたしました。
F：忙しそうだったんで、しょうがないとは思うんですけど。
M：少々お待ちください。…（間）…こちらの品物で間違いはないでしょうか。
F：そうそう。こっちのシャツです。
M：もう、本人が帰ってしまったのですが、よく注意します。わざわざ来ていただいて恐縮です。本当に申し訳ありません。もうこんなことがないように気をつけますので、どうかまたよろしくお願いいたします。

店員はどうしてあやまっているのですか。
1 別の店員が、品物の値段を間違えたから
2 別の店員が、帰ってしまったから
3 別の店員が、品物を間違えて渡したから
4 品物が、壊れていたから

女人和店員正在交談。店員為什麼道歉呢？

M(店員)：歡迎光臨。
F(女顧客)：不好意思，我剛剛在這裡買的東西，袋子裡裝錯了商品。
M(店員)：哦，這是……非常抱歉，真是失禮了。
F(女顧客)：我知道你們很忙，這種情況也難免。
M(店員)：請稍等片刻。……(間隔)……這是您要的商品嗎？
F(女顧客)：對，就是這件襯衫。
M(店員)：原本負責的員工已經下班了，我會提醒他們注意。非常感謝您特地回來，真的非常抱歉。我們一定會加倍小心，避免再發生這樣的錯誤，期待您下次光臨。

店員為什麼道歉呢？
1 另一名店員錯誤標示了商品價格
2 另一名店員已經離開了
3 另一名店員錯誤地交給了顧客不同的商品
4 商品損壞了

答案 **(3)**

解題 客人説「さっきここで買ったんですけど、袋にちがう物が入っていて／我剛才來這裡買東西，可是袋子裡的商品好像放錯了」可知是因為袋子裡的商品放錯了。另外，後面提到的「本人」是指之前把商品賣給女士的店員。因此正確答案是選項 3。

其他 選項 1 對話中沒有提到價錢。選項 2 問題不在那位店員是否回去了。選項 4 對話中沒有提到商品有所損壞。

2

母親と父親が、子どものノートについて話しています。母親は、どんなノートの取り方がいいと言っていますか。

M：これ、さとしのノート？…なんだ、ちゃんと書いてないな。
F：ああ、そう思う？でもね、これ、結構ちゃんと書けてるほうみたいよ。この前、中学の先生がテレビで話してた。
M：ふうん。まあ、字は…汚くはないな。えんぴつもちゃんと削ってあるし。
F：そうよ。
M：でも、先生が黒板に書いてあったことしか書いてないよ。書かないのかな？例えば、先生の話のメモとかさ。
F：ああ、自分で疑問に思ったこととかね。まあ、それができるに越したことはないけど、中学生には無理だって。私も、欲張っていろいろ書いているうちに大切なことを聞き逃すより、中学の間は、先生が書いたことをきちんとした字で写すことが大事だと思う。あとで赤いペンで重要なとこに印をつければ十分よ。

母親は、どんなノートの取り方がいいと言っていますか。

1 先生が黒板に書いたことをきちんと書く
2 先生の話の大事な点をメモする
3 自分で疑問に思ったことを書く
4 先生の話した内容に赤いペンで印をつける

母親和父親在討論孩子的筆記。母親認為怎樣的筆記方法是好的？

M(父親)：這是聰的筆記本嗎？……怎麼回事，寫得不怎麼完整啊。
F(母親)：你這麼覺得嗎？不過，這已經算寫得不錯了。之前有個中學老師在電視上説過這些事。
M(父親)：嗯……字倒是不算太差，鉛筆也削得挺好。
F(母親)：對吧。
M(父親)：可是他只抄寫了老師寫在黑板上的東西，沒寫其他的嗎？比如記些老師説的話之類的。
F(母親)：嗯，像是記錄自己有疑問的地方？那當然是好的，但老師説，中學生還做不到這一點。我覺得，與其貪心地試圖記很多東西，反而忽略了關鍵內容，倒不如讓孩子在中學階段好好把老師寫在黑板上的東西抄清楚。之後再用紅筆標記重點就夠了。

母親認為怎樣的筆記方法是好的？

1 把老師在黑板上寫的內容記錄好
2 記下老師講話中的重點
3 寫下自己心中的疑問
4 用紅筆標記老師講述的內容

答案 **(1)**

解題 母親認為「中学の間は、先生が書いたことをきちんとした字で写すことが大事だと思う／國中階段，專心抄寫老師寫在黑板上的字非常重要」。因此正確答案是選項1。選項2是父親列舉出他認為有做到會比較好的事情。選項3是母親聽了父親的話，接著舉出的其他例子。選項4，母親認為最重要的是選項1，另外如果能做到選項4就更好了。

※文法補充：對話中的「～に越したことはない／…是再好不過了」是「もちろん～ほうがいい／當然…的話最好」、「できれば～ほうがいい／如果可能…比較好」的意思。例句：

旅行に行くなら、荷物は小さいに越したことはないですよ／旅行的話，行李當然是越小越好囉。

3

息子と母親が家で話しています。母親が忙しい理由は何ですか。

M：あれ、出かけるの。

F：そう。もう忙しくて目が回りそう。昨日も区役所やら郵便局やらで待たされて、今日は銀行。住所変更だけなんだけど、また待たされるかな。

M：住む所が変わるんだからしかたないよ。あーあ、明日からテスト。いやだなあ。食事はどうするの。

F：カレーを作っておいたから食べて。

M：うん。お母さんはどうするの。

F：帰って来てから食べるわ。午後は本を箱につめなきゃ。じゃ、行ってくるから、試験の勉強、がんばってよ。

母親が忙しい理由は何ですか。

1 テストがあるから
2 もうすぐ引っ越しだから
3 引っ越したばかりだから
4 食事を作らなければならないから

兒子和母親在家中交談。母親為何如此忙碌？

M(兒子)：咦，妳要出門嗎？

F(母親)：是啊，忙得我頭昏眼花。昨天在區公所和郵局等了好久，今天還要去銀行。只是個地址變更，但可能又要等很久。

M(兒子)：住址變了，這也是沒辦法的事啊。唉，明天就要考試了，真煩。那今天的飯怎麼辦？

F(母親)：我已經做好咖哩了，你自己吃吧。

M(兒子)：嗯，妳呢？

F(母親)：我回來後再吃。下午還要把書打包。好了，我走了，你好好準備考試吧。

母親為何如此忙碌？

1 因為有考試
2 因為即將搬家
3 因為剛搬過來
4 因為必須做飯

答案 **(2)**

解題 從「住所変更／改住址」、「住む所が変わる／要搬家」可知這一家人要搬家。再從「午後は本を箱につめなきゃ／下午得把書裝箱才行」可知搬家是還沒發生的事。因此正確答案是選項２。

→ 這裡的「つめなきゃ／得裝箱」是「つめなければ（ならない）／必須得裝箱」的口語說法。一起記下來吧！

※ 詞彙補充：「目が回る」是指非常忙碌的意思。

4

大学で、男の先生と女の先生が話しています。男の先生は、なぜ参加者が多かったと言っていますか。

F：研修旅行、お疲れ様でした。

M：手伝っていただいて、いろいろ助かりました。ホテルの食事もなかなかでしたよ。

F：たいして珍しいところでもないのに参加者が急に増えたのは驚きましたね。

M：今回は、申し込み締切日の直前に、現地で働いている人の講演がありましたよね。やはり、国際交流の現場を体験したいと思ったんでしょうね。

F：国際交流についてはこれからテキストで学ぶところですが、ちょうどいいきっかけになるんじゃないでしょうか。

M：今回の経験を通して、異文化を理解するには、思い切ってまず向こうの文化に飛び込んでみることも大切だと感じてくれているといいんですか。

男の先生は、なぜ参加者が多かったと言っていますか。

1 ホテルの食事がおいしいから
2 珍しい場所に泊るから
3 現場で働く人の話を聞いたから
4 これからテキストで国際交流について学ぶから

在大學裡，一位男老師和一位女老師正在交談。男老師認為為何參加者增加了？

F(女老師)：研修旅行辛苦了。

M(男老師)：多虧了您的幫忙，真的幫了不少忙。飯店的餐食也挺不錯的。

F(女老師)：明明不是什麼特別有趣的地方，參加人數卻突然增加，真是讓人驚訝。

M(男老師)：這次是在報名截止前安排了當地工作人員的講演。我想大家是想親身體驗一下國際交流的工作吧。

F(女老師)：我們正要在課堂上開始學習國際交流，這次的講演正好成為了一個很好的契機吧。

M(男老師)：希望通過這次經驗，學生們能理解到，想要了解不同文化，勇敢地融入當地文化是非常重要的。

男老師認為為何參加者增加了？

1 因為飯店的食物很美味
2 因為入住稀有的地方
3 因為聽取了現場工作人員的講話
4 因為即將從課本中學習國際交流

答案 **(3)**

解題 對話中提到「申し込み締切日の直前に、現地で働いている人の講演がありましたよね／在報名截止日的前一天，剛好有一場演講的講者是在外國工作」導致學生因為想親身體驗國際交流場合，所以參加了研修營。這是與會人數增加的原因，因此選項 3 是正確答案。

其他 選項 4 談話中提到參加研修營能為接下來的學習奠定基礎，但這並非參加研修營的理由。

5

男の人が近所の人と話しています。男の人はこれからどうすると言っていますか。

F：中野さん、こんにちは。
M：ああ、どうも（犬の鳴き声）。
F：（犬に）ジョン、久しぶり。（男の人に）ご旅行でしたか。
M：しばらく、息子の家に行っていたんですよ。そういえば、近くで事件があったようですね。そこにたくさん警官がいましたよ。
F：あのマンションにどろぼうが入ったみたいですよ。こわいですよね。
M：ああ、カギの閉め忘れかな。
F：いえ、空いてる窓から入ったみたいです。誰もいない時間を狙って。
M：そうか。ここらへんは昼間も人が少ないからなあ。よし。ご近所のために、こいつともっと出歩こう。
F：ああ、みなさんも、とても助かりますよ。ジョン、よろしくね。

男の人はこれからどうすると言っていますか。

1 息子の家に行くのをやめる
2 カギを閉めるのを忘れないようにする
3 出かける時は、近所に声をかける
4 犬の散歩の時間を増やす

一位男士正在與鄰居交談。男士接下來打算做什麼？

F(女鄰居)：中野先生，您好。
M(男鄰居)：哦，您好。(狗叫聲)
F(女鄰居)：(對著狗)約翰，好久不見。(對男士)您剛去旅行了嗎？
M(男鄰居)：不，我去兒子家住了一段時間。對了，聽說這附近發生了一起案件，有很多警察在那裡。
F(女鄰居)：聽說那棟公寓進了小偷，真是太可怕了。
M(男鄰居)：哦，是忘記鎖門了嗎？
F(女鄰居)：不是，好像是從開著的窗戶進去的，趁沒人在家的時候。
M(男鄰居)：是這樣啊。這一帶白天人確實不多。好吧，為了鄰里的安全，我得帶著這傢伙(指狗)多出去走走。
F(女鄰居)：哦，那大家可就多虧您了。約翰，以後就靠你啦！

男士接下來打算做什麼？

1 放棄去兒子的家
2 確保不忘記鎖門
3 外出時向鄰居打招呼
4 增加與狗的散步時間

答案 **(4)**

解題 男士提到「ご近所のために、もっと出歩こう／為了守望相助，我要常常帶這傢伙出來走動走動」。「もっと／更」是「要比目前為止，更…」的意思。「こいつ／這傢伙」是指狗狗約翰。因此正確答案是選項4。

6

会社で男の人と女の人が話しています。女の人は男の人にいつ書類を渡しますか。

M：おはようございます。

F：おはようございます。明日の会議の資料、あと一時間ほどでできますがどうやってお渡ししましょうか。

M：今、9時ですね。じゃ、カラーで印刷して直接僕にください。データは保存しておいてください。

F：わかりました。では、のちほどお持ちします。

M：午前中に行くところがあるので、2時くらいでもいいですよ。

F：何時に出ますか。

M：11時には出ます。

F：わかりました。私は午後から出かけてしまうので、それまでにお持ちします。

女の人は男の人にいつ書類を渡しますか。

1 9時半頃
2 11時前
3 12時過ぎ
4 2時頃

公司裡，一位男士和一位女士在對話。女方什麼時候會把資料交給男方？

M(男士)：早上好。

F(女士)：早上好。明天會議的資料大約一個小時後就能完成，請問要怎麼交給您呢？

M(男士)：現在是9點，那就印成彩色的直接交給我吧，數據文件請保存起來。

F(女士)：明白了，我等會兒給您送過去。

M(男士)：我上午要外出，下午2點左右再給我也可以。

F(女士)：您幾點出發？

M(男士)：11點。

F(女士)：好的，我下午也要外出，所以會在那之前給您送過去。

女方什麼時候會把資料交給男方？

1 大約9點半
2 11點前
3 中午過後
4 大約2點

答案 **(2)**

解題 現在是九點，資料再過一小時左右就能完成。男士表示十一點要出門，請女士下午兩點左右提交資料，但女士說她下午要外出，所以會在男士出門前把資料送過去。「それまでに／在那之前」是指11點男士出門之前。因此正確答案是選項2。

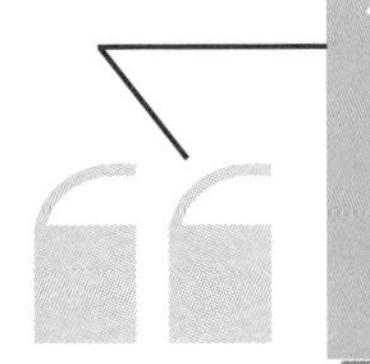

3番問題用紙に何もいんさつされていません。この問題は、全体としてどんな内容かを聞く問題です。話の前に質問はありません。まず話を聞いてください。それから、質問とせんたくしを聞いて、1から4の中から、最もよいものを一つ選んでください。

問題 3 問題紙上沒有任何印刷的內容。這是一個需要了解整體內容的問題。在對話之前，沒有提問。請先聆聽對話，然後聆聽問題和選項，從 1 到 4 中選擇最合適的答案。

例

テレビで俳優が、子どもたちに見せたい映画について話しています。

M：この映画では、僕はアメリカ人の兵士の役です。英語は学校時代、本当に苦手だったので、覚えるのも大変でしたし、発音は泣きたくなるぐらい何度も直されました。僕がやる兵士は、明治時代に日本からアメリカに行った人の孫で、アメリカ人として軍隊に入るっていう、その話が中心の映画なんですが、銃を持って、祖父の母国である日本の兵士を撃つ場面では、本当に複雑な辛い気持ちになりました。アメリカの女性と結婚して、年をとってから妻を連れて、日本に旅行に行くんですが、自分の祖父のふるさとをたずねた時、妻が一生懸命覚えた日本語を話すんです。流れる音楽もいいですし…とにかくとてもいい映画なので、ぜひ観てほしいと思います。

どんな内容の映画ですか。

1 昔の小説家についての映画
2 戦争についての映画
3 英語教育のための映画
4 日本の音楽についての映画

電視節目中，一位演員在談論想讓孩子們觀看的電影。

M(演員)：在這部電影中，我扮演一個美國士兵。因為我的英語在學校時非常差，所以記台詞和發音都讓我頭疼，經常被糾正到快要哭出來。我飾演的這個士兵，是明治時期從日本移民到美國的人的孫子，作為美國士兵參軍。電影的主要內容就是他的故事。有一幕是他拿著槍，對著祖父的祖國——日本的士兵開槍，這一刻讓我感到非常複雜和痛苦。後來他娶了一位美國女性，年老時他帶妻子去日本旅行，拜訪祖父的故鄉。當妻子用她努力學會的日語交流時，背景音樂也非常動人……這真的是一部很棒的電影，我希望大家都能看看。

這部電影的內容是什麼？

1 關於古代小說家的電影
2 關於戰爭的電影
3 關於英語教育的電影
4 關於日本音樂的電影

答案 **(2)**

解題 對話中列舉了戰爭相關的內容。從演員扮演的日裔美國人入伍開始，中間手持槍打日本軍，也就是日本人打日本人的畫面，到攜美籍妻子赴日探訪祖父的家鄉，妻子努力用所學的日語說話等內容。知道正確答案是選項 2。

其他 選項 1 內容沒有提到以前的小說家。選項 3 內容只提到演員扮演日裔美國人時，說英語的萬般辛苦，並沒有提到英語教育一事。選項 4 內容只提到電影中播放的配樂，並沒有提到日本相關音樂。

1

コンサートが終わった後、男の人と女の人が演奏について話しています。

F：楽しかったね。今日は誘ってくれてありがとう。

M：気に入ってよかったよ。あんまり趣味じゃないかもって田中さんから聞いてたから心配だったんだ。

F：ああ、この前田中さんと行った時は知らない曲だったものだから、なんか退屈で。

M：まあ、今日のは有名な曲ばかりで、最近の映画に使われたのもあったね。

F：うん。マンガが映画になったんだよね。音楽大学のピアノ科の学生が、オーストリアに留学する…。

M：そうそう。でも、今日はバイオリンが上手だったな。

F：私は、楽器はよくわからないけど、感動した。

二人が聞いたのはどんな音楽のコンサートですか。

1 クラシック
2 日本の古い民謡
3 映画音楽
4 ロック

音樂會結束後，男士和女士在討論演奏的情況。

F(女方)：今天真是太開心了。謝謝你邀請我來。

M(男方)：你喜歡就好。我聽田中說這可能不是你特別喜歡的類型，所以還有點擔心。

F(女方)：啊，因為上次跟田中去的那場演奏會是一些我不太熟悉的曲子，聽得有點無聊。

M(男方)：嗯，今天的曲子都是很有名的，還有些是最近電影裡用到的。

F(女方)：對啊，那部漫畫改編成的電影，講的是音樂大學鋼琴系的學生去奧地利留學的故事……

M(男方)：對對，不過今天的小提琴演奏真的很棒。

F(女方)：我對樂器不太了解，但真的很感動。

他們聽的是什麼類型的音樂會？

1 古典音樂
2 日本古老民謠
3 電影音樂
4 搖滾音樂

答案 **(1)**

解題 從「音楽大学のピアノ科／音樂大學鋼琴系」和「バイオリンが上手だった／小提琴拉得真好」這兩句話可以推測出兩人聽的是古典樂，因此正確答案是選項１。

其他 選項２的「民謡／民謠」是指在某個民族的生活中被廣泛傳唱的音樂。對話中並沒有提到。選項３從「最近の映画に使われたのもあったね／就連最近的電影配樂也有呢」可知不是電影配樂。

2 鉄道の魅力について、作家が話をしています。

M：私はまだまだオタク、と言われるほどではないんですが、ここ数年、よく鉄道を使って旅行をしています。地理を学ぶことができますし、列車が走っている音を聞きながらうとうとすると幸せな気持ちになるんです。人気のある寝台特急は切符がとりにくいですが、すばらしい景色と食堂車や、バーが楽しめます。私の一番の楽しみは、他のお客さんとのコミュニケーションです。もちろん、一人でゆっくり誰にも邪魔をされたくないという人には個室がある列車も走っていますが、私は列車で出会う人を観察するのも楽しいと思うんです。初めて会った人の印象が、ある出来事を通して列車に乗っている間に変わって行く様子を書いたのが、先日発表した小説です。今、長距離列車が次々に消えていますから、いつか寝台車で旅を、と思うなら早めに経験した方がいいですよ。

この作家にとって、鉄道の旅の一番の楽しみは何ですか。

1 居眠りをすること
2 豪華な食堂車で食事をすること
3 他の乗客とのコミュニケーション
4 誰にも邪魔をされないこと

作家在談論鐵路的魅力。

M(作家)：雖然我還沒到被稱為「鐵道迷」的程度，但這幾年我經常坐火車旅行。透過旅行，我學到了不少地理知識，而且伴隨著火車行駛的聲音小睡，會讓我感到非常幸福。受歡迎的臥鋪特快車票很難搶到，但它的風景和餐車、酒吧都非常值得享受。我最喜歡的部分是與其他乘客的交流。當然，如果你想安靜地獨處，不被打擾，也有帶有私人包廂的列車，但我覺得觀察在火車上遇到的人也是一種樂趣。我還寫了一部小説，講述的是初次見面的人，在火車旅途中經歷某件事後，對彼此的印象逐漸改變的故事。現在長途列車逐漸消失，如果你想體驗臥鋪車旅行，最好儘早去體驗一下。

對這位作家而言，鐵路旅行中最有趣的部分是什麼？

1 打瞌睡
2 在豪華的餐車裡用餐
3 與其他乘客的互動交流
4 不被任何人打擾

答案 **(3)**

解題 因為作家提到了「私の一番の楽しみは／我最喜歡的」，所以要注意聽接下來的部分。作家接著説最喜歡的是「他のお客さんとのコミュニケーションです／和(在火車上遇到的)其他乘客交流」，因此正確答案是選項 3。

※ 詞彙補充：對某領域特別熟悉的人會稱之為「オタク」。在這裡作家自稱「鉄道オタク」。

3

デパートで女の人が店員と話をしています。

M：プレゼントをお探しですか。
F：ええ、結婚のお祝いを。長く使えて…われものではなくて。予算は3万円ぐらいなんですけど。
M：こちらの鍋やフライパンは、セットになっているもので、なかなか人気がありますよ。
F：もともと料理が好きな人なので、そういうのは一通りあると思うんです。
M：そうですか。では、こちらのコーヒーメーカーはいかがでしょう。お好きな濃さに調整できて、一度に2杯いれられます。
F：そうねえ、コーヒーが好きならうれしいと思うけど、彼女は紅茶好きなんです。
M：でしたら…こちら、紅茶ポットとカップなんですが…。今、人気のブランドの新製品で、お値段もほぼご予算通りかと。
F：ああ、素敵ですね。彼女の趣味にぴったり。でも…やっぱり…瀬戸物は…。もう少し考えてみます。

女の人は、なぜ店員が勧めた紅茶のポットとカップを買いませんでしたか。

1 ポットもカップもわれるものだから
2 贈る相手が持っているかもしれないから
3 贈る相手がコーヒー好きではないから
4 贈る相手の好きではないデザインだから

百貨公司裡，女性顧客和店員在交談。

M(店員)：您是在找禮物嗎？
F(女顧客)：是的，結婚禮物。我想要能夠長期使用的，而且不要易碎品。預算大概是3萬日圓。
M(店員)：這邊有鍋具和煎鍋套裝，非常受歡迎。
F(女顧客)：對方本來就很喜歡做飯，這些東西她應該都有了。
M(店員)：是這樣啊，那這款咖啡機怎麼樣？可以調節濃度，一次可以沖兩杯。
F(女顧客)：嗯，如果她喜歡咖啡的話應該會很開心，但她是喜歡喝紅茶的。
M(店員)：那麼，這款紅茶壺和杯子怎麼樣？是非常受歡迎的品牌新產品，價格也符合您的預算。
F(女顧客)：哦，真漂亮，也很符合她的品味。不過……它們還是易碎品啊……我再考慮一下吧。

為什麼女顧客沒有購買店員推薦的紅茶壺和杯子？

1 因為壺和杯子都是易碎品
2 因為對方可能已經有了
3 因為對方不喜歡喝咖啡
4 因為對方不喜歡這個設計

答案 **(1)**

解題 女士提到「われものではなくて／不要易碎品」。看到紅茶杯壺組後女士提到「でも、やっぱり、瀬戸物は～／可是，陶瓷品似乎不太…」，從這句話就能知道答案是選項1。

其他 選項2應該已經有了的是鍋子和平底鍋。選項3沒有說不喜歡喝咖啡，只說新娘喜歡喝紅茶，但都不是女士不買的理由。選項4女士說「彼女の趣味にぴったり／花色也剛好是她喜歡的」。

※ 詞彙補充：「割れ物／易碎品」是指玻璃、陶瓷等易碎物品，在結婚之類的喜慶場合會盡量避免。

4

ラジオで心理カウンセラーが夢について話しています。

F：いやな夢を見たときはとても気になりますね。例えば大事な人を失くしたり、誰かと別れたりする夢です。一つには、疲れているといやな夢を見やすくなるということもあるんですが、実はこれ、自分の心が、運動のようなことをして、心を鍛えているんです。例えば、いつかは大好きな、大事な誰かとわかれなければならないということは、誰もみんな同じです。その時を恐れるとともに、その時のために心の準備をしなければならないという気持ちがあって夢の中でその体験をしておくのです。ですから、嫌なことに備えて準備が整うまで、繰り返し同じ夢を見ることもあります。それが実現するかどうかと夢の内容は、まったく関係がないと言っていいでしょう。

心理カウンセラーは、嫌な夢を見るのはなぜだと言っていますか。

1 本当はそうなってほしいと願っているから
2 嫌なことに備えて心を鍛えているから
3 誰かが嫌いだという気持ちがあるから
4 大事な人と別れたから

電台裡，心理諮詢師在談論夢境。

F(心理諮詢師)：當我們做了噩夢時，這通常會讓人非常困擾。例如，夢見失去重要的人或與某人分別。有一個原因是，當我們感到疲憊時，更容易做這類噩夢。但實際上，這是我們的內心在進行一種類似於運動的心理鍛煉，幫助我們強化心靈。比如說，每個人都會在某一天不得不與自己最愛、最重要的人分別。我們對這個時刻感到恐懼，同時也知道自己需要為這個時刻做好心理準備，於是我們在夢中模擬這個過程。因此，我們可能會反覆做相同的噩夢，直到我們做好面對這些困難的心理準備。不過，這些夢與它們是否會成真毫無關聯。

心理諮詢師認為，為什麼會做噩夢？

1 因為內心其實希望事情真的發生
2 因為我們在為不好的事情做心理鍛煉
3 因為心裡對某人有討厭的感覺
4 因為已經與重要的人分別

答案 **(2)**

解題「実は／其實」含有「接下來要說重要的事」的意思，所以聽到「実は」後要注意聽後面的句子。後面接著提到「自分の心が、運動のようなことをして、心を鍛えているんです／自己的心在做運動，藉此鍛鍊自己的心智」，再從「嫌なことに備えて準備が整うまで、繰り返し同じ夢を見る／在準備好面對這些可怕的事情之前，會一直重複做相同的夢」等內容可知正確答案是選項２。

※ 文法補充：「～とともに／隨著」是指和…同時的意思。

5

大学で男子学生と女子学生が話をしています。

M：あれ、今日は早いね。
F：うん。まだ宿題が終わってなかったから図書館でやってたの。やっと完成したよ。
M：あれ、この前出したんじゃなかったっけ。
F：もう少し調べたくて古い雑誌を読んでいたら、かえってわからないことが出てきて。
M：ああ、そう。大変だったね。
F：大変ていうか、意外なことがわかってきて、じっくり調べて良かったよ。内田君はもう出したの。
M：さっさと出したよ。3枚ぐらいかな。
F：ええっ、3枚で終わり？ろくに調べてないんでしょ。まあ出さないよりはいいと思うけど。
M：う、うん。

女子学生は、どんな気持ちですか。

1 男子学生は宿題を出すのが遅いと思っている
2 男子学生は宿題を出すのが早いと思っている
3 男子学生はレポートを書くのが上手いと思っている
4 男子学生のレポートは短いと思っている

大學裡，一名男學生和一名女學生正在交談。

M(男學生)：哎，今天你來得很早啊。

F(女學生)：嗯，我還沒做完作業，所以在圖書館裡做。終於完成了。

M(男學生)：咦，你不是之前交了嗎？

F(女學生)：我還想再查一點資料，結果讀了一些舊雜誌，反而發現了一些不懂的地方。

M(男學生)：哦，這樣啊，真是辛苦了。

F(女學生)：說辛苦倒不至於啦，我倒是發現了一些意想不到的東西，認真查資料還是值得的。你已經交了嗎，內田？

M(男學生)：我早就交了，寫了大概三頁吧。

F(女學生)：什麼，才三頁？你根本沒好好查資料吧。不過，總比不交好。

M(男學生)：嗯……是啊。

女學生的感受是什麼？

1 她認為男學生交作業太晚了
2 她認為男學生交作業太早了
3 她認為男學生寫報告很厲害
4 她認為男學生的報告太短了

答案 **(4)**

解題 女同學說「3枚で終わり？／三頁就結束了？」表示驚訝，由此可知女學生認為三頁太少了。因此答案是選項4。
其他 選項2雖然男學生提到「さっさと出した／早就交了」，但令女學生感到驚訝的並不是這個原因。
※ 文法補充：「ろくに～ない／不好好的…」是「十分に～ない／不充分…」、「ほとんど～ない／沒有達到…的程度」的意思。例句：彼はろくに仕事もしないで、しゃべってばかりいる／他不好好工作，只顧著聊天。

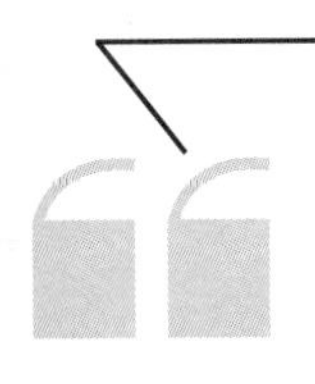

問題4では、問題用紙に何もいんさつされていません。まず文を聞いてください。それから、それに対する返事を聞いて、1から3の中から、最もよいものを一つ選んでください。

在問題4中，問題紙上也沒有任何印刷的內容。請首先聆聽句子，然後聆聽對應的回答，從1到3中選擇最合適的答案。

例

M：あのう、この席、よろしいですか。
F：1 ええ、まあまあです。
　 2 ええ、いいです。
　 3 ええ、どうぞ。

M：不好意思，請問這個位子可以坐嗎？
F：
1 是啊，還可以。
2 是的，沒問題。
3 是的，請坐。

答案 **(3)**

解題 被對方問說「あのう、この席、よろしいですか／請問這位子我可以坐嗎？」要表示「席は空いていますよ、座ってもいいですよ／位子是空的喔、可以坐喔」，可用選項3的「ええ、どうぞ／可以，請坐」表示允許的說法。

其他 選項1「ええ、まあまあです／嗯，還算可以」表示狀況、程度等，可以用在被詢問「お元気ですか／你好嗎？」等的回答，這時的「ええ、まあまあです」表示沒有特別異常的情況。這樣的回答在這題不合邏輯。選項2「ええ、いいです／嗯，好啊！」表示答應邀約等，可以用在被詢問「今晩飲みに行きませんか／今晚要不要一起去喝一杯呀？」等的回答。這樣的回答在這題也不合邏輯。

1

M：ちょっとお時間、よろしいですか。
F：1 はい、よろしいです。
　 2 ええ、どうぞ。
　 3 ええ、よろしく。

M(男士)：打擾一下，能占用您一點時間嗎？
F(女士)：
1 好的，請說。
2 嗯，請問。
3 嗯，麻煩你了。

答案 **(2)**

解題「よろしいですか／可以嗎？」是「いいですか／可以嗎？」的鄭重說法。本題整句話的意思是「今、ちょっと時間がありますか／請問您現在有空嗎？」。因此最適當的答案是選項2。

其他 選項1是當對方問「これ、頂いてもよろしいですか／請問我可以拿這個嗎」時的回答。選項3是當對方問「これ、わたしがしましょうか／這個可以讓我來做嗎？」時的回答。

2

F：あと一点だったのに。
M：1 うん。自分でもうれしいよ。
　 2 うん。自分でもくやしいよ。
　 3 うん。自分でも安心したよ。

F(女方)：還差一點就好了。
M(男方)：
1 嗯，我也很高興。
2 嗯，我也覺得很遺憾。
3 嗯，我也覺得安心了。

答案 **(2)**

解題「～のに／明明…」用於表達惋惜的心情。選項2「悔しい／懊惱」用於表達輸了、失敗等惱火的心情，因此是正確答案。

3

M：あれ、熱っぽい顔してるね。
F：1 いや、もう怒ってないよ。
　　2 うん、ちょっと風邪気味かも。
　　3 うん、興味があるからね。

M(男方)：咦，你看起來有點發熱。
F(女方)：
1 沒有啦，我已經不生氣了。
2 嗯，可能有點感冒了。
3 嗯，因為我對這個很感興趣嘛。

答案 **(2)**

解題「熱っぽい」是「感覺好像發燒了」的意思。因此回答選項２「ちょっと風邪気味かも／好像有點感冒了」最適切。
其他 選項１是當對方說「まだ、怒ってる？／還在生氣嗎？」時的回答。選項３是當對方說「熱心だね／真有熱忱呢」時的回答。
※ 文法補充：「～っぽい／有…的感覺」另外也含有「經常…」的意思。例句：彼は少し子どもっぽいところがある／他有孩子氣的一面。このごろ忘れっぽくて困っている／最近很健忘，真傷腦筋。

4

M：ああ、あの時カメラさえあればなあ。
F：1 そうですね。残念でしたね。
　　2 あってよかったですね。
　　3 なければよかったですね。

M(男方)：啊，如果當時有相機就好了。
F(女方)：
1 對啊，真是可惜了。
2 是啊，還好當時有相機。
3 真希望當時沒有相機。

答案 **(1)**

解題「カメラさえあれば／如果有相機」表示「很可惜沒有相機」的心情。因此要選表示遺憾的選項１。
※ 補充：「～さえ～ば／如果…就…」用於想表達「…這個條件是最重要的，其他的都沒關係」時。例句：この子はお菓子さえあれば機嫌がいい／這個孩子只要有零食就開心了。

5

F：田中さんにわかるわけないよ。
M：1 そう言わずに、一応きいてみたら？
　　2 そう言って、一応きいてみたら？
　　3 そう言わないなら、一応きいてみたら？

F(女方)：田中先生怎麼可能會懂呢。
M(男方)：
1 別這麼說，還是問一下吧？
2 你這麼說，但還是問一下吧？
3 如果你不這麼說的話，那還是問一下吧？

答案 **(1)**

解題「わかるわけないよ／不可能懂啦」是「絕對不會懂啦」的意思。三個選項中都有「一応聞いてみたら／不如先聽聽看他是怎麼說的」，由此可知這句話的前面應該接有「そんなことを言わないで／不要這麼說」意思的句子。與選項１的「そう言わずに／不要這麼說」意思相同所以正確。

6

M：今日はここまでにしましょう。
F：1 はい。始めましょう。
　　2 はい。お願いします。
　　3 はい。お疲れ様でした。

M(男方)：今天就到這裡吧。
F(女方)：
1 好的，開始吧。
2 好的，麻煩您了。
3 好的，辛苦了。

答案 **(3)**

解題 題目是「ここまでで終わり／到此結束」的意思。工作之類的事項結束時的問候語是選項３「お疲れ様でした／辛苦了」。

7

F：コーヒーを召し上がりますか。
M：1 はい、いただきます。
2 はい、いただいております。
3 はい、召し上がっていらっしゃいます。

F(女方)：您要來點咖啡嗎？
M(男方)：
1 是的，我要一杯。
2 是的，我正在喝。
3 是的，您正在喝咖啡。

答案 **(1)**

解題 女士正在建議男士喝咖啡。可以回答選項 1「はい、いただきます／好，謝謝。」選項 2 是用餐時，對方問「もっと召し上がってください／請多吃（喝）一點」時的回答。選項 3，當對方問「先生はちゃんとコーヒーを召し上がっていらっしゃいますか／請問老師是否正在喝呢？」時，可以回答「はい、先生は召し上がっていらっしゃいます／是的，老師(他)正在喝」。→這裡的「召し上がります／吃(喝)」是「食べます、飲みます／吃、喝」的尊敬語。

8

M：彼が失敗するなんて、ありえないよ。
F：1 いや、それが、本当に失敗しなかったんだ。
2 いや、それが、本当に失敗したんだ。
3 いや、それが、本当に失敗しないんだ。

M(男方)：他怎麼可能失敗呢？
F(女方)：
1 不，其實他真的沒有失敗。
2 不，其實他真的失敗了。
3 不，他真的從未失敗過。

答案 **(2)**

解題 男士提到不敢相信他會失敗。「失敗するなんて／竟然會失敗」的「なんて／竟然」表示意外的心情。和「とは／竟然」意思相同。「ありえない／不可能」是「沒有這種可能性」的意思。因為「いや／不」是否定，所以後面要接選項 2 的「本当に失敗した／真的失敗了」。

其他 選項 1 是對「彼が成功するなんて～／他居然會成功…」的回答。選項 3 是對「絶対に失敗しないなんて～／居然說他絕對不可能失敗…」的回答。

9

F：彼の日本語は、留学しただけのことはありますね。
M：1 ええ。かなり上手ですね。
2 ええ。それだけですね。
3 ええ。ちゃんと勉強しなかったんですね。

F(女方)：他的日語不愧是留學過的，真的很不錯呢。
M(男方)：
1 對啊，確實很厲害。
2 對啊，只有這一點不錯。
3 對啊，應該沒有好好學吧。

答案 **(1)**

解題 女士認為自己話裡所指的「他」去留學過，所以日語說得很好。「～だけのことはある／不愧是…」是「就如同被期待的…」的意思。例句：彼女は話す声もいい声だな。さすが元歌手だけのことはある／她說話的聲音也很好聽。真不愧是歌手出身的。

其他 因為回答是「ええ／對啊」，所以後面要接誇獎的句子。因此答案為選項 1「ええ。かなり上手ですね／對啊，唱得真好」。

10

M：今日は引っ越しだから、テレビどころではないよ。

F：1 広いから、いろいろあるじゃない。

2 そうか。忙しそうだね。

3 また買えばいいよ。

M(男方)：今天要搬家，哪還有時間看電視啊。

F(女方)：

1 房子這麼大，肯定還有很多事情要做吧。

2 哦，原來如此，看來你很忙呢。

3 沒關係，再買一台就好了。

答案 **(2)**

解題 題目的意思是因為要搬家，所以沒有看電視的時間。「～どころではない／哪有空…」是「不是可以…的時候」的意思。例句：今夜は大雨だ。花火どころじゃないよ／今晚下大雨，沒辦法放煙火啦！

其他 因為男士的意思是很忙碌，所以回答選項２「そうか。忙しそうだね／原來如此，你好像很忙」最適當。

11

F：決めたからにはやりましょう。

M：1 うん、すぐ始めよう。

2 うん、決まったらやろう。

3 うん、もう決めよう。

F(女方)：既然決定了，那我們就開始吧。

M(男方)：

1 嗯，馬上開始吧。

2 嗯，等決定後再做吧。

3 嗯，我們現在就做個決定吧。

答案 **(1)**

解題 女士的意思是，既然已經決定好了就動手吧。「からには／既然」用在想表達「因為…所以應該…、因為…所以想…」時。「からには／既然」和「以上（は）／既然」、「上は／既然」意思相同。而選項１的回答最適當。例句：約束したからには、必ず守ってください／既然約好了，就請務必遵守約定。

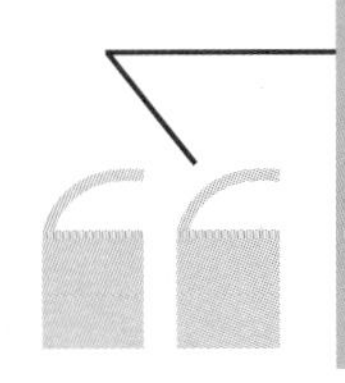

第二回 聽解

問題五 翻譯與解題

問題5では、長めの話を聞きます。この問題には練習がありません。メモをとってもかまいません。1番、2番 問題用紙に何もいんさつされていません。まず話を聞いてください。それから、質問とせんたくしを聞いて、1から4の中から、最もよいものを一つ選んでください。

在問題 5 中，您將聆聽較長的對話。此問題沒有練習部分，您可以做筆記。第 1 題、第 2 題 問題紙上沒有任何印刷的內容。請先聆聽對話，然後聆聽問題和選項，從 1 到 4 中選擇最合適的答案。

1

携帯電話の店で、販売員と学生が話しています。

M：いらっしゃいませ。

F：携帯電話の契約をしたいのですが、留学生はどんな手続きが必要ですか。

M：ありがとうございます。もうご住所は決まっていますか。

F：アパートは決まっています。ここのすぐ近くです。でも、まだ大学の学生証がありません。

M：パスポートと在留カードがあれば、他の書類は結構です。住所が決まっていて、在留カードが届いていれば大丈夫です。在留カードはお持ちですか。

F：実は、今日日本についたばかりで、まだアパートには行っていないんです。だから、だめですね。パスポートはあるんですが、まず在留カードを届けてもらわなければいけないわけですね。わかりました。

M：申し訳ありません。またお待ちしておりますので、ぜひよろしくお願いいたします。

留学生はこれからどうしますか。

1 大学に行って学生証をもらう

2 アパートをみつける

3 在留カードが届くのを待つ

4 すぐに携帯の申し込みをする

在手機店裡，銷售員和學生正在對話。

M(銷售員)：歡迎光臨。

F(學生)：我想辦理手機合約，請問留學生需要準備什麼手續呢？

M(銷售員)：謝謝您。請問您已經有住址了嗎？

F(學生)：我已經決定了公寓，就在這附近。不過，我還沒有大學的學生證。

M(銷售員)：如果有護照和在留卡的話，其他文件可以不用提供。只要您有住址並且已經收到了在留卡，就可以辦理了。您有在留卡嗎？

F(學生)：實際上我今天剛到日本，還沒去過公寓，所以應該還不行。我有護照，但首先要等在留卡寄到才行。我明白了。

M(銷售員)：非常抱歉，我們隨時恭候您的光臨，請多多關照。

留學生接下來會怎麼做？

1 去大學領取學生證

2 找公寓

3 等在留卡寄到

4 立即辦理手機合約

解題 銷售員提到只要有護照和居留證就可以了，但學生表示還沒拿到居留證，要先等居留證送來。因此答案是選項 3 。

答案 (3)

其他 選項 1 銷售員提到只要有護照和居留證就可以了。選項 2 學生説公寓已經租好了。選項 4 因為現在沒有居留證，所以現在無法申辦。

2

バドミントン部の学生３人が話しています。

F1：体育館の工事中、練習はどうしようか。
M：２週間だよね。駅前の市立体育館を借りられるらしいんだけど、予約が今からだと、かなり日にちが限られそうだなあ。
F2：私、一応、月火木金を予約しておいたよ。ただ学生ホールが使えるから、そっちも使わせてもらおうよ。週の前半は市立体育館にして。
M：ああ、助かったよ。そうだね。毎回あの体育館まで行くのは時間がもったいない。
F2：じゃ、月火が体育館で、木金が学生ホールでいい？
M：いいんだけど、木曜はコーチが来るから、体育館の方がいいんじゃない。
F1：うん。そうしよう。火曜と木曜は逆にしよう。
F2：了解。じゃ、使わない曜日はキャンセルしとくね。

学校の体育館が工事の間、私立体育館を使うのは、何曜日と何曜日ですか。

1 月曜日と火曜日
2 月曜日と木曜日
3 火曜日と木曜日
4 火曜日と金曜日

羽毛球部的三名學生正在對話。

F1(學生 1)：體育館施工期間，我們的練習該怎麼辦呢？

M(男學生)：施工要兩週吧？聽說我們可以借用車站前的市立體育館，但現在預約的話，日子可能很有限。

F2(學生 2)：我已經預約了星期一、二、四和五。不過我們也可以用學生大廳，前半週就去市立體育館吧。

M(男學生)：太好了。對，每次都去那邊的體育館太浪費時間了。

F2(學生 2)：那就定星期一和星期二在體育館，星期四和星期五在學生大廳，好嗎？

M(男學生)：可以，但星期四教練要來，所以還是去體育館比較好吧。

F1(學生 1)：對，沒錯。我們把星期二和星期四對調一下吧。

F2(學生 2)：了解，我會把不用的日子取消預約。

在學校體育館施工期間，什麼時候會使用市立體育館？

1 星期一和星期二
2 星期一和星期四
3 星期二和星期四
4 星期二和星期五

答案 **(2)**

解題 這題請邊聽邊作筆記。市立體育館：星期一、星期二。禮堂：星期四、星期五。再把星期二和星期四對調。所以正確答案是選項 2

3番 まず話を聞いてください。それから、二つ質問を聞いて、それぞれ問題用紙の1から4の中から、最もよいものを一つ選んでください。

第3題 請先聽講話內容。接著，聽兩個問題，並從問題紙上的1到4選項中，各選出最合適的答案。

3

ラジオで、社会人の楽しみについて話しています。

M1：先日のアンケート調査によると、最近の20代男性にはお酒、タバコ、競馬などのギャンブルをしない人が増えてきているようです。30～50代では「どれもやらない」と答えた人が24.6%だったのに対し、20代では44.3%でした。この結果に対して、「どれも、体に悪かったりやめられなくなったりするものだから、とてもいい変化だ」と言う声がある一方、「単に、お金がないからで、余裕がなくなっているからだ」という人もいるようです。また、その代わりにアニメ、インターネット、SNSといった楽しみに夢中になる人が増えてきています。

M2：会社の宴会でお酒が飲めないとけっこうつらいから、僕にとってはいいニュースだな。どれも体にも悪いし、家族を不幸にするし、減ってもいいんじゃない。

F：私は、ちょっと怖い気がするんだよね。たとえば、タバコを吸う人やお酒を飲む人が差別的な目で見られたりするようになるのかな、とか。タバコは嫌いだからいいけど、お酒は別に嫌いじゃないし、飲む人が減っているというのは、余裕がなくなってきているようで喜んでばかりもいられない気がする。

M2：ふうん。僕は、どれも苦手だし、ネットさえあれば満足だからなあ。

F：ああ、それそれ。今増えている、新しい、やめられなくなる楽しみだよね。これもそのうちに、若い人たちの間では減って来た、と言われる時代が来るかもね。

M2：ううん、まあ、そうかもね。

在廣播節目中，正在討論社會人士的娛樂活動。

M1(男主持人)：根據最近的問卷調查，現在20多歲的男性中，越來越多人不再喝酒、抽煙或參加賽馬等賭博活動。在30到50歲的人群中，回答「什麼都不做」的人是24.6%，而在20多歲的人群中，這一比例達到44.3%。對於這個結果，有人認為「這些都是對身體有害，或者容易上癮的東西，這是一個非常好的變化」。但也有人説，「這只是因為年輕人沒錢，生活壓力更大了」。此外，更多人開始沉迷於動畫、互聯網和社交媒體等娛樂方式。

M2(男二)：在公司的聚會上，不能喝酒還真是挺難受的，對我來説，這可算是個好消息。這些東西對身體也不好，還可能讓家人不幸福，減少一點也沒什麼不好。

F(女方)：不過，我有點擔心。比如説，那些抽煙或喝酒的人會不會被帶有偏見地看待呢？雖然我不喜歡煙，但我對酒沒什麼反感，喝酒的人減少反而讓我覺得是大家生活壓力變大了，這也不是完全值得高興的事。

M2(男二)：嗯，我對那些都沒興趣，有了網路就很滿足了。

F(女方)：對，這就是現在越來越多人迷上的新娛樂方式。也許有一天，人們會説年輕人也開始減少這些新娛樂了吧。

M2(男二)：嗯，也許吧。

質問1.

この男の人の楽しみは何ですか。

1 お酒とたばこ
2 競馬
3 インターネット
4 わからない

這位男士的娛樂方式是什麼？

1 酒和煙
2 賽馬
3 網路
4 不確定

答案 **(3)**

解題 男士提到「どれも苦手だし、ネットさえあれば満足だからなあ／反正那些我都沒興趣，我只要能上網就心滿意足了」可知他只要能上網就心滿意足了。因此正確答案是選項 3 。

質問2.

この女の人の楽しみは何ですか。

1 お酒とたばこ
2 競馬
3 インターネット
4 わからない

這位女士的娛樂方式是什麼？

1 酒和煙
2 賽馬
3 網路
4 不確定

答案 **(4)**

解題 雖然女士提到她討厭菸味、不討厭喝酒，但並沒有特別提到自己的喜好。因此答案為選項 4 。

MEMO N2

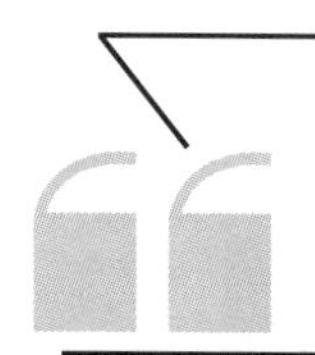

第三回 言語知識（文字、語彙）

問題一　翻譯與解題

＿＿の言葉の読み方として最もよいものを、1・2・3・4から一つ選びなさい。
＿＿中的詞語讀音應為何？請從選項1・2・3・4中選出一個最適合的答案。

1

駅前の<u>広場</u>で、ドラマの撮影をしていた。

1 こうば　　2 こうじょう
3 ひろば　　4 ひろじょう

在車站前的廣場，拍攝了電視劇。

1 工場（工廠）　2 工場（工廠）
3 広場（廣場）　4 無此字

答案（3）

解題 ●「広」音讀唸「コウ」，訓讀唸「ひろ-い／寬闊」、「ひろ-める／增廣」、「ひろ-がる／擴大」、「ひろ-げる／張開」。例如：広告／廣告、広い庭／寬廣的庭院
●噂を広める／傳播謠言、火事が広がる／火災蔓延、傘を広げる／撐開傘
●「広場／廣場」是指城鎮中寬廣的地方。

2

君の<u>お姉さん</u>は本当に美人だなあ！

1 おあねさん　　2 おあにさん
3 おねいさん　　4 おねえさん

你的姐姐真是位大美人啊！

1 無此字　2 無此字
3 無此字　4 姐姐

答案（4）

解題 ●「姉」音讀唸「シ」，訓讀唸「あね／姐姐」。例如：「姉妹／姐妹」。
●「お姉さん／姐姐」是「姉／姐」的口語形。
※兄弟姊妹的說法是：稱呼年長者為「お兄さん／哥哥」、「お姉さん／姐姐」，稱呼年幼者為「弟／弟弟」、「妹／妹妹」。

3

このスープ、ちょっと<u>薄い</u>んじゃない？

1 まずい　　2 ぬるい
3 こい　　4 うすい

這個湯味道是不是有點淡？

1 不味い（不好吃）　2 温い（溫的）
3 濃い（濃的）　4 薄い（清淡的）

答案（4）

解題 ●「薄」音讀唸「ハク」，訓讀唸「うす-い／薄的」。例如：「薄い布団／薄棉被」、「薄い茶色の目／淺棕色的眼睛」。
●「薄い／淡、薄」是指色彩或味道等比例不足，或是厚度不夠。對義詞為「濃い／濃」。

其他 選項1「不味い／難吃」形容食物的味道不佳。選項2「温い／溫的」表示不冷不熱。選項3「濃い／濃的」指顏色很深、密度很高，或味道濃厚。

4

私の先生は、毎日<u>宿題</u>を出します。

1 しゅくたい　　2 しゅくだい
3 しゅうくたい　　4 しゅうくだい

我的老師每天都會出作業。

1 縮退（衰退）　2 宿題（作業）
3 無此字　4 無此字

答案（2）

解題 ●「宿」音讀唸「シュク」，訓讀唸「やど／過夜的場所、旅館」。例如：「下宿／寄宿」、「海の見える宿／擁有海景的旅館」。
●「宿題／作業」是指為了預習或複習學校的課業，因而在家做的功課。

5

子供のころは、虫取りに<u>熱中</u>したものだ。

1 ねっじゅう　　2 ねつじゅう

3 ねっちゅう　　4 ねつじゅう

我小時候很熱衷於捕蟲。

1 無此字　　2 無此字

3 熱衷　　4 無此字

答案（3）

解題 ●「熱」音讀唸「ネツ」，訓讀唸「あつ-い／溫度很高；熱情」。例如：「熱心／熱心」、「熱がある／發燒」、「熱いコーヒー／熱咖啡」。

●「熱中／熱衷」是指集中心力做某事、沉迷於某事。

問題二　翻譯與解題

＿＿の言葉を漢字で書くとき、最もよいものを、1・2・3・4から一つ選びなさい。

＿＿中的詞語漢字應為何？請從選項１・２・３・４中選出一個最適合的答案。

6

<u>しんぶん</u>配達のアルバイトをしています。

1 親聞　　2 新聞

3 新関　　4 親関

我的兼差工作是配送報紙。

1 無此字　　2 報紙

3 無此字　　4 無此字

答案（2）

解題「新」音讀唸「シン」，訓讀唸「あたら-しい／新的」、「あら-た／新的」、「にい／初次；新鮮的」。例如：「新幹線／新幹線」、「新しい本／新書」、「新たな出発／新的旅程」。「聞」音讀唸「ブン・モン」，訓讀唸「き-く／聽」、「き-こえる／聽得到」。例如：「新聞社／報社」、「講義を聞く／聽講座」、「鐘の音が聞こえる／能聽見鐘聲」。「新聞配達／送報」是將「新聞／報紙」分送到各個家庭、公司行號等的工作。

其他 選項１、４「親」音讀唸「シン」，訓讀唸「おや／雙親」、「した-しい／親密」。例如：「親切／親切」、「親子／親子」、「親しい友人／摯友」。選項３、４「関」音讀唸「カン」，訓讀唸「せき／隘口」。例如：「関係／關係」。

7

さいふを落としました。1000円<u>かして</u>いただけませんか。

1 貨して　　2 借して

3 背して　　4 貸して

我把錢包弄丟了。你能先借我一千日圓嗎？

1 無此字　　2 無此字

3 無此字　　4 借我

答案（4）

解題 ●「貸」音讀唸「タイ」，訓讀唸「か-す／借出」。「貸す／借出」對義詞為「借りる／借入」。例句：友人に私の辞書を貸してあげます／我把字典借給朋友。

●題目中的「貸していただく（貸してもらう）／借給我」和「借りる／借入」意思相同。

其他 選項１「貨」音讀唸「カ」。例如：「硬貨／硬幣」。選項２「借」音讀唸「シャク」，訓讀唸「か-りる／借入」。例如：「借金／借款」。選項３「背」音讀唸「ハイ」，訓讀唸「せ／背部」、「せい／身高」、「そむ-く／背向」。例如：「背中／後背」。

8

<u>しょうぼう</u>車がサイレンを鳴らして、走っている。

1 消防　　2 消法

3 消忙　　4 消病

消防車響著警笛奔馳而去。

1 消防　　2 無此字

3 無此字　　4 無此字

答案（1）

解題 ●「消」音讀唸「ショウ」，訓讀唸「き-える／消失」、「け-す／關掉；消除」。例如：「消化／消化」、「電気が消える／關掉電燈」、「消しゴム／橡皮擦」。

●「防」音讀唸「ボウ」，訓讀唸「ふせ-ぐ／防止」。例如：「防止／防止」、「犯罪を防ぐ／防止犯罪」。

●「消防／消防」是指撲滅火災、滅火和防火。「消防車／消防車」是用於救火的車輛。

其他 選項２「法」音讀唸「ホウ・ハッ・ホッ」。例如：「法律／法律」。選項３「忙」音讀唸「ボウ」，訓讀唸「いそが-しい／忙碌」。選項４「病」音讀唸「ビョウ・ヘイ」，訓讀唸「やまい／病」「や-む／患病」。例如：「病気／疾病」。

9

漢字は苦手ですが、やさしいものなら読めます。

1 安しい　　2 優しい
3 易しい　　4 甘しい

雖然不擅長漢字，但如果是簡單的字就能看懂。

1 無此字　　2 溫柔
3 容易　　4 無此字

答案 (3)

解題 ●「易」音讀唸「イ・エキ」，訓讀唸「やさ - しい／簡單」。例如：「簡易／簡易」、「易しい問題／簡單的問題」。
●「易しい／簡單」是簡單易懂的意思。

其他 選項1「安」音讀唸「アン」，訓讀唸「やす - い／安心；價格低廉」。例如：「安心／安心」、「安い店／便宜的店」。選項2「優」音讀唸「ユウ」，訓讀唸「やさ - しい／溫柔」、「すぐ - れる／優秀」。例如：「優勝／優勝」、「優しい母／溫柔的母親」、「優れた技術／優秀的技術」。選項4「甘」音讀唸「カン」，訓讀唸「あま - い／甜」、「うま - い／可口的」、「あま - える／撒嬌」。例如：「甘いお菓子／甜點心」、「甘いお菓子／可口的點心」。請注意當讀音不同時，意思也不同。

10

都心から車で40分のこうがいに住んでいます。

1 公外　　2 郊外
3 候外　　4 降外

我住在郊外，從市中心開車要花四十分鐘。

1 無此字　　2 郊外
3 無此字　　4 無此字

答案 (2)

解題 ●「郊」音讀唸「コウ」。
●「外」音讀唸「ガイ・ゲ」，訓讀唸「そと／外面」、「はず - す／解開」、「はず - れる／脫下、落空」。例如：外国／外國、外科／外科、部屋の外／房間外面、外に出る／出去外面ボタンを外す／解開鈕扣、天気予報が外れる／天氣預報失準
●「郊外／郊外」是指離市中心有一段距離的地區。

其他 選項1「公」音讀唸「コウ」，訓讀唸「おおやけ／公共」。例如：「公園／公園」。選項3「候」音讀唸「コウ」，訓讀唸「そうろう／季節」。例如：「気候／氣候」。選項4「降」音讀唸「コウ」，訓讀唸「お - りる／下來」、「お - ろす／取下」、「ふ - る／下(雨、雪等)」。

問題三　翻譯與解題

（　）に入れるのに最もよいものを、1・2・3・4から一つ選びなさい。
（　）中的詞語應為何？請從選項1・2・3・4中選出一個最適合的答案。

11

宇宙に半年間滞在していた宇宙飛行（　）のインタビュー番組を見た。

1 士　　2 者
3 官　　4 家

我看了一個節目，內容是採訪在宇宙滯留半年的太空人。

1 宇宙飛行士（太空人）
2 宇宙飛行者（無此詞）
3 宇宙飛行官（無此詞）
4 宇宙飛行家（無此詞）

答案 (1)

解題 ●「宇宙飛行士／太空人」是指太空船上的飛行員。
●「～士／…的專業人員」。例如：「運転士／駕駛」、「保育士／保育員」。

其他 選項2「～者／…的人」。例如：「編集者／編輯」。選項3「～官／政府機關的官職」。例如：「裁判官／法官」。選項4「～家／從事…的人」。例如：「音楽家／音樂家」。

12

裁判（　）の前で、テレビ局の記者が事件を報道していた。

1 場　　2 館
3 地　　4 所

當時在法院前，電視臺的記者正在報導這起案件。

1 裁判場（法庭）　　2 裁判館（無此詞）
3 裁判地（無此詞）　　4 裁判所（法院）

答案 (4)

解題 ●「裁判所／法庭、法院」是進行判決的地方。
●「～所／…所」。例如：「案内所／介紹所」、「保健所／保健所」。

其他 選項1「～場／…場所」。例如：「運動場／運動場」。選項2「～館／…館」。例如：「体育館／體育館」。選項3「～地／…地區」。例如：「住宅地／住宅區」。

13 彼は（　）オリンピック選手で、今はスポーツ解説者をしている。

1 元　　2 前
3 後　　4 先

他以前是奧運選手，現在則擔任體育解說員。

1 元オリンピック選手（前奧運選手）
2 前オリンピック選手（前任奧運選手）
3 後オリンピック選手（無此詞）
4 先オリンピック選手（無此詞）

答案 (1)

解題 ●「元～／前…」指以前的…，最常用來描述過去的身份。例如：「元大統領／前總統」、「元女優／前女演員」。

其他 選項 2「前～／前任…」是現任的前一任的意思。→比較：「前会長／前任會長」是現任會長的前一位會長。而「元会長／前會長」是指所有當過會長的人。選項 3「後～／後面的」。例如：「後半／後半」。選項 4「先～／早先」。例如：「先輩／學長」。

14 ニュース番組は（　）放送だから、失敗は許されない。

1 名　　2 超
3 生　　4 現

新聞節目是現場直播，所以不能出差錯。

1 名放送（無此詞）　2 超放送（無此詞）
3 生放送（現場直播）　4 現放送（無此詞）

答案 (3)

解題 ●「生放送／現場直播」是指電視節目並非事先錄影，而是直接播出。
●「生～／現場」是指沒有事先錄影的意思。例如：「生演奏／現場演奏」、「生出演／現場演出」。

其他 選項 1「名～／知名…」。例如：「名場面／經典橋段」。選項 2「超～／非常」。例如：「超一流／非常優秀」。選項 4「現～／目前、現在」。例如：「現段階／現階段」。

15 あなたのような有名人は影響（　）があるのだから、発言には注意したほうがいい。

1 状　　2 感
3 力　　4 風

像你這樣的名人很有影響力，所以表示意見時還是謹慎一點比較好。

1 影響状（無此詞）　2 影響感（無此詞）
3 影響力（影響力）　4 影響風（無此詞）

答案 (3)

解題 ●「～力／…力」是指在某方面的力量或能力。例如：「経済力／經濟能力」、「想像力／想像力」。

其他 選項 1「～状／…文件」。例如：「招待状／邀請函」。選項 2「～感／…感覺」。例如：「存在感／存在感」。選項 4「～風／…風格」。例如：「現代風／現代風格」。

問題四　翻譯與解題

（　）に入れるのに最もよいものを、1・2・3・4から一つ選びなさい。
（　）中的詞語應為何？請從選項 1・2・3・4 中選出一個最適合的答案。

16 自分で（　）できるまで、何十回でも実験を繰り返した。

1 納得　　2 自慢
3 得意　　4 承認

直到得到自己滿意的結果為止，多次反覆進行實驗。

1 認可　　2 自誇
3 擅長　　4 承認

答案 (1)

解題 請注意（ ）後面的「できるまで／能夠為止」。選項 1「納得できるまで／能夠認可為止」的「納得」是指直到能夠理解自己或他人的言行的意義，認為正確之意。題目後面的「何十回でも実験を繰り返した／反覆做了幾十次的實驗」，表達了一而再再而三對實驗竭盡全力以認真的態度，也就是直到自己認可為止，反覆進行多次實驗之意。因此，正確答案是選項 1「納得／認可」。例句：この失敗が私の責任だなんて、納得できません／你說這次失敗是我的責任，我無法接受。

其他 選項 2「自慢／驕傲」是指向人誇耀自己或與自身相關的事物。例句：これは私の自慢の息子です／這是我引以為傲的兒子。選項 3「得意／擅長、得意」指拿手的事。也指因為某事符合期望而感到滿足。例句：得意なスポーツはテニスです／我擅長的運動是網球。選項 4「承認／承認」是指承認正當的事或事實。也指批准某項申請。例句：私の企画が部長会議で承認された／我的企劃案在經理層級的會議上獲得了批准。

17 人類の（　）が誕生したのは 10 万年前だと言われている。

1 伯父（おじ）　　　　　　　2 子孫（しそん）
3 先輩（せんぱい）　　　　　　4 祖先（そせん）

據說人類的祖先誕生於十萬年前。

1 大伯　　　　　2 子孫
3 前輩　　　　　4 祖先

答案（4）

解題 看完題目後，思考什麼樣的人類是「誕生したのは 10 万年前／10 萬年前誕生的」，符合這個意思的是選項 4「祖先／祖先」，意思是某個家族歷代的先人，也指現在的物種尚未進化的狀態。例句：ヒトの祖先はサルだ／人類的祖先是猿猴。

其他 選項 1「伯父／伯伯、舅舅」指父母的哥哥。「叔父／叔叔、舅舅」指父母的弟弟。選項 2「子孫／子孫」是指孩子和孫子，和孫子的孩子以及之後的所有晚輩。選項 3「先輩／長輩、前輩、學長姐」是指比自己早出生的人。也指比自己早踏進學校、職場等地方的人。例句：卒業する先輩たちに花束を渡した／把花束送給了畢業的學長姐們。

18 将来は絵本（　）になりたい。

1 作者（さくしゃ）　　　　　2 著者（ちょしゃ）
3 作家（さっか）　　　　　　4 筆者（ひっしゃ）

我將來想成為一名繪本作家。

1 作者　　　　　2 著者
3 作家　　　　　4 筆者

答案（3）

解題 這一題要問的是職業名，因此答案是選項 3「作家／作家」，「作家」是指創作小說、繪本或詩歌等具有文學、藝術作品的職業。而其他選項都是指人物，因此不正確。例句：図書館の本を作家の氏名から検索する／用作家的姓名蒐尋圖書館的藏書。

其他 選項 1「作者／作者」是創作藝術作品的人。例句：この交響曲の作者はベートーベンです／這首交響曲的作曲者是貝多芬。選項 2「著者／著者」是寫書或文章的人。例句：論文の参考文献の著者名を調べる／查詢這份論文中參考文獻的作者姓名。選項 4「筆者／筆者」是寫某篇文章的人。例句：この文には筆者の教育に関する考えがはっきりと書かれている／這篇文章把筆者對教育的想法寫得很清楚。

19 不規則な生活で、体調を（　）しまった。

1 降ろして（お）　　　　　　2 過ごして（す）
3 もたれて　　　　　　　　　4 崩して（くず）

因為不規律的生活作息，把身體搞垮了。

1 放下、卸下　　　2 度過
3 倚靠、倚著　　　4 損壞

答案（4）

解題 請思考「不規則な生活で／沒有規律的生活」會發生什麼事，從「体調を／身體」這一方面來看，（　）中應填入表示使變差、欠佳狀態的詞，符合這一點的是選項 4。選項 4「崩す／弄垮」是指使狀況良好的物品變差。也指把物品破壞的很細碎。例句：山を崩して平地にする／把山夷成平地。

其他 選項 1「降ろす／下降、放下」的例句：棚から荷物を降ろす／從架子拿下行李。車から乗客を降ろす／讓乘客下車。司会者を番組から降ろす／把節目的主持人換掉。選項 2「過ごす／度過」是指讓時間流逝，也指生活下去、度過等等。例句：毎年、夏休みは海沿いの別荘で過ごします／我每年都在沿海的別墅度過假期。選項 3「もたれる／倚靠」是指靠在某樣東西上。例句：駅の壁にもたれて友達を待つ／倚在車站的牆邊等朋友來。

20 おかげさまで、仕事は（　）です。

1 理想（りそう）　　　　　　2 順調（じゅんちょう）
3 有能（ゆうのう）　　　　　4 完全（かんぜん）

托您的福，工作很順利。

1 理想　　　　　2 順利
3 才幹　　　　　4 完全

答案（2）

解題 從「おかげさまで／託您的福」這句話知道，後面要接的是表示在對方的關照庇護下，從對方處得到利益或恩惠之意的說法。而表達工作順利要用「仕事は順調です」，因此答案是選項 2 的「順調／順利」，表示事情順利進行的狀態。例句：手術の後は、順調に回復しています／手術後，復原狀況良好。

其他 選項 1「理想／理想」是想像中最好的狀態。例句：高橋部長は私にとって理想の上司です／對我來說，高橋經理是理想的上司。選項 3「有能／有才能」是有助益、有能力的意思。例句：今年入った新人はなかなか有能だね／今年進來的新人很有才幹呢。選項 4「完全／完全、完整」是指一切都很齊全，沒有不足之處。例句：完全に冷めたら冷蔵庫に入れてください／請等到完全放涼之後擺進冰箱。

21 天気に恵まれて、青空の中に富士山が（ ）見えた。

1 くっきり　　2 さっぱり
3 せいぜい　　4 せめて

天公作美，藍天下的富士山清晰可見。

1 清晰　　2 爽快
3 盡量　　4 至少

答案（1）

解題 有天氣晴朗，遠處的富士山線條肌理分明，清楚可見之語意的是選項1。選項1「くっきり／鮮明」是指和周圍的界線分得很清楚的樣子。例句：スクリーンに女優の美しい横顔がくっきりと浮かび上がった／螢幕上清楚的映現出了女演員美麗的側臉。

其他 選項2「さっぱり／清爽」是指沒有多餘的東西，指清潔、清淡的事物。另外也指味道不濃或性格爽快的樣子。例句：お風呂に入ってさっぱりした／洗完澡十分清爽。レモン味のさっぱりしたジュースです／這是清爽的檸檬汁。選項3「せいぜい／頂多」是副詞，意思是「最多也就是這樣」。例句：会費5000円は高過ぎますよ。せいぜい3000円まででしょう／會費五千日圓太貴了啦，最多訂三千元就好吧。選項4「せめて／至少」是副詞，意思是「雖然不夠，但最少也要這樣」。例句：優勝は無理でも、せめて1勝はしたい／雖然拿不到冠軍，但至少想要贏一回。

22 できるだけ安い原料を使って、生産（ ）を下げている。

1 ローン　　2 マーケット
3 ショップ　　4 コスト

盡可能使用便宜的原料，降低生產成本。

1 貸款（loan）　　2 商店（market）
3 店（shop）　　4 成本（cost）

答案（4）

解題「できるだけ安い原料を使って／盡可能使用便宜的原料」，為的就是要降低生產的成本。表示生產商品之所需費用的是選項4「コスト／成本、價錢」，是指生產成本。也指商品的價格。例句：全て手作業なのでコストがかかる／因為全部是手工製作，所以成本較高。

其他 選項1「ローン／貸款」是指貸款、信用交易。例句：30年のローンで家を買った／辦了三十年房貸買下房子。選項2「マーケット／市場」是指市集，或指市場交易。例句：駅前のマーケットでパンを買う／在車站前的市集買麵包。選項3「ショップ／商店」是店面、商店。例句：インターネットのショップで買い物をする／在網路商店購物。

問題五 翻譯與解題

＿＿の言葉に意味が最も近いものを、1・2・3・4から一つ選びなさい。

選項中有和＿＿意思相近的詞語。請從選項1・2・3・4中選出一個最適合的答案。

23 この島の人口は、10年連続で増加している。

1 少なくなる　　2 多くなる
3 年をとる　　4 若くなる

這座島上的人口10年來持續增加。

1 變少了　　2 變多了
3 變老了　　4 變年輕了

答案（2）

解題「増加／增加」是指數量增多，因此選項2「多くなる／變多」正確。另外，選項2中的「（い形容詞語幹）くなる」是表示變化的說法。例句：春になって暖かくなりました／到了春天，天氣就變暖和了。

其他 選項3「年をとる／上了年紀」是指年齡增加，也指變老。例句：お父さんも年をとって、白髪が増えたね／爸爸也上了年紀，白髮增多了。

24 引っ越し前のあわただしい時に、おじゃましてすみません。

1 わずかな　　2 不自由な
3 落ち着かない　　4 にぎやかな

搬家前慌慌張張的，那時打擾到您了真對不起。

1 稀少的　　2 不方便的
3 急躁的　　4 熱鬧的

答案（3）

解題「あわただしい（慌ただしい）／慌張」是指匆忙、急躁的樣子。因此答案為選項3「落ち着かない／不冷靜」，這是「落ち着く／冷靜」的否定形。「落ち着く／冷靜」是指心情平靜或行動冷靜、穩重的樣子。例句：もう少し落ち着いて話してください／請冷靜一點慢慢說。

其他 選項1「わずかな（僅かな）／些微」是表示數量、時間、程度等項目非常少的副詞。例句：1位と2位の差はわずか2点だった／第一名和第二名僅僅差了兩分。選項2「不自由な／不方便」是「自由な／自由、隨意」的否定形。例句：ホームステイ先は親切な家庭で、何の不自由もなかった／我住的寄宿家庭十分親切，沒有任何不方便的地方。

25 わたしたちは毎日、大量の電気を消費している。

1 買う　2 売る
3 消す　4 使う

我們每天都在消耗大量的電力。

1 買　2 賣
3 刪，關掉　4 使用

答案 (4)

解題「消費／耗費」是指使用後消失，對義詞為「生産／生產」。

26 この地域では、まれに、5月に雪が降ることがあります。

1 たまに　2 しょっちゅう
3 不思議なことに　4 急に

這個地區很少在五月份下雪。

1 偶而　2 常常
3 不可思議的是　4 突然

答案 (1)

解題「まれに（稀に）」指頻率或次數非常少，很罕見的樣子。意思相近的是選項1「たまに／偶爾」指發生次數非常少的樣子，是正確答案。例句：忙しいでしょうけど、たまには電話してね／再忙也要偶爾打個電話喔。

其他 選項2「しょっちゅう／經常」指頻率、次數很多的樣子，是「總是、不斷地」的意思。例句：彼はしょっちゅう忘れ物をする／他經常忘東忘西。選項3「不思議なことに／不可思議的事情」中的「～ことに／非常讓人…的是」是想表達「關於句子的內容，說話者認為…」時的說法。例句：幸せなことに、私には家族がいる／我覺得很幸福的是，我擁有家人。選項4「急に／突然」指突如其來的樣子。例句：車が急に走り出した／車子突然疾駛而去了。

27 客のクレームに、丁寧に対応する。

1 注文　2 苦情
3 サービス　4 意見

謹慎地應對客戶的投訴。

1 點餐　2 牢騷
3 服務　4 意見

答案 (2)

解題「クレーム／投訴」是指對於店家、商品等的牢騷、不滿及抱怨。因此正確答案為選項2「苦情／抱怨、申訴」指對於自己權益受損感到不滿，或因此而申訴。例句：近所の騒音について、市役所に苦情を言った／針對附近的噪音，向市政府提出了申訴。

其他 選項1「注文／訂購物品」。例句：ハンバーガーとコーヒーを注文する／我要點漢堡和咖啡。選項3「サービス／服務」是指降價、或對客人的特別照顧。例句：1万円以上買うと、送料がサービスになります／消費超過一萬日圓可享免運優惠。

問題六 翻譯與解題

次の言葉の使い方として最もよいものを、1・2・3・4から一つ選びなさい。
關於以下詞語的用法，請從選項1・2・3・4中選出一個最適合的答案。

28 汚染

1 工場から出る水で、川が汚染された。
2 冷蔵庫に入れなかったので、牛乳が汚染してしまった。
3 汚染したくつ下を、石けんで洗う。
4 インフルエンザはせきやくしゃみで汚染します。

汙染

1 從工廠排出的廢水導致河水被汙染了。
2 因為沒有放進冰箱，所以牛奶被汙染了。
3 用肥皂洗滌被汙染的襪子。
4 流感會因咳嗽和噴嚏而汙染。

答案 (1)

解題「汚染／汙染」指弄髒，尤其是指因細菌、有毒物質、放射性物質等而受到汙染。例句：交通量の多い都市部では大気の汚染が進んでいます／在交通繁忙的都市地區，空氣汙染正逐漸惡化。

其他 選項2「冷蔵庫に入れなかったので、牛乳が腐ってしまった／因為沒有放進冰箱，所以牛奶壞掉了」。→也可以使用「腐敗して／腐壞」替換。選項3「汚れたくつ下を、石けんで洗う／用肥皂洗滌被弄髒的襪子」。選項4「インフルエンザはせきやくしゃみで感染します／流感會藉由咳嗽和噴嚏而傳播感染」。

29

姿勢（しせい）

1 帽子（ぼうし）をかぶった強盗（ごうとう）の姿勢（しせい）が、防犯（ぼうはん）カメラに映（うつ）っていた。

2 授業中（じゅぎょうちゅう）にガムをかむことは、日本（にほん）では姿勢（しせい）が悪（わる）いと考（かんが）えられています。

3 きものは、きちんとした姿勢（しせい）で着（き）てこそ美（うつく）しい。

4 若（わか）いころはやせていたが、40歳（さい）をすぎたらおなかが出（で）てきて、すっかり姿勢（しせい）が変（か）わってしまった。

姿勢

1 強盜戴著帽子的姿勢全被防盜監視器拍了下來。

2 上課時嚼口香糖，在日本會被認為姿勢很差。

3 穿著和服時姿勢要端正看起來才美麗。

4 雖然年輕的時候很瘦，但是過 40 歲就有了啤酒肚，姿勢完全走樣了。

答案（3）

解題「姿勢／姿勢」是指身體的姿勢，也指保持體態良好的樣子。例句：君（きみ）はいつも姿勢（しせい）がいいね。何（なに）か運動（うんどう）をやっているの／你的體態總是保持得那麼好。有從事什麼運動嗎？

其他 選項1「帽子（ぼうし）をかぶった強盗（ごうとう）の姿（すがた）が、防犯（ぼうはん）カメラに映（うつ）っていた／強盜戴著帽子的身影全被防盜監視器拍了下來」。

選項2「授業中（じゅぎょうちゅう）にガムをかむことは、日本（にほん）では行儀（ぎょうぎ）が悪（わる）いと考（かんが）えられています／上課時嚼口香糖，在日本會被認為很沒規矩」。選項4「若（わか）いころはやせていたが、40歳（さい）をすぎたらおなかが出（で）てきて、すっかり体型（たいけい）が変（か）わってしまった／雖然年輕的時候很瘦，但是過 40 歲就有了啤酒肚，體型完全走樣了」。

30

生意気（なまいき）

1 年下（としした）のくせに、生意気（なまいき）なことをいうな。

2 明日（あした）テストなのに、テレビを見（み）ているなんて、ずいぶん生意気（なまいき）だね。

3 頭（あたま）にきて、先輩（せんぱい）に生意気（なまいき）をしてしまった。

4 あの先生（せんせい）は、授業（じゅぎょう）はうまいが、ちょっと生意気（なまいき）だ。

狂妄

1 明明年紀比我小，說話不准那麼狂妄！

2 明天就要考試了，現在居然還在看電視，真是太狂妄了。

3 我一時氣不過，對學長狂妄了。

4 雖然那位老師很會教書，但有點狂妄。

答案（1）

解題「生意気（なまいき）／狂妄」是指年齡較小或地位較低，但卻表現出長輩、上位者的態度，例句：生意気（なまいき）なことを言（い）うようですが、先生（せんせい）のやり方（かた）は少（すこ）し古（ふる）いのではないでしょうか／這樣說雖然逾矩，但老師的做法是不是有些過時了呢？

其他 選項2「明日（あした）テストなのに、テレビを見（み）ているなんて、ずいぶん余裕（よゆう）だね／明天就要考試了，現在居然還在看電視，可真從容鎮靜啊」。選項3「頭（あたま）にきて、先輩（せんぱい）に逆（さか）らってをしてしまった／我一時氣不過，違抗了學長」。→此外，也沒有「生意気（なまいき）をする」這種說法選項4「あの先生（せんせい）は、授業（じゅぎょう）はうまいが、ちょっと怒（おこ）りっぽい／雖然那位老師很會教書，但有易怒的傾向」。→也可用「強引（ごういん）だ／強硬」、「不真面目（ふまじめ）だ／不認真」等等。若對象為年長者或上位者，則不能說「生意気（なまいき）だ／真是狂妄」。

31 刻む

1 冷えたビールをコップに刻む。
2 時間を間違えて、30分も刻んでしまった。
3 鉛筆をナイフで刻む。
4 みそしるに、細かく刻んだネギを入れる。

切碎
1 把冰啤酒切碎在杯子裡。
2 我搞錯了時間，切碎了三十分鐘。
3 用刀子切碎鉛筆。
4 把切碎的蔥放進味噌湯裡。

答案 (4)

解題「刻む／切碎」是指切得很細、留下切痕。也指鐫刻在記憶中。例句：先生の言葉は私の胸に刻んでおきます／老師說的話鐫刻在我的心裡。
其他 選項1「冷えたビールをコップに注ぐ／把冰啤酒注入杯子」。選項2「時間を間違えて、30分も遅刻してしまった／我搞錯了時間，遲到了三十分鐘」。→也可以用「遅れて／晚到」。選項3「鉛筆をナイフで削る／用刀子削鉛筆」。

32 めったに

1 計算問題は時間が足りなくて、めったにできなかった。
2 これは、日本ではめったに見られない珍しいチョウです。
3 いつもは時間に正確な彼が、昨日はめったに遅れてきた。
4 昨日、駅で、古い友人にめったに会った。

罕見的（後接否定）
1 寫算數題目的時間不夠，罕見的無法做完。
2 這是在日本十分罕見的珍稀蝴蝶。
3 平時一直都很守時的他，昨天罕見的遲到了。
4 昨天在車站罕見的遇到了一位老朋友。

答案 (2)

解題「めったに／幾乎（不）…」和否定的詞語一起出現，表示幾乎沒有的意思。特別是經常用在表達次數很少的時候。例句：あなたは幸運ですね。こんなにいい天気の日はめったにありませんよ／你很幸運耶！這麼好的天氣可不常見啊！
其他 選項1「計算問題は時間が足りなくて、ほとんどできなかった／寫算數題目的時間不夠，幾乎都無法做完」。→「ほとんど／幾乎」是大部分的意思，表示全體之中的比例。例句：袋の中はほとんどゴミだった／袋子裡面幾乎都是垃圾。選項3「いつもは時間に正確な彼が、昨日はひどく遅れてきた／平時都嚴守時間的他，昨天竟然遲到」。→也可以用「ずいぶん／非常」等詞語。選項4「昨日、駅で、古い友人にばったり会った／昨天在車站巧遇一位老朋友」。

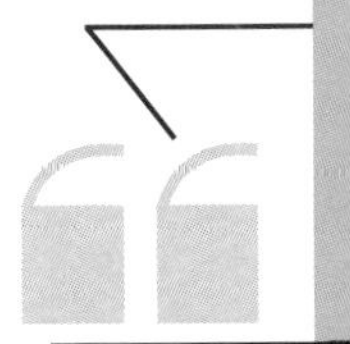

第三回 言語知識（文法）

（ ）に入れるのに最もよいものを、1・2・3・4から一つ選びなさい。
請從1・2・3・4之中選出一個最適合填入（ ）的答案。

33 大切なことは、（ ）うちにメモしておいたほうがいいよ。

1 忘れる　2 忘れている
3 忘れない　4 忘れなかった

重要的事，最好趁著還（ ）的時候先記錄下來比較好喔！
1 忘記　2 正在忘記
3 沒忘記　4 當初並沒忘記

答案（3）

解題「～うちに／趁…」的意思是「發生了變化，趁前項消失前」意。題目的意思是可能會隨著時間而淡忘，因此請趁著還沒忘記的時候先做。另外，「忘れないうちに／趁著還沒忘記」和「忘れる前に／忘記之前」、「覚えているうちに／趁還記得的時候」的意思相同。例句：温かいうちにお召し上がりください／請趁熱吃。〈趁尚未變成不熱（變涼）之前飲用〉

34 本日の説明会は、こちらのスケジュール（ ）行います。

1 に沿って　2 に向けて
3 に応じて　4 につれて

今天的說明會，將（ ）這份時間表進行。
1 依照　2 朝著
3 因應　4 隨著

答案（1）

解題「（名詞）に沿って／按照…」表示符合方針、期待、希望等，遵循方針、期待、希望等之意。例句：本校では、年間の学習計画に沿って授業を進めています／本校依循年度學習計劃進行授課。

其他 選項2「（名詞）に向けて／向…」表示方向或目的地，也表示對象或目標。例句：警察は建物の中の犯人に向けて説得を続けた／警察成功向建築物裡的犯人進行勸說。試合に向けて、厳しい練習をする／以比賽為目標，執行嚴格的訓練。選項3「（名詞）に応じて／按照…」表示根據前項的情況而進行改變、發生變化。例句：納める税金の額は収入に応じて変わります／繳納的稅金會依照收入而增減。選項4「（名詞、動詞辭書形）につれて／隨著…」用於表達一方產生變化，另一方也隨之發生相應的變化時。例句：時間が経つにつれて、気持ちも落ち着いてきた／隨著時間流逝，心情也平靜下來了。

35 この山はいろいろなコースがありますから、子供からお年寄りまで、年齢（ ）楽しめますよ。

1 もかまわず　2 はともかく
3 に限らず　4 を問わず

這座山規劃了各種健行的路線，（ ）年齡，從小孩到長者都可以享受山林的樂趣喔！
1 連～也無妨　2 總之
3 不限　4 不分

答案（4）

解題「（名詞）を問わず／不管…，都…」用於表達跟前項沒有關係，不管什麼都一樣之時。例句：この仕事は経験を問わず、誰でもできますよ／這份工作不需要經驗，任何人都可以做喔！

其他 選項1「もかまわず／不顧…」表示不介意一般會注意的某事，而做某動作。例句：彼女は服が汚れるのもかまわず、歩き続けた／她不管衣服上的髒汙，繼續向前走。選項2「はともかく／不管…」現在暫且不考慮前項之事，先考慮後項的意思。例句：お金のことはともかく、まず病気を治すことが大切ですよ／先不管錢的事了，最重要的是先把病治好。選項3「に限らず／不僅…連」表示不僅是前項，連後項也都發生某狀況之意。例句：中小企業に限らず、大企業でも経営の悪化が問題になっている／不只是中小企業，就連大企業也面臨經營不善的問題。

36 ふるさとの母のことが気になりながら、（ ）。

1 たまに電話をしている
2 心配でしかたがない
3 もう３年帰っていない
4 来月帰る予定だ

心裡雖然放不下故鄉的母親，卻（　）。
1 偶爾打電話給她
2 擔心得不得了
3 已經三年沒回去了
4 預計下個月回去

答案（3）

解題 本題答案要能選出接在「心裡雖然放不下母親，卻…」這一意思後面的選項，因此選項３最合適。「ながら／儘管…」是雖然…、明明是前項卻做後項的逆接用法，例句：彼が苦しんでいるのを知っていながら、僕は何もできなかった／儘管知道他當時正承受著痛苦的折磨，我卻什麼忙也幫不上。

37 もう一度やり直せるものなら、（ ）。

1 本当に良かった
2 もう失敗はしない
3 絶対に無理だ
4 大丈夫だろうか

假如能再給我一次機會，（　）。
1 真的太好了
2 這回絕對不再失敗
3 絕對辦不到
4 不要緊嗎

答案（2）

解題「（動詞辭書形）ものなら～／要是能…就…」表示如果可以前項的話，想做後項，希望做後項之意。填入選項４的「這回絕對不再失敗」表示說話人的決心跟希望。例句：生まれ変われるものなら、次は女に生まれたいなあ／假如還有來世，真希望可以生為女人啊！

38 カメラは、性能も大切だが、旅行で持ち歩くことを考えれば、（ ）に越したことはない。

1 軽い　　2 重い
3 画質がいい　　4 機能が多い

相機的性能儘管重要，但是考慮旅行時要隨身攜帶，當然是越（　）越好。
1 輕　　2 重
3 畫質佳　　4 功能多

答案（1）

解題 由於題目提到「旅行時要隨身攜帶」，因此答案要選「軽い／輕」。後面的「（[形容詞・動詞]普通形現在）に越したことはない／最好是…」是當然以前項為好的意思。例句：住む場所は便利であるに越したことはない／居住的地點最講究的就是方便性了！

其他 選項３、４講的是相機性能的優點，與題目的「性能も大切だが／性能儘管重要」意思互相矛盾。

39 悩んだ（ ）、帰国を決めた。

1 せいで　　2 ところで
3 わりに　　4 末に

苦惱了許久，（　）決定回國了。
1 由於　　2 之際
3 沒想到　　4 最後

答案（4）

解題 選項４「（動詞た形）末に／經過…最後」表示經過各種努力，最後得到後項的結果之意。例句：何度も会議を重ねた末に、ようやく結論が出た／經過了無數次會議之後，總算得到結論了。

其他 選項１「せいで／都怪…」用於表達由於前項的影響而導致不良的結果時。例句：少し太ったせいで、持っている服が着られなくなってしまった／因為有點變胖，原本的衣服都穿不下了。選項２「ところで／就算…也不…」表示即使做了前項也（得不到期許的結果）的逆接用法。例句：僕が注意したところで、あの子は言うことを聞かない／就算我叮嚀他，那孩子也完全聽不進去。選項３「わりに（割に）／雖然…但是…」用於表達從理所當然的前項，跟所想的程度有出入時。例句：母は 50 歳という年齢のわりに若く見える／家母雖然年已半百，看起來卻還很年輕。

40

この男にはいくつもの裏の顔がある。今回の強盗犯も、その中のひとつ（ ）。

1 というものだ　2 どころではない
3 に越したことはない　4 にすぎない

這個男人擁有好幾張不為人知的面貌。比方這次當了強盜也（ ）其中之一罷了。

1 就是那樣　2 沒那個心情
3 再好不過　4 只不過是

答案（4）

解題 題目提到「好幾張…」與「( )其中之一」。因此，由「很多張面孔的其中一張」即可得知，正確答案是具有「ただ、～だけ／不過是…而已」意涵的「に～すぎない／只不過…」。「にすぎない／只是…」用於表達微不足道，程度有限之時。例句：社長といっても、社員10人の小さな会社の社長にすぎないんです／雖說是社長，但也只是十人小公司的社長而已。

其他 選項1「というものだ／就是…」表達對某事實提出看法或批判時。例句：明日までに作れと言われても、それは無理というものだ／就算你要我明天完成，但那是不可能的啊。選項2「どころではない／哪裡還能…」表示強烈的否定沒有餘裕做某事的意思。例句：明日までの仕事が終わらなくて、食事どころじゃないんです／明天要完成的工作做不完，哪還有時間吃飯。選項3「に越したことはない／最好是…」是當然以前項為好的意思。

41

先輩に無理にお酒を（ ）、その後のことは何も覚えていないんです。

1 飲んで　2 飲まれて
3 飲ませて　4 飲まされて

（ ）學長強迫（ ）酒，之後的事什麼都不記得了。

1 喝下　2 被喝
3 給～喝　4 被～灌

答案（4）

解題 從題目的意思可以知道，「什麼都不記得」的人是「私／我」，而主詞是「私」的使役被動句。選項4的「飲まされて／被…灌」是在使役形「飲ませる／讓…喝」加上被動的「られる」成為「飲ませられる／被…灌」所變化而成的。例句：彼女と出かけると、いつも僕が荷物を持たされるんです／一起出門時，她總是要我幫忙拿東西。

42

こちらの商品をご希望の方は、本日中にお電話（ ）お申し込みください。

1 で　2 に
3 から　4 によって

想要購買這項商品的顧客，請於今天之內（ ）電話申請。

1 撥打（使用）　2 在
3 從　4 根據

答案（1）

解題 本題要選擇表示道具或手段的助詞「で／用…」。例句：はさみで切ってください／請用剪刀剪斷。

其他 選項4「によって／由…」雖然也表示方法、手段，但說法較為生硬，一般不使用在打電話等日常生活用的道具上。例句：本日の面接結果は、後日文書によってご通知します／關於今天面試的結果，日後再以書面通知。

43

先生はいつも、私たち生徒の立場に立って（ ）ました。

1 いただき　2 ください
3 さしあげ　4 やり

老師總是（ ）我們學生設身處地著想。

1 承蒙　2 為
3 予以　4 給

答案（2）

解題 本題因為有「先生は／老師」，因此要選以他人為主語的「てくれました／給我…」的尊敬表達方式的選項2「てくださいました／為我…」。

其他 選項1「ていただきました／承蒙…」是「てもらいました／讓…（我）為」的謙讓表達方式。主語是「私／我」。選項3「てさしあげました／（為他人）做…」是「てあげました／（為他人）做…」的謙讓表達方式。主語是「私」。選項4「てやりました／給…（做…）」用在對下級或動物身上。意思跟「てあげました」一樣。

44 では、明日10時に、御社に（ ）。

1 いらっしゃいます　2 うかがいます

3 おります　4 お見えになります

那麼，明天十點（　　）貴公司。

1 光臨　2 將前往拜會

3 在　4 蒞臨

答案（2）

解題「御社／貴公司」是具有「そちらの会社／您的公司」、「あなたの会社／你的公司」意涵的謙讓表達方式。本題主語是「私／我」。因此，要選「(そちらへ) 行きます／前往(那裡)」的謙讓語「伺います／將前往拜會」。

其他 選項1「いらっしゃいます／光臨」是尊敬語。選項3「おります／在」是具有「います／在」意涵的謙讓語。選項4「お見えになります／蒞臨」是具有「来ます／來」意涵的尊敬語。

問題八　翻譯與解題

次の文の＿★＿に入る最もよいものを、1・2・3・4から一つ選びなさい。

下文的＿★＿中該填入哪個選項，請從1・2・3・4之中選出一個最適合的答案。

45 母が亡くなった。優しかった＿＿ ＿＿ ＿★＿ ＿＿ 戻りたい。

1 母と　2 子供のころに

3 戻れるものなら　4 暮らした

※ 正確語順

母が亡くなった。優しかった 母と 暮らした 子どものころに 戻れるものなら 戻りたい。

家母過世了。真希望可以回到和溫柔的媽媽住在一起的孩提時光。

答案（2）

解題 從「子どものころに戻る／回到孩提時光」來思量，順序就是2→3。空格前的「優しかった／溫柔的」之後應接「母／家母」，如此一來順序就是1→4。這一部分是用來修飾「子どものころ／孩提時光」的。如此一來順序就是「1→4→2→3」，＿★＿的部分應填入選項2「子どものころに」。※ 文法補充：「ものなら／要是能…就…」表示如果能前項的話之意。前面要接表示可能的動詞。

46 結婚して＿＿ ＿＿ ＿★＿ ＿＿に気づいた。

1 はじめて　2 家族が

3 幸せ　4 いる

※ 正確語順

結婚して はじめて 家族が いる 幸せ に気づいた。

結婚之後才第一次感受到了擁有家人的幸福。

答案（4）

解題「に気づいた／感受到了」前面應填入選項3「幸せ／幸福」。再將選項2與選項4連接，變成「家族がいる／擁有家人」。由於這題是「てはじめて／第一次」句型的應用，得知選項1應該接在「結婚して／結婚之後」的後面。如此一來順序就是「1→2→4→3」，＿★＿的部分應填入選項4「いる」。

※ 文法補充：「てはじめて／做了…之後，才真正…」用於表達經歷了前項事情之後，而改變了到現在為止的認知時。

47 宿題が終わらない。＿＿ ＿＿ ＿★＿ ＿＿ 始めればいいのだが、それがなかなかできないのだ。

1 早く　　2 あわてるくらい

3 なら　　4 あとになって

※ 正確語順

宿題が終わらない。あとになって　あわてるくらい　なら　早く　始めればいいのだが、それがなかなかできないのだ。

功課寫不完。明知道與其之後才手忙腳亂不如提早動手做，卻總是無法身體力行。

答案 (3)

解題「始めればいい／動手做」的前面應填入選項 1「早く／提早」。再將選項 4 與選項 2 相連接變成「あとになって あわてるくらい／之後才手忙腳亂」。這題是「くらいなら／與其…不如…（比較好）」句型的應用，用於表達比較兩件事物，不願選擇程度較低的一方。由此可知選項 2 的後面應填入選項 3「なら／與其」。如此一來順序就是「 4 → 2 → 3 → 1 」，＿★＿的部分應填入選項 3「なら」。

※ 詞彙及文法補充：

◇「くらい／區區…」用於表達程度輕微的時候。例句：風邪くらいで休むな／區區小感冒，不准請假！

◇「～くらいなら／與其…不如…」例句：この会社で一生働き続けるくらいなら、田舎に帰るよ／與其一生都在這間公司工作，不如回鄉下生活。

48 ＿＿ ＿＿ ＿★＿ ＿＿ みんなに勇気を与える存在だ。

1 体に障害を　　2 いつも笑顔の

3 彼女は　　4 抱えながら

※ 正確語順

体に障害を　抱えながら　いつも笑顔の　彼女は　みんなに勇気を与える存在だ。

儘管有著身體的不便卻總是面帶笑容的她，帶給大家無比的勇氣。

答案 (2)

解題 選項 1「～障害を／身體的不便」應後接選項 4「抱えながら／儘管有著」。「抱える／抱著」具有攜帶行李或承受擔憂等，負擔著難以解決的事物之意涵的動詞。另外，選項 4 的「ながら／儘管…卻…」表示逆接，因此選項 1 與 4 便成為「儘管有著身體的不便」之意。雖想以 3 → 1 → 4 這樣的順序來進行排列，但這樣一來就無法填入選項 2「いつも笑顔の／總是面帶笑容的」了，考量選項 2 的位置，試著將 2 接在選項 3「彼女は／她」之前，前面再填入選項 1 跟 4 。如此一來順序就是「 1 → 4 → 2 → 3 」，＿★＿的部分應填入選項 2「いつも笑顔の」。

※ 文法補充：「(名詞、名詞 - であり、動詞ます形、い形い、な形語幹、な形語幹 - であり) ながら」用於表達與預想不同的想法時。與「～のに／明明」、「～けれども／雖然…但是…」用法相似。例句：残念ながら、パーティーは欠席させていただきます／雖然遺憾，但請恕我無法出席這次的派對。

49 これは、二十歳になったとき ＿＿ ＿＿ ＿★＿ ＿＿ 時計なんです。

1 記念の　　2 プレゼント

3 両親から　　4 された

※ 正確語順

これは、二十歳になったとき　両親から　プレゼント　された　記念の　時計なんです。

這是我滿二十歲的時候，爸媽送給了我作為紀念禮物的手錶。

答案 (4)

解題 選項 2 的「プレゼント／禮物」可以變成「プレゼントする」這樣的動詞。因此，能夠以順序 3 → 2 → 4 來造「(人) から～される／從 (人) 給…」這樣的被動形句子。考量 1「記念の／作為紀念的」該填入的位置，由於無法接在選項 3「両親から／從爸媽」之前，要填於選項 4 之後，「時計／手錶」之前。「これは (記念の) 時計です／這是 (作為紀念) 的手錶」為本句的基本句，以 3 → 2 → 4 的順序對「時計」進行說明。如此一來順序就是「 3 → 2 → 4 → 1 」，＿★＿的部分應填入選項 4「された」。

※ 文法補充：「私はこの時計を両親からプレゼントされました／這隻手錶是父母送給我的禮物」是強調「手錶」時的說法。「～されます」是被動形。

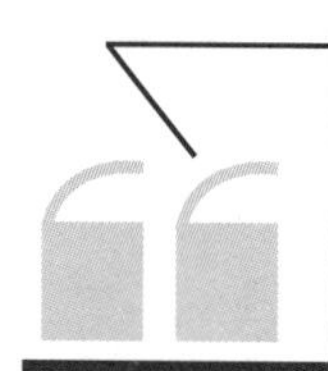

次の文章を読んで、文章全体の内容を考えて、 50 から 54 の中に入る最もよいものを、1・2・3・4の中から一つ選びなさい。

於閱讀下述文章之後，就整體文章的內容作答第 50 至 54 題，並從1・2・3・4選項中選出一個最適合的答案。

「結構です」

「結構です」という日本語は、使い方がなかなか難しい。

例えば、よそのお宅にお邪魔しているとき、その家のかたに、「甘いお菓子がありますが、 50 ？」と言われたとする。そのとき、次のような二種類の答えが考えられる。

A「ああ、結構ですね。いただきます。」

B「いえ、結構です。」

Aの「結構」は、相手の言葉に賛成して、「いいですね」という意味を表す。

51 、Bの「結構」は、これ以上いらないと丁寧に断る言葉である。同じ「結構」でも、まるで反対の意味を表すのだ。したがって、「いかがですか」と菓子を勧めた人は、「結構」の意味を、前後の言葉、例えばAの「いただきます」や、Bの「いえ」などによって、または、その言い方や調子によって判断する 52 。日本人には簡単なようでも、外国の人 53 使い分けが難しいのではないだろうか。

また、「結構」には、もう一つ、ちょっとあいまいに思えるような意味がある。

54 、「これ、結構おいしいね。」「結構似合うじゃない。」などである。この「結構」は、「かなりの程度に。なかなか。」というような意味を表す。「非常に。とても。」などと比べると、少しその程度が低いのだ。

いずれにしても、「結構」という言葉は結構あいまいな言葉ではある。

「結構です」

該如何正確運用「結構です」這句日語，相當不容易掌握。

比方說，到別人家作客時，主人說：「家裡有甜點， 50 ？」這時候，有以下兩種回答的方式：

A：「喔，好啊，那就不客氣了。」

B：「不，不用了。」

回答A的「結構」意思是「好呀」，表示贊同對方。

51 ，回答B的「結構」則是委婉拒絕對方，表示不再需要了。同樣一句「結構」，卻含有完全相反的語意。因此，當邀請對方吃甜點的人說出「要不要嚐一些呢」之後，在聽到對方回答「結構」時，必須根據其前後的語句，比如回答A的「那就不客氣了」或是回答B的「不」，以及對方說話的口吻和語氣 52 。這在日本人看來很簡單，但 53 外國人 53 或許很難辨別該如何正確運用。

此外，「結構」還有另一個有點模糊的含意。

54 ，「這個還滿好吃的唷！」「挺適合你的嘛！」。這裡的「結構」，意思是「相當地、頗為」。與「非常、極為」相較之下，程度略低一些。

總而言之，「結構」是一個頗為模糊的詞語。

50

1 いただきますか	2 くださいますか
3 いかがですか	4 いらっしゃいますか

1 可以嗎　　2 願意嗎
3 要不要嚐一些呢（好嗎）　4 是嗎

答案 (3)

解題 這是推薦事物所用的語詞。「いかがですか／怎麼樣呢？」是「どうですか／要不要呢」的禮貌說法。

51

1 これに対して	2 そればかりか
3 それとも	4 ところで

1 相較於此　　2 不僅如此
3 還是說　　4 即便

答案 (1)

解題 前面的文章是在說明Ａ，後面的文章是在說明Ｂ。選項１「（名詞、［形容詞・動詞］普通形＋の）に対して／對（於）…」表示與前項相比較，與前項情況不同的意思。例句：工場建設について住民の意見は、賛成 20%に対して、反対は 60%にのぼった／關於建蓋工廠，當地居民有 20%贊成，至於反對的人則高達了 60%。

52

1 わけになる	2 はずになる
3 ものになる	4 ことになる

1 無此用法　　2 無此用法
3 成為　　4 判斷

答案 (4)

解題「ことになる／總是…」用在表達從事實或情況來看，當然會有如此結果時。例句：頭のいい彼とゲームをすると、結局いつも僕が負けることになるんだ／每次和頭腦聰明的他比賽，結果總是我輸。

其他 填入其他選項都不合邏輯。

53

1 に対しては	2 にとっては
3 によっては	4 にしては

1 相對於～　　2 對～而言
3 隨著～而　　4 就～來說

答案 (2)

解題 相較於「這在日本人看來很簡單」，而「但外國人或許很難」。選項２「（名詞）にとって／對於…來說」表示站在前項的立場，來判斷的意思。

其他 選項１「（名詞、［形容詞・動詞］普通形＋の）に対して／對（於）…」表示與前項相比較，與前項情況不同的意思。選項３「によっては／因為…」表示就是因為前項客觀原因的意思。少子化によって小学校の閉鎖が続いている／由於少子化，導致國小陸續關閉。選項４「にしては／就…而言算是…」表示以前項這一現實的情況，跟預想的出入很大的意思。今日は５月にしては暑いね／以五月來說算今天算是特別熱的呢。

54

1 なぜなら	2 たとえば
3 そのため	4 ということは

1 那是因為　　2 舉例來說
3 也因此　　4 也就是說

答案 (2)

解題 前面的文章說的是「結構／非常」的另一層意思。後面的文章則舉例加以說明。而選項２是用在舉例進行說明的時候，因此為正確答案。

其他 選項１「なぜなら／那是因為」用在說明原因、理由的時候。彼を信用してはいけない。なぜなら彼は今までに何度も嘘をついたからだ／他不能信任，因為至今他已多次說謊了。選項３「そのため／也因此」用在敘述原因、理由之後，說明導致其結果的時候。担任が変わった。そのためクラスの雰囲気も大きく変わった／級任老師換人後，那個班級的氣氛也大幅改變了。選項４「ということは／也就是說…」用於換句話說，簡單說明某事時。例句：今期は営業成績がよくない。ということはボーナスも期待できないということだ／這期的營業績效不好，也就是說獎金也不會好到哪裡去。

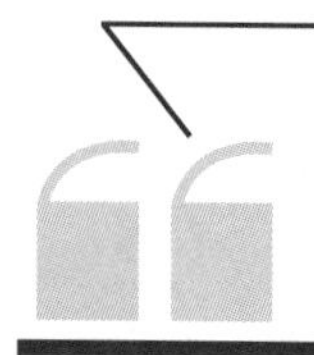

第三回 読解

問題十 翻譯與解題

次の (1) から (5) の文章を読んで、後の問いに対する答えとして最もよいものを、1234 から一つ選びなさい。

請閱讀以下 (1) 至 (5) 的文章，然後從後面的問題中，選出最適當的答案，從 1、2、3、4 中選擇一個最合適的選項。

(1)

便利なものが次々に発明される度に人間の手や言葉がいらなくなり、道具だけで用がすむようになった。しかし、それで失われるものもある。

例えば、最近、「自撮り棒」というものが発明され流行している。自分の写真を撮る際に、カメラやスマートフォンを少しだけ手から遠くに離して撮ることができる便利なものだ。

しかし、その結果、観光地などでの人と人とのコミュニケーションがなくなったのではないだろうか。知らない人に「すみませんが」と頼んで写真を撮ってもらうことも、「どうぞよいご旅行を。」とお互いに声をかけ合って別れることもなくなった。そこに見知らぬ人どうしのコミュニケーションがあったのだが…。

隨著各種便利物品的接連發明，人類的雙手與語言逐漸變得不再那麼必要，許多事情僅憑工具便能解決。然而，也有些東西隨之失去了。

例如，最近發明並流行起來的「自拍桿」便是一例。這個工具讓人在拍攝自己照片時，能將相機或智慧手機稍微遠離自己的手，確實十分方便。

然而，這樣的便利是否減少了在觀光地與他人的交流呢？過去，我們會向陌生人說：「不好意思，能幫我拍張照片嗎？」拍完後還會互道：「祝您旅途愉快。」這樣的互動如今卻越來越少。在這些原本存在的互動中，陌生人之間其實有某種溝通和連結，但隨著新工具的使用，這種溝通似乎正逐漸消失……。

55 筆者は、便利なものが次々に発明されることを、どう感じているか。

1 よい面ばかりではなく、失われるものもある。

2 人間の仕事がなくなって、失業者が増えるので困る。

3 道具が、人と人とのコミュニケーションの役割をしてくれるので助かる。

4 便利な道具に頼らず、もっと人間の力を使うべきだ。

筆者對於便利的事物接連被發明有何感想？

1 不僅有便利的一面，也有失去的東西。

2 人類的工作逐漸消失，失業者增多，這令人擔憂。

3 工具取代了人與人之間的溝通功能，這讓生活更加便利。

4 不應過度依賴便利工具，應該更多地依靠人類自身的力量。

答案 (1)

解題 請參見文章第二行提到的「しかし、それで失われるものもある／然而，有些東西也因而消失了」，以及第六行的「(自撮り棒が発明された) 結果、観光地などでの人と人とのコミュニケーションがなくなったのではないだろうか／(發明了自拍棒之後)，到頭來，是否導致在觀光區等地的人與人之間不再有交流了呢」。因此答案為選項 1。

其他 選項 2 文章沒有提到「失業者」。選項 3 從文章第五行最後到第七行提到「(自撮り棒は) 便利なものだ。しかし、その結果、観光地などでの人と人とのコミュニケーションがなくなったのではないだろうか／(自拍棒) 使用起來十分便利。然而，到頭來，是否導致在觀光區等地的人與人之間不再有交流了呢」。由上述文字可知，作者認為像自拍棒這種工具對於人際交流毫無助益。選項 4 作者雖然對於人際交流變少了感到遺憾，但並沒有因而否定了工具的存在價值。

(2)

ある新聞に中学生の投書が載っていた。その中学生は、学校のクラブ活動でバドミントンをやっていたのだが、引退を間近※にした大会を振り返って、次のような感想を書いていた。「試合に勝ち進んだ人ほど、試合のことをよく反省し、それを練習や次の試合に生かしている。」と。しかし、自分は「ミスをしても、また次に頑張ればいい。」としか考えなかった。 そして、「それが自分と上位に勝ち進んだ人との違いだった。」と反省し、自分のミスを次に生かすことが試合でも生活の上でも大切だと述べていた。

極めて当たり前のことだが、中学生が自分の経験から学んだことだという点で、大いに評価されるべきだと思う。

(注) 間近：すぐ近く

有一則中學生的投稿刊登在某報紙上。這名中學生回顧了自己即將※引退的校內羽毛球比賽，寫下了如下的感想：「越是能在比賽中持續勝利的人，越會仔細反思自己的比賽經驗，並將其應用到日常練習或下一場比賽中。」然而，他自己卻只抱持著「即使失敗了，只要下一次再努力就好」的想法。

他反省道：「這正是我與那些在比賽中勝出的人之間的差別。」他也意識到，無論是在比賽中還是日常生活中，將失敗轉化為下一次的成長都很重要。

這是再普通不過的道理，然而，因為這名中學生是從自己的經驗中學習到的，因此我認為這值得大加讚賞。

（注）就在附近：非常接近

56 中学生が、試合に勝ち進むために大切だと述べていたのは、どんなことか。

1 失敗したことを素直に認めて、謙虚になること
2 失敗したことを丁寧に分析して、それを次に反映させること
3 失敗したことは早く忘れて、新しい気持ちで頑張ること
4 失敗したことをきちんと整理して、記録すること

這名中學生認為，在比賽中持續獲勝的關鍵是什麼？

1 坦率承認失敗，保持謙虛。
2 仔細分析失敗，並在下一次中加以應用。
3 快速忘記失敗，重新以積極的心態努力。
4 有條理地整理失敗，並記錄下來。

答案 (2)

解題 請參見文章第三行的「勝ち進んだ人ほど、試合のことをよく反省し、それを練習や次の試合に生かしている／持續晉級的選手會仔細檢討比賽過程，並將這段經驗運用在練習和下次比賽中」，以及第六行的「自分のミスを次に生かすことが試合でも生活の上でも大切だ／如何將上次犯錯的經驗用於提醒自己不再重蹈覆轍，這對於比賽和生活都很重要」。「生かす／運用」的意思是善加使用、有效活用。可知正確答案是選項２。

(3)

絵の展覧会に行くと、会場の入口で、絵の説明のためのヘッドフォン※1を貸し出している。500円程度なので、私はいつもそれを借りて、説明を聞きながら絵を見る。そうすると、画家やその時代、絵のテーマなどについてもよく分かり、非常に物知り※2になったような気がする。

しかし、ある人によると、それは絵画の鑑賞法として間違っているそうだ。絵は、そのような知識なしに、心で見るもの、感じるものだということだ。

なるほど、そうかもしれない。絵は知識を得るために見るものではなく、心の栄養のために見るものだから。

(注1) ヘッドフォン：耳に当てて録音された説明などを聞く道具
(注2) 物知り：いろいろなことをよく知っている人

去參觀畫展時，在會場入口處通常會提供解說畫作的耳機※1，租金大約500日圓。我總是借用耳機，一邊聽解說，一邊欣賞畫作。這樣一來，對畫家及其時代、畫作的主題等都能深入了解，感覺自己變得非常博學多聞※2。

然而，有人指出，這樣並不是正確的繪畫欣賞方法。據說，繪畫應該是無需任何知識，憑藉內心去看、去感受的藝術。

的確，這聽起來有道理。畢竟，欣賞畫作的目的並非為了獲取知識，而是為了滋養心靈。

（注1）耳機：一種貼在耳朵上，用來聆聽錄製好的解說等內容的工具
（注2）博學多聞的人：指對各種事物都很了解的人

57 筆者は、絵は何のために見ると言っているか。

1 知識を増やすため
2 絵の勉強のため
3 心を豊かにするため
4 絵のテーマを理解するため

筆者認為，為何要欣賞繪畫？

1 增長知識。
2 為了學習繪畫技巧。
3 豐富內心。
4 理解畫作的主題。

答案 (3)

解題 請參見文章最後一段提到的「絵は知識を得るために見るものではなく、心の栄養のために見るものだから／欣賞繪畫不該是為了增進知識，而是為了滋養心靈」。「心の栄養／滋養心靈」的意思是「心を豊かにする／讓心靈變得更豐富」。因此選項3正確。

(4)

子供がいる専業主婦のうち、80%が就職したいと思っていることが、ある人材派遣会社[※1]の調査で分かった。さらにその90%が仕事への不安を抱えているそうだ。仕事から長い間離れていることや、育児との両立に不安を感じているようである。このような主婦の不安や細かい要求にこたえるために、企業側も採用条件を見直すなど、対応を変えることが必要だろう。ただし、主婦の不安や要求につけ込んで[※2]、不当な賃金[※3]や条件で雇うことのないよう、企業側はくれぐれも気をつけて欲しいものである。

(注1) 人材派遣会社：働きたい人を雇って、人を探している会社に紹介する会社
(注2) つけ込む：相手の弱点などを利用して、自分が有利になるようにすること
(注3) 賃金：労働に対して払う給料

根據某人才派遣公司[※1]的調查，80%的全職主婦表示希望就業。此外，其中90%表示對工作感到不安。這些不安大多來自於長時間脱離職場以及對兼顧育兒和工作的雙重壓力。為了應對這些主婦的擔憂和細緻的需求，企業方有必要重新檢討聘用條件，進行適當的調整。然而，企業在此過程中必須特別注意，切勿趁機[※2]利用主婦的焦慮或需求，以不公正的薪資[※3]或條件進行雇用。

（注1）人才派遣公司：雇用希望工作的人，並將他們介紹給尋找員工的公司的機構
（注2）趁虛而入：利用對方的弱點等，使自己處於有利位置的行為
（注3）工資：對勞動支付的薪酬

58 筆者は、企業がしなければならないことはどんなことだと言っているか。

1 主婦の望みに合う採用条件を考え、正当な賃金で雇うこと
2 不安を抱えている主婦を優先的に採用し、賃金も高くすること
3 採用条件に合わない主婦は、低賃金で雇用すること
4 それぞれの主婦に合った仕事を与え、高い賃金を払うこと

筆者認為企業應該採取的行動是什麼？

1 根據主婦的需求調整聘用條件，並提供合理的薪資。
2 優先聘用有不安的主婦，並提高薪資待遇。
3 對於不符合聘用條件的主婦，以低薪雇用。
4 根據每位主婦的情況分配工作，並支付高薪。

答案 (1)

解題 請參見文章第四至五行的「主婦の不安や細かい要求にこたえるために、企業側も採用条件を見直すなど／為了減輕家庭主婦的不安與配合其生活瑣事需求，企業主應該重新審視錄用條件」，以及第六行的「不当な賃金や条件で雇うことのないよう／不得以不當薪資或不當條件雇用」。所謂「不当な賃金や条件／不當薪資或不當條件」是指低薪或不利的條件。而選項1的「正当な賃金／合宜的薪資」為恰當的勞務所得，因此正確。

其他 選項2文章既未提到「優先的に採用／優先錄取」，也沒有説「賃金を高く／給予高薪」。選項3文章指出公司方不得「低賃金で雇用／低薪雇用」，因此本選項不正確。選項4文章中並未提到「高い賃金／高薪」。

(5)

以下は、新聞に入っていたチラシである。

お宅の布団、大丈夫ですか？
布団丸洗いで清潔に！
11 月 30 日（日）まで限定セール
・布団の中はとても汚れていて、湿気も含んでいます。
・ふとん丸洗い※1 のカムカムでは、一枚一枚水で洗って乾燥させ、干すだけでは退治※2 できないダニ※3 や、布団にしみこんだ汚れをきれいに洗います。
・11 月 30 日（日）まで、期間限定サービス中です。
・この機会にぜひ、お試しください。
・なお、防ダニ、防カビ※4 加工も受付中です。
2 点セット：6,500 円
3 点セット：9,500 円
4 点セット：11,500 円

＊防ダニ・防カビ加工は、1 点 400 円。
布団丸洗いの専門店 カムカム TEL：03（3813）0000

（注 1）丸洗い：（一部でなく）全部洗うこと
（注 2）退治：悪いものをやっつけて、なくすこと
（注 3）ダニ：虫の名。人の血を吸うものもあり、アレルギーの原因ともなる
（注 4）防ダニ、防カビ：ダニ、カビを防ぐこ

以下是夾在報紙中的廣告單。

您家的棉被，還乾淨嗎？
通過全面清洗※1，讓棉被變得潔淨如新！
限時促銷至 11 月 30 日（星期日）
・棉被內部通常非常髒，且含有濕氣。
・在專業進行棉被全面清洗的「CamCam」，我們會將棉被逐件用水徹底清洗並烘乾，去除僅靠晾曬無法清除※2 的塵蟎※3 及滲入棉被的污垢。
・限時服務至 11 月 30 日（星期日）止。
・請不要錯過這次機會，務必試試！
・此外，我們也提供防塵蟎、防霉※4 加工服務，現正接受預約中。
2 件套組：6,500 日圓
3 件套組：9,500 日圓
4 件套組：11,500 日圓
防塵蟎、防霉加工每件 400 日圓
棉被全面清洗專門店 CamCam
電話：03（3813）0000

（注 1）整體清洗：指全部清洗，而不是只洗部分
（注 2）消滅：將有害的東西徹底除去
（注 3）蟎蟲：一種昆蟲，有些種類會吸食人血，亦可引發過敏
（注 4）防蟎、防霉：防止蟎蟲和霉菌滋生的措施

59 この店のサービスについて正しいものはどれか。

1 防ダニ・防カビ加工は、丸洗いをする前に申し込まなければならない。
2 丸洗いの料金は、セットの点数が多いほど、1点当たりの料金は安い。
3 2点セットを丸洗いして、どちらも防ダニ・防カビ加工をすると、6,900円になる。
4 布団を水で洗って乾燥させるのは、11月末日までの期間限定サービスである。

關於這家店的服務，下列哪一項正確？

1 防塵蟎、防霉加工必須在徹底清洗前申請。
2 清洗的件數越多，每件的價格越便宜。
3 如果清洗 2 件套並對兩件都進行防塵蟎、防霉加工，總價將是 6,900 日圓。
4 用水清洗並烘乾棉被的服務僅限於 11 月底前提供。

答案 **(2)**

解題 由於一次送洗兩件的費用是 6,500 日圓，相當於每件 3,250 圓；一次送洗三件的費用是 9,500 日圓，相當於每件 3,167 日圓；一次送洗四件的費用是 11,500 日圓，相當於每件 2,900 日圓。由此可知，一次送洗愈多件，單價愈便宜。因此選項 2 正確。

其他 選項 1 廣告單上並沒有標注「丸洗いする前に申し込む／必須在整床寢具送洗前加購該項加工」。選項 3「防ダニ・防カビ加工は、1点 400 円／防螨、防霉加工每件 400 日圓」，因此兩件為 800 日圓。送洗費 6,500 日圓加上加工費 800 日圓，總共 7,300 日圓。選項 4 這家店是「布団丸洗いの専門店／整床寢具清洗專門店」，因此寢具的清洗烘乾原本就是例行作業。廣告單上第三行印著「11 月 30 日（日）まで限定セール／ 11 月 30 日（週日）前限時優惠」，而「セール／優惠」是指價格折扣的促銷服務。

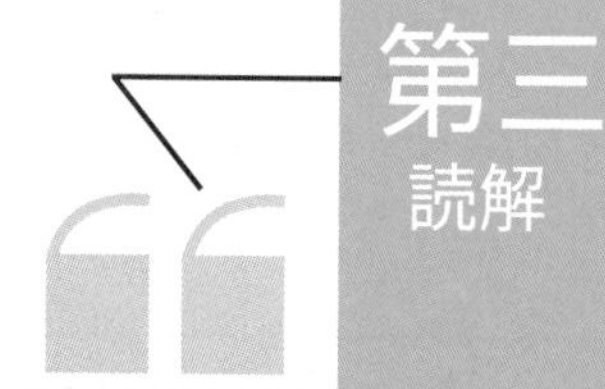

次の(1)から(3)の文章を読んで、後の問いに対する答えとして最もよいものを、1・2・3・4から一つ選びなさい。

請閱讀以下(1)至(3)的文章，然後從後面的問題中，選出最適合的答案。請從1、2、3、4中選擇一個。

(1)

2015年の日本の夏は、特に暑かった。東京都心で気温が35度以上の日が続き、9月3日までに熱中症※1で死亡した人は101人に上るということだ。このうち、室内で死亡した人は93人。この中の35人は室内にエアコンがなかった。また、49人はエアコンはあってもつけていなかったそうである。熱中症死亡者を年齢別に見ると、60代以上の人が101人中90人であった。高齢者の中には独り暮らしの人が多く、生活保護※2を受けている人も何人かいたそうだ。(以上、東京23区調査による)

独り暮らしの高齢者が熱中症で死亡する原因には、エアコンを買えないほど生活が貧しいということが、まず、考えられるだろう。しかし、それだけではないと思われる。日本人は昔から、物を大切に、と教えられてきた。電気もそうで、無駄な電力は使わないようにと教えられてきた。高齢者には、その教えが習慣として身に付いているのではないかと思われる。その結果、エアコンをつけるのをためらうのではないだろうか。

それと、暑さや寒さなどには負けないことを立派なことだ、とされてきたこともあるだろう。暑さや寒さに負けないように体をきたえましょう、と言われ、暑さ寒さなどの身体的苦痛を我慢することを教えられてきた結果、厳しい暑さもエアコンなしで、できるだけ我慢をしようとしてしまうのだろう。

(注1) 熱中症：暑さのために具合が悪くなる病気。死亡することもある

(注2) 生活保護：貧しくて生活できない人を助けるために国が支払う費用

2015年的日本夏季異常炎熱。東京市中心連續多日氣溫超過35度，截至9月3日，因中暑※1死亡的人數達到101人。其中，有93人是在室內死亡。在這93人中，有35人沒有安裝空調，另有49人雖然安裝了空調卻未使用。從年齡層分析，中暑死亡者中，60歲以上的老人佔了101人中的90人。許多高齡者是獨居，其中一些還領取生活補助※2。（以上數據來自東京23區調查）

獨居高齡者中暑致死的原因，首先可能是經濟困難，無力購買空調。然而，這並非唯一的原因。日本人自古以來受到珍惜物品的教導，這種理念也延伸至電力的使用，自小被教誨不要浪費。因此，高齡者可能已經將這種教導視為生活習慣，導致他們對使用空調心生猶豫。

此外，自古以來，能忍受酷暑寒冬被視為一種美德。從小被教導要鍛鍊身體來抵抗酷暑與嚴寒，學習忍受高溫和低溫等身體上的痛苦，最終形成了即使在極端高溫下，也會嘗試不使用空調來忍耐的習慣。

（注1）中暑：因炎熱而引發的不適症狀，嚴重時甚至可能導致死亡

（注2）生活補助：國家為了幫助貧困無法維持生計的人所支付的費用

60 熱中症で死亡した人についての説明で間違っているものはどれか。

1 全て60代以上の高齢者であった。
2 エアコンがあってもつけていない人が半数以上いた。
3 室内で死亡した人より、家の外で死亡した人の方が少なかった。
4 中には、生活保護を受けている人もいた。

關於因中暑而死亡的人數的描述中，哪一項是錯誤的？

1 全部都是 60 歲以上的高齡者。
2 有超過一半的人雖然有空調卻沒有使用。
3 在室內死亡的人比在戶外死亡的人更多。
4 有一些人領取了生活保護。

答案（1）

解題 請參見文章第五行提到的「60 代以上の人が 101 人中 90 人であった／在 101 位死亡者當中，超過六十歲的有 90 人」，可知六十歲以上的人並非全部，因此選項 1 為正確答案。

其他 選項 2 請參見文章第二至四行的「室内で死亡した人は 93 人。～（この中の）49 人はエアコンはあってもつけていなかった／於室內死亡者為 93 人。…（其中）的 49 人家中裝了冷氣卻沒有使用」，可知有冷氣但沒使用的人超過半數以上，因此本選項正確。選項 3 於室內死亡者為 93 人，亦即在戶外死亡者為 8 人，因此本選項正確。選項 4 請參見文章第六行提到的「生活保護を受けている人も何人かいたそうだ／其中有幾位屬於低收入戶」，因此本選項正確。

61 室内で死亡した 93 人のうち、部屋にエアコンがある人は何人だったか。

1 35 人
2 49 人
3 58 人
4 90 人

在室內死亡的 93 人中，有空調的人數是多少？

1 35 人
2 49 人
3 58 人
4 90 人

答案（3）

解題 請參見文章第三行提到的「この中の 35 人は部屋にエアコンがなかった／其中有 35 人家中沒有裝冷氣」，93 － 35 ＝ 58，因此答案為 58 人。

62 独り暮らしの高齢者が熱中症で死亡する一番の原因は何だと述べているか。

1 生活が貧しいこと
2 物を大切に使う習慣があること
3 エアコンを使うことに慣れていないこと
4 我慢強いこと

獨居高齡者因中暑死亡的主要原因是什麼？

1 經濟困難
2 珍惜物品的習慣
3 不習慣使用空調
4 忍耐力強

答案（1）

解題 請參見文章第七行提到的「独り暮らしの高齢者が熱中症で死亡する原因には、エアコンを買えないほど生活が貧しいということが、まず、考えられるだろう／可以想見，獨居老人中暑身亡的首要因素是生活貧困而買不起冷氣」。「まず／首先」，也就是第一的意思。因此正確答案為選項 1。

其他 選項 2 和選項 4 雖然都屬於相關因素，但並不是作者想表達的首要因素。

(2)

日本には、料理に使うためのスープ、つまり「だし」を取るための食べ物がいくつかある。昆布、しいたけ、鰹節が代表的である。昆布は海草[※1]、しいたけはきのこの一種である。どちらも乾燥させたものを使っておいしいだしを取り、料理を作る。

鰹節は、「鰹（かつお）」という魚から驚くほど多くの過程を経て作られる。

鰹を煮た後、冷まして骨や皮などを取って木の箱に入れていぶす[※2]。すると、表面にびっしりとカビ[※3]が付く。そのカビを落としては日光に干して乾燥させるということを何回も繰り返し、やっと硬く乾燥した鰹節ができあがる。

こうしてできた鰹節は、長さ20センチ、直径5センチほどの硬い棒のようなものだが、今では、この鰹節そのものを日本の普通の家庭で見ることも少なくなった。鰹節でだしを取るには、硬い鰹節を薄くけずらなければならないからだ。

このように面倒な過程を経て作られる鰹節や、昆布、しいたけなどは、どれもうま味[※4]成分をたっぷり含んでいる。その上、優れた特長がある。それは、鳥や牛や豚などを煮て取る西欧や中国のだしと違って、脂が出ないということである。

ところが、近年、これらの日本の伝統的なだしより、化学調味料を使う家庭が増えている。化学調味料は、昆布やしいたけ、鰹節に比べて手間がいらず、便利だからだ。

2013年、「和食」がユネスコ[※5]無形文化遺産[※6]に登録された。自然を尊ぶ日本の健康的な食文化が評価されたということである。「和食」といえば、お皿にのった美しい日本料理を思い浮かべるだろうが、それだけでなく、鰹節などの、うま味を上手に使った伝統的な食生活を、日本人自身がもう一度見直すべきではないだろうか。

（注1）海草：海の中に生える植物
（注2）いぶす：下から火をたいて箱の中を煙でいっぱいにすること
（注3）カビ：このカビは、人間にとってよい働きをする
（注4）うま味：おいしさを感じる味のこと
（注5）ユネスコ：UNESCO。国連教育科学文化機関の略
（注6）無形文化遺産：演劇・音楽・工芸技術などで価値が高いとされたもの

在日本，有幾種專門用來提取料理湯底，即「高湯」的食材。其中最具代表性的食材有昆布、香菇和柴魚。昆布是一種海草[※1]，香菇則屬於菇類的一種。這兩種食材經過乾燥處理後，可用來熬煮出美味的高湯，並用於烹飪。

柴魚是經過多道繁複的工序從名為「鰹魚」的魚製作而成。首先，鰹魚被煮熟後冷卻，並去骨去皮，再放入木箱中進行煙燻[※2]處理。這樣處理後，魚的表面會密密麻麻地覆蓋上一層霉菌[※3]。這些霉菌會被反覆清除，再進行日光乾燥，經過多次重複這一過程，最終製成堅硬且乾燥的柴魚塊。

這樣製成的柴魚塊約有20公分長、5公分粗，看起來像一根堅硬的棒狀物。如今，在日本的普通家庭中，這樣的柴魚塊已經越來越少見了。這是因為要用柴魚塊提取高湯，必須先將其削成薄片，這一過程相當繁瑣。

經過如此繁複製作的柴魚塊、昆布、香菇等食材，都富含大量的鮮味[※4]成分。更重要的是，這些食材具有一項優點：與西方或中國將雞肉、牛肉或豬肉煮製湯底相比，它們不會產生油脂。

然而，近年來，越來越多的家庭選擇使用化學調味料來替代這些日本傳統的高湯。這是因為化學調味料相比昆布、香菇、柴魚更省時且便利。

2013年，「和食」被聯合國教科文組織[※5]（UNESCO）列為非物質文化遺產[※6]，這標誌著尊重自然的日本健康飲食文化獲得了國際認可。提到「和食」，人們或許會想到那些擺盤精美的日本料理，但不僅如此，日本人是否應該重新審視像柴魚等食材中所含的鮮味，並再次珍視這種傳統的飲食生活方式？

（注1）海草：生長在海中的植物
（注2）煙燻：從下方點火，讓煙充滿箱子內部的過程
（注3）霉菌：這種霉菌對人類有益
（注4）鮮味：能夠讓人感覺到美味的味道
（注5）聯合國教科文組織：UNESCO的中文名稱，為聯合國教育、科學及文化組織的縮寫
（注6）無形文化遺產：指在戲劇、音樂、工藝技術等領域中，被認定為具有高度價值的項目

63 鰹節は、何から作るか。

1 海草
2 きのこ
3 鳥
4 魚

柴魚是用什麼製作的？

1 海藻
2 菌類
3 鳥類
4 魚類

答案（4）

解題 請參見文章第五行提到的「鰹節は『鰹』という魚から驚くほど多くの過程を経て作られる／柴魚是由一種名為『鰹魚』的魚經過一連串相當繁複的步驟製作而成的」。因此正確答案是選項 4。

64 こうしてできた鰹節が日本の家庭であまり見られなくなったのはなぜか。

1 鰹節をけずるのが面倒で、使わなくなったから。
2 西欧のだしに比べて、うま味成分が少ないから。
3 昆布やしいたけでだしを取る方が簡単だから。
4 鰹節で取っただしには脂が含まれるから。

為什麼日本家庭中很少再見到這樣製成的柴魚塊？

1 因為削柴魚塊很麻煩，人們不再使用了。
2 因為和西方高湯相比，柴魚的鮮味成分較少。
3 因為用昆布和香菇熬高湯比較簡單。
4 因為用柴魚熬的高湯含有油脂。

答案（1）

解題 本題底線部分同一段的最後一句已說明，亦即「硬い鰹節を薄くけずらなければならないからだ／必須先將堅硬的柴魚塊刨成薄片之後才能使用」。因此答案為選項 1。

65 この文章での筆者の主張を選べ。

1 和食を上手に作るべきだ。
2 日本の伝統的なだしを見直して使うべきだ。
3 日本の伝統的な食べ物を世界中に広めるべきだ。
4 日本のだしだけでなく西欧や中国のだしを見直すべきだ。

這篇文章的作者主張什麼？

1 應該學會製作美味的和食。
2 應該重新重視使用日本的傳統高湯。
3 應該將日本的傳統食材推廣到全世界。
4 不僅要重新審視日本的高湯，也要重視西方和中國的高湯。

答案（2）

解題 請參見文章最後一段的「うま味を上手に使った伝統的な食生活を、日本人自身がもう一度見直すべき／日本人應當重新細細品味這種巧妙運用鮮味入菜的本國傳統飲食文化」。因此正確答案為選項 2。

(3)

主に欧米では、ホテルなどの従業員※1にチップを渡すという習慣がある。荷物を運んでくれたお礼などとして細かいお金を手渡すのだ。

しかし、日本にはこのチップという習慣はない。ただ、旅館などでお世話になる従業員に個人的にお礼のお金を渡すことはある。そのようなとき、そのお金は紙に包んだり小さな袋に入れたりして渡す。現在では、日本のホテルや旅館も、「サービス料」として宿泊料などと一緒に客に請求するようになり、個人的にお礼のお金を渡したりすることは少なくなったが、伝統のある昔からの旅館ではそうであった。

そんな場合だけでなく、お礼やお祝い、またはお見舞いなどのお金を、紙に包んだり袋に入れたりしないで渡すことは日本ではほとんどない。なぜだろうか…。

日本人はお金を人にあげることに対して羞恥心※2のようなものがあるのではないだろうか。特に、お礼やお祝い、またはお見舞いのような、金額であらわせないようなものをお金で渡すことに対して。それは、日本人が、心を何よりも大切だと思っているからではないだろうか。「私のあなたに対するお礼やお祝い、お見舞いの気持ちは、お金などに代えることはできません。」という気持ちが、お金を包んだりせずに渡すことをためらわせるのだろう。

(注 1) 従業員：そこで働いている人
(注 2) 羞恥心：恥ずかしいと思う心

在歐美國家，通常有給飯店等場所的員工※1小費的習慣。例如，會為了感謝員工幫忙搬運行李，給予一些零錢作為回報。

然而，在日本並沒有這種給小費的習慣。但有時在傳統旅館中，客人會親自將感謝金交給照顧他們的員工。這種情況下，這筆錢通常會用紙包起來，或放在小袋子裡再交出。現在，日本的飯店和旅館多半將「服務費」包含在住宿費等收費項目中，因此個別贈送感謝金的情況已變少，但在具有悠久傳統的旅館中，以前則是這樣的習慣。

這種情況不僅限於感謝金，在日本，即使是賀禮或慰問金等，也幾乎不會直接以現金的形式交給對方。這是為什麼呢？

或許是因為日本人在給予他人金錢時，心中會產生一種羞恥感※2。尤其是當這筆錢用於表達感謝、祝賀或慰問等情感，這些情感是無法以金錢來衡量的，因而羞恥感更為強烈。這可能源於日本人極為重視內心的真情實意。「我對您的感謝、祝賀或慰問之情，無法以金錢來替代。」這種想法使得日本人往往不願直接交出現金，而選擇將其包裹起來，以此表達心意。

（注 1）員工：在那裡工作的職員
（注 2）羞恥心：感到羞愧或不好意思的情感

66 そうは、どのようなことを指しているか。

1 従業員にチップとして細かいお金を手渡すこと。

2 サービス料を、宿泊料と一緒に客に請求すること。

3 世話になった従業員に、個人的にお礼のお金を渡すこと。

4 客が従業員にお礼のお金を渡すことはなかったということ。

文中的「這樣的」指的是什麼？

1 給員工小費作為回報。

2 將服務費與住宿費一併向客人收取。

3 個別給予照顧過的員工感謝金。

4 客人沒有給員工感謝金。

答案 (3)

解題 文章第二段的論述思路如下：「日本にチップという習慣はない／日本沒有小費文化」→「ただ、お世話になる従業員にお金を渡すことはある／但是，會給服務人員少許酬金」→「現在では、日本のホテルや旅館も、お金を渡すことは少なくなったが／時至今日，無論是在日本的西式飯店或傳統旅館，都很少看到客人給服務人員少許酬金的現象了」→「伝統のある昔からの旅館ではそうであった／某些歷史悠久且保有傳統的旅館曾經有過那樣的習俗」。第五行的「現在では／時至今日」和第七行的「伝統のある昔からの／某些歷史悠久且保有傳統的」是前後呼應的。因此「そう」指的就是客人給服務人員少許酬金的現象。

67 日本人は、お礼やお見舞いのお金をどのようにして渡すか。

1 紙や袋に入れて渡す。

2 手紙を添えて渡す。

3 何にも入れずにそのまま渡す。

4 恥ずかしそうに渡す。

日本人是如何交付感謝金或慰問金的？

1 用紙或袋子包起來交給對方。

2 附上信件一同交給對方。

3 不用任何包裝直接交給對方。

4 羞怯地交給對方。

答案 (1)

解題 請參見文章第九至十行提到的「紙に包んだり袋に入れたりしないで渡すことは日本ではほとんどない／在日本，幾乎不會有人沒把錢包在紙裡或裝進信封裡就拿給別人的」。「～しないで渡すことは～ない／不會…沒有…就拿給別人」是雙重否定的句型。可知答案為選項1。例句：私は毎晩必ず日記を書きます。どんなに遅くなっても、日記書かないで寝ることはありません／我每天晚上一定寫日記。無論時間多晚，從來不曾沒寫日記就去睡覺了。

68 なぜだろうかとあるが、筆者は理由をどのように考えているか。

1 自分の心を恥ずかしく思うから。

2 紙に包んだり袋に入れたりするのは面倒だから。

3 いちばん大切なものは、お金だと思うから。

4 心をお金であらわすことを恥ずかしく思うから。

文中「為什麼會這樣呢？」的原因是什麼？

1 因為他們對自己的內心感到羞恥。

2 因為用紙包起來或裝袋麻煩。

3 因為他們認為最重要的是錢。

4 因為他們覺得用金錢表達內心情感是令人羞恥的。

答案 (4)

解題 請參見文章最後一段，「日本人はお金を人にあげることに対して羞恥心のようなものがある。特に、お礼やお祝い、またはお見舞いのような、金額であらわせないようなものをお金で渡すことに対して／日本人對於拿錢給別人的舉動覺得很難為情。尤其是在感謝、道賀或慰問這一類其實無法以金錢的形式表達心意卻又必須將錢送給對方的場合」。這裡的「金額であらわせないようなもの／無法以金錢的形式表達的」是指「心／心意」。

次のAとBはそれぞれ、家の片付けについて書かれた文章である。二つの文章を読んで、後の問いに対する答えとして最もよいものを、1・2・3・4から一つ選びなさい。

以下的A和B分別是關於家居整理的文章。請閱讀這兩篇文章，然後從後面的問題中，選出最適合的答案。請從1、2、3、4中選擇一個。

A

最近、「断捨離」という言葉をしばしば耳にする。簡単に言うと、家にある要らないものは思い切って捨てましょうという、片付けの勧めである。確かに家の中を見回すと、不要なものがあふれている。それらの物を思い切って捨てたらどんなにか家の中も広々ときれいに片付き気持ちもさっぱりするだろう。それは分かる。しかし、物を捨てるには、かなりの決断力を要する。ストレスもかかる。ゴミ屋敷[※1]になって近所の人に迷惑がかかるようではいけないが、単に家をきれいに広くするためなら何も無理をして捨てることはないのだ。「断捨離、断捨離」と言われて脅迫[※2]されるような気になるのなら、断捨離などしないほうがよほどいいと思う。

最近，我經常聽到「斷捨離」這個詞。簡單來説，這是一種提倡大家大膽將家中不需要的物品捨棄的整理建議。確實，當我環顧家中時，會發現許多不必要的物品堆積如山。如果能夠果斷地將這些東西丟掉，房間就會變得寬敞整潔，心情也會清爽愉快。這一點我理解。然而，丟棄物品其實需要相當大的決斷力，甚至可能帶來壓力。當然，房子若變成堆滿垃圾的「垃圾屋[※1]」而給鄰居帶來困擾，這樣是不可取的。但如果只是為了讓家裡變得乾淨寬敞，並不需要勉強自己非得丟棄什麼。若「斷捨離、斷捨離」的呼聲讓你感到壓迫[※2]，那麼我認為不如乾脆不要做「斷捨離」反而更好。

B

先日、ふと今流行りの「断捨離」を始めた。1時間ほどやっただけで、とにかく疲れた。思い切って捨てるか取っておくか、非常に迷って神経を使うからだ。この先絶対に使わないと分かっていても、特に人から頂いた物だったり思い出深い物だったりすると、捨てる決心がなかなかつかない。そんなとき、私はいいことに気づいた。捨てる代わりに誰かに利用してもらうということだ。そう気がついて、私は使わない文房具や着られなくなった服をまとめて箱に入れた。アフリカのある国に送ることにしたのだ。その国では小学校を建設中で、多くの子供たちに文房具や衣類が不足しているということを、前に、何かで読んだことを思い出したからだ。そのとたん、片付けが苦しいものから楽しいものに変わった。

(注1) ゴミ屋敷：ゴミばかりの汚い家

(注2) 脅迫：脅かして無理にさせること

前幾天，我突然開始嘗試目前流行的「斷捨離」。僅僅進行了一個小時左右，就已經感到非常疲憊。這是因為在決定是果斷丟掉還是留下來時，非常猶豫，並耗費了大量心力。即使知道這些東西今後一定用不到，但若是他人送的物品或有深厚回憶的物品，總是難以下定決心捨棄。就在那時，我想到了一個好主意：與其丟掉，不如讓其他人來使用這些物品。想到這點後，我便將用不到的文具和不合身的衣服統一放進箱子，打算寄往非洲的某個國家。我想起曾經讀過，該國正處於小學建設中，許多孩子缺乏文具和衣物。就在那一瞬間，整理東西的過程從痛苦轉變為愉快。

（注1）垃圾屋：堆滿垃圾、骯髒不堪的房屋

（注2）脅迫：以威脅手段強迫他人做某事

69

AとB、どちらにも共通する内容はどれか。

1 断捨離の難しさ
2 上手な片付けの方法
3 人に迷惑をかけない片付け方
4 人の役に立つことの大切さ

A和B中，哪個內容是兩篇文章共有的？

1 斷捨離的難處
2 高效整理的方法
3 不打擾別人的整理方式
4 為他人著想的重要性

答案 (1)

解題 請參見A文章第五行的「物を捨てるには、かなりの決断力を要する／丟棄物品需要相當大的決斷力」，以及B文章第四行的「捨てる決心がなかなかつかない／遲遲無法下定決心丟東西」。可知兩者都在談論的是選項1。選項2、3、4在A文章和B文章均未提及。

70

AとBの筆者は、「断捨離」についてどのように考えているか。

1 Aは、断捨離はするべきではない、Bはするべきだと考えている
2 Aは、断捨離は誰にもできない、Bは誰にでもできると考えている。
3 Aは、断捨離はしないでいいと考え、Bは断捨離に代わる方法を思いついている。
4 AもBも、「断捨離」はしても全く意味がないと考えている。

A和B的作者對「斷捨離」有什麼看法？

1 A認為不應該做斷捨離，B認為應該做。
2 A認為沒有人能做到斷捨離，B認為誰都可以做到。
3 A認為不做斷捨離也可以，B則想出了一個替代斷捨離的方法。
4 A和B都認為斷捨離完全沒有意義。

答案 (3)

解題 請參見A文章提到的「断捨離などしないほうがよほどいいと思う／倒不如不要斷捨離才不會有壓力」，以及B文章提到的「私はいいことに気づいた。捨てる代わりに誰かに利用してもらうということだ／我想到一個好主意——與其丟掉，不如送給別人使用」。

次の文章を読んで、後の問いに対する答えとして最もよいものを、1・2・3・4から一つ選びなさい。

請閱讀以下文章，然後從後面的問題中，選出最適合的答案。請從 1、2、3、4 中選擇一個。

最近、国際化が叫ばれ、グローバリズム※1とか、ボーダレス社会※2とかいう言葉を聞かない日はない。それにつれて英語の重要性が高まり、すでに一部の会社では、昇進※3や海外出張の条件として一定以上の英語力が必要とされているところや、社内では日本語の代わりに英語を使用するように決められているところもあるほどだ。社会のこうした傾向は子供の世界にまで及んでおり、これからの国際社会を生きていくためには、英語ができる子供を育てるということが必要な条件になっており、小学校から英語を教えるべきだという声も次第に大きくなっている。

若い親たちの中には、子供が2、3才になるのを待たずに英語の塾に通わせたり、外国人の家庭教師を付けたり、アメリカンスクールに通わせたり、海外留学をさせたりと、日本語よりも英語を学ばせることに必死である。

確かに英語ができれば社会で生きていくのに有利である。大学入試や就職はもちろんのこと、会社での昇進や外国人との交際、さらには仕事や研究のため世界からの情報収集と発信※4に当たっても英語力は絶対的に必要な条件となっている。

ただ英語ができるということは、英語の単語や文法をたくさん知っていることではない。英語は極めて論理的な言語である。したがって短くても論理的な説明が求められる。日本人同士であれば人と話をするとき、全てを言わなくてもお互いに分かり合えることが多いけれども、英語では言わなければ相手は絶対理解してくれない。

さらに本当の国際人として外国人とうまく付き合っていくには、日常の挨拶程度の英語では不十分である。必要なのは自分の考えや意見を論理的に英語で表現するということである。そのために私たちは英語を学ぶ前に、物事を論理的に考える力、説明できる力を育てる必要がある。そしてまた大切なのが、日本人として我が国の文化や歴史、言葉等についての知識や教養である。そのようなしっかりした基本があって、物事を英語で論理的に説明できてこそ初めて外国人と対等の立場で話ができるのである。これからの日本人は、国際的に通用する論理力と教養を養っていかなければならない。

では、どうすればそんな力を養うことができるのか。それには国語の大切さを改めて見直し、国語の力をつけることである。子供のときから、人の話を聞き、本を読み、文章を書き、人と話す力を養うことが知識や能力を高め、論理的思考を育てるために、今いちばん必要なことである。この国語の力があってこそ英語を学ぶ資格があり、英語で国際人と対等にやっていくことができるのだ。

英語を学ぶことは、国語を学ぶことである。国語の大切さをいま一度考えてみたい。

池永陽一「国際社会を生きる」

（注1）グローバリズム：世界は一つ、という考え方

（注2）ボーダレス社会：境界や国境がない国際社会

（注3）昇進：会社などで地位があがること

（注4）発信：情報などを送ること

近來，「國際化」的聲浪日益高漲，像「全球化※1」以及「無邊界社會※2」這類詞彙幾乎每天都能聽到。隨著這一趨勢，英語的重要性亦在不斷上升。甚至已經有一些公司將升遷※3或海外出差的條件設置為需要具備一定水準的英語能力，有些公司甚至規定在公司內部以英語替代日語來溝通。這樣的社會潮流已經擴展到孩子的世界之中。為了讓孩子能夠在未來的國際社會中生存，「培養能說英語的孩子」已成為必要條件。因此，應該從小學階段開始教英語的呼聲也日益高漲。

在年輕的父母中，有些甚至不等孩子滿兩三歲，就開始讓他們上英語補習班、聘請外國人家庭教師、送進美國學校，甚至安排海外留學。他們對孩子學習英語的投入，已經遠超過了對日語的重視。

確實，掌握英語在社會中是極為有利的。不僅對於大學入學考試和就業有幫助，甚至在公司內的升遷、與外國人的交往、以及為工作和研究收集並傳遞※4全球資訊方面，英語能力都成為必不可少的條件。

然而，會說英語並不只是意味著擁有大量的詞彙和文法知識。英語是一種高度邏輯的語言。因此，即使是簡短的表達也需要具備清晰的邏輯性。在日本人之間，與人交談時即使不用將話講得十分詳盡，雙方也能理解彼此的意思。然而，若是在英語中未表達清楚，對方是絕對無法理解的。

此外，若要成為真正的國際人，與外國人相處良好僅靠日常寒暄是不夠的。必須能夠邏輯地用英語表達自己的思想和觀點。為此，在學習英語之前，我們需要培養邏輯思維以及解釋事物的能力。同時，作為日本人，還應具備對本國文化、歷史及語言等的知識和素養。擁有如此堅實的基礎後，才能夠以邏輯地用英語解釋事物，進而與外國人真正平等地對話。未來的日本人，必須培養具有國際競爭力的邏輯能力和教養。

那麼，我們該如何培養這種能力呢？要達到此目標，就應當重新審視國語的重要性，提升國語的能力。從小便開始培養聆聽、閱讀、寫作及與人交談的能力，這些對於提升知識、能力及邏輯思維至關重要。唯有擁有國語能力，方具備學習英語的基礎，才能在國際舞台上平等地與他人交流。

學習英語，即是學習國語。讓我們再一次思考國語的重要性。

池永陽一《在國際社會中生存》

（注 1）全球主義：世界是一體的這種觀念

（注 2）無國界社會：沒有邊界或國境的國際社會

（注 3）升遷：在公司等機構中職位提升

（注 4）發送：傳遞資訊等的行為

71

こうした傾向は子供の世界にまで及んでおりとあるが、その具体的な現象として、この文章にはどのようなことが書かれているか。合わないものを一つ選べ。

1 英語を専攻している優秀な大学生の家庭教師を付ける。
2 2、3歳になる前に英語の塾に通わせる。
3 日本にあるアメリカンスクールに通わせる。
4 日本語も身についていないうちに、海外留学をさせる。

文中提到「這樣的社會趨勢逐漸影響到孩子的世界」，具體現象有哪些？請選出一個不符合的選項。

1 給孩子請專攻英語的優秀大學生作為家教。
2 在孩子兩三歲之前就送去上英語補習班。
3 讓孩子上位於日本的美國學校。
4 在孩子日語尚未掌握的情況下，送去海外留學。

答案 (1)

解題 本題底線部分的下一段已列舉具體事例，其中提到一項是「外国人の家庭教師をつけたり／聘請外籍家庭教師」，因此選項 1 的「英語を専攻している／主修英文」的這個條件與文章不符，為本題的答案。

72

「英語ができる」とは、どういうことだと筆者は述べているか。

1 英語の単語を欧米人並みにたくさん知っていること。
2 全てを言わなくても相手に通じるような英語力があること。
3 日常の会話などは、英語で不自由なくできること。
4 自分の考えを英語できちんと順序よく表現することができること。

筆者認為，「掌握英語」具體指的是什麼？

1 擁有如同歐美人一樣大量的英語詞彙。
2 即使沒有說完整句子，也能讓對方理解的英語能力。
3 能夠在日常對話中流利使用英語。
4 能夠有條理地用英語表達自己的想法。

答案 (4)

解題 請參見文章第四段第一行提到的「英語ができるということは／所謂通曉英文」，以及接下來的「英語は極めて論理的な言語である。したがって短くても論理的な説明が求められる／英文是一種非常講究邏輯性的語言。因此，即便再短的句子，也必須具有符合邏輯的說明」。其後，在第五段第一行的段落提到，成為國際人的條件是「自分の考えや意見を論理的に表現すること／能夠以具有邏輯性的方式表達自己的想法和意見」。選項 4 的「きちんと順序よく／依序遞次地」也就是「論理的に／具有邏輯性」的意思。

其他 選項 1 請參見文章第四段第一行的「英語の単語や文法をたくさん知っていることではない／並不是只要知道大量英文單字和文法就夠了」。選項 2 請參見文章第四段第三行的「日本人同士であれば、全てを言わなくても／若是同為日本人交談，不必每一句話都完整交代也可以」。選項 3 請參見文章第五段第一行的「日常の挨拶程度の英語では不十分／只會日常寒暄的英文程度還不夠」。

73

国際的に通用する力を身につけるには、どうすればよいと筆者は述べているか。

1 外国人と会話をすることで、その国の伝統を学ぶように努力する。
2 自国の言葉の大切さを見直してその力を付けるように努力する。
3 英語の本を読んだり、英語で文章を書いたりして論理的思考を育てる。
4 国際人として通用するように、多くの国の歴史や文化を学ぶ。

筆者認為，要培養出具有國際競爭力的能力，應該怎麼做？

1 與外國人對話，努力學習該國的傳統。
2 重新審視母語的重要性，並致力於提高其能力。
3 閱讀英文書籍，並用英語寫作來培養邏輯思維。
4 為了成為國際通行的「國際人」，學習多國的歷史與文化。

答案 (2)

解題 文章的最後一段提到，「それには国語の大切さを改めて見直し、国語の力をつけることである／應當重新省思國語的重要性，並且強化國語文能力」，而這就是本文作者的看法。

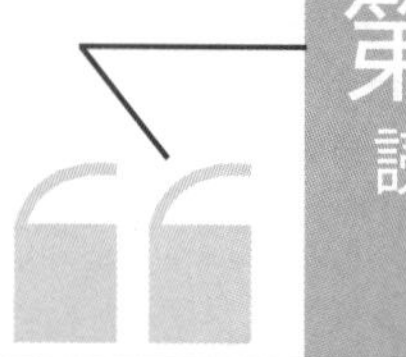

問題 14 次のページは、日本の伝統文化体験ツアーの広告である。下の問いに対する答えとして最もよいものを 1・2・3・4 から一つ選びなさい。

問題 14 下面的頁面是一則日本傳統文化體驗之旅的廣告。請根據下方的問題，選出最適合的答案。請從 1、2、3、4 中選擇一個。

日本伝統文化体験ツアー

所要時間：45 ～ 60 分　集合場所：浅草町駅

〈料金表〉

1名	2名	3名	4名	追加 1 名毎
10,000 円	14,000 円	18,000 円	22,000 円	＋ 4,000 円

（4 才以上 12 才未満：2,400 円）

※ 消費税込み 料金に含まれる内容…ガイド料、抹茶[※1]、和菓子

追加プログラム

★ **着物着付[※2] 体験 (6,400 円 / 1 人あたり)**
着物は、「染め」「織り」などの伝統技術から生まれ、体型の変化にもわずかな手直しで、いつまでも着られます。講師の手で本格的な着物を着付けた後は、庭や室内で写真撮影をお楽しみください。

★ **浴衣着付体験（浴衣持ち帰り）(6,400 円 / 1 人あたり)**
お好きな浴衣と帯をお選びいただけます。講師の指導のもと、自分で着付けられるように学びます。庭や室内で写真撮影をお楽しみください。使用した浴衣と帯はご自宅にお持ち帰りいただけます。

★ **浴衣着付体験（浴衣はレンタル）(2,400 円 / 1 人あたり)**
お好きな浴衣と帯をお選びいただいて、講師の指導により自分でも着付けられるように学びます。庭や室内で写真撮影をお楽しみください。

申込みの際の諸注意

◆ プログラム実施中は、必ずガイドの指示に従って行動してください。ガイドの指示に従わないことによって発生した事故等について、弊社は一切の責任を負いません。

◆ 所要時間は目安の時間です。人数や実施状況により変化する場合がありますのでご了承ください。

◆ 宗教上の理由、身体その他のコンディション（疾病・アレルギー等）、又は、年齢等の理由により特別な配慮を必要とする場合は、必ず事前に dentoujapan@XXX.com までお問合せください。

◆ 対応言語は原則的に英語です。中国語、フランス語、スペイン語、ドイツ語、イタリア語、ロシア語等での対応をご希望の方は、事前になるべく早く dentoujapan@XXX.com までお申込みください。実施可否等についてお答えします。

◆ 営業時間は、平日 9:00 ～ 18:00 です。
なお、予約を取り消す場合、以下のキャンセル料が発生します。
（1）14 日前から 3 日前まで：プログラム料金の 20%
（2）2 日前：プログラム料金の 50%
（3）前日以降または無連絡不参加：プログラム料金の 100%
※ 別途、送金手数料がかかります

（注 1）抹茶：特別な方法で作られた緑茶を粉にしたもの
（注 2）着付：着物を自分で着たり、人に着せたりすること

日本傳統文化體驗旅遊

所需時間：45 ～ 60 分鐘
集合地點：淺草町站
〈價格表〉
1 人：10,000 日圓
2 人：14,000 日圓
3 人：18,000 日圓
4 人：22,000 日圓
每增加 1 人：+4,000 日圓
（4 歲以上 12 歲以下：2,400 日圓）
※ 含稅價格
費用包含內容：導遊費、抹茶[※1]、和菓子
〈附加活動項目〉

★ 和服著裝[※2] 體驗 (6,400 日圓 / 每人)
和服通過「染色」「織造」等傳統技術製成，僅需少量調整即可根據身形變化長期穿著。在講師協助下，您將體驗正統和服的穿著，隨後可在庭園或室內拍照留念。

★ 浴衣著裝體驗（可帶回家）(6,400 日圓 / 每人）
可選擇自己喜歡的浴衣和腰帶。在講師的指導下，學習如何自己穿浴衣。
請在庭園或室內享受拍照的樂趣。所使用的浴衣和腰帶可帶回家

★ 浴衣著裝體驗（浴衣租借）(2,400 日圓 / 每人）
可選擇自己喜愛的浴衣與腰帶，並在講師指導下學習如何自己穿著浴衣。之後可在庭園或室內拍照留念。

〈報名時的注意事項〉

◆ 活動進行期間，請務必遵從指南指示。如因未遵從指示而發生事故，本公司概不負責。

◆ 所需時間為參考值，實際時間可能因人數與活動情況有所變動，敬請理解。

◆若因宗教原因、身體狀況（疾病、過敏等）或年齡等原因需要特殊照顧，請務必事先聯繫 dentoujapan@XXX.com。

◆ 我們的服務原則上以英語為主。如需中文、法語、西班牙語、德語、義大利語或俄語服務，請儘早發送郵件至 dentoujapan@XXX.com，以便確認是否可以提供相應語言的服務。

◆ 營業時間為平日 9:00 ～ 18:00。

〈若取消預約，將產生以下的取消費用〉
（1）取消預約於活動前 14 日至 3 日：將收取節目費用的 20%
（2）取消預約於活動前 2 日：將收取節目費用的 50%
（3）前一天取消或無通知缺席：將收取節目費用的 100%
◆ 另需支付匯款手續費。

（注 1）抹茶：以特別方法製成的粉狀綠茶
（注 2）著裝：穿著和服或協助他人穿著和服的過程

74

クリスさんは、日本に行くのは初めてなので、日本でしかできない体験をして、何か一つのことができるようになって帰りたいと思っている。追加プログラムに参加すると、どんなことができるようになるか。

1 着物が作れるようになる
2 自分で着物が着られるようになる
3 浴衣が作れるようになる
4 自分で浴衣が着られるようになる

克里斯先生是第一次來日本，他希望能夠在日本體驗只有在當地才能進行的活動，並學會一項技能後回國。如果他參加了附加的活動計劃，他將學會什麼？

1 學會製作和服。
2 學會自己穿和服。
3 學會製作浴衣。
4 學會自己穿浴衣。

答案 (4)

解題 在「★穿浴衣體驗」的説明中寫到「講師の指導のもと、自分で着付けられるように学びます／在講師的指導下學習如何自己穿上浴衣」。因此選項 4 正確。

其他 選項 1 沒有製作和服的體驗方案。選項 2 在「★穿和服體驗」寫到「講師の手で本格的な着物を着付け後は、庭や室内で写真撮影をお楽しみください／由講師親手協助穿上正式的和服後，盡情享受在庭院和室內攝影的樂趣」，因此並不是自己穿上和服。選項 3 沒有製作浴衣的體驗方案。

75

ジュンさんと友達は、このツアーに申し込みをしたが、友達の都合が悪くなったので二人ともキャンセルをしなければならない。追加プログラムには申し込みをしていない。今日は、申し込みをした日の 10 日前である。キャンセル料はいくらかかるか。

1 1,000 円と送金手数料
2 2,000 円と送金手数料
3 2,800 円と送金手数料
4 4,000 円と送金手数料

俊先生和他的朋友已經報名參加了這個旅遊活動，但由於朋友的時間無法配合，他們兩人都不得不取消行程。他們沒有報名參加附加的活動計劃。今天是他們報名的 10 天前，他們需要支付多少取消費？

1 1,000 日圓加上匯款手續費。
2 2,000 日圓加上匯款手續費。
3 2,800 日圓加上匯款手續費。
4 4,000 日圓加上匯款手續費。

答案 (3)

解題 關於取消費用，請留意「申込みの際の諸注意／申請須知事項」的最底下的◆項目。10 天前取消，適用 (1) 的條件，亦即扣除體驗方案費用的 20%。兩人體驗方案費用共 14,000 日圓，其 20%為 2,800 日圓。

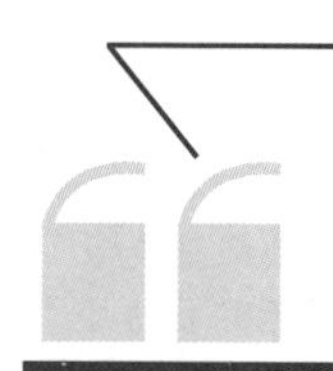

第三回 聽解

問題一 翻譯與解題

問題1では、まず質問を聞いてください。それから話を聞いて、問題用紙の1から4の中から、最もよいものを一つ選んでください。

問題1中，請先聆聽問題。然後聽取對話內容，從選項1到4中選擇最適合的答案。

例

レストランで店員と客が話しています。客は店員に何を借りますか。

M：コートは、こちらでお預かりします。こちらの番号札をお持ちになってください。
F：じゃあこのカバンもお願いします。ええと、傘は、ここに置いておいといてもいいですか。
M：はい、こちらでお預かりします。
F：だいぶ濡れてるんですけど、いいですか。
M：はい、そのままお預かりします。お客様、よろしければ、ドライヤーをお使いになりますか。
F：ハンカチじゃだめなので、何かふくものをお借りできれば…。ドライヤーはいいです。ふくだけでだいじょうぶです。

客は店員に何を借りますか。

1 コート
2 傘
3 ドライヤー
4 タオル

在餐廳裡，店員和顧客正在對話。顧客向店員借了什麼？

M(店員)：外套我們這邊幫您保管。這是您的號碼牌，請拿好。
F(顧客)：那這個包也幫我收一下吧。嗯……傘可以放這裡嗎？
M(店員)：好的，我們這邊保管。
F(顧客)：傘有點濕，沒關係吧？
M(店員)：沒問題，我們就這樣收下。如果您需要的話，還有吹風機可以用。
F(顧客)：手帕不夠用，能借我點什麼擦擦嗎？吹風機就算了，擦一擦就行了。

顧客向店員借了什麼？

1 大衣
2 傘
3 吹風機
4 毛巾

答案（4）

解題 女士想跟店員借的東西，從對話中的「だいぶ濡れてるんですけど／（包包）濕透了」。再加上女士最後一段話首先説「何かふくものをお借りできれば…／如果能借我可以擦拭之類的東西…」，後面又説「ふくだけでだいじょうぶです／可以擦拭就好了」。「ふく／擦」這個單字是指為了弄乾或弄乾淨，用布或紙等擦拭，以去掉水分或污垢等的意思，只要能聽出這一點就知道答案是選項4的「タオル／毛巾」了。

其他 選項1「コート／外套」是女士身上穿的。選項2「傘／雨傘」是女士帶過去的。選項3「ドライヤー／吹風機」被女士的「ドライヤーはいいです／吹風機就不用了」給拒絕了。「いいです／不用了」在這裡是一種委婉的謝絕或辭退的説法，通常要説成下降語調。

1

大学生が新入生歓迎会の準備について話をしています。男の人はこのあと、何をしますか。

F：先輩、新入生、もう一人増えたそうですよ。だから、明日の歓迎会の席、一人増やさないと。

M：そうか。じゃ、全部で6人だね。あ、先生はいらっしゃるの。

F：わからないっておっしゃってたけど、やっぱり予約はしないと。私、しておきますね。

M：ありがと。でさ、歓迎の挨拶なんだけど、悪いけど、たのめないかな。俺、ゼミの発表があって少し遅くなりそうなんだ。先生への連絡は、すぐやっとくから。

F：わかりました。考えておきます。あ、先生がいらっしゃるかどうか、メールいただけますか。

M：うん、わかった。

男の人はこのあと、何をしますか。

1 歓迎会の人数が増えたことを居酒屋に連絡する。

2 先生に歓迎会に出欠するかどうか確認をする。

3 ゼミで発表をする。

4 先生の出欠について女の人にメールを送る。

在這段對話中，一名大學生正在討論迎新會的準備事宜。男生接下來會做什麼？

F(女方)：學長，新生又多了一位，所以明天歡迎會的座位要增加一個。

M(男方)：是嗎，那就是總共6個人。啊，老師會來嗎？

F(女方)：老師說還不確定，不過還是應該先預訂。我來處理吧。

M(男方)：謝謝！還有，關於歡迎致詞，不好意思，能麻煩你嗎？我有一個研討會的發表，可能會遲到一點。老師那邊我會馬上聯絡的。

F(女方)：好的，我會想想的。啊，能不能麻煩你發封郵件告訴我老師是否會來？

M(男方)：嗯，好的。

男生接下來會做什麼？

1 通知居酒屋歡迎會的人數增加。

2 確認老師是否參加歡迎會。

3 在研討會上發表。

4 發郵件告知女生老師的出席情況。

答案 (2)

解題 男士提到「先生への連絡は、すぐやっとくから／教授那邊我現在就連絡」，「すぐやっとく／現在就去做」亦即，現在就去聯絡教授。因此正確答案是選項２。→這裡的「やっとく／先做」是「やっておく／事先做」的口語說法。

其他 選項１女士說她要去預約。選項３這是明天的事。選項４這是聯絡教授後才要做的事。

2

学生が図書館のカウンターで話をしています。学生は、車に何をとりに行きますか。

F：図書カード作成のお申し込みですか。

M：はい。申し込み用紙はこれでいいでしょうか。

F：はい、ありがとうございます。…今日は、身分を証明するものはお持ちですか。

M：はい。あれ？…ああ、免許証は車の中なので、クレジットカードでもいいですか。

F：ええ、その場合、何かもう一つ、住所に届いたガスや電気代とかの請求書などはお持ちですか。

M：ええと…。持ってないですね。捨てちゃうから。

F：保険証でもいいんですが。

M：あるんですけど、まだ前の住所なんで…やっぱり、車からとってきます。

学生は、車に何をとりに行きますか。

1 免許証

2 クレジットカード

3 電気やガス代の請求書

4 健康保険証

在圖書館的櫃台前，學生正在交談。這位學生接下來要去車裡拿什麼？

F(櫃檯職員)：您是來申請圖書卡的嗎？

M(學生)：是的，這是申請表，這樣填可以嗎？

F(櫃檯職員)：好的，謝謝。今天有帶身份證明文件嗎？

M(學生)：有的。啊？……駕照在車裡，我可以用信用卡代替嗎？

F(櫃檯職員)：可以，但需要再提供一份文件，比如寄到您家的水電費帳單。您有帶嗎？

M(學生)：嗯……沒有，我平常都丟掉了。

F(櫃檯職員)：健康保險卡也可以用哦。

M(學生)：我有保險卡，但上面的地址還是舊的……還是去車裡拿駕照吧。

這位學生接下來要去車裡拿什麼？

1 駕照

2 信用卡

3 水電費帳單

4 健康保險卡

答案 (1)

解題 學生提到「免許証は車の中なので／因為駕照放在車上了」，可知放在車上的是駕照。

其他 選項 2 以信用卡申請的話還需要再出示另一份文件。選項 3 這名學生沒有瓦斯或電費帳單之類的文件。選項 4 健保卡上面寫的是以前的住址，所以無法使用。

3

男の人と女の人が会社で話しています。男の人はこの後何をしますか。

F：さっきからずっとおなかを押さえているけど、どうかしたの。もう会議、始まるけど大丈夫？

M：うん、昨日、課長と飲みに行ったんだけど、ちょっと飲み過ぎたみたいでさ。

F：ええっ。痛いの？薬のんだ？

M：いや、酔っ払って、部長の家に泊ったんだよ。で、朝目が覚めたら、どっかでベルトをなくしちゃってて。で、部長のを借りようとしたんだけど、全然サイズが合わなくて。それで、ズボンが下がらないか気になっちゃって…。

F：最低。会議の時に下がってきたらどうするの？地下のカバン屋で売ってるから、さっさと買ってくれば？

M：えっ、あそこで売ってるの？じゃ、すぐ買ってくるよ。

F：急いでよ。もう。

男の人はこの後すぐに何をしますか。

1 会議に出席する

2 薬を買いに行く

3 ズボンを買いに行く

4 ベルトを買いに行く

男士和女士正在公司裡交談。這位男士接下來要做什麼？

F(女同事)：你一直捂著肚子，是怎麼了嗎？會議快開始了，沒問題吧？

M(男同事)：嗯，昨天跟課長去喝酒，可能喝多了。

F(女同事)：什麼？你肚子痛嗎？吃藥了嗎？

M(男同事)：沒有，我醉了，結果住在部長家。早上起來後，發現皮帶不知道弄丟在哪了。我想借部長的皮帶，但根本不合適，現在一直擔心褲子會掉下來……

F(女同事)：真是的！如果開會時褲子掉下來怎麼辦？樓下的包包店有賣皮帶，你趕緊去買一條吧！

M(男同事)：咦，那裡有賣皮帶嗎？那我馬上去買！

F(女同事)：快點啊，會議要開始了！

這位男士接下來要做什麼？

1 參加會議

2 去買藥

3 去買褲子

4 去買皮帶

答案 **(4)**

解題 男士提到皮帶不見了，女士說地下室的皮帶店有賣皮帶，建議男士「去買一條吧」。男士回答「すぐ買ってくるよ／那我馬上去買」，可知接下來要去買皮帶。因此正確答案是選項 4。

※ 詞彙補充：對話中提到的「さっさと／迅速的」是指加快速度、快一點的意思。

4

男の人と女の人が、引っ越しの準備をしています。女の人はこれから何をしますか。

M：だいぶ片付いてきたね。次はどうしよう。

F：時間がかかることからやっちゃわないとね。台所のレンジの掃除は大変そう。

M：うん。落ちにくい汚れがついた部分もあるだろうから、バラバラにして、洗剤につけておかないとね。あと、エアコンの掃除もあるし。

F：ああ、エアコンは、あっちに行ってから、取り付ける時に掃除してくれるって。

M：へえ。いいサービスだね。じゃ、押入れの中はいつやる？

F：私がそっちを始めてるから、レンジお願い。

女の人はこの後何をしますか。

1 台所レンジを分解する
2 台所レンジの掃除
3 エアコンの分解
4 押入れの掃除

男士和女士正在準備搬家。這位女士接下來要做什麼？

M(男士)：已經整理得差不多了，接下來做什麼呢？

F(女士)：應該先做那些需要花時間的事情。廚房的爐灶看起來很難清理。

M(男士)：嗯，有些頑固的污漬可能很難去除，得把它拆開來，先用清潔劑泡一泡。另外，空調也要清理。

F(女士)：哦，空調他們會在新家安裝的時候幫我們清理。

M(男士)：這服務真不錯。那，壁櫥裡的東西什麼時候整理？

F(女士)：我已經開始整理壁櫥了，爐灶就麻煩你了。

這位女士接下來要做什麼？

1 拆解廚房爐灶
2 清理廚房爐灶
3 拆解空調
4 清理壁櫥

答案 **(4)**

解題 對話中男士問「押入れの中はいつやる？／什麼時候要清理壁櫥？」女士回應「私がそっちを始めてるから／我現在就從那邊開始整理」表示她現在就要清理壁櫥。因此正確答案是選項 4。

※ 補充：「やっちゃわないとね／不做完不行」是「やってしまわないとね／不做完不行」的口語用法。

5

大学を受験する留学生と先生が、提出する書類を確認しています。留学生は、家に何をとりに帰りますか。

M：先生、今、大学に提出する書類のチェックをお願いできますか。

F：いいですよ。まず、卒業証明書と成績証明書。

M：はい。これです。

F：あれ？翻訳は？証明書の翻訳が必要ですよ。

M：全部ですか。

F：この大学はそうです。あと、領収書。お金は振り込みましたか。

M：ええ。お金はコンビニで払いました。振り込みの領収書も家にあります。

F：家ですか。それも、ここにほら、のりで貼らなければならないんですよ。

M：ああ、わかりました。締め切りはまだですけど、早く出したいので一度家に取りに戻ります。翻訳はその後に用意します。

F：はい。じゃ、ぜんぶそろったらもう一度確認しましょう。

留学生は、何をとりに家に帰りますか。

1 卒業証明書と成績証明書
2 卒業証明書と成績証明書の翻訳
3 振り込み用紙
4 振り込みの領収書

準備參加大學考試的留學生和老師正在確認提交的文件。這位留學生回家要拿什麼？

M(留學生)：老師，現在能幫我檢查一下要交給大學的文件嗎？

F(老師)：好的。首先是畢業證明書和成績證明書。

M(留學生)：好的，這是。

F(老師)：咦？翻譯呢？這些證明書的翻譯也是需要的。

M(留學生)：全部都要翻譯嗎？

F(老師)：這所大學是需要的。還有，繳費的收據呢？你已經繳費了嗎？

M(留學生)：嗯，我是在便利商店繳的費，收據在家裡。

F(老師)：收據在家裡啊？看這裡，你需要用膠水把它貼在這裡。

M(留學生)：哦，我知道了。雖然還沒到截止日期，但我想早點提交，所以我會回家拿收據，翻譯之後再準備。

F(老師)：好的，那等文件都齊全了，我們再確認一次。

這位留學生回家要拿什麼？

1 畢業證明書和成績證明書
2 畢業證明書和成績證明書的翻譯
3 繳費單
4 繳費的收據

答案 **(4)**

解題 留學生提到「振り込みの領収書も家にあります／轉帳的收據也在家裡」並說「早く出したいので一度家に取りに戻ります／想快點交出去，我這就回家一趟去拿」，可知他要回家拿轉帳的收據。

其他 選項 2 留學生說譯本之後會準備。「その後／之後」是指把收據拿來以後。選項 3 對話中沒有提到轉帳單。轉帳是在便利商店完成的。

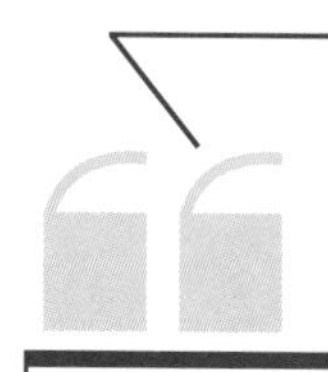

第三回 聽解

問題二 翻譯與解題

では、まず質問を聞いてください。そのあと、問題用紙のせんたくしを読んでください。読む時間があります。それから話を聞いて、問題用紙の1から4の中から最もよいものを一つ選んでください。

請首先聆聽問題。然後閱讀問題紙上的選項，這段時間可以用來仔細閱讀。接下來聆聽對話，從選項 1 到 4 中選擇最合適的答案。

例

男の人と女の人が話しています。男の人はどうして寝られないと言っていますか。

M：あーあ。今日も寝られないよ。

F：どうしたの。残業？

M：いや、中国語の勉強をしなくちゃいけないんだよ。おとといい、部長に呼ばれたんだ。それで、この前の会議の話をされてさ。

F：何か失敗しちゃったの？

M：いや、あの時、中国語の資料を使っただろう、って言われてさ。それなら、中国語は得意だろうから、来月の社長の出張について行って、中国語の通訳をしてくれって頼まれちゃって。仕方がないからすぐに本屋で買って来たんだ。このテキスト。

F：ああ、これで毎晩練習しているのね。でも、社長の通訳なんてすごいじゃない。がんばって。

男の人はどうして寝られないと言っていますか。

1 残業があるから
2 中国語の勉強をしなくてはいけないから
3 会議で失敗したから
4 社長に叱られたから

男士和女士正在對話。男士說自己為什麼睡不著？

M(男士)：唉，又要睡不著了。

F(女士)：怎麼了？加班嗎？

M(男士)：不是，是得學中文。前天被部長叫去，他提到了前幾天開會的事。

F(女士)：你是出了什麼差錯嗎？

M(男士)：不是啦，他說我那次用了中文資料，就覺得我中文很好，所以就讓我下個月陪社長出差，還要當中文翻譯。沒辦法，我馬上就跑去書店買了這本教材。

F(女士)：啊，原來你每天晚上都在練習這個啊。不過，能當社長的翻譯挺厲害的嘛，加油哦！

男士說自己為什麼睡不著？

1 因為有加班
2 因為必須學習中文
3 因為在會議上失敗了
4 因為被社長訓斥了

答案 (2)

解題 從男士說因為之前會議中引用了中文的資料，被部長認為應該很擅長中文，而派任務跟社長一起出差，同時擔任中文口譯。因此男士不能睡覺的原因是「中国語の勉強をしなくちゃいけないんだよ／必須得學中文」，由此得知答案是選項 2 的「中国語の勉強をしなくてはいけないから／因為必須得學中文」。

其他 選項 1 女士問「どうしたの。残業？／怎麼啦？加班？」，男士否定說「いや／不是」，知道選項 1「残業があるから／因為要加班」不正確。選項 3 男士提到之前的會議，女士又問「何か失敗しちゃったの／是否搞砸了什麼事？」，男士又回答「いや／不是」，知道選項 3「会議で失敗したから／因為會議中失敗了」也不正確。選項 4 對話中完全沒有提到「社長に叱られたから／因為被社長罵了」這件事。

1

女の人と警察官が話しています。女の人はどうして困っているのですか。

F：あのう、すみません。

M：はい、どうなさいましたか。

F：ああ、この近くにMKビルというビルはないでしょうか。

M：MKビルですか。ここから500メートルほど行ったところにあったんですが、数か月前になくなって、今はマンションの工事中です。

F：ああ、やっぱり。その中の写真屋さんに行きたくて、確かこの辺だったと思ったんですが、いくら探してもないので…。他に写真屋さんってないですか。

M：この駅の近くにもありますよ。電話してみましょう。

F：ありがとうございます。明日までに証明写真がいるのに近所は全部お休みで…。

M：……誰も出ませんね。やっぱりやってないのか…。

F：ああ、困ったなあ。

女の人はどうして困っているのですか。

1 MKビルの場所がわからないから
2 MKビルが壊されてしまったから
3 マンションが工事中だから
4 写真屋が休みだから

女士和警察正在對話。這位女上為什麼感到困擾？

F(女士)：不好意思。

M(警察)：嗯，請問怎麼了？

F(女士)：請問這附近有個叫MK大樓的地方嗎？

M(警察)：MK大樓嗎？它以前就在離這裡500公尺左右的地方，但幾個月前拆掉了，現在正在蓋公寓。

F(女士)：啊，果然是這樣。我想去裡面的那家照相館，我記得應該在這附近，但怎麼找都找不到……這附近有其他照相館嗎？

M(警察)：這個車站附近有，我打個電話問問。

F(女士)：謝謝！因為我必須在明天前拿到證件照，但附近的照相館都休息了……

M(警察)：……沒人接電話，今天果然沒開門。

F(女士)：啊，真是糟糕了。

這位女士為什麼感到困擾？

1 因為找不到MK大樓的位置
2 因為MK大樓已經被拆掉了
3 因為那裡正在蓋公寓
4 因為照相館休息了

答案 **(4)**

解題 女士正在找照相館，並表示「明日までに証明写真がいるのに近所は全部お休みで～／明天就需要證件照了，附近的照相館卻全部公休…」。警官也幫忙打電話給附近的照相館，但是卻沒人接聽。因此女士困擾的原因是選項4。

其他 女士找MK大樓是為了要找大樓裡的照相館，因此選項1、選項2、選項3接不正確。

2

男の人と女の人が会社で話しています。女の人はなぜコーヒーを飲まないのですか。

M：ああ、ちょっと休憩しよう。コーヒーでもいれようか？
F：ありがとう。でも、私はいい。
M：へえ。珍しいね。胃の調子でも悪いの。
F：この前行った喫茶店で、すごくおいしいコーヒーを飲んだの。で、コーヒー豆も買ってきたら、あまりのおいしさにたくさん飲むようになって。会社にも持って来ているんだけど、今日はもう３杯飲んだから、さすがに飲み過ぎかな、って。
M：確かに。夜、眠れなくなるよ。
F：ああ、中西君、これ飲む？
M：いや、僕は遠慮するよ。高くておいしいコーヒーの味を知って、会社のが飲めなくなったら困るから。

女の人はなぜコーヒーを飲まないのですか。

1 今日はもうたくさん飲んだから
2 胃の調子が悪いから
3 最近、よく眠れないから
4 会社のコーヒーはまずいから

男士和女士正在公司裡交談。這位女士為什麼不喝咖啡？

M(男同事)：啊，休息一下吧。我來泡杯咖啡吧？
F(女同事)：謝謝，不用了。
M(男同事)：咦，這可真少見。你胃不舒服嗎？
F(女同事)：前幾天我去了一家咖啡館，喝了非常好喝的咖啡。我還買了咖啡豆，因為太好喝了，結果喝了很多。我今天也帶來了，但已經喝了三杯了，覺得可能有點過量了。
M(男同事)：確實，這樣可能晚上會睡不著。
F(女同事)：對了，中西，你要喝這咖啡個嗎？
M(男同事)：不用了，我還是算了吧，要是我喝了這麼好喝的咖啡，可能就喝不下公司裡的咖啡了，那就麻煩了。

這位女士為什麼不喝咖啡？

1 今天已經喝了很多
2 胃不舒服
3 最近睡不好
4 公司裡的咖啡不好喝

答案（1）

解題 女士說「今日はもう３杯飲んだから、さすがに飲み過ぎかな、って／今天已經喝了三杯，實在過量了」。表示今天喝太多了。→這裡的「さすがに／就連」用在想表達「有著和評價不同的一面」時。例句：いつも元気な悟くんも、風邪をひくと、さすがにおとなしいね／就連平時一向淘氣的小悟，感冒後都變得乖巧聽話了。

其他 選項３只是男士的推測。女士並不是因為會睡不著所以才不喝咖啡。

3

会議室で社員が二人で話しています。女の人はどうして明日会社へ来ないのですか。

F：申し訳ありませんが、明日の新製品の発表、よろしくお願いします。

M：まあ、ここまで準備ができてれば大丈夫だろう。

F：自分で話したかったんですけど、近所の内科でおどかされてしまって。ふだんはなんともないんですが。

M：健康第一だよ。医者から言われたんだから、今は何もないにせよ行って来た方がいい。しっかり調べて、何でもなければすっきりするんだし。

F：はい。ありがとうございます。では、よろしくお願いします。

女の人はどうして明日会社へ来ないのですか。

1 明日は新製品の発表だから

2 もう十分準備ができたから

3 病気が悪くなったから

4 病院で検査をしなければならないから

在會議室裡，兩位員工正在交談。女方為什麼明天不來公司？

F(女方)：很抱歉，明天的新產品發表會就拜託您了。

M(男方)：準備到這個程度了，應該沒問題的。

F(女方)：我本來也想親自發表的，但被附近的內科診所嚇到了，雖然平時沒什麼問題。

M(男方)：健康最重要。既然醫生這麼說了，現在沒問題也應該去檢查一下，檢查後如果沒事，心裡也會踏實很多。

F(女方)：嗯，謝謝您。那就拜託您了。

女方為什麼明天不來公司？

1 因為明天有新產品發表會

2 因為準備工作已經完成

3 因為她的病情加重了

4 因為需要去醫院做檢查

答案 **(4)**

解題 女士表示想親自報告，但因為「近所の内科でおどかされてしまって／被附近的內科醫生警告了」所以要去附近的內科。選項4是正確答案。→這裡的「おどかされてしまって／被警告了」是指醫生告訴她可能得了嚴重的病。「脅かす／警告」具有使人害怕的意思。

※文法補充：「～にせよ／即是…」是、「たとえ～でも／就算…也…」的意思。例句：事情があるにせよ、人に迷惑をかけたなら謝るべきだ／就算事有緣由，但造成了他人的困擾，還是應該道歉。

4

スーパーで店長とアルバイト店員が話をしています。卵はなぜたくさん売れたと言っていますか。

F：卵、全部売り切れちゃいましたね。

M：ああ、追加で注文したのにね。安売りだったし、たなに並べるか並べないかのうちに売れていったよ。

F：うちの母も、美容にいいとか、健康にいいとか、簡単でおいしいとかってことばに弱くて、特にあの番組で料理の紹介すると、すぐ買ってきますから。

M：まあ、僕もニュースは毎朝チェックしているけど、こんなにすごいとはね。

F：あの番組、見ている人が多いですから。

卵は今日、なぜたくさん売れたと言っていますか。

1 安売りだったから

2 きれいに並んでいたから

3 テレビの人気番組で卵の料理を紹介したから

4 健康にいいから

在超市裡，店長和兼職店員正在交談。為什麼今天雞蛋賣得這麼快？

F(店員)：雞蛋全賣光了呢。

M(店長)：是啊，明明有追加訂貨，因為在打折，剛擺上貨架就賣光了。

F(店員)：我媽也是，聽到什麼「美容好」、「健康好」的詞就受不了，尤其是電視節目介紹的料理，她馬上就去買。

M(店長)：我每天早上也看新聞，但沒想到賣得這麼快。

F(店員)：那個節目有很多人看嘛。

為什麼今天雞蛋賣得這麼快？

1 因為在打折

2 因為擺得很整齊

3 因為熱門電視節目介紹了雞蛋料理

4 因為雞蛋有益健康

答案（3）

解題 對話中提到那個節目介紹了食材的食譜。男士說「こんなにすごいとはね／沒想到影響力這麼大」是指節目影響買氣，且再之後女士回應觀看那個節目的人很多。可推知正確答案是選項 3。

其他 選項 1 雖然是特價，但這並不是今天賣出特別多蛋品的原因。※ 文法補充：對話中的「～か～ないかのうちに」是指前一件事情才剛結束，同時…。例句：子どもは、布団に入るか入らないかのうちに眠ってしまった／小孩子一進被窩便睡著了。

5

先生が話をしています。来週のテストを受けなければならないのはどんな学生ですか。

F：えー、来週のテストは、前回のテストを欠席した人はもちろん、不合格だった人は全員受けてください。また、9月の新学期から日本語3の授業を受ける人は、作文も提出しなければなりません。作文は家で書いて来てもいいです。テストの日の持ち物は、えんぴつと消しゴムだけです。今日はこれから研修旅行の説明があるので、留学生は全員聞いてから帰ってください。

来週のテストを受けなければならないのは、どんな学生ですか。

1 前回のテストを受けていない学生と、不合格だった学生
2 9月から日本語3の授業を受ける学生
3 作文を提出していない学生
4 研修旅行に行く学生

老師正在講話。下週必須參加考試的是什麼樣的學生？

F(老師)：嗯，下週的考試，之前缺席的同學當然要參加，還有不及格的同學也必須參加。另外，從9月新學期開始要上日語3課的同學，還需要提交作文。作文可以在家裡寫好帶來。考試當天需要帶的東西只有鉛筆和橡皮擦。今天接下來會有實習旅行的説明，所有留學生請聽完後再回去。

下週必須參加考試的是什麼樣的學生？

1 上次沒有參加考試和不合格的學生
2 從9月開始上日語3課的學生
3 沒有提交作文的學生
4 要參加實習旅行的學生

答案（1）

解題 説明一開始提到關於考試的注意事項。之後就轉移到別的話題了。從開頭的「来週のテストは、前回のテストを欠席した人はもちろん、不合格だった人は全員受けてください／關於下週的考試關於，上次缺考的同學一定要來，還有，不及格的同學也請全部參加」可知正確答案是選項1。

6

男の人と女の人が電話で話しています。女の人はなぜ剣道を始めたいのですか。

M：はい、中川です。
F：私、市川と申します。あのう、ホームページで見たんですが、剣道の練習を見学したいと思って…。
M：そうですか。もちろん、歓迎します。剣道は初めてですか。
F：いえ、実は子どもの時、少しやっていて、体力以外に得るものがとても多かったんです。引っ越したのでやめてしまったのですが、社会人になっていつも仕事ばかりなので、仕事以外に夢中になれるものがほしくて。
M：そうですか。ルールや、形が一通り入っているのなら、ぜひ始めた方がいいですよ。毎週土曜日、場所や時間はおわかりですね。
F：はい。よろしくお願いいたします。

女の人はなぜ剣道を始めたいのですか。
1 子どもの頃得意だったから
2 体力がつくから
3 仕事以外の楽しみを作りたいから
4 ルールを良く知っていて簡単にできるから

男士和女士正在通電話。這位女士為什麼想要開始學習劍道？

M(男士)：你好，我是中川。
F(女士)：我是市川。我在網站上看到了你們的資訊，想來參觀一下劍道的練習。
M(男士)：哦，當然歡迎。您之前接觸過劍道嗎？
F(女士)：其實，我小時候稍微接觸過，除了鍛煉體力，還學到了很多東西。後來因為搬家就沒再繼續了。但成為社會人後，總是忙於工作，所以想找點工作以外的事情來投入。
M(男士)：原來如此。如果規則和基本的動作已經掌握的話，真的應該開始試試看喔。每週六練習，地點和時間你應該清楚吧？
F(女士)：是的，非常感謝。

這位女士為什麼想要開始學習劍道？
1 因為小時候擅長
2 因為能增強體力
3 因為想找點工作以外的樂趣
4 因為熟悉規則，覺得容易學

答案 **(3)**

解題 女士說「社会人になっていつも仕事ばかりなので、仕事以外に夢中になれるものがほしくて／出社會以後天天忙工作，所以想要培養工作之外的興趣」這是想開始練劍道的理由，因此正確答案是選項3。

其他 選項1女士並沒有說自己很擅長劍道。選項2　女士說小時練劍道不但體力變好，還有很多其他的收穫，但都不是主要原因。選項4這是男士提到的理由。※ 詞彙及文法補充：對話中的「一通り入っている／大略了解」是大部分都已了解之意。

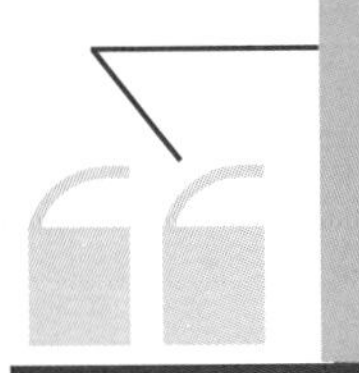

第三回 聽解

問題三 翻譯與解題

問題3では、問題用紙に何もいんさつされていません。この問題は、全体としてどんな内容かを聞く問題です。話の前に質問はありません。まず話を聞いてください。それから、質問とせんたくしを聞いて、1から4の中から、最もよいものを一つ選んでください。

在問題 3 中，問題紙上沒有任何印刷的內容。這是一個需要了解整體內容的問題。在對話之前，沒有提問。請先聆聽對話，然後聆聽問題和選項，從 1 到 4 中選擇最合適的答案。

例

テレビで俳優が、子どもたちに見せたい映画について話しています。

M：この映画では、僕はアメリカ人の兵士の役です。英語は学校時代、本当に苦手だったので、覚えるのも大変でしたし、発音は泣きたくなるぐらい何度も直されました。僕がやる兵士は、明治時代に日本からアメリカに行った人の孫で、アメリカ人として軍隊に入るっていう、その話が中心の映画なんですが、銃を持って、祖父の母国である日本の兵士を撃つ場面では、本当に複雑な辛い気持ちになりました。アメリカの女性と結婚して、年をとってから妻を連れて、日本に旅行に行くんですが、自分の祖父のふるさとをたずねた時、妻が一生懸命覚えた日本語を話すんです。流れる音楽もいいですし…とにかくとてもいい映画なので、ぜひ観てほしいと思います。

どんな内容の映画ですか。

1 昔の小説家についての映画
2 戦争についての映画
3 英語教育のための映画
4 日本の音楽についての映画

M(演員)：在這部電影裡，我扮演的是一名美國士兵。因為我學生時代的英文真的很差，所以記台詞很困難，發音也被糾正了無數次，甚至讓我想哭。我飾演的這個士兵是明治時代從日本到美國的人的後代，作為美國人入伍。這部電影主要講的就是這樣一個故事。有一場戲，我拿著槍，對著祖父的祖國——日本的士兵開槍，那時候我的心情非常複雜和難受。後來，他與一位美國女性結婚，年老後帶著妻子去日本旅行，當他拜訪祖父的故鄉時，他的妻子努力地說著她學會的日語。這部電影的音樂也非常棒……總之，這是一部非常感人的好電影，希望大家能夠去看看。

這是一部什麼內容的電影？

1 關於過去的小說家的電影
2 關於戰爭的電影
3 為英語教育製作的電影
4 關於日本音樂的電影

答案 (2)

解題 對話中列舉了戰爭相關的內容。從演員扮演的日裔美國人入伍開始，中間手持槍打日本軍，也就是日本人打日本人的畫面，到攜美籍妻子赴日探訪祖父的家鄉，妻子努力用所學的日語說話等內容。知道正確答案是選項 2。

其他 選項 1 內容沒有提到以前的小說家。選項 3 內容只提到演員扮演日裔美國人時，說英語的萬般辛苦，並沒有提到英語教育一事。選項 4 內容只提到電影中播放的配樂，並沒有提到日本相關音樂。

1

テレビでアナウンサーが話(はな)しています。

F：最近増(さいきんふ)えているのは、携帯電話(けいたいでんわ)で留守(るす)かどうかを確認(かくにん)したあとで、実際(じっさい)に家(いえ)のベルを鳴(な)らしてみて、いなければ中(なか)に入(はい)って盗(ぬす)むという方法(ほうほう)だそうです。また、実際(じっさい)に通帳(つうちょう)を盗(ぬす)むのではなく、カメラで通帳(つうちょう)の番号(ばんごう)やハンコを撮影(さつえい)して出(で)て行(い)って、そのデータを使(つか)ってハンコを作(つく)り、銀行(ぎんこう)で引(ひ)き出(だ)す、といった事件(じけん)もありました。生活(せいかつ)に便利(べんり)ないろいろな道具(どうぐ)は、こんな時(とき)にも使(つか)われてしまうわけです。昔(むかし)なら考(かんが)えられなかったようなことですね。

何(なに)についての話(はなし)ですか。

1 どろぼうの手段(しゅだん)が変(か)わったこと
2 携帯電話(けいたいでんわ)の技術(ぎじゅつ)が進(すす)んだこと
3 日本(にほん)の家(いえ)の形(かたち)が変(か)わったこと
4 ハンコが使(つか)われなくなったこと

在電視上，播報員正在講話。

F(播報員)：最近增加的是，先用手機確認家裡是否有人，確認沒人在後，按門鈴，沒人應門的話就進屋偷竊的方式。另外，還有不直接偷走存摺，而是用相機拍下存摺號碼和印章，然後用這些數據製作印章，接著到銀行取款的事件。各種生活中便利的工具在這種時候也被利用了。這是以前無法想像的事情呢。

這段話的內容是什麼？

1 小偷的手段發生了變化
2 手機技術進步了
3 日本的房屋結構變化了
4 不再使用印章了

答案 (1)

解題 對話中提到了兩種近期頻傳的具體做案手法，而選項 1 的「手段(しゅだん)／手法」是方法的意思，因此是正確答案。

其他 選項 2 報導中提到由於手機技術的進步，因而造成竊盜手法的改變，但主要的內容還是竊賊的犯案手法。

2

学校で、先生が話しています。

M：以前は、台風や大雪などの時に学校が休みになると言う情報は、各ご家庭にある電話に届いていたと思いますが、今は学校からのメールや、学校のホームページでお伝えしています。朝は忙しくてインターネットやメールをチェックする暇がない、というご意見もありますが、それで、何人かのお子さんは、大雪の中を一生懸命登校して、なんだ、今日は休みだったのか、ということもありました。天気など、いつもと違う状況の時は、学校に電話をしていただいても構わないですし、お子さんの安全のためにも、学校のホームページをご確認ください。よろしくお願いします。

この先生はどんな人たちに向かって話していますか

1 学校の近所の人
2 先生
3 生徒の親
4 生徒

在學校裡，老師正在講話。

M(老師)：以前颱風或大雪時，學校是否放假是通過家裡的電話通知的，但現在我們是通過學校的電子郵件或學校網站告知的。有家長反映，早上太忙，沒時間查看網絡或郵件，結果有些孩子在大雪天還來學校，到了才發現今天放假。遇到天氣異常情況時，您可以打電話到學校確認，為了孩子的安全，請務必查看學校的網站。謝謝您的配合。

這位老師在對誰說話？

1 學校附近的居民
2 老師們
3 學生的家長
4 學生們

答案 (3)

解題 從對話中前面的「各ご家庭／每一個學生的家裡」、「お子さん／貴子弟」等詞語可以推測出談話對象是學生的家長。再從「お子さんの安全のためにも、学校のホームページをご確認ください／為了貴子弟的安全，也請抽空上學校的網頁看公告」可知老師正在和家長説明。

※ 補充：對話中的「なんだ／什麼嘛」是當事情和自己想像的不同，而感到失望或放心時會說的話。例句：寝坊した、と思ったら、なんだ、まだ6時か。1時間間違えていたよ／還以為睡過頭了，什麼嘛，才六點而已，看錯一小時了。

3

テレビで、俳優が話しています。

M：私は、財布を持たないんです。持たなければ、カバンの中からいちいち取り出したり、財布の中のお金を探したりしないで済むから、さっと買い物が済みます。それに、いつのまにか無駄なカードも減るんです。仕事場からジュースを買いに行く時も、必要な分だけポケットに入れて買いに行けばいい。余計な買い物をしなくて済むんですよ。ポケットはあまりたくさんいれるわけにはいかないから、なにしろ節約できるんです。ぜひいちどやって見てください。

財布についてなんと話していますか。

1 財布がないと、節約できる
2 財布があると、ゆっくり買い物ができる
3 財布がないと、カードを使う時に困る
4 財布があると、余計な買い物をしなくて済む

在電視上，一位演員正在講話。

M(演員)：我平時是不帶錢包的。這樣的話，就不用每次從包裡拿出錢包，也不用在裡面翻找現金，購物的過程變得輕鬆快捷。而且，隨著不帶錢包，不必要的卡片也自然減少了。比如我去買飲料時，只需要將足夠的錢放進口袋，這樣就能避免多餘的購物。因為口袋不能放太多東西，所以總能節省不少開支。大家可以試試看，真的很有效。

這位演員關於錢包提到了什麼？

1 不帶錢包可以節省開支
2 帶著錢包可以悠閒購物
3 不帶錢包在使用卡片時會有困難
4 帶著錢包可以避免不必要的購物

答案 (1)

解題 因為只在口袋裡放入等一下要付帳的金額，就不會亂買東西，也就「節約できるんです／能節制花費」，所以正確答案是選項 1。

其他 選項 2 演員說如果沒有錢包，買東西就能省下很多時間。選項 3 演員提到不需要的信用卡會減少。選項 4 如果是「財布がないと／如果沒有錢包」則為正確答案。

※ 詞彙補充：對話中的「さっと／突然」是指突然或極短的時間。

4 テレビで心理学の先生が話をしています。

F：人は、自分に似た人と友達になりやすいと言われます。たとえば新しいクラスでまず最初に友達を作るのは、自分からどんどん積極的に友達を作っていく性格の学生です。話しかけたり、質問したり、行動的に自分と似ていると感じる相手に近づきます。おとなしい学生、無口な学生は、あえて自分から話しかけることは少ないのですが、先に積極的な性格の人たちどうしが友達になるので、まだ友達のいない、静かでおとなしい人どうしが近づきやすくなって、友達関係ができる、ということが多いようです。

新しいクラスの友達関係は、どう作られると言っていますか

1 みんな、自分に似ている人を探して話しかける
2 積極的に話しかける人が一番たくさん友達ができる
3 おとなしい無口な学生は友達ができない
4 自分と似たような人と友達になる学生が多い

在電視上，心理學的教授止在講話。

F(心理學教授)：據説人們更容易與性格相似的人成為朋友。比如在一個新的班級中，最早交到朋友的，通常是那些性格積極主動的學生。他們會主動搭話、問問題，接近那些在行為和性格上與自己相似的人。性格文靜、話少的學生很少會主動和別人交談，但因為性格積極的人往往會先互相成為朋友，還沒有朋友的那些安靜、內向的學生就更容易彼此接近，從而建立起友誼。這樣的情況似乎比較常見。

在新的班級裡，朋友關係是怎麼建立的？

1 大家都會尋找與自己相似的人搭話
2 主動搭話的人最容易交到很多朋友
3 內向不愛説話的學生很難交到朋友
4 許多學生會和性格相似的人成為朋友

答案 (4)

解題 一開頭「人は、自分に似た人と友達になりやすいと言われます／有人説，人類容易和與自己相似的人成為朋友」是整段話想表達的主旨。後面的「たとえば／像是」舉出兩種個性的學生的例子，但整段談話都在説明一開始提到的事。因此正確答案是選項４。

其他 選項１談話中提到「おとなしい学生～は自分から話しかけることは少ない／性格穩重的學生…較少自己主動開口」。選項２談話中並沒有提到「たくさん／多」。選項３談話中提到「おとなしい学生どうしで、友達関係ができる／沉默穩重的學生就成為了朋友」。

※ 文法補充：「あえて／硬是」是指明知是有爭議或困難的事情，仍然勇敢的去説或去做。例句：君のために、あえて厳しいことを言うけど、新人が遅刻なんてあり得ないよ／為你好所以我才會嚴厲的説，新人實在不應該遲到。

5

駅のホームで、男の人と女の人が話しています。

M：おはよう。

F：あれ、おはようございます。めずらしい。今日は電車ですか。

M：うん。帰る時間、雨が降りそうだから、やむを得ず、苦手な電車に乗ることにしたんだ。

F：山崎さん、電車苦手なんですか。健康のために自転車通勤をしているのだと思っていました。

M：ああ、そう見える？疲れた時なんかは、電車で座って帰りたい、と思う時もあるけど、ラッシュアワーは嫌だし、自転車は電車の時間を気にしなくていいから、楽なんだよ。

F：私は、よく歩いちゃいますよ。今の季節は台風さえ来てなければ、暑くもなく寒くもなく気持ちがいいですから。

男の人は、今日、なぜ電車に乗りますか。

1 雨が降りそうだから

2 今日はラッシュアワーがないから

3 疲れて、座りたいから

4 電車の時間がちょうどよかったから

在車站的月台上，一位男士和一位女士正在交談。

M(男士)：早安。

F(女士)：咦，早安！今天你居然坐電車？真少見。

M(男士)：是啊，因為回家的時候可能會下雨，不得已只好坐我不太喜歡的電車。

F(女士)：山崎先生，你不喜歡坐電車嗎？我還以為你是為了健康才騎自行車上下班呢。

M(男士)：哦，你這麼覺得啊？有時候累了，確實想坐電車回去，但我不喜歡擁擠的高峰時段，而且騎自行車不用擔心電車的時間，感覺更輕鬆。

F(女士)：我經常走路。現在這個季節，只要沒有颱風，天氣不冷也不熱，感覺很舒服。

這位男士今天為什麼坐電車？

1 因為可能會下雨

2 因為今天沒有高峰時段

3 因為累了，想坐著回去

4 因為電車時間剛好

答案 (1)

解題 對話一開始就説明理由了，男士説「帰る時間、雨が降りそうだから／下班的時候好像會下雨」，所以不騎腳踏車，只好搭電車。正確答案是選項 1。

※ 文法補充：

◇「やむを得ず／不得已」是指無可奈何的意思。

◇「～ちゃいます／…了」是「～てしまいます／…了」的口語用法。

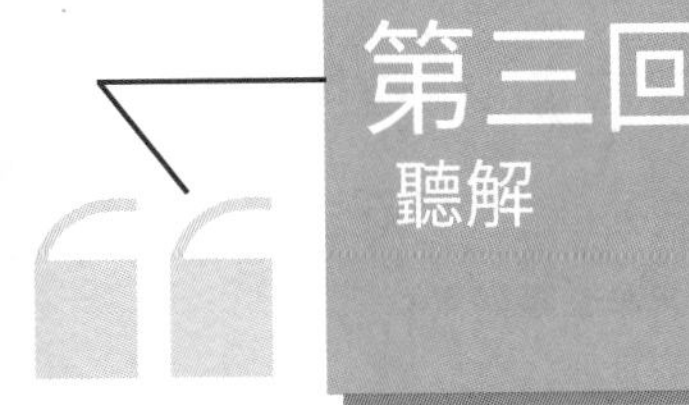

問題四　翻譯與解題

問題４では、問題用紙に何もいんさつされていません。まず文を聞いてください。それから、それに対する返事を聞いて、１から３の中から、最もよいものを一つ選んでください。

問題４在問題４中，問題紙上也沒有任何印刷的內容。請首先聆聽句子，然後聆聽對應的回答，從１到３中選擇最合適的答案。

例

M：あのう、この席、よろしいですか。
F：1 ええ、まあまあです。
　　2 ええ、いいです。
　　3 ええ、どうぞ。

M(男士)：嗯，請問這個座位可以坐嗎？
F(女士)：
1 嗯，還好吧。
2 嗯，可以的。
3 嗯，請隨意。

答案（3）

解題 被對方問說「あのう、この席、よろしいですか／請問這位子我可以坐嗎？」要表示「席は空いていますよ、座ってもいいですよ／位子是空的喔、可以坐喔」，可用選項３的「ええ、どうぞ／可以，請坐」表示允許的說法。

其他 選項１「ええ、まあまあです／嗯，還算可以」表示狀況、程度等，可以用在被詢問「お元気ですか／你好嗎？」等的回答，這時的「ええ、まあまあです」表示沒有特別異常的情況。這樣的回答在這題不合邏輯。選項２「ええ、いいです／嗯，好啊！」表示答應邀約等，可以用在被詢問「今晩飲みに行きませんか／今晚要不要一起去喝一杯呀？」等的回答。這樣的回答在這題也不合邏輯。

1

M：先週からろくに寝てないんだ。
F：1 そんなに忙しいの。
　　2 はやくなおるといいね。
　　3 7時でも大丈夫だと思うよ。

M(男士)：我從上週開始幾乎沒怎麼睡覺。
F(女士)：
1 你這麼忙嗎？
2 希望你能早點恢復。
3 我覺得７點也可以哦。

答案（1）

解題「ろくに～ない／沒有好好…」是「不充分…、不滿足」的意思。從「ろくに寝てない／沒能好好睡上一覺」這句話可以推測是因為太忙了沒有時間睡覺。可以回答選項１，詢問對方沒有好好睡覺的原因。

其他 選項２是當對方說「風邪で寝てるんだ／感冒了所以正在睡覺」時的回答。選項３是當對方問「６時に起きた方がいいかな／六點起床比較好嗎」時的回答。

2

F：この書類、日本語で書いても差し支えないですか。
M：1 はい。使えます。
　　2 はい。かまいません。
　　3 はい。英語で書いてください。

F(女士)：這份文件，用日語寫可以嗎？
M(男士)：
1 是的，可以使用。
2 是的，沒問題。
3 是的，請用英文書寫。

答案（2）

解題「差し支えない／沒關係」是「沒問題、無妨」的意思。「差し支え」是指問題、障礙、不方便的意思，使用時會說「差し支えない」。回答選項２「かまいません／沒關係」表示沒有問題的意思。

其他 選項１問題是「可以填寫嗎」，因此回答「使えます／可以使用」文不對題。選項３如果回答「いいえ／不」則為正確答案。

3

M：風邪をひいた時は早く寝るに越したことはないよ。
F：1 うん。心配してくれて、ありがとう。
2 ううん。そんなに寝てないよ。
3 うん。もっとがんばるよ。

M(男士)：感冒的時候，早點睡對你最好。
F(女士)：
1 嗯，謝謝你的關心。
2 沒有，我沒睡那麼多。
3 嗯，我會加油的。

答案 (1)

解題「～に越したことはない／最好…」用於想表達「當然是…最好、可以的話…比較好」時。這題男士正在擔心感冒的女士。所以應該要回答選項 1，表達感謝的心情。

其他 選項 3 男士說「去睡比較好」因此回答「もっとがんばる／我會更加努力」不合邏輯。

4

M：子どものくせに文句を言うな。
F：1 ひどい。私、もう高校生なのに。
2 ありがとう。でも、まだまだだよ。
3 だいじょうぶ。もうすぐ言えるよ。

M(男士)：你還是個孩子，別再抱怨了。
F(女士)：
1 太過分了，我可是高中生了！
2 謝謝，不過我還不夠好呢。
3 沒關係，我馬上就能說清楚了。

答案 (1)

解題「～のくせに／明明…」是輕視前項、或說壞話的說法。是比「子どもなのに／明明只是小孩子」更強烈的說法。選項 1 反駁對方自己已經是高中生，不是小孩子了，是合理的回應。例句：あいつは仕事もできないくせに、なんで女の子に人気があるんだ／那傢伙明明工作能力很差，卻很受女生歡迎。

5

F：よっぽどおいしかったんですね。
M：1 ええ。あんまり。
2 ええ。よっぽど。
3 ええ。とっても。

F(女士)：一定非常好吃吧。
M(男士)：
1 嗯，沒那麼好。
2 嗯，想必非常好吃。
3 嗯，非常好吃。

答案 (3)

解題「よっぽど／相當」是「非常、很」的意思，是推測程度很高的說法。本題可推測狀況是男士吃了很多，或是一下子就把東西吃光了。是要強調「余っ程／相當」時的說法。最適合的回應為選項 3，表示「はい、とてもおいしかったです／對，很好吃」的意思。例句：あの子はよほどびっくりしたんだろう、走って帰っちゃったよ／那個孩子似乎真的被嚇到，一溜煙的跑掉了。

其他 選項 1 如果是「いいえ」則為正確答案。選項 2 因為「よっぽど」表示推測，所以吃過東西的本人不會說「よっぽどおいしかった～／似乎相當好吃」。

6

M：この仕事はぜんぶお任せします。
F：1 わかりました。がんばります。
2 お疲れ様でした。
3 お世話になっています。

M(男士)：這份工作就全交給你了。
F(女士)：
1 明白了，我會努力的。
2 辛苦了。
3 一直承蒙您的關照。

答案 (1)

解題「任せる／交給你」表示把工作交給別人。「お任せします／交給你了」是「請你做完、全部由你決定」的意思。所以回答選項 1 最適當。

其他 選項 2 是當對方說「この仕事、終わりました／這個工作結束了」時的回答。選項 3 是職場上的問候用語。

7

F：もう少し時間があったらいいのに。
M：1 うん。ぎりぎりだったね。
2 うん。とにかく急ごう。
3 うん。たっぷり時間があって助かったよ。

F(女士)：要是再多點時間就好了。
M(男士)：
1 嗯，時間真是緊迫啊。
2 嗯，無論如何我們快點吧。
3 嗯，有足夠的時間真是幫大忙了。

答案 (2)

解題 這題的情況是時間不夠了。此時回答選項 2「とにかく急ごう／總之快一點吧」最合適。

其他 選項 1「だったね」是過去式，表示事情已經結束了，所以不正確。如果是「ぎりぎりだね／時間很緊湊呢」則表示事情還在進行中，就是正確答案。另外，「ぎりぎりだったね／時間很緊湊呢」是「幸好趕上了」的意思。※ 文法補充：「あったらいいのに／有(時間)的話就好了」表示進行中的狀態。若要表達已經結束的情形時，則用「あったらよかったのに／有(時間)的話就好了」，表示「間に合わなかった／沒有趕上」的意思。

8

M：ああ、やっとテストが終わった。もう勉強しないで済むんだ。
F：1 そうだね。がんばって。
2 がっかりしないで。
3 お疲れ様。

M(男士)：啊，終於考完試了，總算不用再學習了。
F(女士)：
1 是啊，加油！
2 別灰心。
3 辛苦了！

答案 (3)

解題 這題說話的男士表示考試結束了。「やっと」用在期待的狀況終於來臨時，表達開心的心情；「～しないで済む／不必…」和「～しなくていい／不做…也沒關係」都表達放心的心情。而對考試結束的人說的話是選項 3 。

9

F：せっかく夕ご飯作ったのに。
M：1 ごめん。食べてきたんだ。
2 うん。急いで作って。
3 もっとたくさん作って。

F(女士)：我好不容易做了晚飯……
M(男士)：
1 對不起，我已經吃過了。
2 嗯，快點做吧。
3 多做一點吧。

答案 (1)

解題「せっかく／好不容易」表達努力白費了的遺憾心情。題目表達了「明明特地為你做了…」的心情。這時應該要回答選項 1 ，表示抱歉。例句：せっかく調べたのに、この資料は古くて参考にならなかった／好不容易找了資料，卻因為太舊了無法當作參考。

其他 選項 2 是當對方問「夕ご飯、食べるの／要吃晚餐嗎？」時的回答。選項 3 是當對方問「夕ご飯、これで足りる？／晚餐這些夠嗎？」時的回答。

10

M：あれ、教室（きょうしつ）の電気（でんき）、いつのまにか消（き）えてる。
F：1 すみません、すぐ消（け）します。
2 さっき、私（わたし）が消（け）しました。
3 あとで、消（け）します。

M(男士)：咦，教室的燈什麼時候關的？
F(女士)：
1 不好意思，我馬上關掉。
2 剛才是我關的。
3 待會兒我會關掉。

答案 (2)

解題 這題的狀況是電燈在不知不覺間熄了，男士嚇了一跳。「いつの間（ま）にか／不知不覺」是指在不知不覺間。最適切的答案是選項 2，解釋燈暗掉的原因。選項 1 和選項 3，表示現在電燈都還開著，所以不正確。

11

M：明日（あした）はいよいよ合格発表（ごうかくはっぴょう）ですね。
F：1 はい。どきどきします。
2 はい。10 時（じ）でした。
3 はい。いいです。

M(男士)：明天終於要公佈合格結果了呢。
F(女士)：
1 是啊，真讓人緊張。
2 是的，公佈時間是早上 10 點。
3 是的，沒問題。

答案 (1)

解題 明天要公布成績了，可回答選項 1，「どきどき／噗通噗通」是表示心臟快速跳動的擬聲語。例句：手紙（てがみ）を開（あ）けるときは、どきどきして、手（て）が震（ふる）えました／展開信紙時，緊張的手不斷顫抖。

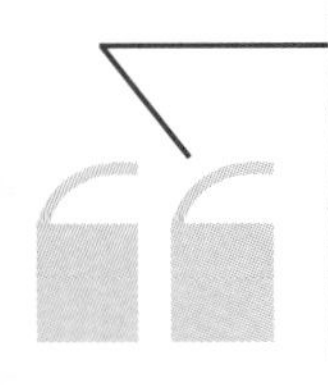

問題5では、長めの話を聞きます。この問題には練習がありません。メモをとってもかまいません。1番、2番問題用紙に何もいんさつされていません。まず話を聞いてください。それから、質問とせんたくしを聞いて、1から4の中から、最もよいものを一つ選んでください。

在問題5中，您將聆聽較長的對話。此問題沒有練習部分，您可以做筆記。第1題、第2題問題紙上沒有任何印刷的內容。請先聆聽對話，然後聆聽問題和選項，從1到4中選擇最合適的答案。

1

電気店で、販売員と男の人が話しています。

F：どんなテレビをお探しでしょうか。

M：あまり大きいのでなくて、薄型のがいいんです。録画ができた方がいいです。

F：そうしますと、こちらの1番と2番のタイプですね。1番のタイプは録画はもちろん、インターネット機能がついています。2番のテレビは録画はできるんですが、ゲームやインターネットはできません。その分、お安くなっています。

M：インターネットが使えたら便利だなあ。だけど、高いし、ちょっと画面が…2番の方が見やすいね。

F：はい。このもう一回り小さいのが3番なんですが、これはテレビでの録画はできないんですが、パソコンにつなげばできるようになっています。

M：それだとパソコンを近くに持って来ないといけないし…4番もできないんですか？これは大きさがちょうどいいんだけど。

F：こちらも、パソコンにつなげる形ですね。

M：そうか。じゃ、やっぱり他のことはできなくてもいいけど、ビデオがついているのがいいから…。これにします。

男の人はどのテレビを買いますか。

1 1番のテレビ
2 2番のテレビ
3 3番のテレビ
4 4番のテレビ

在電器行裡，店員和一位男士正在交談。

F(店員)：您在找什麼樣的電視呢？

M(男士)：我想要一台不太大的，薄型的，而且有錄影功能的電視。

F(店員)：那麼，這款1號和2號型號比較適合您。1號電視除了錄影功能，還有網路功能。2號電視則只能錄影，不能上網或玩遊戲，所以價格比較便宜。

M(男士)：能上網當然很方便，可是價格太高了，而且螢幕看起來有點……2號的螢幕視覺上更舒適呢更適合看。

F(店員)：是的，還有一款稍微小一點的是3號，它無法直接錄電視節目，但連接到電腦後可以錄影。

M(男士)：那樣我就得把電腦搬過來，有點麻煩……4號電視也不能錄影嗎？這款尺寸正合適。

F(店員)：這款也需要連接電腦才能錄影。

M(男士)：原來如此，那還是選個能錄影的吧，其他功能無所謂。我就選這個了。

這位男士會買哪一台電視？

1 號電視
2 號電視
3 號電視
4 號電視

答案 (2)

解題 請邊聽邊作筆記。一號電視機：錄影〇、網路〇、價格 ×、畫面 ×

二號電視機：錄影〇、網路 ×、畫面〇

三號電視機：錄影△、(畫面小)

四號電視機：錄影△、畫面大〇

男士說「ビデオがついてるのがいい／只要能錄影就好了」，可以錄影的是一號和二號，但一號男士嫌太貴且畫質也不好，因此男士買的是有錄影功能的二號電視機。

2

会社のスポーツ大会について社員が相談しています。

F1：スポーツならなんでもいいんですよね。だったら、テニス大会はどうですか。チームに分れて。

M1：個人的には賛成なんだけど、できない人や、やったことのない人もいるから、なるべくみんなが参加できるのがいいよ。

F2：じゃあ、バレーとか、バスケット？

M1：そうだね。あと、バドミントンとかね。

F1：いいけど、すごく上手な人と、苦手な人と一緒にやるとなると、危なくないですか。新人社員は結構熱くなりそうだし。

M1：そうだなあ…じゃ、野球は？

F1：ああ、人数はそれがちょうどいいかも。ただ、道具はどうしますか？

F2：そうですよね。ボールとか、あと靴もけっこう大事ですよ。

M1：それは僕にまかせてよ。スポーツ用品を借りられるところなら心当たりがあるんだ。

F1：あとは、場所ですね。

M1：うん、そっちもさがしてみるよ。

どんなスポーツをすることになりましたか。

1 テニス

2 バレー

3 野球

4 バドミントン

員工們正在討論關於公司的體育大會。

F1(女員工 1)：只要是運動都可以吧？那麼，舉辦網球比賽怎麼樣？分成幾個隊伍。

M1(男員工 1)：我個人贊成，但有些人不會打網球，或是沒玩過，最好是大家都能參加的活動。

F2(女員工 2)：那麼，排球或者籃球怎麼樣？

M1(男員工 1)：嗯，羽毛球也不錯。

F1(女員工 1)：這些都很好，但如果非常厲害的人和不太擅長的人一起打，會不會有點危險？尤其是新員工可能會比較激動熱血。

M1(男員工 1)：也是……那棒球怎麼樣？

F1(女員工 1)：哦，棒球的話，人數正好合適。但道具怎麼辦呢？

F2(女員工 2)：對啊，球和鞋子也很重要。

M1(男員工 1)：這個交給我吧，我知道有地方可以租體育用品。

F1(女員工 1)：剩下的就是場地問題了。

M1(男員工 1)：嗯，我也會幫忙找場地。

最後決定進行什麼運動？

1 網球

2 排球

3 棒球

4 羽毛球

答案 (3)

解題 對話中提到棒球的人數剛剛好，體育用品也可以用租借的，且會找看看比賽地點。因此正確答案是選項 3。

其他 選項 1 有不擅長網球的職員。選項 2 對話中提到有點危險。選項 4 對話中提到有點危險。

3番 まず話を聞いてください。それから、二つ質問を聞いて、それぞれ問題用紙の1から4の中から、最もよいものを一つ選んでください。

第 3 題 請先聽講話內容。接著，聽兩個問題，並從問題紙上的 1 到 4 選項中，各選出最合適的答案。

3

テレビで、ある会社の社長がスピーチをしています。

M1：大切なことを四つお話しします。まず一番目に、忙しい人ほど毎日、予定を立てる時間をしっかりとるべきです。会社員だけでなく、学生にも、主婦にもこれは言えることかもしれません。朝起きた時に、その日1日にすることが決まっていれば、まず迷う時間を減らせます。二番目に、忙しい人ほどすべきなのがしっかり食事をする、ということです。食べれば元気にもなりますし、この時間を利用して今日はまだこれができていないから、このあとはこんなふうにしよう、と予定を修正するわけです。三番目に、たくさん仕事がある時は、特に締め切りがないなら、時間のかかる方ではなく、さっと終わる方から片づけます。その方が、自分でも満足感がありますし、評価も感謝もされます。ただ、もちろん、全部やらないといけませんよ。そして最後、四番目に、捨てる、ということです。この仕事は必要がない、と早めに判断する。もしかしたらこれが最もむずかしいことかもしれませんね。

M2：なるほどね。会社ではその日あったことを報告しているけれど、翌日の予定はそんなに丁寧には立ててないね。

F：　私は、いつも決まったことしかしないからなあ。明日も、朝ごはんを作って、掃除して、洗濯して、パートに行って、買い物して、夕ご飯を作るだけだし。

M1：だけどさ、もし、例えばちょっと珍しい料理をする場合は、いつもと違う店に行くわけでしょう。その近くにある店に用事があれば、その準備をするよね。

F：　そうね。お菓子の材料を買いに行くついでに不用品をリサイクルショップに持って行ったり。そうそう、あなたの机にもいらないものがいろいろ入ってるみたいだし、明日持って行こうか？

M1：いや、お菓子だけでいいよ。明日はまず、お菓子を作ってよ。

F：　はいはい、わかった。とにかく、私も予定を立ててみる。

在電視上，某公司的社長正在發表演講。

1 M1(社長)：我來談四個重要的事情。首先，第一點，越是忙碌的人越應該每天花時間制定計劃。這不僅僅適用於公司職員，對學生和家庭主婦也一樣。如果早上起床時已經決定了一天要做的事情，那麼可以減少猶豫的時間。第二點，越是忙碌的人越應該好好吃飯。吃飯不僅能補充精力，還能利用這段時間調整計劃，比如今天還有什麼沒完成，接下來該怎麼做。第三點，當工作很多時，如果沒有特別的截止日期，應該先處理那些能快速完成的事情。這樣既有成就感，也能得到別人的讚賞和感謝。但當然，所有事情都要完成。最後，第四點是放棄不必要的事情。及早判斷這項工作是否真的必要，這可能是最困難的。

M2(員工)：原來如此。雖然我們在公司會報告當天的情況，但不會這麼仔細地計劃第二天的工作。

F(女士)：我平時做的事情都很固定。明天也是一樣，做早餐、打掃、洗衣服、去兼職、買東西、做晚餐。

M1(員工)：但是，如果，舉例來説，想做一些稍微特別的料理，就會去不同於平時的店吧。如果剛好有事要去那附近的店，就會順便做準備吧。

F(女士)：是啊，比如去買點心材料的時候，順便把不需要的東西帶去資源回收店回收。對了，你的書桌裡也有很多不用的東西，明天要不要一起帶去回收？

M1(員工)：不用了，點心就行了。明天先給我做點心吧。

F(女士)：好吧好吧，知道了。總之，我也來試試做計劃吧。

質問1.

スピーチのテーマは次のうちのどれですか。

1 仕事の進め方について
2 節約について
3 健康について
4 よい人間関係の作り方について

這場演講的主題是什麼？

1 關於工作的進行方式
2 關於節約
3 關於健康
4 關於建立良好的人際關係

答案（1）

解題 對話中提到了四件事情。第一件事：訂計畫。第二件事：好好吃飯。第三件事：從能很快完成的工作開始做。第四件事：斷捨離。一到四的每一件事都是為了在工作忙碌時增加工作效率，而必須謹記在心的事。因此正確答案是選項1。

質問2.

男の人と女の人は、スピーチの、何番目の話題について話をしていますか。

1 1番目の話題
2 2番目の話題
3 3番目の話題
4 4番目の話題

這位男士和女士討論的是演講的第幾個話題？

1 第一個話題
2 第二個話題
3 第三個話題
4 第四個話題

答案（1）

解題 男士檢討著「翌日の予定はそんなに丁寧には立ててないね／沒有要求詳細制訂隔天的計畫」女士也説「とにかく、私も予定を立ててみる／總而言之，我也來試著訂計畫吧」，因此兩人正在討論訂計畫這件事。正確答案是選項1。
※ 文法補充：「動詞辞書形＋べきだ」是指這樣做是必然的、…比較好的意思。文中的「忙しい人ほどすべき」為例外用法。意思和「するべき」相同。

MEMO N2

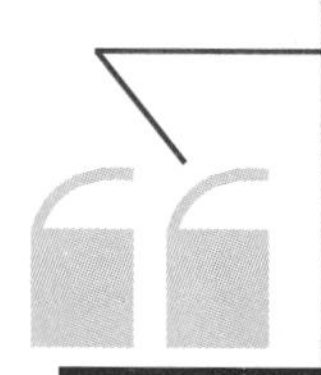

第四回 言語知識（文字、語彙）

問題一 翻譯與解題

____の言葉の読み方として最もよいものを、1・2・3・4から一つ選びなさい。
____中的詞語讀音應為何？請從選項１・２・３・４中選出一個最適合的答案。

1

天気予報では台風が今夜半に伊豆半島に上陸するそうだ。

1 ようぼう　　2 よほう
3 よぼう　　4 ようほう

根據天氣預報，颱風將於今晚半夜登陸伊豆半島。

1 無此字
2 予報（預報，常用於天氣等預測）
3 予防（預防，防止災害或疾病發生）
4 無此字

答案（2）

解題「予」音讀唸「ヨ」，訓讀唸「あらかじ - め／預先」。例如：「予定／預定」、「予約／預約」。「報」音讀唸「ホウ」，訓讀唸「むく - いる／報答」。例如：「訪問／訪問」。「予報／預報」是指事先通知。「天気予報／天氣預報」是對風、天氣、溫度等等的預報。

其他 選項３寫成漢字是「予防／預防」。

2

資料が揃っていないので、会議を延期します。

1 えんご　　2 ていき
3 えんき　　4 ていご

因資料尚未齊全，故會議延後舉行。

1 援護（支援、援助）
2 定期（規律的，定期性的）
3 延期（延期，推遲到更後時間）
4 無此字

答案（3）

解題「延」音讀唸「エ・ン」，訓讀唸「の - ばす／延長；延緩」、「の - びる／延長」、「の - べる／延展」。例如：「延長戦／延長賽」。「期」音讀唸「キ・ゴ」。例如：「期間／期間」、「期待／期待」。「延期／延期」是指將預定的日期往後延。

3

将来、病気を抱えている子どもたちの世話をする仕事がしたいと思っています。

1 かかえて　　2 おさえて
3 とらえて　　4 かまえて

我希望未來能從事照顧患病兒童的工作。

1 抱えて（肩負、承擔，常指抱負或負擔）
2 抑えて（壓制，掌控某事）
3 捕らえて（捕捉，捕獲）
4 構えて（準備，設置）

答案（1）

解題「抱」音讀唸「ホウ」，訓讀唸「だ - く／摟抱」、「かか - える／抱住、夾著」、「いだ - く／懷抱」。例如：「子犬を抱く／抱著小狗」、「借金を抱える／背負債務」、「夢を抱く／懷抱夢想」。「抱える／抱」是指用手臂將物品等抱住。

其他 選項２寫成漢字是「押さえて／按壓」。選項３寫成漢字是「捕らえて／捕捉」。選項４寫成漢字是「構えて／建造」。

4

昨夜、サウナに入って汗をいっぱいかいた。

1 ち　　2 のう
3 なみだ　　4 あせ

昨晚進入蒸氣浴，出了許多汗。

1 血（血液）
2 脳（腦，指大腦）
3 涙（眼淚）
4 汗（汗水）

答案（4）

解題「汗」音讀唸「カン」，訓讀唸「あせ／汗水」。例如：「汗をかく／出汗」。「汗／汗」是炎熱時、運動時等等情況下從身體排出的水分。

其他 選項１寫成漢字是「血／血」。選項２寫成漢字是「脳／腦」。選項３寫成漢字是「涙／眼淚」。

5 この地域には工場は少なく、<u>住宅</u>が密集している。

1 しゅうきょ　2 じゅうたく
3 じゅうきょ　4 じゅうだく

此地區工廠稀少，但住宅密集。
1 集居（指人們密集居住的區域）
2 住宅（住宅，指住家的房屋）
3 住居（居住場所，住所）
4 住宅（住家房屋的另一種寫法）

答案 (2)

解題「住」音讀唸「ジュウ」，訓讀唸「す-む／居住；棲息」、「す-まう／居住」。例如：「住所／住處」、「2階に住む／住在二樓」。「宅」音讀唸「タク」。例如：「自宅／自家」、「宅配便／快遞」。「住宅／住宅」是指供人居住的屋子。
其他 選項3寫成漢字是「住居／住宅」。

問題二 翻譯與解題

＿＿の言葉を漢字で書くとき、最もよいものを、1・2・3・4から一つ選びなさい。
＿＿中的詞語漢字應為何？請從選項1・2・3・4中選出一個最適合的答案。

6 <u>ちかてつ</u>の改札で、友達と待ち合わせをした。

1 地下硬　2 地下鉄
3 地下鋭　4 地下決

我和朋友在地鐵的驗票口見面。
1 無此字　2 地鐵
3 無此字　4 無此字

答案 (2)

解題「地」音讀唸「ジ・チ」。例如：「地面／地面」、「地球／地球」。「下」音讀唸「カ・ゲ」，訓讀唸「おり-る／下來」、「おろ-す／弄下」、「くだ-さる／送給(我)」、「くだ-す／賜予」、「くだ-る／向下」、「さ-がる／降落」、「さ-げる／降低」、「した／下面」、「しも／偏離中心者」、「もと／底下」。「鉄」音讀唸「テツ」。例如：「鉄道／鐵道」。「地下鉄／地鐵」是指位於地底下的鐵道。
其他 選項1「硬」音讀唸「コウ」，訓讀唸「かた-い／堅硬」。例如：「硬貨／硬幣」、「硬い文／艱澀的文章」。選項3「鋭」音讀唸「エイ」，訓讀唸「するど-い／尖銳」。例如：「鋭い爪／尖銳的爪子」選項4「決」音讀唸「ケツ」，訓讀唸「き-まる／決定；規定」、「き-める／決定」。例如：「解決／解決」、「優勝が決まる／冠軍出爐」、「規則を決める／制定規則」。

7 自分で作った服をインターネットで<u>うって</u>います。

1 売って　2 取って
3 打って　4 買って

我在網路上販賣自己做的衣服。
1 販賣，出售　2 取得，拿取
3 擊打　4 購買

答案 (1)

解題「売」音讀唸「バイ」，訓讀唸「う-る／銷售」。例如：「売店／商店」、「野菜を売る店／賣蔬菜的商店」。從題目句的意思來看，不是「打って／打擊」，而應該選「売って／販賣」。
其他 選項2「取」音讀唸「シュ」，訓讀唸「と-る／拿取」。例如：「取り替える／交換」。選項3「打」音讀唸「ダ」，訓讀唸「う-つ／使勁撞擊」。例如：「打ち合わせ／商談」。選項4「買」音讀唸「バイ」，訓讀唸「か-う／購買」。例如：「買い物／購物」。
※ 對義詞：「売る／販賣」「買う／購買」

8 自動車メーカーに<u>しゅうしょく</u>が決まった。

1 習職　2 就職
3 就織　4 習織

我決定在汽車製造公司就職。
1 無此字　2 就職（就業，開始職業生涯）
3 無此字　4 無此字

答案 (2)

解題「就」音讀唸「シュウ」，訓讀唸「つ-く／登上」。例如：「就任／就任」、「仕事に就く／到職」。「職」音讀唸「ショク」。「就職／就業」是指找到工作。例如：「銀行に就職しました／我到銀行上班了」。
其他 選項1、4 「習」音讀唸「シュウ」，訓讀唸「なら-う／學習」。例如：「予習／預習」、「ピアノを習う／學習鋼琴」。選項3、4 「織」音讀唸「シキ・ショク」，訓讀唸「お-る／編織」。例如：「織物／紡織品」。

9

おまつりで、初めて浴衣を着た。

1 お祭り　　2 お際り

3 お然り　　4 お燃り

在祭典上，我第一次穿了夏季和服。

1 祭典，慶祝活動　2 無此字

3 無此字　4 無此字

答案 (1)

解題「祭」音讀唸「サイ」，訓讀唸「まつ - り／祭典」、「まつ - る／供奉」。「祭り／祭典」是感謝神明、祈求收成或健康之類的活動。例如：「夏祭り／夏日祭典」。

其他 選項 2「際」音讀唸「サイ」，訓讀唸「きわ／時機；邊緣」。例如：「国際／國際」。選項 3「然」音讀唸「ゼン・ネン」。例如：「自然／自然」、「天然／天然」。選項 4「燃」音讀唸「ネン」，訓讀唸「も - える／燃燒」、「も - やす／燒、燃起」、「も - す／焚燒」。

10

自転車でアメリカ大陸をおうだんする。

1 欧段　　2 欧断

3 横段　　4 横断

騎自行車橫跨美洲大陸。

1 無此字　2 無此字

3 橫跨，穿越　4 無此字

答案 (4)

解題「横」音讀唸「オウ」，訓讀唸「よこ／橫向」。例如：「横切る／穿過」。「断」音讀唸「ダン」，訓讀唸「た - つ／切斷」、「ことわ - る／拒絕」。例如：「判断／判斷」、「誘いを断る／拒絕邀約」。「横断／穿越」是指橫向移動或東西方向的移動。例如：「アメリカ横断／橫跨美國」、「横断歩道／斑馬線」。

其他 選項 1、2「欧」音讀唸「オウ」。例如：「欧州／歐洲」。選項 1、3「段」音讀唸「ダン」。例如：「階段／樓梯」。

問題三　翻譯與解題

（　）に入れるのに最もよいものを、1・2・3・4から一つ選びなさい。

（　）中的詞語應為何？請從選項 1・2・3・4 中選出一個最適合的答案。

11

奨学（　）をもらうために、勉強をがんばる。

1 費　　2 代

3 料　　4 金

為了獲得獎學金，我努力學習。

1 奨学費（無此詞）

2 奨学代（無此詞）

3 奨学料（無此詞）

4 奨学金（獎學金，指頒發給優秀學生的金錢獎勵）

答案 (4)

解題「奨学金／助學金、獎學金」是指作為學費借貸或贈與的資金。「～金／…費」常用於買房、重大婚喪喜慶及教育相關根據制度等設定的費用。例如：「入会金／入會費」、「保証金／保證金」。

其他 選項 1「～費」多用於時間較長的費用上，如交通工具。例如：「交通費／交通費」。選項 2「～代」常用於日常生活中的一次性或短期性支付的費用，如飲食、水電費等等。例如：「タクシー代／計程車費」。選項 3「～料」常用於服務費或車資。例如：「利用料／使用費」。

12

ブラジル（　）のコーヒー豆を使用しています。

1 式　　2 入

3 産　　4 製

我們使用的是巴西產的咖啡豆。

1 ブラジル式（指巴西風格或模式）

2 ブラジル入（無此字）

3 ブラジル産（產地為巴西）

4 ブラジル製（巴西製造）

答案 (3)

解題「～産／…產」是「在某個國家、地區生產的作物」的意思。例如：「北海道産／北海道生產」、「中国産／產自中國」。

其他 選項 1「～式／…類型」。例如：「洋式／西式」。選項 2「～入／…添加」。例如：「蜂蜜入りのお菓子／加入蜂蜜的點心」。選項 4「～製／…製造」。例如：「スイス製の時計／瑞士製的手錶」。

※ 用法補充：「～産／…產」用於「蔬菜或肉等生鮮產品」，「～製／…製」用於「車子或衣服」等製品。

13

明日までにこれを全部覚えるなんて、（ ）可能だよ。

1 非　　2 不

3 無　　4 絶

要在明天之前把這些全部記住，根本不可能。

1 非可能（無此詞）

2 不可能（無法實現）

3 無可能（無此詞）

4 絶可能（無此詞）

答案（2）

解題「不～／不…」是「～ではない／並非…」的意思。例如：「不景気／不景氣」、「不規則／不規則」。

其他 選項1「非～／沒有…、不…」。例如：「非常識／沒常識」。選項3「無～／沒有…、缺乏…」。例如：「無関係／沒關係」。選項4「絶～／斷絕…」。例如：「絶食／絕食」。

14

勉強が嫌いな子は、授業がわからなくなって、ますます勉強嫌いになる、このように（ ）循環が続くわけです。

1 不　　2 逆

3 悪　　4 元

討厭學習的孩子，由於聽不懂課堂內容，變得更加討厭學習，如此惡性循環不斷重複。

1 不循環（無此詞）

2 逆循環（無此詞）

3 悪循環（不良的循環模式）

4 元循環（無此詞）

答案（3）

解題「悪～／不利…、壞…」是「悪い～／有礙…、對…有害」的意思。例如：「悪条件／不利條件」、「悪影響／壞影響」。

其他 選項1「不～／非…」。例如：「不健康／不健康」。選項2「逆～／相反的…」。例如：「逆効果／反效果」。選項4「元～／原來、曾經…」。例如：「元歌手／前歌手」。

15

小さくても、将来（ ）のある会社で働きたい。

1 性　　2 化

3 力　　4 感

即使公司規模小，我也想在有發展潛力的公司工作。

1 将来性（未來的發展潛力）　2 将来化（無此詞）

3 将来力（無此詞）　4 将来感（無此詞）

答案（1）

解題「将来性」是對未來抱有期待的樣子。「～性／…性」是指有這種性質，傾向。例如：「重要性／重要性」、「安全性／安全性」。

其他 選項2「～化／…變化」。例如：「高齢化／高齡化」。選項3「～力／…能力」。例如：「表現力／表現力」。選項4「～感／…感覺」。例如：「責任感／責任感」。

問題四　翻譯與解題

（ ）に入れるのに最もよいものを、1・2・3・4から一つ選びなさい。

（ ）中的詞語應為何？請從選項1・2・3・4中選出一個最適合的答案。

16

電波が弱くて、インターネットに（ ）できない。

1 通信　　2 接続

3 連続　　4 挿入

信號太弱，無法連接到網路。

1 通信，指通訊過程

2 連接，指網路或設備的連接

3 連續，不間斷

4 插入，放入某物

答案（2）

解題 由於電波太弱所以網路無法連接上，這裡的「連接」動詞要用選項2。選項2「接続／連接」是指兩個物體相連接，使兩物體連接在一起。例句：この電車は次の駅で急行に接続します／這班電車可以在下一站接上快速列車的班次。

其他 選項1「通信／通信」是向別人傳達意思或資訊往來。常用於指郵件或電話等的往返。例句：通信販売で布団を買った／透過郵購買了棉被。選項3「連続／連續」是指事物的持續。例句：三日連続で雨だ／連續三天都在下雨。選項4「挿入／插入」是指插入其中。例句：レポートにグラフを挿入する／在報告中加入圖表。

17

注文した料理がなかなか出て来なくて、（ ）した。

1 はきはき　　2 めちゃくちゃ

3 ぶつぶつ　　4 いらいら

點的餐遲遲不上，我感到非常焦躁。

1 清楚明快　　2 亂七八糟，混亂

3 喃喃自語，抱怨　　4 焦躁，煩躁

答案（4）

解題 這題要問的是表示樣子或狀態的副詞。要形容點的菜遲遲不送上來時的急躁心情，要選擇選項 4，選項 4「いらいら／焦躁」表示事情沒有按照預期進行而焦躁的樣子。例句：PC の調子が悪くてイライラする／電腦怪怪的，讓人煩躁。

其他 選項 1「はきはき／乾脆」是指說話方式或態度明確清晰的樣子。例句：彼女は何を聞かれても、笑顔ではきはきと返事をした／無論問她什麼，她都笑著回答。選項 2「めちゃくちゃ／亂七八糟」是指不完整，非常凌亂的樣子。另外也指程度十分嚴重。例句：トラックと衝突した車はめちゃくちゃに壊れた／與卡車相撞的那輛汽車被撞得稀巴爛。選項 3「ぶつぶつ／嘟囔」在嘴裡小聲說的樣子。例句：彼はいつもぶつぶつと文句ばかり言っている／他總是嘮嘮叨叨的發著牢騷。

18

あのラーメン屋は「（ ）より量」で、1 杯 500 円で食べ切れないほどだ。

1 質　　2 材

3 好　　4 食

那家拉麵店“量勝於質”，一碗 500 日圓，多到吃不完。

1 品質　　2 材料，原料

3 喜好　　4 食物

答案（1）

解題 符合「1 杯 500 円で食べきれないほどだ／一碗 500 日圓幾乎吃不完」這個邏輯關係的是慣用說法的「質より量／量重於質」，答案是選項 1「質」，指的是內容或價值。例句：あの店の料理は質が落ちたね／那家餐廳的料理品質變差了。

其他 選項 2「材／材料；人才」。例如：「木材／木材」、「材料／材料」、「人材／人才」。選項 3「好／喜歡；良好」。例如：「好物／喜歡吃的東西」、「良好／良好」。選項 4「食／吃；食物」。例如：「食品／食品」、「食事／用餐」。

19

あなたの言う条件にぴったり（ ）ような仕事はありませんよ。

1 当てはまる　　2 打ち合わせる

3 取り入れる　　4 取り替える

沒有完全符合您條件的工作。

1 符合，適合　　2 協商，討論

3 採納，吸收　　4 更換，交換

答案（1）

解題 題目提出沒有恰好符合你想要的條件的工作。能表達恰好符合條件的是選項 1，常用「条件にぴったり当てはまる／恰好符合條件」的形式。「当てはまる」是剛好吻合、適合某事物的意思。例句：次の文の（　）の中に当てはまる言葉を書きなさい／請在以下句子的（　）中填入適合的詞語。〈題目說明的例子〉

其他 選項 2「打ち合わせる／商量」是指事先商談、討論。例句：新製品の開発について打ち合わせる／針對新產品的開發進行協商。選項 3「取り入れる／拿進」是指拿到裡面。也指將他人的東西作為己用。例句：洗濯物を取り入れる／把洗好的衣服收進來。外国の文化を取り入れる／引進外國文化。選項 4「取り替える／更換」是指替換成其他物品，也指交換。例句：電球が切れたので取り替えた／因為燈泡壞了，所以把它換掉了。友達と服を取り替えた／和朋友交換了衣服。

20

世界の（ ）7 カ国による国際会議が開催された。

1 中心　　2 重要

3 主要　　4 重大

由全球主要 7 國舉辦的國際會議已經召開。

1 中心　　2 重要

3 主要，指核心或關鍵　　4 重大，影響深遠

答案（3）

解題 要表示世界中最起決定性作用的七個國家，要用選項 3「主要／主要」，表示成為事物中心，不可缺少的重要人事物。例句：チームの主要メンバーの一人が怪我をした／球隊的主要成員中有一人受傷了。

其他 選項 1「中心／中心」是指正中心的事物。例句：彼はいつもクラスの中心にいる／他一直都是班上的風雲人物。選項 2「重要」是指要緊的事物、重要的事物，絕對必要的大事。例句：明日は重要な会議がある／明天有一場重要的會議。選項 4「重大」指有不容忽視或隨意處理的重要意義之意。例句：昨年はいくつもの重大な事件があった／去年發生了好幾起重大事件。

21 何でも持っている彼女が（ ）。

1 もったいない　　2 はなはだしい
3 うらやましい　　4 やかましい

她擁有一切，真是令人羡慕。
1 浪費，可惜　　2 過分，極端
3 令人羡慕　　4 吵鬧，喧嚷

答案（3）

解題 覺得對方比自己好的情況下，就會衍生的心態是選項3「うらやましい／羡慕、忌妒」，是指當別人的境遇比自己好、或比自己優秀時，自己也想要那樣的心情，或因自己無法像那樣，而悔恨的心情。漢字寫為「羨ましい／羨慕、忌妒」。例句：君の奥さんは料理が上手でうらやましいな／尊夫人很擅長料理，真令人羡慕啊！→這時我羡慕的對象是「你」。

其他 選項1「もったいない／可惜」是為浪費的事物感到惋惜的意思。例句：君には才能がある。怠けていてはもったいないよ／你很有才華，這樣偷懶怠惰真是太可惜了。選項2　「はなはだしい／非常」指程度很高。漢字寫為「甚だしい／非常」。例句：挨拶もできないとは、非常識も甚だしい／居然連打招呼都不會，真是太不懂事了。選項4「やかましい／吵鬧」是嘈雜、吵鬧的意思。例句：・テレビの音がやかましくて勉強できない／電視的音量吵得我都沒辦法讀書了。

22 水力や風力、太陽の光を利用して自然（ ）を作る。

1 カロリー　　2 テクノロジー
3 エネルギー　　4 バランス

利用水力、風力和太陽能來產生自然能源。
1 卡路里，熱量　　2 科技
3 能源　　4 平衡，均衡

答案（3）

解題 水力、風力及太陽的熱能是可以用來發電的能源，答案是選項3「エネルギー／能源」，是指可以取得能量以轉換為人們所需的熱、光、動力、電力等的自然資源。例句：日本で一番多く使われているエネルギー源は石油です／在日本，最常使用的能源是石油。

其他 選項1　「カロリー／卡路里」是熱量的單位。例句：病気のため、カロリーを抑えた食事をとっている／我由於生病而只能攝取低熱量的食物。選項2　「テクノロジー／科技」指科學技術。例句：先端テクノロジーの発展は目覚ましいものがある／尖端科技的發展有了顯著的進步。選項4　「バランス／平衡」是均衡的意思。例句：栄養バランスのとれた食事を心がけよう／注意要攝取營養均衡的飲食。

問題五　翻譯與解題

＿＿の言葉に意味が最も近いものを、1234から一つ選びなさい。
選項中有和＿＿意思相近的詞語。請從選項１２３４中選出一個最適合的答案。

23 彼の提出した報告書はでたらめだった。

1 字が汚い　　2 コピーした
3 古い　　4 本当ではない

他提交的報告完全是胡說八道。
1 字跡很亂　　2 複製，抄襲
3 舊的　　4 不真實，虛構

答案（4）

解題「でたらめ／胡説八道」是指靠不住、不合道理。和選項4「本当ではない／不是真的」意思相同。例句：昨日会った女の子から聞いた電話番号はでたらめだった／昨天遇到的那個女孩子給我的電話是假的。

24

彼女（かのじょ）の言（い）うことはいつも鋭（するど）い。

1 厳（きび）しい
2 冷静（れいせい）だ
3 的確（てきかく）だ
4 ずるい

她說的話總是很犀利。

1 嚴厲，嚴格
2 冷靜，沉著
3 準確，切中要害
4 狡猾

答案 (3)

解題「鋭（するど）い」是指刀刃等物品的前端很尖銳的樣子，也用於指才能或技藝等優點很出色。選項3「的確（てきかく）な／準確」是正中靶心、沒有錯誤的意思。例句：課長（かちょう）の的確（てきかく）な指示（しじ）のおかげで、素晴（すば）らしい仕事（しごと）をすることができた／多虧了科長精準的指示，才能完美地完成這份工作。

其他 選項1「厳（きび）しい／嚴峻」是激烈、險峻、嚴重的意思。例句：町（まち）の消防隊（しょうぼうたい）は厳（きび）しい訓練（くんれん）を受（う）けている／鎮上的消防隊接受了嚴格的訓練。選項2「冷静（れいせい）な／冷靜」是指不感情用事，平心靜氣。例句：みんなが興奮（こうふん）して騒（さわ）ぐ中（なか）、彼（かれ）だけが冷静（れいせい）だった／當大家都在興奮吵鬧時，只有他一人十分冷靜。選項4「ずるい／狡猾」是指為了自己的利益而行動，或是工作偷懶之類的狀況，也用於形容人的個性很狡詐。例句：お兄（にい）ちゃんは一番大（いちばんおお）きいケーキをとって、ずるいよ／哥哥拿了最大塊的蛋糕，真狡猾！

25

専門知識（せんもんちしき）を身（み）につける。

1 覚（おぼ）える
2 使（つか）う
3 整理（せいり）する
4 伝（つた）える

掌握專業知識。

1 記住，學習
2 使用
3 整理，分類
4 傳達，告知

答案 (1)

解題「身（み）につける／掌握」是指將知識或技術等納為己用。意思相近的是選項1「覚（おぼ）える／學會」指因學習而知道，也指受到別人教導而習得某事物。例句：毎日漢字（まいにちかんじ）を10個（こ）ずつ覚（おぼ）えます／一天背十個漢字。

其他 選項2「使（つか）う／使用」。例句：英語（えいご）を使（つか）った仕事（しごと）がしたい／我想從事會用到英語的工作。選項3「整理（せいり）する／整理」是指整理、將順序等調整正確。例句：資料（しりょう）をファイルに分（わ）けて整理（せいり）する／把資料分門別類收進檔案夾。選項4「伝（つた）える／傳達」。例句：みなさんによろしくお伝（つた）えください／請代我向大家問好。

26

薬（くすり）のおかげで、いくらか楽（らく）になった。

1 ますます
2 ちっとも
3 少（すこ）しは
4 あっという間（ま）に

多虧了藥，稍微舒服了一點。

1 越來越
2 完全不，一點也不
3 稍微，略有改善
4 轉眼間，瞬間

答案 (3)

解題「いくらか／若干」是副詞，是少量、一點點的意思。意思相近的是選項3「少（すこ）しは」的「は」是加強表達不多，只有一點的用法。

其他 選項1「ますます／越來越…」是比先前程度更深的意思。例句：物価（ぶっか）が上（あ）がって、生活（せいかつ）はますます苦（くる）しくなった／物價上漲，日子越來越難過了。選項2「ちっとも／一點也（不）」是「少（すこ）しも〜ない／一點都不…」的意思。後面會接否定的詞。例句：課長（かちょう）の冗談（じょうだん）はちっとも面白（おもしろ）くない／科長的笑話一點都不好笑。選項4「あっという間（ま）に」是指非常短的時間。例句：猫（ねこ）は、大（おお）きな音（おと）に驚（おどろ）いてあっという間（ま）にいなくなった／貓咪被巨大的聲響嚇得一溜煙跑不見了。

27

ダイエットは、プラスの面（めん）だけではない。

1 よい
2 悪（わる）い
3 別（べつ）の
4 もうひとつの

減肥不僅僅有好的一面。

1 好的
2 壞的
3 另一個，不同的
4 另一個，另外的

答案 (1)

解題「プラス／增加」是加上、添加的意思，也可以用於指正向、正面的事物。對義詞是「マイナス／負面」。而表示正面意思的是選項1「よい／好的」。

次の言葉の使い方として最もよいものを、1・2・3・4から一つ選びなさい。
關於以下詞語的用法，請從選項1・2・3・4中選出一個最適合的答案。

28

不平

1 男性に比べて女性の賃金が低いのは、明らかに不平だ。
2 不平な道で、つまずいて転んでしまった。
3 彼は不平を言うだけで、状況を改善しようとしない。
4 試験中に不平をした学生は、その場で退室となります。

不滿

1 女性的薪水比男性低，這顯然是不平的。
2 我在不平的路上絆倒摔倒了。
3 他只是不停抱怨，不試圖改善狀況。
4 考試期間抱怨的學生將立即被請出考場。

答案（3）

解題「不平／不平」是指心懷不滿、抱怨。例句：彼はとうとう日頃の不平不満を爆発させた／他累積多時的不滿終於爆發了。

其他 選項1「男性に比べて女性の賃金が低いのは、明らかに不公平だ／女性的薪資比男性低這件事，很顯然是不公平的」。選項2「平らな道で、つまずいて転んでしまった／在平坦的道路上絆倒，跌了一跤」。選項4「試験中に不正をした学生は、その場で退室となります／凡是在考試中做出不當行為的學生，都得即刻退出考場」。

29

きっかけ

1 この映画を見たきっかけは、アクション映画が好きだからです。
2 私が女優になったのは、この映画を見たきっかけでした。
3 この映画を見たことがきっかけで、私は女優になりました。
4 この映画を見たきっかけは、涙がとまりませんでした。

契機

1 看這部電影的契機是因為我喜歡動作片。
2 我成為女演員的契機是看了這部電影。
3 因為看了這部電影，我成為了女演員。
4 看這部電影的契機是，我忍不住流淚。

答案（3）

解題「きっかけ／契機」是指事情開始的機會。例句：私がスケートを始めたきっかけは、テレビで彼女の演技を見たことでした／在電視上看到她的表演，是促使我溜冰的契機。

其他 選項1「この映画を見たきっかけは、友人に勧められたことでした／因為朋友推薦，所以我看了這部電影。」選項2「私が女優になったのは、この映画を見たことがきっかけでした／看了這部電影是我成為女演員的契機。」選項4「この映画を見て、涙がとまりませんでした／看了這部電影後淚流不止。」

30

高度

1 東京スカイツリーの高度は何メートルか、知っていますか。

2 六本木には、高度なレストランがたくさんあります。

3 ちょっと寒いので、エアコンの高度を上げてもらえませんか。

4 高度な技術は、わが国の財産です。

高度

1 你知道東京晴空塔的高度是多少嗎？

2 六本木有許多高度餐廳。

3 有點冷，可以調高空調的高度嗎？

4 高科技是我們國家的財富。

答案（4）

解題「高度」是指空中的某物距海面的高度。也表示與其它相比，其內容的水平較高。例句：現在高度1万メートルの上空です／現在我們飛行在高度一萬公尺的空中。〈飛機的例子〉この都市の交通網は高度に発達している／這座城市的交通網絡非常發達。

其他 選項1「東京スカイツリーの高さは何メートルか、知っていますか／你知道東京天空樹的高度高達幾公尺嗎」。→若要指山或建築物，不會説「高度」，而應説「高さ」。選項2「六本木には、高級なレストランがたくさんあります／在六本木，有許多高級餐廳」。選項3「ちょっと寒いので、エアコンの温度を上げてもらえませんか／我覺得有點冷，可以幫我把冷氣的溫度調高嗎」。

31

結ぶ

1 朝、鏡の前で、ひげを結ぶ。

2 くつひもを、ほどけないようにきつく結ぶ。

3 シャワーの後、ドライヤーで髪を結ぶ。

4 腰にベルトを結ぶ。

繫，綁，連結

1 早上，我在鏡子前綁鬍鬚。

2 我把鞋帶繫緊，以免鬆開。

3 洗完澡後，我用吹風機綁頭髮。

4 我把腰帶綁在腰上。

答案（2）

解題「結ぶ」是指把線或繩子等的一端連接起來。例句：東海道新幹線は東京と大阪を結んでいます／東海道新幹線把東京和大阪連接起來了。

其他 選項1「朝、鏡の前で、ひげを剃る／早上在鏡子前刮鬍子」。選項3「シャワーの後、ドライヤーで髪を乾かす／洗完澡後，用吹風機把頭髮吹乾」。選項4「腰にベルトをつける／在腰間繫上皮帶」。也可以用「する／繫上」。

32

せっせと

1 80センチもある魚が釣れたので、せっせと家へ持って帰った。

2 親鳥は、捕まえた虫をせっせと、子どもの元に運びます。

3 こんな会社、せっせと辞めたいよ。

4 彼は、仕事中に、せっせとたばこを吸いに出て行く。

拼命地

1 釣到了一條80公分的魚，我拼命地帶回家。

2 親鳥忙碌地將捕到的蟲子運回給小鳥。

3 我真想拼命地辭掉這家公司。

4 他在工作時，拼命地出去抽煙。

答案（2）

解題「せっせと／孜孜不倦地」是工作之類的情況中不休息、十分熱衷的意思。用於指忙來忙去、反覆勞動的樣子。例句：しゃべってばかりいないで、せっせと手を動かしなさい／不要光出一張嘴，請趕快動手做事。

其他 選項1「せっせと／孜孜不倦地」含有一再重複做小事情的意思，不會用在搬運大魚這種一次性的動作上。選項3「こんな会社、さっさと辞めたいよ／這種公司真想趕快辭職」。選項4「せっせと／孜孜不倦地」是指忙碌工作的樣子，不會用在吸菸這類情況。

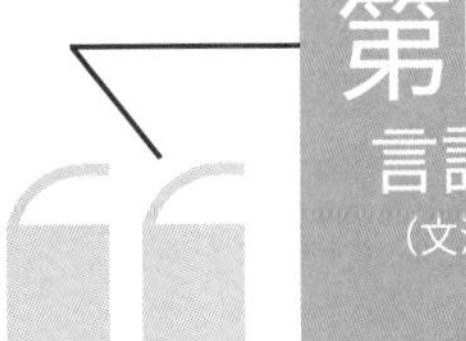

第四回 言語知識（文法）

（ ）に入れるのに最もよいものを、1・2・3・4から一つ選びなさい。
請從1・2・3・4之中選出一個最適合填入（ ）的答案。

33

この施設は、会員登録をしてからでないと、利用（ ）。

1 できません　　2 してください
3 となります　　4 しないでください

這個設施必須先註冊會員才能使用。

1 不能使用　　2 請使用
3 將會是　　4 請不要使用

答案（1）

解題「（動詞て形）からでないと」後面要接否定的句子，表示「如果沒有前項就不行、之前必須要先做前項」的意思。而表示無法、不行的是選項1。例句：この果物は全体が赤くなってからでないと、すっぱくて食べられません／這種水果除非整顆熟成紅色，否則就會很酸，不能食用。

其他 選項2若改為「利用する前に会員登録をしてください／使用前請先登錄會員」則正確。選項3若改為「この施設の利用は、会員登録をしてからとなります／註冊會員後即可使用本設備」則正確。選項4若改為「会員登録をしていない人は利用しないでください／沒有註冊過的民眾請勿使用」則正確。（但一般也不會用這種說法）

34

今の妻とお見合いした時は、恥ずかしい（ ）緊張する（ ）大変でした。

1 や・など　　2 とか・とか
3 やら・やら　　4 にしろ・にしろ

當時與現任妻子相親時，既害羞又緊張，真是難為情。

1 也・等　　2 之類的・之類的
3 又是・又是　　4 無論是・無論是

答案（3）

解題「（名詞、動詞辭書形、形容詞辭書形）やら／又…又…」用於列舉例子，表示又是這樣又是那樣，真受不了的情況時。例句：映画館では観客が泣くやら笑うやら、最後までこの映画を楽しんでいた／觀眾在電影院裡從頭到尾又哭又笑地看完了這部電影。

其他 選項1「～や～など／…和…之類的」用在列舉名詞為例子。例句：今日は牛乳やバターなどの乳製品が安くなっています／牛奶和奶油之類的乳製品如今變得比較便宜。選項2「～とか～とか／或…之類」用於列舉名詞或表示動作的動詞，舉出同類型的例子之時。是口語形。例句：休むときは、電話するとかメールするとか、ちゃんと連絡してよ／以後要請假的時候，看是打電話還是傳訊息，總之一定要先聯絡啦！選項4「～にしろ～にしろ／不管是…，或是…」用於表達不論是哪樣都一樣之時。例句：家は買うにしろ借りるにしろ、お金がかかる／不管是買房子或是租房子，總之都得花錢。

35

気温の変化（ ）、電気の消費量も大きく変わる。

1 に基づいて　　2 にしたがって
3 にかかわらず　　4 に応じて

隨著氣溫的變化，電力消耗量也會大幅改變。

1 根據　　2 隨著
3 無論，不受影響　　4 根據，依據變動

答案（2）

解題「（名詞［する動詞的語幹］、動詞辭書形）にしたがって／隨著…」表示隨著一方的變化，與此同時另一方也跟著發生變化。例句：父は年をとるにしたがって、怒りっぽくなっていった／隨著年事漸高，父親愈來愈容易發脾氣了。

其他 選項1「～に基づいて～／根據…」表示以前項為根據做後項的意思。例句：この映画は歴史的事実に基づいて作られています／這部電影是根據史實而製作的。選項3「～にかかわらず／無論…與否…」表示與前項無關，都不是問題之意。例句：試験の結果は、合否にかかわらず、ご連絡します／不論考試的結果通過與否，都將與您聯繫。選項4「～に応じて…／按照…」表示前項如果發生變化，後項也將根據前項而發生變化、進行改變。從後項將根據前項而相應發生變化這一點來看，選項4是不正確的。例句：お客様のご予算に応じて、さまざまなプランをご提案しています／我們可以配合顧客的預算，提供您各式各樣的規劃案。

36

どんな事件でも、現場へ行って自分の目で見ないことには、読者の心に響く（　）。

1 いい記事が書けるのだ
2 いい記事を書くことだ
3 いい記事は書けない
4 いい記事を書け

無論什麼事件，不親自到現場查看，是寫不出打動讀者的好文章的。

1 能寫出好文章
2 寫出好文章
3 無法寫出好文章
4 給我寫出一篇好文章

答案（3）

解題「（動詞ない形、形容詞くない、形容動詞でない、名詞でない）ことには～／要是不…」表示如果不做前項，也就不能實現後項。後項一般是接否定意思的句子。例句：子どもがもう少し大きくならないことには、働こうにも働けません／除非等孩子再大一點，否則就算想工作也沒辦法工作。

37

もう夜中の一時だが、明日の準備がまだ終わらないので、（　）。

1 寝ずにはいられない
2 眠くてたまらない
3 眠いわけがない
4 寝るわけにはいかない

已經是半夜一點了，但明天的準備還沒完成，所以不能睡覺。

1 不得不睡覺
2 睏得不得了
3 不可能睏
4 不能睡覺

答案（4）

解題「（動詞辭書形）わけにはいかない／不能…」用在想表達基於社會性、道德性、心理性的因素，而無法做出某舉動之時。例句：研究で成果を出すと先生に誓ったのだから、ここで諦めるわけにはいかない／我已經向老師發誓會做出研究成果給他看了，所以絕不能在這時候放棄！

其他 選項1「～ずにはいられない／不得不…」表示情不自禁地做某動作，意志無法克制的意思。例句：この本は面白くて、一度読み始めたら、最後まで読まずにはいられないですよ／這本書很精彩，只要翻開第一頁，就非得一口氣讀到最後一行才捨得把書放下。選項2「～てたまらない／…得受不了」表示心理上強烈地感受到或身體的感覺十分強烈的意思。例句：薬を飲んだせいで、眠くてたまらない／由於服藥的緣故，睏得不得了。選項3「～わけがない／不可能…」表示某事絕對不可能成立的意思。例句：木村さんが今日の約束を忘れるわけがないよ。すごく楽しみにしてたんだから／木村先生不可能忘記今天的約會啦！因為他一直很期待這一天的到來。

38

あの姉妹は双子なんです。ちょっと見た（　）では、どっちがどっちか分かりませんよ。

1 くらい　　2 なんか
3 とたん　　4 ばかり

那對姐妹是雙胞胎，一眼看上去真分不清誰是誰。

1 程度　　2 像是
3 剛…就…　　4 剛剛

答案（1）

解題「（名詞、動詞普通形、形容詞普通形）くらい、ぐらい／一點點」表示覺得程度輕微。例句：いくら忙しくても、電話くらいできるでしょう／再怎麼忙，總能抽出一點時間打一通電話吧？

其他 選項2「～なんか／這樣的…」表示覺得價值低廉，微不足道的心情。例句：あの人のことなんか、とっくに忘れました／我早就把那個人忘得一乾二淨了。選項3「～とたん（に）／剛…就…」表示前項剛一發生之後，剎那就發生了後項的意思。例句：女の子はお母さんの姿を見たとたん、泣き出した／小女孩一看到媽媽出現，馬上哭了出來。選項4「～ばかり（だ）／越來越…」表示事態朝壞的一方發展的狀況。例句：労働条件は悪くなるばかりだ／勞動條件愈趨惡化。

39 外国へ行く時は、（ ）べきだ。

1 パスポートを持っていく
2 その国の法律を守る
3 その国の文化を尊重する
4 自分の習慣が当然だと思わない

出國時，應當尊重當地的文化。
1 帶著護照。
2 遵守該國法律。
3 尊重該國文化。
4 不認為自己的習慣是理所當然的。

答案（3）

解題「（動詞辭書形）べきだ／必須…」用在想表達做某事當然是比較好的，以作為人的義務而言，必須做某事之時。例句：みんなに迷惑をかけたのだから、きちんと謝るべきだよ／畢竟造成了大家的困擾，必須誠心誠意道歉才行喔！

其他 選項１、２由於「べきだ」不能使用在法律或規則所訂的事項上，因此不正確。選項１如果是「パスポートを持って行かなければならない／必須攜帶護照」就正確。選項２如果是「その国の法律を守らなければならない／必須遵守該國的法律」就正確。選項４「べきだ」不能接動詞的否定形。如果是「～当然だと思うべきではない／…不應理直氣壯地堅持…」就正確。「～ないべきだ」是錯誤的表達方式，如果是「～べきではない／不應該」就正確。

40 生活習慣を（ ）限り、いくら薬を飲んでも、病気はよくなりませんよ。

1 変える　2 変えた
3 変えない　4 変えなかった

不改變生活習慣的話，無論吃多少藥，病也好不了。
1 改變　2 改變了
3 不改變　4 過去沒有改變

答案（3）

解題「（動詞普通形現在）限り（は）／只要…」表示在…的狀態持續期間。後接表示同樣的狀態持續的句子。例句：体が動く限り、働きたい／只要身體能動，我仍然希望工作。本題的意思是認為只要「在生活習慣仍持續不改變的狀態下」，病就治不好，因此要選項３。例句：辛い経験を乗り越えない限り、人は幸せになれません／唯有克服了痛苦的考驗，人們才能得到幸福。

41 田舎にいたころは、毎朝ニワトリの声に（ ）ていたものだ。

1 起こし　2 起こされ
3 起きさせ　4 起きさせられ

住在鄉下的時候，每天早晨都被雞叫聲叫醒。
1 喚醒他人　2 被叫醒
3 使某人起床　4 被迫起床

答案（2）

解題 動詞「起きる／起床」用在使役形的句子時，要改成他動詞的「起こす／喚醒」。請注意並非「起きさせる」，「起こす／喚醒」才是正確用法。因為題目句是使役被動的句子「（私は）ニワトリに／我被雞」，所以正確答案是選項２「起こされ（て）／喚醒」。

42 私には、こんな難しい数学は理解（ ）。

1 できない　2 しがたい
3 しかねる　4 するわけにはいかない

這麼難的數學，我理解不了。
1 不能理解　2 很難理解
3 無法理解　4 不能做

答案（1）

解題 能夠用於表示沒有能力的只有選項１。

其他 選項２、３、４雖都表示「無法…」之意。但都不能用於表示沒有能力。選項２「～がたい（難い）／難以…」表示難以實現該動作的意思。例句：あの優しい先生があんなに怒るなんて、信じがたい気持ちだった／我實在難以想像那位和藹的老師居然會那麼生氣！選項３「～かねる／無法…」用於表達在該狀況或條件，該人的立場上，難以做某事時。例句：お客様の電話番号は、個人情報ですので、お教え出来かねます／由於顧客的電話號碼屬於個資，請恕無法告知。選項４「～わけにはいかない／不能…」用在由於社會上、道德上、心理因素等約束，無法做某事之時。

43

事件の犯人には、心から反省して（ ）。

1 あげたい　　2 くれたい

3 やりたい　　4 もらいたい

希望這起案件的犯人能真心反省。

1 給他人　　2 想要別人給我

3 想做　　4 希望他人做某事

答案（4）

解題 題目句的意思是「(私は) 犯人に反省してほしい／我希望犯人可以好好反省」。意思相同的是選項4「もらいたい／希望(別人做…)」。

44

最上階のレストランからは、すばらしい夜景が（ ）よ。

1 拝見できます　　2 ごらんになれます

3 お見になれます　　4 お目にかかれます

從頂樓餐廳可以欣賞到美麗的夜景。

1 可以拜見（謙讓語）

2 可以觀看（敬語）

3 能夠看到（錯誤用法）

4 可以見面（敬語）

答案（2）

解題 這題的句子將「見ます／看」的可能形「見られます／能看見」當作尊敬形使用。

其他 選項1「拝見します／瞻仰」是「見ます／看」的謙讓語。選項3沒有這個詞語。選項4「お目にかかる／見到」是「会う／見到」的謙讓語。

問題八 翻譯與解題

次の文の ★ に入る最もよいものを、1・2・3・4から一つ選びなさい。

下文的 ★ 中該填入哪個選項，請從1・2・3・4之中選出一個最適合的答案。

45

野菜が苦手な ＿＿ ＿＿ ★ ＿＿ 工夫しました。

1 ように　　2 食べて頂ける

3 ソースの味を　　4 お子様にも

※ 正確語順

野菜が苦手な お子様にも 食べて頂ける ように ソースの味を 工夫しました。

為了讓不喜歡吃蔬菜的小朋友也願意吃，我在醬料的調味上下了一番功夫。

答案（1）

解題「野菜が苦手な／不喜歡吃蔬菜的」後面應該接選項4「お子様にも／讓小朋友也」，「工夫しました／下了一番功夫」的前面應填入選項3「ソースの味を／醬料的調味」。而中間應填入選項2跟選項1，選項1「～ように／為了」表示目標。如此一來順序就是「4→2→1→3」，★的部分應填入選項1「ように」。

※ 文法補充：主語不是「お子様／小朋友」而是「私（私たち、当社など）／我（我們、本社等）」。

46

あの男は私と ＿＿ ＿＿ ★ ＿＿ したんです。

1 とたん　　2 別れた

3 結婚　　4 他の女と

※ 正確語順

あの男は私と 別れた とたん 他の女と 結婚 したんです。

那個男人才剛和我分手，就馬上與別的女人結婚了。

答案（4）

解題 空格後面「したんです／…了」的前面應填入選項3「結婚／結婚」。這題是「～たとたん／剛…就…」句型的應用，得知選項2應該與選項1連接，變成「別れたとたん／剛分手就馬上」。選項3的前面應填入選項4「他の女と／與別的女人」。如此一來順序就是「2→1→4→3」，★的部分應填入選項4「他の女と」。

※ 文法補充：「(動詞た形) とたん (に) ／剛…就…」表示…動作完成馬上的意思。例句：家に着いたとたんに、雨が降り出した／才踏進家門就下雨了。

47 社長の話は、＿＿ ＿＿ ★ ＿＿よくわからない。

1 上に　　2 何が
3 長い　　4 言いたいのか

※ 正確語順
社長の話は、長い　上に　何が　言いたいのか よくわからない。
社長的話不但冗長，而且也讓人聽不懂他到底想說什麼。

答案 (2)

解題「上に／不但…，而且…」是不僅如此的意思。句子要說的是針對「社長の話／社長的話」，不僅只是「長い／冗長」而且還「よくわからない／完全聽不懂」。「よくわからない」的前面應填入選項２跟選項４。如此一來順序就是「３→１→２→４」，★的部分應填入選項２「何が／什麼」。

※ 文法補充：「(普通形) 上に／不僅…，而且…」用於表達不僅如此，還有同類事物的意思。用在好事再加上好事，壞事再加上壞事，追加同類內容的時候。例句：あの店は安い上においしいよ／那家店不但便宜，而且很好吃喔！

48 彼女はきれいな＿＿ ＿＿ ★ ＿＿抱き上げた。

1 おぼれた　　2 のもかまわず
3 服が汚れる　　4 子犬を

※ 正確語順
彼女はきれいな　服が汚れる　のもかまわず　おぼれた　子犬を　抱き上げた。
她不顧會弄髒身上漂亮的衣服，抱起了溺水的小狗。

答案 (1)

解題「おぼれる(溺れる)／溺水的」指不會游泳淹沒在水中的樣子。「抱き上げた／抱起了」的前面按照順序應填入２→１→４。「きれいな／漂亮的」的後面應該連接選項３「服が汚れる／弄髒衣服」。如此一來順序就是「３→２→１→４」，★的部分應填入選項１「おぼれた」。

※ 文法補充：「(名詞) もかまわず、([形容詞・動詞] 普通形) のもかまわず／（連…都）不顧…」表示對一般會在意的某事卻不介意，不放在心上的意思。例句：彼は、みんなが見ているのもかまわず、大きな声で歌い始めた／他不顧眾目睽睽，開始大聲唱起了歌。

49 浴衣を着て歩いていたら、＿＿ ＿＿ ★ ＿＿、びっくりしました。

1 外国人の観光客に　　2 ほしいと言われて
3 撮らせて　　4 写真を

※ 正確語順
浴衣を着て歩いていたら、外国人の観光客に　写真を　撮らせて　ほしいと言われて、びっくりしました。
穿著浴衣走在路上時，被外國遊客搭話，問可不可以拍我的照片，我嚇了一跳。

答案 (3)

解題 題目的句型是「(人) に〜と言われて／被 (人) 說…」。連接選項３和４變成「写真を撮らせて／讓 (對方) 拍照」，填入「〜」中。如此一來順序就是「１→４→３→２」，＿★＿的部分應填入選項３「撮らせて」。

※ 文法補充：

◇「撮らせる／讓…拍照」是「撮る／拍照」的使役形。

◇使役形用「〜(さ) せていただけませんか／可以讓我…嗎」是鄭重地拜託對方的說法。「『撮らせていただけませんか』と言われた／他問我『可以讓我拍一張照嗎』」和「撮らせて欲しいと言われた／他對我說希望能拍一張照」意思相同。

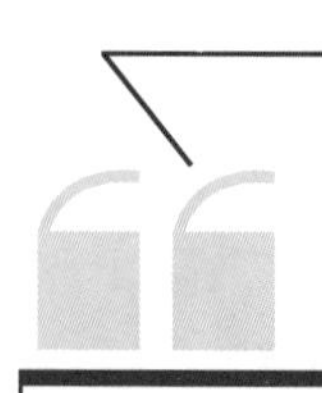

次の文章を読んで、文章全体の内容を考えて、50 から 54 の中に入る最もよいものを、1234の中から一つ選びなさい。

於閱讀下述文章之後，就整體文章的內容作答第 50 至 54 題，並從1234選項中選出一個最適合的答案。

「読書の楽しみ」

最近の若者は、本を読まなくなったとよく言われる。2009年のOECD※1の調査では、日本の15歳の子どもで、「趣味としての読書をしない」という人が、44%もいるということである。

私は、若者の読書離れを非常に残念に思っている。若者に、もっと本を読んで欲しいと思っている。なぜそう思うのか。

まず、本を読むのは楽しい 50 。

本を読むと、いろいろな経験ができる。行ったことがない場所にも行けるし、過去にも未来にも行くことができる。自分以外の人間になることもできる。自分の知識も 51 。その楽しみを、まず知ってほしいと思うからだ。

また、本を読むと、友達ができる。私は、好きな作家の本を次々に読むが、そうすることで、その作家を知って友達になれる 52 、その作家を好きな人とも意気投合※2して友達になれるのだ。

しかし、特に若者に本を読んで欲しいと思ういちばんの理由は、本を読むことで、判断力を深めて欲しいと思うからである。生きていると、どうしても困難や不幸な出来事にあう。どうしていいか分からず、誰にも相談できないようなことも 53 。そんなとき、それを自分だけに特殊なことだと捉えず、ほかの人にも起こり得ることだということを教えてくれるのは、読書の効果だと思うからだ。そして、ほかの人たちが 54 その悩みや窮地※3を克服したのかを参考にしてほしいと思うからである。

（注1）OECD：経済協力開発機構
（注2）意気投合：たがいの気持ちがぴったり合うこと
（注3）窮地：苦しい立場

「讀書的樂趣」

最近常聽人説，現在的年輕人不再讀書了。根據2009年經濟合作與發展組織（OECD）※1的調查顯示，在日本15歲的孩子中，有44%的人表示「不以讀書作為興趣」。

我對年輕人遠離讀書感到非常遺憾。我希望年輕人能多讀些書。為什麼我這麼想呢？

首先，閱讀是件愉快的事 50 ）。

讀書能讓人經歷各種不同的體驗。即便是沒去過的地方，也可以藉由閱讀到達，還能穿越到過去或未來。你甚至能成為與自己不同的人，並且可以 51 見聞。我希望年輕人能體會這些讀書的樂趣。

此外，讀書還能交到朋友。我喜歡讀自己喜愛作家的書籍，透過這樣的方式， 52 能和那位作家變得熟悉， 52 能和喜歡這位作家的人也打成一片※2。

然而，我特別希望年輕人讀書的最主要原因，是希望他們能藉由讀書加深判斷力。人生中難免會遭遇困難或不幸的事情， 53 遇到不知如何是好，無法向任何人尋求建議的情況。

在這樣的時候，讀書能告訴我們，這些事情並非只發生在自己身上，它們也可能發生在他人身上。讀書可以幫助我們理解他人 54 克服這些煩惱和困境※3的，並且從中汲取經驗。

（注1）OECD：經濟合作與發展組織。
（注2）意氣相投：雙方的心意完全契合。
（注3）窘境：困難的處境。

50

1 そうだ　　2 ようだ
3 からだ　　4 くらいだ

1 據說　　2 似乎
3 因為　　4 程度

答案（3）

解題 前面的文章提出疑問說「なぜそう思うのか／為什麼我會有這樣的想法呢」。這裡以「まず／首先」開頭的句子來回答該提問。而針對「なぜ／為什麼」的提問，回答要用「～から／因為」。因此選項 3 正確。

51

1 増える　　2 増やす
3 増えている　　4 増やしている

1 增加　　2 增加了
3 正在增加　　4 正在使其增加

答案（1）

解題 這句話在說明，閱讀書籍會有什麼狀況發生，會有什麼變化呢？句子以「知識／知識」為主語，因此自動詞要選「増える／增加」。因此選項 1 正確。

52

1 ばかりに　　2 からには
3 に際して　　4 だけでなく

1 僅僅因為　　2 既然…
3 在…時　　4 不僅

答案（4）

解題 52之前提到「その作家を知って（その作家と）友達になれる／可以讓我了解那位作家，儼然成為他的知音」，之後提到「その作家を好きな人とも～友達になれるのだ／和同樣喜歡那位作家的人們…，與他們結為好友」。這裡是「Aだけでなく B も／不僅是 A 而且 B 也」句型的應用。因此選項 4 正確。

其他 選項 1「ばかりに／都是因為…」表示就是因為某事的緣故之意。後面要接不好的結果。例句：携帯を忘れたばかりに、友達と会えなかった／只不過因為忘記帶手機，就這樣沒能見到朋友了。選項 2「からには／既然…」表示理所當然就要做某事的意思。例句：約束したからには、ちゃんと守ってくださいね／既然已經講好了，請務必遵守約定喔！選項 3「に際して／當…的時候」是當進行某非同尋常之事的時候之意。例句：出発に際して、先生に挨拶に行った／出發前去向老師辭行了。

53

1 起こった　　2 起こってしまった
3 起こっている　　4 起こるかもしれない

1 已經發生　　2 已經發生
3 正在發生　　4 可能發生

答案（4）

解題 作者提出希望他們能夠透過閱讀來增進自身的判斷力，接下來舉出人生可能會遇到的各種情況後，再闡述那樣思考的理由。情況 1「生きていると～不幸な出来事にあう／人生在世，免不了遇上困難或遭逢不幸」。情況 2「～誰にも相談できないようなことも 53 ／也沒有辦法和任何人商量的情況 53 」。理由是作者認為當面臨上述情況時，之前的閱讀經驗可以告訴你該怎麼做。 因此 53 要填入表示可能性的選項 4。

54

1 いったい　　2 どうやら
3 どのようにして　　4 どうにかして

1 究竟　　2 似乎
3 如何　　4 設法

答案（3）

解題 從文中的「ほかの人たちが 54 ～克服したのかを～／別人 54 …克服」這句話得知，這一部分是疑問句。而選項中的疑問詞只有選項 3。

第四回 読解

問題十 翻譯與解題

次の(1)から(5)の文章を読んで、後の問いに対する答えとして最もよいものを、1・2・3・4から一つ選びなさい。

請閱讀以下(1)至(5)的文章，然後從後面的問題中，選出最適當的答案，從1、2、3、4中選擇一個最合適的選項。

(1)

「着物」は日本の伝統的な文化であり、今や「kimono」という言葉は世界共通語だそうである。マラウイという国の大使は、日本の着物について「身に着けるだけで気持ちが和む※し、周囲を華やかにする。それが日本伝統の着物の魅力である。」と述べている。

確かにそのとおりだが、それは、着物が日本の風土に合っているからである。そういう意味では、どこの国の伝統的な民族衣装も素晴らしいと言える。その国の言葉もそうだが、衣装もその国々の伝統として大切に守っていきたいものである。

（注） 和む：穏やかになる

「和服」是日本的傳統文化，如今「kimono」一詞已幾乎成為全球通用語。馬拉威的一位大使曾形容日本的和服：「只要穿上和服，就能讓心情平靜※下來，並使周圍環境更添華麗。這就是日本傳統和服的魅力。」

確實如此，這是因為和服與日本的風土民情相得益彰。從這層意義而言，任何國家的傳統民族服飾都可謂獨具特色。各國人民不僅應珍視自己的語言，也應珍視作為傳統的民族服飾。

（注）平靜、放鬆：變得平和、安詳

55 この文章の筆者の考えに合うものはどれか

1 「着物」という文化は、世界共通のものだ
2 日本の伝統的な「着物」は、世界一素晴らしいものだ
3 それぞれの国の伝統的な衣装や言語を大切に守っていきたい
4 服装は、その国の伝統を最もよくあらわすものだ

符合這篇文章作者觀點的選項是什麼？

1「和服」這一文化是世界共通的。
2 日本傳統的「和服」是世界上最美好的服裝。
3 應該珍視並保護每個國家的傳統服裝和語言。
4 服裝是最能代表一個國家傳統的東西。

答案 (3)

解題 文章最後有「その国の言葉も～衣装もその国々の伝統として大切に守っていきたい／該國的語言和…服飾都是該國的傳統文化，必須好好守護」。因此選項3正確。

其他 選項1「世界共通／世界通用」的是「kimono」。選項2文章提到「どこの国の～民族衣装も素晴らしい／無論哪個國家的…民族服飾都很美觀」。選項4並沒有這樣的説法。

(2)

最近、若者の会話を聞いていると、「やばい」や「やば」、または「やべぇ」という言葉がいやに耳につく[※1]。もともとは「やば」という語で、広辞苑[※2]によると「不都合である。危険である。」という意味である。「こんな点数ではやばいな。」などと言う。しかし、若者たちはそんな場合だけでなく、例えば美しいものを見て感激したときも、この言葉を連発する。最初の頃はなんとも不思議な気がしたものだが、だんだんその意味というか気持ちが分かるような気がしてきた。つまり、あまりにも美しいものなどを見たときの「やばい」や「やば」は、「感激のあまり、自分の身が危ないほどである。」というような気持ちが込められた言葉なのだろう。そう考えると、なかなかおもしろい。

(注1) 耳につく：物音や声が聞こえて気になる。何度も聞いて飽きた

(注2) 広辞苑：日本語国語辞典の名前

最近，只要聽到年輕人聊天，就會頻繁聽見[※1]「やばい」、「やば」，甚至是「やべぇ」之類的詞語。原本「やば」這個詞在《廣辭苑》[※2]中的解釋是「不便、危險」，例如「考這種分數真是糟糕」。但年輕人不僅僅在這類情況下使用，甚至在看到美麗的事物、深受感動時，也會接連地用這個詞。起初聽到時覺得相當不解，但聽得多了，我開始似乎能理解其中的意味或情感了。也就是說，當年輕人在看到極為美麗的事物時說出「やばい」或「やば」，其實包含了「因過度感動，幾乎難以自持」的情感吧？這麼一想，這種用法還真是有趣。

（注1）刺耳：指聽到某種聲音或詞語，覺得在意甚至厭煩。

（注2）《廣辭苑》：一本日語國語辭典的名稱。

56 筆者は、若者の言葉の使い方をどう感じているか。

1 その言葉の本来の意味を間違えて使っているので、不愉快だ。
2 辞書の意味とは違う新しい意味を作り出していることに感心する。
3 その言葉の語源や意味を踏まえて若者なりに使っている点が興味深い。
4 辞書の意味と、正反対の意味で使っている点が若者らしくておもしろい。

筆者對於年輕人使用這個詞語的感受是什麼？

1 因為這個詞語的本意被錯誤使用，感到不悅。
2 對於他們創造出與辭典定義不同的新含義感到佩服。
3 他們根據詞源和本意，創造性地使用這個詞，令人感興趣。
4 他們使用與辭典相反的意思，這種反差很符合年輕人的風格，讓人覺得有趣。

答案 (3)

解題「やばい／不妙」是不合適、危險的意思。作者提到，當年輕人看到美好的事物，脫口而出的「やばい」則含有「感激のあまり、自分の身が危ないほどである／感動到幾乎控制不住自己」的心情。作者認為這種說法堪稱吻合「やばい／不妙」的原意，且覺得很有趣。因此選項 3 正確。作者認為年輕人說的「やばい／不妙」是這個詞語的原意，所以選項 1「意味を間違えて使っている／用錯了意思」、選項 2「新しい意味を作り出している／創造了新的意思」、選項 4「正反対の意味で使っている／用了相反的意思」都不正確。

(3)

日本の電車が時刻に正確なことは世界的に有名だが、もう一つ有名なのは、満員電車である。私たち日本人にとっては日常的な満員電車でも、これが海外の人には非常に珍しいことらしい。

こんな話を聞いた。スイスでは毎年、時計の大きな展示会があり、そこには世界中から多くの人が押し寄せる※1。その結果、会場に向かう電車が普通ではありえないほどの混雑状態になる。まさに、日本の朝の満員電車のようにすし詰め※2の状態になるのだ。すると、なぜか、関係のない人がその電車に乗りにくるというのだ。すすんで満員電車に乗りにくる気持ちは我々日本人には理解しがたいが、非常に珍しいことだからこその「ちょっとした新鮮な体験」なのだろう。

（注1）押し寄せる：多くのものが勢いよく近づく

（注2）すし詰め：狭い所にたくさんの人が、すき間なく入っていること。

日本電車的準時性享譽世界，而另一項聞名的特色則是擁擠的乘車情況。對我們日本人來說，滿員電車已是日常一景，但對外國人而言，這似乎是一件相當罕見的事。

我曾聽說瑞士每年都會舉辦一場大型鐘錶展，吸引來自世界各地的大批訪客※1，這導致前往會場的列車出現異常擁擠的狀況，簡直就像日本早晨的滿員電車一樣，擠得水洩不通※2。不知何故，甚至還有一些與鐘錶展無關的人特意來體驗這趟擁擠的列車。對我們日本人而言，主動去搭乘擁擠列車的心情很難理解，但對外國人來說，或許正是因為少見，才會覺得這是「別具一格的新鮮體驗」吧。

（注1）湧來：形容大量的人或物勢如潮湧地湧來。

（注2）擁擠不堪：形容在狹窄的地方，眾多人緊密地擠在一起，像壽司盒一樣。

57 関係のない人がその電車に乗りにくるとあるが、なぜだと考えられるか。

1 満員電車というものに乗ってみたいから
2 電車が混んでいることを知らないから
3 時計とは関係ない展示が同じ会場で開かれるから
4 スイスの人は特に珍しいことが好きだから

為什麼那些與展會無關的人也特意趕來乘坐這趟擁擠的電車？

1 因為他們想體驗乘坐滿員電車的感覺。
2 因為他們不知道電車會這麼擁擠。
3 因為與鐘錶無關的其他展覽也在同一會場舉行。
4 因為瑞士人特別喜歡新奇的事物。

答案（1）

解題 文章最後寫道「非常に珍しいことだからこその『ちょっとした新鮮な体験』なのだろう／正因為非常難得，所以才是『有點新鮮的體驗』吧」。因此答案是選項１。→這裡的「こそ／正」表示強調。

(4)

アフリカの森の中で歌声が聞こえた。うなるような調子の声ではなく、音の高低がはっきりした鼻歌[※1]だったので、てっきり人に違いないと思って付近を探したのだが、誰もいなかった。実は、歌っていたのは、若い雄[※2]のゴリラだったという。

ゴリラ研究者山極寿一さんによると、ゴリラも歌を歌うそうである。どんなときに歌うのか。群れから離れて一人ぼっちになったゴリラは、他のゴリラから相手にされない。その寂しさを紛らわせ[※3]、自分を勇気づけるために歌うのだそうだ。人間と同じだ！

（注 1）鼻歌：口を閉じて軽く歌う歌

（注 2）雄：オス。男

（注 3）紛らわす（紛らす）：心を軽くしたり、変えたりする

我曾在非洲的森林中聽到過歌聲。那並不是像低聲呻吟般的聲音，而是一種高低分明的哼唱[※1]。我以為附近一定有人，於是四處尋找，卻沒有找到任何人。事實上，那歌聲來自一隻年輕的雄性[※2]大猩猩。

根據研究大猩猩的專家山極壽一先生的說法，大猩猩也會唱歌。那麼牠們在什麼情況下會唱歌呢？離群的大猩猩通常不會受到其他同伴的關注。為了排解[※3]孤寂並鼓勵自己，牠們便會開始哼唱。這和人類的行為真是相似啊！

（注 1）鼻歌：閉著嘴輕輕哼唱的歌。

（注 2）雄：雄性，指公的動物。

（注 3）分散注意力：轉移注意力，使心情變得輕鬆或改變。

58 筆者が人間と同じだ！と感じたのは、ゴリラのどんなところか。

1 音の高低のはっきりした鼻歌を歌うところ
2 若い雄が集団から離れて仲間はずれになるところ
3 一人ぼっちになると寂しさを感じるところ
4 寂しいときに自分を励ますために歌を歌うところ

筆者覺得「跟人類一樣！」的地方是什麼？

1 哼唱著音調清晰的鼻歌。
2 年輕的雄性被群體孤立時無人理睬。
3 獨自一人時會感到寂寞。
4 寂寞時唱歌來鼓勵自己。

答案 **(4)**

解題 作者感嘆「人間と同じだ／人類也一樣！」。可以從前文找到其原因。作者提到「寂しさを紛らわせ、自分を勇気づけるために歌うのだそうだ／據說是為了排解寂寞、讓自己鼓起勇氣而唱歌」。因此選項 4 正確。

(5)

以下は、田中さんが、ある企業の「アイディア商品募集」に応募した企画について、企業から来たはがきである。

> 田中夕子様
>
> この度は、アイディア商品の企画をお送りくださいまして、まことにありがとうございました。田中様のアイディアによる洗濯バサミ※1、生活に密着※2したとても便利な物だと思いました。
>
> ただ、商品化するには、実際にそれを作ってみて、実用性や耐久性※3、その他色々な面で試験をしなければなりません。その結果が出るまでしばらくの間お待ちくださいますよう、お願いいたします。1か月ほどでご連絡できるかと思います。
>
> それでは、今後ともよいアイディアをお寄せくださいますよう、お願いいたします。
>
> アイディア商会

(注1) 洗濯バサミ：洗濯物をハンガーなどに留めるために使うハサミのような道具

(注2) 密着：ぴったりと付くこと

(注3) 耐久性：長期間、壊れないで使用できること

田中小姐投稿某家公司「徵集創意商品」的企劃案，以下是該公司回覆的明信片。

田中夕子小姐，您好：

非常感謝您這次寄來創意商品的企劃。田中小姐的創意「曬衣夾※1」與生活息息相關※2，是一件非常實用的物品。

然而，若要商品化，需先進行試製，並對其實用性、耐久性※3及其他各方面進行測試，因此敬請您稍候。我們預計一個月左右會再次與您聯絡。

今後若有其他創意，也請您不吝指教，期待再次收到您的投稿。

創意商會

（注1）衣夾：用來將洗好的衣物固定在晾衣架上的夾子。

（注2）緊密接觸：指緊密接觸，緊貼的意思。

（注3）耐久性：指長期使用不易損壞的性能。

59

このはがきの内容について、正しいものはどれか。

1 田中さんが作った洗濯バサミは、便利だが壊れやすい。
2 田中さんが作った洗濯バサミについて、これから試験をする。
3 洗濯バサミの商品化について、改めて連絡する。
4 洗濯バサミの商品化について、いいアイディアがあったら連絡してほしい。

關於這張明信片的內容，哪一項是正確的？

1 田中小姐製作的洗衣夾很方便，但容易壞。
2 關於田中小姐製作的洗衣夾，今後將進行測試。
3 關於洗衣夾的商品化，將另行通知。
4 如果有好的關於洗衣夾的創意，請再聯絡我們。

答案 (3)

解題 田中小姐把創意商品「曬衣夾的企劃」送到公司。若要使該企劃成為商品就必須要做測試。這封信的主旨是「測試結果出爐後會再聯絡田中小姐」。

其他 選項1、2「田中さんが作った洗濯バサミ／田中小姐做的曬衣夾」這一部分不正確。田中小姐並沒有製作曬衣夾。選項4雖然信的最後提到「如果您還有其他創意商品的企劃，請再次發送至本公司」，但這只是信上的寒暄語。和將曬衣夾商品化的發想無關。

MEMO N2

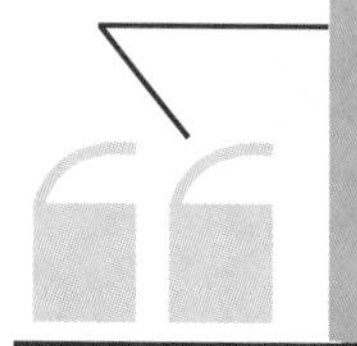

第四回 読解

次の(1)から(3)の文章を読んで、後の問いに対する答えとして最もよいものを、1・2・3・4から一つ選びなさい。

請閱讀以下(1)至(3)的文章，然後從後面的問題中，選出最適合的答案。請從1、2、3、4中選擇一個。

(1)

「オノマトペ」とは、日本語で「擬声語」あるいは「擬態語」と呼ばれる言葉である。

「擬声語」とは、「戸をトントンたたく」「子犬がキャンキャン鳴く」などの「トントン」や「キャンキャン」で、物の音や動物の鳴き声を表す言葉である。これに対して「擬態語」とは、「子どもがすくすく伸びる」「風がそよそよと吹く」などの「すくすく」「そよそよ」で、物の様子を言葉で表したものである。

ほかの国にはどんなオノマトペがあるのか調べたことはないが、日本語のオノマトペ、特に擬態語を理解するのは、外国人には難しいのではないだろうか。擬態語そのものには意味はなく、あくまでも日本人の語感※1に基づいたものだからである。

ところで、このほど日本の酒類業界が、テレビのコマーシャルの中で「日本酒をぐびぐび飲む」や「ビールをごくごく飲む」の「ぐびぐび」や「ごくごく」※2という擬態語を使うことをやめたそうである。その擬態語を聞くと、未成年者や妊娠している人、アルコール依存症※3の人たちをお酒を飲みたい気分に誘うからという理由だそうである。

確かに、日本人にとっては「ぐびぐび」や「ごくごく」は、いかにもおいしそうに感じられる。お酒が好きな人は、この言葉を聞いただけで飲みたくなるにちがいない。しかし、外国人にとってはどうなのだろうか。一度外国の人に聞いてみたいものである。

(注1) 語感：言葉に対する感覚

(注2) 「ぐびぐび」や「ごくごく」：液体を勢いよく、たくさん飲む様子を表す言葉

(注3) アルコール依存症：お酒を飲む欲求を押さえられない病気

「擬聲擬態語」在日語中是指「擬聲語」或「擬態語」。

「擬聲語」是用來表達聲音或動物鳴叫的詞語，例如「輕輕敲門」的「咚咚」或「小狗汪汪叫」的「汪汪」；而「擬態語」則是用來描述事物狀態的詞語，例如「孩子茁壯成長」的「茁壯」或「微風輕吹」的「輕吹」。

雖然沒有研究過其他語言中是否有類似的擬聲詞，但我認為日本的擬聲詞，特別是擬態語，對外國人來說應該相當難以理解，這是因為擬態語本身並無特定意義，而是基於日本人對語言的敏感度※1所產生的。

近日，日本的酒類業界決定在電視廣告中停止使用像「咕嚕咕嚕※2喝日本酒」或「咕嘟咕嘟※2喝啤酒」這樣的擬態語，原因是這些詞彙可能會讓未成年、孕婦或有酒精依賴症※3的人產生飲酒的欲望。

確實，對日本人而言，「咕嚕咕嚕」或「咕嘟咕嘟」聽起來令人垂涎，愛喝酒的人一聽到這些詞，可能馬上就想喝上一杯。但是對外國人來說，是否會有類似的感受呢？真想找個外國朋友問問看。

（注1）語感：指對於詞語的感覺或感知。

（注2）「咕嘟咕嘟」「咕嚕咕嚕」：表示快速且大量喝液體的擬態語。

（注3）酒精依賴症：指無法控制飲酒欲望的疾病。

60

次の傍線部のうち、「擬態語」は、どれか。

1 ドアをドンドンとたたく。
2 すべすべした肌。
3 小鳥がピッピッと鳴く。
4 ガラスがガチャンと割れる。

以下的劃線部分中，哪一個是「擬態語」？

1 「咚咚地」地敲門。
2 「光滑的」的皮膚。
3 小鳥「啾啾地」叫。
4 玻璃「啪嚓」一聲碎了。

答案（2）

解題 選項 2 是形容皮膚等物體很光滑的樣子，為擬態語。

其他 選項 1 、 3 、 4 是表示物體發出的聲音或是動物鳴叫聲的擬聲語。

61

外国人が日本の擬態語を理解するのはなぜ難しいか。

1 擬態語は漢字やカタカナで書かれているから。
2 外国には擬態語はないから。
3 擬態語は、日本人の感覚に基づいたものだから。
4 日本人の聞こえ方と外国人の聞こえ方は違うから。

外國人為什麼難以理解日本的擬態語？

1 因為擬態語是用漢字或片假名書寫的。
2 因為外國沒有擬態語。
3 因為擬態語是基於日本人的感覺。
4 因為日本人和外國人的聽覺感受不同。

答案（3）

解題 作者先提到「難しいのではないだろうか／我想並不太困難」，之後在第九行說明「日本人の語感に基づいたものだから／因為是基於日本人的語感而來」。因此選項 3 正確。

其他 選項 1 文章並沒有提到漢字和片假名的書寫方法。選項 2 第七行寫到「ほかの国にはどんなオノマトペがあるのか調べたことはないが／雖然我沒有調查過其他國家有什麼擬聲語」。選項 4 文章中沒有提到聽聲音方式的不同。

62

一度外国の人に聞いてみたいとあるが、どんなことを聞いてみたいのか。

1 「ぐびぐび」と「ごくごく」、どちらがおいしそうに感じられるかということ。
2 外国のテレビでも、コマーシャルに擬態語を使っているかということ。
3 「ぐびぐび」や「ごくごく」のような擬態語が外国にもあるかということ。
4 「ぐびぐび」や「ごくごく」が、おいしそうに感じられるかということ。

文中提到「想問問外國人」，想問的是什麼？

1 「咕嘟咕嘟」和「咕嚕咕嚕」哪個聽起來更美味。
2 外國的電視廣告中是否也使用擬態語。
3 外國是否也有像「咕嘟咕嘟」或「咕嚕咕嚕」這樣的擬態語。
4 「咕嘟咕嘟」或「咕嚕咕嚕」是否讓人覺得好喝。

答案（4）

解題 第五段第一行寫到「日本人にとっては／對日本人而言」，用來對比前面提到的「外国人にとっては／對外國人而言」。因為文章中提到「日本人にとっては～おいしそうに感じられる／對日本人而言…感覺好像很好吃」，因此可知想聽聽看外國人的看法的是「外国人にとっても、おいしそうに感じられるか／對外國人而言，會有好像很好吃的感覺嗎」這件事。

(2)

テレビなどの天気予報のマーク※1は、晴れなら太陽、曇りなら雲、雨なら傘マークであり、それは私たち日本人にはごく普通のことだ。だがこの傘マーク、日本独特のマークなのだそうである。どうやら、雨から傘をすぐにイメージするのは日本人の特徴らしい。私たちは、雨が降ったら当たり前のように傘をさすし、雨が降りそうだな、と思えば、まだ降っていなくても傘を準備する。しかし、欧米の人にとっては、傘はかなりのことがなければ使わないもののようだ。

あるテレビ番組で、その理由を何人かの欧米人にインタビューしていたが、それによると、「片手がふさがるのが不便」という答えが多かった。小雨程度ならまだいいが、大雨だったらどうするのだろう、と思っていたら、ある人の答えによると、「雨宿り※2をする」とのことだった。カフェに入るとか、雨がやむまで外出しないとか、雨が降っているなら出かけなければいいと、何でもないことのように言うのである。でも、日常生活ではそうはいかないのが普通だ。そんなことをしていては会社に遅刻したり、約束を破ったりすることになってしまうからだ。さらにそう尋ねたインタビュアーに対して、驚いたことに、その人は、「そんなこと、他の人もみんなわかっているから誰も怒ったりしない」と言うではないか。雨宿りのために大切な会議に遅刻しても、たいした問題にはならない、というのだ。

「ある人」がどこの国の人だったかは忘れてしまったが、あまりのおおらかさ※3に驚き、文化の違いを強く感じさせられたことだった。

（注1）マーク：絵であらわす印

（注2）雨宿り：雨がやむまで、濡れないところでしばらく待つこと

（注3）おおらかさ：ゆったりとして、細かいことにとらわれない様子

在電視上的天氣預報標誌※1中，晴天用太陽表示，陰天用雲，而下雨則用傘。對我們日本人來說，這種標誌方式相當尋常。然而，這種「傘」的標誌似乎是日本特有的。立刻聯想到雨天就撐傘，似乎是日本人的一大特徵。我們一遇到下雨就會撐傘，甚至只要覺得天氣可能會下雨，還沒開始下也會隨身攜帶。然而，對歐美人來說，傘是一種「除非非常必要，否則不太會使用的物品」。

某個電視節目就此問題訪問了幾位歐美人士，得到的主要回答是「需要空出一隻手拿傘，很不方便」。隨後進一步問到，如果是毛毛雨也就罷了，但要是下大雨該怎麼辦？其中一位受訪者回答「躲雨」※2，比如進咖啡館暫避，或者乾脆在雨停之前不出門，總之，下雨時就不外出，這在他們看來沒什麼大不了的。然而，在日常生活中，這樣的做法通常並不可行，因為這樣可能會遲到或爽約。當我們進一步詢問這個情況，讓人驚訝的是，那位受訪者竟然回答「大家都能理解雨天避雨的情況，所以不會生氣」，意思是，即使因為躲雨而遲到重要會議，這也不會被視為大問題。

我已經不記得這位「受訪者」是來自哪個國家了，但他們的心胸開闊※3讓我驚訝，也深刻感受到文化差異。

（注 1）標誌：用圖畫表示的符號。

（注 2）避雨：在雨停之前，找個不會被淋濕的地方暫時躲避。

（注 3）豁達：指心胸寬廣，不拘泥於瑣事的樣子。

63

（傘マークは）日本独特のマークなのだそうであるとあるが、なぜ日本独特なのか。

1 日本人は雨といえば傘だが、欧米人はそうではないから
2 日本人は天気のいい日でも、いつも傘を持っているから
3 欧米では傘は大変貴重なもので、めったに見かけないから
4 欧米では雨が降ることはめったにないから

（傘標誌）「似乎是日本特有的標誌」，為什麼這個標誌是日本特有的？

1 因為日本人提到雨就會聯想到傘，而歐美人則不會。
2 因為日本人即使在天氣晴朗的日子也經常攜帶傘。
3 因為在歐美，傘是非常稀有且珍貴的東西，很少見到。
4 因為在歐美，下雨的情況極為罕見。

答案（1）

解題 從後面的「どうやら／看來」這句話開始說明。選項 1「雨といえば傘／提到雨就想到傘」和文章中的「雨から傘をすぐにイメージする／說到雨，腦中立刻浮現出一把傘」的意思相同，因此是正確答案。

※ 補充：「どうやら／總覺得」是「不知道為什麼、總覺得」的意思。用在想表示「雖然沒有明說，但就是有這種感覺」時。

64

その理由とは、何の理由か。

1 日本人が、傘を雨のマークに使う理由
2 欧米人が雨といえば傘を連想する理由
3 欧米人がめったに傘を使わない理由
4 日本人が、雨が降ると必ず傘をさす理由

「其理由」是指的到底是什麼原因？

1 日本人將傘作為雨天標誌的理由。
2 歐美人提到雨時會聯想到傘的理由。
3 歐美人很少使用傘的理由。
4 日本人下雨時必定打傘的理由。

答案（3）

解題「その」指的是前一段的最後一句「欧米の人にとっては、傘は～使わないもの／對於西方人來說，雨傘是…不會去用的東西」。另外從後面舉出的「不使用雨傘的理由」也可以推測答案為選項 3。

65

筆者は、日本と欧米との違いをどのように感じているか。

1 日本人は雨にぬれても気にしないが、欧米人は雨を嫌っている。
2 日本人は約束を優先するが、欧米人は雨に濡れないことを優先する。
3 日本には傘の文化があるが、欧米には傘の文化はない。
4 日本には雨宿りの文化があるが、欧米には雨宿りの文化はない。

筆者對於日本和歐美之間的差異有何感受？

1 日本人不在乎被雨淋濕，而歐美人則討厭下雨。
2 日本人重視約定，而歐美人則優先考慮避免淋雨。
3 日本有使用傘的文化，而歐美則沒有這樣的文化。
4 日本有避雨的文化，而歐美則沒有避雨的文化。

答案（2）

解題 第二段第三行後面，歐美的「ある人／某些人」針對大雨時的對應方法的回答有「雨宿りをする／避雨」、「外出しない／不出門」等等。從第二段倒數第二行後面可知，身為日本人的作者對於「雨宿りのために大切な会議に遅刻しても、たいした問題にならない、というのだ／如果是因為避雨而在重要的會議上遲到，這種事沒人會放在心上」感到十分吃驚，因此答案是選項 2。

其他 選項 1 文章中沒有提到是否介意被雨淋濕。選項 3 第六行寫到「（欧米人は）傘はかなりのことがなければ使わない／除非必要，否則西方人不會撐傘」，所以歐美並不是沒有雨傘。選項 4 會避雨的是歐美人，另外，本文並沒有討論到是否有避雨的文化。

(3)

日本の人口は、2011 年以来、年々減り続けている。2014 年 10 月現在の総人口は約 1 億 2700 万で、前年より約 21 万 5000 人減少しているということである。中でも、15 ～ 64 歳の生産年齢人口は 116 万人減少。一方、65 歳以上は 110 万 2000 人の増加で、0 ～ 14 歳の年少人口の 2 倍を超え、少子高齢化がまた進んだ。（以上、総務省 ※1 発表による）

なんとか、この少子化を防ごうと、日本には少子化対策担当大臣までいて対策を講じているが、なかなか子供の数は増えない。

その原因として、いろいろなことが考えられるだろうが、その一つとして、現代の若者たちの、自分の「個」をあまりにも重視する傾向があげられないだろうか。

ある生命保険会社の調査によると、独身者の 24% が「結婚したくない」あるいは「あまり結婚したくない」と答えたということだ。その理由として、「束縛 ※2 されるのがいや」「ひとりでいることが自由で楽しい」「結婚や家族など、面倒だ」などということがあげられている。つまり、「個」の意識ばかりを優先する結果、結婚をしないのだ。したがって、子供の出生率も低くなる、という結果になっていると思われる。

しかし、この若者たちによく考えてみて欲しい。それほどまでに意識し重視しているあなたの「個」に、いったいどれほどの価値があるのかを。私に言わせれば、空虚な存在に過ぎない。他の存在があってこその「個」であり、他の存在にとって意味があるからこその「個」であると思うからだ。

（注 1）総務省：国の行政機関

（注 2）束縛：人の行動を制限して、自由にさせないこと

自 2011 年以來，日本人口逐年減少。截至 2014 年 10 月，日本總人口約為 1 億 2700 萬，較前一年減少約 21 萬 5000 人。其中，15 ～ 64 歲的勞動年齡人口減少了 116 萬人，而 65 歲以上人口則增加了 110 萬 2000 人，已超過 0 ～ 14 歲青少年人口的兩倍，少子高齡化問題進一步加劇。（以上數據引自日本總務省 ※1 的報告）

為了遏制少子化趨勢，日本政府設有專門負責少子化對策的部長，並持續提出相關政策，但兒童數量仍未見增加。

究其原因，可能涉及多方面，其中之一或許是現今年輕人過度強調自我「個體」意識的傾向。

根據某人壽保險公司的調查，有 24% 的單身人士表示「不想結婚」或「不太想結婚」。他們給出的理由包括「不喜歡被束縛 ※2」、「一個人更自由、更輕鬆愉快」，以及「結婚和家庭等問題太麻煩」。換句話說，優先考量「個體」意識的結果，使他們選擇不結婚，從而導致出生率下降，這也反映出當前的社會狀況。

然而，我希望年輕人們能認真思考：你們如此看重的「個體」究竟有多少價值？在我看來，這只是空洞的存在而已。正是因為有他人的存在，才有「個體」的意義；唯有對他人具有意義的存在，才稱得上是真正有價值的「個體」。

（注 1）總務省：日本管理行政事務的部門。

（注 2）束縛：限制他人行動，使其無法自由。

66 日本の人口について、正しくないのはどれか。

1 2013 年から 2014 年にかけて、最も減少したのは 65 歳以上の人口である。
2 近年、減り続けている。
3 65 歳以上の人口は、0 ～ 14 歳の人口の 2 倍以上である。
4 15 ～ 64 歳の人口は 2013 年からの 1 年間で 116 万人減っている。

關於日本人口的描述，哪一項是不正確的？

1 從 2013 年到 2014 年，減少最多的是 65 歲以上的人口。
2 近年來，日本人口持續減少。
3 65 歲以上的人口是 0 至 14 歲人口的兩倍以上。
4 15 至 64 歲的人口在 2013 年到 2014 年間減少了 116 萬人。

答案 (1)

解題 因為第三行寫到「65 歳以上は 110 万 2000 人の増加／ 65 歲以上的人口增加了 110 萬 2000 人」，所以答案是選項 1 。

其他 選項 2 第一行寫到「日本の人口は、…年々減り続けている／日本的人口…逐年遞減」，因此正確。選項 3 第三行寫到「65 歳以上は… 0 ～ 14 歳の年少人口の 2 倍を超え／ 65 歲以上的人口…已經超過了 0 ～ 14 歲兒少人口的兩倍」，因此正確。選項 4 第三行寫到「15 ～ 64 歳の生産年齢人口は 116 万人減少／ 15 ～ 64 歲的育齡人口減少了 116 萬人」，所以正確。

67 その一つとは、何の一つか。

1 少子化の対策の一つ
2 少子化の原因の一つ
3 人口減少の原因の一つ
4 現代の若者の傾向の一つ

「其中一個」指的是什麼？

1 少子化對策的一部分。
2 少子化原因中的一個。
3 人口減少的原因之一。
4 當代年輕人傾向中的一個。

答案 (2)

解題 本段一開始寫道「その原因として／這個原因」，「その一つ／其中之一」是「その原因の一つ／其中的一個原因」的意思。「その原因／這個原因」的「その／這個」指的是上一行的「なかなか子供の数は増えない／一直無法使兒童的數量增多」，也就是「少子化／少子化」。因此正確答案為選項 2 。

68 筆者は、現代の若者についてどのように述べているか。

1 結婚したがらないのは無理もないことだ。
2 人はすべて結婚すべきだ。
3 人と交わることが上手でない。
4 自分自身だけを重視しすぎている。

筆者對現代年輕人有何評價？

1 不想結婚也是可以理解的。
2 所有人都應該結婚。
3 不擅長與他人交流。
4 過於重視自己。

答案 (4)

解題 第四段第四行寫道「つまり、『個』の意識ばかりを優先する結果、結婚をしないのだ／也就是說，一個勁的提升『個人』意識，造成了不想結婚的結果」，這就是作者的想要表達的事。因此正確答案為選項 4 。

其他 選項 1 「無理もない／也難怪」是表達「沒辦法了只好接受」的說法。本篇文章並沒有表示理解年輕人不結婚的想法。選項 2　雖然作者對於年輕人不結婚的傾向感到惋惜，但並沒有說「人はすべて／人人都應該要（結婚）」。選項 3 文章並沒有針對人際交往進行討論。

第四回 読解

問題十二 翻譯與解題

次のAとBはそれぞれ、決断ということについて書かれた文章である。二つの文章を読んで、後の問いに対する答えとして最もよいものを、1234から一つ選びなさい。

以下的A和B分別是關於作出決定的文章。請閱讀這兩篇文章，然後從後面的問題中，選出最適合的答案。請從1、2、3、4中選擇一個。

A

人生には、決断しなければならない場面が必ずある。職を選んだり、結婚を決めたりすることもその一つだ。そんなとき、私たちは必ずと言っていいほど迷う。そして、考え、決断する。一生懸命考えた末決断したことだから自分で納得できる。結果がどうであれ後悔することもないはずだ。

だが、本当に自分で考えて決断したことについては後悔しないだろうか。そんなことはないと思う。しかし、人間はこうして迷い考えることによって成長するのだ。自分で考え決断するということには、自分を見つめることが含まれる。それが人を成長させるのだ。決断した結果がどうであろうとそれは問題ではない。

人生中一定會遇到必須做出決斷的時刻，例如選擇職業或決定結婚，這些都是其中的例子。在這樣的時刻，我們幾乎一定會猶豫不決。然後經過思考，最終做出決定。由於是經過全力思考後的決定，因此能夠坦然接受。不管結果如何，應該都不會感到後悔。

然而，對於自己所做的決定，真的不會後悔嗎？我認為並非完全如此。但是，人們正是透過這樣的「迷惘與思考」而逐漸成長。親自思考並做出決定的過程，包含了審視自己的意義。這個過程能使人成長，至於決定之後的結果如何，並不是最重要的。

B

自分の進路などを決断することは難しい。結果がはっきりとは見えないからだ。ある程度、結果を予測することはできる。しかし、それは、あくまでも予測に過ぎない。未来のことだから何が起こるかわからないからだ。

そんな場合、私は「考える」より「流される」ことにしている。その時の自分がしたいと思うこと、好きなことを重視する。つまり、川が流れるように自然に任せるのだ。

深く考えることもせずに決断すれば、後で後悔するのではないかと言う人がいる。しかし、それは逆である。その時の自分に正しい選択ができる力があれば、流されても後悔することはない。大切なのは、信頼できる自分を常に作っておくように心がけることだ。

要決定自己未來的志向是一件非常困難的事，因為我們無法清晰地預見結果。雖然在某種程度上可以對結果進行預測，但說到底，也只是猜測而已。畢竟未來的事情充滿未知，我們無法確定會發生什麼。

在這種情況下，比起「深思熟慮」，我更傾向於「隨遇而安」。我會重視當下自己真正想做的、喜歡的事情，也就是如流水一般，順應自然。

有人說，如果不經過深思熟慮就做出決定，未來必定會後悔。然而，情況正好相反。只要當時的自己擁有做出正確選擇的能力，即使隨遇而安也不會後悔。最重要的是，要不斷努力讓自己成為值得信賴的人，並時刻謹記這一點。

69 AとBの筆者は、決断する時に大切なことは何だと述べているか。

1 AもBも、じっくり考えること
2 AもBも、あまり考えすぎないこと
3 Aはよく考えること、Bはその時の気持ちに従うこと
4 Aは成長すること、Bは自分を信頼すること

A 和 B 的作者認為做決定時最重要的是什麼？

1 A 和 B 都認為仔細思考很重要。
2 A 和 B 都認為不要過度思考。
3 A 認為要深入思考，B 認為應該順從當時的感受。
4 A 認為成長是重要的，B 認為信任自己是關鍵。

答案 (3)

解題 A的第三行寫道「一生懸命考えた末決断したことだから納得できる／因為是自己認真思考後做出的決定，所以可以接受」，B的第四行寫道「その時の自分がしたいと思うこと、好きなことを重視する／重視當下自己想做的是什麼事、喜歡的是什麼東西」。因此答案是選項３。

70 AとBの筆者は、決断することについてどのように考えているか。

1 Aはよく考えて決断しても後悔することがある、Bはよく考えて決断すれば後悔しないと考えている。
2 Aはよく考えて決断すれば後悔しない、Bは深く考えずに好きなことを重視して決断すれば後悔すると考えている。
3 Aは迷ったり考えたりすることで成長する、Bは決断することで信頼できる自分を作ることができると考えている。
4 Aは考えたり迷ったりすることに意味がある、Bは自分の思い通りにすればいいと考えている。

A 和 B 的作者對於做決定有何看法？

1 A 認為即使經過深思熟慮也可能會後悔，B 認為經過深思熟慮的決定不會後悔。
2 A 認為經過深思熟慮後不會後悔，B 認為如果不深入思考而僅依據喜好做決定就會後悔。
3 A 認為通過猶豫和思考可以成長，B 認為做決定是建立自信的方式。
4 A 認為猶豫和思考有其意義，B 認為只要隨心所欲就可以了。

答案 (4)

解題 A寫道「迷い考えることによって成長する／透過思考煩惱而成長」、B寫道「その時の自分がしたいと思うこと、好きなことを重視する／重視當下自己想做的是什麼事、喜歡的是什麼東西」。因此選項４正確。

其他 選項１雖然符合Ａ，但不同於Ｂ提到的「よく考えて決断すれば／只要是認真思考後做出的決定」。選項２，Ａ提到有可能會後悔。又Ｂ認為不會後悔，因此兩者皆不正確。選項３雖然符合Ａ，但Ｂ提道「信頼できる自分を作ることで正しい決断ができる／使自己變得可靠，以做出正確的決定」，所以不正確。

次の文章を読んで、後の問いに対する答えとして最もよいものを、1・2・3・4から一つ選びなさい。

請閱讀以下文章，然後從後面的問題中，選出最適合的答案。請從 1、2、3、4 中選擇一個。

先日たまたまラジオをつけたら、子供の貧困[※1]についての番組をやっていた。そこでは、毎日の食事さえも満足にできない子供も多く、温かい食事は学校給食のみという子供もいるということが報じられていた。

そう言えば、最近テレビや新聞などで、「子供の貧困」という言葉を見聞きすることが多い。2014年、政府が発表した貧困調査の統計によれば、日本の子供の貧困率は16パーセントで、これはまさに子供の6人に一人が貧困家庭で暮らしていることになる。街中に物があふれ、なんの不自由もなく明るい笑顔で街を歩いている人々を見ると、今の日本の社会に家庭が貧しくて食事もとれない子供たちがいるなどと想像も出来ないことのように思える。しかし、現実は、華やかに見える社会の裏側に、いつのまにか想像を超える子供の貧困化が進んでいることを私たちが知らなかっただけなのである。

今あらためて子供の貧困について考えてみると、ここ数年、経済の不況[※2]の中で失業や給与の伸び悩み[※3]、またパート社員の増加、両親の離婚による片親家庭の増加など、社会の経済格差が大きくなり、予想以上に家庭の貧困化が進んだことが最大の原因であろう。かつて日本の家庭は1億総中流[※4]と言われ、ご飯も満足に食べられない子供がいるなんて、<u>誰が想像しただろう</u>。

実際、貧困家庭の子供はご飯も満足に食べられないだけでなく、給食費や修学旅行の費用が払えないとか、スポーツに必要な器具を揃えられないとかで、学校でみじめな思いをして、登校しない子供が増えている。さらに本人にいくら能力や意欲があっても本を買うとか、塾に通うことなどとてもできないという子供も多くなっている。そのため入学の費用や学費を考えると、高校や大学への進学もあきらめなくてはならない子供も多く、なかには家庭が崩壊[※5]し、悪い仲間に入ってしまう子供も出てきている。

このように厳しい経済状況に置かれた貧困家庭の子供は、成人しても収入の低い仕事しか選べないのが現実である。その結果、<u>貧困が次の世代にも繰り返される</u>ことになり、社会不安さえ引き起こしかねない。

子供がどの家に生まれたかで、将来が左右されるということは、あってはならないことである。どの子供にとってもスタートの時点では、平等な機会と選択の自由が約束されなければならないのは言うまでもない。誰もがこの「子供の貧困」が日本の社会にとって重大な問題であることを真剣に捉え、今すぐ国を挙げて積極的な対策を取らなくては、将来取り戻すことができない状況になってしまうだろう。

（注1）貧困：貧しいために生活に困ること

（注2）不況：景気が悪いこと

（注3）伸び悩み：順調に伸びないこと

（注4）1億総中流：1970年代高度経済成長期の日本の人口約1億人にかけて、多くの日本人が「自分が中流だ」と考える「意識」を指す

（注5）崩壊：こわれること

前幾天偶然打開收音機，聽到一個討論貧童問題的廣播節目。報導指出，許多孩子連日常三餐都無法溫飽，甚至每天僅能靠學校供應的午餐來吃上一頓熱食。

的確，最近在電視和報紙上經常出現「貧童」這個詞。根據 2014 年政府公布的貧困[※1]調查數據，日本的貧童比例高達 16%，也就是說每六個孩子中就有一人生活在清寒家庭。放眼望去，街道繁榮，行人衣食無虞、笑容洋溢，讓人難以想像在如今的日本社會中，還有因貧困而無法溫飽的孩子。然而，現實是，繁華社會的背後，貧童問題已經悄然加劇，甚至遠超出我們的想像。

如今再次認真思考貧童問題，會發現這幾年來經濟不景氣[※2]所帶來的失業、薪資停滯[※3]，以及計時工增加，加上父母離婚導致的單親家庭增多，這些都加劇了貧富差距，讓家庭貧窮化的現象更為嚴重。過去日本人多認為自己是中產階級[※4]，<u>誰能想到</u>現在竟有孩子連一日三餐都無法保證？

事實上，清寒家庭的孩子不僅無法吃飽，甚至連學費、校外教學費用和運動所需器材費都無力負擔，越來越多的孩子因無法應對這些負擔，在學校中受到輕視，最終甚至選擇逃課。而且，儘管他們有學習能力和意願，但因無法負擔書籍或補習班的費用而被迫放棄，這樣的貧童數量也不斷增加。因此，許多孩子在面對學費等支出時，只能放棄升學到高中或大學。不僅如此，貧困問題甚至可能導致家庭崩解[※5]，讓孩子誤入歧途。

在這般嚴峻的經濟環境下，清寒家庭的孩子即使成年後，也多只能選擇收入微薄的工作。如此一來，<u>貧困就會在下一代中延續</u>，最終可能引發社會不安。

我們必須避免孩子的未來受制於出生的家庭背景。每個孩子都應該站在相同的起跑點上，享有平等的機會和選擇的自由。大家應該嚴肅面對「貧童問題」，並將其視為日本社會的重要議題。若不立即採取積極措施，未來可能會面臨無法挽回的後果。

（注1）貧困：由於貧窮而難以維持生活的狀況。

（注2）經濟蕭條：經濟不景氣，景氣低迷。

（注3）成長停滯：指增長停滯，不如預期地順利發展。

（注4）一億人都屬於中產階級：指 20 世紀 70 年代日本經濟高速增長期，多數日本人認為自己屬於中產階級的社會意識。

（注5）瓦解：指某種結構、系統或秩序的崩塌或瓦解。

71

誰が想像しただろうとあるが、筆者はどのように考えているか。

1 みんな想像したはずだ。
2 みんな想像したかもしれない。
3 誰も想像できなかったに違いない。
4 想像しないことはなかった。

「誰能想像得到呢？」的意思是，筆者是怎麼想的？

1 每個人都應該想過。
2 可能有人想過。
3 肯定沒有人能想像到。
4 並不是沒有人想過。

答案（3）

解題「誰が想像しただろう／誰想像得到呢」的後面應該接「いや、誰も想像しなかった／不，誰都想像不到」這句話。這是反詰用法。

其他 選項 4「想像しないことはなかった／倒也不是想像不到」是雙重否定，意思是可能想像的到。

72

貧困が次の世代にも繰り返されるとは、どういうことか。

1 貧困家庭の子供は常に平等な機会に恵まれるということ。
2 親から財産をもらえないことが繰り返されるということ。
3 次の世代でも誰も貧困から救ってくれないということ。
4 貧困家庭の子供の子供もまた貧困となるということ。

「貧困在下一代中不斷重複」是什麼意思？

1 貧困家庭的孩子總是能獲得平等的機會。
2 父母無法給孩子留下財產的現象不斷重複。
3 下一代也不會有人來拯救他們擺脫貧困。
4 貧困家庭的孩子長大後，他們的孩子也會陷入貧困。

答案（4）

解題 文章第五段提到「貧困家庭の子供は、成人しても収入の低い仕事しか選べない／貧窮家庭出身的孩子，即使成年了，也只能從事低收入的工作」。其敘述的是，貧窮兒童成年後組成的家庭也是貧窮家庭、生的孩子又成為貧窮兒童，周而復始。

73

筆者は、子供の貧困についてどのように考えているか。

1 子供の貧困はその両親が責任を負うべきだ。
2 すぐに国が対策を立てなくては、取り返しのつかないことになる。
3 いつの時代にもあることなので、しかたがないと考える。
4 子供自身が自覚を持って生きることよりほかに対策はない。

筆者對於兒童貧困問題的看法是什麼？

1 兒童的貧困問題應由其父母負責。
2 如果國家不立即採取對策，將會變得無法挽回。
3 這是任何時代都有的問題，無法避免。
4 只有讓孩子們自己意識到問題，才是唯一的解決方法。

答案（2）

解題 文章最後提到「今すぐ国を挙げて～対策を取らなくては、将来取り戻すことができない状況になってしまうだろう／現在國家政府若不（立即）採取對策，將來就會造成無法挽回的局面吧」。「取り戻すことができない／無法挽回」和選項 2「取り返しのつかない／難以挽回」意思相同，因此選項 2 正確。

其他 選項 4「よりほかに／除此之外」是「以外に／以外」的意思。

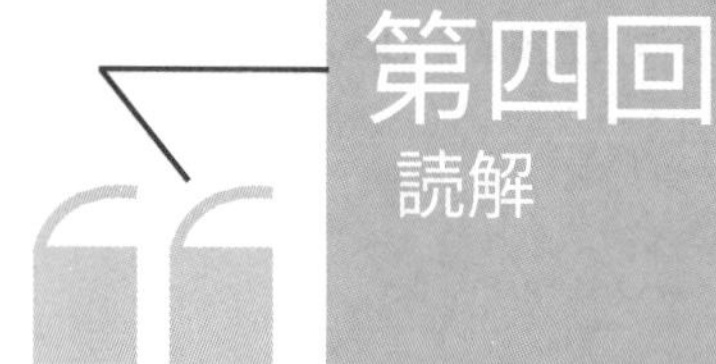

次のページは、丸山区貸し自転車利用案内である。下の問いに対する答えとして最もよいものを1・2・3・4から一つ選びなさい。

下面的頁面是一則丸山区出租自行車使用指南。請根據下方的問題，選出最適合的答案。請從 1、2、3、4 中選擇一個。

丸山区　貸し自転車利用案内

はじめに

丸山区レンタサイクルは26インチを中心とする自転車を使用しています。予約はできませんので直前にレンタサイクル事務所へ連絡し、残数をご確認ください。貸し出し対象は中学生以上で安全運転ができる方に限ります。

【利用できる方】

1. 中学生以上の方
2. 安全が守れる方

【利用時に必要なもの】

1. 利用料金
2. 身分証明書

※ 健康保険証または運転免許証等の公的機関が発行した、写真付で住所を確認できる証明書。外国人の方は、パスポートか外国人登録証明書を必ず持参すること。

【利用料金】

① 4時間貸し(1回4時間以内に返却)200円
②当日貸し(1回当日午後8時30分までに返却)300円
③ 3日貸し(1回72時間以内に返却)600円
④ 7日貸し(1回168時間以内に返却)1200円

※ ③④の複数日貸出を希望される方は 夜間等の駐輪場が確保できる方に限ります。

貸し出しについて

場所：レンタサイクル事務所の管理室で受け付けています。
時間：午前6時から午後8時まで。
手続き：本人確認書類を提示し、レンタサイクル利用申請書に氏名住所電話番号など必要事項を記入します。(本人確認書類は住所確認できるものに限ります)

ガイド付きのサイクリングツアー「のりのりツアー」も提案しています。

¥10,000-(9：00～15：00) ガイド料、レンタル料、弁当&保険料も含む。

● 「のりのりツアー」のお問い合わせは⇒norinori@tripper.ne.jp へ!!
● 電動自転車レンタル「eバイク」のHP⇒こちら

丸山區　自行車出租使用說明

主旨

丸山區提供的出租自行車主要為 26 英吋的車款。恕不預約，請於租借前直接洽詢辦事處確認可租借的數量。租借對象僅限中學以上、能夠安全行駛者。

【租借對象】

1. 中學以上者
2. 遵守交通安全規則者

【租借時請攜帶以下物件】

1. 租借費用
2. 身分證明文件

※ 包括健保卡或駕照等公共機關發行、附照片和地址的證件皆可。若是外國人，請務必攜帶護照或外國人登錄證明書。

【租借費用】

① 租借4小時（租借1次，4小時內歸還）200 圓
② 租借1天（租借1次，當天晚上8點30分前歸還）300 圓
③ 租借3天（租借1次，72 小時以內歸還）600 圓
④ 租借7天（租借1次，168 小時以內歸還）1200 圓

※ ③④租借1天以上的方案，僅限備有夜間停車處的貴賓使用。

租借說明

地點：由出租自行車辦事處的管理室受理
時間：早上6點到晚上8點
手續：本人出示證件，並於租借申請書上填寫姓名住址電話等必要資料。（證件僅限可以確認本人地址的證件）

另有專人導覽的單車旅行團「輕快旅行團」。

¥10,000-(9：00～15：00) 包含導覽費、租車費、盒餐和保險費。

● 「輕快旅行團」請洽 ⇒ norinori@tripper.ne.jp !!
● 租借電動自行車「eBIKE」官網⇒請按這裡

74

外国人のセンさんは、丸山区に出張に行く3月1日の朝から3日の正午まで、自転車を借りたいと考えている。同じ自転車を続けて借りるためにはどうすればいいか。なお、泊まるのはビジネスホテルだが、近くの駐輪場を借りることができる。

1 予約をして、外国人登録証明書かパスポートを持ってレンタサイクル事務所の管理室に借りに行き、返す時に料金600円を払う。
2 予約をして、外国人登録証明書かパスポートを持ってレンタサイクル事務所の管理室に借りに行き、返す時に料金900円を払う。
3 直前に、レンタサイクル事務所に電話をして、もし自転車があれば外国人登録証明書かパスポートを持って借りに行く。返す時に600円を払う。
4 直前に、レンタサイクル事務所に電話をして、もし自転車があれば外国人登録証明書かパスポートを持って借りに行く。返す時に900円を払う。

山姆先生想要從3月1日的早上到3月3日的正午租借同一輛自行車，應該怎麼做？

1 預約，持外國人登記證明書或護照前往租賃事務所的管理室租借，並在歸還時支付600日圓。
2 預約，持外國人登記證明書或護照前往租賃事務所的管理室租借，並在歸還時支付900日圓。
3 臨出發前打電話給租賃事務所，如果有自行車可用，持外國人登記證明書或護照前往租借，並在歸還時支付600日圓。
4 臨出發前打電話給租賃事務所，如果有自行車可用，持外國人登記證明書或護照前往租借，並在歸還時支付900日圓。

答案 (3)

解題 請看告示的「はじめに／首先」，上面寫道「不接受預約，借用前請先和負責單位聯繫，確認可借數量」。由於要租借的時間是3月1日的早上到3日的中午（中午12點）總共3天，因此租金是③，租借3天600日圓。至於身份證件，由於是外國人，因此必須持有護照或外國人登錄證。

其他 選項1「予約をして／預約」不正確。選項2「予約をして／預約」和「900円／900日圓」不正確。選項4「900円／900日圓」不正確。

75

山崎さんは、3月5日の午前8時から3月6日の午後10時まで自転車を借りたいが、どのように借りるのが一番安くて便利か。なお、山崎さんのマンションには駐輪場がある。

1 当日貸しを借りる。
2 当日貸しを1回と、4時間貸しを1回借りる。
3 当日貸しで2回借りる。
4 3日貸しで1回借りる。

山崎先生想要從3月5日的上午8點到3月6日的晚上10點租借自行車，最便宜且方便的方式是什麼？

1 當日租借一次。
2 當日租借一次，並再租借一次4小時。
3 當日租借兩次。
4 三日租借一次。

答案 (4)

解題 當天借還的話，必須在晚上八點半前歸還，因此，租車的時間若是包含5號的半夜，以及到6號的晚上十點之前的話，必須選擇④租借三天。

第四回 聽解

問題一 翻譯與解題

問題1では、まず質問を聞いてください。それから話を聞いて、問題用紙の1から4の中から、最もよいものを一つ選んでください。

問題 1 中，請先聆聽問題。然後聽取對話內容，從選項 1 到 4 中選擇最適合的答案。

例

レストランで店員と客が話しています。客は店員に何を借りますか。

M：コートは、こちらでお預かりします。こちらの番号札をお持ちになってください。

F：じゃあこのカバンもお願いします。ええと、傘は、ここに置いといてもいいですか。

M：はい、こちらでお預かりします。

F：だいぶ濡れてるんですけど、いいですか。

M：はい、そのままお預かりします。お客様、よろしければ、ドライヤーをお使いになりますか。

F：ハンカチじゃだめなので、何かふくものをお借りできれば…。ドライヤーはいいです。ふくだけでだいじょうぶです。

客は店員に何を借りますか。

1 コート
2 傘
3 ドライヤー
4 タオル

在餐廳裡，店員和顧客正在對話。顧客向店員借了什麼？

M(店員)：外套我們這邊幫您保管。這是您的號碼牌，請拿好。

F(顧客)：那這個包也幫我收一下吧。嗯……傘可以放這裡嗎？

M(店員)：好的，我們這邊保管。

F(顧客)：傘有點濕，沒關係吧？

M(店員)：沒問題，我們就這樣收下。如果您需要的話，還有吹風機可以用。

F(顧客)：手帕不夠用，能借我點什麼擦擦嗎？吹風機就算了，擦一擦就行了。

顧客向店員借了什麼？

1 大衣
2 傘
3 吹風機
4 毛巾

答案 (4)

解題 女士想跟店員借的東西，從對話中的「だいぶ濡れてるんですけど／（包包）濕透了」。再加上女士最後一段話首先說「何かふくものをお借りできれば…／如果能借我可以擦拭之類的東西…」，後面又說「ふくだけでだいじょうぶです／可以擦拭就好了」。「ふく／擦」這個單字是指為了弄乾或弄乾淨，用布或紙等擦拭，以去掉水分或污垢等的意思，只要能聽出這一點就知道答案是選項 4 的「タオル／毛巾」了。

其他 選項 1「コート／外套」是女士身上穿的。選項 2「傘／雨傘」是女士帶過去的。選項 3「ドライヤー／吹風機」被女士的「ドライヤーはいいです／吹風機就不用了」給拒絕了。「いいです／不用了」在這裡是一種委婉的謝絕或辭退的說法，通常要說成下降語調。

1

保健センターの職員と男の人が話しています。男の人はこの後何をしますか。

M：こんにちは。今日予約していた三浦と申しますが…。

F：こんにちは。健康診断のご予約の方ですね。まず、こちらの用紙に必要なことを書いてお待ちください。

M：これは家に届いていたので、記入して来ました。

F：ありがとうございます。では、体重や身長などを計りますので、その前に着替えをお願いします。それが済んだらレントゲン検査になります。

M：はい、わかりました。

F：用意ができましたらお呼びしますので、着替えをされたらあちらのソファーでお待ちください。

男の人はこの後何をしますか。

1 用紙に記入する
2 着替える
3 体重や身長を計る
4 レントゲン検査を受ける

在保健中心，職員和一位男士正在交談。這位男士接下來要做什麼？

M(男士)：你好，我是今天預約的三浦……

F(職員)：你好，您是來做健康檢查的吧。首先，請填寫這張表格並稍等。

M(男士)：這張表我已經在家裡填好了。

F(職員)：謝謝您。接下來，我們會測量您的體重和身高，請您先去換衣服。換好衣服後，我們會進行X光檢查。

M(男士)：好的，我知道了。

F(職員)：等您換好衣服後，我們會叫您的名字，請您到那邊的沙發稍等。

這位男士接下來要做什麼？

1 填寫表格
2 換衣服
3 測量體重和身高
4 接受X光檢查

答案 **(2)**

解題 對話中提到要先換衣服再量體重，之後才要做X光檢查，因此答案是選項2。

其他 選項1資料已經填完了。選項3量身高體重之前要先換衣服。選項4 X光檢查是量體重之後才要做的事。

2

会社で女の人と男の人が話をしています。男の人はこの後、まず何をしなければなりませんか。

F：明日の予約、だいじょうぶ。

M：はい。7時から全部で6人、日本料理の店を予約してあります。

F：明日は雨になるかもしれないって天気予報で言っていたけれど、会社の車を使うわけにはいかないからタクシーも予約をしておいてね。

M：はい。タクシーは2台ですね。6人だと。

F：ああ、私は行けない。部長は別の場所から行くかも。明日の予定、聞いてみて。そうすると会社から行くのは4人ね。あ、部長が一人で行くようなら、店の名前と場所をちゃんと伝えておいてね。

M：わかりました。

男の人はこの後まず、何をしなければなりませんか。

1 明日、会社の車が使えるか調べる
2 部長に明日の予定をきく
3 タクシーを予約する
4 部長に店の名前と場所を伝える

在公司裡，一位女士和一位男士正在交談。這位男士接下來首先需要做什麼？

F(女員工)：明天的預約沒問題吧？

M(男員工)：是的，已經預約好了，從7點開始，一共6個人在一家日本料理店。

F(女員工)：天氣預報說明天可能會下雨，因為公司車不能用，所以也請預訂一下計程車吧。

M(男員工)：好的，要預訂兩台計程車，對吧？6個人需要兩台。

F(女員工)：哦，我明天去不了。部長可能會從別的地方直接去，你問一下部長明天的行程。如果是這樣，從公司出發的就只有4個人了。啊，如果部長一個人過去的話，記得把餐廳的名字和地址告訴他哦。

M(男員工)：明白了。

這位男士接下來首先需要做什麼？

1 查詢明天是否可以使用公司車
2 詢問部長明天的行程
3 預訂計程車
4 告訴部長餐廳的名字和地址

答案 (2)

解題 男士要做的事情順序是：首先要確認經理的行程，如果經理要從其他地方過去，就要告知經理餐廳的資訊，然後預約計程車。因此選項2正確。

其他 選項1女士說不開公司的車，要叫計程車。選項3雖然要預約計程車，但因為經理可能會從其他地方過去，所以要再確認。選項4如果經理要一個人過去，才要告知經理餐廳的名稱，因此必須先確認。

3

交番で警察官と女の人が話しています。警察官はこの後、何をしますか。

F：あのう、この近くに高橋さんというお宅はないでしょうか。

M：高橋さん。下のお名前か、住所はお分かりですか。

F：住所は…ちょっと…わからないんですけど、高橋はなさんです。大きい犬がいるんですけど。

M：大きい犬ですか…。この辺だと…どこかなあ。もうじき、もう一人の警官がパトロールから戻って来るので聞いてみますよ。待ってる間、ちょっと電話帳、見てみましょう。

F：すみませんねえ。

M：いいですよ。で、わからなかったら…うーん、そこのペットショップの人が知ってるかもしれませんね。いっしょに行きましょう。

警察官はこの後、何をしますか。

1 電話帳を見る
2 ペットショップに行く
3 もう一人の警官に相談する
4 女の人といっしょに高橋さんの家を探しに行く

在派出所裡，警察和一位女士正在交談。這位警察接下來會做什麼？

F(女士)：請問，這附近有一戶姓高橋的人家嗎？

M(警察)：姓高橋嗎。您知道他的名字或住址嗎？

F(女士)：住址…這個…不太清楚。但她叫高橋花，家裡有隻大狗。

M(警察)：大狗啊…。這附近有哪戶人家養大狗呢？不過，馬上會有另一位警官從巡邏回來，我可以問問他。在等的時候，我們先看看電話簿吧。

F(女士)：真是麻煩您了。

M(警察)：沒關係。如果還找不到的話……嗯，也許附近那家寵物店的人知道。到時候我們可以一起去問問看。

這位警察接下來會做什麼？

1 查看電話簿
2 去寵物店
3 向另一位警官詢問
4 與女士一起尋找高橋小姐的家

答案 (1)

解題 兩人要等另一位警官回來後再問問他。而「待ってる間／等待的時候」要做的事情，就是接下來要做的事。因此要看電話簿，選項 1 是正確答案。

其他 選項 2 如果另一位警官也不知道的話才要這麼做。選項 3 這是另一位警官回來後要做的事。選項 4 兩人並沒有談到要親自去找。

4

男の人と女の人がキャンプの準備をしています。女の人はこれから何をしますか。

M：着るものは足りるかな。子どもたち、川で遊ぶから絶対びしょびしょになるよ。シャツもっと買っとく？

F：うーん、まあ、乾かせばいいよ。わざわざ新しい服を買うこともないでしょう。夏だし、一泊だけだし。

M：じゃ、あとは料理の道具か。

F：うん。そっちの準備はお願い。今から郵便局のついでに、車にガソリンをいれてくるから。

M：ちょっと待ってよ。今日の夕飯はどうするの。もうすぐ子どもたち、帰って来るよ。

F：だいじょうぶ。もう作ってあるから。ああ、私が帰って来るまでにお風呂に入れといて。

女の人はこの後何をしますか。

1 夕飯の準備をする

2 料理の道具を準備する

3 郵便局とガソリンスタンドに行く

4 子どもを迎えに行く

男士和女士正在準備露營。這位女士接下來會做什麼？

M(男士)：帶的衣服夠嗎？孩子們會在河裡玩，肯定會弄得全身濕透。要不要再多買幾件T恤？

F(女士)：嗯，沒關係，晾乾就行了，沒必要特意再買新衣服吧。反正是夏天，又只住一晚。

M(男士)：那剩下的就是料理用具了。

F(女士)：嗯，料理的東西就麻煩你準備了。我現在順便去郵局，然後去給車加油。

M(男士)：等等，今天晚飯怎麼辦？孩子們快回來了。

F(女士)：沒問題，晚飯我已經準備好了。哦，對了，我回來之前，麻煩你先讓孩子們洗澡吧。

這位女士接下來會做什麼？

1 準備晚飯

2 準備料理用具

3 去郵局和加油站

4 去接孩子

答案 (3)

解題 注意女士說「今から／現在」的部分。提到現在要去郵局和去加油，可知答案是選項 3 。

其他 選項 1 晚飯已經做好了。選項 2 女士對男士說「お願い／拜託你了」。選項 4 男士說孩子們就快要回來了。※ 詞彙及文法補充：

◇「びしょびしょ／溼答答」表示被大量的水淋濕的樣子。

◇「買っとく／先去買」、「お風呂に入れといて／先去泡澡」是「買っておく／先去買」、「～入れておいて／先進去…」的口語說法。

5 男の人が郵便局で荷物を出そうとしています。男の人はいくら払いますか。

M：この荷物、お願いします。

F：はい、一つ 1,130 円なので、三つで 3,390 円ですね。

M：これだけ手作りのケーキなんで、冷やして送りたいんですけど。

F：ああ、冷蔵ですと、一つ 1,790 円ですので、合計で 4,050 円になります。

M：いつ届きますか。

F：今からですと、明後日になりますね。

M：ああ、それじゃちょっと遅いな…。ケーキはやっぱりいいです。

F：承知しました。

男の人はいくら払いますか。

1 2,260 円
2 3,390 円
3 4,050 円
4 5,370 円

一位男士正在郵局準備寄送包裹。這位男士最終需要支付多少錢？

M(男士)：這些包裹，麻煩你了。

F(郵局職員)：好的，每個包裹 1,130 日圓，三個包裹一共是 3,390 日圓。

M(男士)：其中這個是我手工做的蛋糕，我想用冷藏的方式寄送。

F(郵局職員)：哦，冷藏運送的話，每個包裹 1,790 日圓，總共是 4,050 日圓。

M(男士)：什麼時候能送到？

F(郵局職員)：現在寄的話，後天能到。

M(男士)：哦，這樣的話有點晚了……蛋糕就不寄了。

F(郵局職員)：好的，我明白了。

這位男士最終需要支付多少錢？

1 2,260 日圓
2 3,390 日圓
3 4,050 日圓
4 5,370 日圓

答案 (1)

解題 寄一件行李是 1,130 日圓，因此普通行李三件要 3,390 日圓。而其中一件是蛋糕，因為需要冷藏所以是 1,790 日圓，總共 4,050 日圓。男士最後決定不寄送蛋糕了，因此要寄送的行李是兩件，總共 2,260 日圓。正確答案是選項 1 。

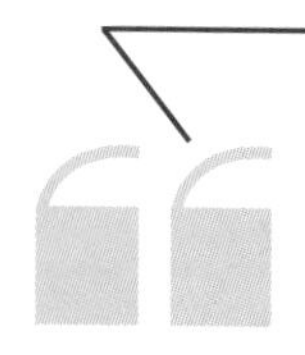

問題2では、まず質問を聞いてください。そのあと、問題用紙のせんたくしを読んでください。読む時間があります。それから話を聞いて、問題用紙の1から4の中から最もよいものを一つ選んでください。

在問題2中，請首先聆聽問題。然後閱讀問題紙上的選項，這段時間可以用來仔細閱讀。接下來聆聽對話，從選項1到4中選擇最合適的答案。

例

男の人と女の人が話しています。男の人はどうして寝られないと言っていますか。

M：あーあ。今日も寝られないよ。

F：どうしたの。残業？

M：いや、中国語の勉強をしなくちゃいけないんだよ。おととい、部長に呼ばれたんだ。それで、この前の会議の話をされてさ。

F：何か失敗しちゃったの？

M：いや、あの時、中国語の資料を使っただろう、って言われてさ。それなら、中国語は得意だろうから、来月の社長の出張について行って、中国語の通訳をしてくれって頼まれちゃって。仕方がないからすぐに本屋で買って来たんだ。このテキスト。

F：ああ、これで毎晩練習しているのね。でも、社長の通訳なんてすごいじゃない。がんばって。

男の人はどうして寝られないと言っていますか。

1 残業があるから
2 中国語の勉強をしなくてはいけないから
3 会議で失敗したから
4 社長に叱られたから

男士和女士正在對話。男士說自己為什麼睡不著？

M(男士)：唉，又要睡不著了。

F(女士)：怎麼了？加班嗎？

M(男士)：不是，是得學中文。前天被部長叫去，他提到了前幾天開會的事。

F(女士)：你是出了什麼差錯嗎？

M(男士)：不是啦，他說我那次用了中文資料，就覺得我中文很好，所以就讓我下個月陪社長出差，還要當中文翻譯。沒辦法，我馬上就跑去書店買了這本教材。

F(女士)：啊，原來你每天晚上都在練習這個啊。不過，能當社長的翻譯挺厲害的嘛，加油哦！

男士說自己為什麼睡不著？

1 因為有加班
2 因為必須學習中文
3 因為在會議上失敗了
4 因為被社長訓斥了

答案 (2)

解題 從男士說因為之前會議中引用了中文的資料，被部長認為應該很擅長中文，而派任務跟社長一起出差，同時擔任中文口譯。因此男士不能睡覺的原因是「中国語の勉強をしなくちゃいけないんだよ／必須得學中文」，由此得知答案是選項2的「中国語の勉強をしなくてはいけないから／因為必須得學中文」。

其他 選項1女士問「どうしたの。残業？／怎麼啦？加班？」，男士否定說「いや／不是」，知道選項1「残業があるから／因為要加班」不正確。選項3男士提到之前的會議，女士又問「何か失敗しちゃったの／是否搞砸了什麼事？」，男士又回答「いや／不是」，知道選項3「会議で失敗したから／因為會議中失敗了」也不正確。選項4對話中完全沒有提到「社長に叱られたから／因為被社長罵了」這件事。

1

先生と学生が話しています。学生はどうして謝っているのですか。

F：推薦状は、いつまでに書かなければならないんですか。
M：あの、締め切りは金曜日なので、あさってにでもいただければだいじょうぶです。
F：あさって？私は、明日の夜から出張ですよ。そうすると、明日までということですね。困ったわね…。今日はこれから会議だし…。
M：先生、内容は、このまま書いていただければ。
F：ちょっと見せて。…ああ、少し直さなければダメですね。
M：すみません。
F：直すことはすぐできます。だけど、何でも、もっと余裕をもって動かないとダメですよ。
M：はい。今度から気をつけます。

学生はどうして謝っているのですか。
1 先生に推薦状を頼むのが遅かったから
2 先生が忙しい時に推薦状を頼んだから
3 何をしてほしいか話さなかったから
4 難しいことを頼んだから

老師和學生正在對話。這位學生為什麼道歉？

F(老師)：推薦信最晚什麼時候必須寫好呢？
M(學生)：截止日期是星期五，所以後天交給我就可以了。
F(老師)：後天？可是我明天晚上要出差了。那麼就必須在明天之前寫好，這有點麻煩……今天我還有會議呢……
M(學生)：老師，推薦信的內容按照這樣寫就可以了。
F(老師)：給我看看……嗯，有些地方需要修改。
M(學生)：對不起。
F(老師)：修改很快就能完成。不過，以後做事情都要留出充裕的時間才行啊。
M(學生)：好的，我以後會注意的。

這位學生為什麼道歉？
1 因為請求老師寫推薦信的時間拖得太晚
2 因為在老師忙的時候請求寫推薦信
3 因為沒有告訴老師需要寫什麼
4 因為請求老師做很難的事情

答案 (1)

解題「余裕をもって／從容」是時間綽綽有餘的意思。從前面的「いつまで／到什麼時候」、「明日まで／到明天之前」等等也可以知道兩人談論的是日期。而老師提到希望學生能提前預留寫推薦書的時間，可知正確答案是選項１。

其他 選項２老師要學生注意的不是「老師明天要出差」，而是「學生太晚才拜託老師了」。選項３學生說希望老師可以幫忙寫推薦函。選項４老師說「直すことはすぐできる／馬上就能修改好」，可知並不困難。

2

タクシーの運転手と乗客が話をしています。女の人は、どうして運転手にお礼を言ったのですか。

M：このあたりですね。
F：ええ。確か、そこの信号を曲がって…はい、そうそう。このビルの隣です。上富士っていうおいしい和菓子屋さんなんですけど。…あれ？
M：ああ、店はなくなったみたいですね。確かに、建物がとても古くなってたからなあ。
F：そうですか…。
M：戻りましょうか？…ああ、お客さん、引っ越し先のポスターが貼ってありますよ。
F：ああ、お店はやってるのね。よかった。でも、西町…というと、ここからどれぐらいでしょう。
M：30分ぐらいはかかりますね。
F：もう6時だから、行ってもやってないかしら…。まあ、いいわ。またにするわ。でも、ありがとう。駅まで戻ってください。

女の人は、どうして運転手にお礼を言ったのですか。
1 和菓子屋が閉店したことを教えてくれたから
2 和菓子屋の引っ越し先を見つけてくれたから
3 今、何時か教えてくれたから
4 西町までタクシーに乗せてくれたから

計程車司機和乘客正在交談。這位女士為什麼向司機道謝？

M(司機)：這附近了吧。
F(女士)：嗯，應該在那邊紅綠燈轉彎……對，就是這裡。旁邊的那棟樓是一家叫「上富士」的好吃的和菓子店。……咦？
M(司機)：啊，這家店好像已經關門了。那棟樓也確實挺老舊的。
F(女士)：是嗎……
M(司機)：要回去嗎？哦，客人，這裡貼著店搬遷的公告。
F(女士)：哦，店還在營業啊，太好了。不過，西町……離這裡有多遠？
M(司機)：大概30分鐘左右。
F(女士)：現在已經6點了，去了可能也關門了……算了，我下次再去吧。謝謝你，請送我回車站。

這位女士為什麼向司機道謝？
1 因為司機告訴她和菓子店已經關門了
2 因為司機找到了和菓子店的搬遷地點
3 因為司機告訴她現在幾點
4 因為司機送她到西町

答案（2）

解題 因為司機看見關於和菓子店搬家地址的海報，乘客知道了正在找的和菓子店只是搬家而已，因而說「よかった／太好了」。

其他 選項1和菓子店不是倒閉，而是搬家了。選項3司機回答的是「從這裡到西町」的時間。選項4因為已經六點了，所以今天就不去了。可知女士並沒有要去西町。

※補充：「～かしら」、「～わ」是女性用語。

3

大学で男子学生と女子学生が話しています。女の学生は明日の朝、どうして学校に来ないのですか。

F：今日の授業、難しかったなあ。
M：そう？ぼくは昨日、がんばって先週のノートを整理したんだ。そのせいか、今日の授業はわかりやすくておもしろかったよ。
F：私は明日の朝、うちで復習する。難しくなる一方だから。
M：へえ。明日って、午前中は授業ないの？
F：明日はもともと5時間あるはずなんだけど、午前中の授業が休講で午後からになったの。
M：そうか。いいなあ。
F：私は、午前中より5時間目が休講になってほしかったよ。ドイツ語も難しいんだもん。

女の学生は明日の朝、どうして学校に来ないのですか。

1 午前中の授業が休みになったから
2 復習をするから
3 今日の授業が難しかったから
4 ドイツ語が苦手だから

在大學裡，一位男學生和一位女學生正在交談。這位女學生明天早上為什麼不來學校？

F(女學生)：今天的課好難啊。
M(男學生)：是嗎？我昨天整理了上週的筆記，可能是因為這樣，今天的課對我來說很容易理解，還挺有趣的。
F(女學生)：我打算明天早上在家復習，因為課越來越難了。
M(男學生)：咦？明天上午沒有課嗎？
F(女學生)：本來明天應該有五節課的，但上午的課取消了，下午才有課。
M(男學生)：這樣啊，真不錯。
F(女學生)：我倒是希望第五節課取消，德語真是難學啊。

這位女學生明天早上為什麼不來學校？

1 因為上午的課取消了
2 因為要在家復習
3 因為今天的課太難了
4 因為她不擅長德語

答案 (1)

解題 女士提到「午前中の授業が休講で午後からになったの／早上停課了，變成下午才有課」，「休講／停課」是指暫停授課。大學裡的「授業／上課」多稱作「講義／授課」。可知正確答案是選項1。

其他 選項2女學生說因為停課，所以這段時間要用來複習。選項3今天的上課內容很困難，和明天停課沒有關係。選項4德語課在明天下午。

4

コンサート会場の受付で、女の人と係員が話をしています。女の人は何を持っていましたか。

M：申し訳ありませんが、お荷物のチェックをさせていただいています。

F：ああ、はい。

M：こちらのデジタルカメラは、会場に持ち込めません。こちらでお預かりするかロッカーに入れていただくことになります。あと、飲み物はペットボトルの水は持ち込めるのですが、他の食べ物や飲み物は…。

F：これはカメラじゃなくて自転車のライトです。

M：失礼しました。それでしたらだいじょうぶです。

F：じゃ、このクッキーとかガム、どうすればいいんでしょうか。

M：こちらでお預かりさせていただくか、あちらのロッカーに入れていただくかになります。

F：ああそうですか…。ガムもだめなんですね。

M：はい。すいませんが…。

女の人は何を持っていましたか。

1 デジタルカメラ
2 ジュース
3 ペットボトルの水
4 おかし

在音樂會場的接待處，一位女士和工作人員正在交談。這位女士帶了什麼？

M(工作人員)：不好意思，我們需要檢查您的物品。

F(女士)：哦，好的。

M(工作人員)：這台數位相機不能帶進場內，您可以把它寄存在這裡或者放在置物櫃裡。另外，瓶裝水可以帶進去，但其他食物和飲料就不行了……

F(女士)：這不是相機，是自行車的燈。

M(工作人員)：抱歉，那就沒問題了。

F(女士)：那這些餅乾和口香糖怎麼處理呢？

M(工作人員)：您可以寄存在這裡，或者放在那邊的置物櫃裡。

F(女士)：哦，連口香糖也不行啊。

M(工作人員)：是的，抱歉。

這位女士帶了什麼？

1 數位相機
2 果汁
3 瓶裝水
4 點心

答案 **(4)**

解題 女士説她帶的不是數位相機，而是自行車的車燈。而女士的餅乾和口香糖符合選項 4 的「おかし／點心」，皆不能帶入會場。

5

テレビで、アナウンサーが話しています。明日の朝は何に注意が必要ですか。

M：これから降る雪は、電車やバス、飛行機などすべての交通機関に影響を与えるおそれがあります。市内は、多い所で 20cm から 30cm ほど積もるところもあるでしょう。じゅうぶんに警戒してください。現在、雪は降っていないか降り始めたばかりのところも多いようです。しかし、昼過ぎまでには風が強まるとともに大雪になり、深夜まで降り続きます。明日は晴れますが、気温が低いために道路が凍って、滑りやすくなる恐れがありますので、お出かけの際には滑らないよう、じゅうぶんご注意ください。

明日の朝は何に注意が必要ですか。

1 凍った道路
2 電車やバス、飛行機の運転
3 大雪
4 寒さが厳しくなること

在電視上，播報員正在講話。明天早上應該注意什麼？

M(播報員)：接下來的降雪，可能會影響所有的交通工具，包括電車、公車和飛機。市區內的積雪最多可能達到 20 到 30 厘米，請保持警惕。現在許多地區還沒開始下雪或剛剛開始下，但預計到下午風力加大，會出現大雪，並持續到深夜。雖然明天天氣會放晴，但由於氣溫低，路面會結冰，容易滑倒，出門時請特別注意防滑。

明天早上應該注意什麼？

1 結冰的道路
2 電車、公車、飛機的運行情況
3 大雪
4 嚴寒的天氣

答案 (1)

解題 播報員説「道路が凍って、滑りやすくなる／路面結冰了，很容易打滑」。「滑らないよう／小心駕駛以免打滑」是針對「凍った道路で／在結冰的道路上」。因為問題是以「明日は／明天」開頭，因此要注意聆聽。正確答案是選項 1。

※ 詞彙補充：「恐れがある／恐怕」是「有可能會發生不好的事」的意思。

6

男の人と女の人が話しています。女の人は今日どうして早く会社を出ますか。

F：お先に失礼します。

M：あれ、今日は早いね。出張？

F：今日は久しぶりに友達に会う約束をしてて。デパートの前で待ち合わせなんです。

M：へえ。いいんじゃない。たまにはおいしいものを食べて仕事のことを忘れた方がいいよ。映画もいろいろおもしろそうなのやってるし。

F：でも、友達といっしょに、大学に授業を聞きに行くんですよ。「映画で学ぶフランス語」っていう社会人のための授業。大学の頃はさぼってばかりいたのに、会社に入ったらまた勉強したくなっちゃって。最近、学生の頃に観に行った映画をテレビで観てなつかしくなったせいかもしれないけど。

M：そうか。まじめだな。いってらっしゃい。

女の人は今日どうして早く会社を出ますか。

1 映画に行くから

2 フランス料理のレストランに行くから

3 大学に行くから

4 友達とデパートに行くから

男士和女士正在交談。這位女士今天為什麼提早下班？

F(女士)：我先走了。

M(男士)：咦，今天走得挺早啊。是出差嗎？

F(女士)：今天和好久沒見的朋友約好了見面，我們在百貨公司門口碰面。

M(男士)：哦，不錯嘛，偶爾出去吃點好吃的，忘掉工作也挺好的。最近有很多有趣的電影上映呢。

F(女士)：不過，我要和朋友一起去大學聽課。這是一門專為社會人士設的課程，叫「通過電影學法語」。雖然大學時代我經常逃課，但工作後反而又想重新學習了。也許是因為最近在電視上看了以前學生時代看過的電影，覺得很懷念吧。

M(男士)：哦，真認真啊。路上小心。

這位女士今天為什麼提早下班？

1 因為要去看電影

2 因為要去法國料理餐廳

3 因為要去大學

4 因為要和朋友去百貨公司

答案 **(3)**

解題 女士說要和朋友一起去大學聽課，所以選項 3 正確。

其他 選項 1 女士要去大學上「映画で学ぶフランス語／看電影學法語」這堂課。選項 2 女士並沒有說要去餐廳。選項 4 女士說要和朋友在百貨公司前會面。

※ 詞彙補充：「さぼる／翹班、翹課」是指偷懶不工作，或不去上課。

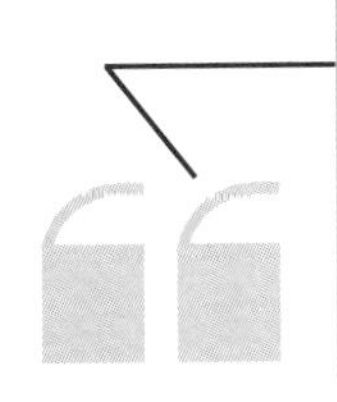

第四回 聽解

問題三 翻譯與解題

問題3では、問題用紙に何もいんさつされていません。この問題は、全体としてどんな内容かを聞く問題です。話の前に質問はありません。まず話を聞いてください。それから、質問とせんたくしを聞いて、1から4の中から、最もよいものを一つ選んでください。

在問題 3 中，問題紙上沒有任何印刷的內容。這是一個需要了解整體內容的問題。在對話之前，沒有提問。請先聆聽對話，然後聆聽問題和選項，從 1 到 4 中選擇最合適的答案。

例

テレビで俳優が、子どもたちに見せたい映画について話しています。

M：この映画では、僕はアメリカ人の兵士の役です。英語は学校時代、本当に苦手だったので、覚えるのも大変でしたし、発音は泣きたくなるぐらい何度も直されました。僕がやる兵士は、明治時代に日本からアメリカに行った人の孫で、アメリカ人として軍隊に入るっていう、その話が中心の映画なんですが、銃を持って、祖父の母国である日本の兵士を撃つ場面では、本当に複雑な辛い気持ちになりました。アメリカの女性と結婚して、年をとってから妻を連れて、日本に旅行に行くんですが、自分の祖父のふるさとをたずねた時、妻が一生懸命覚えた日本語を話すんです。流れる音楽もいいですし…とにかくとてもいい映画なので、ぜひ観てほしいと思います。

どんな内容の映画ですか。

1 昔の小説家についての映画
2 戦争についての映画
3 英語教育のための映画
4 日本の音楽についての映画

M(演員)：在這部電影裡，我扮演的是一名美國士兵。因為我學生時代的英文真的很差，所以記台詞很困難，發音也被糾正了無數次，甚至讓我想哭。我飾演的這個士兵是明治時代從日本到美國的人的後代，作為美國人入伍。這部電影主要講的就是這樣一個故事。有一場戲，我拿著槍，對著祖父的祖國——日本的士兵開槍，那時候我的心情非常複雜和難受。後來，他與一位美國女性結婚，年老後帶著妻子去日本旅行，當他拜訪祖父的故鄉時，他的妻子努力地説著她學會的日語。這部電影的音樂也非常棒……總之，這是一部非常感人的好電影，希望大家能夠去看看。

這是一部什麼內容的電影？

1 關於過去的小説家的電影
2 關於戰爭的電影
3 為英語教育製作的電影
4 關於日本音樂的電影

答案（2）

解題 對話中列舉了戰爭相關的內容。從演員扮演的日裔美國人入伍開始，中間手持槍打日本軍，也就是日本人打日本人的畫面，到攜美籍妻子赴日探訪祖父的家鄉，妻子努力用所學的日語説話等內容。知道正確答案是選項 2。

其他 選項 1 內容沒有提到以前的小説家。選項 3 內容只提到演員扮演日裔美國人時，説英語的萬般辛苦，並沒有提到英語教育一事。選項 4 內容只提到電影中播放的配樂，並沒有提到日本相關音樂。

1

テレビで女優が話しています。

F：朝、起きてまず体操をしていたこともあったんです。子どもの頃からラジオを聞きながら、一、二、三、って。だけど今はまず外に行くんです。小さい犬がいるんですけど、いっしょに。で、ゆっくり歩いたり、ちょっと走ったり。体を動かすだけでなく、朝の新鮮な空気を吸って、朝の太陽の光を浴びる。これ、とってもいいことなんですよ。おかげで、長時間の仕事や、暑さや寒さも、かなり我慢できます。何と言っても、朝ごはんがおいしいんです。走るのもいいかもしれませんが、少し疲れている時はどうかなって思いますよね。

何についての話ですか。

1 体操の楽しさ
2 子どもの頃の思い出
3 ペットの話
4 散歩について

在電視上，一位女演員正在講話。

F(女演員)：以前早上起來，首先會做體操。從小就聽著廣播，一、二、三地做。但現在，我一早起來會先出去。我家有隻小狗，我會帶牠一起出去散步。慢步走，有時小跑一下。不僅能活動身體，還能吸到早晨的新鮮空氣，沐浴在晨光中。這真的很好。因為這樣，我可以更好地忍受長時間的工作以及炎熱和寒冷。而且，最棒的是早飯變得特別好吃。雖然跑步也不錯，但稍微有點累的時候，我覺得散步更合適。

這位女演員主要在談什麼？

1 體操的樂趣
2 童年的回憶
3 關於寵物
4 散步的好處

答案 **(4)**

解題 全文都在講述早晨散步的話題，因此正確答案是選項４。

其他 選項１女演員說「していたこともあった／以前有做過（體操）」。這是說她有此經驗，但並不是這次談話的主題。選項２女演員說的話全都是現在式，表示她說的是現在的事情。選項３女演員說她會和狗狗一起。

※ 詞彙及文法補充：

◇「おかげ／多虧了」是「因為某事造成了良好的影響」的意思。例句：先生のおかげで、合格できました／托老師的福，我考上了。

◇「どうかな／這樣似乎不太妥當、這樣妥當嗎」表示否定的心情。女演員要說的是「我不贊成在疲憊的時候跑步」。

2

男の人が話をしています。

M：みなさん、今日はおめでとうございます。新しい場所、新しい環境、新しい出会い。大勢の中から選ばれ、またわが社を選んでくれたみなさんとの出会いに、私も心から感謝しています。これからみなさんはいろいろな人に出会って、いやだな、と思うこともあるでしょう。なぜこんながまんをしなければならないのかと思うことも必ずあります。そんな時は、ぜひ、もし自分が相手の立場だったら？と考えてください。また、仕事とは、一人でできるものではありません。みなさんがすることになる一つ一つの仕事には、たくさんの人が関わっているのです。

この人はどんな人たちに向かって話していますか

1 新入社員
2 新入生
3 退職をする社員
4 卒業生

一位男士正在講話。

M(男士)：各位，今天恭喜你們。新的場所，新的環境，新的相識。能從眾多人中被選中並選擇了我們公司，我對這次的相識由衷地感謝。接下來，你們會遇到形形色色的人，可能也會有讓你們覺得不開心的時候，甚至會懷疑為什麼要忍受這些。在那時候，請務必想一想，如果自己是對方，會怎麼看待這件事呢？另外，工作並不是一個人就能完成的，你們即將從事的每一項工作，背後都會有很多人的參與和支持。

這位男士是在對什麼人說話？

1 新入社員
2 新生
3 即將退休的員工
4 畢業生

答案 (1)

解題 男士說「新しい場所／新的環境」、「わが社／本公司」，因此可推測這是新進員工入社典禮之類場合的演說。因此選項 1 正確。

3

大学の授業で先生が話しています。

M：そこで買い物をする人もしない人も、日本で生活する上で、利用しないわけにはいかないのがコンビニエンスストアです。買い物をするだけでなく、ガス代や水道代を払ったり、荷物を送ったり、貯金をおろしたりするためにも使われています。コンビニは海外にも様々な国でみかけますが、文化によってコンビニの役割はちがいます。ただ、コンビニはできた当初から今のようにいろいろなことができる場所だったわけではありません。この先もコンビニの進化は続きそうです。コンビニの進出によって日本の産業の形が大きく変わったことも忘れてはなりません。コンビニに注目する事によって、これからの日本の経済だけでなく、社会の変化にも予測を立てることができそうですね。

コンビニについてなんと話していますか。

1 昔のコンビニは小さくて買い物だけしかできなかった
2 日本のコンビニが便利なことは海外でも有名だ
3 コンビニの変化で経済や社会がどう変わるか考えることができる
4 コンビニができたことによって、危険な社会になった

在大學課堂 上，教授正在講課。

M(教授)：不管是去那裡買東西的人，還是不去的人，在日本生活都無法避免使用便利商店。不僅能購物，還可以支付瓦斯費、水費、寄送包裹，甚至提取存款。便利商店在海外的許多國家也能見到，但由於文化不同，便利商店的功能也不同。然而，便利商店一開始並不是像現在這樣功能齊全的地方。未來，便利商店的發展還會繼續。我們不能忘記，便利商店的出現改變了日本的產業形態。關注便利商店，不僅可以預測日本經濟的未來，還能預測社會的變化。

他在談論便利商店的什麼？

1 過去的便利商店很小，只能購物
2 日本的便利商店便利性在海外也很有名
3 通過便利商店的變化，可以思考經濟和社會的變化
4 便利商店的出現使社會變得危險

答案 (3)

解題 老師説的內容順序如下：便利商店有各式各樣的功能。便利商店的功能持續推陳出新。從便利商店可以預測出經濟和社會的變化。因此符合的是選項３。

其他 選項１老師並沒有説便利商店很小。選項２老師並沒有説日本的便利商店在海外也很有名。選項４老師並沒有説便利商店會危害社會。

4

女の人がラジオで家族について話しています。

F：母はいろんなことを遊びに換えてしまうんです。たとえば、食器洗い５点、玄関の掃除10点、ぞうきんがけ５点とか、点数をつけて、一週間で一番たくさん集めた人が日曜日の夕飯に食べる料理を決めるとか。兄弟が３人いたので、みんな結構本気でがんばっていましたしね。たまに父も入るんですけど、一つのことに一生懸命になる性格なので、なかなか点数がたまらないんです。ちょっと気の毒でしたね。日曜日なのに。

この人の両親はどんな人ですか

1 まじめな母親と、気が弱い父親
2 楽しい母親と、まじめな父親
3 まじめな母親と、厳しい父親
4 楽しい母親と、勉強嫌いの父親

在廣播節目中，一位女士正在談論家庭事務。

F(女士)：我媽媽總是把很多事情變成遊戲。比如，洗碗得５分，打掃玄關得10分，用抹布擦地得５分，然後一週內分數最多的人可以決定星期天晚餐吃什麼。因為我們家有三個兄弟姐妹，所以大家都很認真地參加。有時候我爸爸也會參加，但他做什麼都特別專注，結果分數累積得很慢。有點可憐，畢竟是星期天嘛。

這位女士的父母是什麼樣的人？

1 認真的母親和膽小的父親
2 有趣的母親和認真的父親
3 認真的母親和嚴格的父親
4 有趣的母親和不喜歡學習的父親

答案（2）

解題 女士正在談論的是擅於把各種事物變成遊戲的媽媽，和一次只專注在一件事上的爸爸。因此選項２正確。

5

男の人と女の人が電話で話しています。

M：さっき、城山さんから電話があったんだけど、送った書類が足りなかったって。

F：えっ、何度も確認したから間違いないはずだけど。

M：それが、こちらから送る直前に追加があって、それを知らせるためのメールがこちらに届いていなかったらしい。去年の資料だからすぐに送れるけど、やっぱり君が確認してからの方がいいと思ったから。

F：ううん。大丈夫。送ってくれる？私から城山さんに電話をするから。

M：そうか。わかった。

男の人は、これから何をしますか。

1 城山さんに電話をする
2 書類をさがす
3 城山さんに書類を送る
4 城山さんに文句を言う

男士和女士正在通電話。

M(男士)：剛剛城山先生打電話來，說寄去的文件不齊全。

F(女士)：咦？我確認了好幾次，應該沒錯啊。

M(男士)：在我們寄出文件之前，臨時追加了一些資料，但通知的郵件沒發到我們這裡。因為是去年的資料，所以我可以馬上寄過去。不過，我覺得讓你確認一下比較好。

F(女士)：不，不用擔心。你直接寄過去吧。我會打電話給城山先生。

M(男士)：好，明白了。

這位男士接下來會做什麼？

1 打電話給城山先生
2 找文件
3 寄文件給城山先生
4 向城山先生抱怨

答案 **(3)**

解題 城山先生打電話來說資料不齊全。男士向女士報告說資料可以馬上寄出，但覺得還是等女士確認過後再寄送比較好。女士說可以馬上寄送。「大丈夫／沒關係」的意思是不必確認也沒關係。所以正確答案是選項 3 。

其他 選項 1 要打電話的是女士。選項 2 因為是去年的資料，所以不需要找，可以馬上寄出。選項 4 沒有對城山先生生氣。

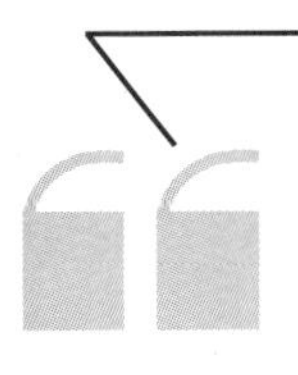

第四回 聽解

問題四 翻譯與解題

問題４では、問題用紙に何もいんさつされていません。まず文を聞いてくださいそれから、それに対する返事を聞いて、１から３の中から、最もよいものを一つ選んでください。

在問題４中，問題紙上也沒有任何印刷的內容。請首先聆聽句子，然後聆聽對應的回答，從１到３中選擇最合適的答案。

例

M：あのう、この席、よろしいですか。
F：１ええ、まあまあです。
２ええ、いいです。
３ええ、どうぞ。

M(男士)：嗯，請問這個座位可以坐嗎？
F(女士)：
1 嗯，還好吧。
2 嗯，可以的。
3 嗯，請隨意。

答案 (3)

解題 被對方問説「あのう、この席、よろしいですか／請問這位子我可以坐嗎？」要表示「席は空いていますよ、座ってもいいですよ／位子是空的喔、可以坐喔」，可用選項３的「ええ、どうぞ／可以，請坐」表示允許的説法。

其他 選項１「ええ、まあまあです／嗯，還算可以」表示狀況、程度等，可以用在被詢問「お元気ですか／你好嗎？」等的回答，這時的「ええ、まあまあです」表示沒有特別異常的情況。這樣的回答在這題不合邏輯。選項２「ええ、いいです／嗯，好啊！」表示答應邀約等，可以用在被詢問「今晩飲みに行きませんか／今晚要不要一起去喝一杯呀？」等的回答。這樣的回答在這題也不合邏輯。

1

M：昨日はさすがにのみすぎたよ。
F：１だいじょうぶ？
２お酒、あまりたくさんなかったからね。
３へえ、さすがだね。

M(男士)：昨天我真的喝多了。
F(女士)：
1 你還好吧？
2 昨天的酒也沒很多啊。
3 哇，真是厲害啊。

答案 (1)

解題「さすがに／果然、真的是」用於想表達有和預想不同的一面時。題目的意思是「我雖然能喝酒，但昨天真的喝太多了」的意思。可回答選項１表示關心。

其他 選項３是當對方説「昨日はたくさん飲んだけど、全然なんともないよ（元気だよ）／雖然昨天喝了很多，但完全沒受影響耶（依然很有精神哦）」時的回答。意思是「やっぱり、あなたはお酒が強いね／你的酒量果然很好」。

2

F：明日からやっと部長の顔を見ないで済む！
M：１うん。さびしいね。
２うん。楽しみにしててね。
３うん。でも、それは言い過ぎだよ。

F(女士)：從明天開始，終於不用再看到部長了！
M(男士)：
1 嗯，會覺得有點寂寞呢。
2 嗯，期待吧。
3 嗯，但這樣説有點過分哦。

答案 (3)

解題 題目說的是「不用再見到經理了，很開心」。男士回答「うん／對啊」，表示理解對方的心情，選項３後面接「でも／但是」，表示「可是…」。

其他 選項１，以「うん／對啊」表示肯定，後面接「寂しいね／好寂寞喔」不合邏輯。選項２用在「男士將要做某事，請對方拭目以待」時。經理不在公司和男士要做什麼事沒有關係，所以不正確。例句：旅行のお土産を買って帰るから、楽しみに待っててね／我會帶旅行的伴手禮回來，好好期待哦！

※ 詞彙補充：「やっと／終於」用在表示「等待的事得以實現，很開心」時。

3

M：あ、荷物がいつのまにかなくなってる。
F：1 ああ、さっき運んでおいたよ。
2 一時間かかるよ。
3 田中さんが持ってくるよ。

M(男主角)：啊，我的行李怎麼不見了？
F(女士)：
1 哦，我剛才已經幫你搬走了。
2 還要一個小時。
3 田中先生會拿過來的。

答案 (1)

解題 男士說的是「行李本來應該在這裡的，但現在卻找不到」的情況。女士回答表示「已經搬到其他地方了哦」的選項1最適當。

※ 詞彙補充：「いつの間にか／不知不覺」是「沒注意到的時候」的意思。

4

M：かなりお疲れのようですから、ここでいったん休みましょうか。
F：1 そうですね。コーヒーでも飲みましょう。
2 そうですね。それで行ったんですね。
3 そうですね。ではいつ休みますか。

M(男士)：你看起來很累了，要不要在這裡先休息一下？
F(女士)：
1 是啊，我們喝杯咖啡吧。
2 是啊，所以你就去了吧。
3 是啊，那我們什麼時候休息？

答案 (1)

解題「いったん（一旦）／一時」是一旦或暫且、暫時的意思。

其他 選項2題目說的不是「行った／去了」。選項3「ここで／現在」指的是「今／現在」、「この時に／此刻」，因此詢問「いつ休みますか／什麼時候休息」不合邏輯。

5

F：その本、返すのは今度でいいですよ。
M：1 いいえ。お返ししました。
2 はい。お返ししました。
3 ありがとうございます。助かります。

F(女士)：那本書下次再還也沒關係。
M(男士)：
1 不，我已經還了。
2 好的，我已經還了。
3 謝謝，這樣真是幫大忙了。

答案 (3)

解題 題目的意思是還沒歸還「その本／那本書」，但現在不還沒關係。可回答選項3表示感謝。

其他 選項1如果是「いいえ。（今）お返しします／不，我（現在就）還你」則為正確答案。選項2如果是「はい。今度お返しします／好，我下次還你」則為正確答案。

6

M：なかなか思うように書けないな。
F：1 少し休んでみたら？
2 うん、なんとか書けそうだね。
3 大丈夫、わたしもそう思うよ。

M(男士)：寫得真不順啊。
F(女士)：1 要不要稍微休息一下？
2 嗯，看來你還是能寫出來的。
3 沒關係，我也這麼覺得。

答案 (1)

解題「思うように／和想像的一樣」是「正如我所想的那樣」的意思。男士說的是「うまく書けない／無法寫得很好」。可回答選項1，向男士提供意見。

其他 選項2是當對方說「なんとか書けそうだな／不管是什麼，總能寫出點東西吧」等情況時的回答。選項3是當對方說「うまく書けたと思うけど、どうかな／我覺得我寫得很好，你覺得呢？」等情況時的回答。

※ 詞彙補充：「なかなか～ない／相當不…」是「非常不…、不是簡單就…」的意思。

7

F：これぐらいできないと困（こま）りますよ。

M：1　はい。なんとかがんばります。

　　2　いいえ。これだけですよ。

　　3　はい。すぐできました。

F(女士)：如果這點事都做不到，那可就麻煩了哦。

M(男士)：

1 是的，我會盡力完成。

2 不，只有這些。

3 好的，我馬上就完成了。

答案 (1)

解題 這是因沒有做好工作等等，而被訓斥的情形，應回答選項1。

其他 選項2是當對方問「他（ほか）にもやることがありますか／還有其他事要做嗎」時的回答。選項3，因為沒做好所以被訓斥，這時回答「すぐできました／很快就做好了」是不正確的。※ 詞彙補充：「これぐらい／這種程度」是很容易就能做到這個程度的意思，用於指「最低限度」。

8

M：山口（やまぐち）さんって、女（おんな）らしいんだね。

F：1　そうですよ。女性（じょせい）です。

　　2　そんなことないですよ、家事（かじ）は苦手（にがて）です。

　　3　そうです。ハンサムでやさしい人です。

M(男士)：山口真有女人味啊。

F(女士)：

1 是啊，她是女性嘛。

2 沒那回事啦，我家務做得不太好。

3 是的，她是個帥氣又溫柔的人。

答案 (2)

解題 「女（おんな）らしい／有女人味」是「有女孩子的感覺、女性的典範」的意思。對女性而言是稱讚的詞語。而選項2是山口小姐自謙的回答。

其他 選項1是當對方説「今度（こんど）新（あたら）しく来（く）る山口（やまぐち）課長（かちょう）は、女性（じょせい）らしいね／這次新來的山口科長，好像是女性哦」時的回答。這裡的「らしい」表示有根據的推測和判斷，也用於表示傳聞。例句：事故（じこ）があったらしいね。電車（でんしゃ）が止（と）まっている／似乎發生事故了。電車不開了。選項3「ハンサム／帥氣」用於形容男性。如果回答的是「そうです。きれいでやさしい人（ひと）です／對啊。她是個既漂亮又溫柔的人。」則是正確答案。不過只有山口小姐本人之外的其他人才能這麼回答。

9

F：川口君（かわぐちくん）、確（たし）か、今日（きょう）、誕生日（たんじょうび）だったよね。

M：1　うん。これからだよ。

　　2　うん、そうだよ。覚（おぼ）えててくれてありがとう。

　　3　うん。もう終（お）わったけどね。

F(女士)：川口君，今天是你的生日，對吧？

M(男士)：

1 嗯，接下來就是了。

2 嗯，對的，謝謝你還記得。

3 嗯，不過已經過了。

答案 (2)

解題 因為生日是今天一整天，所以選項1「これから／現在開始」、選項3「もう終（お）わった／已經結束了」不合邏輯。因此選項2正確。

10

M：ああ、あと一点取れれば合格だったのに。
F：1 惜しかったね。
2 おめでとう。ぎりぎりで合格だね。
3 まだまだだったね。

M(男士)：唉，差一分就合格了。
F(女士)：1 真可惜啊。
2 恭喜你，差一點就合格了呢。
3 還差得遠呢。

答案 (1)

解題 這是因為少一分而不及格的狀況。選項 1 的「惜しい／可惜」表達了距離實現只差一點點的遺憾心情。
其他 選項 2 因為對方不及格，所以這個回答不正確。選項 3 因為「あと 1 点／只差一分」，所以並不是「まだまだ／差的遠呢」。「まだまだ／差的遠呢」中的「まだ」是表示強調的詞語，意思是「還遠遠不夠，還有很長一段距離或時間」。
※ 文法補充：「～ば～のに／要是…就好了」表示無法實現的遺憾心情。

11

M：あれ？今日はこの店、休みみたいだ。
F：1 うん。すいてるね。
2 本当だ。シャッターが閉まってる。
3 きっと、毎日忙しいんだね。

M(男士)：咦？今天這家店好像休息了。
F(女士)：
1 嗯，人很少呢。
2 真的耶，捲門都關上了。
3 他們一定平時很忙吧。

答案 (2)

解題「みたいだ／似乎」表示推測。這題的情況是在看到店家的樣子後，判斷「店家沒營業」。選項 2 形容看到的樣子，因此是正確答案。
其他 選項 1「すいてる／很空」是客人很少的意思。因為店家沒營業，所以選項 1 不正確。「すいてる／很空」是「すいている／很空曠」的口語說法。

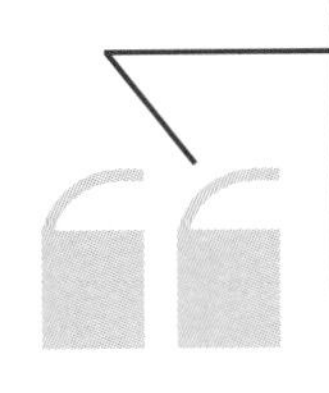

問題5では、長めの話を聞きます。この問題には練習がありません。メモをとってもかまいません。問題用紙に何もいんさつされていません。まず話を聞いてください。それから、質問とせんたくしを聞いて、1から4の中から、最もよいものを一つ選んでください。

問題 5 在問題 5 中，您將聆聽較長的對話。此問題沒有練習部分，您可以做筆記。問題紙上沒有任何印刷的內容。請先聆聽對話，然後聆聽問題和選項，從 1 到 4 中選擇最合適的答案。

電気店で男の人と販売員が話しています。

F：どんな機能が付いているものをお探しですか。

M：暗い所でもきれいに撮れるのがほしいんです。花火や、星を撮影したいんで。

F：夜景ですね。そうすると、1番から4番のタイプですね。1番のタイプは、遠くからきれいに撮るためのレンズが別についています。2番のものは、遠くを写すためのレンズはついていないのですが、動くものがきれいに撮れます。

M：ビデオというか、その、動画はとれますか。

F：はい。ビデオカメラのように細かい調節はできませんが、どれもとれます。音もいいですよ。

M：じゃあ、あとは…値段ですね。

男の人が買いたいものは何ですか。

1 テレビ
2 ビデオ
3 カメラ
4 ステレオ

在電器行裡，一位男士和銷售員正在交談。

F(銷售員)：您在找什麼功能的產品呢？

M(男士)：我想要一台能在暗處拍得清楚的，因為我想拍煙火和星星。

F(銷售員)：哦，是夜景攝影，那麼 1 號到 4 號這幾款都適合。1 號款有專門拍遠景的鏡頭。2 號款沒有遠景鏡頭，但能清楚拍攝運動中的物體。

M(男士)：能錄視頻嗎？

F(銷售員)：可以的，雖然不像專業攝像機那樣能精細調節，但都能錄製，而且音質很好。

M(男士)：那麼，剩下的就是價格了。

這位男士想買的是什麼？

1 電視
2 錄影機
3 相機
4 音響

答案 (3)

解題 男士說「撮影したい／想攝影」。且想拍煙火、星星等夜景。女士說「ビデオカメラのように～はできませんが／雖然不能像攝像機一樣…」，因此可知兩人談論的並非攝影機。因此正確答案是選項 3。

2

旅行について家族で話しています。

F1：飛行機で5時間ぐらいなら、飲み物や食べ物のサービスはいらないよね。それより、安い方がいいでしょう？

M1：そうかな。僕は、いくらチケットが安くても、食べ物や飲み物をがまんするのはいやだし、後で追加するのはめんどうだよ。

F2：私も座りにくかったり、眠りにくかったりするのはともかく、飲み物のがまんはちょっとね。

M1：僕もそうだな。

F1：じゃあ、現地で泊るホテルの値段を下げるしかないよ。そうすれば、夕方出発が予約できるけど。

M1：夕方は夜中の出発よりいいよ。だけど、部屋もなるべくちゃんと掃除がしてあってきれいな方がいいいなあ。

F1：ええー。…きれいだったら、窓から海が見えなくてもいい？

F2：私は別にいいよ。だって、ホテルなんて寝るだけだもん。

M1：ううん。まあしかたないか。何か我慢しないとね。

どんな飛行機やホテルを選ぶことになりましたか。

1 食事や飲み物のサービスがある飛行機と、景色はよくないけれど清潔なホテル
2 食事や飲み物のサービスがある飛行機と、景色のいい清潔なホテル
3 食事や飲み物のサービスがない飛行機と、景色はよくないけれど清潔なホテル
4 食事や飲み物のサービスがない飛行機と、景色のいい清潔なホテル

一家人正在討論旅行的計劃。

1 F1(母親)：如果飛機只飛5個小時左右，飲料和食物服務應該不重要吧？便宜一點比較好，不是嗎？

M1(父親)：是嗎？我覺得就算票價便宜，但如果要忍受沒有食物和飲料服務，還是很不舒服，之後再買也很麻煩。

F2(女兒)：我也是，座位不舒服或不好睡還好，但要忍住不喝飲料就有點困難了。

M1(父親)：我也是這麼想的。

F1(母親)：那我們只能降低住宿的飯店價格，這樣就能預訂傍晚的航班了。

M1(父親)：傍晚的航班確實比半夜的好得多，但我還是希望房間能打掃乾淨些。

F1(母親)：哎——那如果房間很乾淨，但窗外看不到海景，你能接受嗎？

F2(女兒)：我沒問題，飯店只不過是睡覺的地方嘛。

M1(父親)：嗯……算了，總得做點妥協。

他們會選擇怎樣的飛機和酒店？

1 提供飲食服務的飛機，景色不好但乾淨的酒店
2 提供飲食服務的飛機，景色好且乾淨的酒店
3 不提供飲食服務的飛機，景色不好但乾淨的酒店
4 不提供飲食服務的飛機，景色好且乾淨的酒店

答案（1）

解題 三人的對話中提到不想忍受沒有飲料。如此就必須降低住宿的價格。因為希望房間乾淨，所以就必須忍受「無法從窗戶看見海」。正確答案是選項1。

※ 詞彙補充：旅館的房間「きれい／乾淨」指的是清潔程度。

3番 まず話を聞いてください。それから、二つ質問を聞いて、それぞれ問題用紙の1から4の中から、最もよいものを一つ選んでください。

第3題 請先聽講話內容。接著，聽兩個問題，並從問題紙上的1到4選項中，各選出最合適的答案。

3

テレビでアナウンサーが話しています。

F1：最近、インターネットで結婚相手を見つける人が増えています。アメリカでは何と、三分の一の夫婦がインターネットを通じて知り合っているそうです。また、この方法で知り合った夫婦は、そうでない方法、つまり、学校や職場、友人の紹介や、あるいはナンパするなどして知り合った二人よりも、実は離婚率が低いということもわかりました。ただしこれは、アメリカの話で、日本では同様の調査が行われていないので、実態はわからないそうです。

M：へえ。そういう人の数がどんどん増えているんだな。

F2：私たちは、アメリカでは別に珍しい方じゃないのね。三分の一なんて、びっくり。

M：だけどインターネットを通じて知り合った、って、ちょっと言いにくいな。

F2：そう？私は別に恥ずかしくないよ。この方法であなたと会えて良かったし、これよりいい方法はなかったと思ってるけど。

M：うん。僕もこの話を聞いて、今ははっきりそう思う。離婚率も低いなんて嬉しいし。

F2：そうね。何でだろう。私たちは会う前に何度もメールをしたからお互いの考え方を知っていたでしょう、それが大事なのかもね。

在電視上，女主播正在講話。

1 F1(女主播)：最近，透過網路尋找結婚對象的人越來越多了。在美國，據説有三分之一的夫妻是透過網路認識的。而且，透過這種方式認識的夫妻，離婚率比透過其他方式認識的，例如學校、職場、朋友介紹或是街頭搭訕認識的夫妻，離婚率還要低。不過這是美國的情況，至於日本，還沒有進行類似的調查，因此情況尚不明確。

M(男士)：哦，這樣的人越來越多了啊。

F2(女士)：在美國，我們這樣的情況不算稀奇吧。三分之一，真是讓人驚訝。

M(男士)：不過，説自己是通過網路認識的，感覺有點難以啟齒。

F2(女士)：是嗎？我倒不覺得有什麼不好意思的。能通過這種方式遇到你，我很高興，我覺得沒有比這更好的方式了。

M(男士)：嗯，聽了這些，我現在也這麼覺得。聽説離婚率還更低，真是讓人高興。

F2(女士)：是啊，為什麼會這樣呢？可能是因為我們見面之前，通過多次郵件交流，已經了解了彼此的想法，這或許是關鍵。

質問 1.

アナウンサーの話の内容は次のうちのどれですか。
1 結婚相手との出会い方
2 夫婦が仲良く生活する方法
3 離婚率を下げる方法
4 日本の若者たちについて

女主播談話的內容是哪一個？
1 結婚對象的相遇方式
2 夫妻如何和睦相處
3 降低離婚率的方法
4 關於日本年輕人

答案（1）

解題 播報員談論的是「最近透過網路認識的男女結為夫妻的人數逐漸增加」。因此正確答案是選項 1。

質問 2.

男の人と女の人は、ネットを通じて結婚相手と出会うことについてどう言っていますか。
1 男の人は、自分がもしその方法で結婚したら周りは驚くだろうと言っている。
2 女の人は、たくさんの人が行っている方法がいいのか、よくわからないと言っている。
3 女の人も男の人もネットで知り合えて良かったと言っている。
4 日本にも同じ調査をした方がいいと言っている。

男士和女士對於通過網絡找到結婚對象有什麼看法？
1 男士認為，如果自己通過這種方式結婚，周圍的人會感到驚訝。
2 女士認為，不確定這麼多人採用的這種方式是否真的好。
3 女士和男士都認為能通過網絡認識彼此是件好事。
4 他們認為日本也應該進行同樣的調查。

答案（3）

解題 女士提到的「この方法／這個方法」指的是先前男士說的「インターネットを通じて知り合った／透過網絡認識」。女士說能很慶幸能因此認識男士，男士也以「そう思う／我也有同感」同意女士的話。因此正確答案是選項 3。
其他 選項 1「驚くだろう／驚訝吧」、選項 2「いいのか、〜わからない／不知道…好不好」、選項 4「調査をした方がいい／應該好好調查」都是對話中沒有提到的內容。

MEMO N2

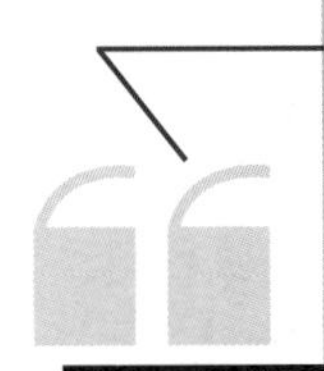

第五回 言語知識（文字、語彙）

問題一 翻譯與解題

＿＿の言葉の読み方として最もよいものを、1・2・3・4から一つ選びなさい。
＿＿中的詞語讀音應為何？請從選項１．２．３．４中選出一個最適合的答案。

1

友達に習ったメキシコ料理を、早速作ってみた。

1 そうそく　　2 さっそく
3 そっそく　　4 さそく

我立刻嘗試做了朋友教我的墨西哥料理。

1 無此字　　2 早速（立刻、馬上，迅速地做某事）
3 無此字　　4 無此字

答案（2）

解題「早」音讀唸「サッ・ソウ」，訓讀唸「はや - い／早的」、「はや - まる／過早；提前」、「はや - める／提前」。例如：「早朝／早晨」、「この時計は５分早い／這個手錶快了五分鐘」。「早速／立刻」是副詞，意思是「すぐに／很快的」。
※ 補充：「速い／快」表示速度。例如：「仕事が速い／工作做得很快」。

2

行方不明になっていたナイフが、犯人の部屋から見つかった。

1 いくえ　　2 いきえ
3 ゆくえ　　4 ゆきえ

失蹤的刀子在犯人的房間裡找到了。

1 行方（指去向，行蹤）　　2 無此字
3 行方（指行蹤或下落）　　4 無此字

答案（3）

解題
- 「行」音讀唸「アン・ギョウ・コウ」，訓讀唸「い - く／去、走」、「ゆ - く／往…去」、「おこな - う／進行」。例如：行動／行動、行事／活動。学校へ行く／去學校、北京行きの飛行機／飛往北京的班機、開会式を行う／舉行開幕典禮
- 「方」音讀唸「ホウ」，訓讀唸「かた／方向」。例如：「方向／方向」、「一方／一方面」、「あの方はどなたですか／那一位是誰」。
- 「行方／去向」指前進的方向，又指前往的地方。是特殊念法。「行方不明／去向不明」指不知道對方去了哪裡。

3

有名人の故郷を訪ねる番組が人気だ。

1 かさねる　　2 かねる
3 たずねる　　4 おとずねる

探訪名人的故鄉的節目很受歡迎。

1 重ねる（疊加，累積）
2 兼ねる（兼任，兼具）
3 訪ねる（探訪，造訪某地或某人）
4 訪れる（來訪，通常用於場所）

答案（3）

解題「訪」音讀唸「ホウ」，訓讀唸「たず - ねる／拜訪」、「おとず - れる／到訪」。例如：「会社を訪問する／拜訪公司」、「友人宅を訪ねる／去朋友家拜訪」、「観光地を訪れる／參訪觀光景點」。「訪ねる／拜訪」指去和他人見面，又指訪問。
其他 選項１寫成漢字是「重ねる／重複」。選項２寫成漢字是「兼ねる／兼備」。

4

彼女は莫大な財産を相続した。

1 ざいさん　　2 さいさん
3 さいざん　　4 ざいざん

她繼承了龐大的財產。

1 財産　　2 無此字
3 無此字　　4 無此字

答案（1）

解題「財」音讀唸「サイ・ザイ」。例如：「財布／錢包」。「産」音讀唸「サン」，訓讀唸「うぶ／初生的」、「う - まれる／誕生」、「う - む／分娩」。例如：「産業／產業」、「病院で産まれる／在醫院出生」、「女の子を産む／生女兒」。「財産／財產」是個人或團體所擁有的金錢、土地、建築物、商品等的總稱。
※ 特殊念法：「土産／伴手禮」。

5

このコップは、子供（こども）が持（も）ちやすいように、デザインを工夫（くふう）しています。

1 こうふ　　　　2 こふう
3 くうふ　　　　4 くふう

這個杯子為了方便孩子拿取，設計上花了不少心思。

1 無此字
2 無此字
3 無此字
4 工夫（下功夫）

答案 (4)

解題「工」音讀唸「ク・コウ」。例如：「大工（だいく）／木匠」、「工場（こうじょう）／工廠」。「夫」音讀唸「フ・フウ」，訓讀唸「おっと／丈夫」。例如：「夫人（ふじん）／夫人」、「夫婦（ふうふ）／夫婦」。「工夫（くふう）／設法」是指想方設法找出好方法，想辦法來改善或提升某事物的設計。

問題二 翻譯與解題

____の言葉（ことば）を漢字（かんじ）で書（か）くとき、最（もっと）もよいものを、1・2・3・4から一（ひと）つ選（えら）びなさい。
____中的詞語漢字應為何？請從選項1・2・3・4中選出一個最適合的答案。

6

このおもちゃはでんちで動（うご）きます。

1 電値　　　　2 電地
3 電池（でんち）　　　　4 電置

這個玩具是靠電池運作的。

1 無此字　　　　2 無此字
3 電池，供電的能源裝置　　　　4 無此字

答案 (3)

解題「電」音讀唸「デン」。例如：「電車（でんしゃ）／電車」。「池」音讀唸「チ」，訓讀唸「いけ／池塘」。例如：「公園の池（こうえん いけ）／公園的池塘」。「電池（でんち）／電池」是由正極和負極而產生電力的東西。用於手電筒或手機、數位相機等電器用品。
其他 選項1「值」音讀唸「チ」，訓讀唸「ね／價值」、「あたい／價值；數字值」。例如：「価値（かち）／價值」、「値段（ねだん）／價格」。選項2「地」音讀唸「ジ・チ」。例如：「地味（じみ）／樸素」、「地図（ちず）／地圖」。選項4「置」音讀唸「チ」，訓讀唸「お‐く／放置」。例如：「位置（いち）／位置」、「物置（ものおき）／倉庫」。

7

彼女（かのじょ）はまっくらな部屋（へや）の中（なか）で、一人（ひとり）で泣（な）いていた。

1 真（ま）っ赤（か）　　　　2 真（ま）っ暗（くら）
3 真（ま）っ黒（くろ）　　　　4 真（ま）っ空

她在漆黑的房間裡獨自哭泣。

1 鮮紅色　　　　2 漆黑，完全沒有光
3 漆黑，完全黑暗　　4 無此字

答案 (2)

解題「真」音讀唸「シン」，訓讀唸「ま／真實」。例如：「写真（しゃしん）／照片」、「真ん中（ま なか）／正中央」。「暗」音讀唸「アン」，訓讀唸「くら‐い／昏暗」。例如：「暗記（あんき）／背誦」。「真っ暗（ま くら）／黑暗」是指非常暗，完全沒有光線的樣子。
其他 選項1「真っ赤（ま か）／通紅」指非常紅，全都是紅色。選項3「真っ黒（ま くろ）／漆黑」指非常黑、全都是黑色。選項4沒有「真っ空」這個詞。「空」音讀唸「クウ」，訓讀唸「あ‐く／出現空缺」、「あ‐ける／空出」、「そら／天空」、「から／空洞」。例如：「空間（くうかん）／空間」、「席が空く（せき あ）／座位空著」、「空の箱（から はこ）／空箱子」。

8

彼（かれ）の無責任（むせきにん）な発言（はつげん）は、ひはんされて当然（とうぜん）だ。

1 否判　　　　2 批判（ひはん）
3 批反　　　　4 否反

他那不負責任的發言被批評是理所當然的。

1 無此字　　　　2 批評，責備他人的言行
3 無此字　　　　4 無此字

答案 (2)

解題「批」音讀唸「ヒ」。例如：「批評（ひひょう）／批評」。「判」音讀唸「ハン・バン」。例如：「裁判（さいばん）／裁判」。「批判（ひはん）／批判」是指批評、做出評價。多用於否定的內容。
其他 選項1、4「否」音讀唸「ヒ」，訓讀唸「いな／並非」。例如：「否定（ひてい）／否定」。選項3、4「反」音讀唸「ハン・タン・ホン」，訓讀唸「そ‐る／彎曲」、「そ‐らす／身體向後挺」。例如：「反対（はんたい）／反對」、「背中を反らす（せなか そ）／身體向後仰」。

9 薬を飲んだが、頭痛がなおらない。

1 治らない　　2 改らない

3 直らない　　4 替らない

吃了藥，但頭痛還是沒好。

1 治療，指病症未痊癒　2 無此字

3 修復，指物體或機器未修好　4 無此字

答案 (1)

解題「治」音讀唸「ジ・チ」，訓讀唸「おさ - める／治理」、「なお - す／醫治」、「なお - る／痊癒」。例如：「政治／政治」、「治療／治療」、「国を治める／治理國家」、「病気を治す／治病」。「治る」是指病情或傷勢好轉。請注意選項3「直る／修理」是指將壞掉的東西修好。

其他 選項2「改」音讀唸「カイ」，訓讀唸「あらた - まる／改變」、「あらた - める／更改」。例如：「改正／改正」。選項3「直」音讀唸「ジキ・チョク」，訓讀唸「なお - す／改正」、「なお - る／修理」、「ただ - ちに／立即」。例如：「正直／正直」、「直前／將要…之前」。選項4「替」音讀唸「タイ」，訓讀唸「か - える／更換」、「か - わる／替換」。例如：「交替／替換」、「着替える／更衣」。

10 クラスの委員長にりっこうほするつもりだ。

1 立構捕　　2 立候捕

3 立候補　　4 立構補

我打算競選班上的班長。

1 無此字　2 無此字

3 競選，參與候選人名單　4 無此字

答案 (3)

解題「立」音讀唸「リツ・リュウ」，訓讀唸「た - つ／站」、「た - てる／豎立」。例如：「国立／國立」。「候」音讀唸「コウ」，訓讀唸「そうろう／伺候」。「補」音讀唸「ホ」，訓讀唸「おぎな - う／補上」。例如：「補助／補助」。「立候補／參選」是指以候選人的身分參加選舉。「候補者／候選人」是想爭取某個地位的人。

其他 選項1、4「構」音讀唸「コウ」，訓讀唸「かま - う／干預」、「かま - える／建構」。例如：「構造／構造」。選項1、2「捕」音讀唸「ホ」，訓讀唸「つか - まえる／抓住不放」、「つか - まる／被逮住」、「と - らえる／捕捉」、「と - らわれる／被逮捕」、「と - る／捉」。例如：「逮捕／逮捕」。

問題三 翻譯與解題

（　）に入れるのに最もよいものを、1・2・3・4から一つ選びなさい。

（　）中的詞語應為何？請從選項1・2・3・4中選出一個最適合的答案。

11 交通（　　）は全額支給します。

1 費　　2 代

3 料　　4 金

交通費將全額報銷。

1 交通費（指交通工具的費用）

2 交通代（無此詞）

3 交通料（無此詞）

4 交通金（無此詞）

答案 (1)

解題「交通費／交通費」是指搭乘電車、巴士等交通工具的費用。「～費／…費」。例如：「生活費／生活費」、「参加費／參加費」。

其他 選項2「～代／…費」常用於日常生活中一次性或短期性支付的費用，如飲食、水電費等等。例如：「電気代／電費」。選項3「～料／…費」常用於服務費或車資。例如：「手数料／手續費」。選項4「～金／…費」常用於買房、重大婚喪喜慶及教育相關根據制度等設定的費用。例如：「寄付金／捐款」。

12 その写真館は、静かな住宅（　　）の中にあった。

1 場　　2 街

3 所　　4 区

那家照相館位於安靜的住宅區內。

1 住宅場（無此詞）2 住宅街（住宅區的街道）

3 住宅所（無此詞）4 住宅区（指居住區域）

答案 (2)

解題「住宅街／住宅區」是指住宅聚集的地區。「～街／…街」。例如：「商店街／商店街」、「オフィス街／商業區」。

其他 選項1「～場／…場所」。例如：「結婚式場／婚禮會場」。選項3「～所／…中心」。例如：「保健所／公共衛生中心」。選項4「～区／…區域」。例如：「地区／地區」。

13 彼女は責任（　　）の強い、信頼できる人です。

1 感　　2 心

3 系　　4 値

她是一個責任感強、值得信賴的人。

1 責任感（指責任心）

2 無此字

3 無此字

4 無此字

答案（1）

解題「責任感／責任感」是指感受到自己的責任。「～感／…感」。例如：「危機感／危機感」、「信頼感／信賴感」。

其他 選項 2「～心／…心理」。例如：「恐怖心／恐懼心理」。選項 3「～系／…系統」。例如：「日系企業／日商公司」。選項 4「～値／…數值」。例如：「期待値／期望值」。

14 健康のために、（　　）カロリーの食品は控えるようにしている。

1 大　　2 長

3 重　　4 高

為了健康，我儘量少吃高熱量的食物。

1 大カロリー（無此詞）

2 長カロリー（無此詞）

3 重カロリー（無此詞）

4 高カロリー（指熱量高）

答案（1）

解題「責任感／責任感」是指感受到自己的責任。「～感／…感」。例如：「危機感／危機感」、「信頼感／信賴感」。

其他 選項 2「～心／…心理」。例如：「恐怖心／恐懼心理」。選項 3「～系／…系統」。例如：「日系企業／日商公司」。選項 4「～値／…數值」。例如：「期待値／期望值」。

15 株で失敗して、（　　）財産を失った。

1 総　　2 多

3 完　　4 全

因為炒股失敗，我失去了全部財產。

1 財産（全部財產，較少使用）

2 多財産（無此詞）

3 完財産（無此詞）

4 全財産（指所有的財產）

答案（4）

解題「全財産／全部家當」指全部的財產。「全～／全…」。例如：「全世界／全世界」、「全自動／全自動」。

其他 選項 1「総～／全部…」。例如：「総人口／總人口」。選項 2「多～／多重…」。例如：「多国籍／多重國籍」。選項 3「完～／結束」。例如：「完了／完成」。

問題四　翻譯與解題

（　）に入れるのに最もよいものを、1・2・3・4から一つ選びなさい。

（　）中的詞語應為何？請從選項 1 ・ 2 ・ 3 ・ 4 中選出一個最適合的答案。

16 男女（　　）のない平等な社会を目指す。

1 分解　　2 差別

3 区別　　4 特別

我們追求一個沒有性別歧視的平等社會。

1 拆解，分解　　2 歧視，偏見

3 區別，區分　　4 特殊，特別

答案（2）

解題 看到題目的「平等な社会を目指す／以性別平等的社會為目標」這一邏輯來判斷，就是要消除男、女間存在的不平等囉！這時要用固定的搭配說法「男女差別」。正確答案是選項 2「差別／歧視」，是指差別待遇、沒有理由的不公平待遇。例句：部長はかわいい優子さんに甘い。これは差別だ／經理對可愛的優子小姐特別好。真不公平！

其他 選項 1「分解／拆解」是指把東西一個一個分開來。例句：時計を分解して修理する／把手錶拆開來修理。選項 3「区別／差異」是指根據不同處來辨別。例句：あの三人兄弟は顔も体形もそっくりで、全く区別がつかない／那三兄弟的長相和身材都一模一樣，完全無法區分誰是誰。選項 4「特別／特別」是指與眾不同。例句：今日は 30 年前に妻と出会った特別な日なんです／今天是和我太太相識的三十周年紀念日。

17 引っ越したいが、交通の（　　）がいいところは、家賃も高い。

1 便　　2 網
3 関　　4 道

我想搬家，但交通便利的地方房租也很高。

1 便利性　　2 網路
3 關卡　　4 道路

答案（1）

解題 上班通勤、居家交通的便利性是非常重要的。這題講的是交通。表示「交通」方便的是選項１「便／方便」，指的是到某處的交通工具的運行。固定的表現方式是「交通の便がいい／交通方便」是交通很便利的意思。用法還有「バスの便がある／搭公車很方便」等等。

其他 選項２「網／網子」是用線、鐵絲編織而成的工具，也用於比喻網絡，如「交通網／交通網絡」等。例句：東京は地下鉄網が張り巡らされている／地鐵網絡遍布整個東京。選項２「網／網子」、選項３「関／關卡」、選項４「道／道路」的前面都不會接「交通の～／交通的…」，所以不正確。

18 才能はあるのだから、あとは経験を（　　）だけだ。

1 招く　　2 積む
3 寄せる　　4 盛る

你已經有了才能，接下來只需要積累經驗。

1 招攬，邀請　　2 積累，累積
3 聚集，靠近　　4 堆積，裝滿

答案（2）

解題 表示累積「経験／經驗」的固定搭配用法，要用選項２「積む／累積」這個動詞。用於把同樣的事物向上疊加的樣子，又指把貨物放在車上等等。

其他 選項１「招く／招待、招呼」是指邀約對方做客的意思。例句：友人を自宅に招いて食事会を開く／邀請朋友來家裡舉辦餐會。選項３「寄せる／靠近」是靠近的意思。例句：カメラのレンズを花に寄せる／把照相機的鏡頭靠近花。選項４「盛る／裝盛、堆高」是指把食物裝進容器裡，也指把物品堆高。例句：校庭に土を盛る／在校園裡堆土。

19 彼がチームの皆を（　　）、とうとう決勝戦まで勝ち進んだ。

1 引き受けて　　2 引き出して
3 引っ張って　　4 引っかけて

他帶領全隊，最終打進了決賽。

1 承擔，接受　　2 引出，激發
3 帶領，牽引　　4 掛住，勾住

答案（3）

解題 題目的「とうとう決勝戦まで勝ち進んだ／終於獲勝進入決賽」，是因為大家有他的引領拉拔，符合這個意思的是選項３「引っ張る／拉拔」，是指把繩子或帶子等用力拉，不使鬆弛之意。在這裡是指提攜、帶領之意。

其他 選項１「引き受ける／接受」是指接受工作或職務、擔任。例句：この子の世話は私が引き受けます／我來照顧這個孩子。選項２「引き出す」是指把藏在裡面的東西挖出來。也指提領存款。例句：彼の才能を引き出したのは今のコーチだ／發掘出他潛能的是目前這位教練。選項４「引っかける」指把物品掛在突出的東西上。例句：暑くなったので、木の枝に脱いだ上着を引っかけておいた／天氣熱了，所以我把衣服脫下，掛在樹枝上。

20 明日からの工事について、まず（　　）流れを説明します。

1 単純な　　2 微妙な
3 勝手な　　4 大まかな

關於明天開始的施工，我先大致說明一下流程。

1 簡單的　　2 細微的，難以捉摸的
3 隨便的，任意的　　4 大致的，粗略的

答案（4）

解題 看到題目的「工事／工程」跟「流れ／流程」，知道這題首先要說明的是工程的流程，因此符合修飾「流れ」的形容動詞是選項４「大まかな／粗略、草率」，是指不拘泥於細部，或思考不仔細的樣子。

其他 選項１「単純な／單純」是指做法或想法等不複雜、簡單。對義詞是「複雑な／複雜」例句：このスープは塩だけの単純な味が人気です／這湯只加了鹽，簡單的味道令它大受歡迎。選項２「微妙な／微妙」是指在細微的部分有複雜的感覺，或微小的差異。例句：別れる時、彼女は笑っているような泣いているような、微妙な顔をした／分手的時候，她露出了似笑又像哭的微妙表情。選項３「勝手な／任意」是指做事只顧自己方便的樣子。例句：グループ旅行ですから、勝手な行動はしないでください／因為這是團體旅遊，請大家不要個別行動。

21 栄養のあるものを与えたところ、子どもの病気は（　　）回復した。

1 しばらく　　2 たちまち
3 当分　　4 いずれ

給孩子補充了營養後，病情迅速好轉。
1 暫時　　2 立刻，瞬問
3 目前，暫時　　4 總有一天

答案（2）

解題 這題要選的是表示樣子或狀態的副詞。表示給予富含營養的食物，結果就立即復原的狀態的副詞是選項2「たちまち／轉眼間」，意思是在極為短促的時間裡，馬上、一轉眼。「たところ／…的結果」的意思。

其他 選項1「しばらく／暫時」是副詞，意思是指短暫的時間，也可以表示稍微長一點的時間。例句：雨はしばらくして止んだ／雨暫時停了。しばらく会えないけど、元気でね／我們暫時無法見面了，你要保重哦！選項3「当分／近期」是指到不久的將來、目前這段時間。例句：景気の回復は当分期待できない／短期內看不到景氣復甦。選項4「いずれ／總之」是指「雖然不知道是什麼時候，但總有一天」的意思。例句：あの子はいずれ世の中を変えるような偉い人になるよ／那個孩子遲早會成為改變世界的偉人吧。

22 （　　）は、ノーベル賞受賞のニュースを大きく報道した。

1 メディア　　2 コミュニケーション
3 プログラム　　4 アクセント

媒體大幅報導了諾貝爾獎得主的消息。
1 媒體　　2 溝通，交流
3 節目，計劃　　4 口音，重音

答案（1）

解題 與題目後面的動詞「報道／報導」（通過報紙或電視等把新聞告訴群眾）相呼應的是選項1「メディア／媒體」，是的指大眾傳播媒體、電視、報紙、網路上的資訊網站等等。

其他 選項2「コミュニケーション／溝通」指人和人之間傳達想法和感情。例句：会社の飲み会で若い社員とのコミュニケーションを図る／盼望能在公司的酒會上與年輕的員工交流。選項3「プログラム／計畫表、説明書」是指說明預定或計畫的行程表，或指説明音樂會等的本子。若用於電腦用語，則是指對電腦下指令的程序。例句：文化祭のプログラムを作る／製作校慶活動的計畫書。

選項4「アクセント／重音」是指語調的強弱、高低等。用於設計方面則是指「著重點」。例句：「朝」という言葉は「あ」にアクセントがあります／「朝」這個字彙的重音在「あ」。

問題五 翻譯與解題

＿＿の言葉に意味が最も近いものを、1・2・3・4から一つ選びなさい。
選項中有和＿＿意思相近的詞語。請從選項1・2・3・4中選出一個最適合的答案。

23 社長の<u>お坊ちゃん</u>が入院されたそうだよ。

1 息子　　2 赤ちゃん
3 弟　　4 祖父

聽說社長的兒子住院了。
1 兒子　　2 嬰兒
3 弟弟　　4 爺爺

答案（1）

解題「お坊ちゃん／令公子」是對對方兒子表示尊敬的說法，因此選項1「息子／兒子」正確。若是對方的女兒，則稱「お嬢さん／令嫒」。

※ 補充：題目句的「入院された／住院了」中的「された」是「した」的尊敬形。

24 近年の遺伝子研究の進歩はめざましい。

1 とても速い　2 意外だ

3 おもしろい　4 すばらしい

近年來基因研究的進展十分顯著。

1 非常快　2 出乎意料

3 有趣　4 卓越，傑出

答案 (4)

解題「めざましい（目覚ましい）／異常顯著」是非常出色、令人眼睛一亮的意思。因此選項4「すばらしい／出色的」正確。

其他 選項2「意外な／意外」意思是和想像的不一樣、預料之外。例句：君に音楽の趣味があるとは意外だな／真沒想到你居然對音樂有興趣。

25 息子からの電話だと思い込んでしまいました。

1 懐かしく思い出して

2 すっかりそう思って

3 とても嬉しく思って

4 多分そうだろうと思って

我誤以為是兒子打來的電話。

1 懷念地回想起來　2 完全這麼認為

3 非常高興地認為　4 可能這麼認為

答案 (2)

解題「思い込む／深信」是完全相信的意思。題目的意思是「電話其實不是兒子打來的」。與選項2「すっかりそう思って／完全以為是這樣」意思相同。

26 君もなかなかやるね。

1 どうも　2 ずいぶん

3 きわめて　4 あまり

你也幹得不錯嘛。

1 怎麼說呢，不太明確　2 相當，頗為

3 極其，非常　4 不怎麼，不太

答案 (2)

解題「なかなか／頗」指有相當的程度。與選項2「ずいぶん／相當」意思相近。

其他 選項3「きわめて（極めて）／極其」表示程度非常高。例句：この地方で雨が降ることは極めて珍しいことだ／這個地區下雨是非常少見的。

※補充：「とても（いい）／非常（好）」＞「なかなか／頗」＞「まあまあ／普通」＞「あまり（よくない）／不太」

27 被害者には行政のサポートが必要だ。

1 制限　2 調査

3 支援　4 許可

受害者需要行政的支援。

1 限制，約束　2 調查，查明

3 支援，幫助　4 許可，批准

答案 (3)

解題「サポート／支援」是指支持、幫助，與選項3「支援／支援」意思相同。

其他 選項1「制限／限制」是指界定界限、範圍。例句：この映画には年齢制限があります／這部電影的觀眾需符合年齡分級限制。選項2「調查／調查」是指搜查。例句：犯人と思われる人物について、調査を進める／針對嫌疑犯進行調查。選項4「許可／許可」是指允許。例句：ここは許可された人しか通れません／只有得到許可的人員可以進出這裡。

次の言葉の使い方として最もよいものを、1・2・3・4から一つ選びなさい。
關於以下詞語的用法，請從選項1 · 2 · 3 · 4中選出一個最適合的答案。

28

予算

1 この国立美術館は、国民の予算で建てられた。
2 私は、予算の速さにかけては、だれにも負けません。
3 旅行は、スケジュールだけでなく、予算もきちんと立てたほうがいい。
4 今度のボーナスは、全額銀行に予算するつもりだ。

預算

1 這座國立美術館是用國民的預算建造的。
2 在預算的速度上，我不會輸給任何人。
3 旅行時，不僅要計劃行程，也要仔細制定預算。
4 下次的獎金預算全額存入銀行。

答案 (3)

解題「予算／預算」是指預定收入和支出的計畫。例句：・パソコンを買いたいです。予算は10万円くらいです／我想買電腦。預算是十萬圓左右。

其他 選項1「この国立美術館は、国民の税金で建てられた／建造這座美術館的資金是國民的納稅錢」。選項2「私は、計算の速さにかけては、だれにも負けません／論運算方面的速度，我是不會輸給任何人的」。選項4「今度のボーナスは、全額銀行に預金するつもりだ／我打算把這次的獎金全部存進銀行」。

29

要旨

1 昔見た映画の要旨が、どうしても思い出せない。
2 論文は、要旨をまとめたものを添付して提出してください。
3 新聞の一面には、大きな字で、ニュースの要旨が載っている。
4 彼女は、このプロジェクトの最も要旨なメンバーだ。

要點，概要

1 我無論如何也想不起曾看過的那部電影的要點。
2 請將論文的要點整理後附上並提交。
3 報紙頭版上用大字刊登了新聞的要點。
4 她是這個項目中最要點的成員。

答案 (2)

解題「要旨／主旨」是指文章的主要內容、大致的內容。例句：・この文の要旨を200字にまとめなさい／請把這篇文章的內容整理成兩百字的大綱。

其他 選項1 「昔見た映画のタイトルが、どうしても思い出せない／怎麼也想不起以前看過的影片片名」，也可用「題名／片名」替換。選項3「新聞の一面には、大きな字で、ニュースの見出しが載っている。／報紙頭版上，用斗大的字印著新聞標題」。選項4「彼女は、このプロジェクトの最も重要なメンバーだ／她是這個計劃中最重要的成員」。

30

だらしない

1 彼はいつも赤やピンクの派手な服を着ていて、だらしない。

2 まだ食べられる食べ物を捨てるなんて、だらしないことをしてはいけない。

3 彼は服装はだらしないが、借りた物を返さないような男じゃないよ。

4 最近やせたので、このズボンは少しだらしないんです。

邋遢的、不整潔的

1 他總是穿著紅色或粉色的花哨衣服，顯得很邋遢。

2 把還能吃的食物丟掉，這樣的行為太邋遢了。

3 雖然他的穿著邋遢，但不是那種借了東西不還的人。

4 最近瘦了，這條褲子顯得有點邋遢了。

答案（3）

解題「だらしない／邋遢」是指衣著不整齊或動作散漫的樣子。例句：君、シャツのボタンがとれてるよ、だらしないなあ／你襯衫的紐扣掉了，真是太邋遢了。

其他 選項1「彼はいつも赤やピンクの派手な服を着ていて、おしゃれだ／他總穿著紅色啦、粉色的華麗服裝，非常時髦」。也可用「変だ／怪異」等詞替換。另外，請注意「派手な服／華麗的服裝」和「だらしない／邋遢」意思不同。選項2「まだ食べられる食べ物を捨てるなんて、もったいないことをしてはいけない／把還能吃的東西丟掉什麼的，不能這麼浪費」。選項4「最近やせたので、このズボンは少しゆるいんです／因為最近瘦下來了，褲子變得有點鬆」。

31

知り合う

1 インターネットがあれば、世界中の最新情報を知り合うことができる。

2 彼とは、留学中に、アルバイトをしていたお店で知り合った。

3 洋子さん、今、知り合っている人はいますか。

4 たとえことばが通じなくても、相手を思う気持ちは知り合うものだ。

結識、認識

1 有了網路，就能結識到全球的最新資訊。

2 我和他是在留學時，打工的店裡認識的。

3 洋子，現在有在結識的人嗎？

4 即使言語不通，心意也是可以互相結識的。

答案（2）

解題「知り合う／相識」是指人與人互相認識。例句：妻と知り合ったのは友人の結婚式でした／我和妻子是在朋友的婚禮上認識的。

其他 選項1「インターネットがあれば、世界中の最新情報を知ることができる／只要有了網路，便能得知全世界的最新資訊」。選項3「洋子さん、今、付き合っている人はいますか／洋子小姐，請問，妳現在有男朋友嗎」。選項4「たとえことばが通じなくても、相手を思う気持ちは伝わるものだ／為對方著想的心情就算語言不通，也一定能傳達出去的」。

32

口が滑る

1 つい口が滑って、話さなくていいことまで話してしまった。

2 今日はよく口が滑って、スピーチコンテストで優勝できた。

3 口が滑って、スープをテーブルにこぼしてしまった。

4 彼女は口が滑るので、信用できる。

說漏嘴

1 我一不小心說溜了嘴，講了不該說的話。

2 今天因為順暢說漏嘴，得了演講比賽的冠軍。

3 因為說漏嘴，我把湯灑到了桌上。

4 她老是說漏嘴，無法讓人信任。

答案（1）

解題「口が滑る／說溜嘴」是指不小心把原本不打算說的事情說出口了。例句：このことはここだけの秘密だと言ったのに、口を滑らせたのは誰ですか／明明說好了這件事是我們幾個人的秘密，是誰說出去的？

其他選項2「今日はうまく話せて、スピーチコンテストで優勝できた／今天講得很好，在演講比賽獲得了優勝」選項3「手が滑って、スープをテーブルにこぼしてしまった／手一滑，把湯灑到了桌子上」。選項4「彼女は口が堅いので、信用できる／她口風很緊，值得信任」。

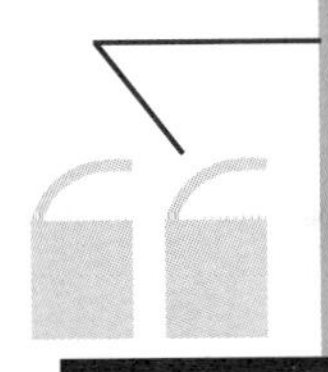

（　）に入れるのに最もよいものを、1・2・3・4から一つ選びなさい。
請從1・2・3・4之中選出一個最適合填入（　）的答案。

33

その客は、文句を言いたい（　　）言って、帰って行った。

1 わけ　　2 こそ
3 きり　　4 だけ

那位客人抱怨個夠之後，就轉身離開了。

1 原因、理由
2 強調，正是
3 僅此
4 盡情地，完全地

答案（4）

解題 選項4「(動詞辭書形) だけ／盡量」的意思是該舉動達到某個範圍的最大值。例如：おなかが空いたでしょう。ここにあるものは食べたいだけ食べてくださいね／肚子餓了吧？這裡的東西只要吃得下請盡量多吃喔！「～だけ」則表示限定。例如：僕が好きなのは世界中であなただけです／全世界我喜歡的就只有你而已。

其他 選項1，「わけ／原因」具有多種含意。當「わけ」放在「言って／說」之前的時候，就變成「わけを言って／說原因」。選項2的「こそ／正是」和選項3的「きり／一…就…」都和「わけ」一樣，不能接在「言いたい／想說」後面，也不能放在「言って」的前面。不僅如此，這樣的句子也不合邏輯。

34

きちんと計算してあるのだから、設計図のとおりに作れば、完成（　　）わけがない。

1 できる　　2 できない
3 できた　　4 できている

既然已經仔細計算過了，按照設計圖施工，不可能無法完成。

1 能夠　　2 不能，不可能
3 做好了　　4 已經在做

答案（2）

解題 由於題目提到「きちんと計算してある／一切都經過了精密的計算」，可以推測出句子的完整意思是「完成できる／可以完工」。「([形容詞・動詞]普通形) わけがない／不可能…」用在想表達某事絕對不可能成立，有十足把握的時候。而題目是雙重否定的用法，意思是：「できない＋わけがない／辦不到＋沒道理會那樣」也就是絕對做得到。

35

A：「このドラマ、おもしろいよ。」
B：「ドラマ（　　）、この間、原宿で女優の北川さとみを見たよ。」

1 といえば　　2 といったら
3 とは　　4 となると

A:「這部電視劇很有趣。」
B:「說到電視劇，前幾天在原宿看到了女演員北川景子。」

1 說到…　　2 說到…（較口語）
3 所謂　　4 要是這樣…那就…

答案（1）

解題 選項1「(提起的話題) といえば／說到…」用在承接某個話題的內容，並由這個話題引起另一個相關話題的時候。例句：A：このドラマ、いいですよ／這齣影集很好看喔！B：ドラマといえば、昨日、駅前でドラマの撮影をしていたよ／說到影集，昨天有劇組在車站前拍攝喔！

其他 選項2「～といったら／提到…」用在提到某內容，就馬上聯想到另一個相關話題的時候。例句：日本の花といったらやはり桜ですね／提到日本的花，第一個想到的就是櫻花吧！選項3「～とは／所謂…」前接對該內容進行說明定義的用法。例句：「逐一」とは、一つ一つという意味です／所謂「逐一」的意思是指一項接著一項。選項4「～となると／如果…那就…」表示如果發展到前項的情況，就理所當然導向某結論、某動作。例句：沢田さんが海外に赴任となると、ここも寂しくなりますね／澤田小姐派駐國外以後，這裡就要變冷清了呢。

36

先生（せんせい）のおかげで、第一希望（だいいちきぼう）の大学（だいがく）に合格（ごうかく）（　　）。

1 したいです　　　　2 します

3 しました　　　　　4 しましょう

多虧了老師，我考上了第一志願的大學。

1 想要…　　　　　　2 將要做

3 已經完成　　　　　4 做…吧

答案 (3)

解題「(名詞の、形容詞普通形、形容動詞詞幹な)おかげだ／多虧…」用於表達由於受到某人事物影響，導致後面好的結果時。例句：生まれつき体（からだ）が丈夫（じょうぶ）なおかげで、今日（きょう）まで元気（げんき）にやって来（こ）られました／多虧這與生俱來的強健身體，才能活力充沛地活到了今天。

其他　由於「～おかげで」是導致後面結果的用法，因此不能接選項1「～たいです／想要」(表意向)、選項2「～ます／做」(表意志或未來)，及選項4「～ましょう／做…吧」(表推動、提議)等表現方式。

37

電話番号（でんわばんごう）もメールアドレスも分（わ）からなくなってしまい、彼（かれ）には連絡（れんらく）（　　）んです。

1 しかねる

2 しようがない

3 するわけにはいかない

4 するどころではない

因為電話號碼和電子郵件地址都不記得了，無法聯繫到他。

1 無法做到　　　　　2 沒有辦法

3 不能做　　　　　　4 不是…的時候

答案 (2)

解題 從題目可以知道，目前的狀況是說話者沒有聯絡對方的管道。選項2的「(動詞ます形)ようがない／無法…」用在想表達即使想那麼做也沒有方法，以致於辦不到的時候。例句：彼（かれ）には頑張（がんば）ろうという気持（きも）ちがないんです。助（たす）けたくても私（わたし）にはどうしようもありません／他根本沒有努力的決心，就算我想幫忙也幫不上忙。

其他　選項1「～かねる／難以…」用於表達由於某狀況或條件，站在該人的立場上，難以做某事時。例句：会社（かいしゃ）を預（あず）かる社長（しゃちょう）として、あなたの意見（いけん）には賛成（さんせい）しかねます／身為領導這家公司的社長，我無法贊同你的意見。選項3「～わけにはいかない／不能不…」用於表達根據社會上的、道德上的、心理上的因素，而無法做某事之意。例句：今日（きょう）の食事会（しょくじかい）には先生（せんせい）もいらっしゃるから、時間（じかん）に遅（おく）れるわけにはいかない／今天的餐會老師也將出席，所以實在不好意思遲到。選項4「～どころではない／不是…的時候」用於表達因某緣由，沒有餘裕做某事的情況時。例句：明日（あした）試験（しけん）なので、テレビを見（み）るどころじゃないんです／明天就要考試了，現在可不是看電視的時候。

38

自信（じしん）を持（も）って！実力（じつりょく）（　　）出（だ）せれば、絶対（ぜったい）にいい結果（けっか）が出（で）るよ。

1 こそ　　　　　　　2 まで

3 だけ　　　　　　　4 さえ

有自信！只要能發揮出實力，結果一定會很好。

1 才是　　　　　　　2 直到

3 僅僅　　　　　　　4 只要

答案 (4)

解題 選項4的句型「(名詞)さえ～ば／只要…(就)…」是表示只要能滿足「名詞」這個條件，就非常足夠了。符合本題的句意。例句：子（こ）どもは、お母（かあ）さんさえいれば安心（あんしん）するものです／孩子只要待在媽媽的身邊就會感到安心。「(名詞)さえ／連…」也用在舉出極端的例子，其他更不必提的時候。例句：朝（あさ）は時間（じかん）がなくて、ご飯（はん）はもちろん、水（みず）も飲（の）めない時（とき）もあります／早上匆匆忙忙的，別說吃飯了，有時候連水都來不及喝。

其他　選項1「こそ／一定」是用在強調某事物的詞語。例句：去年（きょねん）は行（い）けなかったから、今年（ことし）こそ旅行（りょこう）に行（い）きたい／畢竟去年沒能去旅行，希望今年一定要成行！

39 彼がいい人なものか。（　　）。

1 君はだまされているよ

2 ぼくも彼にはお世話になった

3 それに責任感も強い

4 それはわからないな

他哪裡算是好人！你被騙了。

1 你被騙了

2 我也受到他的照顧

3 而且他責任心強

4 那我就不知道了

答案（1）

解題「（[形容詞・動詞]普通形）ものか／才不…呢」表示絕對不是某狀況的意思。為口語形。也可說成「ものですか」、「もんか」。本題要說的是他絕對不是好人，因此符合句意的是選項１。例句：あなたに私の気持ちが分かるものですか／你怎麼可能明白我的心情呢！

40 大学を卒業して以来、（　　）。

1 友人と海外旅行に行った

2 大学時代の彼女と結婚した

3 先生には会っていない

4 英語はすっかり忘れてしまった

自從大學畢業後，就再也沒見過老師。

1 和朋友一起去海外旅行了

2 和大學時期的女朋友結婚了

3 沒有再見到老師

4 英語已經完全忘記了

答案（3）

解題「（動詞て形）て以来／自從…就一直…」用於表達自從某行動、狀態以後，直到現在為止一直持續的某狀態。選項中能表達從過去以來狀態一直持續的是選項３。例句：10年前に病気をして以来、お酒は飲まないようにしています／自從十年前生病之後，就把酒戒了。

其他 選項４如果是「～卒業して以来、英語に触れる機会はない／自從…畢業後，就沒有機會接觸英語」加上「ので、すっかり忘れてしまった／因此，已經忘得一乾二淨了」這樣的句子就成立。

41 安い物を、無理に高く（　　）店があるので、気をつけてください。

1 買われる　　2 買わせる

3 売られる　　4 売らせる

有些商店強行把便宜的東西高價賣給顧客，請小心。

1 被買走　　2 強迫買

3 被賣　　4 強迫賣

答案（2）

解題 題目句的意思是「商家強迫客人以高昂的價格購買便宜的物品」。因為「店／商家」是主詞，所以要寫成使役形的句子。購買的使役形是選項２「買わせる／迫使…購買」。

42 バスがなかなか来なくて、ちょっと遅れる（　　）から、先にお店に行っていてください。

1 とみえる　　2 しかない

3 おそれがある　　4 かもしれない

公車遲遲不來，可能會晚到一點，請你先到店裡去。

1 似乎　　2 只能

3 可能發生　　4 可能

答案（4）

解題 這題要選表示可能性的「かもしれない／可能」。

其他 選項１「～とみえる／似乎…」用在從他人的現況，來推測好像是某結果之時。例句：あの子は勉強が嫌いとみえる。外ばかり見ている／那孩子似乎不喜歡讀書，總是望著窗外。選項２「（動詞辭書形）しかない／只好…」用於表達沒有別的選擇，或沒有其它的可能性時。例句：バスはあと２時間来ないよ。駅まで歩くしかない／巴士還得等上兩小時才來喔！只好走去車站了。選項３「～おそれがある／恐怕會…」表示有發生某不良事件的可能性。意思雖然符合，但是由於「～おそれがある」是較為生硬的說法，不能用在像本題這樣的口語形。例句：明朝、大型の台風が関東地方に上陸するおそれがあります／強烈颱風可能將在明天上午從關東地區登陸。

43 ちょうど出発というときに、（　　）、本当に助かった。

1 雨に止んでもらって
2 雨が止んでくれて
3 雨に止んでくれて
4 雨が止んでもらって

正要出發時，雨停了，真是幫了大忙。

1 請求雨停下來　　2 雨停了
3 雨停了　　4 請求雨停下來

答案（2）

解題 考慮到「雨が降る／下雨」這個句子，可知主詞不是「私／我」而是「雨／雨」。「雨が止んだ／雨停了」這個用法再加上對於「雨停得正是時候」的感謝心情，因此句子會變成「雨が止んでくれた／雨停了」。

44 では、ご契約に必要な書類は、ご自宅へ（　　）。

1 郵送なさいます
2 ご郵送になります
3 郵送させていただきます
4 郵送でございます

那麼，所需的合約文件將郵寄到您的住所。

1 您親自郵寄
2 將會由您郵寄
3 我們將為您郵寄
4 將會郵寄

答案（3）

解題 選項3是「郵送します」的謙讓說法。例句：こちらの申込書はコピーを取らせていただきます／請讓我來複印這份申請書。

其他 選項1、2是「郵送します」的尊敬說法。選項4是「郵送です」的鄭重說法。

問題八　翻譯與解題

次の文の ★ に入る最もよいものを、1・2・3・4から一つ選びなさい。

下文的 ★ 中該填入哪個選項，請從1・2・3・4之中選出一個最適合。

45 久しぶりに息子が帰ってくるのだから、デザートは ＿ ＿ ★ ＿ 食べさせたい。

1 にしても　　2 買ってくる
3 料理は　　4 手作りのものを

※ 正確語順

デザートは 買ってくる にしても 料理は 手作りのものを 食べさせたい。

好久不見的兒子要回來了，雖然甜點可以買現成的，但飯菜想讓他吃我親手做的。

答案（3）

解題 請留意「デザートは／甜點」與「料理は／飯菜」是對比的。從意思得知「食べさせたい／希望讓他吃到」的前面要填入選項3「料理は」和選項4「手作りのものを」。如此一來順序就是「2→1→3→4」，★的部分應填入選項3「料理は」。

※ 文法補充：

◇「（名詞、［形容詞・動詞］普通形）にしても／即使…，也…」是就算假設是前項，但也希望是後項的意思。例句：勤するにしても日本の国内がいいなあ／即使要派駐外地，也希望能留在日本國內比較好哪！

◇「～にしても／雖說…，但…」另外也有表示「雖然瞭解前項，但是」的意思。例句：月末で忙しいにしても、電話くらいできるでしょう／雖說月底很忙，總能抽出時間打一通電話吧？

46 何度も報告書を ＿ ＿ ★ ＿ んです。

1 おかしな点に　2 見直す

3 うちに　　　　4 気がついた

※ 正確語順

何度も報告書を　見直す　うちに　おかしな点に　気がついた　んです。

就在一次次反覆檢視報告之際，我察覺到了不對勁的地方。

答案 (1)

解題 動詞是「見直す」與「気がついた」。「何度も報告書を／就在一次次反覆報告」的後面要接選項２「見直す」，「んです」的前面應填入選項４「気がついた」。選項１「おかしな点に／不對勁的地方」與選項４相連接。選項３的句型「うちに／之際」用於表達在某期間之意。由此得知選項３接在選項２的後面。如此一來順序就是「２→３→１→４」，★的部分應填入選項１「おかしな点に」。

※ 文法補充：

◇「(動詞辭書形、ている形、ない形) うちに／在…之內」表示在某狀態持續的期間，發生變化的意思。例句：この音楽は落ち着くので、聞いているうちに眠ってしまいます／這種音樂能讓心情平靜下來，聽著聽著就睡著了。

◇「～うちに／趁…」另外還表示趁著前項變化之前的意思。例句：温かいうちに召し上がってください／請趁熱吃。

47 ＿ ＿ ★ ＿ 、連絡先は教えないことにしているんです。

1 親しい　　2 人でない

3 限り　　　4 よほど

※ 正確語順

よほど　親しい　人でない　限り、連絡先は教えないことにしているんです。

除非是非常親近的人（以外），否則不會給出聯絡方式。

答案 (2)

解題 選項３「限り／除非是…」表示限定。「～ない限り／除非是…以外」是必須得做某事的意思。如此一來順序就是１→２→３。由於選項４「よほど／非常」是頗為，相當之意，要修飾選項１「親しい／親近的」，所以應該填在選項１的前面。如此一來順序就是「４→１→２→３」，★的部分應填入選項２「人でない」。

※ 文法補充：「(動詞ない形) 限り／除非…」表示只要在某事不實現的狀態下之意。後面要接否定的說法。例句：明らかな証拠がない限り、彼を疑うことはできない／除非有明確的證據，否則沒辦法認為他有嫌疑。

48 さすが、＿ ＿ ★ ＿ ね。

1 速い　　2 若い

3 理解が　4 だけあって

※ 正確語順

さすが、若い　だけあって　理解が　速い　ね。

真厲害！不愧是年輕人，一下子就聽懂了！

答案 (3)

解題 選項４「～だけあって／不愧是」表示因為前項與期待相符，而給予高度的評價之意。從句意推敲，「若いので速い／因為年輕所以很快」，得知正確語順是２→４→１。而選項３「理解が」要填入４的後面。如此一來順序就是「２→４→３→１」，★的部分應填入選項３「理解が」。

※ 文法補充：

◇「さすが／真厲害」表示果然厲害，承認實力與評價名實相符的意思。常與「だけあって」前後呼應一起使用。例句：・さすが農薬の専門家だ、農薬のことなら何でも知っている／不愧是農藥專家！舉凡和農藥相關的事，無所不知。

◇「(名詞、[形容詞・動詞] 普通形) だけ (のことは) ある／不愧是…」表示從其做的某事與期待相符的意思。例句：いい靴だね。イタリア製だけのことはある／真是一雙好鞋子，不愧是義大利製造的！

49 ずっと体調のよくない ＿ ＿ ★ ＿ どうしても行こうとしない。

1 父は　　2 父を

3 病院に　4 行かせたいのだが、

※ 正確語順

ずっと体調のよくない　父を　病院に　行かせたいのだが、父は　どうしても行こうとしない。

我想讓身體一直不太好的父親去醫院，但他怎麼也不想去。想去。

答案 (4)

解題 因為選項４「行かせたい／讓（某人）去」是使役形，因此選項４前面要接的不是選項１「父は／爸爸」而是選項２「父を／爸爸」。前半句先將選項２、３、４連接起來。後半句將主詞改成選項１「父は／爸爸」。如此一來順序就是「２→３→４→１」，★的部分應填入選項４「行かせたいのだが／想讓…去…」。

※ 文法補充：「行かせたい」是「行く」的使役形「行かせる」再接上表示希望的「～たい」。題目句的意思是「私は父を病院に行かせたい／我想讓父親去醫院」。

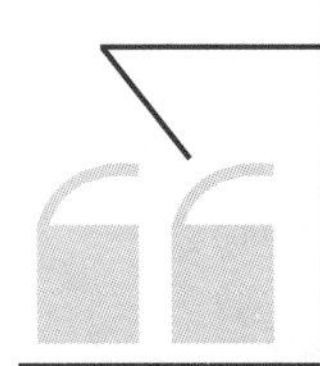

次の文章を読んで、文章全体の内容を考えて、[50] から [54] の中に入る最もよいものを、1・2・3・4の中から一つ選びなさい。

於閱讀下述文章之後，就整體文章的內容作答第 [50] 至 [54] 題，並從1・2・3・4選項中選出一個最適合的答案。

「ペットを飼う」

毎年9月20日～26日は、動物愛護週間である。この機会に動物を愛護※1 するということについて考えてみたい。

まず、人間生活に身近なペットについてだが、犬や猫 [50] ペットを飼うことにはよい点がいろいろある。精神を安定させ、孤独な心をなぐさめてくれる。また、命を大切にすることを教えてくれる。ペットはまさに家族の一員である。

しかし、このところ、無責任にペットを飼う人を見かける。ペットが小さくてかわいい子供のうちは愛情を持って面倒をみるが、大きくなり、さらに老いたり [51] 、ほったらかし※2 という人たちだ。

ペットを飼ったら、ペットの一生に責任を持たなければならない。周りの人達の迷惑にならないように鳴き声やトイレに注意し、[52] ための訓練をすること、老いたペットを最後まで責任を持って介護をすることなどである。

[53] 、野鳥や野生動物に対してはどうであろうか。野生動物に対して注意することは、やたらに餌を与えないことである。人間が餌を与えると、自力で生きられなくなる [54] からだ。また、餌をくれるため、人間を恐れなくなり、そのうち人間に被害を与えてしまうことも考えられる。人間の親切がかえって逆効果になってしまうのだ。餌を与えることなく、野生動物の自然な姿を見守りたいものである。

（注1）愛護：かわいがり大切にすること

（注2）ほったらかし：かまったりかわいがったりせず、放っておくこと

「養寵物」

每年9月20日至26日是動物愛護週。在這個機會中，我們可以思考關於愛護※1 動物的意義。

首先，關於與人類生活密切相關的寵物，飼養狗或貓等 [50] 有許多好處。它們能夠穩定我們的情緒，安慰孤獨的心靈。此外，它們還能教我們珍惜生命。寵物確實是家庭的一員。

然而，最近看到一些不負責任地飼養寵物的人。當寵物還小且可愛時，這些人對它們充滿愛心，悉心照顧；但等到它們長大甚至變老 [51] ，就被冷落※2 了。

飼養寵物後，必須對寵物的一生負責。為了不打擾周圍的人，必須訓練 [52] ，學會控制叫聲和如廁，並對年老的寵物負責到底。

[53] ，對於野鳥或野生動物呢？我們需要注意的是，不要隨意餵食野生動物。如果人類給野生動物餵食，它們 [54] 失去自力生存的能力。此外，它們會因為人類給予食物而不再害怕，最終甚至可能對人類造成傷害。

（注1）愛護：指的是珍愛並細心呵護。

（注2）不管不顧：不關心、不照顧，任其自生自滅。

50

1 といえば　2 を問わず
3 ばかりか　4 をはじめ

1 說到…　2 無論
3 不僅　4 以…為例

答案 (4)

解題 文中舉了「犬や猫」的例子。以選項4「(名詞) をはじめ」舉出一個代表的例子，用於想表達其他事物也相同時。

其他 選項1「といえば」是引出話題的詞語，用於想轉換話題時。例句：きれいな花だね。花といえば、今週デパートでバラの花の展覧会をやってるよ／這真是一朵漂亮的花啊。說起花，這星期在百貨公司有玫瑰花博覽會。選項2「を問わず」是「和…無關」的意思。例句：マラソンは年齢を問わず、誰でもできるスポーツだ／馬拉松是一項不管幾歲都能參與的運動。選項3「ばかりか」是「不僅…」的意思。例句：ここは駅から遠いばかりか、周りに店もない／從這裡到車站不僅路途遙遠，而且周圍還沒有任何商店。

51

1 するが　2 しても
3 すると　4 しては

1 雖然…　2 即使…
3 如果…　4 如果…

答案 (3)

解題 這句話可以理解為「(無責任な人は、ペットが) 大きくなったり、(さらに) 老いたりすると、ほったらかす／(不負責任的人)等到寵物長大、(甚至是)變老時，就會棄寵物不顧」。選項3的「すると／於是就會」是那時就會…的意思。例句：このボタンを押すと、おつりが出ます／只要按下這個按鈕，零錢就會掉出來。

52

1 ペットが社会に受け入れる
2 社会がペットに受け入れる
3 ペットが社会に受け入れられる
4 社会がペットに受け入れられる

1 寵物接受社會 (語法錯誤)
2 社會接受寵物 (語法錯誤)
3 寵物被社會接受
4 社會被寵物接受 (語法錯誤)

答案 (3)

解題 這裡的主詞是寵物，所以要寫成被動式的句子，符合上述兩點的是選項3。例句：私は人々に感謝される仕事がしたい／我想從事會被他人感謝的工作。

53

1 一方　2 そればかりか
3 それとも　4 にも関わらず

1 另一方面　2 不僅如此
3 還是　4 儘管

答案 (1)

解題 相對於寵物、可以和寵物進行比較的是野生動物。選項1「一方」是用於比較兩件事物的說法。

其他 選項2「そればかりか／不僅如此」是除了某事物之外再加上其他事物的說法。例句：先輩には仕事を教えてもらった。そればかりか、ご飯もよくごちそうしてもらった／前輩教我工作上的事。不僅如此，他還經常請我吃飯。選項4「にも関わらず／無論…」是「不因…而受到影響」的意思。例句：強い雨にも関わらず、試合は続行された／就算下大雨也還是繼續進行比賽。

54

1 かねない　2 おそれがある
3 ところだった 4 ことはない

1 有可能　2 有可能 (發生壞事)
3 差點發生　4 不會

答案 (2)

解題 選項2的「(名詞 - の、動詞辭書形、ない形) おそれがある」是「有可能發生不好的事」的意思。

其他 選項1的意思也是有可能發生不好的事，但要用「(動詞ます形) かねない」，因此這裡的接續不正確。選項3「ところだった／差點就」是「以前如果…則有可能發生不好的結果，但現在沒有發生」的意思。例句：タクシーに乗ったので間に合ったが、あのまま電車に乗っていたら、遅刻するところだった／我搭計程車去所以趕上了。如果搭電車大概就遲到了吧。選項4「ことはない／沒必要做…」是「沒必要做…這件事」的意思。例句：謝ることはないよ。君は何も悪くないんだから／你不用道歉，你沒有做錯任何事。

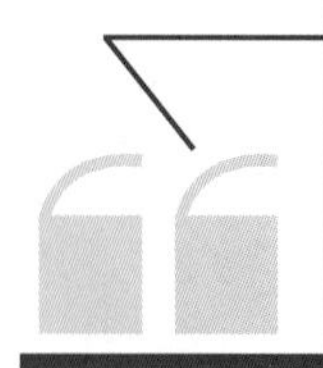

第五回 讀解

問題十 翻譯與解題

次の(1)から(5)の文章を読んで、後の問いに対する答えとして最もよいものを、1・2・3・4から一つ選びなさい。

請閱讀以下(1)至(5)的文章，然後從後面的問題中，選出最適當的答案，從1、2、3、4中選擇一個最合適的選項。

(1)

漢字が片仮名や平仮名と違うところは、それが表意文字※1であるということだ。したがって、漢字や熟語を見ただけでその意味が大体わかる場合が多い。たとえば、「登」は「のぼる」という意味なので、「登山」とは、「山に登ること」だとわかる。

では、「親切」とは、どのような意味が合わさった熟語なのだろうか。「親」は、父や母のこと、「切」は、切ることなので、……と考えると、とても物騒※2な意味になってしまいそうだ。しかし、そこが漢字の奥深い※3ところで、「親」には、「したしむ」「愛する」という意味、「切」には、「心をこめて」という意味もあるのだ。つまり、「親切」とは、それらの意味が合わさった言葉で、「相手のために心を込める」といった意味なのである。

（注1）表意文字：ことばを意味の面からとらえて、一字一字を一定の意味にそれぞれ対応させた文字
（注2）物騒：危険な感じがする様子
（注3）奥深い：意味が深いこと

漢字和片假名、平假名的不同之處在於漢字屬於表意文字※1。因此，單看漢字或詞語的文字構成便能大致推測出其意義。例如，「登」的意思是「攀登」，因此「登山」即為「爬山」。

那麼，「親切」是由哪些意義組合而成的詞語呢？「親」指父母，「切」是切割……這樣一想，似乎會得出相當危險※2的含義啊。然而，這正是漢字的奧妙※3所在。「親」還具有「親近」和「愛」的意思「切」則含有「用心」的意思。總而言之，「親切」即為這些意義相結合的詞語，意思是「為他人付出真心」。

（注1）表意文字：根據詞語的意思來理解，每個字都對應特定的意義的文字。
（注2）不安定：給人危險感的樣子。
（注3）深奧：指具有深刻意義。

55

漢字の奥深いところとは、漢字のどんな点か。

1 読みと意味を持っている点
2 熟語の意味がだいたいわかる点
3 複数の異なる意味を持っている点
4 熟語になると意味が想像できない点

漢字的「深奧之處」指的是漢字的哪個特點？

1 具有讀音和意義兩方面的特點。
2 可以大致理解熟語的意思。
3 擁有多個不同的意思。
4 當成為熟語時，意思難以想像。

答案 (3)

解題 接在後面的是「『親』には…という意味、『切』には…という意味もあるのだ／『親』含有…的意思，『切』也含有…的意思」。這句話表示一個字有不只一個意思，而與之相符的答案是選項3。

(2)

ストレス社会といわれる現代、眠れないという悩みを持つ人は少なくない。実は、インターネットの普及も睡眠の質に悪影響を及ぼしているという。パソコンやスマートフォン、ゲーム機などの画面の光に含まれるブルーライトが、睡眠ホルモン※1の分泌※2をじゃまするというのである。寝る前にメールをチェックしたり送信したりすることは、濃いコーヒーと同じ覚醒作用※3があるらしい。よい睡眠のためには、気になるメールや調べ物があったとしても、寝る1時間前には電源を切りたいものだ。電源を切り、部屋を暗くして、質のいい睡眠の入口へ向かうことを心がけてみよう。

（注1）睡眠ホルモン：体を眠りに誘う物質、体内で作られる
（注2）分泌：作り出し押し出す働き
（注3）覚醒作用：目を覚ますは働き

在這個被稱為「壓力社會」的現代，不少人深受失眠之苦。事實上，網路普及也成為影響睡眠品質的原因之一。電腦、智慧型手機、遊戲機等螢幕所發出的藍光，會干擾睡眠荷爾蒙※1的分泌※2。而在睡前收發電子郵件則會產生與喝黑咖啡類似的提神效果※3。為了良好的睡眠，即使有待處理的郵件或查詢資料，建議睡前一小時將電子設備電源關閉。記得，關閉電源並調暗房間光線，才能邁向高品質睡眠的開始。

（注1）睡眠荷爾蒙：引導身體進入睡眠的物質，由體內生成。
（注2）分泌：指身體內部產生並排出的作用。
（注3）覺醒作用：讓人保持清醒或提神的效果。。

56 筆者は、よい睡眠のためには、どうするといいと言っているか。

1 寝る前に気になるメールをチェックする
2 寝る前に熱いコーヒーを飲む
3 寝る1時間前にパソコンなどを消す
4 寝る1時間前に部屋の電気を消す

筆者認為為了獲得良好的睡眠，應該怎麼做？

1 睡前查看重要的郵件。
2 睡前喝熱咖啡。
3 睡前一小時關掉電腦等設備。
4 睡前一小時關掉房間的電燈。

答案 (3)

解題 文章中寫道「気になるメールや調べ物があったとしても、寝る1時間前には電源を切りたいものだ／即使有重要的郵件或想查詢的事物，睡前一小時也必須關掉電子產品的電源。」

其他 選項1的「寝る前にメールをチェックする／睡前檢查郵件」和選項2的「コーヒー／咖啡」都是文章中舉出妨礙睡眠的事物例子。選項4，文章中雖然有寫道「部屋を暗くして／使房間暗下來」，但並沒有限定「寝る1時間前に／睡前一小時」。

(3)

　これまで、電車などの優先席※1の後ろの窓には「優先席付近では携帯電話の電源をお切りください。」というステッカー※2が貼られていた。ところが、2015年10月1日から、JR東日本などで、それが「優先席付近では、混雑時には携帯電話の電源をお切りください。」という呼び掛けに変わった。これまで、携帯電話の電波が心臓病の人のペースメーカー※3などの医療機器に影響があるとして貼られていたステッカーだが、携帯電話の性能が向上して電波が弱くなったことなどから、このように変更されることに決まったのだそうである。

（注1）優先席：老人や体の不自由な人を優先的に腰かけさせる座席
（注2）ステッカー：貼り紙。ポスター
（注3）ペースメーカー：心臓病の治療に用いる医療機器

　以前，電車等交通工具的博愛座※1後方窗戶上貼有「在博愛座周圍請將手機關機」的告示※2。然而，從2015年10月1日開始，JR東日本等鐵路公司將此標語改為「在博愛座周圍，尖峰時段請將手機關機」。之前之所以有這些標語，是因為手機電波可能會影響心律調節器※3等醫療設備。但由於手機技術的進步，電波強度已顯著減弱，因此鐵路公司決定更改標語。

（注1）優先座位：為老人或身體不便者優先設置的座位。
（注2）標籤：貼紙或海報。
（注3）心律調節器：用於心臟病治療的醫療設備。

57

2015年10月1日から、混んでいる電車の優先席付近でしてはいけないことは何か。

1 携帯電話の電源を、入れたり切ったりすること
2 携帯電話の電源を切ったままにしておくこと
3 携帯電話の電源を入れておくこと
4 ペースメーカーを使用している人に近づくこと

自2015年10月1日起，電車擁擠時在優先席附近不能做什麼？

1 開關手機電源。
2 一直保持手機電源關閉。
3 開啟手機電源。
4 靠近使用心率調節器的人。

答案 (3)

解題 貼紙的用意是呼籲大家「混雑時には携帯電話の電源をお切りください／車廂內人潮眾多時，請將手機關機」。由於題目問的是「不能做的事」，所以答案是選項3。

(4)

新聞を読む人が減っているそうだ。ニュースなどもネットで読めば済むからわざわざ紙の新聞を読む必要がない、という人が増えた結果らしい。

しかし、私は、ネットより紙の新聞の方が好きである。紙の新聞の良さは、なんといってもその一覧性[※1]にあると思う。大きな紙面だからこその迫力[※2]ある写真を楽しんだり、見出しや記事の扱われ方の大小でその重要度を知ることができたりする。それに、なんといっても魅力的なのは、思いがけない記事をふと、発見できることだ。これも大紙面を一度に見るからこその新聞がもつ楽しさだと思うのだ。

(注1) 一覧性：ざっと見ればひと目で全体がわかること

(注2) 迫力：心に強く迫ってくる力

據說現在閱讀報紙的人似乎越來越少了。因為許多人認為「新聞只需在網路上瀏覽即可，沒必要特地去看紙本報紙」。

然而，比起網路新聞，我更喜歡紙本報紙。我認為，報紙最大的優勢在於它的「一覽性[※1]」。我們可以欣賞大幅紙面所帶來的獨特震撼[※2]，並通過標題和文章版面大小來了解新聞的重要性。此外，最吸引人的莫過於無意間發現意料之外的報導，這種樂趣也只有在閱讀大幅紙面報紙時才能體會到。

（注1）一覽性：一眼就能了解全貌的特點。

（注2）震撼力：給人強烈印象的力量。

58 筆者は、新聞のどんなところがよいと考えているか。

1 思いがけない記事との出会いがあること
2 見出しが大きいので見やすいこと
3 新聞が好きな人どうしの会話ができること
4 全ての記事がおもしろいこと

筆者認為報紙有哪些優點？

1 可以偶然發現意想不到的文章。
2 由於標題較大，閱讀起來更方便。
3 可以和喜歡報紙的人進行交流。
4 所有的文章都非常有趣。

答案 (1)

解題 文章中寫道「紙の新聞の良さは一覧性にある／報紙的優點在於方便閱讀」，接著提到了選項1扣人心弦的照片、選項2標題的大小、選項3看見意想不到的報導。而這之中最具有吸引力的是選項3。

其他 選項2，文章中說的是可以了解該報導的重要程度，並沒有提到大字看得比較清楚。選項3和4，文章中並沒有提到相關內容。

(5)

楽しければ自然と笑顔になる、というのは当然のことだが、その逆もまた真実である。つまり、笑顔でいれば楽しくなる、ということだ。これは、脳はだまされやすい、という性質によるらしい。特に楽しいとか面白いといった気分ではないときでも、ひとまず笑顔をつくると、

「笑っているのだから楽しいはずだ」と脳は錯覚[※1]し、実際に気分をよくする脳内ホルモン[※2]を出すという。これは、脳が現実と想像の世界とを区別することができないために起こる現象 だそうだが、ならばそれを利用しない手はない。毎朝起きたら、鏡に向かってまず笑顔を作るようにしてみよう。その日1日を楽しく気持ちよく過ごすための最初のステップになるかもしれない。

(注1) 錯覚：勘違い
(注2) 脳内ホルモン：脳の神経伝達物質

心情愉快時自然會露出笑容，這是理所當然的事情，但其實反過來也成立。也就是說，只要保持笑容，心情就會變得愉快。這是因為大腦具有「容易被影響」的特性。即使當下並不特別開心或覺得有趣，只要嘗試微笑，大腦就會因為認為[※1]「既然在笑，應該是愉快的」而產生錯覺，隨之釋放出讓心情變好的腦內荷爾蒙[※2]。據說這是由於大腦無法區分現實和想像所導致的現象，既然如此，我們不妨好好利用這一點。每天早上起床後，試著對著鏡子先微笑，也許這就是開啟愉快一天的第一步。

（注 1）錯覺：錯誤的感覺或誤會。
（注 2）大腦荷爾蒙：大腦中的神經傳遞物質。

59

笑顔でいれば楽しくなるのはなぜだと考えられるか。

1 鏡に映る自分の笑顔を見て満足した気分になるから
2 脳が笑顔にだまされて楽しくなるホルモンを出すから
3 脳がだまされたふりをして楽しくなるホルモンを出すから
4 脳には、どんな時でも人を活気付ける性質があるから

為什麼認為保持笑容會讓人變得快樂？

1 因為看到鏡中自己的笑容，會感到滿足。
2 因為大腦被笑容欺騙，分泌讓人快樂的激素。
3 因為大腦假裝被欺騙，分泌讓人快樂的激素。
4 因為大腦在任何情況下都有讓人充滿活力的特性。

答案 (2)

解題 文章中寫道「笑っているのだから楽しいはずだと脳は錯覚する／大腦會產生錯覺，認為自己現在正在笑著，所以應該很開心」。意思是只要露出笑容的話，大腦就會誤以為自己現在很開心。與之相符的答案為選項 2。

其他 選項 3「ふりをする／裝作…的樣子」是指其實不是這樣，只是看起來像是這樣。但因為大腦是真的會被笑容欺騙，所以「だまされるふりをして／裝作受騙的樣子」不正確。例句：部屋に母が入ってきたが、話したくなかったので寝ているふりをしていた／雖然媽媽進來房間，但我不想說話，所以裝作睡著了。選項 4 文章中沒有提到相關內容。

MEMO N2

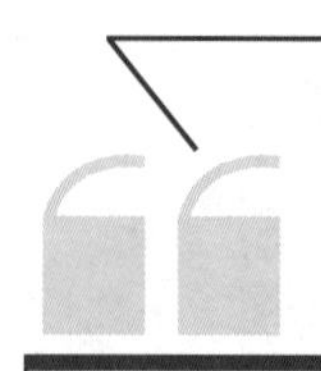

第五回 読解

次の(1)から(3)の文章を読んで、後の問いに対する答えとして最もよいものを、1・2・3・4から一つ選びなさい。

請閱讀以下(1)至(3)的文章，然後從後面的問題中，選出最適合的答案。請從1、2、3、4中選擇一個。

(1)

日本では、電車やバスの中で居眠りをしている人を見かけるのは珍しくない。だが、海外では、車内で寝ている人をほとんど見かけないような気がする。日本は比較的安全なため、眠っているからといって荷物を取られたりすることが少ないのが大きな理由だと思うが、外国人の座談会[※1]で、ある外国の人はその理由を、「寝顔を他人に見られるなんて恥ずかしいから。」と答えていた。確かに、寝ているときは意識がないのだから、口がだらしなく開いていたりして、かっこうのいいものではない。

もともと日本人は、人の目を気にする羞恥心[※2]の強い国民性だと思うのだが、なぜ見苦しい姿 を多くの人に見られてまで車内で居眠りする人が多いのだろう？

それは、自分に関係のある人には自分がどう思われるかをとても気にするが、無関係の不特定多数の人たちにはどう思われようと気にしない、ということなのではないだろうか。たまたま車内で一緒になっただけで、降りてしまえば何の関係もない人たちには自分の寝顔を見られても恥ずかしくないということである。自分に無関係の多数の乗客は居ないのも同然[※3]、つまり、車内は自分一人の部屋と同じなのである。その点、<u>車内で化粧をする女性たちの気持ちも同じ</u>なのだろう。

日本の電車やバスは人間であふれているが、人と人とは何のつながりもないということが、このような現象を引き起こしているのかもしれない。

(注1) 座談会：何人かの人が座って話し合う会

(注2) 羞恥心：恥ずかしいと感じる心

(注3) 同然：同じこと

在日本的電車或巴士裡看到有人打瞌睡並不稀奇。但在國外，幾乎不會看到有人在車上睡覺。我認為主要原因是日本相對安全，即使在車上睡著了，行李也不容易被偷。然而，在一場外國人的座談會[※1]上，有位外國人對此的看法是：「被他人看到自己的睡臉感到尷尬」。確實，人在睡著時沒有意識，像是嘴巴微張等姿態看起來不一定優雅。

日本人應該是十分在意他人眼光、並具有強烈羞恥心[※2]的民族，但為什麼還是有許多人在車廂裡睡覺，甚至讓眾人看到自己不雅的姿態呢？

這可能是因為日本人很在意與自己有關的人如何看待自己，但對於不相關的陌生人則不太在意。只是偶然搭上同一班車，下車之後大家就彼此無關，因此即使被看見睡臉也不會感到羞恥。對無關的乘客來說，看到與沒看到並無差別[※3]，也就是說，車廂內就如同自己一人的私人空間。<u>在車廂內化妝的女性們大概也是出於同樣的心態</u>吧。

雖然日本的電車和巴士裡擠滿了人，但人與人之間卻毫無交集，這或許也正是此現象的成因之一。

（注1）座談會：幾個人坐下來討論的會議。

（注2）羞恥心：感到害羞、尷尬的心情。

（注3）相同：與某事物相同。

60 日本人はなぜ電車やバスの中で居眠りをすると筆者は考えているか。

1 知らない人にどう思われようと気にならないから
2 毎日の仕事で疲れているから
3 居眠りをしていても、他の誰も気にしないから
4 居眠りをすることが恥ずかしいとは思っていないから

筆者認為為什麼日本人在電車或巴士上會打瞌睡？

1 因為不在乎陌生人怎麼看自己。
2 因為每天的工作讓他們感到疲倦。
3 因為即使打瞌睡，其他人也不會在意。
4 因為他們不認為打瞌睡是件丟臉的事。

答案（1）

解題 第三段第二行寫道「無関係の～人たちにはどう思われようと気にしない、ということなのではないだろうか／因為不在意和自己毫無關係的人怎麼想，難道不是這樣嗎」。因此正確答案為選項１。

61 日本人はどんなときに恥ずかしさを感じると、筆者は考えているか。

1 知らない人が大勢いる所で、みっともないことをしてしまったとき
2 誰にも見られていないと思って、恥ずかしい姿を見せてしまったとき
3 知っている人や関係のある人に自分の見苦しい姿を見せたとき
4 特に親しい人に自分の部屋にいるような姿を見せてしまったとき

筆者認為日本人在什麼情況下會感到尷尬？

1 在有許多陌生人的地方做了失態的事情時。
2 以為沒有人在看，結果露出了尷尬的樣子時。
3 在熟識的人或與自己有關的人面前展示了不雅的姿態時。
4 特別是當不小心在親近的人面前，展現出自己在房間裡的樣子時。

答案（3）

解題 第三段第一行寫道「自分に関係のある人には自分がどう思われるかをとても気にする／很在意和自己有關的人會怎麼看待自己」。因此答案為選項３。

其他 選項１文章是說對不認識的人不甚在意，所以不正確。選項２文章中沒有提到「誰にも見られていないと思って／認為自己沒有被任何人看見」這種情形。選項４會在意的不是「特に親しい人／特別親密的人」，而是「自分に関係のある人／和自己有關係的人」，所以不正確。會不會在意的標準並非「熟悉或不熟悉」。

62 <u>車内で化粧をする女性たちの気持ちも同じ</u>とあるが、どんな点が同じなのか。

1 すぐに別れる人たちには見苦しい姿を見せても構わないと思っている点
2 電車やバスの中は自分の部屋の中と同じだと思っている点
3 電車やバスの中には自分に関係のある人はいないと思っている点
4 電車やバスを上手に利用して時間の無駄をなくしたいと思っている点

「<u>在車內化妝的女性們的心態是相同的</u>」這句話中，指的是哪一點相同？

1 他們認為對那些很快就會分開的人，顯露出自己不雅的樣子也無所謂。
2 他們認為電車或巴士的車廂就像自己房間一樣。
3 他們認為電車或巴士上的人與自己毫無關聯。
4 他們認為應該充分利用車內時間，避免浪費。

答案（2）

解題 劃線部分的前一句提到「つまり、車内は自分一人の部屋と同じなのである／也就是說，車廂內和自己獨處的房間是一樣的」，因此選項２是正確答案。

其他 選項１「すぐに別れる／馬上就要分別了」並非會不會在意的標準。選項３並不是因為沒有認識的人。這一段的意思是，身邊有和自己無關的人，就和身邊沒人一樣。選項４文章中沒有提到相關內容。

(2)

私の父は、小さな商店を経営している。ある日、電話をかけている父を見ていたら、

「ありがとうございます。」と言っては深く頭を下げ、「すみません」と言っては、また、頭を下げてお辞儀をしている。さらに、「いえ、いえ 」と言うときには、手まで振っている。私は、つい笑い出してしまって、父に言った。

「お父さん、電話ではこっちの姿が見えないんだから、そんなにぺこぺこ頭を下げたり手を振ったりしてもしょうがないんだよ。」と。

すると、父は、「そんなもんじゃないんだ。電話だからこそ、しっかり頭を下げたりしないとこっちの心が伝わらないんだよ。それに、心からありがたいと思ったり、申し訳ないと思ったりすると、自然に頭が下がるものなんだよ。」と言う。

考えてみれば確かにそうかもしれない。電話では、相手の顔も体の動きも見えず、伝わるのは声だけである。しかし、まっすぐ立ったままお礼を言うのと、頭を下げながら言うのとでは、同じ言葉でも伝わり方が違うのだ。聞いている人には、それがはっきり伝わる。

見えなくても、いや、「見えないからこそ、しっかり心を込めて話す」ことが、電話の会話では大切だと思われる。

我爸爸經營著一家小商店。某天，我看到他在講電話時，一邊說著「非常感謝您」並深深地低下頭，又說著「對不起」時再次鞠躬道歉，甚至在說「不不不，沒那回事」時，還揮了揮手。

我不禁笑了出來，對爸爸說：「爸爸，電話另一頭看不到你的動作，這樣頻頻鞠躬、揮手也沒什麼用吧。」

爸爸聽後回應我說：「才不是這樣。正因為是電話，才更需要好好鞠躬，這樣我們的心意才能傳達給對方。而且，只要真心感謝或抱歉，就會自然而然地低下頭。」

仔細想想，確實如此。電話中無法看到對方的表情或肢體語言，能傳遞的僅是聲音。然而，站著直直地說「謝謝」和低頭說「謝謝」相比，即使是同樣的話語，傳達的效果卻不同。對於聽的人而言，這樣能更清楚地感受到這一點。

即使看不見，或者說「正因為看不見，才更應該真誠地說話」，這一點在電話禮儀中顯得尤為重要。

63 筆者は、電話をかけている父を見て、どう思ったか。

1 相手に見えないのに頭を下げたりするのは、みっともない。
2 もっと心を込めて話したほうがいい。
3 頭を下げたりしても相手には見えないので、なんにもならない。
4 相手に気持ちを伝えるためには、じっと立ったまま話すほうがいい。

筆者看到父親打電話時，有什麼想法？

1 雖然對方看不到，但一邊低頭一邊說話，顯得很不體面。
2 應該更加用心地說話。
3 因為對方看不到，即使低頭鞠躬也毫無意義。
4 要傳達心意的話，還是站著說話比較好。

答案（3）

解題 第六、七行，女兒說「そんなにぺこぺこ頭を下げたり～してもしょうがないんだよ／用不著那樣點頭哈腰吧」。這裡的「しょうがない／用不著」是「そんなことをしても意味がない／這麼做也沒有意義」的意思。和選項３「なんにもならない／無濟於事」意思相同。

64 それとは、何か。

1 お礼を言っているのか、謝っているのか。
2 本当の心か、うその心か。
3 お礼の心が込もっているかどうか。
4 立ったまま話しているのか、頭を下げているのか。

「這一點」指的是什麼？

1 是在說謝謝還是道歉。
2 是真心還是假意。
3 是否包含了感謝的心意。
4 是站著說話還是低頭鞠躬。

答案（3）

解題 這裡說的是「まっすぐ立ったままお礼を言う／站得直挺挺的道謝」和「頭を下げながら言う／一面鞠躬一面說（謝謝）」的不同。第九行，爸爸說「しっかり頭を下げたりしないとこっちの心が伝わらないんだよ／如果不誠懇鞠躬道謝，就無法表達我們的心意哦」。另外爸爸又說，只要心懷誠意，自然就會鞠躬。可知「それ」指的是心意。

其他 選項１因為是在電話中說的話，所以是在表達謝意。選項２兩人談論的是道謝的表達方式，沒有討論到說謊的情形。選項４要向聽者傳達的不是說話者的姿勢，而是心意。

65 筆者は、電話の会話で大切なのはどんなことだと言っているか。

1 お礼を言うとき以外は、頭を下げないこと。
2 相手が見える場合よりかえって心を込めて話すこと。
3 誤解のないように、電話では、言葉をはっきり話すこと。
4 相手が見える場合と同じように話すこと。

筆者認為在電話交談中最重要的是什麼？

1 除了說謝謝時，不必低頭鞠躬。
2 比起對方看得到的場合，更應該用心交談。
3 為了避免誤會，電話裡應該清晰表達每個詞語。
4 應該像面對面交談一樣說話。

答案（2）

解題 文章中提到「『見えないからこそ、しっかり心を込めて話す』ことが大切だ／『正因為看不見，所以說話更要誠心誠意』這是非常重要的」。「こそ」表示強調。選項２「かえって」是「反而」的意思，為正確答案。

(3)

心理学※1の分析方法のひとつに、人の特徴を五つのグループに分け、すべての人はこの五タイプのどこかに必ず入る、というものがある。五つのタイプに優劣はなく、それは個性や性格と言い換えてもいいそうだ。

面白いのは、自分はこのグループに当てはまると判断した自らの評価と、人から評価されたタイプは一致しないことが多い、という事実である。「あなたってこういう人よね。」と言われたとき、自分では思ってもみない内容に驚くことがあるが、つまりはそういうケース※2である。

どうも、自分の真実の姿は自分で思うほどわかっていない、と考えたほうがよさそうだ。

しかし、自分が思っているようには他人に見えていなくても、それは別に悪いことではない。逆に、「そう見られているのはなぜか。」と考えて、□を知る手助けとなるからである。

学校や会社の組織を作る場合、この五つのグループの全員が含まれるようにすると、その組織は安定するとのこと。異なるタイプが存在する組織のほうが、問題が起こりにくく、組織自体が壊れるということも少ないそうだ。

やはり、いろいろな人がいてこその世の中、ということだろうか。それにしても、自分がどのグループに入ると人に思われているのか、気になるところだ。また周りの人がどのグループのタイプなのか、つい分析してしまう自分に気づくことが多いこの頃である。

(注1) 心理学：人の意識と行動を研究する科学

(注2) ケース：例。場合

在心理學※1中有一種分析方法，將所有人的特質分為五種類型，並認為每個人必定屬於其中一種。這五種類型之間並無高低優劣之分，可以理解為不同的「個性」或「性格」。

有趣的是，我們自認的類型往往與他人對我們的看法並不一致。例如，當他人說「你應該屬於這一類吧」時，我們有時會驚訝於這樣的分類和自己所想不同，這樣的情況※2並不少見。

因此，或許我們對自己的真實樣貌了解得並沒有想像中那麼透徹。

然而，即使他人眼中的自己和自己所想不同，也並非壞事。相反地，只要思考「為什麼他人會這樣認為？」就能幫助我們更深入地理解□。

據說在學校或公司等組織中，如果五種類型的人都包含在內，組織將更加穩定。具有不同類型成員的組織，不僅較少發生問題，也不容易瓦解。

果然，正是因為有各式各樣的人存在，才成就了這個世界吧。不過即便如此，仍然會好奇他人認為自己是哪種類型。近來，我也常常察覺自己不自覺地在分析身邊人所屬的類型。

（注 1）心理學：研究人類意識與行為的科學。

（注 2）案例：例子、情況。

66

そういうケースとは、例えば次のどのようなケースのことか。

1 自分では気が弱いと思っていたが、友人に、君は積極的だね、と言われた。

2 自分では計算が苦手だと思っていたが、テストでクラス1番になった。

3 自分では大雑把な性格だと思っていたが、友人にまさにそうだね、と言われた。

4 自分は真面目だと思っていたが、友人から、君は真面目すぎるよ、と言われた。

「這樣的情況」指的是哪種情況？

1 自己認為性格軟弱，但朋友卻說你很積極。

2 自己認為數學不好，但測驗卻得了班級第一。

3 自己認為性格大大咧咧，朋友也正好這麼認為。

4 自己認為自己很認真，但朋友卻說你太過認真了。

答案 (1)

解題「そういう／那樣」指的是第四行「自らの評価と、人から評価されたタイプは一致しない／自己認為自己屬於哪一型，和他人的看法不同」這個部分。而表示自己與他人看法不同的是選項１。

其他 選項２的「計算／計算」用於能力或技術，無法用在本文中的「人の特徴／人的特徵」。選項３，「まさに／正是」是「本当に／真正」的意思。選項４，「真面目／認真」和「真面目すぎる／過於認真」是同一種人。

67

□に入る言葉は何か。

1 心理学

2 五つのグループ

3 自分自身

4 人の心

□應該填什麼？

1 心理學

2 五種類型

3 自己

4 人的內心

答案 (3)

解題「そう見られている／為什麼會讓人有這種想法」的主詞是「私／我」。句意是好好想想別人為什麼會這樣看待自己，就會更了解自己。

68

いろいろな人がいてこその世の中とはどういうことか。

1 個性の強い人を育てることが、世の中にとって大切だ。

2 優秀な人より、ごく普通の人びとが、世の中を動かしている。

3 世の中は、お互いに補い合うことで成り立っている。

4 世の中には、五つだけではなくもっと多くのタイプの人がいる。

「這個世界是因為有各種各樣的人存在才得以運轉」這句話的意思是什麼？

1 培養有強烈個性的人對社會來說很重要。

2 與其說是優秀的人，倒不如說是普通人推動了這個社會的運轉。

3 社會是靠彼此互補、共同合作而維持的。

4 這個世界上不僅有五種類型的人，還有更多不同類型的人存在。

答案 (3)

解題 這句話前面是「やはり／果然」，所以要看前一個段落。前一個段落提到「五つのグループの全員が含まれるようにすると、その組織は安定する／如果一個組織包含這五種類型的人，這個組織就會維持穩定」。這是指不同類型的人會互補，因此正確答案是選項３。

其他 選項１文章中並沒有提到強烈的個性。選項２這和是優秀的人或是平凡的人沒有關係。選項４有方法可以把全部的人都分別歸類成這五種類型。

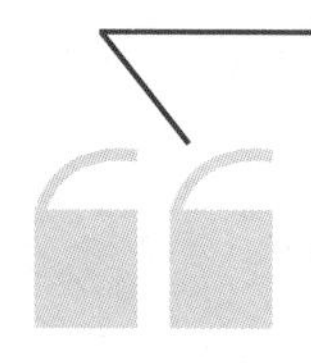

次のAとBはそれぞれ、職業の選択について書かれた文章である。二つの文章を読んで、後の問いに対する答えとして最もよいものを、1・2・3・4から一つ選びなさい。

以下的Ａ和Ｂ分別是關於選擇職業的文章。請閱讀這兩篇文章，然後從後面的問題中，選出最適合的答案。請從１、２、３、４中選擇一個。

A

職業選択の自由がなかった時代には、武士の子は武士になり、農家の子は農業に従事した。好き嫌いに関わらず、それが当たり前だったのである。

では、現代ではどうか。全く自由に職業を選べる。医者の息子が大工になろうが、その逆だろうが、その人それぞれの個性によって、自由になりたいものになることができる。

しかし、世の中を見てみると、意外に親と同じ職業を選んでいる人たちがいることに気づく。特に芸術家と呼ばれる職業にそれが多いように思われる。例えば歌手や俳優や伝統職人といわれる人たちである。それらの人たちは、やはり、音楽や芸能の先天的※1な才能を親から受け継いでいるからに違いない。

在過去無法自由選擇職業的時代，武士的孩子自然成為武士，農夫的孩子則從事農業。這被視為理所當然的事，與個人喜好無關。

然而，現代的情況不同了。如今可以完全自由選擇職業，不論是醫生的孩子想成為工匠，還是相反，都可以依照自己的個性自由選擇未來的職業。

然而，觀察社會後卻會發現，許多人依然選擇與父母相同的職業，尤其是在藝術相關的行業，如歌手、演員或傳統工藝師。這些人多半是因為承襲了父母在音樂或藝術上的天賦※1，因此踏上了這條道路。

B

職業の選択が全く自由であるにもかかわらず、親と同じ職業についている人が意外に多いのが政治家である。例えば二世議員とよばれる人たちで、現在の日本でいえば、国会議員や大臣たちに、親の後を継いでいる人が多い。これにはいつも疑問を感じる。

政治家に先天的な能力などあるとは思えないし、二世議員たちを見ても、それほど政治家に向いている※2性格とも思えないからだ。

考えてみると、日本の国会議員や大臣は、国のための政治家とは言え、出身地など、ある地域と強く結びついているからではないだろうか。お父さんの議員はこの県のために力を尽くして※3くれた。だから息子や娘のあなたも我が県のために働いてくれるだろう、という期待が地域の人たちにあって、二世議員を作っているのではないだろうか。それは、国会議員の選び方として、ちょっと違うような気がする。

（注1）先天的：生まれたときから持っている
（注2）～に向いている：～に合っている
（注3）力を尽くす：精一杯努力する

即使在職業選擇完全自由的情況下，令人驚訝的是，選擇從政的「政二代」也不少。事實上，現在的日本國會議員和內閣成員中，有許多是繼承了父母的職位。對此現象，我一直感到疑惑。

我不認為政治家需要具備什麼先天能力，看到這些政二代們，也不覺得他們的個性特別適合※2從政。

仔細思考後，我認為這可能與日本國會議員和大臣與家鄉的地緣關係有關，儘管他們是為國家服務的政治家，卻與地方選區有著更深厚的聯結。鄉里之人會期待政治家的子女繼承父業，認為：「您的父親是議員，為這個縣市付出過許多努力※3，因此您作為他的孩子，應該也會為我們的縣市奮鬥吧。」正是這種期待成就了政二代。我認為，將此作為選擇國會議員的標準，似乎有些不妥。

（注１）先天的：從出生時就擁有的。
（注２）適於～：適合於～。
（注３）全力以赴：竭盡全力。

69

AとBの文章は、どのような職業選択について述べているか。

1 AもBも、ともに自分の興味のあることを優先させた選択

2 AもBも、ともに周囲の期待に応えようとした選択

3 Aは親とは違う道を目指した選択、Bは地域に支えられた選択

4 Aは自分の力を活かした選択、Bは他に影響された選択

A與B這兩篇文章討論的是何種職業選擇？

1 A與B都強調根據自己的興趣來進行選擇。

2 A與B都提到為了滿足周圍的期望而做出的選擇。

3 A討論了選擇與父母不同道路的選擇，B則討論了受地區支持的選擇。

4 A強調發揮自己的能力來選擇，B則是受到他人影響的選擇。

答案（4）

解題 A和B都是描述選擇和父母相同職業的人。A是藝術家，充分發揮繼承自父母的才能；B是政治家，文章中提到不可辜負故鄉民眾的期待，因此選項4是正確答案。

70

親と同じ職業についている人について、AとBの筆者はどのように考えているか。

1 AもBも、ともに肯定的である。

2 AもBも、ともに否定的である。

3 Aは肯定的であるが、Bは否定的である。

4 Aは否定的であるが、Bは肯定的である。

關於從事與父母相同職業的人，A與B的筆者是如何看待的？

1 A與B都持肯定態度。

2 A與B都持否定態度。

3 A持肯定態度，而B持否定態度。

4 A持否定態度，而B持肯定態度。

答案（3）

解題 A認為孩子繼承了父母的才能，因此對子承父業持肯定看法。B則以「先天的な能力などあるとは思えない～政治家に向いている性格とも思えない／我不認為這些孩子有天分…也不認為他們的個性適合成為政治家」進行否定的批判。

次の文章を読んで、後の問いに対する答えとして最もよいものを、1・2・3・4から一つ選びなさい。

請閱讀以下文章，然後從後面的問題中，選出最適合的答案。請從1、2、3、4中選擇一個。

このところ日本の若者が内向きになってきている。つまり、自分の家庭や国の外に出たがらない、という話を見聞きすることが多い。事実、海外旅行などへの関心も薄れ、また、家の外に出てスポーツなどをするよりも家でゲームをして過ごす若者が多くなっていると聞く。

大学進学にしても安全第一、親の家から通える大学を選ぶ者が多くなっているし、就職に際しても自分の住んでいる地方の公務員や企業に就職する者が多いということだ。

これは海外留学を目指す若者についても例外ではない。例えば2008、9年を見ると、アメリカへ留学する学生の数は中国の3分の1、韓国の半分の3万人に過ぎず、その差は近年ますます大きくなっている。世界に出て活躍しようという夢があれば、たとえ家庭に経済的余裕がなくても何とかして自分の力で留学できるはずだが、そんな意欲的な若者が少なくなってきている。こんなことでは日本の将来が心配だ。日本の将来は、若者の肩にかかっているのだから。

いったい、若者はなぜ内向きになったのか。

日本の社会は、今、確かに少子化や不況など数多くの問題に直面しているが、私はこれらの原因のほかに、パソコンやスマートフォンなどの電子機器の普及も原因の一つではないかと思っている。

これらの機器があれば、外に出かけて自分の体を動かして遊ぶより、家でゲームをやるほうが手軽だし、楽である。学校で研究課題を与えられても、自分で調べることをせず、インターネットからコピーして効率※1よく作成してしまう。つまり、電子機器の普及によって、自分の体、特に頭を使うことが少なくなったのだ。何か問題があっても、自分の頭で考え、解決しようとせず、パソコンやスマホで答えを出すことに慣らされてしまっている。それで何の不自由もないし、第一、楽なのだ。

このことは、物事を自分で追及したり判断したりせず、最後は誰かに頼ればいいという安易な考えにつながる、つまり物事に対し＿＿＿な受け身の姿勢になってしまうことを意味する。中にいれば誰かが面倒を見てくれるし、まるで、暖かい日なた※2にいるように心地よい。なにもわざわざ外に出て困難に立ち向かう必要はない、若者たちはそう思うようになるのではないだろうか。こんな傾向が、若者を内向きにしている原因の一つではないかと思う。

では、この状況を切り開く方法、つまり、若者をもっと前向きに元気にするにはどうすればいいのか。

若者の一人一人が安易に機器などに頼らず、自分で考え、自分の力で問題を解決するように努力することだ。そのためには、社会や大人たちが若者の現状をもっと真剣に受け止めることから始めるべきではないだろうか。

（注1）効率：使った労力に対する、得られた成果の割合

（注2）日なた：日光の当たっている場所

近來日本的年輕人變得愈發內向，也就是說，年輕人不願意離開家庭或國家，這類情況已相當常見。具體而言，年輕人對出國旅行興趣缺缺，而且比起外出運動，他們更傾向於在家打電動。

許多年輕人選擇大學的標準也更注重「舒適」。他們選擇可以通勤的學校，求職時也多數選擇家附近的公職或當地企業。

即使是想出國留學的年輕人也不例外。舉例來說，2008年和2009年赴美留學的日本學生僅約3萬人，僅為中國的三分之一，不到韓國的一半，並且近年來差距持續擴大。如果懷抱著「活躍於國際舞台」的夢想，即便經濟上有困難，也會想方設法自力留學。然而，這樣的熱血年輕人卻逐漸減少。對此，我對日本的未來感到擔憂，因為年輕人肩負著國家的前途。

那麼，年輕人為何會變得內向呢？

當前日本社會確實面臨少子化與經濟不景氣等諸多問題，但我認為，除了這些原因，電腦與智慧型手機等電子產品的普及也是一個重要因素。

有了這些設備，與其外出活動筋骨，不如待在家裡打遊戲更方便、輕鬆。即便學校布置了研究課題，他們也不必親自找資料，直接從網路上複製即可，效率※1極高。換言之，由於電子產品的普及，人們活動身體的機會減少，尤其是大腦運作的頻率降低。人們已習慣於「即便遇到問題，也不必自己思考，直接查電腦或手機就能得到答案」，這樣一來不僅毫無不便，最重要的是——輕鬆。

這種情形意味著，我們不會自行探索或做出判斷，最終形成一種「只需依賴他人」的簡單心態，即對事物採取＿＿＿被動的態度。因為「待在舒適圈內自有人照應，宛如置身於陽光明媚的日光底下※2般溫暖愜意」，又何必刻意迎接外界的挑戰呢？或許，這種思維便是造成年輕人日益內向的原因之一。

那麼，我們要如何突破這一現狀？要如何讓年輕人更加積極、勇於面對挑戰呢？

年輕人應該避免過度依賴電子產品，努力培養獨立思考的能力，並嘗試依靠自己的力量來解決問題。為了實現這一目標，社會和年長一輩應該首先從「正視年輕人的現狀」開始。

（注1）效率：使用的勞力與取得的成果之間的比例。

（注2）陽光處：日光照射的地方。

71

日本の若者が内向きになってきているとあるが、この例ではないものを次から選べ。

1 家の外で運動などをしたがらない。
2 安全な企業に就職する若者が多くなった。
3 大学や就職先も自分の住む地方で選ぶことが多い。
4 外国に旅行したり留学したりする若者が少なくなった。

「日本的年輕人越來越內向」這一現象中，不符合的例子是哪一個？

1 不願意在戶外進行運動等活動。
2 越來越多的年輕人選擇進入安全的企業就職。
3 大學和就業機會大多選擇在自己居住的地區。
4 出國旅行或留學的年輕人減少了。

答案（2）

解題「内向き／保守、內向」是指不想離開自家或祖國。保守的年輕人追求的並非選項２的「安全な企業／有保障的公司」，而是「自分の住んでいる地方の企業／位在自己居住地區的公司」。第五行「大学にしても安全第一／選擇大學也以位於舒適圈為前提」的「安全／安全」是「可以從住慣了的父母家通勤往返」的意思。

72

[　　] に入る言葉として最も適したものを選べ。

1 経済的　　2 意欲的
3 消極的　　4 積極的

[　　] 最適合填入 的詞語是哪個？

1 經濟的　　2 積極的
3 消極的　　4 充滿幹勁的

答案（3）

解題 不願自己判斷事情，總想著依靠別人就好，這就是消極的態度。

其他 選項１「経済的／經濟因素」指有關於金錢或花費。例句：大学進学は、経済的な理由で諦めざるを得なかった／因為經濟因素而不得不放棄了就讀大學。選項２「意欲的／積極主動」指在工作等方面幹勁十足的樣子。例句：彼は、新商品を次々と提案し、商品開発に意欲的に取り組んだ／他不斷提出新商品的企劃，積極開發產品。
選項４「積極的／積極的」指主動做事的樣子。例句：彼女は授業中に質問したり、自分の意見を述べたり、とても積極的な生徒です／她經常在課堂上提問、闡述自己的意見，是位非常積極的學生。

73

この文書で筆者が問題にしている若者の現状とはどのようなことか。

1 家の中に閉じこもりがちで、外でスポーツなどをしなくなったこと。
2 経済的な不況の影響を受けて、海外に出ていけなくなったこと。
3 日本の将来を託すのが心配な若者が増えたこと。
4 電子機器に頼りがちで、その悪影響が出てきていること。

這篇文章中，筆者所關注的年輕人現狀是什麼？

1 越來越傾向於待在家中，缺乏外出運動的意願。
2 受經濟不景氣影響，無法出國留學或工作。
3 對日本未來的擔憂，因為越來越多的年輕人讓人不安。
4 過於依賴電子設備，並因此產生了負面影響。

答案（4）

解題 對於第四段的「いったい、若者はなぜ～／到底年輕人為什麼…」，下一段寫道「電子機器の普及も原因の一つではないか／電子設備的普及也是原因之一吧」。另外，針對第八段的「では、～どうすればいいのか／那麼…該怎麼做才好呢」，後面又寫「若者の一人一人が安易な機器などに頼らず～／每一位年輕人不要輕易依賴機器等等…」進而整理出結論。作者要說的是年輕人和電子設備的關係，因此正確答案是選項４。

其他 選項１作者認為的問題不是年輕人不去外面運動，而是其中的原因。選項２第三段第四行寫道「たとえ家庭に経済的余裕がなくても～／即使家裡經濟並不寬裕…」。選項３文章中沒有提到相關內容。

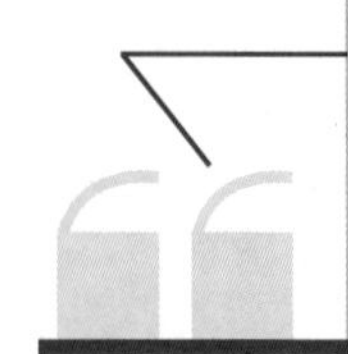

第五回 讀解

次のページは、星川町図書館のホームページである。下の問いに対する答えとして最もよいものを1・2・3・4から一つ選びなさい。

下面的頁面是一則星川町圖書館的官方網站。請根據下方的問題，選出最適合的答案。請從 1、2、3、4 中選擇一個。

星川町図書館 HOME PAGE

インターネット予約の事前準備／仮パスワードから本パスワードへの変更予約の手順、予約の取消しと変更の手順／貸出・予約状況の照会／パスワードを忘れたら

address: www2.hoshikawa.jp

星川町図書館 HOME PAGE

星川町図書館へようこそ

インターネット予約の事前準備

インターネットで予約を行うには、利用者カードの番号とパスワード登録が必要です。

1. 利用者カードをお持ちの人

利用者カードをお持ちの人は、受付時に仮登録している仮パスワードをお好みのパスワードに変更してください。

2. 利用者カードをお持ちでない人

利用者カードをお持ちでない人は、図書館で利用者カードの申込書に記入して申し込んでください。

仮パスワードから本パスワードへの変更

その受付時に仮パスワードを仮登録して、利用者カードを発行します。

仮パスワードから本パスワードへの変更は、利用者のパソコン・携帯電話で行っていただきます。

パソコン・携帯電話からのパスワードの変更及びパスワードを必要とするサービスをご利用いただけるのは、図書館で仮パスワードを発行した日の翌日からです。

パソコンで行う場合→こちらをクリック
携帯電話で行う場合　http://www2.hoshikawa.jp/xxxv.html#yoyakub
携帯電話ウェブサイトにアクセス後、利用者登録情報変更ボタンをクリックして案内に従ってください。

★使用できる文字は、半角で、数字・アルファベット大文字・小文字の4～8桁です。記号は使用することはできません。

インターネット予約の手順

① 蔵書検索から予約したい資料を検索します。
② 検索結果一覧から書名をクリックし"予約カートへ入れる"をクリックします。
③ 利用者カードの番号と本パスワードを入力し、利用者認証ボタンをクリックします。
④ 受取場所・ご連絡方法を指定し、"予約を申し込みます"のボタンをクリックの上、"予約申し込みをお受けしました"の表示が出たら、予約完了です。
⑤ なお、インターネット予約には、若干時間がかかりますので、あらかじめご了承ください。
⑥ 予約された資料の貸出準備が整いましたら、図書館から連絡します。

インターネット予約の取消しと変更の手順

貸出・予約状況の照会の方法

パスワードを忘れたら

★ 利用者カードと本人確認ができるものを受付カウンターに提示してください。新たにパスワードをお知らせしますので、改めて本パスワードに変更してください。パスワードの管理は自分で行ってください。

星川町圖書館 HOME PAGE

網路預約注意事項　將臨時密碼改為正式密碼　預約方式和取消預約的程序　借出、預約情形查詢　忘記密碼

www2.hoshikawa.jp

星川町圖書館 HOME PAGE

歡迎光臨星川町圖書館

網路預約注意事項

申請網路預約時，請登錄個人帳號及密碼。

1. 持有個人借閱證者
持有個人借閱證者，辦理時請將臨時密碼更改為自己設定的正式密碼。

2. 未辦理個人借閱證者
未辦理個人借閱證者，請至圖書館填寫借閱證申請表。
館方受理申請時將暫時以臨時密碼登錄，並發

行借閱證。

將臨時密碼改為正式密碼

請在個人電腦或手機上將臨時密碼改為正式密碼。

在電腦或手機上操作的更改密碼，或者其他需要密碼才能使用的服務，請於圖書館發行臨時密碼的隔天再行使用。

電腦版操作→請按此處
手機版操作　http://www2.hoshikawa.jp/xxxv.html#yoyakub
使用手機版登錄網站後，請依指引點選「更改個人資料」。

★密碼請用半形數字、英文大小寫共４～８個字。不可使用符號。

網路預約的使用方式

① 從藏書檢索欄搜尋您想要預約的圖書。
② 從搜尋結果一覽表中點選書名，並選擇「加入預約書單」。
使用手機版登錄網站後，請依指引點選「更改個人資料」。

★密碼請用半形數字、英文大小寫共４～８個字。不可使用符號。

網路預約的使用方式

① 從藏書檢索欄搜尋您想要預約的圖書。
② 從搜尋結果一覽表中點選書名，並選擇「加入預約書單」。
③ 輸入個人借閱證號碼及正式密碼後，點選「使用者認證」按鍵。
④ 選擇取書地點和聯絡方式後，點選「申請預約」按鍵。等出現「預約申請成功」字樣後，表示預約成功。
⑤ 網路預約需要作業時間，請多加包涵。
⑥ 預約圖書可供借閱時，圖書館會主動聯繫您。

取消預約的程序

借出、預約情形查詢

忘記密碼

★ 請向櫃檯出示個人借閱證和可識別本人的證件。櫃檯會告知您新的臨時密碼，請再次更改為正式密碼，並妥善保管您的密碼。

74 山本さんは、初めてインターネットで図書館の本を予約する。まず初めにしなければならないことは何か。なお、図書館の利用者カードは持っているし、仮パスワードも登録してある。

1 図書館でインターネット予約のための図書館カードを申し込み、その時に受付でパスワードを登録する。
2 図書館のパソコンで、図書館カードを申し込んだときの仮パスワードを、自分の好きなパスワードに変更する。
3 図書館のカウンターで、図書館カードを申し込んだ時の仮パスワードを、自分の好きなパスワードに変更してもらう。
4 パソコンか携帯電話で、図書館カードを申し込んだときの仮パスワードを、自分の好きなパスワードに変更する。

山本先生第一次通過網路預約圖書館的書。首先必須做的是什麼？此外，他已經持有圖書館的使用者卡，也已經註冊了臨時密碼。

1 在圖書館申請網路預約用的圖書館卡，並在申請時在櫃檯註冊密碼。
2 在圖書館的電腦上，將申請圖書館卡時的臨時密碼更改為自己喜歡的密碼。
3 在圖書館的櫃檯，將申請圖書館卡時的臨時密碼更改為自己喜歡的密碼。
4 使用電腦或手機，將申請圖書館卡時的臨時密碼更改為自己喜歡的密碼。

答案 (4)

解題「インターネット予約の事前準備／網路預約的事前準備」欄位中，第一項寫道「仮パスワードをお好みのパスワードに変更してください／請將臨時密碼更改為您的密碼」。另外，「仮パスワードから本パスワードへの変更／由臨時密碼更改為您的密碼」欄位中寫道「～変更は、利用者のパソコン・携帯電話で／從您的電腦或手機進行更改」。因此正確答案是選項4。

其他 選項1因為山本小姐已經有「利用者カード／借閱證」了，所以不正確。選項2「図書館のパソコンで／在圖書館的電腦」不正確選項3「図書館のカウンターで／在圖書館的櫃檯」不正確。

75 予約した本を受け取るには、どうすればいいか。

1 ホームページにある「利用照会」で、受け取れる場所を確認し、本を受け取りに行く。
2 図書館からの連絡を待つ。
3 予約をした日に、図書館のカウンターに行く。
4 予約をした翌日以降に、図書館カウンターに電話をする。

取預約的書，該怎麼做呢？

1 在圖書館網站的「使用查詢」中確認可取書的地點，並前往取書。
2 等待圖書館的通知。
3 在預約當天前往圖書館櫃檯取書。
4 預約的次日後致電圖書館櫃檯。

答案 (2)

解題「インターネット予約の手順／網路預約的流程」欄位的⑥寫道「～貸出準備が整いましたら、図書館から連絡します／若已經可供借閱，圖書館將會聯繫您」。因此正確答案是選項2。

第五回 聽解

問題一 翻譯與解題

問題1では、まず質問を聞いてください。それから話を聞いて、問題用紙の1から4の中から、最もよいものを一つ選んでください。

問題 1 中，請先聆聽問題。然後聽取對話內容，從選項 1 到 4 中選擇最適合的答案。

例

レストランで店員と客が話しています。客は店員に何を借りますか。

M：コートは、こちらでお預かりします。こちらの番号札をお持ちになってください。

F：じゃあこのカバンもお願いします。ええと、傘は、ここに置いといてもいいですか。

M：はい、こちらでお預かりします。

F：だいぶ濡れてるんですけど、いいですか。

M：はい、そのままお預かりします。お客様、よろしければ、ドライヤーをお使いになりますか。

F：ハンカチじゃだめなので、何かふくものをお借りできれば…。ドライヤーはいいです。ふくだけでだいじょうぶです。

客は店員に何を借りますか。

1 コート
2 傘
3 ドライヤー
4 タオル

在餐廳裡，店員和顧客正在對話。顧客向店員借了什麼？

M(店員)：外套我們這邊幫您保管。這是您的號碼牌，請拿好。

F(顧客)：那這個包也幫我收一下吧。嗯……傘可以放這裡嗎？

M(店員)：好的，我們這邊保管。

F(顧客)：傘有點濕，沒關係吧？

M(店員)：沒問題，我們就這樣收下。如果您需要的話，還有吹風機可以用。

F(顧客)：手帕不夠用，能借我點什麼擦擦嗎？吹風機就算了，擦一擦就行了。

顧客向店員借了什麼？

1 大衣
2 傘
3 吹風機
4 毛巾

答案 (4)

解題 女士想跟店員借的東西，從對話中的「だいぶ濡れてるんですけど／（包包）濕透了」。再加上女士最後一段話首先說「何かふくものをお借りできれば…／如果能借我可以擦拭之類的東西…」，後面又說「ふくだけでだいじょうぶです／可以擦拭就好了」。「ふく／擦」這個單字是指為了弄乾或弄乾淨，用布或紙等擦拭，以去掉水分或污垢等的意思，只要能聽出這一點就知道答案是選項 4 的「タオル／毛巾」了。

其他 選項 1「コート／外套」是女士身上穿的。選項 2「傘／雨傘」是女士帶過去的。選項 3「ドライヤー／吹風機」被女士的「ドライヤーはいいです／吹風機就不用了」給拒絕了。「いいです／不用了」在這裡是一種委婉的謝絕或辭退的說法，通常要說成下降語調。

1

会社で男の人と女の人が話をしています。女の人はこの後何をしますか。

M：これから出かけるので、あとはよろしく。
F：はい。わかりました。
M：本社からのFAXは届いた？
F：まだです。もう一度連絡しましょうか。
M：うん。あれがないと、夕方の宴会で山口さんに会った時に説明ができないから、すぐ送ってくれって言っておいて。
F：はい。宴会は会社に戻ってからいらっしゃいますか。もしそれなら、車を用意しておきますが。
M：いや、それじゃ間に合わないから直接行く。時間と場所はあとで福田君に確認して、携帯に連絡をいれといて。
F：わかりました。

女の人はこの後何をしますか。
1 本社にFAXを送る。
2 本社にFAXを送ってもらう。
3 山口さんにFAXが届いていないことを説明する。
4 福田さんに今日の宴会の場所と時間を聞く。

在公司裡，男士和女士正在交談。女士接下來會做什麼？

M(男士)：我現在要出去了，剩下的就交給你了。
F(女士)：好的，明白了。
M(男士)：總公司那邊的傳真到了嗎？
F(女士)：還沒有。要不要我再聯繫一下？
M(男士)：嗯，如果沒有那份傳真的話，今晚在宴會上見到山口先生時我就無法解釋，所以請他們趕緊發過來。
F(女士)：好的。您宴會結束後會回公司嗎？如果是的話，我準備好車子。
M(男士)：不，這樣來不及，我直接去那裡。時間和地點等會兒你向福田君確認後，再發信息到我手機上。
F(女士)：明白了。

這位女士接下來會做什麼？
1 給總公司發傳真。
2 請總公司發傳真過來。
3 向山口先生解釋傳真還沒到。
4 問福田今天宴會的地點和時間。

答案 **(2)**

解題 女士要聯絡總公司儘快把資料傳真過來。且不需要備車，之後再以手機聯繫男士關於宴會的時間和地點。因此正確答案是選項2。

其他 選項1女士在等總公司的傳真。選項3要向山口小姐說明的是傳真的內容。選項4男士說「あとで／之後再…」。

2

スーパーで、二人の店員が話をしています。男の人は、これから何をしますか。

F：掃除は店の中をする前に外です。店の外からやってください。今日は私がやったので、明日からお願いします。今日は店の中からです。いいですか。よく覚えてくださいよ。

M：はい。

F：外の掃除はだいたい一日に3回ぐらい、ゴミやタバコの吸い殻が落ちてないか見て、ほうきではけばいいんですが、お店の中は、3時間に一回床をふいてください。それが終わったら棚の整理です。棚の奥に入ってしまって見えない商品は、いつも手前に引き出して、きれいに並べておいてくださいね。

M：はい。アイスとか、お酒とかも、全部ですか。

F：ええ、もちろんそうですよ。それから、トイレの掃除です。じゃ、こっちに来てください。

M：はい。

男の人はこの後、まず何をしなければなりませんか。

1 店の外の掃除
2 店の床の掃除
3 棚の整理
4 トイレの掃除

在超市裡，兩位店員正在交談。這位男士接下來會做什麼？

F(女店員)：打掃要先從店外開始，先打掃店外。我今天已經打掃過了，所以從明天開始由你來負責。今天就先從店內開始，好嗎？記住哦。

M(男店員)：好的。

F(女店員)：外面的打掃大概一天做 3 次，檢查一下地上是否有垃圾或煙頭，掃一下就行了。至於店內，每 3 小時擦一次地板。做完這些後，還要整理貨架。那些藏在貨架深處的商品要拉到前面來，擺放整齊。

M(男店員)：好的，冰淇淋和酒這些也要整理嗎？

F(女店員)：當然，所有商品都要。還有，廁所的清潔也需要做。好了，跟我來吧。

M(男店員)：好的。

這位男士接下來首先應該做什麼？

1 打掃店外
2 打掃店內地板
3 整理貨架
4 清潔廁所

答案 (2)

解題 要先打掃店面外，再打掃店內。但今天店面外已經打掃完了，所以男士要從打掃店內開始做起。店內每三個小時要擦一次地板，之後才是整理商品和廁所，因此正確答案是選項 2 。

3 電車の中で男の学生と女の学生が話をしています。二人はこの後、どうしますか。

M：電車動かないね。

F：うん。もう10分以上止まったまま。どうしよう。今日、試験なのに。

M：待っててもしょうがないね。タクシーは高いし。よし、バスで行こう。

F：ああ、でも、ちょっと待って。スマホで調べてみると…ほらこの地図、見て。

M：えっ、この駅、ここから歩いて行けるんだ。

F：うん。ここまで行けば、こっちの電車で行けるんじゃない？

M：バスとどっちが早いかな。

F：わかんないけど、バスはすごく混んでると思う。

M：そうだね。よし、そうしよう。

二人はこの後、どうしますか。

1 電車が動くのを待っている

2 タクシーで行く

3 バスで行く

4 近くの別の電車の駅まで歩く

在電車裡，一位男學生和女學生正在交談。他們接下來會做什麼？

M(男學生)：電車不動了啊。

F(女學生)：是啊，已經停了10多分鐘了。怎麼辦？今天還有考試呢。

M(男學生)：等著也沒用，打車太貴了。我們坐公交吧。

F(女學生)：啊，等一下。我用手機查一下…你看這張地圖。

M(男學生)：咦，這個車站，我們可以從這裡走過去啊。

F(女學生)：嗯，走到那裡，然後換乘另一班電車就行了吧？

M(男學生)：坐公交和走路，哪個更快？

F(女學生)：不知道，但是我覺得公交應該很擠。

M(男學生)：對啊，好吧，那我們走路吧。

這兩個學生接下來會做什麼？

1 等電車開動

2 坐出租車

3 坐公交車

4 走到附近另一個電車站

答案 **(4)**

解題 兩人看了地圖之後，發現附近有一個車站可以步行到達。因為那一站是位於另一條鐵路線的車站，所以那裡的電車仍照常行駛。兩人最後決定搭電車。「この駅／這一站」和「ここ／這裡」是指「この地図／這個地圖」中的車站。由於兩人是看著智慧型手機的畫面交談，因此表示地圖中較近的位置要用「この／這個」、「ここ／這裡」、「こっち／這一邊」等詞語。

其他 選項1男學生說「待っててもしょうがない／等下去也不是辦法」。選項2男學生說計程車費太貴了。選項3女學生認為搭公車很擁擠。

※ 詞彙補充：「スマホ／智慧手機」指智慧型手機。

4

母親と息子が話しています。息子はこれから何をしますか。

M：ああ疲れた。ただいま。

F：お帰りなさい。ああ、ずいぶん汚れたわね。ちょっと、ここでシャツを脱がないでよ。先にお風呂に入ったら？ところで、野球の試合、勝ったの？

M：うん。5対3でね。だから、明日もまた試合だよ。今日は試合の後、さっきまで練習だった。

F：大変ねえ。でも、いつ勉強するのよ。テストだって近いのに。

M：だから、やるよ。夕飯食べてから。わあ、今日はカレーか。おなかぺこぺこだよ。

F：しょうがないわね。

息子はこの後何をしますか。

1 夕飯を食べる
2 勉強をする
3 お風呂に入る
4 野球の練習をする

母親和兒子正在交談。兒子接下來會做什麼？

M(兒子)：啊，好累啊，我回來了。

F(母親)：歡迎回來。哇，你身上可真髒啊，別在這裡脱襯衫，先去洗個澡吧。對了，棒球比賽贏了嗎？

M(兒子)：嗯，5比3贏了。所以明天還有比賽。今天比賽結束後還練了一會兒。

F(母親)：真辛苦啊。不過你什麼時候讀書啊？考試快到了呢。

M(兒子)：我會讀的，吃完晚飯就讀。哇，今天有咖喱啊，我餓壞了！

F(母親)：真拿你沒辦法。

這位兒子接下來會做什麼？

1 吃晚飯
2 讀書
3 洗澡
4 練習棒球

答案 (1)

解題 兒子説「おなかぺこぺこだよ／肚子餓扁了啦」，媽媽回答「しょうがないわね／真拿你沒辦法啊」，由此可知接下來要吃晚餐。

其他 選項2兒子説吃完晚餐後再唸書。選項3媽媽問兒子要不要洗澡，但後來又説「しょうがない／真拿你沒辦法」，可知媽媽放棄了要兒子先洗澡的想法。選項4兒子比完賽後接著練習，然後才回家。

5

男の人が店員とパソコンの修理について話しています。

M：パソコンの調子が悪いのですが、みてもらえますか。
F：はい、どういった具合でしょうか。
M：ちょっと前から、動き方がとても遅くなって変な音がするんです。画面も暗くて。調整してるんですけどね。まあ、新しいのを買った方がいいんでしょうけど、もう少し使いたくて。
F：何年ぐらいお使いになっていますか。
M：ええと、6年、いや、7年かな。自分で直せるなら方法を知りたくて。
F：修理できるかどうかとか、修理の値段は、メーカーの工場で中をみて調べてみないとわからないんですが、こちらでお預かりしてもいいですか。調べる料金は5,000円かかってしまうんですが…。
M：ああ、そんなにかかるんですね。まあ、しょうがないですね。お願いします。

男の人はこれから何をしますか。
1 新しいパソコンを買う
2 自分でパソコンを直す
3 パソコンを分解して調べてもらう
4 パソコンの修理を頼む

男士正在和店員討論電腦的修理問題。

M(男士)：我的電腦狀況不太好，能幫我看一下嗎？
F(店員)：好的，具體是什麼情況呢？
M(男士)：前一陣子開始，電腦的運行變得非常慢，還有奇怪的聲音，螢幕也變暗了。我有嘗試調整過，雖然買新電腦可能比較好，但我還想再用一陣子。
F(店員)：您這台電腦用了多久了呢？
M(男士)：嗯，大概6年，哦不，應該是7年了吧。我想，如果可以的話，我想知道自己是否能修好。
F(店員)：能不能修理好、以及修理費用多少，需要送到廠商的工廠裡檢查內部才能知道。這邊可以幫您寄送檢查，但檢查費是5000日圓……
M(男士)：啊，這麼貴啊。不過，沒辦法，就麻煩你們了。

這位男士接下來會做什麼？
1 買新電腦
2 自己修電腦
3 把電腦拆開來檢查
4 委託店家進行電腦修理

答案 (3)

解題 店員說要檢查電腦內部。「中をみる／檢查內部」和選項3的「分解する／拆解」意思相同。

其他 選項2、4，要先拆解檢查才能知道是否能修好。因此必須要先檢查。

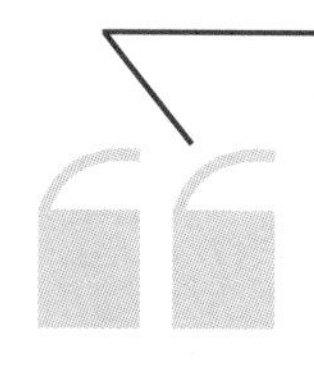

問題２では、まず質問を聞いてください。そのあと、問題用紙のせんたくしを読んでください。読む時間があります。それから話を聞いて、問題用紙の１から４の中から最もよいものを一つ選んでください。

在問題２中，請首先聆聽問題。然後閱讀問題紙上的選項，這段時間可以用來仔細閱讀。接下來聆聽對話，從選項１到４中選擇最合適的答案。

例

男の人と女の人が話しています。男の人はどうして寝られないと言っていますか。

M：あーあ。今日も寝られないよ。

F：どうしたの。残業？

M：いや、中国語の勉強をしなくちゃいけないんだよ。おとといい、部長に呼ばれたんだ。それで、この前の会議の話をされてさ。

F：何か失敗しちゃったの？

M：いや、あの時、中国語の資料を使っただろう、って言われてさ。それなら、中国語は得意だろうから、来月の社長の出張について行って、中国語の通訳をしてくれって頼まれちゃって。仕方がないからすぐに本屋で買って来たんだ。このテキスト。

F：ああ、これで毎晩練習しているのね。でも、社長の通訳なんてすごいじゃない。がんばって。

男の人はどうして寝られないと言っていますか。

1 残業があるから
2 中国語の勉強をしなくてはいけないから
3 会議で失敗したから
4 社長に叱られたから

男士和女士正在對話。男士說自己為什麼睡不著？

M(男士)：唉，又要睡不著了。

F(女士)：怎麼了？加班嗎？

M(男士)：不是，是得學中文。前天被部長叫去，他提到了前幾天開會的事。

F(女士)：你是出了什麼差錯嗎？

M(男士)：不是啦，他說我那次用了中文資料，就覺得我中文很好，所以就讓我下個月陪社長出差，還要當中文翻譯。沒辦法，我馬上就跑去書店買了這本教材。

F(女士)：啊，原來你每天晚上都在練習這個啊。不過，能當社長的翻譯挺厲害的嘛，加油哦！

男士說自己為什麼睡不著？

1 因為有加班
2 因為必須學習中文
3 因為在會議上失敗了
4 因為被社長訓斥了

答案 (2)

解題 從男士說因為之前會議中引用了中文的資料，被部長認為應該很擅長中文，而派任務跟社長一起出差，同時擔任中文口譯。因此男士不能睡覺的原因是「中国語の勉強をしなくちゃいけないんだよ／必須得學中文」，由此得知答案是選項２的「中国語の勉強をしなくてはいけないから／因為必須得學中文」。

其他 選項１女士問「どうしたの。残業？／怎麼啦？加班？」，男士否定說「いや／不是」，知道選項１「残業があるから／因為要加班」不正確。選項３男士提到之前的會議，女士又問「何か失敗しちゃったの／是否搞砸了什麼事？」，男士又回答「いや／不是」，知道選項３「会議で失敗したから／因為會議中失敗了」也不正確。選項４對話中完全沒有提到「社長に叱られたから／因為被社長罵了」這件事。

1

会社で二人の社員が話しています。男性社員はどうして謝っているのですか。

F：明日は会議もあるし、中田産業に行く用事もあるのに。
M：えっ？ そうだったの？
F：もう、しょうがないなあ。お客さんに、明日中にやるって言っちゃったんでしょ？この仕事は私しか研修をうけてないから他の人には頼めないし、最低でも3時間はかかるよ。
M：そうか…。ごめん。聞けばよかったね。僕も手伝うよ。
F：いいよ。その代わり、会議の資料を作って。
M：うん。わかった。本当にごめん。

男性社員はどうして謝っているのですか。
1 会議の準備をしていなかったから
2 お客さんに失礼なことを言ったから
3 女性社員に相談しないで仕事を引き受けたから
4 仕事を手伝わなかったから

在公司裡，兩位員工正在交談。這位男員工為什麼道歉？

F(女員工)：明天還有會議，而且還要去中田產業辦事。
M(男員工)：啊？是嗎？
F(女員工)：真是沒辦法。你是不是跟客戶說一定會在明天完成？這份工作只有我接受過培訓，沒法交給別人，至少得花三個小時呢。
M(男員工)：這樣啊……對不起，我應該問清楚的。我也來幫你吧。
F(女員工)：不用了。你幫我準備會議資料就行。
M(男員工)：嗯，知道了。真的很抱歉。

這位男員工為什麼道歉？
1 因為沒有準備會議。
2 因為對客戶說了不禮貌的話。
3 因為沒有和女員工商量就接了工作。
4 因為沒有幫忙工作。

答案（3）

解題 兩人提到明天會很忙，但男士沒有事先向女士確認，又答應了客人在明天會完成工作，而工作只有女士能夠勝任，可知男士正是為此向女士道歉。

其他 選項 1 因為男士沒辦法幫忙女士手邊的工作，所以女士開口請他代為製作會議資料。選項 2 已經約好了「明日中にやる／明天會做」，並沒有對客人說不禮貌的話。選項 4 對話中沒有說不幫忙。

※ 補充：「～ちゃった」含有「完了」的意思。是「～てしまった」的口語說法。

2

コンビニで、店員と女の人が話しています。女の人はどうして店に来たのですか。

M：いらっしゃいませ。

F：あの、さっきここで買い物をしたんですが、私はノートとボールペンを買ったのに、このレシートをもらったんです。

M：はい。ええと…あ、これ、ちがってますね。申し訳ありません。

F：で、お金は 1,000 円札を出して、620 円おつりをもらったから、合ってると思うんですけど。

M：はい、…少々お待ちください。ええと、…あ、ありました。レシート、これですね。失礼しました。

F：ああ、これです。どうも。

女の人はどうして店に来たのですか。

1 買った品物の値段が間違っていたから
2 買った品物をもらわなかったから
3 買い忘れたものがあったから
4 他の人のレシートをもらっていたから

在便利店裡，店員和女士正在交談。這位女士為什麼來到店裡？

M(店員)：歡迎光臨。

F(女士)：呃，我剛才在這裡買了東西，我買的是筆記本和圓珠筆，但是這張收據不對。

M(店員)：好的，嗯……啊，這確實弄錯了，真抱歉。

F(女士)：嗯，我付的是一張 1000 日圓的鈔票，找了 620 日圓，我想這個應該沒錯吧。

M(店員)：好的，請稍等……啊，找到了，這是您的正確收據，對不起。

F(女士)：啊，對，就是這個。謝謝你。

這位女士為什麼來到店裡？

1 因為買的東西價格有誤
2 因為沒有拿到買的東西
3 因為忘記買一些東西
4 因為拿到了別人的收據

答案 **(4)**

解題 女士想要表達的是「私はノートとボールペンをかったのに、このレシートをもらったんです／我買的是筆記本和原子筆，但卻拿到了這張發票」。「～のに、～／但卻…」表示轉折。事後店員又遞給女士一張正確的發票，可知是拿錯發票了，正確答案是選項４。

其他 選項１，「お金は～合ってると思うんですけど／金額是正確的」。選項２、３，對話中沒有提到相關內容。

3

男の人と女の人が話しています。女の人は、どうして風邪をひいたと言っていますか。

M：ああ、今日は疲れたなあ。

F：ハクション。ハクション。

M：あれ？ 2回くしゃみが出る時は、誰かに噂されてるって言うよ。

F：それは迷信だよ。なんかさっきから寒くて、喉も痛くなってきた。風邪引いたみたい。

M：ああ、仕事のしすぎで、寝不足なんじゃないの。

F：うん、確かに寝不足。でも仕事っていうか、朝までサッカーの試合を観てたからなんだけどね。

M：なんだ。

女の人は、どうして風邪をひいたと言っていますか。

1 疲れたから
2 誰かに噂をされたから
3 仕事をし過ぎて睡眠不足だから
4 サッカーの試合を観ていて睡眠不足になったから

男士和女士正在交談。女士為什麼說自己感冒了？

M(男士)：啊，今天真累啊。

F(女士)：阿嚏，阿嚏！

M(男士)：咦？據說打兩次噴嚏是有人在說你壞話哦。

F(女士)：那是迷信啦。我覺得從剛才開始有點冷，喉嚨也開始痛了，像是感冒了。

M(男士)：啊，是不是工作太多，沒睡好啊？

F(女士)：嗯，確實是沒睡好。不過不是因為工作啦，是因為我看球賽看到早上。

M(男士)：原來如此。

這位女士為什麼說自己感冒了？

1 因為太累了
2 因為有人在背後說她
3 因為工作太多導致睡眠不足
4 因為看足球比賽導致睡眠不足

答案（4）

解題 女士說「確かに寝不足／的確是睡眠不足」，接著說明睡眠不足的原因。「観てたから／因為（徹夜）看了…」的「から／因為」表示理由。因此答案為選項4。

其他 選項1說「很累」的是男士。選項2女士說「それは迷信だよ／那是迷信啦」。「迷信／迷信」是指從以前流傳到現在的傳聞、無法以科學角度說明的事。選項3女士說「仕事っていうか／與其說是工作」。「っていうか／與其說」是「というか／與其說」的口語說法，用於表示「それもそうだが、でも／這也是原因之一，不過」或「そうではなくて／不是那樣」的意思。

4

警察官が女の人と話をしています。女の人はなぜ警察官に呼び止められましたか。

M：こんばんは。
F：ああ、はい。
M：ご自宅はこの近くですか。
F：はい。
M：今からお帰りですか。
F：いえ、ちょっとコンビニにパンを買いに行くんですけど、何か。
M：この近くで、強盗事件があって、まだ犯人が捕まっていないんです。女の方が一人で歩いていらっしゃるのは、大変危険です。
F：えっ。
M：こんな時間ですし、一人歩きは避けて頂いた方がいいですね。気をつけて帰ってください。
F：はい。じゃ、買い物はやめておきます。

女の人はなぜ警察官に呼び止められましたか。

1 自宅に泥棒が入ったから
2 泥棒とまちがえられたから
3 コンビニでパンを盗んだから
4 夜遅い時間に一人で歩いていたから

警察正在與一位女士交談。這位女士為什麼被警察攔下？

M(警察)：晚上好。
F(女士)：啊，您好。
M(警察)：您的家住在附近嗎？
F(女士)：是的。
M(警察)：您現在是要回家嗎？
F(女士)：不，我只是去便利店買個麵包，有什麼問題嗎？
M(警察)：這附近剛剛發生了一起搶劫案，嫌犯還沒抓到。您一個人在這裡走，很危險。
F(女士)：啊？
M(警察)：現在時間也晚了，最好避免一個人走夜路，請小心回家。
F(女士)：好的，那我不去買東西了。

這位女士為什麼被警察攔下？

1 因為她家裡進了小偷
2 因為被誤認為是小偷
3 因為在便利店偷了麵包
4 因為她深夜獨自走路

答案 **(4)**

解題 附近發生了強盜案。因為警察説「こんな時間ですし／已經到了這個時間」，可知當時已經很晚了。警察又建議女士盡量不要這個時間一個人在外面走，可知答案是選項４。

其他 選項１對話中沒有提到「自宅に／自家」。選項２警察説「気をつけて帰ってください／回去路上請小心」，由此可知警察並沒有把女士當成強盜。選項３女士原本打算去便利商店。

5

ラジオでアナウンサーが話しています。明日は何の日ですか。

M：最近はネットで注文して贈る人も増えているようですが、今日は一日前なのでデパートも混雑しています。傘や、エプロン、ハンドバッグなどが人気ですが、食べ物もよく売れているようです。そのほか、ケーキに感謝のことばを書いたものや、ワインなども人気があるようです。そして、何と言っても、このカーネーション。赤だけでなく、いろいろな色を、お母さんの好みに合わせて選んだものを送る方が多いようです。私は子どもの頃はよく絵を描いて手紙と一緒に渡していましたが、大人になってからは買って渡していますね。

明日は何の日ですか。

1 クリスマス
2 父の日
3 母の日
4 子どもの日

廣播中的主播正在講話。明天是什麼日子？

M(主播)：最近，通過網路訂購禮物的人似乎越來越多了，不過今天距離節日還有一天，所以百貨公司非常擁擠。像雨傘、圍裙、手提包這些禮物都很受歡迎，食品也賣得很好。除此之外，還有在蛋糕上寫上感謝詞的款式，或是葡萄酒也非常受歡迎。當然，最受歡迎的還是康乃馨。不僅僅是紅色的，很多人會根據母親的喜好挑選不同顏色的康乃馨。我小時候經常畫畫，並把它和感謝信一起送給媽媽，長大後則是買來的禮物了。

明天是什麼日子？

1 聖誕節
2 父親節
3 母親節
4 兒童節

答案 **(3)**

解題 從「お母さんの好みに合わせて〜／依據媽媽的喜好」可知是要送給媽媽的禮物。從「傘や、エプロン、ハンドバッグなど／雨傘、圍裙、手提包」和「ケーキに感謝のことばを書いたもの／在蛋糕上寫下感謝的話」也可以推測出明天是母親節。另外，「カーネーション／康乃馨」也是慣例在母親節送給媽媽的花。

6

男の人と女の人が話しています。女の人はどうして急いでいますか。

F：ああ、早くいかなきゃ。

M：そんなに急がなくても大丈夫だって。8時までに駅に着けばいいんだから、ゆっくり行っても大丈夫だよ。

F：ここからなら1時間で行けるんだけど、会社に寄ってから行くの。

M：仕事なら、出張から帰って来てからやればいいのに。

F：ちがうの。持ってく書類、忘れて来ちゃって。

M：えっ、どこに。

F：机の引き出し。

M：うわあ。でも、今日は日曜日だから会社には誰もいないんじゃない。

F：警備会社の人に頼んで開けてもらうの。

M：そうか…。

女の人はどうして急いでいますか。

1 会社の仕事が終わっていないから
2 会社に書類を取りに行くから
3 会社に誰も来ていないから
4 会社に警備員が来たから

男士和女士正在交談。女士為什麼這麼著急？

F(女士)：啊，我得快點走了。

M(男士)：不用這麼急啦。只要在8點前到車站就行，慢慢走也沒問題。

F(女士)：從這裡到那邊只要一個小時，但我得先去一趟公司。

M(男士)：如果是工作，回來後再處理不行嗎？

F(女士)：不是啦，我忘了帶要用的文件。

M(男士)：咦，放哪裡了？

F(女士)：抽屜裡。

M(男士)：哎呀，可是今天是星期天，公司應該沒人吧？

F(女士)：我已經拜託保全公司的人來幫我開門了。

M(男士)：哦，這樣啊……

這位女士為什麼這麼著急？

1 因為公司的工作還沒做完
2 因為要回公司取文件
3 因為公司裡沒人
4 因為保全公司的人來了

答案 (2)

解題 女士說她忘記把檔案帶回來，所以要先去公司一趟再過去，正確答案是選項2。

其他 選項1，女士說不是因為有工作沒做完。選項3、4都不是匆忙的原因。選項4是選項3的原因。

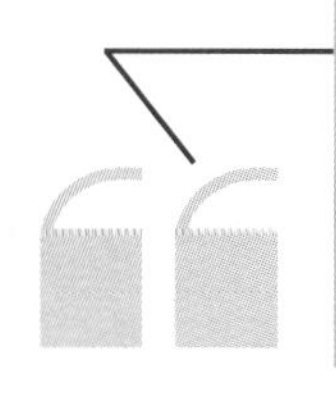

3番問題用紙に何もいんさつされていません。この問題は、全体としてどんな内容かを聞く問題です。話の前に質問はありません。まず話を聞いてください。それから、質問とせんたくしを聞いて、1から4の中から、最もよいものを一つ選んでください。

問題 3 問題紙上沒有任何印刷的內容。這是一個需要了解整體內容的問題。在對話之前，沒有提問。請先聆聽對話，然後聆聽問題和選項，從 1 到 4 中選擇最合適的答案。

例

テレビで俳優が、子どもたちに見せたい映画について話しています。

M：この映画では、僕はアメリカ人の兵士の役です。英語は学校時代、本当に苦手だったので、覚えるのも大変でしたし、発音は泣きたくなるぐらい何度も直されました。僕がやる兵士は、明治時代に日本からアメリカに行った人の孫で、アメリカ人として軍隊に入るっていう、その話が中心の映画なんですが、銃を持って、祖父の母国である日本の兵士を撃つ場面では、本当に複雑な辛い気持ちになりました。アメリカの女性と結婚して、年をとってから妻を連れて、日本に旅行に行くんですが、自分の祖父のふるさとをたずねた時、妻が一生懸命覚えた日本語を話すんです。流れる音楽もいいですし…とにかくとてもいい映画なので、ぜひ観てほしいと思います。

どんな内容の映画ですか。

1 昔の小説家についての映画
2 戦争についての映画
3 英語教育のための映画
4 日本の音楽についての映画

電視上，一位演員正在談論他想推薦給孩子們的電影。

M(演員)：在這部電影裡，我扮演的是一名美國士兵。因為我學生時代的英文真的很差，所以記台詞很困難，發音也被糾正了無數次，甚至讓我想哭。我飾演的這個士兵是明治時代從日本到美國的人後代，作為美國人入伍。這部電影主要講的就是這樣一個故事。有一場戲，我拿著槍，對著祖父的祖國——日本的士兵開槍，那時候我的心情非常複雜和難受。後來，他與一位美國女性結婚，年老後帶著妻子去日本旅行，當他拜訪祖父的故鄉時，他的妻子努力地說著她學會的日語。這部電影的音樂也非常棒……總之，這是一部非常感人的好電影，希望大家能夠去看看。

這是一部什麼內容的電影？

1 關於過去的小說家的電影
2 關於戰爭的電影
3 為英語教育製作的電影
4 關於日本音樂的電影

答案（2）

解題 對話中列舉了戰爭相關的內容。從演員扮演的日裔美國人入伍開始，中間手持槍打日本軍，也就是日本人打日本人的畫面，到攜美籍妻子赴日探訪祖父的家鄉，妻子努力用所學的日語說話等內容。知道正確答案是選項 2。

其他 選項 1 內容沒有提到以前的小說家。選項 3 內容只提到演員扮演日裔美國人時，說英語的萬般辛苦，並沒有提到英語教育一事。選項 4 內容只提到電影中播放的配樂，並沒有提到日本相關音樂。

1

テレビでアナウンサーが話しています。

F：この店は、地元はもちろん、遠くからもたくさんのお客さんが集まります。ここで評判なのは、新鮮な魚介類のおいしい料理だけでなく、働いている人たちの笑顔です。みなさん何も言われなくても当たり前のように協力し合って仕事をしているので、仕事がスムーズに進んでいるようです。その理由をうかがったところ、ここで働く皆さんは、以前みんな海の上、つまり船で仕事をしていたんだそうです。お互いの協力がなければ命も危うくなるような環境で、自然に助け合うことになる。そして、大変なこともみんなで笑って乗り越える。そんな経験があるからかもしれない、とおっしゃっていました。本当に、みなさん、ニコニコしていらっしゃいますね。

店で仕事をしている人はどんな様子だと言っていますか。

1 言われたことを守って働いている
2 まじめにだまって働いている
3 どんなことでも我慢して働いている
4 笑顔で助け合って働いている

電視中的主播正在講話。

F(主播)：這家店不僅吸引了本地顧客，還有很多遠道而來的客人。這裡受歡迎的原因不僅是新鮮美味的海鮮料理，還有員工們的笑容。大家不需要任何指示，就像理所當然一樣彼此合作，因此工作進行得非常順利。我詢問了其中的原因，他們說，這裡工作的所有人，以前都在海上工作，也就是在船上。在那種環境下，如果不合作，連生命都會有危險，自然而然就學會了互相幫助。他們還說，面對困難時，大家總是笑著一起克服，這或許就是他們的經驗帶來的結果。真的，大家總是笑臉盈盈呢。

店裡的員工們工作時是什麼樣的狀態？

1 遵守指示工作
2 認真地默默工作
3 無論什麼都忍耐著工作
4 帶著笑容互相幫助工作

答案（4）

解題 從「みなさん、ニコニコして～／大家都笑咪咪的…」這句就可以推測出答案是選項４。前面也提到「働いている人たちの笑顔／工作人員的笑容」、「協力し合って仕事をしている／互助合作完成工作」、「自然に助け合う／自然而然地互相幫忙」、「笑って乗り越える／笑著克服（困難）」等句子。

因為是在「不知道題目是什麼」的情況下聽內容，所以要一邊聽一邊預測重點。可以推測在「ここで評判なのは／這裡最受歡迎的是」或「その理由をうかがったところ／聽到這個原因之後」等句子的後面會出現重點。

2 車の中で、運転手と乗客が話をしています。

F：あのう、この近くにおいしい店はありますか。

M：ええ。けっこうありますよ。ここから10分ぐらいのところにある古い定食屋。たまに私たちも行くんですけど、おばちゃんたちが作ってる料理が最高。あとは、ええと、そうだなあ。寿司屋。この近くでとれた魚ばっかりで、都会で食べれば結構高いのが安くてうまいって。まあ、こっちは、20分ぐらいかかりますけど。

F：へえ。いいですね。その定食屋に行ってみます。そこに行く前に、友達を駅に迎えに行かなきゃいけないんで、寄ってもらえますか。

M：はいはい。通り道ですから、大丈夫ですよ。

F：それと、コンビニも。

M：えっ、コンビニですか。20分ぐらいかかりますけどいいですか。ここら辺は田舎だからね。でも、こっちはさっき話した寿司屋の近くですけどね。

F：うーん、でも、やっぱりごはんは定食屋がいいな。コンビニは後でもいいし。

M：ハハハ、そうですか。了解。

女の人はこれからどこへ行きますか。

1 定食屋
2 寿司屋
3 駅
4 コンビニ

車裡，司機和乘客正在交談。

F(乘客)：請問，這附近有什麼好吃的餐館嗎？

M(司機)：有啊，這裡附近還挺多的。大概10分鐘的路程，有一家老牌的定食店。我們也偶爾去，裡面的阿姨們做的料理特別棒。另外呢，還有一家壽司店，賣的都是這附近打撈的魚，在城裡吃的話會很貴，但這裡便宜又好吃。不過，那家店大概需要20分鐘才能到。

F(乘客)：哦，聽起來不錯呢。我想去那家定食店，不過在那之前，我得先去車站接朋友，能順路帶我去嗎？

M(司機)：當然可以，正好是順路，沒問題的。

F(乘客)：還有，能順便去一下便利店嗎？

M(司機)：啊？便利店嗎？那大概需要20分鐘左右，這裡是鄉下，便利店不多。不過，便利店正好在我剛提到的壽司店附近。

F(乘客)：嗯，不過我還是想先去那家定食店，便利店之後再說吧。

M(司機)：哈哈哈，好吧，明白了。

這位女士接下來要去哪裡？

1 定食店
2 壽司店
3 車站
4 便利店

答案 (3)

解題 在去定食餐廳之前，女士希望先繞去車站。車站位在前往定食餐廳的路上，所以沒關係。便利商店很遠，但就在壽司店附近。女士決定要在定食餐廳吃飯就好，所以不去壽司店。便利商店稍後再去即可。但在去定食餐廳之前要先繞去車站，所以選項3「駅／車站」是正確答案。

3

健康に関するテレビ番組で、医者が話しています。

M：よく、羊を数えると眠れる、と言われます。頭の中で一匹、二匹、と数えるのですが、逆に、数を数えるという作業をすることによって、眠れなくなってしまう人もいます。しかし、何も考えない、というのも難しいものです。そんな時、お勧したいのは、体のどこか、例えば腕や足に力を入れて、10秒ほどたったら力を抜く、ということを繰り返す方法です。これが不思議なほど効きます。そのほか、午前中に十分太陽の光を浴びる、寝る3時間前には夕食を終わらせる、などがありますが、一番いいのは、眠れなくても気にしないことかもしれません。

どんな人のための話ですか。

1 数を数えるのが苦手な人
2 考えすぎる人
3 とても忙しい人
4 よく眠れない人

在關於健康的電視節目中，醫生正在講話。

M(醫生)：大家常常聽說，數羊可以幫助入眠。你可以在腦海裡數一隻、兩隻羊，但有時反而因為這樣的計數動作讓自己更難入睡。不過，要什麼都不想，也不是件容易的事。這個時候，我推薦一種方法，就是讓身體的某個部位，比如手臂或者腿，繃緊，保持 10 秒鐘，然後再放鬆。反覆這樣做，非常有效。此外，白天充分曬太陽，或者在睡前三個小時吃晚飯，這些也很有幫助。不過，最好的方法可能還是，即使睡不著，也不要太在意。

這段話是針對什麼樣的人呢？

1 對數羊感到困難的人
2 想太多的人
3 非常忙碌的人
4 睡不好的人

答案 **(4)**

解題 醫生一開始提到「眠れる／睡著」、「眠れなくなってしまう／睡不著覺」、「何も考えない、というのも難しい／要不思考任何事情也很困難」等字句，最後又説「眠れなくても気にしない／即使睡不著也不在意」，由此可知醫生談論的是失眠的人。

4

女の人がペットについて話しています。

F：私は小さい頃は鳥とウサギを飼ってました。鳥はオウム。おもしろいですよ。家族全員の名前を言えるの。おはよう、とか、こんにちは、とかもね。ウサギはずいぶん長生きしました。でも犬はきらいだったんです。かまれそうで。それがなぜ好きになったかと言うと、親せきの家に行った時に、犬とネコがいたんですね。その犬がお利口だったんです。そこに食べ物があっても、絶対に自分からは食べないの。飼い主が、よし、と言わなければ、口のそばに持って行っても食べない。それに、ネコにいくらいたずらされても、知らん顔。これは頭がいいんだなって思って、好きになって…。今は家に二匹もいるんですよ。

この人は今、どんなペットを飼っていますか。

1 鳥
2 ウサギ
3 犬
4 ネコ

一位女士正在談論她的寵物。

F(女士)：我小時候養過鳥和兔子。那隻鳥是隻鸚鵡，特別有趣，它會說我們家每個人的名字，還會說早安」啊，「你好」之類的話。至於那隻兔子，它活得非常久。不過，我以前很怕狗，總覺得它們會咬我。後來我為什麼開始喜歡狗呢？是因為有一次去親戚家，發現他們家有狗和貓。那隻狗特別聰明，即使食物放在它面前，它也絕對不會自己吃，除非主人說「可以了」。即便把食物放到它嘴邊，它也不會動。而且，即便貓咪再怎麼捉弄它，它都不理會。我當時就覺得，這狗真聰明，然後就開始喜歡狗了。現在我家裡養了兩隻狗呢。

這位女士現在養了什麼寵物？

1 鳥
2 兔子
3 狗
4 貓

答案 (3)

解題 女士主要在談論的是狗。自從去親戚家時看見那家養的狗，便喜歡上了狗。因此現在家裡養著兩隻動物都是狗。

其他 選項 1 和選項 2，是女士小時候養過的寵物。選項 4，貓是在親戚家和狗一起飼養的。

5

男の人と女の人が、空港への行き方について話しています。

M：明日は、空港までどうやって行く？

F：5時には出ないと間に合わないよね。でも、車は駐車場代がかかるからなあ。

M：だけど、タクシー代はもっとかかるんじゃない。ここからだと。

F：じゃあ、途中までタクシーで行って、始発が出たら、電車に乗り換える？

M：それじゃ、めんどうだしかえっておそくなるよ。インターネットでチェックインしておけば、ちょっとぐらい遅れても平気だと思うから、電車で行こうよ。

F：それは心配だよ。いいよ。駐車場代の分、帰ってから節約しよう。

二人は明日、どうやって空港まで行きますか。

1 自動車で行く

2 タクシーで行く

3 途中までタクシーで行って電車に乗る

4 電車で行く

男士和女士正在討論去機場的方式。

M(男士)：明天我們怎麼去機場呢？

F(女士)：5點前得出門，否則趕不上。不過開車去的話，停車費可不便宜啊。

M(男士)：但打計程車的話，從這裡去，費用可能更高吧。

F(女士)：那要不我們先搭計程車到一半，等第一班電車再換乘？

M(男士)：那樣太麻煩了，可能還會更晚。不如網路上先辦理登機，晚一點到也沒關係，所以還是坐電車吧。

F(女士)：我有點擔心。不過好吧，停車費的錢，回來再節省也行。

這兩個人明天打算怎麼去機場？

1 開車去

2 坐計程車去

3 先搭計程車，然後換乘電車

4 坐電車去

答案 (1)

解題 雖然「車は駐車場代がかかる／開車的話要花停車費」，但是搭計程車或電車的話又會產生許多問題，因此女士說「駐車場代の分、帰ってから節約／停車的錢，回來後再從別的地方省吧」。這是「即使貴一點也還是開車過去」的意思，因此選項1是正確答案。

其他 選項2計程車費太貴了。選項3男士說這個方法「面倒だしかえって遅くなる／很麻煩，而且反而可能遲到」。選項4女士說擔心電車會誤點。

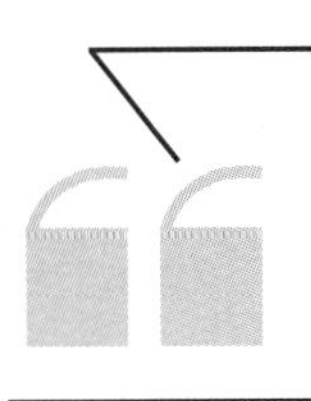

第五回 聽解

問題四 翻譯與解題

問題４では、問題用紙に何もいんさつされていません。まず文を聞いてください。それから、それに対する返事を聞いて、１から３の中から、最もよいものを一つ選んでください。

在問題４中，問題紙上也沒有任何印刷的內容。請首先聆聽句子，然後聆聽對應的回答，從１到３中選擇最合適的答案。

例

M：あのう、この席、よろしいですか。
F：１ ええ、まあまあです。
　　２ ええ、いいです。
　　３ ええ、どうぞ。

M(男士)：嗯，請問這個座位可以嗎？
F(女士)：
１ 嗯，還好吧。
２ 嗯，可以的。
３ 嗯，請隨意。

答案 (3)

解題 被對方問說「あのう、この席、よろしいですか／請問這位子我可以坐嗎？」要表示「席は空いていますよ、座ってもいいですよ／位子是空的喔、可以坐喔」，可用選項３的「ええ、どうぞ／可以，請坐」表示允許的說法。

其他 選項１「ええ、まあまあです／嗯，還算可以」表示狀況、程度等，可以用在被詢問「お元気ですか／你好嗎？」等的回答，這時的「ええ、まあまあです」表示沒有特別異常的情況。這樣的回答在這題不合邏輯。選項２「ええ、いいです／嗯，好啊！」表示答應邀約等，可以用在被詢問「今晩飲みに行きませんか／今晚要不要一起去喝一杯呀？」等的回答。這樣的回答在這題也不合邏輯。

1

M：今日は会議がないこと、教えてくれればよかったのに。
F：１ ごめん、知ってると思って。
　　２ そうだよ。早く帰っていいよ。
　　３ うん。準備をしなくていいよ。

M(男士)：今天沒有會議，早知道你應該告訴我一聲啊。
F(女士)：
１ 不好意思，我以為你已經知道了。
２ 是啊，你可以早點回家了。
３ 嗯，不用準備了。

答案 (1)

解題 男士在責怪女士沒有事先告訴他。可回答選項１，表示抱歉，後面再接沒有告訴他的原因。「～と思って／我想…」是「～と思っていたから／我覺得…」的意思。後面應接「教えなかった／沒有告訴你」。

其他 選項２是當對方問「今日の会議は中止になったの／今天的會議中止了嗎？」時的回答。選項３是當對方問「今日の会議、マイクは使わないよね／今天的會議沒有用麥克風吧」時的回答。

2

F：仕事、やめることにした。
M：１ そうか。決めたんだね。
　　２ そうか。決まったんだね。
　　３ そうか。今日やめたんだね。

F(女士)：我決定辭職了。
M(男士)：
１ 哦，這是你決定的啊。
２ 哦，已經定下來了嗎。
３ 哦，今天就辭了啊。

答案 (1)

解題「～ことにした／決定…」是以自己的意志決定時的說法。而選項１「決める／決定」是他動詞，正是用於以自己的意志決定時，因此為正確答案。

其他 選項２「決まる／決定」是自動詞。是在和自己的意志無關的情況下決定的說法。選項３「やめることにした／決定放棄」是決定要這麼做的意思，所以還沒辭職。

3

M：早く雨がやめばいいのに。
F：1 うん。すぐやんでよかったね。
2 うん。意外にすぐやんだね。
3 うん。なかなかやまないね。

M(男士)：希望雨趕快停下來。
F(女士)：
1 嗯，很快就停了，真好。
2 嗯，沒想到這麼快就停了呢。
3 嗯，還是不停啊。

答案 (3)

解題 這題的情況是現在正在下雨，男士說希望雨能早點停。以「うん」回答表示同意，因此選項 3 最適當。
其他 選項 1 、2 用在雨已經停了的時候。選項 2 的「意外に／意外」是「和想像的不同」的意思。
※ 文法補充：「なかなか～ない／遲遲不…」是「不會馬上…、不會簡單就…」的意思。例句：バス、なかなか来ないね／公車遲遲不來呀。

4

M：別に、お金がないと言うわけじゃないんだけど。
F：1 すごくお金持ちなんですね。
2 無理に払わなくていいですよ。
3 じゃあ、買ってもらいましょうよ。

M(男士)：其實不是說我沒錢啦。
F(女士)：
1 哇，那你肯定很有錢吧。
2 不用勉強付錢的。
3 那就讓你買單吧！

答案 (2)

解題 男士的意思是「お金はあるけど、でも～／雖然有錢，但是…」。選項 2 ，對於男士說「お金を出したくない／不想付錢」，女士回答「それなら、払わなくてもいい／既然這樣，不要付就好了啊」。這是最適切的答案。
其他 選項 1 是當對方說「お金なら、いくらでもありますよ／錢嘛，我多的是」時的回答。選項 3 ，如果 A 說「斉藤さんってすごくお金持ちなんだって／聽說齊藤先生是個富豪哦」，B 回答「じゃあ、斉藤さんに買ってもらいましょうよ／那請齊藤先生買給我們嘛」。如果是這個情形，「じゃあ、買ってくださいよ／請買給我嘛」就是正確答案。
※ 文法補充：
◇「別に～ない／不是特別…」是「沒有特別…」的意思
◇「わけじゃない（わけではない）／也不是」表示部分否定。

5

F：今度そんなこと言ったら、許さないよ。
M：1 うん。早く言うよ。
2 ごめん。二度と言わないよ。
3 わかった。もう一度言うよ。

F(女士)：下次再那樣說的話，我可不會原諒你了。
M(男士)：
1 嗯，我會快點說的。
2 對不起，我不會再說了。
3 知道了，那我再說一次。

答案 (2)

解題 這是對方說了惡劣或殘酷的話，因而生氣的情形。可回答選項 2 ，先表達歉意，後面的「二度と～ない／不會再…」是想表達「今後決して～ない／今後絕對不會…」時的說法，表示自己會改進的決心。

6

M：やっぱり山本さん、まだ来てないね。
F：1ええ。さっき電話したらまだ家にいましたから。
2ええ。先に来る予定でしたから。
3ええ。もう帰りましたから。

M(男士)：果然山本先生還沒來呢。
F(女士)：
1 是啊，剛才打電話他說還在家裡。
2 是啊，他本來應該先來的。
3 是啊，他已經回家了。

答案 (1)

解題 這題是「和預料中的一樣，沒有來」的情況。選項 1 說明了會這麼想的依據，因此是正確答案。
其他 選項 2 是當對方說「ずいぶん早く来たね／他很早就來了」時的回答。選項 3 是當對方說「山本さん、いないの／山本先生不在嗎」時的回答。

7

F：万が一間違いがあっては大変なので、よろしくおねがいします。
M：1 はい。しっかり確認します。
2はい。すみませんでした。
3はい。間違いを減らします。

F(女士)：萬一出現錯誤就麻煩了，拜託你確認好。
M(男士)：
1 好的，我會仔細確認的。
2 好的，不好意思。
3 好的，我會減少錯誤。

答案 (1)

解題 女士想說的是「請注意不要出錯」。應回答選項 1 表示了解。
其他 選項 2 是當對方說「間違いがありました／有錯誤」時的回答。選項 3 是當對方說「間違いが多いですね／錯誤很多耶」時的回答。

8

M：学校を休んだくせにアルバイトに行ったの。
F：1 まさか。そんなことしないよ。
2うん。がんばったよ。
3うん。どういたしまして。

M(男士)：你竟然翹課去打工了？
F(女士)：
1 怎麼可能，我才不會那樣呢。
2 嗯，我還挺努力的。
3 嗯，不用客氣。

答案 (1)

解題 這題的情形是男士嚴厲地斥責對方不去上課卻去打工。句中的「くせに／明明」和「のに／明明」意思相同，含有強烈的責備或輕蔑語氣。選項 1 是在解釋自己並沒有那麼做，為正確答案。其中「まさか～ない／想不到…」是「絕對不…、無法想像那種事」的意思，表示驚訝的心情。例句：まさか君が社長になるとは思わなかったよ／真想不到你居然會當上社長呀！
其他 選項 2 是當對方說「学校とアルバイトと、両方行ったの／你去上課也去打工嗎」時的回答。選項 3「どういたしまして／不客氣」是當對方說「ありがとう／謝謝」時的回答。

9

F：そんな恰好(かっこう)をしていたら、かぜをひきかねないよ。
M：1 うん。あたたかいよ。
2 うん。だんだん治(なお)って来(き)たよ。
3 いや、丈夫(じょうぶ)だから平気(へいき)だよ。

F(女士)：你這樣穿會感冒的哦。
M(男士)：
1 嗯，我覺得挺暖和的。
2 嗯，感冒好得差不多了。
3 不會啦，我身體強壯，沒問題的。

答案 (3)

解題 這題的情形是在說對方寒冷時卻穿著薄衣服，可能會感冒。「～かねない／有可能會…」是「有可能會演變成…這種負面結果」的意思。而選項 3 的意思是「自己的身體很健壯，所以沒關係」。
其他 選項 1 是當對方說「寒(さむ)くない／不冷」時的回答。選項 2 是當對方說「風邪大丈夫(かぜだいじょうぶ)／感冒不要緊吧」、「具合(ぐあい)よくなってきた？／身體好一點了嗎？」時的回答。

10

M：いよいよ君(きみ)のスピーチだね。
F：1 うん、いいよ。
2 うん。緊張(きんちょう)するよ。
3 うん。緊張(きんちょう)したよ。

M(男士)：終於輪到你發表演講了啊。
F(女士)：
1 嗯，我準備好了。
2 嗯，好緊張啊。
3 嗯，我剛剛好緊張。

答案 (2)

解題 這題的狀況是馬上就輪到「君(きみ)／你」了。「いよいよ／終於」用於想表達「某件事情就要到來了」時。和「とうとう／終於」、「ついに／終於」意思相同。而最適切的答案是選項 2，表示因此感到緊張。
其他 由於選項 3 是過去式，所以是演講結束後的感想。

11

M：ここで中止(ちゅうし)するわけにはいかないよ。
F：1 そうだね。みんな楽(たの)しみにしているからね。
2 そうだね。早(はや)くやめよう。
3 そうだね。もう終(お)わったから。

M(男士)：這個時候不能中止了吧。
F(女士)：
1 是啊，大家都在期待著呢。
2 是啊，趕快結束吧。
3 是啊，已經結束了。

答案 (1)

解題 題目的意思是「ここで中止(ちゅうし)することはできない／不能到了這個節骨眼才喊停」用以陳述決心。其中的「わけにはいかない／不可以」用於想表達「因為某種原因而不能做」時。例句：大人(おとな)が子(こ)どもの見(み)ている前(まえ)で、規則(きそく)を破(やぶ)るわけにはいきませんよ／大人在孩子面前，不可以做壞榜樣哦。而選項 1 用「～から／因為…」表示其中原因。
其他 選項 2 是當對方說「ここで中止(ちゅうし)しよう／在這裡喊停吧」時的回答。選項 3 是當對方說「さあ、帰(かえ)ろう／那麼，回家吧」時的回答。

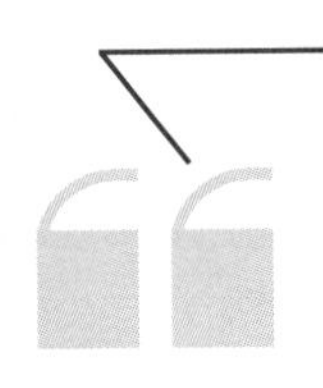

問題5では、長めの話を聞きます。この問題には練習がありません。メモをとってもかまいません。1番、2番 問題用紙に何もいんさつされていません。まず話を聞いてください。それから、質問とせんたくしを聞いて、1から4の中から、最もよいものを一つ選んでください。

在問題5中，您將聆聽較長的對話。此問題沒有練習部分，您可以做筆記。第1題、第2題 問題紙上沒有任何印刷的內容。請先聆聽對話，然後聆聽問題和選項，從1到4中選擇最合適的答案。

1

薬屋で、店員と男性客が話をしています。

F：風邪薬をお探しですか。

M：はい。

F：どれがよろしいでしょうか。熱がある場合はこちら、1日3回飲むタイプがいいです。ただ、お仕事をされていると、どうしても忘れてしまったり、忙しくて飲めなかったりしますよね。そんな場合はこの朝晩2回飲むタイプが便利かと思います。こちらは眠くなりません。

M：熱はないんですけど、のどが痛くて。

F：のどですか。他に症状はありますか。

M：他は、鼻水も出ないし、咳も出ないです。ビタミン剤とかでもいいのかな。

F：ええ。ビタミンはたくさんとってください。それが大切です。それで、もし他に症状がなくて喉だけなら、こちらの痛み止めの方がいいかもしれません。これで喉の痛みは治まると思います。

M：胃が弱いんですけど、大丈夫でしょうか。

F：これは胃に優しいお薬ですし、もしご心配でしたら、この胃薬と一緒に飲んでいただければ安心です。

M：ああ、じゃあ、この痛み止めを。こっちは、家に同じのがあるからいいです。

F：ビタミン剤はよろしいですか。

M：ええ。それじゃないけど、家にあるので。

F：承知しました。

男の人が買ったのはどんな薬ですか。

1 1日3回飲む風邪薬
2 ビタミン剤と痛み止め
3 胃薬と痛み止め
4 痛み止め

藥局內，店員和男顧客正在交談。

F(店員)：您是在找感冒藥嗎？

M(男顧客)：是的。

F(店員)：您想要哪種呢？如果有發燒的話，建議這種藥，一天吃三次。不過，如果您工作忙碌，容易忘記服藥或者沒時間，這款早晚各一次的藥更方便一些。而且它不會引起困倦。

M(男顧客)：我沒有發燒，但喉嚨痛。

F(店員)：喉嚨痛是嗎？還有其他症狀嗎？

M(男顧客)：沒有了，鼻涕也沒流，咳嗽也沒有。那，補充維他命的藥也可以嗎？

F(店員)：是的，請多補充維他命，這很重要。如果您只有喉嚨痛的話，我建議這款止痛藥，應該能緩解您的喉嚨疼痛。

M(男顧客)：我的胃比較脆弱，這藥會不會對胃不好？

F(店員)：這是對胃溫和的藥，如果您還是擔心的話，您可以搭配這款胃藥一起服用，這樣更安心。

M(男顧客)：嗯，那就這款止痛藥吧。至於維他命，家裡還有，所以不用買了。

F(店員)：那麼，維他命不需要了嗎？

M(男顧客)：是的，家裡還有。

F(店員)：好的，明白了。

男顧客最終買了什麼藥？

1 一天吃三次的感冒藥
2 維他命和止痛藥
3 胃藥和止痛藥
4 止痛藥

答案（4）

解題 店員說要攝取維他命，如果只有喉嚨不舒服，沒有其他症狀，那買止痛藥就可以了。如果擔心止痛藥很傷胃的話，也可以配合胃藥一起吃。聽了以上說明，男士只買了止痛藥。胃藥和維他命劑家裡都已經有了。請注意相對於「痛み止め／止痛藥」，「こっち／這個」指的是胃藥。

其他 選項1是發燒時吃的藥，而男士並沒有發燒。選項2，關於維他命劑，男士說「それじゃないけど、家にあるので（いいです）／那個不用了，因為家裡有了（不需要）」。選項3，男士說「家に同じのがあるからいいです／因為家裡有一樣的，所以不需要」。

2

会社の社員が今日の昼食について話しています。

F1：午前中、忙しかったね。

M：うん。そろそろ昼休みだね。ああ、腹減った。今日は時間があるから外に行こうか。焼肉でも食べにいかない？

F1：豪華ねえ。私はお弁当を作って来たけど。最近、駅前にできたおそば屋さん、おいしいらしいよ。

M：そばか。そばはちょっとなあ。そばだけじゃ足りないから他のものも頼んじゃって、結局高くなるんだよね。車もほしいし、旅行も行きたいからな。あ、早坂さんは。

F2：私はダイエット中なので。

M：えっ、食べないの？

F2：まさか。そうだ山下君、いいものあげる。これコンビニ弁当の割引券。うどんも焼肉もありますよ。

M：そうだね。よし。コンビニ、行ってくる。

男の社員は、どうしてコンビニに行くことにしましたか。

1 時間があるから
2 ダイエットのため
3 そばが苦手だから
4 節約のため

公司員工們正在討論午餐計劃。

F1(女同事1)：今天上午真忙啊。

M(男同事)：是啊。差不多該午休了。我好餓啊。今天時間比較充裕，要不要出去吃點什麼？吃烤肉怎麼樣？

F1(女同事1)：真奢侈啊。我是自己帶了便當。不過，最近車站前新開了一家蕎麥麵店，聽說很好吃哦。

M(男同事)：蕎麥麵啊。我不太喜歡蕎麥麵，只吃麵會不夠飽，所以總會點別的，結果花費就多了。我還想存點錢買車和去旅行呢。對了，早坂怎麼樣？

F1(女同事2)：我在減肥呢。

M(男同事)：什麼？不吃午飯嗎？

F1(女同事2)：怎麼可能！對了，山下，我有好東西給你。這是便利店便當的折扣券，裡面有烏冬和烤肉便當哦。

M(男同事)：不錯的主意。那好，我去便利店吧。

男員工為什麼決定去便利店？

1 因為有時間
2 因為在減肥
3 因為不喜歡蕎麥麵
4 因為想節省錢

答案 **(4)**

解題 男士約女士去吃燒肉。女士推薦男士去蕎麥麵店，男士說「(そばは) 結局高くなるんだ／吃蕎麥麵反而比較貴」的後面，男士接著說「車もほしいし、旅行も行きたいから／因為我想買車，也想去旅行。」男士決定去便利商店是因為收到了折價券，覺得不需要花太多錢。因此正確答案是選項 4。

※ 補充：男士說「そばはちょっとなあ／蕎麥麵有點…」是「ちょっとよくないなあ／有點不好啊」、「ちょっと選びたくないなあ／有點不想選那個啊」的意思。沒有明確的拒絕，是委婉的說法。

3番 まず話を聞いてください。それから、二つ質問を聞いて、それぞれ問題用紙の1から4の中から、最もよいものを一つ選んでください。

第 3 題 請先聽講話內容。接著，聽兩個問題，並從問題紙上的 1 到 4 選項中，各選出最合適的答案。

3

テレビでアナウンサーが話しています。

F1：涙を流すことは、ストレス解消になるだけでなく、健康にもいいそうです。今は、大勢の人を集めて感動的な話を聞かせて涙を流させるイベントが流行しているそうです。また、会社で働いている女性に、感動的な映画を見せたり、心に響く話を聞かせて徹底的に涙を流させ、最後には涙をふいてくれる男性を出張させるビジネスもあるそうです。この出張サービスをする男性は、全員が「涙を流させるプロ」です。このビジネスは個人ではなく、会社との契約で行われていて、利用する会社は少しずつ増えているとのことです。

F2：わざわざ泣かなくても、笑っていればストレス解消になるんじゃない。

M：うん。ただ、考えてみると、相手が笑っているとおかしくもないのに気をつかって笑うようなことがあって、そういう愛想笑いをした後って、なんか疲れたって感じることもあるよ。だけど、子どもの頃、ケンカしたり叱られたりして泣いた後って、なんかすっきりしていたもん。

F2：たしかにそうね。愛想笑い、っていうことばはあるけど、愛想泣きって聞いたことないもんね。だけど、わざわざ泣くためにお金を払わなくてもいいんじゃない。いらないなあ。私には。

M：まあ、君はドラマを見ては泣くし、かわいそうな人の話を聞いてはもらい泣きをするし、そんなサービスいらないね。

F2：それ、ほめてるの。それともバカにしているの。

M：もちろん、ほめてるんだよ。僕はそういうイベントがあったらちょっと行ってみたい気がする。泣いた後って、すっきりするしね。だけど、男に涙を拭いてもらうのはイヤだな。

電視上的新聞主播正在講話。

F1(女播報員 1) 聽說流淚不僅可以解壓，對健康也有好處。現在有一種流行活動，就是讓一大群人聽感人的故事，然後集體流淚。除此之外，還有一項服務，專門針對在公司工作的女性，放映感人的電影或講述心靈觸動的故事，讓她們徹底地哭一場，最後還有專業的男士上門幫她們擦眼淚。這些男士都是所謂的「淚流專家」。這項服務不是個人服務，而是跟公司簽訂合同進行的，據說越來越多公司開始使用這種服務。

F2(女播報員 2)：沒必要專門去哭吧，笑一笑不是也可以解壓嗎？

M(男士)：嗯，這麼說也對。不過仔細想想，有時候對方笑了，自己明明不覺得好笑，卻要勉強笑，結果笑完後還覺得特別累。可是，記得小時候，跟朋友吵架後大哭一場，反而覺得很痛快。

F2(女播報員 2)：確實是這樣。愛笑有個「愛笑」的說法，可「愛哭」這說法可沒聽過呢。不過我覺得，花錢去哭有點多餘吧，我是不需要。

M(男士)：呵呵，你看個電視劇都能哭，聽到可憐的故事也能跟著掉淚，對你來說的確不需要這種服務。

F2(女播報員 2)：你這是在誇我，還是在挖苦我呢？

M(男士)：當然是誇你啊。不過說真的，要是有這樣的活動，我倒是有點想參加，畢竟哭完感覺會很舒服。不過，讓個男人來給我擦眼淚就算了吧。

質問 1.

アナウンサーが紹介したビジネスはどれですか。

1 泣いている人の映画を見せて、ストレス解消をさせるビジネス。
2 感動的な話や映画をみせて病気を治すビジネス。
3 イベントや出張サービスで涙を流させるビジネス。
4 悲しいことがあった人の会社に行って、涙をふくビジネス。

播報員介紹的服務是什麼？

1 透過播放讓人哭泣的影片來幫助解壓的業務。
2 播放感人的故事或電影來治療病痛的服務。
3 辦活動或提供上門服務，專門讓人流淚的業務。
4 前往公司幫助那些因悲傷而哭泣的人擦眼淚的服務。

答案（3）

解題 播報員正在介紹的是時下流行的「使大家一起留下感動的眼淚」的活動。另外，在活動中還有提供專門負責替人擦眼淚的男性工作人員的外派行業，因此正確答案是選項３。

其他 選項１並不是「泣いている人の映画／正在哭泣的人的電影」。播報員說的是請人觀賞「感動的な映画／令人感動的電影」。選項２「病気を治す／治病」不正確。播報員說的是流淚能讓人消除壓力、有益健康。選項４並不是要去「悲しいことがあった人／有悲慘遭遇的人」身邊。播報員說的是「讓人感動、使人流淚再幫對方擦眼淚」的行業。

質問 2.

このビジネスについて、男の人と女の人の意見はどうですか。

1 男の人も女の人も、必要がないと思っている。
2 男の人はこのサービスに興味がないが、女の人は興味がある。
3 男の人も女の人もこのサービスに興味がある。
4 男の人はこのサービスに興味があるが、女の人は興味がない。

對於這項業務，男生和女生的看法是什麼？

1 男生和女生都認為這項服務沒有必要。
2 男生對這項服務不感興趣，而女生則感興趣。
3 男生和女生都對這項服務感興趣。
4 男生對這項服務有興趣，但女生則覺得沒必要。

答案（4）

解題 女士說「いらないなあ／不需要吧」，表示沒興趣。男士則說「行ってみたい気がする／我會想去試看看」。因此選項４正確。

MEMO
N2

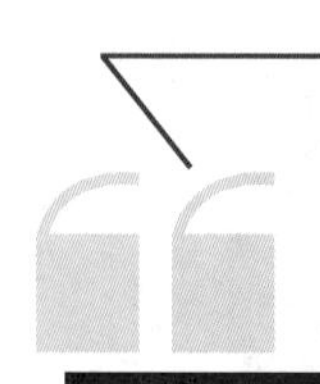

第六回 言語知識（文字、語彙）

問題一　翻譯與解題

＿＿の言葉の読み方として最もよいものを、1・2・3・4から一つ選びなさい。
＿＿中的詞語讀音應為何？請從選項１・２・３・４中選出一個最適合的答案。

1

円と直線を使って、図形を書く。

1 とがた　2 ずがた
3 とけい　4 ずけい

用圓形和直線來繪製圖形。

1 無此字　2 無此字
3 時計（指鐘錶）　4 図形（圖形，幾何圖案或形狀）

答案（4）

解題「図」音讀唸「ズ・ト」，訓讀唸「はか-る／策畫」。例如：「地図／地圖」、「図書館／圖書館」。「形」音讀唸「ケイ・ギョウ」，訓讀唸「かたち／形狀」。例如：「四角形／四角形」、「人形／玩偶」、「花の形のお菓子／花的形狀的點心」。「図形」是指圖案或圖畫的形狀。

2

遊園地で、迷子になった。

1 まいご　2 まいこ
3 めいご　4 めいこ

在遊樂園裡迷路了。

1 迷子（迷路，走丟）　2 無此字
3 無此字　4 無此字

答案（1）

解題「迷」音讀唸「メイ」，訓讀唸「まよ-う／迷失」。例如：「迷惑／麻煩」、「どちらを買うか迷う／猶豫著不知道要買哪一個才好」。「子」音讀唸「シ・ス」，訓讀唸「こ／小孩」。例如：「男子／男子」、「様子／樣子」、「女の子／女孩子」。「迷子／走失的孩子」是指迷路的孩子或和父母等走散的孩子。※ 特殊念法：「迷子／走失的孩子」。

3

下りのエスカレーターはどこにありますか。

1 おり　2 したり
3 さがり　4 くだり

下樓的電扶梯在哪裡？

1 無此字　2 無此字
3 無此字　4 下り（下行）

答案（4）

解題「下」音讀唸「カ・ゲ」，訓讀唸「した／下面」、「さ-げる／降低」、「さ-がる／降落」、「くだ-る／向下」、「くだ-さる／送給（我）」、「おろ-す／弄下」、「おり-る／下來」。例如：地下鉄／地鐵。下水／下水道値段を下げる／調降價格。値段が下がる／價格變便宜、川を下る／進入河川先生が本を下さる／老師給了我一本書。字を教えて下さる／他向我說明這個字。棚から荷物を下ろす／把行李從架子上拿下來。幕を下ろす／降下帷幕「下り／下降」是名詞，意思是「下去、下降」，對義詞為「上り／上升」。※ 特殊念法：「下手／笨拙」。

4

封筒に切手をはって出す。

1 ふうと　2 ふうとう
3 ふとう　4 ふと

貼上郵票後將信封寄出。

1 無此字　2 封筒（信封）
3 無此字　4 無此字

答案（2）

解題「封」音讀唸「フウ・ホウ」。「筒」音讀唸「トウ」，訓讀唸「つつ／筒狀、管狀」。「封筒／信封」是裝信紙的袋子。

5 この道は<ruby>一方<rt>いっぽうつうこう</rt></ruby>通行です。

<ruby>道<rt>みち</rt></ruby>

1 いちほう　　2 いっぽう

3 いっぽう　　4 いちぼう

這條路是單行道。

1 無此字　　　　　　　　2 無此字

3 一方（單行）　　　　　4 無此字

答案（3）

解題「一」音讀唸「イチ・イツ」，訓讀唸「ひと／一個、一回」、「ひと-つ／一個」。例如：「<ruby>一番<rt>いちばん</rt></ruby>／第一」、「<ruby>同一<rt>どういつ</rt></ruby>／相同」、「<ruby>一月<rt>いちがつ</rt></ruby>／一月」。「方」音讀唸「ホウ」，訓讀唸「かた／方向；方法」。例如：「<ruby>方角<rt>ほうがく</rt></ruby>／方向」、「<ruby>使<rt>つか</rt></ruby>い<ruby>方<rt>かた</rt></ruby>／使用方法」。「<ruby>一方<rt>いっぽう</rt></ruby>／單方面」的意思是單向，或是雙者的其中一方。※ 特殊念法：「<ruby>一日<rt>ついたち</rt></ruby>／一號」、「<ruby>一人<rt>ひとり</rt></ruby>／一個人」、「<ruby>行方<rt>ゆくえ</rt></ruby>／行蹤」。

問題二 翻譯與解題

_____の<ruby>言葉<rt>ことば</rt></ruby>を<ruby>漢字<rt>かんじ</rt></ruby>で<ruby>書<rt>か</rt></ruby>くとき、<ruby>最<rt>もっと</rt></ruby>もよいものを、1・2・3・4から<ruby>一<rt>ひと</rt></ruby>つ<ruby>選<rt>えら</rt></ruby>びなさい。

_____中的詞語漢字應為何？請從選項1・2・3・4中選出一個最適合的答案。

6 <ruby>北海道<rt>ほっかいどう</rt></ruby>を<ruby>一周<rt>いっしゅう</rt></ruby>した。いどう<ruby>距離<rt>きょり</rt></ruby>は、

2000kmにもなった。

1 <ruby>移動<rt>いどう</rt></ruby>　　2 移働

3 違動　　4 違働

環繞北海道一周，移動距離達到了 2000 公里。

1 移動（指位置或距離的變動）

2 無此字

3 無此字

4 無此字

答案（1）

解題「移」音讀唸「イ」，訓讀唸「うつ-す／挪、搬」、「うつ-る／移動」。例如：「<ruby>移転<rt>いてん</rt></ruby>／移轉」。「動」音讀唸「ドウ」，訓讀唸「うご-く／變動」、「うご-かす／搖動」。例如：「<ruby>自動車<rt>じどうしゃ</rt></ruby>／汽車」。「<ruby>移動<rt>いどう</rt></ruby>／移動」是移動的意思。

其他 選項3、4「違」音讀唸「イ」，訓讀唸「ちが-う／不同」、「ちが-える／違背」。例如：「<ruby>違反<rt>いはん</rt></ruby>／違反」、「<ruby>間違<rt>まちが</rt></ruby>える／弄錯」。選項2、4「働」音讀唸「ドウ」，訓讀唸「はたら-く／工作」。例如：「<ruby>労働<rt>ろうどう</rt></ruby>／勞動」。

7 いのるような<ruby>気持<rt>きも</rt></ruby>ちで、<ruby>夫<rt>おっと</rt></ruby>の<ruby>帰<rt>かえ</rt></ruby>りを<ruby>待<rt>ま</rt></ruby>ちました。

1 税る　　2 <ruby>祈<rt>いの</rt></ruby>る

3 <ruby>怒<rt>おこ</rt></ruby>る　　4 祝る

懷著祈禱的心情等待丈夫回來。

1 無此字　　　　　2 祈禱

3 生氣，發怒　　　4 無此字

答案（2）

解題「祈」音讀唸「キ」，訓讀唸「いの-る／祈禱」。「<ruby>祈<rt>いの</rt></ruby>る／祈求」是指向神明祈求，或指打從心底盼望。

其他 選項1「税」音讀唸「ゼイ」。例如：「<ruby>税金<rt>ぜいきん</rt></ruby>／税金」。選項3「怒」音讀唸「ド」，訓讀唸「おこ-る／生氣」、「いか-る／發怒」。選項4「祝」音讀唸「シュク」，訓讀唸「いわ-う／祝賀」。例如：「<ruby>祝日<rt>しゅくじつ</rt></ruby>／節日」。

8 <ruby>踏切<rt>ふみきり</rt></ruby>のじこで、<ruby>電車<rt>でんしゃ</rt></ruby>が<ruby>止<rt>と</rt></ruby>まっている。

1 事庫　　2 事誤

3 事枯　　4 <ruby>事故<rt>じこ</rt></ruby>

因為平交道的事故，電車停了下來。

1 無此字　　　　　2 無此字

3 無此字　　　　　4 事意外事故

答案（4）

解題「事」音讀唸「ジ」，訓讀唸「こと／事情」。例如：「<ruby>大事<rt>だいじ</rt></ruby>／重要」、「<ruby>物事<rt>ものごと</rt></ruby>／事物」。「故」音讀唸「コ」，訓讀唸「ゆえ／緣故」。「<ruby>事故<rt>じこ</rt></ruby>／事故」是指意外發生的壞事。例如：「<ruby>交通事故<rt>こうつうじこ</rt></ruby>／交通事故」。

其他 選項1「庫」音讀唸「コ」。例如：「<ruby>冷蔵庫<rt>れいぞうこ</rt></ruby>／冰箱」。選項2「誤」音讀唸「ゴ」，訓讀唸「あやま-る／錯誤」。例如：「<ruby>誤解<rt>ごかい</rt></ruby>／誤解」、「<ruby>誤<rt>あやま</rt></ruby>り／錯誤」。選項3「枯」音讀唸「コ」，訓讀唸「か-れる／枯萎」。

9 いつもおごってもらうから、今日(きょう)はわたしにはらわせて。

1 払(はら)わせて　2 技わせて
3 抱わせて　4 仏わせて

因為總是讓你請客，今天讓我來付吧。
1 讓我來支付　2 無此字
3 無此字　4 無此字

答案（1）

解題「払」音讀唸「フツ」，訓讀唸「はら - う／支付」。例如：「会費(かいひ)を払(はら)い込(こ)む／繳納會費」。「払(はら)う／支付」是指交錢、付錢。另外也可以用來表示把灰塵彈掉等動作。

其他 選項２「技」音讀唸「ギ」，訓讀唸「わざ／技能」。例如：「技術(ぎじゅつ)／技術」。選項３「抱」音讀唸「ホウ」，訓讀唸「だ - く／摟抱」、「いだ - く／懷抱」、「かか - える／抱著；夾住」。例如：「子(こ)どもを抱(だ)く／抱著孩子」、「夢(ゆめ)を抱(いだ)く／懷抱夢想」、「不安(ふあん)を抱(かか)える／感到不安」。選項４「仏」音讀唸「ブツ」，訓讀唸「ほとけ／佛陀」。例如：「大仏(だいぶつ)／大佛像」。

10 商品(しょうひん)の販売方法(はんばいほうほう)について、部長(ぶちょう)にていあんしてみた。

1 程案　2 丁案
3 提案(ていあん)　4 停案

我向部長提出了關於商品銷售方法的方案。
1 無此字　2 無此字
3 提出建議　4 無此字

答案（3）

解題「提」音讀唸「テイ」，訓讀唸「さ - げる／提」。例如：「提出(ていしゅつ)／提出」、「かばんを提(さ)げる／提包包」。「案」音讀唸「アン」。例如：「案内(あんない)／導覽」。「提案(ていあん)／提案」是指提出計畫和想法，或用於指某個想法。

其他 選項１「程」音讀唸「テイ」，訓讀唸「ほど／程度」。例如：「程度(ていど)／程度」。選項２「丁」音讀唸「チョウ・テイ」。例如：「２丁目(ちょうめ)／二丁目」、「丁寧(ていねい)／鄭重」。選項４「停」音讀唸「テイ」。例如：「停止(ていし)／停止」。

問題三　翻譯與解題

（　）に入(い)れるのに最(もっと)もよいものを、1・2・3・4から一(ひと)つ選(えら)びなさい。
（　）中的詞語應為何？請從選項１・２・３・４中選出一個最適合的答案。

11 運転免許(うんてんめんきょ)（　　）を拝見(はいけん)します。

1 状(じょう)　2 証(しょう)
3 書(しょ)　4 紙(かみ)

請讓我看一下您的駕駛執照。
1 運転免許状（無此詞）
2 運転免許証（駕駛執照）
3 運転免許書（無此詞）
4 運転免許紙（無此詞）

答案（2）

解題「免許証(めんきょしょう)／執照」是指「被允許做某件事的證明」。「～証(しょう)／…證」。例如：「学生証(がくせいしょう)／學生證」、「登録証(とうろくしょう)／註冊證書」。

其他 選項１「～状(じょう)／…文書；信件」。例如：「紹介状(しょうかいじょう)／推薦函」。選項３「～書(しょ)／…書籍」。例如：「参考書(さんこうしょ)／參考書」。選項４「～紙(し)／…文書」。例如：「振込用紙(ふりこみようし)／申請書」。

12 バイト（　　）をためて、旅行(りょこう)に行(い)きたい。

1 代(だい)　2 金(きん)
3 費(ひ)　4 賃(ちん)

我想存一些打工的錢，去旅行。
1 バイト代（打工工資）
2 バイト金（無此詞）
3 バイト費（無此詞）
4 バイト賃（無此詞）

答案（1）

解題「バイト代(だい)／打工費」是打工賺來的薪水。這裡的「バイト」是「アルバイト／打工、兼差」的省略，是口語說法。「～代(だい)／…費」。常用於日常生活中一次性或短期性支付的費用。例如：「薬代(くすりだい)／藥費」、「部屋代(へやだい)／房租」。

其他 選項２「～金(きん)／…費」常用於買房、重大婚喪喜慶及教育相關根據制度等設定的費用。例如：「保証金(ほしょうきん)／保證金」。選項３「～費(ひ)／…費」多用於時間較長的費用上，如交通工具。例如：「交際費(こうさいひ)／交際費」。選項４「～賃(ちん)／…使用費」為使用物品的租金或付給人的酬勞。例如：「家賃(やちん)／房租」。

13

面接を始めます。あいうえお（　　）にお呼びします。では、赤井さんからどうぞ。

1 式　　2 法
3 的　　4 順

面試開始了，將按五十音順序叫人，赤井先生請先進。

1 無此字　　2 無此字
3 無此字　　4 五十音順序

答案 (4)

解題「あいうえお順／五十音順」是指按照「あいうえお」的順序排列，常用於名單排序等處。「～順／…的順序」。例如：「申し込み順／申請的順序」、「背の順／依照身高排列」。

其他 選項１「～式／…種類」。例如：「選択式／選擇題」。選項２「～法／…方法」。例如：「勉強法／學習法」。選項３「～的／…方面的」。例如：「基本的／基本的」。

14

（　　）大型の台風が、日本列島に接近しています。

1 高　　2 別
3 超　　4 真

一個超大型的颱風正在接近日本列島。

1 高大型（無此詞）　　2 別大型（無此詞）
3 超大型（特大規模）　　4 真大型（無此詞）

答案 (3)

解題「超大型／超大型」是「非常大型」的意思。「超～／非常…」。例如：「超高速／異常高速」、「超大作／偉大的傑作」。

其他 選項１「高～／高的…」。例如：「高収入／高收入」。選項２「別～／分別…」。例如：「別行動／各別行動」。選項４「真～／正…」。例如：「真正面／正面」。

15

しっかりやれ！と励ましたつもりだったが、彼には（　　）効果だったようだ。

1 悪　　2 逆
3 不　　4 反

我本想鼓勵他好好加油，但對他來說似乎起了反效果。

1 悪効果（壞效果）
2 逆効果（反效果，與期望相反的結果）
3 不効果（無此詞）
4 反効果（反效果）

答案 (2)

解題「逆効果／反效果」是指得到與預料中相反的效果。用於表示不符期待的效果。「逆～／反…」。例如：「逆回転／逆向旋轉」、「逆輸入／將本國企業在國外生產的商品進口到本國、或將外銷的商品經過加工後重新進口」。

其他 選項１「悪～／不好的…」。例如：「悪趣味／下流的嗜好」。選項３「不～／並非…」。例如：「不可能／不可能」。選項４「反～／反對…」。例如：「反社会的／反社會性」。

問題四　翻譯與解題

（　）に入れるのに最もよいものを、1・2・3・4から一つ選びなさい。
（　）中的詞語應為何？請從選項１・２・３・４中選出一個最適合的答案。

16

あなたのストレス（　　）の方法を教えてください。

1 修正　　2 削除
3 消去　　4 解消

請告訴我您緩解壓力的方法。

1 ストレス修正（無此詞）
2 ストレス削除（無此詞）
3 ストレス消去（消除壓力）
4 ストレス解消（緩解壓力，消除壓力）

答案 (4)

解題「ストレス／壓力」是指影響身心的各種負擔。要表示使壓力消散時，應該用「解消する／消除」或「発散する／抒發」，表示消除、抒發壓力。「解消／解除」是指把以前發生過的事情抹除掉。例句：婚約を解消する／解除婚約。

其他 選項１「修正／修正」是改正的意思。例句：資料の数字が間違っていたのでパソコンで修正した／因為資料中的數字有誤，所以我用電腦修改了。選項２「削除／刪除」是指把文章等中的一部分刪除。例句：古いデータは削除して、新しいものに替えてください／請把舊檔案刪除，換成新的檔案。選項３「消去／消去」是指消除。例句：入力した原稿を間違えて消去してしまった／誤刪了打好的稿子。

17 京都の祇園祭りは、1000年以上の歴史を持つ（　）的な祭りです。

1 観光　　2 永遠
3 伝統　　4 行事

京都的祇園祭是一個擁有超過千年歷史的傳統祭典。

1 觀光，旅遊　2 永恆
3 傳統的　　4 活動，事件

答案 (3)

解題 題目提到擁有超過 1000 年以上的歷史的京都祇園祭，再看到（　）後面「的」表示帶有某種性質之意，因此可以推測（　）中要填入「傳統」意思的詞語，選項 3「伝統／傳統」是指某個民族或社會長期流傳下來的習慣、信仰、藝術等等。為正確答案。

其他 選項 1「観光／觀光」是指遊覽其他地區。例句：イタリアへ観光旅行に出かける／前往義大利觀光旅遊。選項 2「永遠／永遠」是「沒有終結，一直持續下去、永久」的意思。例句：君との友情は永遠に変わらないよ／我們的友情永遠不會變哦！選項 4「行事／活動」是指決定要舉辦的活動。例句：秋は運動会や遠足など楽しい行事がたくさんあります／秋天時會舉辦運動會、郊遊等等許多愉快的活動。

18 どんな一流の選手も、数えきれないほどの困難を（　）来たのだ。

1 打ち消して　2 乗り越えて
3 飛び出して　4 突っ込んで

無論多麼頂尖的選手，都經歷了無數的困難並克服了才走到今天。

1 否定，消除　2 克服，跨越障礙
3 突然衝出　　4 深入，衝入

答案 (2)

解題 因為題目的主詞是「一流の選手／一流的選手」，因此可以推測（　）中要填入「沒有被困難打敗」意思的詞語。而選項 2 的「乗り越える／克服」指超越某種狀態，特別是用在要超越的事物很困難的情況下。因此為正確答案。

其他 選項 1「打ち消す／否定」是強烈否認的意思。例句：女優はその男とのうわさを打ち消した／女演員矢口否認和那位男士交往的傳聞。選項 3「飛び出す／飛出、突然出現、貿然出走」是指飛出去，或指突然出現。例句：私は 18 歳で故郷を飛び出した／我在十八歲時就離開了故鄉。選項 4「突っ込む／放進」是指強勢地將物品放進某處，也指闖進、深入。例句：男は慌ててかばんに札束を突っ込むと走り去った／男子慌慌張張地把一疊鈔票塞進包裡就跑了。

19 その場に（　）服装をすることは、大切なマナーだ。

1 豪華な　　　2 ふさわしい
3 みっともない　4 上品な

穿著與場合相稱的服裝是重要的禮儀。

1 奢華的，華麗的　2 合適的，得體的
3 不體面的，難看的　4 高雅的，優雅的

答案 (2)

解題 請注意題目後句有「大切なマナーだ／重要的禮貌」，表示在適當的場合穿適當的衣服是一種重要的禮貌，因此可以推測（　）中要填入「顯得恰當，使人感到很相稱」之意的詞語。選項 2「ふさわしい（相応しい）／相稱」表示合適、般配的樣子。

其他 選項 1「豪華な／豪華的」是指華麗盛大的事物。例句：豪華客船で世界一周の旅をしたい／我想乘坐豪華客船去環遊世界。選項 3「みっともない／不像樣」是令人看不下去的意思。也指被別人看見或詢問到自己的難堪的一面，不好意思的樣子。例句：女の子がそんなに酔っぱらったらみっともないよ／要是女孩子喝得這樣爛醉如泥，就很不像樣了。選項 4「上品な／高貴」是品位好、高尚的樣子。對義詞為「下品／粗鄙」。例句：その女性は口に手を当てて、ほほほ、と上品に笑った／那位女士掩著嘴，優雅地輕笑了幾聲。

20 まだ席があるかどうか、電話で（　）をした。

1 問い合わせ　2 問いかけ
3 聞き出し　　4 打ち合わせ

打電話詢問是否還有座位。

1 詢問，查詢　2 發問，開始詢問
3 探詢，打聽　4 會議，商量

答案 (1)

解題 由於（　）的後方是助詞「を」加動詞，可知（　）內要填入名詞，選項 1「問い合わせ／打聽」是指詢問，是「問い合わせる」的名詞型態，也就是正確答案。

其他 選項 2「問いかけ／詢問」指提問。例句：医者は、意識を失った患者に問いかけを続けた／醫生持續叫喚著失去意識的患者。選項 3「聞き出し／探聽」是「聞き出す／探聽」的名詞型態，不過很少用到「聞き出し／探聽」這個詞語。選項 4「打ち合わせ／商量」是事前商量。例句：明日は 10 時から会議室で経理部と打ち合わせの予定です／預定明天從 10 點起在會議室和會計部開會。

21 会社の経営方針については、改めて（　）話し合いましょう。

1 きっぱり　2 すっかり
3 どっさり　4 じっくり

關於公司的經營方針，我們再仔細深入討論一下吧。

1 斷然，乾脆　2 完全，徹底
3 大量的，堆積的　4 仔細地，慢慢地

答案（4）

解題 可以連接述語「話し合いましょう／商量一下吧」的是選項4「じっくり／慢慢的」。「じっくり／慢慢的」是指花時間冷靜下來的樣子。

其他 選項1「きっぱり／乾脆」是指語意或態度很清楚，不模糊的樣子。例句：勇気を出して彼女をデートに誘ってみたが、きっぱり断られた／鼓起勇氣去約她，結果被斷然拒絕了。選項2「すっかり／完全」是「全部、完全」的意思。另外也有「十分、非常」的意思。例句：君ももう二十歳か。すっかり大人になったね／你也已經二十歲了啊。已經完全是個大人了呢。選項3「どっさり／好些」是數量很多的意思。例句：今年はみかんがどっさり採れました／今年採了很多的橘子。

22 この本には、命を大切にしてほしいという子どもたちへの（　）が詰まっている。

1 インタビュー　2 モニター
3 ミーティング　4 メッセージ

這本書充滿了希望孩子們珍惜生命的訊息。

1 訪談，採訪　2 監視器，監控
3 會議　4 訊息，信息

答案（4）

解題 因為題目的主詞是「この本／這本書」，而述語是「詰まっている／充滿」。因此可以推測（　）中要填入「傳達訊息」意思的詞語。最適合的答案為選項4「メッセージ／訊息」是口信或書信的意思，指想要傳達的事情。

其他 選項1「インタビュー／訪談」是指會面訪談。特別用於指為了報導而進行的採訪。例句：オリンピック金メダリストのインタビュー記事を読む／閱讀奧運金牌得主的訪談文章。選項2「モニター／監視器」是指電腦之類物品的畫面。例句：みなさん、会場のモニターをご覧ください／各位，請看會場上的螢幕。選項3「ミーティング／會議」是指會議、商量。

問題五 翻譯與解題

＿＿の言葉に意味が最も近いものを、1・2・3・4から一つ選びなさい。
選項中有和＿＿意思相近的詞語。請從選項1・2・3・4中選出一個最適合的答案。

23 君の考え方は、<u>世間</u>では通用しないよ。

1 会社　2 社会
3 政府　4 海外

你的想法在社會上是行不通的。

1 公司　2 社會
3 政府　4 海外，國外

答案（2）

解題「世間／世上」是指世界上、世界上的人們。和選項2「社会／社會」意思大致相同。例句：そのタレントは事件を起こして世間の注目を浴びた／那個藝人鬧出的事件引發了社會的關注。将来は社会に貢献できる人間になりたい／我將來想成為對社會有貢獻的人。

其他 選項3「政府／政府」是「立法、司法、行政」的總稱。在日本則是指內閣和行政機關。例句：日本政府は国連の提案に賛成した／日本政府對於聯合國的提案表示了贊同。選項4「海外／海外」是指外國。例句：インターネットは海外との連絡を容易にした／網路使得國內與海外的聯繫變得容易了。

24

彼の強気な態度が、周囲に敵を作っているようだ。

1 派手な　2 乱暴な

3 ユーモアがある　4 自信がある

他強勢的態度似乎在周圍樹立了敵人。

1 華麗，誇張　2 態度強硬，蠻橫

3 有幽默感　4 有自信

答案（4）

解題「強気な／堅決、強硬」是指意志堅定、或指強硬的言行。意思最相近的是選項４「自信がある／信心十足」。

其他　選項１「派手な／華麗」是指顏色、服裝、行動等等華麗而引人注目的樣子。例句：彼女はいつも派手な化粧をしている／她的妝容總是十分濃艷。選項２「乱暴な／蠻橫」是指暴力、粗暴的樣子。例句：男の子は母親に対して乱暴な口をきいた／那個男孩對媽媽爆了粗口。選項３「ユーモア／幽默」是指不流於粗俗的笑話、逗人開心的玩笑話。例句：彼はユーモアがあるから、クラスのみんなに好かれています／他很幽默，所以班上同學都喜歡他。

25

農薬を使わずに栽培したものを販売しています。

1 育てた　2 生まれた

3 取った　4 成長した

我們販賣的是不使用農藥栽培的產品。

1 栽培，養育　2 出生，誕生

3 摘取，取得　4 成長，生長

答案（1）

解題「栽培（する）／栽培」指種植培育植物。與選項１「育てた／培育」的意思相近。

26

今月は残業が多くて、もうくたくただ。

1 くよくよ　2 のろのろ

3 ひやひや　4 へとへと

這個月加班頻繁，我已經筋疲力盡了。

1 煩惱，悶悶不樂　2 慢吞吞，緩慢

3 提心吊膽，擔心　4 精疲力盡，非常疲憊

答案（4）

解題「くたくた／筋疲力盡」表示疲憊沒有力氣的樣子。也會用在穿舊的衣服或燉爛的蔬菜等，與選項４意思大致相同。選項４「へとへと／非常疲倦」表示疲倦，沒有體力和力氣的樣子。

其他　選項１「くよくよ／耿耿於懷」表示煩惱的樣子。一直在為即使煩惱也沒辦法解決的事情而煩惱的樣子。例句：何年も前の失敗を君はまだくよくよしているのか／你還在為多年前的失誤而耿耿於懷嗎？選項２「のろのろ／慢吞吞」表示速度緩慢。例句：渋滞で車はノロノロ運転だ／因為塞車，汽車只能緩慢前行。選項３「ひやひや（冷や冷や）／捏把冷汗」表示擔心得不得了的樣子。例句：彼女の運転はすごいスピードで、助手席に乗っていて冷や冷やしたよ／她開車的速度飛快，坐在副駕駛座上的我嚇得直冒冷汗哪。

27

このような事件に対する人々の反応には、大きく分けて３つのパターンがある。

1 場　2 型

3 点　4 題

對於這類事件，人們的反應大致可分為三種類型。

1 場所，地點　2 類型，模式

3 點，觀點　4 題目，問題

答案（2）

解題「パターン／樣式」是形式或樣式，也指類型，與選項４「型／類型」意思大致相同。例句：君の書く小説はどれも同じ、ワンパターンだな／你寫的小說每一本都是同一種類型的啊。

次の言葉の使い方として最もよいものを、1・2・3・4から一つ選びなさい。
關於以下詞語的用法，請從選項1・2・3・4中選出一個最適合的答案。

28 リサイクル

1 環境のために、資源のリサイクルを徹底すべきだ。

2 ペットボトルのふたも、大切なリサイクルです。

3 天気のいい日は、妻と郊外までリサイクルするのが楽しみだ。

4 人間は、少しリサイクルした状態のほうが、いい考えが浮かぶそうだ。

回收

1 為了環境，我們應該徹底推行資源回收。

2 寶特瓶的瓶蓋也是重要的回收品。

3 天氣好的日子，和妻子一起到郊外回收是我的樂趣。

4 據說人類在稍微回收的狀態下，更容易想出好點子。

答案 (1)

「リサイクル／回收」是指為了資源或環境，將丟棄的物品回收再利用。例句：使わない食器をリサイクルショップに売った／把不再使用的餐具賣給了回收店。

其他 選項2「ペットボトルのふたも、大切な資源です／寶特瓶的蓋子也是寶貴的資源」選項3「天気のいい日は、妻と郊外までサイクリングするのが楽しみだ／好天氣的日子，便會期待和太太一起騎自行車到郊外遊玩」。選項4「人間は、少しリラックスした状態のほうが、いい考えが浮かぶそうだ／人在稍微放鬆的狀態下，比較容易想出好點子」。

29 検索

1 工場の機械が故障して、検索作業に半日かかった。

2 このテキストは、後ろに、あいうえお順の検索がついていて便利だ。

3 行方不明の子どもの検索は、明け方まで続けられた。

4 わからないことばは、インターネットで検索して調べている。

搜尋、搜索

1 工廠的機器故障了，花了半天進行搜索作業。

2 這本書後面有按五十音順序排列的搜索，十分方便。

3 搜索失蹤兒童的行動持續到天亮。

4 不懂的詞語，我會上網搜尋查詢。

答案 (4)

解題「検索／搜尋」是指從許多資訊中找出需要的項目。例句：パソコンに残っている検索履歴を消す／把保存在電腦上的搜尋紀錄刪除。

其他 選項1「工場の機械が故障して、修理作業に半日かかった／工廠的機器故障了，花了半天才修好」。也可用「修繕／修繕」來代替。選項2「このテキストは、後ろに、あいうえお順の索引がついていて便利だ／這本教科書的最後附有五十音索引，所以非常方便」。選項3「行方不明の子どもの捜索は、明け方まで続けられた／搜索失蹤孩童的行動一直持續到天亮」。

30

あいまいな

1 事件の夜、黒い服のあいまいな男が駅の方に走って逃げるのを見ました。

2 首相のあいまいな発言に、国民は失望した。

3 今日は、一日中、あいまいな天気が続くでしょう。

4 A社は、海外のあいまいな会社と取引をしていたそうだ。

模糊的、不明確的

1 在事件當晚，我看見一個穿著黑衣、模糊不清的男人跑向車站逃走。

2 國民對首相模糊不清的發言感到失望。

3 今天一天可能會持續模糊不清的天氣。

4 據説A公司與海外一家不明確的公司有交易。

答案（2）

解題「あいまいな／含糊的」是指不明確的事物。語言或態度容易混淆，不清楚的樣子。例句：勇気を出して彼女にプロポーズしたが、あいまいな返事をされた／我鼓起勇氣向她求婚，卻得到她不置可否的回答。

其他 選項1「事件の夜、黒い服の怪しい男が駅の方に走って逃げるのを見ました／事發當晚，我目擊了可疑的黑衣男子往車站方向逃跑」。選項3「今日は、一日中、怪しい天気が続くでしょう／今天一整天都會是這怪異的天氣吧」。選項4「A社は、海外の怪しい会社と取引をしていたそうだ／A社似乎在和海外一家有犯罪嫌疑的公司進行交易」。

31

震える

1 台風が近づいているのか、木の枝が左右に震えている。

2 公園で、子猫が雨に濡れて、震えていた。

3 昨夜の地震で、震えたビルの窓ガラスが割れて、通行人がけがをした。

4 コンサート会場には、美しいバイオリンの音が震えていた。

發抖、顫抖

1 颱風靠近了，樹枝在左右顫動。

2 公園裡，一隻小貓淋濕了，發抖著。

3 昨晚的地震顫抖了大樓的玻璃，造成行人受傷。

4 演唱會現場回蕩著顫抖的美妙小提琴聲。

答案（2）

解題「震える／發抖」是指因為寒冷或害怕，造成身體小幅度的晃動。例句：スピーチの時は緊張して膝が震えた／演講時因為緊張，膝蓋不斷發顫。

其他 選項1「台風が近づいているのか、木の枝が左右に揺れている／大概是因為颱風逼近，樹枝皆左右晃動著」。選項3「昨夜の地震で、揺れたビルの窓ガラスが割れて、通行人がけがをした／昨晚的地震使大樓隨之搖晃，破碎的玻璃還傷及了路過的民眾」。選項4「コンサート会場には、美しいバイオリンの音が響いていた／音樂會的現場縈繞著小提琴優美的旋律」。

32

気が小さい

1 兄は気が小さい。道が渋滞すると、すぐに怒り出す。

2 つき合い始めて、まだ一カ月なのに、もう結婚の話をするなんて、気が小さいのね。

3 迷惑をかけた上司に謝りに行くのは、本当に気が小さいことだ。

4 私は気が小さいので、社長に反対意見を言うなんて、とても無理だ。

膽小、懦弱

1 我哥哥很膽小，一遇到交通堵塞就會立刻發怒。

2 才交往一個月就談結婚的事，真是膽小。

3 為給上司添麻煩而道歉，這真是膽小的表現。

4 我很膽小，根本不敢對社長提出反對意見。

答案（4）

解題「気が小さい／小心眼」是指對小事斤斤計較的個性，也指膽小。例句：子どものころから気が小さかったあなたが、こんな大きな会社の社長になったとは驚きだ／從小就膽小的你，居然會成為這麼一家大公司的社長，真是太令人吃驚了。

其他 選項1「兄は気が短い。道が渋滞すると、すぐに怒り出す／哥哥個性急躁，一旦碰到塞車就會發脾氣」。選項2「つき合い始めて、まだ一カ月なのに、もう結婚の話をするなんて、気が早いのね／從交往至今也才一個月就要論及婚嫁，真是性急啊」。選項3「迷惑をかけた上司に謝りに行くのは、本当に気が重いことだ／造成了上司的麻煩，為此要去致歉一事，真令人感到心情沉重」。

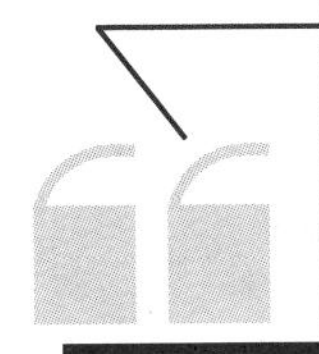

第六回 言語知識（文法）

（　）に入れるのに最もよいものを、1・2・3・4から一つ選びなさい。
請從1・2・3・4之中選出一個最適合填入（　）的答案。

33 彼は（　　）ばかりか、自分の失敗を人のせいにする。

1 失敗したことがない
2 めったに失敗しない
3 失敗してもいい
4 失敗しても謝らない

他不僅失敗了也不道歉，還把自己的失敗推給別人。

1 從未失敗
2 很少失敗
3 即使失敗也無所謂
4 失敗也不道歉

答案（4）

解題「（名詞、[形容詞・動詞] 普通形）ばかりか～／豈止…，連…也…」用於表達除了前項的情況之外，還有更甚的情況時。因此必須在前項的情形之外，加上程度更為嚴重的情形。例句：僕は家族ばかりか飼い犬にまでバカにされてるんだ／別說是家人了，就連家裡養的狗也沒把我放在眼裡呢！

※ 文法補充：本題的「～のせいにする／歸咎到…」用於表達把引起錯誤的責任推給他人，是歸咎責任的說法。

34 このアパートは、建物が古いの（　　）、明け方から踏切の音がうるさくて、がまんできない。

1 を問わず　　2 にわたって
3 はともかく　　4 といっても

暫且不論這間公寓建築老舊，從清晨開始就有平交道的噪音，讓人難以忍受。

1 無論　　2 涵蓋整個範圍
3 暫且不提　　4 雖然說

答案（3）

解題 從列舉「建物が古い／屋齡老舊」與「～音がうるさい／…的噪音」兩個惡劣事項知道，填入（　）讓句意得以成立的是選項3「～はともかく／…先不說它」。「（名詞）はともかく」用於表達「暫且不議論現在的…」之意。暗示還有比其更重要的事項之時。例句：集まる場所はともかく、日にちだけでも決めようよ／就算還沒決定集合的地點，至少總該先把日期定下來吧！

其他 選項1「～を問わず／不分…」用於表達沒有把前項當作問題，任何一個都一樣之時。例句：コンテストには、年齢、経験を問わず、誰でも参加できます／競賽不分年齡和經驗，任何人都可以參加。選項2「～にわたって（渡って）／持續…」表示涉及到前項的整個範圍之意。指場所或時間範圍非常大的意思。例句：討論は3時間にわたって続けられた／討論持續進行了三個小時。選項4「～といっても／雖說…，但…」用於說明實際程度與想像的不同時。例句：庭にプールがあるといっても、お風呂みたいに小さなプールなんですよ／院子裡雖然有泳池，但只是和浴缸一樣小的池子而已嘛！

35 姉はアニメのこととなると、（　　）。

1 食事も忘れてしまう
2 何でも知っている
3 絵もうまい
4 同じ趣味の友達がたくさんいる

姐姐一提到動畫，甚至連吃飯都會忘記。

1 連吃飯都會忘記
2 什麼都知道
3 畫也很好
4 很多志同道合的朋友

答案（1）

解題「（名詞）のこととなると／但凡和…相關的事」用於表達對於某人或物相關的事項，態度就變得與平常不同之時。例句：普段厳しい部長も、娘さんのこととなると人が変わったように優しくなる／就連平時嚴謹的經理，一提到女兒就換了個人似的，變得很溫柔。

36

先進国では、少子化（　　）労働人口が減少している。

1 について　　2 によって

3 にとって　　4 において

在先進國家，因少子化導致勞動人口減少。

1 關於　　2 由於…導致

3 對於　　4 在…範圍內

答案 (2)

解題「(名詞) によって／因為…」表示「由於…的原因」。後面接導致其結果的內容。例句：ここ数日の急激な気温の変化によって、体調を崩す人が増えています／這幾天急遽的氣溫變化，導致愈來愈多人的健康出狀況。

其他 選項 1「～について／關於…」與其相關之意。例句：日本の地形について調べる／調查日本地形的相關資訊。選項 3「～にとって／」主要以人為主語，表示站在該人的立場來進行判斷之意。例句：私にとって、家族は何よりも大切なものです／對我而言，家人比什麼都重要。選項 4「～において／於…」表示事物進行的場所、場合等。例句：授賞式は、第一講堂において行われます／頒獎典禮將於第一講堂舉行。

37

このワイン、（　　）にしてはおいしいね。

1 値段　　2 高級

3 材料　　4 半額

這款酒，對於半價來說，味道還真不錯呢。

1 價格　　2 高級

3 原料　　4 半價

答案 (4)

解題「(名詞、普通形) にしては／就…而言算是…」用於表達從前項來推測，令人感到預料之外。例句：あの子は、小学生にしてはしっかりしている／以小學生而言，那孩子十分穩重。

由於題目要說的是就（　）而言算是相當香醇的，因此（　）要填入讓這個香醇感到意料之外的詞語。選項 4 符合句意，因此為正確答案。

其他 選項 1 如果改為「この値段にしては／就這一價錢而言算是…」就正確。另外，也可以使用「1000 円にしては／就 1000 圓而言算是…」等形式。「～にしては／就…而言算是…」常接具體的詞語，如「この値段」或「1000 円」這樣的內容。

※ 文法補充：類似的說法有「～割に／但是相對之下還算…」。「～割に」前接意義較為廣泛的詞語。例句：このワイン、値段の割においいしいね／這支紅酒不算太貴，但很好喝喔！

38

渋滞しているね。これじゃ、午後の会議に（　　）かねないな。

1 遅れ　　2 早く着き

3 間に合い　　4 間に合わない

塞車了，這樣下去恐怕趕不上下午的會議。

1 遲到　　2 早到

3 趕上　　4 趕不上

答案 (1)

解題「(動詞ます形) かねない／很可能…」用於表達有發生某種不良結果的可能性之時。選項 1 為動詞ます形且符合句意，因此為正確答案。例句：彼はすごいスピードを出すので、あれでは事故を起こしかねないよ／他車子開得那麼快，不出車禍才奇怪哩！

其他 選項 2 、3 意思是相反的。選項 4 由於「～かねない」前面不能接否定形，因此不正確。

39 あなたが謝る（　　）ですよ。ちゃんと前を見ていなかった彼が悪いんですから。

1 ものがない　2 ことがない

3 ものはない　4 ことはない

你不需要道歉。是他沒好好看前方，才會出錯的。

1 沒有　2 沒有…過

3 沒有必要　4 不需要

答案（4）

解題「（動詞辭書形）ことはない／用不著…」表示沒有做前項的必要。例句：分からないことは一つ一つ丁寧に教えますから、心配することはありませんよ／不懂的地方會一項一項慢慢教，請不必擔心喔！

其他 選項2「～ことがない／未曾…」表示經驗。例句：私は飛行機に乗ったことがありません／我從來沒有搭過飛機。

40 彼女は、家にある材料だけで、びっくりするほどおいしい料理を（　　）んです。

1 作ることができる　2 作り得る

3 作るにすぎない　4 作りかねない

她僅用家裡現有的食材，就能做出驚人的美味料理。

1 能夠做出　2 可能會做出

3 只不過是做出　4 做不出

答案（1）

解題 從「她光用…的材料，美味的菜餚」意思來推敲，得知要選擇「作ることができる／能夠做出」。

其他 選項2「～得る／可能」雖然表示可能，有「發生…的可能性」之意，但不使用在特定的人之一般能力（如會做菜等）相關事項上。例句：両国の関係は話し合いの結果次第では改善し得るだろう／兩國的關係在會談之後應當呈現好轉吧！選項3「～にすぎない／只不過…」表示只不過是…而已，僅此而已沒有再更多的了。例句：歓迎会の準備をしたのは鈴木さんです。私はちょっとお手伝いしたにすぎないんです／負責籌辦迎新會的是鈴木同學，我只不過幫了一點小忙而已。

41 あなたはたしか、調理師の免許を（　　）。

1 持っていたよ　2 持っていたね

3 持っているんだ　4 持っていますか

你應該是有廚師執照的吧。

1 曾經擁有吧　2 應該擁有對吧

3 擁有的啊　4 有嗎

答案（2）

解題「たしか／好像」用在想表達「我記得應該是那樣的」的時候。選項2的語尾助詞「ね／吧」用在向對方確認自己的想法是否正確的時候。例句：A：会議は10時からだったよね／會議是從10點開始，對吧？　B：ええ、そうですよ／是的，沒錯喔。

其他 選項1的語尾助詞「よ／喔」用於讓對方了解自己的想法的時候。這種語氣通常表示希望對方能夠照自己的意思去做。例句：早く帰ろうよ／我們快點回去嘛！〈勸說〉もっと野菜を食べたほうがいいよ／最好多吃蔬菜喔！〈忠告〉A：だれか辞書を持ってない／有誰帶了辭典？ B：リンさんが持ってたよ／林先生有帶。〈用於回答等〉。選項3「～んだ（～んです）」、「～のだ（～のです）」用在表示對理由及狀況進行說明時。例句：A：昨日はどうして休んだの／昨天為什麼請假？ B：おなかが痛かったんです／因為肚子很痛。選項4由於題目有「たしか／好像」這個詞語，知道是說話人表達自己的想法的句子。因此，後面不會有「持っていますか」這種疑問句的形式。

42 男は、最愛の妻（　　）、生きる希望を失った。

1 が死なれて　2 が死なせて

3 に死なれて　4 に死なせて

男子因為摯愛的妻子去世，失去了生活的希望。

1 去世　2 讓她去世

3 去世　4 讓她去世

答案（3）

解題 由於主語是「男／男人」，因此需要造一個被動形的句子，而符合被動用法的是選項3。例句：電車で子どもに泣かれて、困った／電車裡有小孩在哭，傷腦筋啊。

其他 選項1、2如果是「男は、～妻が死んで／男人…妻子離開人世」就正確。

43

あなたにはきっと幸せになって（　　）と思っております。

1 あげたい　　2 いただきたい
3 くださりたい　　4 さしあげたい

我真心希望你一定會幸福。
1 想要給予　　2 希望能得到
3 希望你給予　　4 想要給予您

答案（2）

解題 題目有「あなたには／你」，而主語是「私／我」。整個句子是「私はあなたに～になって（　）たい／我希望（　）你得到…」的意思。因此，要選「もらいたい／想請你…」的謙讓語「いただきたい／想請您…」。

其他 選項1如果是「（私は）あなたを幸せにしてあげたい／（我）想要給你幸福」就正確。選項3如果是「（あなたは）幸せになってください／希望（你）能得到幸福」就正確。而且沒有「くださりたい」這樣的說法。選項4如果是「（私は）あなたを幸せにしてさしあげたい／（我）想要給您幸福」就正確。

44

先輩の結婚式に（　　）ので、来週、休ませていただけませんか。

1 出席したい　　2 ご出席したい
3 出席されたい　　4 ご出席になりたい

因為要參加前輩的婚禮，下週可以請假嗎？
1 想參加　　2 想請您參加
3 想請您參加　　4 想請您參加

答案（1）

解題「したい／想」表示說話者想做的事（行為）。想參加前輩的結婚典禮的是自己，所以選項1正確。

其他 選項2、3、4皆是敬語用法，不能用在自己身上。

問題八 翻譯與解題

次の文の＿★＿に入る最もよいものを、1・2・3・4から一つ選びなさい。
下文的＿★＿中該填入哪個選項，請從1・2・3・4之中選出一個最適合的答案。

45

人生は長い。＿＿ ＿＿ ★ ＿＿よ。

1 からといって
2 わけではない
3 君の人生が終わった
4 女の子にふられた

※ **正確語順**

人生は長い。女の子にふられた　からといって　君の人生が終わった　わけではない　よ。

人生很長，即使被女孩子拋棄了也並不表示你的人生就此結束了呀。

答案（3）

解題 選項2「わけではない／並非…」用在想說明並非特別如此之時。由於選項1「からといって／並不是…」的後面，大多接「わけではない」、「とはいえない／並不能說…」等部分否定的表現方式，由此得知順序為1→2。從文意考量，選項1的前面要填入選項4「女の子にふられた／被女孩子拋棄了」，選項2的前面要填入選項3「君の人生が終わった／你的人生就此結束了」。如此一來順序就是「4→1→3→2」，★的部分應填入選項3「君の人生が終わった」。

※ 詞彙及文法補充：

◇「ふられる／被拋棄」被喜歡的異性拒絕繼續交往之意。

◇選項1「からといって／並不是…」用於表達不能僅因為這一點理由，推測就成立了。例句：金持ちだからといって幸せとは限らない／並不是有錢就能得到幸福。

◇選項2「（普通形）わけではない／不至於」，例句：食べられないわけじゃないんですが、あまり好きじゃないんです／雖說不至於吞不下去，但不太喜歡吃。

◇「（普通形）わけではない／不至於」另外還有部分否定的意思。例句：コーヒーは好きだが、いつでも飲みたいわけじゃない／我雖然喜歡咖啡，倒不至於時時刻刻都想喝。

46 ＿＿ ★ ＿、とうとう競技場が完成した。

1 3年　　2 建設工事
3 にわたる　　4 の末

※ 正確語順
3年　にわたる　建築工事　の末、とうとう競技場が完成した。
經過了整整3年的建設工程，最後競技場終於竣工了。

答案 (2)

解題 選項3「にわたる／整整…」表示前項所涉及到的全體範圍之意，前面應皆選項1「3年／三年」。選項4「の末／最後…」表示「經過…，最後…」的意思。如此一來順序就是「1→3→2→4」。★的部分應填入選項2「建築工事」。
※ 詞彙及文法補充：
◇選項3「（名詞）にわたる」指其全體範圍之意，表示場所、時間、次數的範圍非常之大。例句：・彼は全教科にわたって、優秀な成績を修めた／他所有的科目都拿到了優異的成績。
◇「（名詞の、動詞た形）末（に）／最後」用於表達經歷各式各樣的事情，最後得出某結果時。例句：兄弟は、取っ組み合いの大げんかをした末に、ふたりそろって泣き出した／兄弟倆激烈地扭打成一團，到最後兩個人一起哭了起來。

47 ここから先は、車で行けない以上、＿＿ ★ ＿。

1 より　　2 ほかない
3 歩く　　4 荷物を持って

※ 正確語順
ここから先は、車で行けない以上、荷物を持って　歩く　より　ほかない。
從這裡開始，既然無法開車前往，那就只有帶著行李步行別無他法了。

答案 (1)

解題「～以上／既然…」指因為…之意。選項1與2相接，變成「よりほかない／只有…」表示沒有其他解決問題的辦法之意，填入句尾。再把選項4與3「荷物を持って歩く／帶著行李步行」填入其前。如此一來順序就是「4→3→1→2」。★的部分應填入選項1「より」。
※ 詞彙及文法補充：
◇「(動詞辭書形・た形) 以上（は）／既然…，就…」用於表達因為前項，當然相對地就要那麼做之時。例句：人にお金を借りた以上、きちんと返さなくちゃいけないよ／既然向人借了錢，就非得老老實實還錢才行喔！
◇「以上（は）／既然…，就…」跟「上は／既然…」、「からには／既然…」意思一樣。「(動詞辭書形) よりほかない／只好…」指除此之外，沒有其他的方法或選項。「～しかない／只好…」意思也一樣。例句：新商品を出したいなら、部長会議で承認を得るよりほかないよ／如果想推出新產品，一定要在經理會議中通過才行啊！

48 ＿＿ ★ ＿　が守れないとはどういうことだ。

1 大人
2 ルールを守っているのに
3 小さな子供
4 でさえ

※ 正確語順
小さな子供　でさえ　ルールを守っているのに　大人が守れないとはどういうことだ。
連幼小的孩童都能尊守規則，大人卻無法遵守這是怎麼回事。

答案 (2)

解題 選項「～（で）さえ…／連…」用於表達舉出極端的例子（這裡是幼小的孩童），其他（大人）更不必提了之時。可知選項4之前應填入選項3「小さな子供／幼小的孩童」。「が守れないとは／無法遵守」的前面應填入選項1「大人／大人」。如此一來順序就是「3→4→2→1」。★的部分應填入選項2「ルールを守っているのに」。
※ 文法補充：「名詞＋（助詞）さえ／連…」，例句：私には、妻にさえ言えない秘密がある／我藏著連太太都不能讓她知道的秘密。

49 「君が入社したの＿＿ ★。」「去年の9月です。」

1 だった　　2 いつ
3 っけ　　4 って

※ 正確語順
君が入社したの　って　いつ　だった　っけ。
你進公司時…是什麼時候來著？

答案 (1)

解答「入社したの／你進公司時」的「の」可以跟「こと」或「もの」替換。在這裡是「入社したとき／你進公司時」的意思。本題是由「君が入社したのはいつでしたか／你是什麼時候進公司的呢？」改為口語的說法。選項4的「って」用在提起某話題之時。意思與助詞「は」一樣。「入社したの／進公司」的後面要接選項4「って」。選項3的「っけ／是不是…來著」是置於句尾，用在想與對方進行確認的表現方式。選項4與句尾的選項3之間，要填入選項2、選項1。如此一來順序就是「4→2→1→3」。★的部分應填入選項1「だった」。
※ 詞彙及文法補充：
◇「って」用於提起某話題時的口語用法。例句：ピアノの音っていいね／鋼琴聲真是優美。この絵をかいたのって誰／這幅畫是誰畫的？

◇「[形容詞・動詞] 普通形＋っけ」，例句：A：試験って来週だっけ／考試…是下星期嗎？ B：え？今週だよ／嗄？是這個星期啦！

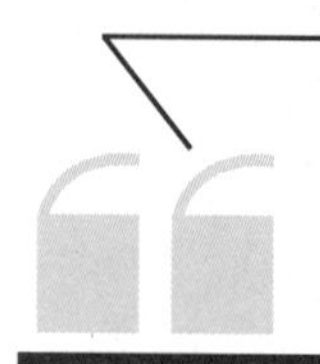

次の文章を読んで、文章全体の内容を考えて、 50 から 54 の中に入る最もよいものを、1・2・3・4の中から一つ選びなさい。

於閱讀下述文章之後，就整體文章的內容作答第 50 至 54 題，並從1・2・3・4 選項中選出一個最適合的答案。

「自販機大国日本」お金を入れるとタバコや飲み物が出てくる機械を自動販売機、略して自販機というが、日本はその普及率が世界一と言われる 50 、自販機大国だそうである。外国人はその数の多さに驚くとともに、自販機の機械そのものが珍しいらしく、写真に撮っている人もいるらしい。

それを見た渋谷※1のある商店の店主が面白い自販機を考えついた。 51 、日本土産が購入できる自販機である。その店主は、タバコや飲み物の自動販売機に、自分で手を加えて作ったそうである。

その自販機では、手ぬぐい※2やアクセサリーなど、日本の伝統的な品物や日本らしい絵が描かれた小物を販売している。値段は1,000円前後で、店が閉まった深夜でも利用できるそうである。利用者はほとんど外国人で、

「治安の良い日本ならでは」、「これぞジャパンテクノロジー※3だ」などと、評判も上々のようである。商店が閉まった夜中でも買えるという点では、たしかに便利だ。 52 、買い忘れた人へのお土産を簡単に買うことができる点でもありがたいにちがいない。しかし、一言の言葉 53 物が売られたり買われたりすることにはどうも抵抗がある。特に日本の伝統的な物を外国の人に売る場合はなおのことである。例えば手ぬぐいなら、それは顔や体を拭くものであることを言葉で説明し、 54 、「ありがとう」と心を込めてお礼を言う。それが買ってくれた人への礼儀ではないかと思うからだ。

（注1）渋谷：東京の地名

（注2）手ぬぐい：日本式のタオル

（注3）テクノロジー：技術

投入金錢後自動吐出香菸或飲料的機器被稱為自動販賣機，簡稱自販機，而日本的普及率據說是世界第一 50 ，因此日本被稱為自販機大國。外國人對自販機數量的多寡感到驚訝，同時對這些機器本身也感到新奇，似乎還有人拍照留念。

看到這種情景，位於澀谷的某店老闆想到了一個有趣的自販機點子。 51 那是一台能購買日本紀念品的自販機。據說這位老闆在一般售賣香菸和飲料的自販機上進行了手工改造。

在這台自販機中，出售的是手巾和飾品等帶有日本傳統風格的商品，以及印有日本風情圖案的小物件。價格大約在1,000日圓左右，即使在深夜店舖關門後也可以使用。使用者大多是外國人，他們對此的評價相當高，稱其為

「日本特有的治安好」，或是「這就是日本的科技力量」。 確實，在商店關門的深夜也能購物這一點非常便利。 52 ，對於那些忘記購買紀念品的人來說，這種自販機無疑是一種方便的選擇。然而，對於一件物品在 53 任何言語的情況下被出售或購買，還是讓我感到有些抗拒。尤其是在賣給外國人日本傳統物品時，這種感覺更加強烈。例如，若是手巾，應該用言語說明那是用來擦臉或擦身體的，並且 54 由衷地說聲「謝謝」。這應該是對購買者的一種禮儀。

（注1）澀谷：東京的地名

（注3）手拭巾：日式毛巾

（注2）科技：技術

50

1 ほどの	2 だけの
3 からには	4 ものなら

1 程度的　2 僅僅
3 既然　4 如果能夠

答案（1）

解題 這裡是針對日本自動販賣機的普及率有多高而進行說明。強調程度的大小時用「～ほど（の）／堪稱」。意思與「くらい／到…程度」相同。例句：今回の君の失敗は、会社がつぶれるほどの大きな問題なんだよ／你這次失敗是相當嚴重的問題，差一點就害公司倒閉了！

其他 選項2「だけの／能夠…的…」表示範圍。例句：できるだけのことは全部しました／能夠做的部分，已經統統都做了。選項3「からには／既然…，就…」表示既然是前項，就理所當然要做後項的意思。例句：やるからには全力でやります／既然要做，就得竭盡全力！選項4「ものなら／要是能…就…」表示如果能實現前項的話的意思。例句：できるものなら過去に戻りたい／可以的話，我想回到從前。

51

1 さらに	2 やはり
3 なんと	4 というと

1 此外　2 果然
3 居然　4 提及

答案（3）

解題 選項3「なんと／居然」是對接下來即將敘述的內容表現出驚訝或感動的語詞。用於文中便能表達作者對土產自動販賣機的驚奇。例句：おめでとうございます。なんと 100 万円の旅行券が当たりましたよ／恭喜！您抽中了價值百萬圓的旅遊券喔！

其他 選項1「さらに／更加」表示程度比現在更有甚之。例句：バターを少し入れると、さらにおいしくなります／只要加入一點點奶油，就會變得更美味。選項2「やはり／果然」是和預想的一樣的意思。也用「やっぱり」的形式。選項4「というと／一提到…」表示從某個話題引起聯想之意。例句：上海というと、夜景がきれいだったのを思い出す／一提到上海，就會回憶起那裡的美麗夜景。

52

1 つまり	2 それに
3 それに対して	4 なぜなら

1 也就是說　2 此外
3 與此相比　4 因為

答案（2）

解題 前文有「便利だ／便利」，後文有「ありがたいにちがいない／相當讓人感謝」。由於前後說的都是好事，所以應填入表示「再添加上相同事物之意」的選項2「それに／況且」。

其他 選項1「つまり／換句話說」用在以別的說法來換句話說之時。例句：この人は母の姉、つまり伯母です／這一位是媽媽的姊姊，也就是我的阿姨。選項3「それに対して／相較於此」用於比較兩件事物之時。選項4「なぜなら／因為」用於說明理由的時候。

53

1 もなしに	2 だけに
3 もかまわず	4 を抜きにしては

1 沒有…　2 正因為
3 不顧　4 如果沒有…

答案（1）

解題 本題要從前後文的「一言の言葉／一句話」與「物が売られたり買われたりすること／就銷售或購買物品的交易方式」兩句話的關係進行推敲。在「自動販賣機」購物「一句話」都不用講一事，作者指出實在無法認同。因此，必須選出意思為「連一句話都沒有說的狀態下」的選項，因此答案為選項1。

其他 選項3「もかまわず／不顧…」表示對前項不介意，不放在心上之意。例句：彼女は濡れるのもかまわず、雨の中を走り出した／她不顧會被淋濕，在雨中跑了起來。選項4「を抜きにしては／沒有…就（不能）…」用於表示沒有前項，後項就很難成立之意。例句：鈴木選手の活躍を抜きにしては、優勝はあり得なかった／沒有鈴木運動員活躍的表現，就不可能獲勝了。

54

1 買えたら	2 買ってあげたら
3 買ってもらえたら	4 買ってあげられたら

1 如果能買到　2 如果你買了
3 如果被買了　4 如果能幫忙買到

答案（3）

解題 前一句話有「外国の人に売る場合は／賣給外國人的時候」，得知主語是賣方的業主。站在業主的角度的話，句子就變成「業者向外國人說明…，54，向他們道謝」。如此一來54就要填入意思為「（業者）在外國人買下日式手巾的時候」的內容。因此選項3「買ってもらえたら／如果（對方）買下來的話」正確。

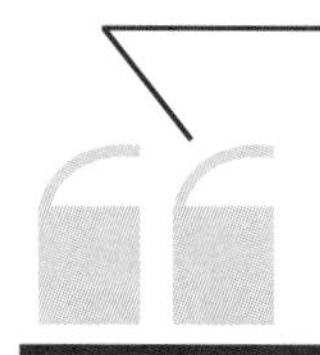

次の(1)から(5)の文章を読んで、後の問いに対する答えとして最もよいものを、1・2・3・4から一つ選びなさい。

請閱讀以下(1)至(5)的文章，然後從後面的問題中，選出最適當的答案，從1、2、3、4中選擇一個最合適的選項。

(1)

日本には、「大和言葉」という、昔から日本にあった言葉がある。例えば、「たそがれ」などという言葉もその一つである。辺りが薄暗くなって、人の見分けがつかない夕方のころを指す。もともと、「たそ（＝誰だろう）、かれ（＝彼は）」からできた言葉である。「たそがれどき、川のほとり※1を散歩した。」というように使う。「夕方薄暗くなって人の姿もよくわからないころに…」と言うより、日本語としての美しさもあり、ぐっと趣※2がある。周りの景色まで浮かんでくる感じがする。新しい言葉を取り入れることも大事だが、一方、昔からある言葉を守り、子孫に伝えていくことも大切である。

（注1）ほとり：近いところ、そば

（注2）趣：味わい。おもしろみ

日本自古以來便有「大和言葉」，例如「たそがれ（黃昏）」便是其中之一，指的是傍晚時分四周逐漸昏暗、無法辨識人影的時候。這個詞原本來自「たそ（＝誰だろう／是誰呢）、かれ（＝彼は／他是）」的組合。例如：「たそがれどき、川のほとりを散歩した（黃昏時刻，我在河畔※1散步）。」比起「夕方薄暗くなって人の姿もよくわからないころに…（當傍晚天色暗下來，看不清人影的時候…）」這樣的描述，「たそがれ」不僅更具日語之美，也更加雅緻※2，甚至讓人彷彿能感受到周圍的景色浮現眼前。雖然引入新詞固然重要，但同時，守護傳統語言並傳承給後代也是一件不可忽視的事。

（注1）附近：附近，旁邊

（注2）風情：風味，情趣

55

筆者はなぜ、昔からある言葉を守り、子孫に伝えていくべきだと考えているか。

1 昔からある言葉には、多くの意味があるから。

2 昔からある言葉のほうが、日本語として味わいがあるから。

3 昔からある言葉は、新しい言葉より簡単で使いやすいから。

4 新しい言葉を使うと、相手に失礼な印象を与えてしまうことがあるから。

筆者為何認為應該守護傳統語言並傳承給後代呢？

1 因為自古以來的詞彙包含許多含義。

2 因為自古以來的詞彙作為日語更有風味。

3 因為自古以來的詞彙比新詞更簡單、更易使用。

4 因為使用新詞有時會給對方帶來不禮貌的印象。

答案（2）

解題 第四行的「たそがれどき、～／暮靄時分，…」是舉出舊時用詞的例子，第五行的「夕方薄暗くなって～／傍晚天色漸暗…」則是舉出現今用詞的例子。作者比較兩者，然後寫道「（昔からある言葉）の方が…ぐっと趣がある／前者（舊時用詞）…的意境優美多了」。可知正確答案為選項2。

其他 選項1「多くの意味がある／有多種涵義」、選項3「簡単／簡單」、選項4「失礼な印象／沒禮貌的印象」的內容，文章中都沒有提到。

(2)

アメリカの海洋大気局※の調べによると、2015年、地球の1～7月の平均気温が.65度と、1880年以降で最も高かったということである。この夏、日本でも厳しい暑さが続いたが、地球全体でも気温が高くなる地球温暖化が進んでいるのである。

南アメリカのペルー沖で、海面の温度が高くなるエルニーニョ現象が続いているので、大気の流れや気圧に変化が出て、世界的に高温になったのが原因だとみられる。このため、エジプトでは8月中に100人の人が暑さのために死亡したほか、インドやパキスタンでも3,000人以上の人が亡くなった。また、アルプスの山では、氷河が異常な速さで溶けていると言われている。

（注）海洋大気局：世界各地の気候のデータを集めている組織

根據美國海洋大氣局※的調查，2015年1月至7月地球的平均氣溫達14.65度，創下自1880年以來的新高。今年夏天，日本也持續高溫，而地球整體氣溫逐年升高，顯示地球暖化情勢加劇。

南美洲秘魯外海的海面溫度上升，導致聖嬰現象頻發，從而引發大氣流動和氣壓變化，造成全球性的高溫。由於這些原因，埃及在8月就有100人死於酷熱，印度和巴基斯坦也有超過3,000人喪生。此外，阿爾卑斯山的冰河也被認為正以異常速度融化。

（注）海洋大氣局：一個收集世界各地氣候數據的機構。

56 2015年、1～7月の地球の平均気温について、正しくないものを選べ。

1 アメリカの海洋大気局が調べた記録である。

2 7月の平均気温が14.65度で、最も高かった。

3 1～7月の平均気温が1880年以来最も高かった。

4 世界的に高温になった原因は、南米ペルー沖でのエルニーニョ現象だと考えられる。

關於2015年1月至7月的地球平均氣溫，選出不正確的說法。

1 這是由美國海洋大氣局調查記錄的。

2 7月的平均氣溫為 14.65度，為歷史最高。

3 1月至7月的平均氣溫是自1880年以來最高的。

4 全球高溫的原因被認為是南美秘魯沿海的厄爾尼諾現象。

答案（2）

解題 文章中寫道「1～7月の平均気温／一月到七月的平均溫度」，由此可知講的不只是「7月／七月」，因此答案為選項2。

(3)

ある新聞に、英国人は屋外が好きだという記事があった。そして、その理由として、タバコが挙げられていた。日本には建物の中にも喫煙室というものがあるが、英国では、室内は完全禁煙だそうである。したがって、愛煙家は戸外に出るほかはないのだ。道路でタバコを吸いながら歩く人をよく見かけるそうで、見ていると、吸い殻はそのまま道路にポイと※1投げ捨てているということだ。この行為はもちろん英国でも違法※2なのだが、なんと、吸い殻集めを仕事にしている人がいて、吸い殻だらけのきたない道路は、いつの間にかきれいになるそうである。

(注1) ポイと：吸殻を投げ捨てる様子

(注2) 違法：法律に違反すること

某篇報導指出，英國人喜歡待在室外，並將此歸因於抽菸習慣。雖然在日本的建築物內設有吸菸室，但英國的室內則是完全禁菸，導致吸菸者只能到戶外去。據説，在英國的路上經常可以看見邊走邊抽菸的人，並且時常隨手將菸蒂「隨手」※1亂丟在路上。這種行為在英國當然也屬違法※2，但據説英國有專門收集菸蒂的人，因此原本因菸蒂而髒亂的道路，最終都會不知不覺地恢復乾淨。

（注1）隨手扔：隨手扔掉煙蒂的樣子

（注2）違法：違反法律的行為

57 英国では、道路でタバコを吸いながら歩く人をよく見かけるとあるが、なぜか。

1 英国人は屋外が好きだから

2 英国には屋内にタバコを吸う場所がないから

3 英国では、道路にタバコを投げ捨ててもいいから

4 吸い殻集めを仕事にしている人がいるから

在文章中提到，在英國經常可以看到邊走邊吸煙的人，這是為什麼？

1 因為英國人喜歡戶外活動。

2 因為英國沒有室內吸煙的場所。

3 因為在英國，隨意扔煙蒂是被允許的。

4 因為有專門收集煙蒂的工作者。

答案（2）

解題 第三行寫道「室内は完全禁煙だそうである／因為據説室內是全面禁菸的」、「したがって、愛煙家は戸外に出るほかはない／因此，癮君子只好到戶外（吸菸）」。可知正確答案為選項２。「ほかない／別無他法」是「他に方法がない／除此之外沒有別的辦法」的意思。

其他 選項１，喜歡室外是因為室內完全禁菸。因為室內不能吸菸，所以可以推測英國人會在路上吸菸。選項３、４都不是在路上吸菸的理由。

(4)

電子書籍が登場してから、紙に印刷された出版物との共存が模索されて※1いる。紙派・電子派とも、それぞれ主張はあるようだ。

紙の本にはその本独特の個性がある。使われている紙の質や文字の種類・大きさ、ページをめくる※2時の手触りなど、紙でなければ味わえない魅力は多い。しかし、電子書籍の便利さも見逃せない。旅先で読書をしたり調べ物をしたりしたい時など、紙の本を何冊も持っていくことはできないが、電子書籍なら機器を一つ持っていけばよい。それに、画面が明るいので、暗いところでも読みやすいし、文字の拡大が簡単にできるのは、目が悪い人や高齢者には助かる機能だ。このように、それぞれの長所を理解して臨機応変※3に使うことこそ、今、必要とされているのであろう。

(注1) 共存を模索する：共に存在する方法を探す

(注2) めくる：次のページにする

(注3) 臨機応変：変化に応じてその時々に合うように

自從電子書問世以來，紙本出版物與電子書之間的共存方式※1成為探討的議題。紙本愛好者和電子書愛好者雙方對此各有其看法。

紙本書籍具有無法取代的獨特魅力，包含紙張的質感、字體的大小與設計，還有翻頁※2時的觸感，這些都是只有紙本才能帶來的享受。然而，電子書的便利性也不可忽視。例如在旅行時若想隨時讀書或查資料，攜帶多本紙本書並不方便，但若是電子書，隻需一台設備便能輕鬆解決。此外，電子書的螢幕較明亮，即使在光線不足的地方也能閱讀，且文字放大功能便於視力不佳的讀者及年長者使用。如此理解兩者的優點，並根據情境靈活應用※3，應是當下最適合的方式。

（注１）探索共存：探索共存的方法

（注２）翻頁：翻頁

（注３）臨機應變：根據情況靈活應對

58 電子書籍と紙の本について、筆者はどう考えているか。

1 紙の本にも長所はあるが、便利さの点で、これからは電子書籍の時代になるだろう

2 電子書籍には多くの長所もあるが、短所もあるので、やはり紙の本の方が使いやすい

3 特徴をよく知ったうえで、それぞれを使い分けることが求められている

4 どちらにも長所、短所があり、今後の進歩が期待される

筆者對於電子書籍與紙質書籍持何種看法？

1 儘管紙質書籍有其優點，但從便利性來看，未來可能會是電子書籍的時代。

2 雖然電子書籍有很多優點，但也存在缺點，因此還是紙質書籍更為實用。

3 理解它們各自的特點，靈活選擇使用才是當前需要的做法。

4 兩者各有優缺點，未來的技術進步令人期待。

答案 (3)

解題 文章最後寫道「それぞれの長所を理解して臨機応変に使うこと／理解各自的優點，臨機應變地應用」這就是作者的想法。

其他 選項1、2，文章中分別敘述了紙本書籍和電子書的優點，不過並沒有說哪種比較好。選項4，這篇文章敘述了靈活運用紙本書籍和電子書的必要性。但是並沒有提到關於「今後の進歩／今後的進步」。

(5)

舞台の演出家※1が言っていた。演技上、俳優の意外な一面を期待する場合でも、その人の普段まったくもっていない部分は、たとえそれが演技の上でもうまく出てこないそうだ。普段が面白くない人は舞台でも面白くなれないし、いい意味で裏がある※2人は、そういう役もうまく演じられるのだ。どんなに立派な俳優でも、その人の中にその部分がほんの少しもなければ、やはり演じることは難しい。同時に、いろいろな役を見事にこなす演技派※3と呼ばれる俳優は、それだけ人間のいろいろな面を自身の中に持っているということになるのだろう。

（注1）演出家：演技や装置など、全体を考えてまとめる役割の人
（注2）裏がある：表面には出ない性格や特徴 がある
（注3）演技派：演技がうまいと言われている人たち

某位舞台導演※1曾説過，若希望演員在表演中展現出意想不到的一面，但這一面並非他平時擁有的特質，那麼即便在表演中也難以成功展現。平日不幽默的人在舞台上很難讓觀眾發笑，而具備角色內在特質※2的演員則更能詮釋角色。即便是再優秀的演員，若自身完全沒有角色的一絲特性，飾演起來仍會感到困難。這説明了那些被稱為「演技派※3」的演員之所以能夠完美詮釋各種角色，是因為他們內心具備了豐富多樣的人格面向。

（注１）導演、製作人：負責整合演技與場景佈置等全局的角色
（注２）內有隱情：指表面看不到的性格或特徵
（注３）演技派：被公認為演技精湛的演員

59 演技派と呼ばれる俳優とはどんな人のことだと筆者は考えているか。

1 演出家の期待以上の演技ができる人
2 面白い役を、面白く演じることができる人
3 自分の中にいろいろな部分を持っている人
4 いろいろな人とうまく付き合える人

筆者認為，被稱為演技派的演員是怎樣的人？

1 能超越導演期待，展現優秀演技的人
2 能將有趣的角色演得有趣的人
3 在自身內擁有多面性的人
4 能夠與各種不同的人和諧相處的人

答案（3）

解題 底線部分後面接「それだけ人間のいろいろな面を自身の中に持っているということになる／讓人類的各種面向存於自己心中」，和選項 3 的內容相同。

MEMO
N2

次の(1)から(3)の文章を読んで、後の問いに対する答えとして最もよいものを、1・2・3・4から一つ選びなさい。

請閱讀以下(1)至(3)的文章，然後從後面的問題中，選出最適合的答案。請從1、2、3、4中選擇一個。

(1)

あるイギリスの電気製品メーカーの社長が言っていた。「日本の消費者は世界一厳しいので、日本人の意見を取り入れて開発しておけば、どの国でも通用する」と。しかしこれは、日本の消費者を褒めているだけではなく、そこには[　]もこめられているように思う。

例えば、掃除機について考えてみる。日本人の多くは、使うときにコード[※1]を引っ張り出し、使い終わったらコードは本体内にしまうタイプに慣れているだろう。しかし海外製品では、コードを収納する機能がないものが多い。使う時にはまた出すのだから、出しっぱなし[※2]でいい、という考えなのだ。メーカー側にとっても、コードを収納する機能をつけるとなると、それだけスペースや部品が必要となり、本体が大きくなったり重くなったりするため、そこまで重要とは考えていない。しかし、コード収納がない製品は日本ではとても不人気だったとのこと。掃除機を収納する時には、コードが出ていないすっきりした状態でしまいたいのが日本人なのだ。

また掃除機とは、ゴミを吸い取って本体の中の一か所にまとめて入れる機械だが、そのゴミスペースへのこだわり[※3]に、国民性ともいえる違いがあって興味深い。日本人は、そこさえも、洗えたり掃除できたりすることを重要視する人が多いそうだ。ゴミをためる場所であるから、よごれるのが当たり前で、洗ってもまたすぐによごれるのだから、それほどきれいにしておく必要はない。きれいにするのは掃除をする場所であって、掃除機そのものではない。性能に違いがないのなら、そのままでいいではないか、というのが海外メーカーの発想である。

この違いはどこから来るのだろうか。日本人が必要以上に完璧主義[※4]なのか、細かいことにうるさいだけなのか、気になるところである。

(注1) コード：電気器具をコンセントにつなぐ線

(注2) 出しっぱなし：出したまま

(注3) こだわり：小さいことを気にすること 強く思って譲らないこと

(注4) 完璧主義：完全でないと許せない主義

英國某家電製造商的總經理曾表示：「日本消費者是全球最挑剔的，因此只要按照日本人的意見來設計產品，無論在哪個國家都會受歡迎。」不過，這句話不僅僅是對日本消費者的讚美，或許也含有些許[　]意味。

以吸塵器為例。大多數日本人在使用吸塵器時，習慣先將電線[※1]拉出，用完後再將電線收回吸塵器內部。然而，許多國外的吸塵器並不具備電線收納功能，因為在他們看來「反正使用時還是要拉出來，乾脆就放著[※2]就好」。對製造商而言，若加入電線收納功能，吸塵器會需要額外的空間和零件，機器的體積和重量都會增加，因此他們不認為這項功能特別重要。然而，無法收納電線的吸塵器在日本市場中並不受歡迎，因為日本人偏好在收納吸塵器時能保持外觀整潔。

此外，吸塵器的主要功能是將吸入的垃圾集中於機器內部的一個區域，而日本人對於這個垃圾收納空間特別講究[※3]。據説，許多日本消費者認為這個空間也需要定期清洗，這或許反映了國民性上的差異，值得玩味。對於國外製造商而言，這個區域本來就是用來儲存垃圾的，髒污是難免的，且清洗後很快還會變髒，無需過度講究。真正需要保持清潔的，是清掃的地方，而非吸塵器本身。只要不影響功能，保持原樣就已足夠。

為什麼會產生這樣的差異？究其原因，是日本人過度追求完美[※4]，還是過於在意小細節？讓人不禁好奇。

（注1）電線：連接電器與插座的電線

（注2）任其外露：保持外露的狀態

（注3）執著：對細節的執著，強烈的堅持

（注4）完美主義：無法忍忍不完美的主義

60

文章中の□に入る言葉を次から選べ。

1 冗談
2 感想
3 親切
4 皮肉

請選擇文章中的□應填入的詞語。

1 幽默
2 感想
3 親切
4 反諷

答案 (4)

解題 因為文中提到「しかしこれは、～褒めているだけではなく／然而這句話，…並非表示稱讚」，所以可以推測□中應填入和「褒める／稱讚」相反意思的詞語。「皮肉／諷刺」是間接指出對方的缺點的意思，是帶有惡意的表達方式。另外，可以搭配「～をこめる（込める）／帶有…」的詞語也是「皮肉／諷刺」。

61

<u>コード収納がない製品は日本ではとても不人気だった</u>のはなぜか。

1 日本人は、コード収納部分がよごれるのをいやがるから。
2 日本人は、コードを掃除機の中に入れてすっきりとしまいたがるから。
3 日本人は、コードを掃除機本体の中にしまうのを面倒だと思うから。
4 日本人は、コード収納がない掃除機を使い慣れているから。

<u>為什麼在日本，沒有配備線纜收納功能的產品會如此不受歡迎</u>呢？

1 因為日本人不喜歡線纜收納部分弄髒。
2 因為日本人喜歡將線纜整齊地收入吸塵器內，再存放起來。
3 因為日本人認為將線纜收回吸塵器本體是一件麻煩的事。
4 因為日本人已經習慣使用沒有線纜收納功能的吸塵器。

答案 (2)

解題 畫線部分後面接著說明「掃除機を収納する時には～／收納吸塵器時…」。這個段落最後的「～（な）のだ／這就是…」是說明原因或情況的說法，前面就是本題的原因「コードが出ていないすっきりした状態でしまいたいのが日本人／日本人偏好將電線藏起來，看起來很清爽的樣子」，因此正確答案為選項2。

62

<u>この違い</u>とは、何か。

1 日本人のこだわりと海外メーカーの発想の違い。
2 日本人のこだわりと外国人のこだわりの違い。
3 日本人の好みと海外メーカーの経済事情。
4 掃除機に対する日本人の潔癖性と、海外メーカーの言い訳。

<u>這樣的差異</u>是指什麼？

1 日本人的講究與海外製造商設計理念的不同。
2 日本人的講究與外國人講究的差異。
3 日本人的偏好與海外製造商經濟考量的不同。
4 日本人在吸塵器潔淨度上的要求與海外製造商的辯解。

答案 (1)

解題 首先請看上一段。前半段是針對日本人「ゴミスペースへのこだわり／對存放垃圾的空間的講究」進行說明，後半段的「ゴミをためる場所であるから～／因為有囤積垃圾的空間…」則是敘述「海外メーカーの発想／海外廠商的主意」。因此選項1正確。

其他 選項2文中並沒有針對「外国人のこだわり／外國人的講究」進行敘述。選項3文中並沒有針對「海外メーカーの経済事情／海外廠商的經濟狀況」進行敘述。選項4海外廠商認為日本人所追求的「多功能」並非必要。這是因為外國人和日本人的想法不同，並不是海外廠商為「無法做到」而找的藉口。

(2)

電車に乗って外出した時のことである。たまたま一つ空いていた優先席に座っていた私の前に、駅で乗り込んできた高齢の女性が立った。日本に留学して２年目で、優先席のことを知っていたので、立ってその女性に席を譲ろうとした。すると、その人は、小さな声で

「次の駅で降りるので大丈夫」と言ったのだ。それで、それ以上はすすめず、私はそのまま座席に座っていた。しかし、その後、次の駅でその人が降りるまで、とても困ってしまった。優先席に座っている自分の前に高齢の女性が立っている。席を譲ろうとしたけれど断られたのだから、私は責められる立場ではない。しかし、周りの乗客の手前、なんとも居心地※1が悪い。みんなに非難※2されているような感じがするのだ。「あの女の子、お年寄りに席も譲らないで、…外国人は何にも知らないのねぇ」という声が聞こえるような気がするのだ。どうしようもなく、私は読んでいる本に視線を落として、周りの人達も彼女の方も見ないようにしていた。

さて、次の駅にそろそろ着く頃、このまま下を向いていようかどうしようか、私は、また悩んでしまった。すると、降りる時にその女性がポンと軽く私の肩に触れて言ったのだ。周りの人達にも聞こえるような声で、「ありがとね」と。

このひとことで、私はすっきりと救われた気がした。

「いいえ、どういたしまして」と答えて、私たちは気持ちよく電車の外と内の人となった。

実際には席に座らなくても、席を譲ろうとしたことに対してお礼が言える人。簡単なひとことを言えるかどうかで、相手も自分もほっとする。周りの空気も変わる。たったこれだけのことなのに、その日は１日なんだか気分がよかった。

（注１）居心地：その場所にいて感じる気持ち
（注２）非難：責めること

這件事發生在某次我搭乘電車外出時。當時我坐在一個空著的博愛座上，列車靠站後，一位年長的女士上了車，站在我的面前。那時我來日本留學已經是第２年了，知道博愛座的使用禮儀，於是起身讓座給這位女士。然而，她卻小聲對我說：「不用了，我下一站就下車了。」於是，我便不再堅持，繼續坐在位子上。

但是，直到那位女士在下一站下車之前，我內心始終感到格外不安——自己正坐在博愛座上，而面前站著一位年長的女士。我已經表達了讓座的意願，但被她婉拒，因此並無過錯。然而，周圍乘客的目光讓我感到極度不自在※1，彷彿大家都在暗自非難※2我，耳邊似乎傳來低語：「那個女孩竟然不讓座給老人家……外國人真是不懂禮貌啊。」我無計可施，只好低頭假裝專心閱讀手中的書，避免看周遭的人，也不看那位女士。

終於，車廂即將抵達下一站，我心裡再次掙扎：到底要不要繼續低著頭，還是應該抬起來呢？就在這時，那位女士臨下車前，輕輕拍了拍我的肩膀，並用足以讓周圍人聽見的聲音對我說：「謝謝妳啊。」

這句話瞬間解救了我。我回應道：「不客氣，別客氣。」就這樣，我們兩個人——一個在車內，一個在車外——都放下了心中的壓力，互道別意。

這位女士是一個即使沒有接受讓座，卻依然願意向讓座者表達感謝的人。這樣一句簡單的話，不僅讓雙方都舒了口氣，也和緩了周圍的氛圍。如此簡單的舉動，竟能讓人一整天都心情愉快。

（注１）舒適感：指在某個場所感受到的心情。
（注２）責難：責備，批評。

63

居心地が悪いのは、なぜか。

1 席を譲ろうとしたのに、高齢の女性に断られたから。
2 高齢の女性に席を譲ったほうがいいかどうか、迷っていたから。
3 高齢の女性と目を合わせるのがためらわれたから。
4 優先席で席を譲らないことを、乗客に責められているように感じたから。

不自在的原因是什麼？

1 因為我試圖讓座，但被高齡女性拒絕了。
2 因為我在猶豫是否應該讓座給高齡女性。
3 因為我猶豫著是否要與高齡女性對視。
4 因為我覺得自己沒有在優先座位讓座，好像被其他乘客責備。

答案（4）

解題 畫線部分的下一句道出原因，寫道「みんなに非難されているような感じがするのだ／有種被大家指責的感覺」。可知正確答案為選項 4。

64

高齢の女性は、どんなことに対してお礼を言ったのか。

1 筆者が席を譲ってくれたこと。
2 筆者が席を譲ろうとしたこと。
3 筆者が知らない自分としゃべってくれたこと。
4 筆者が次の駅まで本を読んでいてくれたこと。

高齡女性感謝的是什麼？

1 因為筆者讓了座位給她。
2 因為筆者試圖讓座給她。
3 因為筆者願意和不認識的她交談。
4 因為筆者一直到下一站都在讀書。

答案（2）

解題 作者試圖讓位給女士，雖然女士拒絕了，但可以推測年邁女性對於作者想讓位表達了感謝之意。

其他 選項 1 因為女士拒絕了，所以作者並沒有讓位。選項 3 兩人除了「讓位」之外並沒有其他對話，所以不正確。選項 4 這並不是道謝的話。

65

簡単なひとこととは、ここではどの言葉か。

1 「どうぞ。」
2 「次の駅で降りるので大丈夫。」
3 「ありがとね。」
4 「いいえ、どういたしまして。」

「簡單的一句話」是指哪句話？

1 「請坐。」
2 「我在下一站下車，所以沒關係。」
3 「謝謝你。」
4 「不客氣。」

答案（3）

解題 因為女士的「ありがとうね／謝謝你呢」這一句話，而使作者「救われた気がした／感覺鬆了一口氣」。因此選項 3 正確。

(3)

日本では、旅行に行くと、近所の人や友人、会社の同僚などにおみやげを買ってくることが多い。

「みやげ」は「土産」と書くことからわかるように、もともと「その土地の産物」という意味である。昔は、交通機関も少なく、遠い所に行くこと自体が珍しく、また、困難なことも多かったので、遠くへ行った人は、その土地の珍しい産物を「みやげ」として持ち帰っていた。しかし、今は、誰でも気軽に旅行をするし、どこの土地にどんな産物があるかという情報もみんな知っている。したがって、どこに行っても珍しいものはない。

にも関わらず、おみやげの習慣はなくならない。それどころか、今では、当たり前の決まりのようになっている。おみやげをもらった人は、自分が旅行に行った時もおみやげを買わなければと思い込む。そして、義務としてのおみやげ選びのために思いのほか時間をとられることになる。せっかく行った旅先で、おみやげ選びに貴重な時間を使うのは、もったいないし、ひどく面倒だ。そのうえ、海外だと帰りの荷物が多くなるのも心配だ。

この面倒をなくすために、日本の旅行会社では、うまいことを考え出した。それは、旅行者が海外に行く前に、日本にいながらにしてパンフレットで外国のお土産を選んでもらい、帰国する頃、それをその人の自宅に送り届けるのである。

確かに、これを利用すればおみやげに関する悩みは解決する。しかし、こんなことまでして、おみやげって必要なのだろうか。その辺を考え直してみるべきではないだろうか。

旅行に行ったら、何よりもいろいろな経験をして見聞※を広めることに時間を使いたい。自分のために好きなものや記念の品を買うのはいいが、義務や習慣として人のためにおみやげを買う習慣そのものを、そろそろやめてもいいのではないかと思う。

（注）見聞：見たり聞いたりして得る知識

在日本，多數人旅行時都會買些伴手禮送給鄰居、朋友或同事。

從「みやげ」的漢字「土産」來看，這個詞最初意指「當地的產物」。以前交通不發達，遠行是件難得且艱難的事，因此外出的人會帶回當地的特產作為「伴手禮」。然而現在，無論去哪裡旅行都很方便，而且大家對各地的名產早已耳熟能詳。也就是說，現在外出旅行不再是稀奇的事了。

即便如此，送伴手禮的習慣依然未消失。事實上，如今這種習慣已變得理所當然。收到伴手禮的人也通常會覺得，自己旅行時也該回禮。於是，選購伴手禮成了一種「義務」，佔用了不少時間。難得出門旅行，卻把寶貴的時間浪費在選購伴手禮上，既麻煩又費時。而且如果是出國旅行，回國時還得擔心行李變多的問題。

為了減少這些麻煩，日本的旅行社想出了一個巧妙的解決方案——讓旅客在出國前就在國內（日本）通過宣傳冊子選購好伴手禮，並在回國時將這些伴手禮送達旅客的住處。

確實，利用這項服務的話，就可以省去選購伴手禮的煩惱；但為了區區伴手禮，真的有必要做到這種地步嗎？或許我們應該重新思考伴手禮的意義。

去旅行，最重要的是增廣見聞※，應該把時間用於各種體驗和探索上。我們當然可以為自己買些喜歡的物品或紀念品，但基於義務或習慣為他人買伴手禮的習慣，我想或許是時候該放下這種壓力了。

（注）所見所聞：指通過觀察與聆聽獲取的知識。

66

「おみやげ」とは、もともとどんな物だったか。

1 お世話になった近所の人に配る物
2 その土地でしか買えない高価な物
3 どこの土地に行っても買える物
4 旅行をした土地の珍しい産物

「紀念品」原本是什麼樣的東西？

1 分送給曾經幫助過的鄰居的物品
2 只能在那個地方購買的昂貴物品
3 不論去哪個地方都能購買的東西
4 在旅行的地方獲得的稀有產物

答案（4）

解題 第五行寫道「遠くへ行った人は、その土地の珍しい産物を～／出遠門的人，（會買）當地出產的產物…」。因此選項4正確。

其他 選項2「高価な／昂貴的」，並不一定是昂貴的物品，所以不正確。

67

うまいことについて、筆者はどのように考えているか。

1 貴重なこと
2 意味のある上手なこと
3 意味のない馬鹿げたこと
4 面倒なこと

對於「巧妙的解決方案」，筆者的看法是什麼？

1 珍貴的事
2 有意義且巧妙的事
3 無意義且荒唐的事
4 麻煩的事

答案（3）

解題 作者在批評這家旅行社的企劃。文中寫道「こんなことまでして、おみやげって必要なのだろうか／做到這種程度，還需要伴手禮嗎」，覺得這麼做就失去了買伴手禮的意義，因此選項3正確。

其他 選項1、2都是對此企劃的正面評價，所以不正確。選項4，對觀光客而言，這項服務非常便利（可以省麻煩），所以不正確。

68

筆者は、旅行で大切なのは何だと述べているか。

1 自分のために見聞を広めること
2 記念になるおみやげを買うこと
3 自分のために好きなものを買うこと
4 その土地にしかない食べ物を食べること

筆者認為，旅行中重要的是什麼？

1 擴展自己的見聞
2 購買具有紀念意義的紀念品
3 為自己購買喜歡的東西
4 品嚐當地特有的食物

答案（1）

解題 最後一段提到「何よりもいろいろな経験をして見聞を広めることに時間を使いたい／最重要的是想利用時間體驗各式各樣事物，增廣見聞」。因此選項1正確。

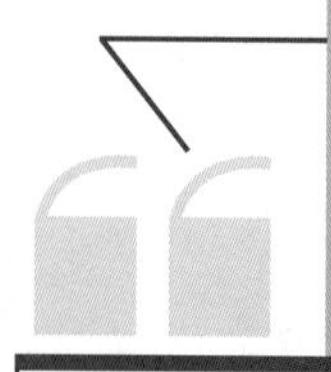

次のＡとＢはそれぞれ、子育てについて書かれた文章である。二つの文章を読んで、後の問いに対する答えとして最もよいものを、1・2・3・4から一つ選びなさい。

以下的Ａ和Ｂ分別針對育兒進行論述。請閱讀這兩篇文章，然後從後面的問題中，選出最適合的答案。請從 1、2、3、4 中選擇一個。

A

ファミリーレストランの中で、それぞれ5、6歳の幼児を連れた若いお母さんたちが食事をしていた。お母さんたちはおしゃべりに夢中。子供たちはというと、レストランの中を走り回ったり、大声を上げたり、我が物顔※1で暴れまわっていた。

そのとき、一人で食事をしていた中年の女性がさっと立ち上がり、子供たちに向かって言った。

「静かにしなさい。ここはみんながお食事をするところですよ。」それを聞いていた4人のお母さんたちは「すみません」の一言もなく、「さあ、帰りましょう。騒ぐとまたおばちゃんに怒られるわよ。」と言うと、子供たちの手を引き、中年の女性の顔をにらむようにして、レストランを出ていった。

少子化が問題になっている現代、子育て中の母親を、周囲は温かい目で見守らなければならないが、母親たちも社会人としてのマナーを守って子供を育てることが大切である。

在一間家庭餐廳裡，一群年輕的媽媽們帶著各自5、6歲的孩子正在用餐。媽媽們聊得十分起勁，而孩子們則在餐廳裡四處跑動、大聲喧鬧，肆無忌憚地※1胡鬧著。

這時，一位正在單獨用餐的中年女士忽然站起來，對著孩子們說：「請安靜一點。這裡是大家一起用餐的地方。」然而，四位母親聽了這話卻連一句「抱歉」都沒有，反而對孩子說：「好了，我們回家吧，繼續吵鬧的話阿姨又要生氣了。」接著，她們一邊拉著孩子的手，一邊瞪了那名中年女士一眼，離開了餐廳。

在少子化日益嚴重的今天，雖然大家應該以寬容和溫暖的眼光去包容正在撫育孩子的母親們，但同樣重要的是，母親們也應該以社會一員的身分遵守禮儀，負起責任，教導孩子學習基本的行為規範。

B

若い母親が赤ちゃんを乗せたベビーカーを抱えてバスに乗ってきた。その日、バスは少し混んでいたので、乗客たちは、明らかに迷惑そうな顔をしながらも何も言わず、少しずつ詰め合ってベビーカーが入る場所を空けた。赤ちゃんのお母さんは、申しわけなさそうに小さくなって、ときどき、周囲の人たちに小声で

「すみません」と謝っている。その時、そばにいた女性が赤ちゃんを見て、「まあ、かわいい」と声を上げた。周りにいた人達も思わず赤ちゃんを見た。赤ちゃんは、周りの人達を見上げてにこにこ笑っている。とたんに、険悪※2だったバスの中の空気が穏やかなものに変わったような気がした。赤ちゃんのお母さんも、ホッとしたような顔をしている。

少子化が問題になっている現代において最も大切なことは、子供を育てているお母さんたちを、周囲が温かい目で見守ることではないだろうか。

（注1）我が物顔：自分のものだというような遠慮のない様子

（注2）険悪：人の気持ちなどが険しく悪いこと

有位年輕媽媽推著嬰兒車上了巴士。當天巴士稍顯擁擠，其他乘客雖然明顯流露出厭煩的表情，但都默不作聲，稍微挪動一下，擠出空間好讓嬰兒車放置。嬰兒的母親似乎感到抱歉，不時地向周圍乘客小聲說著「不好意思」。

這時，站在一旁的一位女乘客看著小嬰兒，驚喜地說：「啊，好可愛呀！」周圍的人聽到，也不由自主地轉頭看向嬰兒。小嬰兒則抬起頭，對著大家露出燦爛的笑容。瞬間，原本緊繃※2的車內氣氛也變得柔和起來，而嬰兒的母親臉上也浮現出如釋重負的神情。

在少子化問題日益嚴重的今天，最重要的莫過於讓周遭人以溫暖的眼光守護這些辛勤養育孩子的母親們。

（注1）目中無人：像是自己擁有一切般毫不顧慮的態度。

（注2）劍拔弩張：形容人與人之間的氣氛或感情緊張、惡劣。

69

AとBのどちらの文章でも問題にしているのは、どんなことか。

1 子供を育てる上で大切なのはどんなことか。
2 少子化問題を解決するにあたり、大切なことは何か。
3 小さい子供をどのように叱ったらよいか。
4 社会の中で子供を育てることの難しさ。

A與B文章中討論的問題是什麼？

1 在養育孩子的過程中，什麼是最重要的？
2 解決少子化問題時，應該注重哪些要點？
3 如何正確地訓斥小孩子？
4 在社會中養育孩子的困難之處。

答案（2）

解題 A的最後一段寫道「少子化が問題になっている現代、～ことが大切である／現在少子化已經成為社會問題，…很重要」、B的最後一段寫道「少子化が問題になっている現代において最も大切なことは、～／現在少子化已經成為社會問題，最重要的是…」可知兩者皆在探討選項2的問題。

其他 選項1 A和B都不是敘述教育孩子方法的文章。選項3 B並不是需要斥責孩子的情形。選項4 B並沒有提到「難しさ／困難」。

70

AとBの筆者は、若い母親や周囲の人に対して、どう感じているか。

1 AもBも、若い母親に問題があると感じている。
2 AもBも、周囲の人に問題があると感じている。
3 Aは若い母親と周囲の人の両方に問題があると感じており、Bはどちらにも問題はないと感じている。
4 Aは若い母親に問題があると感じており、Bは母親と子供を温かい目で見ることの大切さを感じている。

A與B的作者對年輕母親和周圍人的感受是什麼？

1 A和B都認為年輕母親有問題。
2 A和B都認為周圍的人有問題。
3 A認為年輕母親與周圍的人都有問題，而B則認為雙方都沒有問題。
4 A認為年輕母親有問題，而B則強調了以溫暖的目光看待母親與孩子的重要性。

答案（4）

解題 A的最後一句寫道「母親たちも社会人としてのマナーを守って／媽媽們也要遵守社會人士應有的禮儀」，這是作者想表達的事。而B也在最後寫道「最も大切なことは、子供を育てているお母さんたちを、周囲が温かい目で見守ること／最重要的是，周圍的人們也用溫暖的目光守護著養育孩子的母親們」。因此選項4為正確答案。

次の文章を読んで、後の問いに対する答えとして最もよいものを、1・2・3・4から一つ選びなさい。

請閱讀以下文章，然後從後面的問題中，選出最適合的答案。請從 1、2、3、4 中選擇一個。

最近、電車やバスの中で携帯電話やスマートフォンに夢中な人が多い。それも眼の前の2、3人ではない。ひどい時は一車両内の半分以上の人が、周りのことなど関係ないかのように画面をじっと見ている。

先日の夕方のことである。その日、私は都心まで出かけ、駅のホームで帰りの電車を待っていた。私の右隣りの列には、学校帰りの鞄を抱えた3、4人の高校生が大声で話しながら並んでいた。しばらくして電車が来た。私はこんなうるさい学生達と一緒に乗るのはいやだなと思ったが、次の電車までは時間があるので待つのも面倒だと思い電車に乗り込んだ。

車内は結構混んでいた。席はないかと探したが空いておらず、私はしょうがなく立つことになった。改めて車内を見渡すと、先ほどの学生達はいつの間にか皆しっかりと座席を確保しているではないか。

彼等は席に座るとすぐに一斉にスマートフォンをポケットから取り出し、操作を始めた。お互いにしゃべるでもなく指を動かし、画面を見ている。真剣そのものだ。

周りを見ると若者だけではない。車内の多くの人がスマートフォンを動かしている。どの人も他人のことなど気にもせず、ただ自分だけの世界に入ってしまっているようだ。聞こえてくるのは、ただガタン，ゴトンという電車の音だけ。以前は、車内は色々な人の話し声で賑やかだったのに、全く様子が変わってしまった。どうしたというのだ。これが今の若者なのか。これは駄目だ、日本の将来が心配になった。

ガタンと音がして電車が止まった。停車駅だ。ドアが開くと何人かの乗客が勢いよく乗り込んできた。そしてその人達の最後に、重そうな荷物を抱えた白髪頭の老人がいた。老人は少しふらふらしながらなんとかつり革※につかまろうとしたが、うまくいかない。すると少し離れた席にいたあの学生達が一斉に立ちあがったのだ。そしてその老人に「こちらの席にどうぞ」と言うではないか。私は驚いた。先ほどまで他人のことなど全く関心がないように見えた学生達がそんな行動を取るなんて。老人は何度も

「ありがとう。」と礼を言いながら、ほっとした様子で席に座った。席を譲った学生達は互いに顔を見合わせにこりとしたが、立ったまま、またすぐに自分のスマートフォンに眼を向けた。

私はこれを見て、少しほっとした。これなら日本の若者達にも、まだまだ期待が持てそうだと思うと、うれしくなった。そして相変わらずスマートフォンに夢中の学生達が、なんだか素敵に見えて来たのだった。

（注）つり革：電車で立つときに、転ばないためにつかまる道具

最近在電車或巴士上，沉迷於智慧型手機的人越來越多。不只是眼前的兩三個人，嚴重時，整節車廂裡超過一半的乘客都緊盯著手機螢幕，彷彿與外界隔絕。

某天傍晚，我在市中心搭車回家，站在月台上等待電車。在我右邊的隊伍中，站著幾個放學後背著書包的高中生，正高聲談笑。不久電車抵達，我心想不太想和這群吵鬧的學生一起搭車，但再等下一班車又嫌麻煩，於是還是上了車。

車廂內擠滿了人，我四處找了找，卻沒有空位，只能站著。環顧四周時，發現剛才那群學生不知何時已迅速坐下，穩穩地佔了座位。

一坐定，他們就不約而同地從口袋裡拿出手機，開始滑了起來，彼此也不交談，神情專注地盯著螢幕，只見手指飛快地劃動著，看起來頗為認真。

我再看看四周，發現不只是年輕人，車廂裡許多人都在看著手機，完全不在意旁人，彷彿每個人都進入了自己的小世界。耳邊只有電車「咚咚」的聲音，過去車廂裡總是充滿談話聲，如今卻變了樣。我不禁想道，這就是現在的年輕人嗎？這樣下去可不妙，讓人不禁為日本的未來感到憂心。

隨著「咚」的一聲，電車在月台停下，車門一開，幾位乘客蜂擁而上，最後進來的是一位白髮蒼蒼、手提重物的老先生。他搖搖晃晃地想抓住吊環※，卻不太穩當。就在這時，那群稍遠處的學生們突然一起站起來，對老先生說：「請坐這邊的位子吧。」我不禁驚訝，剛才看起來對周遭漠不關心的學生們竟會做出這樣的舉動！

老先生頻頻道謝，露出鬆了一口氣的神情後坐下。學生們互相看了一眼，微微一笑，隨即又站著重新回到他們的手機世界。這一刻 我的心稍稍安定了下來，感到日本的年輕人仍有可期待之處，看著他們低頭滑著手機的模樣竟也覺得格外迷人可愛。

（注） 吊環：在電車上站立時，為了避免跌倒而用來抓住的工具。

71 筆者が日本の将来が心配になったのは、どんな様子を見たからか。

1 半数以上の乗客が携帯やスマートフォンを使っている様子。
2 高校生が大声でおしゃべりをしている様子。
3 全ての乗客が無言で自分の世界に入り込んでいる様子。
4 いち早く座席を確保し、スマートフォンに夢中になっている若者の様子。

筆者感到對日本未來感到擔憂，是因為看到什麼樣的情景？

1 超過一半的乘客在使用手機或智能手機的樣子。
2 高中生大聲聊天的樣子。
3 所有乘客都默不作聲，沉浸在自己的世界中的樣子。
4 年輕人快速占據座位，並沉迷於智能手機的樣子。

答案（4）

解題 前文提到「これが今の若者なのか／這就是現在的年輕人嗎」。「これ／這種事」指的是第四段第一行的「彼らは席に座るとすぐに～操作を始めた／他們一坐到座位上就馬上開始玩起…」。作者一邊觀察周圍，一邊持續關注這些年輕人。這裡寫到作者擔心日本的未來，而其擔憂的對象就是年輕人，因此選項 4 正確。

72 「日本の将来が心配になった」気持ちは、後にどのように変わったか。

1 日本は将来おおいに発展するに違いない。
2 日本を背負う若者たちに望みをかけてもよさそうだ。
3 将来、スマートフォンなど不要になりそうだ。
4 日本の将来は若者たちに任せる必要はなさそうだ。

筆者「對日本的未來感到擔憂」的情緒後來有何轉變？

1 日本的未來一定會有巨大的發展。
2 可以對肩負日本未來的年輕人寄予希望。
3 未來可能不再需要智能手機等設備。
4 日本的未來不需要依靠年輕人來承擔。

答案（2）

解題 文中寫道作者看見學生們讓座給老人，感到很驚訝。最後一段描寫作者的心情轉變。文中寫道「まだまだ期待が持てそうだ／還是值得期待的」，和選項 2「望みをかけてもよさそうだ／可以寄予期待」意思相同。

其他 選項 1 雖然文中寫道「まだまだ期待がもてそうだ／還是值得期待的」這並不是指「一定會有盛大的進展」，這句話並沒有這麼強烈的期待。選項 3 作者的心情轉變和學生的智慧型手機的使用方法沒有關係。選項 4 作者期望能把日本的將來交給年輕人。

73 スマートフォンに夢中の学生達が、なんだか素敵に見えて来たのはなぜか。

1 スマートフォンに夢中でも、きちんと挨拶することができるから。
2 スマートフォンに代わる便利な機器を発明することができそうだから。
3 やるべき時にはきちんとやれることがわかったから。
4 何事にも夢中になれることがわかったから。

為什麼筆者覺得沉迷於智能手機的學生們看起來有些可愛？

1 即使沉迷於智能手機，他們也能禮貌地問候他人。
2 他們似乎有能力發明替代智能手機的便捷設備。
3 筆者發現他們在應該行動的時候能夠適當地行動。
4 筆者發現他們對任何事物都能全心投入並充滿熱情。

答案（3）

解題 作者看到在電車裡沉迷於智慧型手機的學生們，不禁擔心起日本的未來。但在看到學生們讓座給老人之後感到很高興。這是因為看似毫不關心周圍的學生們，在必要時也會為他人著想並採取行動。因此選項 3 正確。

其他 選項 1 文章內容並未提及「挨拶／招呼」。選項 2 並不是在談論智慧型手機。選項 4 雖然學生們沉迷於智慧型手機，但老人上車時，學生們也注意到了並且讓座。所以這並不是在說學生們「何事にも夢中に／著迷於任何事」。→這裡的「何事にも／任何事」是「全部的事情」的意思。

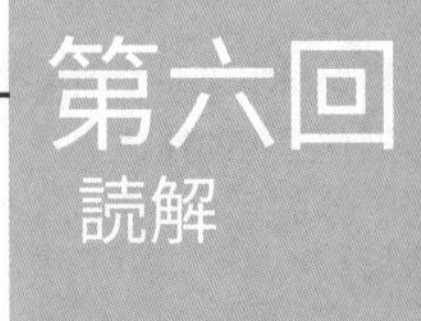

右のページは、宅配便会社のホームページである。下の問いに対する答えとして最もよいものを1・2・3・4から一つ選びなさい。

右邊的頁面是貨運公司的官方網站。請根據下方的問題，選出最適合的答案。請從1、2、3、4中選擇一個。

ペンギン運輸
宅配便の出し方

◉ **営業所へのお持ち込み**

お客様のご利用しやすい、最寄りの宅配便営業所よりお荷物を送ることができます。一部商品を除くペンギン運輸の全ての商品がご利用いただけます。お持ち込みいただきますと、お荷物1個につき100円を割引きさせていただきます。

➡ お近くの営業所は、**ドライバー・営業所検索へ**

◉ **取扱店・コンビニエンスストアへのお持ち込み**

お近くの取扱店とコンビニエンスストアよりお荷物を送ることができます。看板・旗のあるお店でご利用ください。お持ち込みいただきますと、お荷物1個につき100円を割引きさせていただきます。

※ 一部店舗では、このサービスのお取り扱いはしておりません。

※ コンビニエンスストアではクール宅配便※1はご利用いただけません。

ご利用いただけるサービスは、宅配便発払い・着払い、ゴルフ・スキー宅配便、空港宅配便、往復宅配便、複数口宅配便、ペンギン便発払い・着払いです。（一部サービスのお取り扱いができない店がございます。）

➡ 宅配便をお取り扱いしている主なコンビニエンスストア様は、、**こちら**

◉ **集荷※2 サービス**

インターネットで、またはお電話でお申し込みいただければ、ご自宅まで担当セールスドライバーが、お荷物を受け取りにうかがいます。お気軽にご利用ください。

➡ インターネットでの集荷お申し込みは、**こちら**
➡ お電話での集荷お申し込みは、**こちら**

☞ **料金の精算方法**

運賃や料金のお支払いには、現金のほかにペンギンメンバー割引・電子マネー・回数券もご利用いただけます。

※ クレジットカードでお支払いいただくことはできません

ペンギンメンバーズ会員（登録無料）のお客様は、ペンギンメンバーズ電子マネーカードにチャージしてご利用いただけるペンギン運輸の電子マネー「ペンギンメンバー割」が便利でオトクです。

「ペンギンメンバー割」で宅配便運賃をお支払いいただくと、運賃が10%割引となります。

電子マネー ペンギンメンバーズ電子マネーカード以外にご利用可能な電子マネーは、**こちら**

（注1）クール宅配便：生ものを送るための宅配便

（注2）集荷：荷物を集めること

企鵝貨運
寄送貨物的方式

◉ **臨櫃辦理**

您可以將貨物攜至附近任何一處營業據點，除了某些特殊項目以外，企鵝貨運可以為您提供一切服務。若您親自攜帶貨物來辦理，每樣貨物可折扣100圓。

➡ 搜尋附近的營業據點，請點選 快遞員・營業據點一覽

◉ **至代辦處、便利商店辦理**

您也可以將貨物攜至附近的代辦處或便利商店，只要有本公司的招牌或旗幟的店家都可以使用本服務。若您親自攜帶貨物來辦理，每樣貨物可折扣100圓。

※ 某些店家無法提供本服務。

※ 便利商店無法使用生鮮宅配※1服務。

適用服務範圍如下：寄貨時付款或貨到付款、寄送高爾夫球具或滑雪器材、機場快遞、來回件快遞、多點寄送、企鵝貨運的寄貨時付款或貨到付款。（某些店家無法提供部分服務）。

➡ 可使用宅配服務的便利商店詳見此處

◉ **集貨※2 服務**

請使用網路或電話申請，將有專人到府收件。歡迎多加利用。

➡ 網路申請集貨請點這裡
➡ 電話申請集貨請點這裡

☞ **收費方式**

運費和費用除了以現金付款之外，也可以使用企鵝會員回饋金、電子錢包或回數券支付。

※ 恕不接受信用卡付款

申辦企鵝會員（免費申辦）後可使用企鵝會員專屬錢包賺取「企鵝會員回饋金」，輕鬆付款又划算！

使用「企鵝會員回饋金」支付運費可享9折優惠。

電子錢包 除企鵝會員專屬錢包之外，可使用的電子錢包詳見此處。

（注1）生鮮宅配服務：運送生鮮貨物的快遞

（注2）集貨：收集貨物

74 ジェンさんは、友達に荷物を送りたいが、車も自転車もないし、重いので一人で持つこともできない。どんな方法で送ればいいか。

1 運送業者に頼んで近くのコンビニに運ぶ。
2 取扱店に持って行く。
3 集荷サービスを利用する。
4 近くのコンビニエンスストアの店員に来てもらう。

約翰先生想把包裹寄給朋友，但他沒有汽車或自行車，包裹也很重，無法一個人搬運。她應該選擇哪種寄送方式？

1 請求運輸公司把包裹送到附近的便利店。
2 自行帶到服務門市。
3 使用上門取件服務。
4 讓附近便利店的店員來取件。

答案（3）

解題 因為一個人搬不動，所以請見「集荷サービス／收貨服務」的欄位，欄中寫道「ご自宅まで～お荷物を受け取りにうかがいます／我們將到府上…收取貨物」，最適合的方法為選項 3。

其他 選項 1 和 2 因為題目中說無法做到，所以不正確。選項 4 並沒有讓便利商店的店員來收取貨物的服務，只能親自帶去便利商店。

75 横山さんは、なるべく安く荷物を送りたいと思っている。送料 1,200 円の物を送る場合、一番安くなる方法はどれか。

1 近くの営業所に自分で荷物を持って行って現金で払う。
2 近くのコンビニエンスストアに持って行ってクレジットカードで払う。
3 ペンギンメンバーズ電子マネーカードにチャージし、荷物を家に取りに来てもらって電子マネーで払う。
4 ペンギンメンバーズ電子マネーカードにチャージして、近くのコンビニか営業所に持って行き、電子マネーで払う。

横山小姐想以最便宜的方式寄送包裹，寄送費用為 1,200 日圓，哪種方法最便宜？

1 親自將包裹送到附近的營業所，並用現金支付。
2 將包裹帶到附近的便利店，用信用卡支付。
3 使用「ペンギンメンバーズ電子錢包卡」充值，請求上門取件服務並用電子錢包支付。
4 先使用「ペンギンメンバーズ電子錢包卡」充值，然後將包裹帶到附近的便利店或營業所，用電子錢包支付。

答案（4）

解題 請看「料金の精算方法／費用計算方式」欄位下方的「ペンギンメンバーズ会員～／企鵝會員」。用電子貨幣「ペンギンメンバー割／企鵝會員幣」支付的話可以打九折。接著再看「営業所へのお持ち込み／帶到服務處」、「取扱店・コンビニエンスストアへのお持ち込み／帶到門市、便利商店」，每一件貨物可以折減一百日圓。因此最便宜的方法是選項 4。

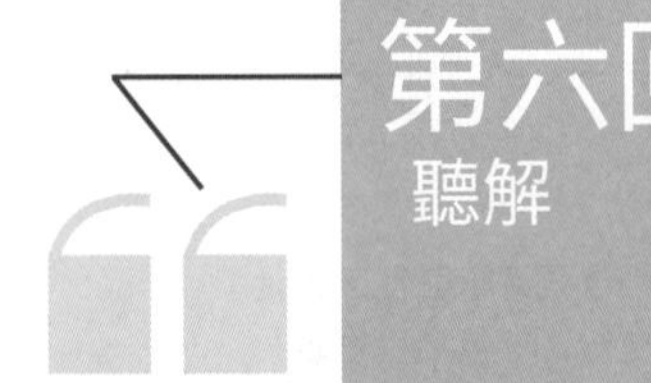

第六回 聽解

問題一 翻譯與解題

問題１では、まず質問を聞いてください。それから話を聞いて、問題用紙の１から４の中から、最もよいものを一つ選んでください。

問題１中，請先聆聽問題。然後聽取對話內容，從選項１到４中選擇最適合的答案。

例

レストランで店員と客が話しています。客は店員に何を借りますか。

M：コートは、こちらでお預かりします。こちらの番号札をお持ちになってください。

F：じゃあこのカバンもお願いします。ええと、傘は、ここに置いといてもいいですか。

M：はい、こちらでお預かりします。

F：だいぶ濡れてるんですけど、いいですか。

M：はい、そのままお預かりします。お客様、よろしければ、ドライヤーをお使いになりますか。

F：ハンカチじゃだめなので、何かふくものをお借りできれば…。ドライヤーはいいです。ふくだけでだいじょうぶです。

客は店員に何を借りますか。

1 コート
2 傘
3 ドライヤー
4 タオル

在餐廳裡，店員和顧客正在對話。顧客向店員借了什麼？

M（店員）：外套我們這邊幫您保管。這是您的號碼牌，請拿好。

F（顧客）：那這個包也幫我收一下吧。嗯……傘可以放這裡嗎？

M（店員）：好的，我們這邊保管。

F（顧客）：傘有點濕，沒關係吧？

M（店員）：沒問題，我們就這樣收下。如果您需要的話，還有吹風機可以用。

F（顧客）：手帕不夠用，能借我點什麼擦擦嗎？吹風機就算了，擦一擦就行了。

顧客向店員借了什麼？

1 大衣
2 傘
3 吹風機
4 毛巾

答案（4）

解題 女士想跟店員借的東西，從對話中的「だいぶ濡れてるんですけど／（包包）濕透了」。再加上女士最後一段話首先說「何かふくものをお借りできれば…／如果能借我可以擦拭之類的東西…」，後面又說「ふくだけでだいじょうぶです／可以擦拭就好了」。「ふく／擦」這個單字是指為了弄乾或弄乾淨，用布或紙等擦拭，以去掉水分或污垢等的意思，只要能聽出這一點就知道答案是選項４的「タオル／毛巾」了。

其他 選項１「コート／外套」是女士身上穿的。選項２「傘／雨傘」是女士帶過去的。選項３「ドライヤー／吹風機」被女士的「ドライヤーはいいです／吹風機就不用了」給拒絕了。「いいです／不用了」在這裡是一種委婉的謝絕或辭退的說法，通常要說成下降語調。

1 会社で男の人と女の人が話をしています。女の人はこの後何を飲みますか。

M：暑いね。何か飲まない。
F：うん。だいぶ片付いたから、休憩しようか。
M：俺、買ってくるよ。コーヒーでも。何がいい？ コンビニはちょっと遠いから、そこの自動販売機だけど。
F：私はお茶がいいな。あったかいの。最近出た、濃いめの緑茶、っていうのが飲みたいな。
M：夏だから、あったかいお茶はないよ。ジュースか、コーヒーは。
F：ああ、そっか。じゃ、コーヒーにしようかな。ミルクも砂糖も入ってないヤツ。
M：ブラックだね。OK。あ、ちょっと待って。この荷物宅配便で送るんだよね。じゃ、やっぱコンビニまで行かなきゃ。
F：よかった。じゃついでにさっき頼んだヤツお願い。熱いのね。

女の人はこの後何を飲みますか。

1 熱いコーヒー
2 熱いお茶
3 ジュース
4 冷たいコーヒー

在公司裡，一位男士和一位女士正在交談。這位女士接下來會喝什麼？

M(男士)：真熱啊，要不要喝點什麼？
F(女士)：嗯，整理得差不多了，我們休息一下吧。
M(男士)：我去買吧，喝咖啡怎麼樣？不過便利店有點遠，我只能去那邊的自動販賣機。
F(女士)：我想喝茶，熱的。最近出的那種濃綠茶，我挺想試試。
M(男士)：夏天的話沒有熱茶，只有果汁或咖啡。
F(女士)：哦，是嗎？那我喝咖啡吧，沒有加奶和糖的那種。
M(男士)：黑咖啡，對吧？好，沒問題。哦，等一下，這個包裹要寄出去吧？那我還是得去便利店了。
F(女士)：太好了！那就拜託你順便買我剛剛說的那個，熱的哦。

這位女士接下來會喝什麼？

1 熱咖啡
2 熱茶
3 果汁
4 冷咖啡

答案 (2)

解題 男士說要去自動販賣機買飲料。女士原本說要喝熱茶，但因為現在是夏天，自動販賣機沒有賣熱茶。所以女士決定喝咖啡。最後男士決定還是去便利商店買。女士說那就喝「剛才說過的」。「さっき頼んだやつ／剛才說過的」是指「あったかいお茶／熱茶」。

其他 選項 1 女士沒有要喝熱咖啡。選項 3 女士沒有要喝果汁。選項 4 這是本來打算去自動販賣機買時決定要喝的飲料。後來女士決定改喝熱茶。

※ 詞彙補充：「ヤツ／傢伙、東西」是「ひと／人」或「もの／物品」的口語說法。

2

会社で、上司と部下が話をしています。二人は今、何をしていますか。

M：月曜日の準備はできてる？

F：ええ、発表会場の準備はできています。マイクやスピーカーも大丈夫です。あとはみなさんにお配りする資料ですが、そこに載せる写真の整理が終われば、印刷できます。

M：そうか。それがいちばん時間かかるな。もう少し写真の量を減らした方がいいね。全体で2時間しかないんだから。

F：あと、これなんですが…。

M：これが新しい商品か。これは人数分あるんだね。

F：それが、工場から10個以上用意するのは、難しいと連絡があって。

M：せっかく新しい商品を詳しく見てもらえる機会なのに、困ったな。

F：やはり写真を減らさないで、みなさんに細かく見ていただいた方がいいんじゃないでしょうか。

二人は今、何をしていますか。

1 工場で新製品を作っている
2 会議の資料を印刷している
3 写真をとっている
4 新製品発表の準備をしている

在公司裡，主管和下屬正在交談。他們現在在做什麼？

M(主管)：週一的準備好了嗎？

F(下屬)：嗯，發表會場的準備都好了，麥克風和揚聲器也沒問題。剩下的就是發給大家的資料，只要整理完要放進資料裡的照片，就能開始印刷了。

M(主管)：這樣啊，照片部分可能會花比較多時間，我覺得還是把照片的數量減少一些吧，整個活動只有2個小時啊。

F(下屬)：對了，這個……。

M(主管)：這是新產品吧，這有準備足夠的數量嗎？

F(下屬)：工廠那邊說準備10個以上有困難。

M(主管)：難得有這個機會讓大家詳細看看新產品，真是有點麻煩啊。

F(下屬)：我覺得不如不要減少照片，讓大家能更仔細地了解會更好吧。

他們現在在做什麼？

1 在工廠製作新產品
2 在印刷會議資料
3 在拍攝照片
4 在準備新產品發表會

答案 (4)

解題 聽完全文，了解這兩位男士和女士在做什麼。對話中提到會場已經準備就緒，再把照片整理好之後就可以印資料了。兩人原本決定減少照片。但因為要介紹的新產品數量不足，所以還是不要減少照片，讓大家看照片比較容易了解。最後可推出兩人要做的是新產品發表會的準備。

其他 選項1兩人並沒有要製作新產品。另外對話中提到和工廠聯絡，由此可知兩人並不在工廠。選項2女士說照片整理好之後就可以印刷了。選項3兩人在談論的是整理拍好的照片。

3

ラーメン屋の前で、男の人と女の人が話しています。男の人はこれから何をしますか。

M：今日こそ、食べたいな。

F：うん。ずっと楽しみにしてたんだからがんばろう。でも長い列。20人は並んでるんじゃない。

M：しょうがないよ。この店この前テレビに出ちゃったし。

F：そういえば、あの店もテレビに出てたよね。ほら、すごく大きいお寿司の店。

M：ああ、あそこか。すぐそこだよ。

F：そっちの方がすいてるかな。

M：寿司もいいな。ちょっと様子見てくるよ。並んでて。

F：うん。もしこっちより空いてたら電話して。

M：よし、そうしよう。

男の人はこの後、どうしますか。

1 ラーメン屋の列に並んで待つ
2 寿司屋を探す
3 寿司屋を見に行く
4 寿司屋に電話する

在拉麵店前，一位男士和女士正在交談。這位男士接下來會做什麼？

M(男士)：今天一定要吃到。

F(女士)：嗯，我們一直期待著這天呢，加油吧。不過隊伍好長啊，應該有20個人在排隊吧。

M(男士)：沒辦法啊，這家店前陣子上電視了。

F(女士)：對了，那家店也上過電視啊，就是那家壽司店，壽司超大的那家。

M(男士)：啊，對，就在那邊不遠。

F(女士)：那邊應該人少些吧。

M(男士)：壽司也不錯，我去看看情況，你先在這裡排著。

F(女士)：好的，要是那邊人少的話，打電話給我。

M(男士)：好，這麼決定了。

這位男士接下來會做什麼？

1 在拉麵店排隊等待
2 去找壽司店
3 去壽司店看看情況
4 打電話給壽司店

答案 **(3)**

解題 兩人正在拉麵店前排隊，壽司店就在旁邊。男士說要去看看壽司店的情況，所以選項3正確。

其他 選項1男士對女士說「並んでて／妳先排」。選項2兩人提到壽司店就在旁邊。選項4男士答應如果壽司店比較空，就打電話給女士。

4

会社で社員が話しています。男の社員はこれから何をしますか。

F：田口君、ちょっと。さっきくれたこの書類だけど。
M：はい、何か問題がありましたでしょうか。
F：報告書の３ページめなんだけど、私が頼んだのは中国の資料で、日本のではないですよ。
M：えっ、あ、申し訳ありません。
F：しっかりしてよ。それと、報告書の部数だけど、この工場の 200 人だけじゃなくて 2000 人全員分が必要なの。本社にちゃんとした資料を送ってもらって作り直してね。
M：はい、すぐにやります。

男の社員はこれからまず何をしますか。
1 報告書を日本語に翻訳する
2 中国語で報告書を書く
3 本社に連絡して正しい資料をもらう
4 計算をやり直す

在公司裡，員工們正在交談。這位男員工接下來會做什麼？

F(女士)：田口，過來一下。你剛剛給我的這份文件……
M(男士)：是，有什麼問題嗎？
F(女士)：報告書的第三頁，我要求的是中國的資料，不是日本的。
M(男士)：啊，對不起，我弄錯了。
F(女士)：請你注意點。另外，報告書的份數不僅僅是給這個工廠的 200 人，應該是要準備 2000 人份的。所以你得聯絡總公司，拿到正確的資料重新做。
M(男士)：好的，我馬上去做。

這位男員工接下來首先會做什麼？
1 把報告書翻譯成日語
2 用中文寫報告書
3 聯絡總公司拿到正確的資料
4 重新計算

答案 **(3)**

解題 資料有誤且份數也不對。女士說要請總公司送完整的資料過來，再重做一次。所以要先連絡總公司。

其他 選項 1 、2，女士說需要的不是「日本の資料／日本的資料」，而是「中国の資料／中國的資料」。問題並不是資料是用中文還是日文寫的。選項 4，對話中沒有提到計算。

5

男の人が病院の受付で話しています。男の人はいつ検査を受けますか。

M：おはようございます。関口ですけど、検査って時間かかりますか。

F：いいえ、30分もかかりません。今日は検査だけですので。

M：はい。あ、薬も頂けますか。

F：まだ痛みはありますか。

M：だいじょうぶな時もあるんですけど、ときどき痛みます。

F：そうですか…では、今日は診察も受けた方がいいですね。

M：ええと、今日はこれから会社なので時間がなくて。検査は受けますけど。

F：検査だけだと、お薬が出せないんですよね。先生の診察を受けていただかないと。

M：ああ、でも、明日は土曜日だから午前だけですよね？

F：はい…午後は…。

M：しょうがない。やっぱり、診てもらった方がよさそうだから、また夜に来ます。

F：わかりました。では、そちらでお待ちください。

男の人はいつ検査を受けますか。

1 今
2 明日の午前中
3 今夜
4 明日の午後

男士正在醫院接待處交談。這位男士什麼時候會接受檢查？

M(男士)：早上好，我是關口。檢查會花很多時間嗎？

F(接待員)：不，不會超過30分鐘。今天只是檢查而已。

M(男士)：好的，嗯，我還能拿到藥嗎？

F(接待員)：還有疼痛的感覺嗎？

M(男士)：有時候沒事，但有時候還是會疼。

F(接待員)：這樣啊，那今天還是建議您接受一下診察。

M(男士)：呃，今天我還要去公司，時間不夠。我會先接受檢查。

F(接待員)：如果只做檢查，不能開藥給您。必須接受醫生的診察。

M(男士)：哦，但是明天是週六，只有上午門診對吧？

F(接待員)：是的，下午是……

M(男士)：沒辦法，那我還是今天晚上過來給醫生看看好了。

F(接待員)：明白了，那請您先在那邊等候。

這位男士什麼時候會接受檢查？

1 現在
2 明天上午
3 今天晚上
4 明天下午

答案（1）

解題 女士說今天只有檢查，但不接受診療的話就不能拿藥，所以晚上為了診療還要再來一次。「診てもらう／診療」是「診察してもらう／診察」的意思。早上只做檢查，所以選項1正確。

其他 選項2明天早上醫院有看診，但男士時間上不方便。選項3男士今天晚上會來看診。選項4因為明天是星期六，所以下午以後醫院就不看診了。

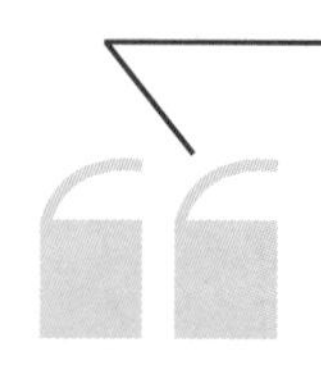

第六回 聽解

問題二 翻譯與解題

問題2では、まず質問を聞いてください。そのあと、問題用紙のせんたくしを読んでください。読む時間があります。それから話を聞いて、問題用紙の1から4の中から最もよいものを一つ選んでください。

在問題2中，請首先聆聽問題。然後閱讀問題紙上的選項，這段時間可以用來仔細閱讀。接下來聆聽對話，從選項1到4中選擇最合適的答案。

例

男の人と女の人が話しています。男の人はどうして寝られないと言っていますか。

M：あーあ。今日も寝られないよ。

F：どうしたの。残業？

M：いや、中国語の勉強をしなくちゃいけないんだよ。おととい、部長に呼ばれたんだ。それで、この前の会議の話をされてさ。

F：何か失敗しちゃったの？

M：いや、あの時、中国語の資料を使っただろう、って言われてさ。それなら、中国語は得意だろうから、来月の社長の出張について行って、中国語の通訳をしてくれって頼まれちゃって。仕方がないからすぐに本屋で買って来たんだ。このテキスト。

F：ああ、これで毎晩練習しているのね。でも、社長の通訳なんてすごいじゃない。がんばって。

男の人はどうして寝られないと言っていますか。

1 残業があるから
2 中国語の勉強をしなくてはいけないから
3 会議で失敗したから
4 社長に叱られたから

男士和女士正在對話。男士說自己為什麼睡不著？

M(男士)：唉，又要睡不著了。

F(女士)：怎麼了？加班嗎？

M(男士)：不是，是得學中文。前天被部長叫去，他提到了前幾天開會的事。

F(女士)：你是出了什麼差錯嗎？

M(男士)：不是啦，他說我那次用了中文資料，就覺得我中文很好，所以就讓我下個月陪社長出差，還要當中文翻譯。沒辦法，我馬上就跑去書店買了這本教材。

F(女士)：啊，原來你每天晚上都在練習這個啊。不過，能當社長的翻譯挺厲害的嘛，加油哦！

男士說自己為什麼睡不著？

1 因為有加班
2 因為必須學習中文
3 因為在會議上失敗了
4 因為被社長訓斥了

答案（2）

解題 從男士說因為之前會議中引用了中文的資料，被部長認為應該很擅長中文，而派任務跟社長一起出差，同時擔任中文口譯。因此男士不能睡覺的原因是「中国語の勉強をしなくちゃいけないんだよ／必須得學中文」，由此得知答案是選項2的「中国語の勉強をしなくてはいけないから／因為必須得學中文」。

其他 選項1女士問「どうしたの。残業？／怎麼啦？加班？」，男士否定說「いや／不是」，知道選項1「残業があるから／因為要加班」不正確。選項3男士提到之前的會議，女士又問「何か失敗しちゃったの／是否搞砸了什麼事？」，男士又回答「いや／不是」，知道選項3「会議で失敗したから／因為會議中失敗了」也不正確。選項4對話中完全沒有提到「社長に叱られたから／因為被社長罵了」這件事。

1

飛行機の中で男の人と女の人が話しています。男の人はこれからどうしますか。

F：出発が遅れたから、着くのは 11 時ですね。
M：うん。空港からのバスに間に合うかな。
F：ああ、荷物があるからバスじゃないと大変ですよね。
M：いや、それよりうちは田舎だから、電車がなくなっちゃうんだよ。
F：私、妹に迎えに来てもらうことになってるんでお送りしましょうか。
M：それは助かる、と言いたいところだけど、明日は朝一番で会議だからすぐ準備をしないとまずいんだ。いいよ。空港の近くに一泊する。シャワーさえあればいいんだから、どこかあるだろう。
F：わかりました。じゃ、荷物、私が預かります。明日会社に持って行きますよ。
M：悪いね。頼むよ。

男の人はこれからどうしますか。

1 バスで田舎に行く
2 電車で田舎に行く
3 女の人の妹の車で帰る
4 ホテルに泊まる

在飛機上，一位男士和一位女士正在交談。這位男士接下來會怎麼做？

F(女士)：出發晚了，估計要 11 點才能到達吧。
M(男士)：嗯，不知道趕不趕得上機場的巴士。
F(女士)：哦，你有行李，坐巴士會比較方便吧？
M(男士)：不是，我家在鄉下，電車會沒了。
F(女士)：我妹妹會來接我，要不讓她順便送你一程？
M(男士)：雖然這樣很幫忙，但明天一早我有會議，必須馬上準備。所以不用了，我會在機場附近找個地方住一晚，有個能洗澡的地方就行，應該會有的。
F(女士)：明白了，那你的行李我幫你保管，明天帶去公司給你。
M(男士)：那就麻煩你了，謝謝。

這位男士接下來會怎麼做？

1 坐巴士回鄉下
2 坐電車回鄉下
3 坐女士妹妹的車回家
4 在飯店住一晚

答案 **(4)**

解題 因為飛機誤點所以沒有回程的電車了。男士的意思是要在機場附近找旅館住一晚。所以選項 4 正確。

其他 選項 1、2，男士説他家在鄉下，搭巴士或電車都來不及。選項 3，因為需要花時間替明天做準備，所以男士決定住旅館，婉拒了女士要送他一程的提議。

2

家の中で娘と父親が話しています。娘は父親に、何を頼みましたか。

F：お父さん、今度の土曜日なんだけど、仕事、休みだよね。どこかに出かける？

M：まあ仕事は休みだよ。出かけるって言っても、お母さんとスーパーへ買い物に行くぐらいかな。

F：私、遥たちと出かけたいんだけど…。

M：うん、どこに行くんだい？

F：乃木山。

M：へえ。何人で？

F：4人。で、キャンプをするの。だから、お父さん、お願いします。

M：えーっ…。片道2時間はかかるぞ。で、帰りはどうする？

F：遥のお父さんが迎えに来てくれるって。

M：しょうがないなあ。でもまあ、このごろ走ってないし。じゃあお母さんも誘って、帰りは二人で温泉でも寄って帰るか。

F：いいね。きっと喜ぶよ。

娘は父親に、何を頼みましたか。

1 土曜日に買い物に連れて行って欲しいと頼んだ。

2 土曜日に乃木山に連れて行って欲しいと頼んだ。

3 土曜日、一緒にキャンプをして欲しいと頼んだ。

4 土曜日に温泉に連れて行って欲しいと頼んだ。

在家裡，女兒和父親正在交談。女兒向父親提出了什麼請求？

F(女兒)：爸爸，這個星期六，你不是休假嗎？要不要去哪裡走走？

M(父親)：嗯，是休假，但要出門的話，大概也就和你媽媽去超市買東西吧。

F(女兒)：我想和遙她們出去玩……

M(父親)：哦，那你們打算去哪？

F(女兒)：去乃木山。

M(父親)：哦，有幾個人？

F(女兒)：四個人，我們打算去露營。所以，爸爸，拜託了。

M(父親)：哎……光單程就要兩個小時啊。那回來怎麼辦？

F(女兒)：遙的爸爸會來接我們。

M(父親)：好吧，沒辦法。不過最近我也沒開車了，那就帶你媽媽一起去，回來的時候我們還能順便泡個溫泉。

F(女兒)：好主意！她一定會很開心的。

女兒向父親提出了什麼請求？

1 請求父親星期六帶她去買東西。

2 請求父親星期六帶她去乃木山。

3 請求父親星期六和她一起去露營。

4 請求父親星期六帶她去溫泉。

答案 (2)

解題 女兒要和朋友們共四人一起去乃木山露營。從「片道２時間／單程要兩小時」、「このごろ走ってないし／最近都沒有駕駛」可知，女兒是在拜託爸爸開車送她去乃木山，因此正確答案是選項２。

其他 選項３露營是女兒要和朋友們共四人一起去的。選項４爸爸說送女兒過去之後，要順道和媽媽兩個人去泡溫泉。

3

男の人と女の人が話しています。女の人は、どうして眠いと言っていますか。

M：おはよう。あれ、なんか今日、眠そうだね。ゼミ、発表だっけ？
F：ううん。それは先週。昨日はけっこう早めに寝たんだけどね。
M：そう。あ、また隣の家のパーティ？
F：パーティじゃなくて、隣のうちの女の子が5時頃、玄関のドアを開けて大声で泣いているの。びっくりしちゃった。
M：ええっ、で、どうしたの。
F：目が覚めたらお母さんがいないって。かわいそうだからしばらくいっしょにいたら、お母さん、すぐ帰って来たんだけど、子どもが寝ている間にアルバイトに行ってたんだって。大変だなあ、と思っちゃった。
M：そうか…。どんな家にも、いろんな事情があるよね。

女の人は、どうして眠いと言っていますか。

1 ゼミの発表の準備をしていたから
2 隣の家でパーティをしていたから
3 隣の子の泣き声で朝早く起きたから
4 アルバイトに行っていたから

男士和女士正在交談。女士為什麼說自己很困？

M(男士)：早安，咦，今天看起來有點困啊。今天是你要在研討會上發表嗎？
F(女士)：不是，那是上週的事。昨天其實我很早就睡了。
M(男士)：哦，那麼，是不是隔壁又在開派對？
F(女士)：不是派對啦，是隔壁家的小女孩，早上五點左右打開門，大聲哭起來，把我嚇醒了。
M(男士)：哇，那後來怎麼了？
F(女士)：她醒來後發現媽媽不在家，覺得很可憐，我陪了她一會兒，然後她媽媽很快就回來了。原來她媽媽趁小孩睡覺的時候去打工了。我覺得她真的很辛苦。
M(男士)：是啊，每個家庭都有各自的故事呢。

這位女士為什麼說自己很困？

1 因為在準備研討會的發表
2 因為隔壁在開派對
3 因為隔壁小孩的哭聲讓她早上很早醒來
4 因為她自己去打工了

答案 (3)

解題 女士說早上五點時聽見隔壁的小女孩在哭，所以就暫時陪著她。因為這樣女士早上五點就起床了，所以才會想睡。
其他 選項 1 研討會的報告是上星期。選項 2 女士說不是因為派對。選項 4 去打工的是住在隔壁的小女孩的媽媽。

4

男の人と女の人がデパートで話しています。二人はこれからどの売場へ行きますか。

M：花束もだよね。やっぱり、スピーチをしてもらった後に渡さないと。

F：うん。それは一條さんが頼んであるって。今は、記念になるもの。むずかしいよね。何がいいかな。川口さんの退職祝い。

M：うーん､川口さんって本好きだよな。でも、どんな本を持っているかわからないし。

F：じゃ、図書カードにする？ 好きな本が買えるように。

M：なんか学生みたいだよ。中学生とか大学生とか。まあ、新鮮な感じだけど。これから、第二の青春を楽しんでください、って。

F：学生って言えば腕時計か万年筆だよね。置時計。確かこの前、電波時計の話をしていたら、興味があるみたいだったよ。

M：電波時計？ ああ、世界中どこでも電波を受信して、正確な時間がわかるやつね。それ、いいね。問題は、値段が予算内で収まるかどうかだ。

F：だいじょうぶよ。今はいろいろ出ているから。

M：よし、それを買いに行こう。

二人はこれからどの売場へ行きますか。

1 花売り場
2 本売り場
3 文房具売り場
4 時計売り場

男士和女士正在百貨公司裡交談。他們接下來會去哪個賣場？

M(男士)：還要準備花束吧，應該是在致辭之後送給他。

F(女士)：嗯，一條已經訂好了花束。現在要找一個有紀念意義的東西，真難啊。送什麼好呢？這是要給川口先生的退休禮物。

M(男士)：嗯，川口先生好像挺喜歡書的，但我們也不知道他已經有什麼書。

F(女士)：那送圖書卡怎麼樣？這樣他可以自己挑喜歡的書。

M(男士)：圖書卡感覺像是送給學生的，像初中生或大學生那樣。雖然這樣倒挺新鮮的，還可以說“祝您享受第二青春”。

F(女士)：説到學生，不就是手錶或者鋼筆嗎？或者擺鐘。我記得上次聊到無線電波手錶，他好像很感興趣的樣子。

M(男士)：無線電波手錶？哦，就是那種在全球都能接收電波，時間特別準的手錶吧。這主意不錯。就是價格能不能在預算內。

F(女士)：放心吧，現在有很多選擇。

M(男士)：好，那我們就去買這個吧。

他們接下來會去哪個賣場？

1 花卉賣場
2 書籍賣場
3 文具賣場
4 鐘錶賣場

答案 (4)

解題 兩人要挑選的是川口先生的退休禮物。女士回想起川口先生對無線電時鐘很感興趣。男士贊成女士的提議，因此兩人決定去買無線電時鐘。

其他 選項1，花是別人託他們買的。選項2、3，雖然兩人考慮了圖書卡、鋼筆，但最後決定買無線電時鐘。

※ 文法補充：

◇「って言えば（と言えば）／説起來」是想表達從某件事聯想到另一件事時的説法。這裡指從「學生」聯想到手錶和鋼筆。

◇「予算内に収まる／在預算內解決」是「予算以下の金額で買える／用預算以內的金額購買」的意思。

5

市民センターで男の人が話しています。男の人はどんな人たちについて話していますか。

M：親が仕事をしている場合もですが、入学してすぐクラブに入ったり、塾に行ったりすることによって、学校から帰る時間が遅くなり始めるのがこの年齢です。そうすると食事の時間が遅くなりがちで、寝る時間が深夜になってしまう場合もあります。絶対に何時間寝なければダメだということではないにせよ、睡眠時間が短くなると、朝起きるのが辛くなったり、元気が出なかったりして、友達といても生き生きと過ごせず、体育の時間も思いっきり体を動かせない。イライラしたりぼーっとして、ケガをしやすくなってしまう。大人になってからも、この生活習慣はずっと影響します。大事なのは一に睡眠。次に食事です。ご家庭でも学校でも、ぜひこのことを意識して様子を観察してほしいと思います。

男の人はどんな人たちについて話していますか。

1 中学生
2 中学の先生
3 会社員
4 中学生の親

在市民中心，一位男士正在講話。他在談論什麼樣的人？

M(男士)：即便父母在工作的情況下，孩子們開始加入俱樂部或者去補習班，這通常發生在他們剛入學的年齡階段。隨著這些活動的增加，孩子們回家的時間會變晚，結果晚餐的時間也被推遲，最終導致睡覺的時間拖到了深夜。雖然不是說一定要睡幾個小時才夠，但當睡眠時間變少時，早上起床變得很困難，精神也不佳，即使和朋友在一起也無法充滿活力，體育課上也不能充分活動身體。此外，他們變得易怒、注意力不集中，甚至更容易受傷。這種不良的生活習慣在成年後也會產生長遠的影響。所以，最重要的還是睡眠，其次是飲食。我希望無論是在家庭還是學校，都能多關注這一點，並時刻觀察孩子們的情況。

這位男士在談論的是什麼樣的人？

1 初中生
2 初中教師
3 上班族
4 初中生的家長

答案 **(4)**

解題 男士主要描述的是一些由於活動安排（如社團、補習）導致作息受影響的人。這與「中學生」的特徵非常吻合，因為中學生常常在放學後參加這些活動，回家時間變晚，進而影響了睡眠和生活習慣。因此選項 1 正確。

※ 補充：

◇「～がち／有…的傾向」是「經常這樣、有這種傾向」的意思，多用於負面的事物。

◇「～にせよ／即使…」是「雖然…、但是…」的意思。

◇「イライラ／焦躁」是不由得生氣的樣子。

◇「ぼーっと／恍惚」是指精神不集中、心不在焉的樣子。

6

天気予報で女の人が話しています。今日の昼の天気はどうなると言っていますか。

F：朝晩、冷え込む季節になってきました。昨夜寝る時に毛布を出された方も多かったのではないでしょうか。今は、朝から美しい秋空が広がっていますが、ここでこうして立っていても、寒く感じます。今日も湿度が低く、すっきりした天気になるでしょう。出かける時は、厚めの上着があったほうがいいかもしれません。日中はこのまま晴れますが、夕方から気圧の影響で、雨の降る地域もあります。折り畳み傘を持って出かけてください。夜は晴れて美しい星空が見えるでしょう。

今日の昼の天気はどうなると言っていますか。

1 晴れ
2 曇りときどき晴れ
3 曇りときどき雨
4 雨

在天氣預報中，女士正在講話。今天中午的天氣會是什麼樣子？

F(女士)：早晚變得寒冷的季節已經來了。昨晚睡覺時，應該有很多人拿出了毯子吧。現在，從早上開始，美麗的秋日晴空展現在我們眼前，但即使這樣站在外面，也會覺得寒冷。今天的濕度依然很低，天氣會保持清爽。出門時，建議穿上厚一點的外套。中午會繼續保持晴朗，但從傍晚開始，受氣壓影響，某些地區可能會下雨。建議帶上折疊傘。晚上則會再次轉晴，可以看到美麗的星空。

今天中午的天氣會怎樣？

1 晴天
2 多雲偶爾晴
3 多雲偶爾雨
4 雨天

答案 (1)

解題 播報員說「日中はこのまま晴れます／白天是晴天」。只要看懂題目中的「昼／白天」是「日中／白天」的同義詞，就能選出正確答案選項1。

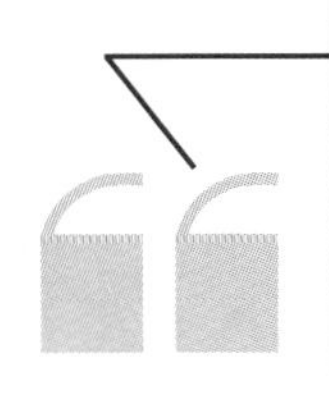

第六回 聽解

問題3では、問題用紙に何もいんさつされていません。この問題は、全体としてどんな内容かを聞く問題です。話の前に質問はありません。まず話を聞いてください。それから、質問とせんたくしを聞いて、1から4の中から、最もよいものを一つ選んでください。

在問題 3 中，問題紙上沒有任何印刷的內容。這是一個需要了解整體內容的問題。在對話之前，沒有提問。請先聆聽對話，然後聆聽問題和選項，從 1 到 4 中選擇最合適的答案。

例

テレビで俳優が、子どもたちに見せたい映画について話しています。

M：この映画では、僕はアメリカ人の兵士の役です。英語は学校時代、本当に苦手だったので、覚えるのも大変でしたし、発音は泣きたくなるぐらい何度も直されました。僕がやる兵士は、明治時代に日本からアメリカに行った人の孫で、アメリカ人として軍隊に入るっていう、その話が中心の映画なんですが、銃を持って、祖父の母国である日本の兵士を撃つ場面では、本当に複雑な辛い気持ちになりました。アメリカの女性と結婚して、年をとってから妻を連れて、日本に旅行に行くんですが、自分の祖父のふるさとをたずねた時、妻が一生懸命覚えた日本語を話すんです。流れる音楽もいいですし…とにかくとてもいい映画なので、ぜひ観てほしいと思います。

どんな内容の映画ですか。

1 昔の小説家についての映画
2 戦争についての映画
3 英語教育のための映画
4 日本の音楽についての映画

電視上，一位演員正在談論他想推薦給孩子們的電影。

M(演員)：在這部電影裡，我扮演的是一名美國士兵。因為我學生時代的英文真的很差，所以記台詞很困難，發音也被糾正了無數次，甚至讓我想哭。我飾演的這個士兵是明治時代從日本到美國的人後代，作為美國人入伍。這部電影主要講的就是這樣一個故事。有一場戲，我拿著槍，對著祖父的祖國——日本的士兵開槍，那時候我的心情非常複雜和難受。後來，他與一位美國女性結婚，年老後帶著妻子去日本旅行，當他拜訪祖父的故鄉時，他的妻子努力地說著她學會的日語。這部電影的音樂也非常棒……總之，這是一部非常感人的好電影，希望大家能夠去看看。

這是一部什麼內容的電影？

1 關於過去的小說家的電影
2 關於戰爭的電影
3 為英語教育製作的電影
4 關於日本音樂的電影

答案 (2)

解題 對話中列舉了戰爭相關的內容。從演員扮演的日裔美國人入伍開始，中間手持槍打日本軍，也就是日本人打日本人的畫面，到攜美籍妻子赴日探訪祖父的家鄉，妻子努力用所學的日語說話等內容。知道正確答案是選項 2。

其他 選項 1 內容沒有提到以前的小說家。選項 3 內容只提到演員扮演日裔美國人時，說英語的萬般辛苦，並沒有提到英語教育一事。選項 4 內容只提到電影中播放的配樂，並沒有提到日本相關音樂。

1

夫婦が話をしています。

M：いよいよ来週だね。この家と別れるの。
F：うん。引っ越したばっかりの時は、都心の家は狭いとか、日当たりが悪いとかいろいろ言ってたけど、いざ離れるとなるとちょっとさびしいね。
M：まあ、次の所もきっと好きになるよ。それに緑が多くて空気もいいんだし。
F：そうね。子どもたちにはいい環境だと思う。でも近くに駅があって、目の前にコンビニがあるのは便利だったな。
M：確かに。でも新しいとこも自転車ならすぐだよ。通勤時間だって20分も変わらないし。
F：自転車か。うん。でも、駅まで毎日歩けば、ダイエットになっていいかも。

この夫婦はどこからどこに引っ越ししますか。

1 郊外から都心
2 都心から郊外
3 田舎から都会
4 都会から田舎

夫妻正在交談。

M(丈夫)：終於，下週就要搬走了啊，這個家。
F(妻子)：嗯，剛搬來的時候，我還抱怨過市中心的房子太小、採光不好什麼的，但真要離開了，還是有點捨不得。
M(丈夫)：不過，我想我們也會喜歡新家，那裡綠意盎然，空氣也好。
F(妻子)：是啊，我覺得那裡對孩子們來說是個不錯的環境。不過，這裡離車站近，家門口還有便利店，真是很方便啊。
M(丈夫)：確實是這樣，不過新家騎自行車也能很快到車站，通勤時間也不會差太多，最多只差20分鐘吧。
F(妻子)：騎自行車啊，嗯，不過如果每天走路到車站，還能減肥呢。

這對夫妻將從哪裡搬到哪裡？

1 從郊區搬到市中心
2 從市中心搬到郊區
3 從鄉下搬到都市
4 從都市搬到鄉下

答案 (2)

解題 兩人正在討論關於要搬離市中心的房子。另外，從「近くに駅／離車站近」、「目の前にコンビニ／前面就有便利商店」可知，新家的地點不在市中心。另外男士說通勤時間和現在一樣都是二十分鐘。可知不是「田舎／鄉下」而是「郊外／郊外」。

※ 詞彙補充：「郊外／郊外」是指位於市中心旁邊的地區。

2

男性社員と女性社員が話しています。

F：なかなか決まりませんね。

M：うん。でも、毎年そうだよ。でも、今の男性はなかなかよかったね。うちの商品のこともよく研究していたし、やりたいことが商品開発、とはっきりしていた。筆記テストもよくできていたみたいだよ。

F：ええ。はっきりしているのはいいんですが、もし他の部署になった時にやっていけるかどうか。たとえば営業や販売のような仕事が続けられるか気になります。その点、最初に面接した女性は、おとなしい印象でしたが、好奇心が旺盛で、何でもやってみたい、という気持ちが伝わってきました。

M：実は、それも注意が必要なんだよ。せっかくうちの社に入ったとしても、すぐ他の仕事がしたくなって転職してしまったり、仕事に集中しなかったり。

F：むずかしいですね。二人とも、コミュニケーション能力は低くないようでしたが。

M：とにかく今の二人については、次のグループ面接での様子を見てみよう。

二人は何について話していますか。

1 開発中の新製品について
2 新発売する商品について
3 新入社員について
4 就職試験の受験者について

男性員工和女性員工正在交談。

F(女性員工)：真是難決定啊。

M(男性員工)：是啊，每年都是這樣。不過，剛才那位男士表現不錯，他對我們的產品做了很多研究，還明確表示想從事產品開發。他的筆試成績也很不錯。

F(女性員工)：嗯，明確自己的方向當然是好的，但如果他被分到其他部門，比如做銷售或市場推廣的工作，不知道他能不能適應。相比之下，第一位面試的那位女士雖然看起來比較沉靜，但她好奇心很強，而且她的態度讓我感覺她願意嘗試各種事情。

M(男性員工)：其實，這也需要注意。如果她進了我們公司，可能很快就想換工作，或者不專心於現在的工作。

F(女性員工)：確實挺難抉擇的。不過，這兩人的溝通能力都不錯。

M(男性員工)：總之，關於這兩位，我們再看看他們在下一輪小組面試中的表現吧。

他們在談論什麼？

1 開發中的新產品
2 即將上市的商品
3 新入社員
4 就業考試的應徵者

答案 **(4)**

解題「せっかくうちの社に入ったとしても／即使好不容易進了我們公司」是「もしうちの会社に入っても／就算進了我們公司」的意思，因此可知他們還沒成為公司的一員。男士說接下來還要進行團體面試。由此可知這是為了錄用員工所進行的考試，正確答案是選項4。

3 男の人がテレビで話をしています。

M：私は以前、仕事人間でした。仕事に集中できる自分は能力がある。なかなか仕事を覚えない人や、失敗をする人はダメだと思っていたのです。もちろん、どんどん給料も上がりました。しかし病気になってからは、自分でできるはずだと思っていてもできないんですね。なぜこんなことができないのか、もっとできるはずだ、と思っても、頭に体が追いつかないんです。周りはだれも文句をいわないし、怒る人もいないんですが、自分ではつらかったです。あの時、黙って仕事を手伝ってくれた同僚には、心から感謝しています。
ひとつの仕事には、多くの人が関わっています。どんな人がその仕事に関わっているのかをメンバーが知っているかどうかで、仕事がうまくいくかどうかもちがいます。いつ病気になるかはわからないし、病気以外に仕事に集中できない状況が起きるかもしれないですからね。今では、周りの人の状況について関心をもち、お互いの力を合わせることが大事だと思い、ますます仕事が楽しくなりました。

この人の考え方は、どう変わりましたか。

1 以前は仕事が好きになれなかったが、今は病気が治ったので仕事に集中できるようになった。
2 以前は仕事第一だったが、今は家族が第一になった。
3 以前は自分の能力が高いので良い仕事ができると思っていたが、今は周囲との協力が大事だと思うようになった。
4 以前は仕事が嫌いだったが、今は周りの人と協力し合う楽しさを知って仕事が好きになった。

男士在電視上講話。

M(男士)：我以前是個工作狂。我覺得能全心投入工作的自己很有能力，而那些不容易掌握工作技巧或經常失敗的人是不行的。當然，我的薪水不斷上升。然而，生病後，我發現即使認為自己能做到的事，也往往無法完成。儘管我覺得應該能做得更好，但身體卻無法跟上大腦的節奏。周圍的人沒有抱怨，也沒有人對我發脾氣，但我內心感到非常痛苦。那時候默默幫助我工作的同事們，我真的很感激。一項工作往往有很多人參與，是否了解每個成員參與的部分，直接影響到工作的順利與否。我們無法預測何時會生病，甚至在沒有生病的情況下，也可能無法專心工作。因此，我現在覺得關心周圍人的情況並協力合作很重要，這讓我更加享受工作了。

這位男士的觀點發生了什麼變化？

1 以前他不喜歡工作，現在病好了，所以能專心工作了。
2 以前他以工作為第一位，但現在家人才是他的第一位。
3 以前他認為靠自己高超的能力就能做好工作，但現在覺得與周圍人協作才是最重要的。
4 以前他討厭工作，現在他發現與周圍人合作的樂趣，變得喜歡工作了。

答案 (3)

解題 聽完全文並了解內容。男士敘述的大意如下：男士以前是工作狂，他認為自己能力很強、而其他對工作不在行的人就是沒有用的人。→男士生病了，這才發現周圍的人都在為自己打氣。→他現在認為和周圍的人同心協力是很重要的。因此答案是選項３。

其他 選項１談話中提到男士生病前和生病後的狀況。選項２男士沒有提到家人。選項４「以前は仕事が嫌いだった／以前討厭工作」不正確。男士只說現在更加樂在工作。

4

女の人と男の人が、年をとってから住む場所について話しています。

F：私は、このまま都会で暮らしたいな。だって、年をとるとだんだん体が動かなくなるでしょう。不便な場所で暮らすのは大変だもん。

M：どこへ出かけるにしても都会は便利だからね。けど、お金がなかったら、都会にいてもつまらないよ。それに、年をとったらそんなに出かけたいと思うのかなあ。インターネットさえあれば僕はどこでも退屈しないから、どうせ暮らすなら緑に囲まれた自然がいっぱいの場所で生活したいな。

F：コンサートとか、美術館とか、たまに珍しい食べ物を買ったりするだけでもお金は使うね。ただ、人と会うのは都会の方が便利でしょう？私はずっとここで育ったから、友達や親戚と会えなくなるのはさびしいなあ。

M：結局、住みたい場所を選んでいると、自分にとって何が大事なのかってことがわかるね。

二人は年をとってから住む場所についてなんと言っていますか。

1 二人とも、どこかに出かけやすい便利な都会に住みたいと言っている。

2 二人とも、自然が豊かな場所に住みたいと言っている。

3 女の人は自然の豊かな所で、男の人はインターネットが使える便利な都会で暮らしたいと言っている。

4 女の人は親しい人の近くで、男の人は自然の豊かな場所で暮らしたいと言っている。

一位女士和一位男士正在討論年老後居住的地方。

F（女士）：我還是想一直住在城市裡。因為上了年紀後，身體活動會越來越不方便，住在不便的地方生活很辛苦啊。

M（男士）：確實，無論去哪裡，城市都很方便。不過，要是沒錢，住在城市也沒什麼意思。而且，年紀大了之後，還會那麼想出門嗎？只要有網路，我在哪裡都不會覺得無聊，所以如果要選擇的話，我寧願住在充滿綠意、自然環境好的地方。

F（女士）：看演唱會、美術館、偶爾買些稀奇的東西也都要花錢啊。不過，和人見面在城市裡更方便吧？我一直在這裡長大，要是不能和朋友或親戚見面，我會覺得很寂寞的。

M（男士）：最終，選擇想住的地方時，還是能看出自己重視什麼呢。

這兩人對年老後居住的地方是怎麼說的？

1 他們兩個都想住在去哪裡都方便的城市裡。

2 他們兩個都想住在自然環境好的地方。

3 女士想住在自然豐富的地方，男士想住在能使用網路的便利城市。

4 女士想住在親友附近，男士想住在自然環境豐富的地方。

答案 **(4)**

解題 男士說住在接近大自然的地方比較好。而女士則說住在便利的地方比較好，且想住在容易和親戚朋友碰面的地方。

其他 選項 1 是女士說的內容。選項 2 是男士說的內容。選項 3，男士說只要有網路可用，想住在自然資源豐富的地方。

5 料理研究家が、話しています。

F：最近、食料品の値段が上がっています。食費が上がって、家計が苦しくなりストレスが増えたという人が多いようです。ただ、日本という国は、世界でもっとも多くの食料を捨てている国の一つでもあることを、一度考えてください。ほしいものが買えないということも困ったことなのですが、まずは、必要なものが足りているか、今ほしいものはどのくらい必要なのかということを考えれば、ほしいものは多少我慢して食費も見直せるので、ストレスは減るかもしれません。必要なものとほしいものを区別して考えること。これは、食べ物に限ったことではないのかもしれませんね。

この人は、食費が高いことについてどうすればいいと言っていますか。

1 近い所でとれた野菜を買えばいいと言っている。
2 もっと我慢をするべきだと言っている。
3 必要なものと必要でないものを区別して買えばいいと言っている。
4 必要なものとほしいものを区別して買うべきだと言っている。

一位料理研究家正在講話。

F(女士)：最近，食物價格上漲了，很多人因此感到生活壓力變大了。不過，日本也是世界上浪費食物最多的國家之一，這一點我們應該好好反思。雖然無法買到自己想要的東西的確令人苦惱，但首先應該想想：我們現在是否擁有足夠的必需品？當前想買的東西到底有多必要？如果能這樣思考，就能忍住購買一些不是那麼必要的東西，並重新審視自己的食費，這樣壓力可能會減少。區分清楚必需品和想要的東西，這可能不僅限於食物的選擇。

這位講者認為應該如何應對高昂的食費？

1 建議購買當地生產的蔬菜。
2 建議大家應該更加克制自己。
3 建議只購買必需品，不買不必要的東西。
4 建議區分清楚必需品和想要的東西來購買。

答案 **(4)**

解題 最後一句女士說「必要なものとほしいものを区別して考えること／將必要和想要的東西分別考量」，因此選項 4 是女士想要表達的內容。

其他 選項 1 女士說的並不是蔬菜的產地選項 2 女士說「只買必要的東西，忍住不買想要的東西」。不過女士並沒有說無論如何都要忍住。選項 3 如果是「必要なものとほしいもの／必要的東西和想要的東西」則正確。

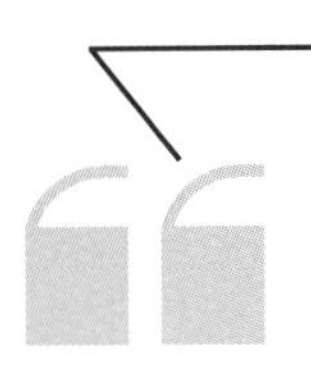

第六回 聽解

問題四 翻譯與解題

問題4では、問題用紙に何もいんさつされていません。まず文を聞いてください。それから、それに対する返事を聞いて、1から3の中から、最もよいものを一つ選んでください。

在問題4中，問題紙上也沒有任何印刷的內容。請首先聆聽句子，然後聆聽對應的回答，從1到3中選擇最合適的答案。

例

M：あのう、この席、よろしいですか。
F：1 ええ、まあまあです。
　 2 ええ、いいです。
　 3 ええ、どうぞ。

M(男士)：嗯，請問這個座位可以嗎？
F(女士)：
1 嗯，還好吧。
2 嗯，可以的。
3 嗯，請隨意。

答案 (3)

解題 被對方問說「あのう、この席、よろしいですか／請問這位子我可以坐嗎？」要表示「席は空いていますよ、座ってもいいですよ／位子是空的喔、可以坐喔」，可用選項3的「ええ、どうぞ／可以，請坐」表示允許的說法。

其他 選項1「ええ、まあまあです／嗯，還算可以」表示狀況、程度等，可以用在被詢問「お元気ですか／你好嗎？」等的回答，這時的「ええ、まあまあです」表示沒有特別異常的情況。這樣的回答在這題不合邏輯。選項2「ええ、いいです／嗯，好啊！」表示答應邀約等，可以用在被詢問「今晩飲みに行きませんか／今晚要不要一起去喝一杯呀？」等的回答。這樣的回答在這題也不合邏輯。

1

M：今日はずいぶんおとなしいんだね。
F：1 え？ 私ってそんなにいつもうるさい？
　 2 たぶんみんな帰っちゃったんでしょう。
　 3 すみません、気をつけます。

M(男士)：今天你挺安靜的啊。
F(女士)：
1 咦？我平時有這麼吵嗎？
2 可能是因為大家都走了吧。
3 對不起，我會注意的。

答案 (1)

解題「おとなしい／文靜的」是指安靜溫和的個性。因為對方是說「今日は／今天」很文靜，與之相對的回答是「いつも（は）／總是」。「うるさい／吵鬧的」也與「おとなしい」意思相反。因此最適合的回應是選項1。

其他 選項2是當對方說「今日はずいぶん静かだね／你今天真是安靜呢」時的回答。選項3是當對方說「うるさいなあ／你好吵啊」等情形時的回答。

※ 詞彙補充：「うるさい／吵鬧的」帶有負面的意思。「おとなしい／安靜的」的正面對義詞是「にぎやかな／熱鬧的」。

2

F：うちの子は生意気で。
M：1 優しいんだね。
　 2 元気があっていいんじゃない？
　 3 親の言うことをちゃんと聞いているんだね。

F(女士)：我們家的孩子真是有點太調皮了。
M(男士)：
1 孩子挺溫柔的嘛。
2 精力旺盛不是挺好的嗎？
3 那說明他很聽父母的話啊。

答案 (2)

解題 對於對方家長說的負面詞語「生意気／狂妄」，選項2是男士轉換成正面意思的詞語「元気がある／有精神」來回答對方。

其他 選項1「生意気／狂妄」和「やさしい／溫柔」是不相干的詞語。選項3「生意気／狂妄」和「人の言うことを聞く／聽別人的話」是不相干的詞語。

※ 詞彙補充：「生意気／狂妄」是指明明是年齡或地位較低的人，卻表現出張揚的舉動或態度的樣子。例句：まだ2年目の君が、僕に勝とうなんて生意気だよ／你才二年級，居然就想打敗我，還真是狂妄。

3

M：あんなに上手(うま)く日本語(にほんご)が話(はな)せて、うらやましいよ。

F：1 はい、がんばります。

2 ええ、本当(ほんとう)です。

3 いいえ、まだまだです。

M(男士)：你日語說得那麼好，真讓人羨慕啊。

F(女士)：

1 是的，我會繼續加油的。

2 是啊，確實如此。

3 不不，還差得遠呢。

答案 (3)

解題 這題的情況是被對方以「上手(じょうず)だ／真厲害」誇獎了。選項 3 是被人誇獎時會説的自謙説法。

※ 詞彙補充：「うらやましい（羨(うらや)ましい）／羨慕」是表達「像變得像你一樣」的心情。

4

M：おまちどおさま。

F：1 いや、そんなに待(ま)っていないよ。

2 いや、もうすぐだよ。

3 いや、まだまだだよ。

M(男士)：久等了。

F(女士)：

1 沒有啦，沒等多久。

2 沒有，快到了。

3 不，還早呢。

答案 (1)

解題「おまちどおさま／久等了」是讓對方等待時道歉的用語。「お待(ま)たせしました／讓您久等了」也是相同的意思。可回答選項 1 化解對方的尷尬。

其他 選項 2 是當對方説「ご飯(はん)まだできない／飯還沒好嗎」時的回答。選項 3 是當對方説「ご飯(はん)もうできる／飯煮好了嗎」時的回答。

5

F：わあ、かわいい子犬(こいぬ)。パパ、ありがとう。

M：1 ずっとかわいがるんだよ。

2 ずっとかわいかったんだよ。

3 ずっとかわいそうなんだよ。

F(女士)：哇，好可愛的小狗！謝謝你，爸爸！

M(男士)：

1 要一直好好疼愛牠哦。

2 牠一直都很可愛。

3 牠一直很可憐哦。

答案 (1)

解題 選項 1 的「かわいがる／疼愛」是珍視、珍惜的意思，常用於指對小孩或動物的感情。在這裡是爸爸叮嚀女兒要好好疼愛小狗。

其他 選項 2 如果是「かわいいね／好可愛哦」則正確。選項 3「かわいそう／可憐」表達同情的心情。

6

M：悔やんだところで、しかたがないですよ。

F：1 そうですね、あきらめないでよかったです。

2 そうですね、残念ですが、あきらめます。

3 そうですね、もうすぐだよ。

M(男士)：後悔也沒用了啊。

F(女士)：

1 是啊，幸好我沒有放棄。

2 是啊，雖然很遺憾，但我會放棄的。

3 是啊，快到了呢。

答案 (2)

解題「悔やむ／懊悔」是後悔的意思。題目的意思是「後悔しても、意味がない／再怎麼後悔也於事無補」。選項 2 的「あきらめる（諦める）／死心」是指「沒辦法只好接受、接受不好的事情」之意。

其他 選項 1，由於男士說了「あきらめたほうがいい／我看你還是死了這條心吧」，因此選項 1 不正確。選項 3，兩人談論的是過去的事情，而「もうすぐだよ／只差一點了哦」是針對未來的事情的說法，因此選項 3 不正確。

※ 文法補充：「（動詞た形）ところで／即使」是「就算…也沒辦法」的意思。例句：彼に何を言ったところで、何も変わらないよ／不管他怎麼說，都不會有任何改變。

7

M：わっ !!

F：1 わっ、びっくりした。おどかさないでよ。

2 わっ、びっくりした。おどかしちゃった。

3 わっ、びっくりした、おどろかないでよ。

M(男士)：哇！

F(女士)：

1 哇，嚇我一跳！別嚇我啊。

2 哇，嚇了一跳！是我嚇到你了嗎？

3 哇，嚇我一跳！別讓我吃驚啊。

答案 (1)

解題 這題的狀況是男士發出了「わっ！！／哇！！」的聲音，女士被嚇到了，也跟著喊了聲「わっ！！／哇！！」。因此可以說是男士「おどかした／嚇到」女士了。選項 1 的「おどかさないで／別嚇我」是最適當的回應。

其他 選項 2「おどかした／嚇人」的是男士。選項 3 回答「おどろかないでよ／請不要嚇到」不合邏輯。

8

M：いちいち僕にきかなくてもいいよ。

F：1 じゃあ、ひとつずつ質問します。

2 じゃあ、自分で決めてもいいんですね。

3 じゃあ、ぜんぶ質問します。

M(男士)：不用每件事都來問我。

F(女士)：

1 那我一個一個來問好了。

2 那我可以自己決定了吧。

3 那我就全部都問了。

答案 (2)

解題 男士的意思是沒必要問他。「いちいち／一個一個」是一個個、全部的意思。也就是選項 2「自分で決めてもいい／可以自己決定」。

9

M：そのワンピース、おしゃれだね。

F：1 そうかな。結構、古いんだけどね。

2 そうかな。じゃ、もっと安いのにするよ。

3 そうかな。新しいのに。

M(男士)：那條連衣裙很時髦啊。

F(女士)：

1 是嗎？其實這條挺舊的了。

2 是嗎？那我去挑件更便宜的吧。

3 是嗎？這可是新的哦。

答案 (1)

解題 男士正在稱讚女士「おしゃれだね／很漂亮呢」。選項 1 是「そうですか？古いのですが／真的嗎？這是舊東西了」的意思，是適當的回答。

其他 選項 2 是當對方說「それ、高いね／那個很貴耶」時的回答。選項 3 是當對方說「それ、古臭いね（古いものに見える）／那個看起來很舊耶」時的回答。

10

M：今日はくたびれたよ。

F：1 よかったね。きっと課長も喜ぶね。

2 うまくいってよかった。心配したよ。

3 お疲れ様。ゆっくり休んでね。

M(男士)：今天真累壞了。

F(女士)：

1 太好了，課長肯定也很高興吧。

2 順利完成了真是太好了，我還挺擔心的呢。

3 辛苦了，好好休息吧。

答案 (3)

解題「くたびれた／疲勞」是很累的意思。回答選項 3，請對方好好休息是最適當的回答。

11

F：あれ？パソコンがひとりでに終了したよ。

M：1 えっ、早いね。

2 えっ、壊れたのかな。

3 えっ、すごいな。

F(女士)：咦？電腦自己關機了。

M(男士)：

1 咦，這麼快？

2 咦，是不是壞了？

3 咦，好厲害啊！

答案 (2)

解題「ひとりでに／擅自」是「自然、任意、自動」的意思。女士的意思是明明沒有按任何鍵，電腦卻自己關機了。可能是壞掉了，因此選項 2 正確。

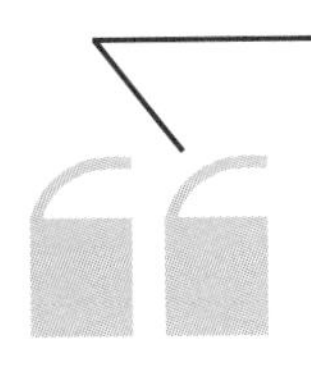

第六回 聽解

問題5では、長めの話を聞きます。この問題には練習がありません。メモをとってもかまいません。1番、2番 問題用紙に何もいんさつされていません。まず話を聞いてください。それから、質問とせんたくしを聞いて、1から4の中から、最もよいものを一つ選んでください。

在問題 5 中，您將聆聽較長的對話。此問題沒有練習部分，您可以做筆記。第 1 題、第 2 題 問題紙上沒有任何印刷的內容。請先聆聽對話，然後聆聽問題和選項，從 1 到 4 中選擇最合適的答案。

1

デパートで、店員と男性客が話をしています。

M：知り合いの息子さんにあげるちょっとしたプレゼントを探しているんですけど。

F：何歳ぐらいのお子さんですか。

M：中一なんで、あまり子どもっぽいものでもどうかと思うんですが、おもちゃか文房具がいいと思って。服や靴なんかはサイズがね。好きなブランドもわからないので。

F：おもちゃというと、ゲームでしょうか。それでしたら…。

M：いえ、体を動かすようなものがいいんです。いつもゲームばっかりだから。

F：中学生でしたら、図書券とかシャープペンシルも人気がございますね。

M：本は読まないみたいなんですよ。文房具だとシャープペンシルかなあ。

F：学校で使いますからね。あとペンケースも人気があるようです。

M：ああ、それがよさそうだな。

男の人は、どんな相手に送るプレゼントを探していますか。

1 活発な小学生

2 おとなしい小学生

3 運動好きな中学生

4 ゲーム好きな中学生

在百貨公司裡，店員和男士顧客正在交談。

M(男士)：我在找一個送給熟人兒子的簡單禮物。

F(店員)：那位小朋友大概幾歲呢？

M(男士)：是初一學生，所以我覺得送太孩子氣的東西不太合適。應該是玩具或文具比較好。衣服或鞋子不行，因為尺寸不好掌握，品牌喜好我也不清楚。

F(店員)：玩具的話，是指遊戲類的嗎？如果是的話……

M(男士)：不不，我想送能讓他活動身體的東西。他經常只玩遊戲。

F(店員)：如果是中學生，圖書券或者自動鉛筆也很受歡迎哦。

M(男士)：好像不怎麼喜歡看書，文具的話，自動鉛筆應該可以。

F(店員)：自動鉛筆上學時會用到，另外，筆袋也很受歡迎哦。

M(男士)：嗯，筆袋看起來不錯。

這位男士在找什麼樣的禮物送給什麼樣的對象？

1 活潑的小學生

2 安靜的小學生

3 喜歡運動的中學生

4 喜歡玩遊戲的中學生

答案 (4)

解題 男士説朋友的小孩國中一年級，因此不要送太孩子氣的東西比較好。男士説朋友的小孩總是在打電玩。可知答案是選項4。

※ 補充：

「どうかと思う／不太好吧」是想表達「我認為不太好」時的說法。

2

家族で冬休みの予定について話しています。

M1：今年ももう 12 月だね。また忙しくなるなあ。

F1：お父さんは、お正月もずっと出勤？

M1：いや、来年は元旦と 3 日が休みだよ。

F2：じゃ、遠くに旅行ってわけにもいかないね。お母さんはどうするの。

F1：お母さんは、31 日まで仕事だけど元旦は休み。

M1：じゃ、みんなで温泉でも行こうか。

F2：いいけど、私は来週から 31 日までアルバイト。3 日からスキーに行くよ。

F1：今年はどこへも出かけられそうにないね。

M1：そんなことないよ。行こうよ。温泉。

F2：うん。そうだよ。行こうよ。

F1：そうね。じゃ、日帰りで、そうしようか。

3 人は、いつ温泉に行きますか。

1 12 月 30 日
2 12 月 31 日
3 1 月 1 日
4 1 月 2 日

一家人正在討論寒假的計劃。

M1(父親)：今年已經 12 月了啊，又要開始忙了。

F1(母親)：爸爸，過年期間你也要一直上班嗎？

M1(父親)：不，明年元旦和 3 號是休息的。

F2(女兒)：那麼，我們也不能去很遠的地方旅行了。媽媽你怎麼安排？

F1(母親)：我 31 號還要工作，但元旦是休息的。

M1(父親)：那我們全家一起去泡溫泉吧。

F2(女兒)：可以啊，但我從下週到 31 號都有打工，3 號還要去滑雪。

F1(母親)：看來今年哪裡也去不了啊。

M1(父親)：不會的，走吧，我們去泡溫泉。

F2(女兒)：對啊，走吧，去泡溫泉吧。

F1(母親)：好吧，那我們就當天來回，這麼安排吧。

他們什麼時候去泡溫泉？

1 12 月 30 日
2 12 月 31 日
3 1 月 1 日
4 1 月 2 日

答案 **(3)**

解題 請邊聽邊做筆記。爸爸元旦連休三天。

媽媽要上班到 31 號。元旦休假。

女兒要打工到 31 號。1 月 3 號之後要去滑雪。

三人都休假的日子是元旦。「元旦」是 1 月 1 號，因此答案是選項 3。

3番 まず話を聞いてください。それから、二つ質問を聞いて、それぞれ問題用紙の1から4の中から、最もよいものを一つ選んでください。

第 3 題 請先聽講話內容。接著，聽兩個問題，並從問題紙上的 1 到 4 選項中，各選出最合適的答案。

3

ラジオで講師が話しています。

M1：アンガーマネージメントということばをご存知でしょうか。英語で、アンガー、つまり怒るという気持ちをマネージメント、管理する、という意味で、要するに心理教育の一つです。最近では日本でも社員の研修で取り入れる企業が増えています。アンガーマネージメントを学ぶということは、怒らないようにすることではありません。怒ることは、まったく自然な感情です。問題は、自分が怒っていると感じた時、それを関係のない誰かや何かのせいにして感情を爆発させてしまうことで、自分にとって適切な時に適切な怒り方ができるように、自分の感情を調整することは、周囲との関係を良くするためにとても大事です。

F：怒った後ってイヤな気持ちになることが多いから、怒っちゃいけないって思っていた。

M2：そうだよな。だけど、子どもの頃、友達にされたことに怒ってケンカした後、すっきりしたこともあるなあ。

F：へえ。私は、怒るのも怒られるのも苦手。それに、怒られた経験は忘れないんだけど、なんで怒られたかは忘れてることも多いよ。

M2：そうかな。僕はたいてい自分がしたことも覚えてるよ。親に反抗したこととかね。

F：私の祖母はいつもニコニコしながらいろんなことを教えてくれた。それは、しっかり覚えてるんだよね。

M2：それ、よくわかるよ。逆に、急に殴られた時なんて、自分が相手に何をしたか考える余裕なんてなくなる。アンガーマネージメントができるってことは、精神的に大人になるってことなのかな。周りの人にも気持ちが伝わるとストレスも減るし。だから君のおばあちゃんはいつもニコニコしていられたんじゃない？

一位講師正在電台上講話。

M1(講師)：大家聽說過“憤怒管理”(Anger Management)這個詞嗎？它是英文中“Anger”，即“憤怒”的情緒，加上“Management”，也就是“管理”，合起來就是管理憤怒的意思，這其實是心理教育的一部分。最近，日本越來越多的公司在員工培訓中引入了憤怒管理。學習憤怒管理並不是為了讓你永遠不生氣。生氣本來就是一種自然的情緒。問題在於，當你感覺自己生氣時，如果將情緒發洩到無關的人或事上，那麼情緒爆發就會變成一個問題。學會在適當的時候、以適當的方式表達憤怒，並調整自己的情緒，對於改善與周圍人的關係非常重要。

F(女士)：生氣之後常常會覺得不舒服，所以我總認為不應該生氣。

M2(男士)：是啊。不過，我記得小時候，和朋友因為某件事吵架，打了一架之後反而覺得痛快。

F(女士)：哇，我自己既不擅長生氣，也不喜歡別人生氣。我經常記得被人罵的經歷，但卻經常忘記為什麼被罵。

M2(男士)：是嗎？我通常還是記得自己做了什麼事，特別是那些叛逆對父母的事。

F(女士)：我奶奶總是微笑著教我很多事，這些我都記得很清楚。

M2(男士)：我懂這種感覺。相反地，如果突然被打，你根本沒時間想自己做了什麼。能做到憤怒管理，或許就是心理上變得成熟的表現吧。這樣也能把情緒更好地傳達給周圍的人，減少壓力。可能這也是為什麼你奶奶總是那麼愛笑吧。

質問1.

<ruby>質問<rt>しつもん</rt></ruby>1.

<ruby>講師<rt>こうし</rt></ruby>は、<ruby>何<rt>なに</rt></ruby>について<ruby>話<rt>はな</rt></ruby>していますか。

1 <ruby>怒<rt>おこ</rt></ruby>ることについて
2 <ruby>管理<rt>かんり</rt></ruby>について
3 <ruby>忘<rt>わす</rt></ruby>れることについて
4 ストレスについて

講師在談論什麼？

1 關於憤怒
2 關於管理
3 關於忘記
4 關於壓力

答案 (1)

解題 講師正在談論關於「生氣時妥善處理憤怒」的重要性。因此選項 1 正確。

<ruby>質問<rt>しつもん</rt></ruby>2.

アンガーマネージメントについて、<ruby>男<rt>おとこ</rt></ruby>の<ruby>人<rt>ひと</rt></ruby>はどう<ruby>考<rt>かんが</rt></ruby>えていますか。

1 <ruby>怒<rt>おこ</rt></ruby>った<ruby>後<rt>あと</rt></ruby>はすっきりするので、<ruby>必要<rt>ひつよう</rt></ruby>はない
2 いつも<ruby>冷静<rt>れいせい</rt></ruby>なので、あまり<ruby>必要<rt>ひつよう</rt></ruby>ではない
3 アンガーマネージメントをするとストレスが<ruby>増<rt>ふ</rt></ruby>える
4 アンガーマネージメントができればストレスが<ruby>減<rt>へ</rt></ruby>る

這位男士對憤怒管理有什麼看法？

1 因為生氣之後會感到舒暢，所以不需要。
2 他總是保持冷靜，所以覺得不太需要。
3 憤怒管理會增加壓力。
4 如果能做到憤怒管理，壓力就會減少。

答案 (4)

解題 男士認為能做好情緒管理的人，和周圍的人關係會更好，壓力也會減少。因此選項 4 正確。

MEMO N2

絕對合格 學霸攻略！N2 寶藏題庫 6回 題目全翻譯+通關解題

【讀解、聽力、言語知識〈文字、語彙、文法〉】 (16K+QR Code線上音檔)

QR 全攻略 22

發行人 林德勝

著者 吉松由美, 田中陽子, 西村惠子, 林勝田,山田社日檢題庫小組

出版發行 山田社文化事業有限公司
地址 臺北市大安區安和路一段112巷17號7樓
電話 02-2755-7622 02-2755-7628
傳真 02-2700-1887

郵政劃撥 19867160號 大原文化事業有限公司

總經銷 聯合發行股份有限公司
地址 新北市新店區寶橋路235巷6弄6號2樓
電話 02-2917-8022
傳真 02-2915-6275

印刷 上鎰數位科技印刷有限公司

法律顧問 林長振法律事務所 林長振律師

定價+QR Code 新台幣599元

初版 2024年 12 月

ISBN : 978-986-246-868-5